Theodor Storm Werke
mit einem Essay von Thomas Mann
herausgegeben von
Gottfried Honnefelder

Zweiter Band

Novellen
Prosa
Anhang

Insel Verlag

Insel Verlag Frankfurt am Main
Zweite Auflage, 6.–9. Tausend 1977
Druck: Poeschel & Schulz-Schomburgk, Eschwege
Printed in Germany

Novellen

Carsten Curator
Die Söhne des Senators
Hans und Heinz Kirch
Ein Fest auf Haderslevhuus
Bötjer Basch
Ein Doppelgänger
Der Schimmelreiter

Carsten Curator

Eigentlich hieß er Carsten Carstens und war der Sohn eines Kleinbürgers, von dem er ein schon vom Großvater erbautes Haus an der Twiete des Hafenplatzes ererbt hatte und außerdem einen Handel mit gestrickten Wollwaren und solchen Kleidungsstücken, wie deren die Schiffer von den umliegenden Inseln auf ihren Seefahrten zu gebrauchen pflegten. Da er indes von etwas grübelnder Gemütsart und ihm, wie manchem Nordfriesen, eine Neigung zur Gedankenarbeit angeboren war, so hatte er sich von jung auf mit allerlei Büchern und Schriftwerk beschäftigt und war allmählich unter seinesgleichen in den Ruf gekommen, daß er ein Mann sei, bei dem man sich in zweifelhaften Fällen sicheren Rat erholen möge. Gerieten, was wohl geschehen konnte, durch seine Leserei ihm die Gedanken auf einen Weg, wo seine Umgebung ihm nicht hätte folgen können, so lud er auch niemanden dazu ein und erregte folglich dadurch auch niemandes Mißtrauen. So war er denn der Curator einer Menge von verwitweten Frauen und ledigen Jungfrauen geworden, welche nach der damaligen Gesetzgebung bei allen Rechtsgeschäften noch eines solchen Beistandes bedurften.

Da bei ihm, wenn er die Angelegenheiten anderer ordnete, nicht der eigene Gewinn, sondern die Teilnahme an der Arbeit selbst voranstand, so unterschied er sich wesentlich von denen, welche sonst derartige Dinge zu besorgen pflegten; und bald wußten auch die Sterbenden als Vormund ihrer Kinder und die Gerichte als Verwalter ihrer Konkurs- und Erbmassen keinen besseren Mann als Carsten Carstens an der Twiete, der jetzt unter dem Namen »Carsten Curator« als ein unantastbarer Ehrenmann allgemein bekannt war.

Der kleine Handel freilich sank bei so vielen Vertrauensämtern, welche seine Zeit in Anspruch nahmen, zu einer Nebensache herab und lag fast nur in den Händen einer unverheirateten Schwester, welche mit ihm im elterlichen Hause zurückgeblieben war.

Im übrigen war Carsten ein Mann von wenig Worten und kurzem Entschluß und, wo er eine niedrige Absicht sich gegenüber fühlte, auch auf eigene Kosten unerbittlich. Als eines Tages ein sogenannter »Ochsengräser«, der seit Jahren eine Fenne Landes, nach derzeitigen Verhältnissen zu billigem Zinse, von ihm in Heuer gehabt hatte, unter Beteuerungen versicherte, daß er für das nächste Jahr bei solchem Preise nicht bestehen könne, und endlich, als er damit kein Gehör fand, sich dennoch zu dem früheren und, da jetzt auch dieses Angebot zurückgewiesen wurde, sogar zu einem höheren Heuerzinse verstand, erklärte Carstens ihm, daß es keinesweges seine Sache sei, jemanden mit seiner Fenne in unbedachten Schaden zu bringen, und gab hierauf das Landstück zu dem alten Preise an einen Bürger, der ihn früher darum angegangen war.

Und dennoch hatte es einen Zeitraum in seinem Leben gegeben, wo man auch über ihn die Köpfe schüttelte. Nicht als ob er in den ihm anvertrauten Angelegenheiten etwas versehen hätte, sondern weil er in der Leitung seiner eigenen unsicher zu werden schien; aber der Tod, bei einer Gelegenheit, die er öfters wahrnimmt, hatte nach ein paar Jahren alles wieder ins gleiche gebracht. – Es war während der Kontinentalsperre, in der hier so genannten Blockadezeit, wo die kleine Hafenstadt sich mit dänischen Offizieren und französischem Seevolk und andererseits mit mancher Art fremder Spekulanten gefüllt hatte, als einer der letzteren auf dem Boden seines Speichers erhängt gefunden wurde. Daß dies durch eigene Hand geschehen, war nicht anzuzweifeln, denn die Verhältnisse des Toten waren durch rasch folgende Verluste in Ruin geraten; der einzige Aktivbestand seines Nachlasses, so wurde gesagt, sei seine Tochter, die hübsche Juliane; aber bis jetzt hätten sich viele Beschauer und noch keine Käufer gefunden.

Schon am anderen Vormittag gelangte von dieser die Bitte an Carstens, sich der Regulierung ihrer Angelegenheiten zu unterziehen; aber er wies das Ansuchen kurz zurück: »Ich will mit den Leuten nichts zu tun haben.« Als indessen der alte Hafenarbeiter, der dasselbe überbracht hatte, am Nachmittage wiederkam: »Seid nicht so hart, Carstens; es ist ja nur noch das Mädchen da; sie schreit, sie müsse sich ein Leides tun«, da stand er rasch auf, nahm seinen Stock und folgte dem Boten in das Sterbehaus.

In der Mitte des Zimmers, wohinein ihn dieser führte, stand der offene Sarg mit dem Leichnam; daneben auf einem niedrigen Schemel, mit angezogenen Knien, saß halb angekleidet ein schönes Mädchen. Sie hatte einen schildpattenen Frisierkamm in der

Hand und strich sich damit durch ihr schweres goldblondes Haar, das aufgelöst über ihren Rücken herabhing; dabei waren ihre Augen gerötet, und ihre Lippen zuckten von heftigem Weinen; ob aus Ratlosigkeit oder aus Trauer über ihren Vater, mochte schwer entscheidbar sein.

Als Carstens auf sie zuging, stand sie auf und empfing ihn mit Vorwürfen. »Sie wollen mir nicht helfen?« rief sie; »und ich verstehe doch nichts von alledem. Was soll ich machen? Mein Vater hat viel Geld gehabt; aber es wird wohl nichts mehr da sein! Da liegt er nun; wollen Sie, daß ich auch so liegen soll?«

Sie setzte sich wieder auf ihren Schemel, und Carstens sah sie fast staunend an. »Sie sehen ja, Mamsell«, sagte er dann, »ich bin eben hier, um Ihnen zu helfen; wollen Sie mir die Bücher Ihres Vaters anvertrauen?«

»Bücher? Ich weiß nichts davon; aber ich will suchen.« Sie ging in ein Nebenzimmer und kam bald wieder mit einem Schlüsselbund zurück. »Da«, sagte sie, indem sie es vor Carstens auf den Tisch legte; »Sie sollen ein guter Mann sein; machen Sie, was Sie wollen; ich kümmere mich nun um nichts.«

Carstens sah verwundert, wie anmutig es ihr ließ, da sie diese leichtfertigen Worte sprach; denn ein Aufatmen ging durch ihren ganzen Körper und ein Lächeln wie plötzlicher Sonnenschein über ihr hübsches Angesicht.

Und wie sie es gesagt hatte, so ward es: Carstens arbeitete, und sie kümmerte sich um nichts; wozu sie eigentlich ihre Zeit verbrauchte, konnte er nie erforschen. Aber die frischen roten Lippen lachten wieder, und der schwarze Traueranzug ward an ihr zum verführerischen Putze. Einmal, da er sie seufzen hörte, fragte er, ob sie Kummer habe; sie möge es ihm sagen. Sie sah ihn mit einem halben Lächeln an. »Ach, Herr Carstens«, sagte sie und seufzte noch einmal; »es ist so langweilig, daß man in den schwarzen Kleidern gar nicht tanzen darf!« Dann, wie ein spiellustiges Kind, fragte sie ihn, was er meine, ob sie dieselben nicht bald, mindestens für einen Abend, einmal würde wechseln können; der Vater hab sie immer tanzen lassen, und nun sei er ja auch längstens schon begraben.

Als Carstens demungeachtet es verneinte, ging sie schmollend fort. Sie hatte längst gemerkt, daß sie ihn so für seine Sittenstrenge am besten strafen könne; denn während unter seiner Hand die Vermögensverwirrung des Toten sich wenigstens insoweit gelöst hatte, daß Gut und Schuld sich auszugleichen schienen, war er selbst in eine andere Verwirrung hineingeraten: die lachenden Augen der schönen Juliane hatten den vierzigjährigen Mann betört. Was ihn sonst wohl stutzen gemacht hätte, erschien in dieser Zeit, wo der gleichmäßige Gang des bürgerlichen Lebens ganz zurückgedrängt war, weit weniger bedenklich, und da andererseits das der Arbeit ungewohnte Mädchen einen sicheren Unterschlupf den sie sonst erwartenden Mühseligkeiten vorzog, so kam trotz Schwester Brigittens Kopfschütteln zwischen diesen beiden ungleichen Menschen ein rasch geschlossener Ehebund zustande. Die Schwester freilich, die jetzt in der Wirtschaft nur um so unentbehrlicher war, hatte nichts als eine doppelte Arbeitslast dadurch empfangen; den Bruder aber erfüllte der plötzliche Besitz von soviel Jugend und Schönheit, worauf er nach seiner Meinung weder durch seine Person noch durch seine Jahre einen Anspruch hatte, mit einem überströmenden Dankgefühl, das ihn nur zu nachgiebig gegen die Wünsche seines jungen Weibes machte. So geschah es, daß man den sonst so stillen Mann bald auf allen Festlichkeiten finden konnte, mit denen die stadt- und landfremden Offiziere bemüht waren, die Überfülle ihrer müßigen Stunden zu beseitigen; eine Geselligkeit, die nicht nur über seinen Stand und seine Mittel hinausging, sondern in die man ihn auch nur seines Weibes wegen hineinzog, während er selbst dabei eine unbeachtete und unbeholfene Rolle spielte.

Doch Juliane starb im ersten Kindbett. – »Wenn ich erst wieder tanzen kann!« hatte sie während ihrer Schwangerschaft mehrmals geäußert; aber sie sollte niemals wieder tanzen, und somit war für Carstens die Gefahr beseitigt. Freilich auch zugleich das Glück; denn mochte sie auch kaum ihm angehört haben, wie sie vielleicht niemandem angehören konnte, und wie man sie auch schelten mochte, sie war es doch gewesen, die mit dem Licht der Schönheit in sein Werktagsleben hineingeleuchtet hatte; ein fremder Schmetterling, der über seinen Garten hinflog und dem seine Augen noch immer nachstarrten, nachdem er längst schon seinem Blick entschwunden war. Im übrigen wurde Carstens wieder, und mehr noch, als er es zuvor gewesen, der verständige, ruhig abwägende Mann. Den von der Toten nachgelassenen Knaben, der sich bald als der körperliche und allmählich auch als der geistige Erbe seiner schönen Mutter herausstellte, erzog er mit einer seinem Herzen abgekämpften Strenge; dem gutmütigen, aber leicht verführbaren Liebling wurde keine verdiente Züchtigung erspart; nur wenn die schönen Kinderaugen, wie es in solchen Fällen stets geschah, mit einer Art ratlosen Entsetzens zu ihm aufblickten, mußte der Vater sich Gewalt tun, um nicht den Knaben gleich wieder mit leidenschaftlicher Zärtlichkeit in seine Arme zu schließen.

Seit Julianens Tode waren über zwanzig Jahre vergangen. Heinrich – so hatte man nach seines Vaters Vater den Knaben getauft – war in die Schule und aus der Schule in die Kaufmannslehre gekommen; aber in seinem angeborenen Wesen hatte sich nichts Merkliches verändert. Seine Anstelligkeit ließ ihn sich leicht an jedem Platz zurechtfinden; aber auch ihm, wie einst seiner Mutter, stand es hübsch, wenn er den Kopf mit den lichtbraunen Locken zurückwarf und lachend seinen Kameraden zurief: »Muß gehen! Wir kümmern uns um nichts!« Und in der Tat war dies der einzige Punkt, in dem er gewissenhaft sein Wort zu halten pflegte; er kümmerte sich um nichts oder doch nur um Dinge, um die er besser sich nicht gekümmert hätte. Tante Brigitte weinte oftmals seinetwegen, und auch mit Carsten legte sich abends in seinem Alkovenbette etwas auf das Kissen, was ihm, er wußte nicht wie, den Schlaf verwehrte; und wenn er sich aufrichtete und sich besann, so sah er seinen Knaben vor sich, und ihm war, als sähe er mit Angst ihn größer werden.
Aber Heinrich blieb nicht das einzige Kind des Hauses. – Ein entfernter Verwandter, der mit Carstens durch gegenseitige Anhänglichkeit verbunden war, starb plötzlich mit Hinterlassung eines achtjährigen Mädchens; und da das Kind die Mutter bereits bei seiner Geburt verloren hatte, so wurde nach dem Wunsche des Verstorbenen Carstens nicht nur der Vormund der kleinen Anna, sondern sie kam auch völlig zu Kost und Pflege in sein Haus. Seine Treue gegen den Heimgegangenen aber bewies er insbesondere damit, daß er durch Leistung von Vorschüssen und derzeit nicht gefahrloser Bürgschaft für dessen Tochter derselben einen kleinen Landbesitz erhielt, der später unter verbesserten Zeitläufen zu erhöhtem Werte veräußert werden konnte.
Anna war einer andern Mutter nachgeartet als der um ein Jahr ältere Heinrich. Dieser, trotz des besten Willens, brachte es nie zustande, sowenig wie sein eigenes, so auch nur der Allernächsten Wohl und Wehe bei seinem Treiben zu bedenken; bei Anna

dagegen – wie oft griff Tante Brigitte in die Tasche und gab ihr zur Schadloshaltung einen Dreiling und einen derben Schmatz dazu: »Du dumme Trine, hast dich denn richtig wieder selbst vergessen!« Zu ihrem Bruder aber, wenn sie ihn erwischen konnte, sprach sie dann wohl: »Der Vetter Martin hat's doch gut mit uns gemeint; er hat uns seinen Segen nachgelassen!«

Bei aller Herzensgüte war das Wesen des Mädchens doch von einer frohen Sicherheit, und wenn Carstens auf seine mitunter ängstliche Erkundigung nach Heinrich von Brigitte die Antwort erhielt: »Er ist bei Anna; sie näht ihm Segel zu seinen Schiffen«, oder: »Sie hat ihn sich geholt; er muß ihr die Kirschbaumnetze flicken helfen«, dann nickte er und setzte sich beruhigt an seine Arbeit. – – Zur Zeit, wo wir diese Erzählung weiterführen, an einem Spätsommervormittage, war das Mädchen eben mündig geworden und stand, eine voll ausgewachsene blonde Jungfrau, mit ihrem grauhaarigen Vormunde auf dem Rathause vor dem Bürgermeister, um die infolge dessen nötigen Handlungen zu vollziehen.

»Ohm«, hatte sie vor dem Eintritt in das Gerichtszimmer gesagt, »ich fürcht mich.«

– »Du, Kind? Das ist nicht deine Art.«

»Ja, Ohm; aber auf Herrendiele!«

Der alte hagere Mann, der dort ganz zu Hause war, hatte lächelnd auf das frische Mädchenantlitz geblickt, das mit heißen Wangen zu ihm aufsah, und dann die Tür des Gerichtszimmers aufgedrückt.

Aber der Bürgermeister war ein alter jovialer Herr. »Mein liebes Kind«, sagte er, mit Wohlgefallen sie betrachtend, »Sie wissen doch, daß Sie noch einmal wieder unmündig werden müssen; freilich nur, wenn Sie sich den goldenen Ring an den Finger stecken lassen! Mög dann Ihr Leben in ebenso getreue Hand kommen!«

Er warf einen herzlichen Blick zu Carstens hinüber. Dem Mädchen aber, obgleich ein leichtes Rot ihr hübsches Antlitz überflog, war bei diesem Lobe ihres Vormundes alle Befangenheit vergangen. Ruhig ließ sie sich den Bestand ihres Vermögens vorlegen und sah, wie man es von ihr verlangte, alles sorgfältig und verständig durch; dann aber sagte sie fast beklommen: »Achttausend Taler! Nein, Ohm, das geht nicht.«

– »Was geht nicht, Kind?« fragte Carstens.

»Das da, Ohm, das mit den vielen Talern« – und sie richtete sich in ihrer ganzen jugendlichen Gestalt vor ihm auf –; »was soll ich damit machen? Ihr habt mich das nicht lernen lassen; nein, Herr Bürgermeister, verzeiht, ich kann heute noch nicht mündig werden.«

Da lachten die beiden Alten und meinten, das hülfe ihr nun nichts; mündig sei sie und mündig müsse sie für jetzt auch bleiben. Aber Carstens sagte: »Sei ruhig, Anna; ich werde dein Curator; bitte nur den Herrn Bürgermeister, daß er mich dazu bestelle.«

– »Curator, Ohm? Ich weiß wohl, daß die Leute Euch so heißen.«

»Ja, Kind; aber diesmal ist es so: du behältst mein und meiner alten Schwester Leib und Seele in deiner Obhut, und ich helfe dir wie bisher die bösen Taler tragen; so wird's wohl richtig sein.«

»Amen«, sagte der alte Bürgermeister; dann wurde die Quittung über richtige Verwaltung des Vermögens von Anna durch ihre saubere Namensunterschrift vollzogen.

Während sie und Carsten sich hierauf beurlaubten, hatte der Bürgermeister, wie von Geschäften aufatmend, einen Blick auf die Straße hinaus getan.

»O weh!« rief er; »Herr Makler Jaspers! Was mag der Stadtunheilsträger mir wieder aufzutischen haben!«

Carsten lächelte und faßte unwillkürlich die Hand seiner Pflegetochter.

Als die beiden draußen die breite Treppe ins Unterhaus hinabzusteigen begannen, stieg ein kleiner ältlicher Mann in einem braunen abgeschlissenen Rock dieselbe in die Höhe. Auf dem Treppenabsatz angelangt, stützte er sich keuchend auf sein schwankes Stöckchen und starrte aus kleinen grauen Augen zu den Herabsteigenden hinauf, indem er ein paarmal seinen hohen Zylinderhut über einer fuchsigen Perücke lüftete.

Carsten wollte mit einem kurzen »Guten Tag« vorbeipassieren; aber der andere streckte seinen Stock vor den beiden aus. »Oho, Freundchen!« – Und es war eine wirkliche Altweiberstimme, die aus dem kleinen faltigen Gesicht herauskrähte. – »So kommt Ihr mir nicht durch!«

»Der Bürgermeister wartet schon auf Euch«, sagte Carsten und schob den Stock zur Seite.

»Der Bürgermeister?« Herr Jaspers lachte ganz vergnüglich. »Laßt ihn warten! Dieses Mal war's auf Euch abgesehen, Freundchen; ich wußte, daß Ihr hier herum zu haben waret.«
»Auf mich, Jaspers?« wiederholte Carstens, und aus seiner Stimme klang eine Unsicherheit, die ihm sonst nicht eigen war. Wie schon seit lange bei allem Unerwarteten, das ihm angekündigt wurde, war der Gedanke an seinen Heinrich ihm durch den Kopf gefahren. Derselbe stand seit kurzem bei einem hiesigen Senator im Geschäft; aber der strenge alte Herr, mit dem Carstens selbst einst bei dessen Vater in der Kaufmannslehre gewesen war, hatte sich bis jetzt zufrieden gezeigt und nur einmal ein scharfes Wort über den jungen Menschen fallenlassen. Erst gestern, am Sonntag, war Heinrich von einer Geschäftsreise für seinen Prinzipal zurückgekehrt. Nein, nein; von Heinrich konnte Herr Jaspers nichts zu erzählen haben.
Dieser hatte indes mit offenem Munde zu dem weit größeren Carstens aufgeblickt und voll augenscheinlichen Behagens dessen wechselnden Gesichtsausdruck beobachtet. »He, Freundchen!« rief er jetzt, und es klang eine einladende Munterkeit aus seiner Stimme. »Ihr wißt ja, 's kann immer noch schlimmer kommen; und wenn der Kopf auch weggeht, es bleibt doch immer noch ein Stummel sitzen.«
»Was wollt Ihr von mir, Jaspers?« sagte Carstens düster. »Tut's nur hier gleich von Euch, so seid Ihr die Last ja los.«
Doch Herr Jaspers zog ihn am Rockschoß zu sich herab. »Das sind nicht Dinge, von denen man hier im Rathaus spricht.« Dann, sich zu dem Mädchen wendend, setzte er hinzu: »Die Mamsell Anna findet wohl allein den Weg nach Hause.«
Und mit seiner haspeligen Hand, die immer nach etwas zu greifen schien, noch einmal den Zylinder lüftend, stapfte er geschäftig die Treppe wieder hinab.
Als sie aus dem Hause getreten waren, wies er mit seinem Stöckchen nach einer Nebengasse, an deren Ecke seine Wohnung lag. Anna blickte fragend ihren Vormund an; der aber winkte ihr schweigend mit der Hand und folgte wie unter lähmendem Bann dem »Stadtunheilsträger«, der jetzt an seiner Seite eifrig die Straße hinaufstrebte.

In dem kleinen Hofe hinter dem Hause an der Twiete stand außer dem Kirschbaum, für den die Kinder einst die Netze flickten, an der Längsseite eines schmalen Bleichplätzchens ein mächtiger Birnenbaum, der die Freude der Nachbarkinder und zugleich eine Art Familienheiligtum war, denn der Großvater des jetzigen Besitzers hatte ihn gepflanzt, der Vater selbst in seiner Lehrzeit ihn aus den in der Stadt beliebtesten Sorten mit drei verschiedenen Reisern gepfropft, die jetzt, zu vielverzweigten Ästen aufgewachsen, je nach der ihnen eigenen Zeit eine Fülle saftiger Früchte reiften. Was davon mit der Brunnenstange zu erreichen war, das pflegte freilich nicht ins Haus zu kommen; sonst hätten die Kinder bei Jungfer Anna nicht so freien Anlauf haben müssen. So aber, wenn von den nach Westen anliegenden Höfen aus die Nachbarn ein herzliches Mädchenlachen hörten, wußten sie auch schon, daß Anna an dem Baum zu Gange war und daß die junge Brut sich auf dem Rasen um die herabgeschlagenen Früchte balgte.

Auch jetzt, als sie vom Rathaus kommend ins Haus treten wollte, hatte Anna ein solches Nachbarspummelchen sich aufgesackt. Im Pesel, einem kühlen mit Fliesen ausgelegten Raume hinter dem Hausflur, legte sie Hut und Tuch ab und trat dann, das Kind rittlings vor sich auf den Armen haltend, durch die von hier nach dem Hofe führende Tür in den Schatten des mächtigen Baumes.

»Siehst du, Levke«, sagte sie, »da oben liegt die Katz; die möchte auch die schöne gelbe Birne haben! Aber wart nur, ich will die Stange holen.«

Als sie sich aber hierauf dem hinter der Hoftür des Hauses befindlichen Brunnen zuwandte, stieß sie einen Schrei aus und ließ das Kind fast hart zu Boden fallen. Auf der vermorschten Holzeinfassung, deren Erneuerung nur durch einen Zufall verzögert war, saß ihr Jugendgenosse, ihr Kindsgespiel, die Füße über der Tiefe hängend, den Kopf wie schon zum Sturze vorgebeugt.

Im selben Augenblicke aber war sie auch schon dort, hatte von hinten mit beiden Armen ihn umschlungen und zog ihn rückwärts, daß die morschen Bretter krachend unter ihm zusammenbrachen. Sie war in die Knie gesunken, während der blasse, fast weiblich hübsche Kopf des jungen Menschen noch an ihrer Brust ruhte.

Dieser rührte sich nicht; es war, als wenn er sich allem, was ihm geschähe, willenlos überlassen habe. Auch als das Mädchen endlich aufsprang, blieb er, ohne sie anzusehen, mit aufgestütztem

Kopfe zwischen den Brettertrümmern liegen. Sie aber sah ihn fast zornig an, indem ein paar Tränen in ihre blauen Augen sprangen. »Was fehlt dir, Heinrich? Warum hast du mich so erschreckt? Weshalb bist du nicht auf deinem Kontor beim Senator?«

Da strich er sich das seidenweiche Haar aus der Stirn und sah sie müde an. »Zum Senator geh ich nicht wieder«, sagte er.

»Nicht wieder zum Senator?«

»Nein; denn ich habe nur noch zwei Wege; entweder hier in den Brunnen oder zum Büttel ins Gefängnis.«

»Was sprichst du für dummes Zeug! Steh auf, Heinrich! Bist du toll geworden?«

Er stand gehorsam auf und ließ sich von ihr nach der kleinen Bank unter dem Birnbaum führen. – Aber da war noch das Kind, das mit verwunderten Augen dem allen zugesehen hatte.

»Armes Ding«, sagte Anna, »hast noch immer keine Birne! Da, kauf dir heute einen Dreilingskuchen!«

Und als das Kind mit der geschenkten Münze davongelaufen war, stand das Mädchen wieder vor dem jungen Menschen.

»Nun sprich!« sagte sie, während sie sich den dicken blonden Zopf wieder aufsteckte, der ihr vorhin in den Nacken gestürzt war. »Sprich rasch, bevor dein Vater wieder da ist!«

Mit fliegendem Atem harrte sie einer Antwort; aber er schwieg und sah zur Erde.

»Du kamst am Sonnabend von Flensburg!« sagte sie dann. »Du hattest Geld für den Senator einzukassieren!«

Er nickte, ohne aufzublicken.

»Sag's nur! Ich kann's schon denken – du bist einmal wieder leichtsinnig gewesen; du hast das Geld umherliegen lassen, im Gastzimmer oder sonstwo! Und nun ist's fort!«

»Ja, es ist fort«, sagte er.

»Aber vielleicht ist es noch wiederzubekommen! Warum sprichst du nicht? So erzähl doch!«

»Nein, Anna – es ist nicht so verloren, wie du es meinst. Wir waren lustig; es wurde gespielt –«

»Verspielt, Heinrich? Verspielt?« Die Tränen stürzten ihr aus den Augen, und sie warf sich an seine Brust, mit beiden Armen seinen Hals umschlingend.

Oben in der Krone des Baumes rauschte ein leiser Wind in den Blättern; sonst war nichts hörbar als dann und wann ein tiefes

Schluchzen des Mädchens, in der alle kurz zuvor entwickelte Tätigkeit gebrochen schien.
Aber der junge Mensch selbst suchte sie jetzt mit sanfter Abwehr zu entfernen; die schöne Last, die das Mitleid ihm an die Brust geworfen hatte, schien ihn zu erdrücken. »Weine nicht so«, sagte er; »ich kann das nicht ertragen.«
Es hätte dieser Mahnung nicht bedurft; Anna war schon von selber aufgesprungen und suchte eilig ihre Tränen abzutrocknen. »Heinrich«, rief sie, »es ist schrecklich, daß du es getan hast; aber ich habe Geld, ich helfe dir!«
»Du, Anna?«
»Ja, ich! Ich bin ja mündig geworden. Sag nur, wieviel du dem Senator abzuliefern hast.«
»Es ist viel«, sagte er zögernd.
»Wieviel denn? Sprich nur rasch!«
Er nannte eine nicht eben kleine Summe.
»Nicht mehr? Gott sei Dank! Aber« – und sie stockte, als sei ein neues Hindernis ihr aufgestiegen – »du hättest heute auf deinem Kontor sein sollen. Wenn er fragt, was willst du dem Senator sagen?«
Heinrich schüttelte sich die weichen Locken von der Stirn, und schon flog wieder der alte Ausdruck sorglosen Leichtsinns über sein Gesicht. »Dem Senator, Anna? Oh, der wird nicht fragen; und wenn auch, das laß meine Sorge sein.«
Sie blickte ihn ernsthaft an. »Siehst du; nun müssen wir auch schon lügen!«
»Nur ich, Anna; und ich versprech es dir, nicht mehr, als nötig ist. Und das Geld –«
»Ja, das Geld!«
»Ich verzins es dir, ich stelle dir einen Schuldschein aus; du sollst keinen Schaden bei mir leiden.«
»Sprich nicht wieder so dummes Zeug, Heinrich. Bleib hier im Garten; wenn dein Vater kommt, werd ich ihn um die Summe bitten.«
Er wollte etwas erwidern; aber sie war schon ins Haus zurückgegangen. Behutsam schlich sie an der Küche vorüber, wo heute Tante Brigitte für sie am Herd hantierte, und dann hinauf in ihre Kammer, um sich zunächst die verweinten Augen klar zu waschen.

Nicht viel jüngeren Datums als der alte Birnbaum waren Einrichtung und Gerät des schmalen Wohnzimmers, das mit seinen Ausbaufenstern nach dem Hafenplatz hinauslag. In dem Alkovenbette dort in der Tiefe desselben, dessen Glastüren über Tag geschlossen waren, hatten schon die Eltern des Hausherrn sich zum nächtlichen und nacheinander auch zum ewigen Schlafe hingelegt; schon derzeit, wie noch heute, stand in der Westecke des Ausbaues der lederbezogene Lehnstuhl, in dem nach beendigtem Einkauf die alten Kapitäne vor dem ihnen gegenübersitzenden Hausherrn ihr Gespinste abzuwickeln pflegten. Die Sachen waren dieselben geblieben; nur den Menschen hatten sich unmerklich andere untergeschoben; und während einst dem weiland Vater Carstens derlei Berichte aus fremden Welten nur einen Stoff zum behaglichen Weitererzählen geliefert hatten, regten sie in dem Sohne oft eine Kette von Gedanken an, für deren Verarbeitung er nur auf sich selber angewiesen war.

Auch der Tisch, der zwischen einem Stuhle und dem Ledersessel unter den Ausbaufenstern stand, hatte seinen alten Platz behauptet; nur waren die ausländischen Muscheln, welche jetzt auf demselben als Papierbeschwerer für allerlei Schriftwerk dienten, früher eine Zierde der seitwärts stehenden Schatulle gewesen; statt dessen hatte auf dieser der jetzige Besitzer ein kleines Regal errichten lassen, auf welchem außer einzelnen mathematischen Werken und den Chroniken von Stadt und Umgegend auch Bücher wie Lessings »Nathan« und Hippels »Lebensläufe in auf- und absteigender Linie« zu finden waren.

Ein Kanapee war nicht ins Zimmer gekommen; es wäre auch kein Platz dazu gewesen. Andererseits aber fehlte es nicht an einem ziemlich stattlichen Ahnenbilde, in dessen Anschauung der kleinbürgerliche Mann, wenn auch nicht in der französischen Formulierung »Noblesse oblige«, in schweren Stunden sein wankendes Gemüt zu stärken pflegte.

Es war dies freilich kein farbenbrennendes Ölbild, sondern ganz im Gegenteil nur eine mächtig große Silhouette, welche, in braun untermalten Glasleisten eingerahmt, an der westlichen Wand zunächst dem Ausbaue hing, so daß der Hausherr von seinem Arbeitstische aus die Augen darauf ruhen lassen konnte. Sein Vater, von dem freilich nicht viel mehr zu sagen ist, als daß er ein einfacher und sittenstrenger Mann gewesen, hatte es bald nach dem Tode seiner Ehefrau von einem durchreisenden Künstler anfertigen lassen; so zwar, daß es einen Abendspaziergang der nun halbverwaisten Familie darstellte. Voran ging der Vater selbst, wie jetzt der Sohn, eine hagere Gestalt, im Dreispitz und langem Rockelor, eine gebückte alte Frau, die Mutter der Verstorbenen, am Arme führend; dann kam ein hoher Baum von unbestimmter Gattung, sonst aber augenscheinlich auf den Spätherbst deutend; denn seine Äste waren fast entlaubt, und unter dem Glase der Schilderei klebten hier und dort kleine schwarze Fetzchen, die man mit einiger Phantasie als herabgewehte Blätter erkennen mochte. Dahinter folgte ein etwa vierjähriger Junge, gar munter mit geschwungener Peitsche auf einem Steckenpferde reitend; den Beschluß machten ein stakig aufgeschossenes Mädchen und ein anderer, etwa zehnjähriger Knabe mit einer tellerrunden Mütze, welche beiden, wie es schien, in bewundernder Betrachtung des munteren Steckenreiters, keinen Blick für die Anmut der Abendlandschaft übrig hatten. Und doch war hierzu just die rechte Stunde und solches auch in dem Bilde sinnig ausgeführt; denn während im Vordergrunde Baum und Menschen aus tiefschwarzem Papier geschnitten waren, zogen sich dahinter, abendliche Ferne andeutend, die Linien einer sanft gehobenen Ebene, aus dunkelm und dann aus lichtgrauem Löschpapier gebildet. Das übrige aber hatte die Malerei vollendet; hinter der letzten Ferne ergoß sich durch den ganzen Horizont ein mild leuchtendes Abendrot, das die Schatten der sämtlichen Spaziergänger nur um so schärfer hervortreten ließ; darüber in braunvioletter Dämmerung kam dann die Nacht herab.

Das lustige Reiterlein war bald nach Anfertigung des Bildes von den schwarzen Blattern hingerafft, und nur sein Steckenpferdchen hatte noch lange in dem Gehäuse der Wanduhr gestanden, die dem Bilde gegenüber noch jetzt wie damals mit gleichmäßigem Ticktack die fliegende Zeit zu messen suchte. Von den fünf Abendspaziergängern lebten nur noch die beiden älteren Geschwister, wie damals unter demselben Dache und, selbst während der kurzen Ehe des Bruders, ungetrennt. Manchmal, in stiller Abendstunde oder wenn ein Leid sie überfiel, hatten sie – sie wußten selbst kaum wie – sich vor dem Bilde Hand in Hand gefunden und sich der Eltern Tun und Wesen aus der Erinnerung wachgerufen. »Da sind wir übrigen denn noch beisammen«, hatte der Vater gesagt, als er das Bild an demselben Stifte an die Wand hing, der es auch noch heute trug; »eure Mutter ist nicht mehr da, dafür ist nun das Abendrot am Himmel«; und dann nach einer Weile, nachdem er den Kindern sein Antlitz abgewendet und einige starke Hammerschläge auf den Stift getan: »Auch von den Toten bleibt auf Erden noch ein Schein zurück; und die Nachgelassenen sollen nicht vergessen, daß sie in seinem Lichte stehen, damit sie sich Hände und Antlitz rein erhalten.«

Tante Brigitte, die als alte Jungfer von etwas seufzender Gemütsart war und es liebte, mit völliger Uneigennützigkeit Luftschlösser in die Vergangenheit hineinzubauen, pflegte nach solchen Erinnerungen, auf den Schatten des kleinen Steckenreiters deutend, wohl hinzuzusetzen:

»Ja, Carsten, wenn nur unser Bruder Peter noch am Leben wäre! Meinst du nicht auch, daß er von uns dreien doch der Klügste war?« Und das Gespräch der Geschwister mochte dann etwa folgenden Verlauf nehmen.

»Wie meinst du das, Brigitte?« entgegenredete der Bruder. »Er starb ja schon in seinem fünften Jahre.«

»Freilich starb er leider dessen, Carsten; aber du weißt doch, wie unsere große gelbbunte Henne immer ihre Eier hinter dem Aschberg weglegte! Er war erst vier Jahre alt, aber er war schon klüger als die Henne; er ließ sie erst ihre Eier legen, und dann eines schönen Morgens brachte er sein ganzes Schürzchen voll mir in die Küche. Ach, Carsten, des Senators Vater hatte ja zu ihm Gevatter gestanden; er würde gewiß auf die Lateinische Schule gekommen sein und nicht, wie du, bloß beim Rechenmeister.«

Und der lebende Bruder ließ sich eine solche Bevorzugung des früh Verstorbenen allzeit gern gefallen. – –

Das Zimmer mit seinem alten Geräte und seinen alten Erinnerungen war noch immer leer, obgleich nur die vor dem Hause stehende Lindenreihe die Strahlen der schon hochgestiegenen Mittagssonne abhielt. Der weiße Seesand, womit Anna vor ihrem Gange nach dem Rathause die Dielen bestreut hatte, zeigte noch fast keine Fußspur, und die alte Wanduhr tickte in der Einsamkeit so laut, als wolle sie ihren Herrn an die gewohnte Arbeit rufen. Da endlich schellte die Haustürglocke, und Anna, die oben harrend in ihrer Kammer saß, hörte den Schritt ihres Pflegevaters, der gleich darauf unten in dem Wohnzimmer verschwand. Noch eine kleine Weile, dann richtete sie sich zu raschem Entschluß auf, drückte noch ein paarmal mit einem feuchten Tuch auf ihre Augen und ging ins Unterhaus hinab.

Als sie das Wohnzimmer betrat, sah sie ihren Pflegevater noch mit Hut und Stock in der Hand stehen, fast als müsse er sich erst besinnen, was er in seinen eigenen Wänden jetzt beginnen solle. Eine Furcht befiel das Mädchen; es kam ihr vor, als sei er auf einmal unsäglich alt geworden. Gern wärc sie unbemerkt wieder fortgeschlichen; aber sie hatte ja keine Zeit zu verlieren.

»Ohm!« sagte sie leise.

Der Ton in ihrer Stimme machte ihn fast zusammenschrecken; als er aber das Mädchen vor sich stehen sah, trat ein freundliches Licht in seine Augen. »Was willst du von mir, mein Kind?« sagte er milde.

»Ohm!« – Nur zögernd brachte sie es heraus. »Ich bin doch mündig; ich möchte etwas von meinem Vermögen haben; ich brauche es ganz notwendig.«

»Jetzt schon, Anna? Das geht ja schnell.«

»Nicht viel, Ohm; das heißt, ich habe ja noch soviel mehr; nur etwa hundert Taler.«

Sie schwieg; und der alte Mann sah eine Weile stumm auf sie herab. »Und wozu wolltest du das viele Geld gebrauchen?« fragte er dann.

Ein flehender Blick traf ihn aus ihren Augen; sie murmelte etwas, das er nicht verstand.

Er faßte ihre Hand. »So sag es doch nur laut, mein Kind!«

»Ich wollte es nicht für mich«, erwiderte sie zögernd.

»Nicht für dich, für wen denn anders?«

Sie hob wie ein bittendes Kind beide Hände gegen ihn auf. »Laß mich's nicht sagen, Ohm! Oh, ich muß, ich muß es aber haben!«

»Und nicht für dich, Anna?« – Wie in plötzlichem Verständnis ließ er die Augen auf ihr ruhen. »Wenn du es für Heinrich wolltest – da sind wir beide schon zu spät gekommen.«

»O nein, Ohm! O nein!« Und sie schlang ihre Arme um den Hals des alten Mannes.

»Doch, Kind! Was meinst du, daß Herr Jaspers mir anders zu erzählen hatte? Schon gestern war der Senator von allem unterrichtet.«

»Aber wenn doch Heinrich ihm das Geld nun bringt?«

»Ich habe es ihm selber bringen wollen; aber er wollte weder mein Geld noch meinen Sohn. Und was das letzte anbelangt – ich konnte nichts dawider sagen.«

»Ach, Ohm, was wird mit ihm geschehen?«

»Mit ihm, Anna? Er wird mit Schande das ehrenwerte Haus verlassen.«
Als sie erschreckt das reine Antlitz zu dem ihres Pflegevaters emporhob, blickte ihr daraus ein Gram entgegen, wie sie ihn nie in einem Menschenangesichte noch gesehen hatte. »Ohm, Ohm!« rief sie. »Was aber habt denn Ihr verbrochen?« Und aus den jungfräulichen Augen brach ein so mütterliches Erbarmen, daß der alte Mann den grauen Kopf auf ihren Nacken senkte.
Dann aber, sich wieder aufrichtend und die Hand auf ihren blonden Scheitel legend, sprach er ruhig: »Ich, Anna, bin sein Vater. Geh nun und rufe mir meinen Sohn!«

Auch dieser Tag verging. Nach dem schweren Vormittag eine Mittags- und später ebenso eine Abendmahlzeit, bei der die Speisen, fast wie sie aufgetragen, wieder abgetragen wurden; dazwischen ein nicht enden wollender Nachmittag, während dessen Heinrich, durch den überlegenen Willen des Vaters gezwungen, noch einmal zum Senator mußte und von dem entlassen wurde. – Auch dieser Tag war endlich nun vergangen und die Nacht gekommen. Nur der Hausherr wanderte noch unten im Zimmer auf und ab; mitunter blieb er vor dem Bilde mit den Familienschatten stehen, bald aber strich er mit der Hand über die Stirn und setzte sein unruhiges Wandern fort. Daß Anna in raschem jugendlichem Entschlusse ebenfalls bei dem Senator gewesen war, davon hatte er ebensowenig etwas erfahren, als daß dieser ihr gegenüber nur kaum, aber schließlich dennoch seine Unerbittlichkeit behauptet hatte.
Die kleine Schirmlampe, welche auf dem Arbeitstische brannte, beleuchtete zwei Briefe, der eine nach Kiel, der andere nach Hamburg adressiert; denn für Heinrich mußten auswärts neue Wege aufgesucht werden.
Carsten war ans Fenster getreten und blickte in die mondhelle Nacht hinaus; es war so still, daß er weit unten das Rinnenwasser in den Hafen strömen hörte, mitunter ein mattes Flattern in den Wimpeln der Halligschiffe. Jenseits des Hafens zog sich der Seedeich wie eine schimmernde Nebelbank; wie oft an der Hand seines Vaters war er als Knabe dort hinausgewandert, um ihre derzeit erworbene Fenne zu besichtigen!
Carsten wandte sich langsam um; dort lagen die beiden Briefe auf seinem Arbeitstische; er hatte ja jetzt selber einen Sohn.

In der Tiefe des Zimmers waren die Glastüren des Alkovens, wie jeden Abend, von Anna offengestellt, und die abgedeckten Kissen des darin stehenden Bettes schienen den an gute Bürgerszeit Gewöhnten einzuladen, dem überlangen Tag ein Ende zu machen. Er nahm auch seine große silberne Taschenuhr aus dem Gehäuse und zog sie auf. »Mitternacht!« sagte er, indem er in den Alkoven trat. Als er aber, wie er zu tun pflegte, die Uhr am Bettpfosten aufhängen wollte, hatte die stählerne Kette sich in einen goldnen Ring verhäkelt, den er am kleinen Finger trug, daß dieser herabgerissen wurde und klirrend auf dem Boden fortrollte. Mit fast jugendlicher Raschheit bückte sich der alte Mann danach, und als der Ring wieder in seiner Hand war, trat er in das Zimmer zurück und hielt ihn sorgsam unter den Schirm der Lampe. Seine Augen schienen nicht loszukönnen von dem Weibernamen, der auf der innern Seite eingegraben war; aber aus seinem Munde brach ein Stöhnen, wie um Erlösung flehend.

Da hörte er auf dem Flur die Stiegen der Treppe krachen. Er machte eine hastige Bewegung, als wolle er den Ring an den Finger stecken, als eine Hand sich sanft auf seinen Arm legte. »Bruder Carsten«, sagte seine alte Schwester, die in ihrem Nachtgewande zu ihm eingetreten war, »ich hörte dich hier unten wandern; willst du noch nicht zur Ruhe gehen?«

Er sah ihr wie erwägend in die Augen. »Es gibt Gedanken, Brigitte, die uns keine Ruhe gönnen, die immer wieder ins Gehirn steigen, weil sie nie herausgelassen werden.«

Die alte Jungfrau blickte ihren Bruder völlig ratlos an. »Ach, Carsten«, sagte sie, »ich bin eine alte einfältige Person! Wäre unser Bruder Peter nur am Leben geblieben; vielleicht wäre er jetzt unser Pastor und hätte unseren Heinrich getauft und konfirmiert; der hätte gewiß auch heute Rat gewußt.«

»Vielleicht, Brigitte«, erwiderte der Bruder sanft; »vielleicht auch hätten wir uns nicht so ganz verstanden; du aber lebst und bist meine alte treue Schwester.«

»Ja, ja, Carsten, leider Gottes! Wir beide sind allein noch übrig.«

Er hatte ihre Hand gefaßt. »Brigitte«, sagte er hastig, »sahst du, wie blaß der Junge heute abend war, als er in seine Kammer hinaufging? Noch nimmer hat er seiner Mutter so geglichen; so sah Juliane in ihren letzten Tagen aus, als schon der Tod die irdischen Gedanken von ihr genommen hatte.«

»Sprich nicht von ihr, Bruder; das tut dir jetzt nicht gut; sie ruht ja längst.«

»Längst, Brigitte; – aber nicht hier, hier nicht!« Und er drückte die Hand, in der er noch den Ring umschlossen hielt, an seine Brust. »Es kommt mir alles immer wieder; am letzten Ostersonntag waren es grade dreiundzwanzig Jahre!«

»Am letzten Ostersonntage? Ja, ja, Bruder; ich weiß es nun wohl; ihr waret dazumal beide, wo ihr nimmer hättet sein sollen.«

»Schilt jetzt nicht, Schwester«, sagte Carsten; »du selber konntest nicht die Augen von ihr wenden, als du ihr damals die blaue Schärpe umgeknüpft hattest. Ich weiß jetzt wohl, daß sie nicht für mich ihr schönes Haar aufsteckte und die Atlasschuhe über ihre kleinen Füße zog; ich gehörte nicht in diese Gesellschaft vornehmer und ausgelassener Leute, wo sich niemand um mich kümmerte, am wenigsten mein eigenes Weib.«

»Nein, nein!« rief er, da die Schwester ihn unterbrechen wollte. »Laß mich es endlich einmal sagen! – Siehst du, ich wollte zwar auch meinen Platz ausfüllen, ich tanzte ein paarmal mit meiner Frau; aber sie wurde mir immer von den Offizieren fortgeholt. Und wie anders tanzte sie mit diesen Menschen! Ihre Augen leuchteten vor Lust; sie ging von Hand zu Hand; ich fürchtete, sie würden mir mein Weib zu Tode tanzen. Sie aber konnte nicht genug bekommen und lachte nur dazu, wenn ich sie bat, daß sie sich schonen möchte. Ich ertrug das nicht länger und konnt es doch nicht ändern; darum setzte ich mich in die Nebenstube, wo die alten Herren an ihrem L'hombre saßen, und nagte an meinen Nägeln und an meinen Gedanken.

Du weißt, Brigitte, der französische Kaperkapitän, den die anderen den ›schönen Teufel‹ nannten – wenn ich je zuweilen in den Saal hineinguckte, immer war sie mit ihm am Tanzen. Als es gegen drei Uhr und der Saal schon halb geleert war, stand sie neben ihm am Schenktisch, beide mit einem vollen Glas Champagner in der Hand. Ich sah, wie sie rasch atmete und wie seine Worte, die ich nicht verstehen konnte, einmal über das andere ein fliegendes Rot über ihr blasses Gesicht jagten; sie selber sagte nichts, sie stand nur stumm vor ihm; aber als beide jetzt das Glas an ihre Lippen hoben, sah ich, wie ihre Augen ineinander gingen. – Ich sah das alles wie ein Bild, als sei es hundert Meilen von mir; dann aber plötzlich überfiel es mich, daß jenes schöne

Weib dort mir gehöre, daß sie mein Weib sei; und dann trat ich zu ihnen und zwang sie, mit mir nach Hause zu gehen.«

Carsten stockte, als habe er die Grenze seiner Erzählung erreicht; seine Brust hob sich mühsam, sein hageres Gesicht war gerötet. Aber er war noch nicht zu Ende; nur blickte er nicht wie vorhin zur Schwester hinab, er sprach über ihren Kopf weg in die leere Luft.

»Und als wir dann in unserer Kammer waren, als sie mir keinen Blick gönnte, sondern wie zornig Gürtel und Mieder von sich warf, und als sie dann mit einem Ruck den Kamm aus ihren Haaren riß, daß es wie eine goldene Flut über ihre Hüften stürzte – es ist nicht immer, wie es sein sollte, Schwester – denn was mich hätte von ihr stoßen sollen – ich glaub fast, daß es mich nur mehr betörte.«

Die Schwester legte sanft die Hand auf seinen Arm. »Laß das Gespenst in seiner Gruft, Bruder; laß sie, sie gehörte nicht zu uns.«

Er achtete nicht darauf. »So« – sprach er weiter – »hatte ich nimmer sie gesehen; nicht in unserer kurzen Ehe und auch im Brautstande nicht. Aber es war nicht die Schönheit, die unser Herrgott ihr gegeben hatte, es war die böse Lust, die sie so schön machte, die noch in ihren Augen spielte. – Und so wie an jenem Abend und in jener Nacht war es noch viele Male, viele Wochen und Monde, bis nur ein halbes Jahr vor ihrem Tode übrig war; – als alle diese Fremden unsere Stadt verließen.«

»Bruder Carsten«, sagte Brigitte wieder, »hast du nicht neues Leid genug? Wenn du schwach warst gegen dein Weib, weil du sie lieber hattest, als dir gut war – es ist schon bald ein Menschenleben darüber hin; was quälst du dich noch jetzt damit!«

»Jetzt, Brigitte? Ja, warum sprech ich denn dies alles jetzt zu dir? – War sie mein Eheweib in jener Zeit, wo ihre Sinne von leichtfertigen Gedanken taumelten, die nichts mit mir gemein hatten? – Und doch – aus dieser Ehe wurde jener arme Junge dort geboren. Meinst du« – und er bückte sich hinab zum Ohr der Schwester –, »daß die Stunde gleich sei, in der unter des allweisen Gottes Zulassung ein Menschenleben aus dem Nichts hervorgeht? – Ich sage dir, ein jeder Mensch bringt sein Leben fertig mit sich auf die Welt; und alle, in die Jahrhunderte hinauf, die nur einen Tropfen zu seinem Blute gaben, haben ihren Teil daran.«

Draußen vom Kirchturm schlug es eins. »Stell es dem lieben

Gott anheim, Bruder«, sagte Brigitte; »ich versteh das nicht, was aus deinen Büchern dir im Kopf herumgeht; ich weiß nur, daß der Junge, leider Gottes, nach der Mutter eingeschlagen ist.«
Carsten fühlte wohl, daß er eigentlich nur mit sich selbst gesprochen habe und daß er nach wie vor mit sich allein sei. »Geh schlafen, meine gute alte Schwester«, sagte er und drängte sie sanft auf den Flur hinaus; »ich will es auch versuchen.«
Auf der untersten Treppenstiege, wo Brigitte es zuvor gelassen hatte, brannte ein Licht mit langer Schnuppe. Sie blickte noch einmal mit fest geschlossenen Lippen und gefalteten Händen den Bruder an; dann nickte sie ihm zu und ging mit dem Lichte in das Oberhaus hinauf.
Aber Carsten dachte nicht an Schlaf; nur allein hatte er wieder sein wollen. Noch einmal nahm er den kleinen Ring und hielt ihn vor sich hin; durch den engen Rahmen sah er, wie tief in der Vergangenheit, die Luftgestalt des schönen Weibes, deren außer ihm kein Mensch auf Erden noch gedachte. Ein seliges Selbstvergessen lag auf seinem Antlitz; dann aber zuckte plötzlich ein Schmerz darüber hin: sie schien so gar verlassen ihm dort unten. – Als er sich aufrichtete, steckte er den Ring an seinen Finger; und es geschah das mit einer feierlichen Innigkeit, als wolle er die Tote sich noch einmal, und fester als zuvor im Leben, anvermählen; so wie sie einst gewesen war, in ihrer Schönheit und in ihrer Schwäche und mit der kargen Liebe, die sie einst für ihn gehegt hatte. Dann schritt er zur Tür und horchte auf den Flur hinaus; als alles ruhig blieb, ging er zur Treppe und stieg behutsam zur Kammer seines Sohnes hinauf. Er fand den jungen Menschen ruhig atmend und in tiefem Schlafe, obgleich der Mond sein volles Licht über das unter dem Fenster stehende Bett ausgoß. Bei dem gelockten lichtbraunen Haar, das sich seidenweich an die Schläfen legte, hätte man das hübsche blasse Antlitz des Schlafenden für das eines Weibes halten können.
Carsten war dicht herangetreten; ein leises Zittern lief durch seinen Körper. »Juliane!« sagte er. »Dein Sohn! Auch er wird mir das Herz zerreißen!« Und gleich darauf: »Mein Herr und Gott, ich will ja leiden für mein Kind, nur laß ihn nicht verlorengehen!«
Bei diesen unwillkürlich laut gesprochenen Worten schlug der Schlafende die Augen auf; seine Seele aber mochte schlummernd in den Schrecknissen des vergangenen Tages fortgeträumt haben;

denn als er plötzlich in der Nacht die brennenden Augen und den zitternd über ihn erhobenen Arm des alten Mannes erblickte, stieß er einen Schrei aus, als ob er den Todesstoß von seines Vaters Hand erwarte; dann aber streckte er flehend beide Arme zu ihm auf.

Und mit einem Laut, als müsse es ihm die Brust zersprengen: »Mein Kind, mein einziges Kind!« brach der Vater an dem Bette des verbrecherischen Sohns zusammen.

Durch einen Freund in Hamburg hatte Carstens es möglich gemacht, seinen Sohn dort in einem kleineren Geschäfte unterzubringen. Indessen war trotz der Achtung, der er sich erfreute, dies Ereignis seines Hauses schonungslos genug in der kleinen Stadt besprochen, freilich bei dieser Gelegenheit auch das Gedächtnis der armen Juliane nicht eben sanft aus ihrer Gruft hervorgeholt worden. Nur Carsten selbst erfuhr nichts davon. Als er eines Tages aus einem befreundeten Bürgerhause auffallend gedrückt nach Haus gekommen war, fragte Brigitte ihn besorgt: »Was ist dir, Carsten? Du hast doch nichts Schlimmes über unseren Heinrich gehört?« – »Schlimmes?« erwiderte der Bruder; »o nein, Brigitte: man hat, seit er fort ist, auch nicht einmal seinen Namen gegen mich genannt.« – Und mit gesenktem Haupte ging er an seinen Arbeitstisch.

Briefe von Heinrich kamen selten, und oftmals forderten sie Geld, da mit dem geringen Gehalte sich dort nicht auskommen lasse. – Sonst ging das Leben seinen stillen Gang; der alte Birnbaum im Hofe hatte wieder einmal geblüht und dann zur rechten Zeit und zur Freude der Nachbarkinder seine Frucht getragen. Besonderes war nicht vorgefallen, wenn nicht, daß Anna den Heiratsantrag eines wohlstehenden jungen Bürgers abgelehnt hatte; sie war keine von den Naturen, die durch ihr Blut der Ehe zugetrieben werden: sie hatte ihre alten Pflegeeltern noch nicht verlassen wollen.

Als aber kurz vor Weihnachten Carstens seinem Sohne den plötzlich eingetroffenen Tod des Senators gemeldet hatte, erfolgte in einigen Tagen schon eine Antwort, worin Heinrich seinen Besuch zum Weihnachtsabend ansagte. Eine Geldforderung enthielt der Brief nicht; nicht einmal die Reisekosten hatte er sich ausgebeten.

Es war doch eine Freudenbotschaft, die sofort im Hause verkündigt wurde. Und wie eine glückliche Unruhe kam es über alle, da nun das Fest heranrückte; die Händedrücke, die Carsten im Vorbeigehen mit seiner alten Schwester zu wechseln pflegte, wurden inniger; mitunter haschte er sich die geschäftige Pflegetochter, hielt sie einen Augenblick an beiden Händen und sah ihr zärtlich in die heiteren Augen.

Endlich war der Nachmittag des Heiligen Abends herangekommen. Im Hause hatte eine erwartungsvolle Tätigkeit gewaltet; doch bald schien alles zum Empfange des Christkinds und des Gastes vorbereitet. Vom Arbeitstische, der heute von allen Rechnungs- und Kontobüchern entlastet war, blinkte auf schneeweißem Damast das Teegeschirr mit goldenen Sternchen, während daneben die frischgebackenen Weihnachtskuchen dufteten. Der Tür gegenüber auf der Kommode war Heinrichs Bescherung von den Frauen ausgebreitet: ein Dutzend Strümpfe aus feinster Zephirwolle, woran die sorgsame Tante das ganze Jahr gestrickt hatte; daneben von Annas sauberen Händen eine reichgestickte Atlasweste und eine grünseidene Börse, durch deren Maschen die von Carsten gespendeten Dukaten blinkten. Dieser selbst ging eben in den Keller, um aus seinem bescheidenen Vorrat zwei ganz besondere Flaschen heraufzuholen, die er vor Zeiten von einem dankbaren Schutzbefohlenen zum Geschenk erhalten hatte; es sollte heute einmal nichts gespart werden.

Statt seiner trat Tante Brigitte herein, zwei blankpolierte Leuchter in den Händen, auf denen schneeweiße russische Lichter in ebenso weißen Papiermanschetten steckten, denn schon war die Dämmerung des Heiligen Abends hereingebrochen; draußen zogen schon die Scharen der kleinen Weihnachtsbettler, und ihr Gesang tönte durch die Straßen: »Vom Himmel hoch, da komm ich her.«

Als Carsten wieder eintrat, brannten auch die Lichter schon; die Stube sah ganz festlich aus. Die alten Geschwister wandten die Gesichter gegeneinander und blickten sich herzlich an. »Es wird auch Zeit, Carsten!« sagte Brigitte; »die Post pflegt immer schon um vier zu kommen.«

Carsten nickte, und nachdem er noch eilig seine Flaschen hinter dem warmen Ofen aufgepflanzt hatte, langte er mit zitternder Hand seinen Hut vom Türhaken.

»Soll ich nicht mit Euch, Ohm?« rief Anna; »hier ist für mich nichts mehr zu tun.«

– »Nein, nein, mein Kind; das muß ich ganz allein.« Mit diesen Worten nahm er sein Bambusrohr aus dem Uhrgehäuse und ging hinaus.

Das Postgebäude lag derzeit hoch oben in der Norderstraße; aber es war völlig windstill, ein leichter Frostschnee sank ebenmäßig herab. Carsten schritt rüstig vorwärts, ohne rechts oder links zu sehen; als er jedoch fast sein Ziel erreicht hatte, hörte er sich plötzlich angerufen: »He, Freundchen, Freundchen, nehmt mich mit!« Und Herrn Jaspers' selbst in der Dunkelheit nicht zu verkennende Gestalt schritt aus einer Nebenstraße, munter mit dem Schnupftuche winkend, auf ihn zu. »Merk's schon«, sagte er, »Ihr wollt Euern Heinrich von der Post holen? Hab nur gehört, soll ein Staatskerl geworden sein, der junge Schwerenöter!«

»Aber«, sagte Carsten, indem er längere Schritte machte, denen der andere, mit beiden Armen schaukelnd, nachzukommen strebte, »ich dächte, Jaspers, Ihr hättet niemanden zu erwarten!«

»Nein, Gott sei Dank, Carsten! Nein, niemanden! Aber – zum Henker, Ihr braucht nicht so zu rennen! – man muß doch sehen, was zum lieben Fest für Gäste kommen.«

Sie waren an einer Straßenecke in der Nähe des Posthauses angelangt, wo sich bereits eine Anzahl Menschen angesammelt hatte, um die Ankunft der Post hier abzuwarten, als Herr Jaspers von einem vorübergehenden Amtsschreiber angerufen wurde.

»Hört Ihr nicht, Jaspers? Der Mann wünscht Euch zu sprechen«, sagte Carsten, der eben aus der Tiefe der Straße das Rummeln eines schweren Wagens heraufkommen hörte.

Aber der andere stand wie gemauert. »Ei, Gott bewahre, Carsten! Laßt den Hasenfuß laufen! Ich bleibe bei Euch, Freundchen; wer weiß, was noch passieren kann! Ihr kennt doch die Geschichte von dem Flensburger Kandidaten, der seine Liebste aus der Kutsche heben wollte und dem ein schwarzer Negerjunge auf den Nacken sprang!«

»Ich kenne alle Eure Geschichten, Jaspers«, erwiderte Carsten ungeduldig; »aber wenn Ihr's denn wissen wollt, ich wünsche meinen Sohn allein zu empfangen; ich brauche Euch nicht dabei!«

Herrn Jaspers' unerschütterliche Antwort wurde von Peitschenknall und dem schmetternden Klang eines Posthorns übertönt; und gleich darauf rollte auch der schwerfällige Wagen vor die

Tür des Posthauses, in den matten Schein, den die darüber befindliche Laterne auf die leicht beschneite Straße hinauswarf. Dann sprang der Postillion vom Bock, vom Schirrmeister wurde die Wagentür aufgerissen, und die Leute drängten sich herzu, um die Fahrgäste aussteigen zu sehen.
Carsten war etwas zurück im Schatten der Mauer stehengeblieben. Da er von hoher Statur war, so konnte er auch von hier aus die in Mäntel und Pelze vermummten Gestalten, welche eine nach der anderen aus dem Wagenkasten auf die Straße traten, deutlich genug erkennen.
»Niemand mehr darin?« frug der Schirrmeister.
»Nein, nein!« tönte es von mehreren Seiten; und die Wagentür wurde zugeworfen.
Carsten umklammerte die Krücke seines Stockes und stützte sich darauf; sein Heinrich war nicht gekommen. – Er blickte wie abwesend auf die dampfenden Pferde, die auf dem Pflaster scharrten und klirrend ihre Messingbehänge schüttelten, und wollte sich endlich schon zum Gehen wenden, als er bemerkte, daß er hier nicht der einzige Getäuschte sei. Eine junge Dirne hatte sich an den Postillion herangemacht, der eben die Decken über seine Tiere warf, und schien ihn mit aufgeregten Fragen zu bedrängen. »Ja, ja, Mamsellchen«, hörte er diesen antworten, »es kann noch immer sein; es kommt noch eine Beichaise.«
»Noch eine Beichaise!« Carsten wiederholte die Worte unwillkürlich; ein tiefer Atemzug entrang sich seiner Brust. Der Postillion war ihm bekannt; er hätte ihn fragen können: »Sitzt denn mein Heinrich mit darin?« Aber er vermochte sich nicht vom Fleck zu rühren; mit geschlossenen Lippen stand er und sah bald darauf den Wagen fortfahren und blickte auf die leeren Geleise, die in dem Schnee erkennbar waren, auf welche leis und unaufhaltsam neuer Schnee herabsank und sie bald bedeckte.
Um ihn her war es ganz still geworden; selbst Herr Jaspers schien verschwunden; das Mädchen hatte sich schweigend neben ihn gestellt, die Arme in ihr Umschlagtuch gewickelt. Mitunter klingelte eine Türschelle, dann sangen die Kinderstimmen: »Vom Himmel hoch, da komm ich her!« Die kleinen Weihnachtsbettler mit ihrem tröstlichen Verkündigungsliede zogen noch immer von Haus zu Haus.
Endlich kam es abermals die Straße herauf, näher und näher kam es, noch einmal knallte die Peitsche und schmetterte das

Posthorn, und jetzt rollte die verheißene Beichaise in den Laternenschein des Posthauses hinein.
Und ehe die Pferde noch zum Stehen gebracht waren, sah Carsten die Gestalt eines hohen Mannes behende aus dem Wagen springen und gegen sich herankommen. »Heinrich!« rief er und stürzte vorwärts, daß er fast gestrauchelt wäre; aber der Mann wandte sich zu dem Mädchen, die jetzt mit einem Freudenschrei an seinem Halse hing. »Ich dachte schon, du wärst nicht mehr gekommen!« – »Ich? Nicht kommen, am Weihnachtsabend? Oh!«
Carsten blickte den beiden nach, wie sie durch den fallenden Schnee Arm in Arm die Straße hinabgingen; als er sich umwandte, war auch der Platz vor dem Hause leer, wo vorhin die Chaise gehalten hatte. »Er ist nicht gekommen, er wird krank geworden sein«, sagte er halblaut zu sich selber.
Da legte sich eine breite Hand auf seinen Arm. »Oho, Freundchen!« sprach dicht neben ihm Herrn Jaspers' wohlbekannte Stimme, »dachte ich's nicht, daß Ihr Euch Grillen fangen würdet! Krank, meint Ihr? Nein, Carsten, das laßt Euch den Heiligen Abend nicht verderben. Ihr wißt doch, in Hamburg gibt's ganz andere Weihnachten für die jungen Bursche als in Eurem alten Urgroßvaterhause an der Twiete. Aber, seht Ihr, war's nicht hübsch, daß ich Euch warten half? Da habt Ihr doch Gesellschaft auf dem Rückweg!«
Herrn Jaspers' Stimme hatte einen fast zärtlichen Ausdruck angenommen; aber Carsten hörte nicht darauf. Auch auf dem Rückwege ließ er Herrn Jaspers ungestört an seiner Seite traben; er war ein geduldiger Mann geworden.
Als er wieder in sein Haus trat, hörte er rasch die Stubentür von innen anziehen. »Noch einen Augenblick Geduld!« rief Annas helle Stimme; dann gleich darauf wurde die Tür weit aufgeschlagen, und die schlanke Mädchengestalt stand wie in einem Bilderrahmen auf der Schwelle. Sie schritt auch nicht hinaus, sie starrte regungslos auf ihren alten Pflegevater.
»Allein, Ohm?« fragte sie endlich.
»Allein, mein Kind.«
Dann gingen beide zu Tante Brigitte in die festlich aufgeschmückte Stube, und die Frauen, während Carsten schweigend in dem Ledersessel daneben saß, erschöpften sich in immer neuen Mutmaßungen, was es nur gewesen sein könne, das ihnen alle Freude so zerstört habe, bis endlich der Abend vergangen war

und sie still die Lichter löschten und die Geschenke wieder forträumten, welche sie kurz zuvor so geschäftig zusammengetragen hatten.

Auch die Weihnachtsfeiertage verflossen, ohne daß Heinrich selber oder ein Lebenszeichen von ihm erschienen wäre. Als auch der Neujahrsabend herankam und die langerwartete Poststunde wieder so vorüberging, hatten in dem alten Manne die Sorgen der letzten Tage sich zu einer fast erstickenden Angst gesteigert. Was konnte geschehen sein? Wenn Heinrich krank läge dort in der großen fremden Stadt! Die diesmal ruhigere Überlegung der Frauen vermochte ihn nicht zurückzuhalten, er mußte selber hin und sehen. Vergebens stellten sie ihm die Beschwerlichkeit der langen Reise bei dem eingetretenen scharfen Frost vor Augen; er suchte sich das nötige Reisegeld zusammen und hieß Brigitte seinen Koffer packen; dann ging er in die Stadt, um sich zum anderen Morgen Fuhrwerk zu verschaffen.

Als er nach vielfachem Umherrennen erschöpft nach Hause kam, war ein Brief von Heinrich da; ein Versehen des Postboten hatte die Abgabe verspätet. Hastig riß er das Siegel auf; die Hände flogen ihm, daß er kaum seine Brille aus der Tasche ziehen konnte. Aber es war ein ganz munterer Brief; Herr Jaspers hatte recht gehabt: mit Heinrich war nichts Besonderes vorgefallen, er hatte nur gedacht, es sei doch richtiger, den Weihnachtsmarkt in Hamburg zu genießen und dann später nach Haus zu kommen, wenn erst im Hof der große Birnbaum blühe und sie miteinander auf den Deich hinausspazieren könnten; dann folgte die lustige Beschreibung verschiedener Feste und Schaustellungen; von den Kümmernissen, die er den Seinen zugefügt, schien ihm keine Ahnung gekommen zu sein.

Auch eine Nachschrift enthielt der Brief: er habe auf eigene Hand mit einem guten Freunde einige Geschäfte eingefädelt, die schon hübschen Gewinn abgeworfen hätten; er wisse jetzt, wo Geld zu holen sei, sie würden bald noch anderes von ihm hören. – Wie gewagt, nach mehr als einer Seite hin, diese Geschäftsverbindung sei, davon freilich war nichts geschrieben.

Carsten, da er alles einmal und noch einmal gelesen hatte, lehnte sich müde in seinen Stuhl zurück; der Name »Juliane« drängte sich unwillkürlich über seine Lippen. Aber jedenfalls – Heinrich war gesund; es war nichts Schlimmes vorgefallen.

»Nun, Ohm?« fragte Anna, die auf Mitteilung harrend mit Tante Brigitte vor ihm stand.

Er reichte ihnen den Brief. »Leset selbst«, sagte er, »vielleicht daß ich heute einmal besser schlafe! Und dann, Anna, bestelle mir den Fuhrmann ab, meine alten Beine können nun nicht mehr!«

Er sah fast glücklich aus bei diesen Worten; ein Ruhepunkt war eingetreten, und er wollte ihn redlich zu benutzen suchen.

Am anderen Morgen wurden die Weihnachtsgeschenke aus den Schubladen wieder hervorgeholt und, sorgsam in ein Kistchen verpackt, an Heinrich auf die Post gegeben; obenauf lag ein Brief von Anna, voll herzlichen Zuredens und voll ehrlicher Entrüstung. Als Antwort erhielt sie nach einigen Monaten ein Osterei von Zucker, aus welchem, da es sich öffnen ließ, eine goldene Vorstecknadel zum Vorschein kam; einige neckende Knittelverse, welche für die guten Lehren dankten, waren auf einem Papierstreifchen darumgewunden.

Wenn die goldene Nadel ein Ertrag der eingefädelten Geschäfte war, so blieb sie jedenfalls das einzige Zeichen, das davon nach Hause gelangte; in den spärlichen Briefen geschah derselben entweder gar nicht oder nur noch in allgemeinen Andeutungen Erwähnung.

Die Zeit rückte weiter, und nach den Ostern war jetzt der Nachmittag des Pfingsfestes herangekommen. Die Frauen befanden sich beide auf dem sonnigen Hausflur in emsiger Beschäftigung; Tante Brigitte hatte das Gardinenbrett des Ladenfensters vor sich auf dem Zahltisch liegen, bemüht, einen blütenweißen Vorhang daran festzunadeln; Anna, der eine Anzahl grüner Waldmeisterkränze über dem einen Arm hingen, suchte gegenüber an der frisch getünchten Wand nach Haken oder Nägeln, um daran den Festschmuck zu befestigen. Zwei der Kränze waren glücklich angebracht; bei dem dritten saß der Nagel doch zu hoch, als daß der ausgestreckte Arm des schlanken Mädchens ihn mit dem Kranz erreichen konnte.

»Kind, Kind!« rief Tante Brigitte vom Ladentisch herüber; »du wirst ja kochheiß, so hol doch einen Schemel!«

»Nein, Tante, es muß!« erwiderte Anna lachend und begann unter herzlichem Stöhnen ihre vergeblichen Anstrengungen zu erneuern.

Plötzlich wurde die Haustür aufgerissen, daß das Läuten der

Schelle betäubend durch den Flur schallte; dazwischen rief eine jugendliche Männerstimme: »Mannshand oben!« und zugleich war auch der Kranz aus Annas aufgestreckter Hand genommen und hing im selben Augenblicke oben an dem Nagel. Anna selbst sah sich in den Armen eines schönen Mannes mit gebräuntem Antlitz und stattlichem Backenbarte, dessen Kleidung den Großstädter nicht verkennen ließ. Aber schon hatte sie mit einer so kräftigen Bewegung ihn von sich gestoßen, daß er geradewegs auf Tante Brigitte zuflog, die vor ihrem Gardinenbrett beide Hände über dem Kopf zusammenschlug. Da brach der Mißhandelte in ein lustiges Gelächter aus, das noch das Ausläuten der Türschelle übertönte.

»Heinrich, Heinrich! Du bist es!« riefen die Frauen wie aus einem Munde.

»Nicht wahr, Tante Brigitte das nennt man überraschen!«

»Junge«, sagte die Alte noch halb erzürnt; »in deinem modischen Rock steckt doch noch der alte Hansdampf; wenn du dich ansagst, kann man sich zu Tode warten, und wenn du kommst, könnte man vor Schreck den Tod davon haben.«

»Nun, nun, Tante Brigitte, ihr sollt mich auch bald genug schon wieder loswerden; unsereiner hat nicht lange Zeit, zu feiern.«

»Ei, Heinrich«, sagte die gute Tante, indem sie ihn mit sichtlicher Zufriedenheit betrachtete, »so sollte es nicht gemeint sein! Was du gesund aussiehst, Junge! Nun aber hilf auch mir noch ein paar Augenblicke mit deiner hübschen Leibeslänge!«

Mit einem Satz war Heinrich über den Ladentisch hinüber und stand gleich darauf auf der Fensterbank, das Gardinenbrett mit den daranhängenden weißen Fahnen in den Händen.

Als kurz darauf ein gemessenes Läuten der Türschelle die Ankunft des bisher abwesenden Hausherrn anzeigte, saß Heinrich bereits wohlversorgt im Zimmer vor dem Kaffeetische, den aufhorchenden Frauen die Wunder der Großstadt und seiner eigenen Tätigkeit verkündend. Gleich darauf stand er dem Vater gegenüber, und dieser ergriff seine beiden Hände und sah ihm mit verhaltenem Atem in die Augen. »Mein Sohn!« sagte er endlich; und Heinrich fühlte, wie aus dem Körper des alten Mannes ein Zittern in den seinen überging.

Noch lange, als sie schon mit den andern am Tische saßen, hingen so die Blicke des Vaters an des Sohnes Antlitz, während dessen bald wieder in Fluß gekommene Reden fast unverstanden an seinem Ohr vorübergingen. Heinrich schien ihm äußerlich fast ein Fremder; die Ähnlichkeit mit Juliane war zurückgetreten, er sagte sich das mit schmerzlicher Befriedigung; die Zeit seines Fortganges aus der Vaterstadt, obgleich nur wenige Jahre seitdem vergangen waren, lag jetzt weit dahinter. Ein freudiger Gedanke erfüllte plötzlich das Herz des Vaters: was auch damals geschehen war, es war nur der Fehler eines in der Entwickelung begriffenen, noch knabenhaften Jünglings, wofür die Verantwortlichkeit dem jetzt vor ihm sitzenden Manne nicht mehr aufgebürdet werden konnte. Carsten faltete unwillkürlich seine Hände; als Annas Blicke sich zufällig auf ihn wandten, hörte auch sie nicht mehr auf Heinrichs Wunderdinge: ihr alter Ohm saß da, als ob er betete.

Später freilich, als Sohn und Vater sich allein gegenübersaßen, mußte Heinrich auch diesem Rede stehen. Er war jetzt auf einer Geschäftsreise für seine Firma; am zweiten Festtag schon mußte er weiter, dem Norden zu. Aus dem eleganten Taschenbuche, das Heinrich hervorzog, wurde Carsten in manche Einzelheiten eingeweiht, und er nickte zufrieden, da er den Sohn in wohlgeordneter Tätigkeit erblickte. Weniger deutlich waren die Mitteilungen, die Heinrich über seine auf eigene Hand betriebenen Geschäfte machte; er verstand es, über diese selbst mit leichter Andeutung fortzugehen und sich dagegen ausführlich über neue Unternehmungen auszulassen, die mit dem unzweifelhaften Gewinn der ersteren begonnen werden sollten. Carsten war in solchen Dingen nicht erfahren; aber wenn in Heinrichs wortreicher Darlegung die Projekte immer höher stiegen und das Gold aus immer reicheren Quellen floß, dann war es ihm mitunter, als blickten plötzlich wieder Julianens Züge aus des Sohnes Antlitz, und zugleich in Angst und Zärtlichkeit ergriff er dessen Hände, als könnte er ihn so auf festem Boden halten.

Dennoch, als sie am anderen Vormittage miteinander in der Kirche saßen, konnte er sich einer kleinen Genugtuung nicht erwehren, wenn über den Gesangbüchern in allen Bänken sich die Köpfe nach dem stattlichen jungen Mann herumwandten; ja, es war ihm fast leid, daß heute nicht auch Herr Jaspers aus seinem gewohnten Stuhl herüberpsalmodierte.

Am Nachmittage, während drinnen Carsten und Brigitte ihr Schläfchen hielten, saßen Heinrich und Anna draußen auf der Bank unter dem Birnbaume. Auch sie hielten Mittagsruhe, nur daß die jungen Augen nicht zufielen wie die alten drinnen; zwar sprachen sie nicht, aber sie hörten auf den Sommergesang der Bienen, der tönend aus dem mit Blüten überschneiten Baume zu ihnen herabklang. Bisweilen, und dann immer öfter, wandte Anna den Kopf und betrachtete verstohlen das Gesicht ihres Jugendgespielen, der mit seinem Spazierstöckchen den Namen einer berühmten Kunstreiterin in den Sand schrieb. Sie konnte sich noch immer nicht zurechtfinden; der bärtige Mann an ihrer Seite, dessen Stimme einen so ganz anderen Klang hatte, war das der Heinrich noch von ehedem? – Da flog ein Star vom Dach herab auf die Einfassung des Brunnens, blickte sie mit seinen blanken Augen an und begann mit geschwellter Kehle zu schnattern, als wollte er ihr ins Gedächtnis rufen, wer dort statt seiner einst gesessen habe. Anna öffnete die Augen weit und blickte hinauf nach einem Stückchen blauen Himmels, das durch die Zweige des Baumes sichtbar war; sie fürchtete den Schatten, der drunten aus der Brunnenecke in diesen goldenen Sommertag hineinzufallen drohte.

Aber auch Heinrichs Erinnerung war durch den geschwätzigen Vogel geweckt worden; nur sahen seine Augen keinerlei Schatten aus irgendeiner Ecke. »Was meinst du, Anna«, sagte er, mit seinem Stöckchen nach dem Brunnen zeigend; »glaubst du, daß ich damals wirklich in das dumme Ding hineingesprungen wäre?«

Sie erschrak fast über diese Worte. »Wenn ich es glauben müßte«, erwiderte sie, »so wärest du jedenfalls nicht wert gewesen, daß ich dich davon zurückgerissen hätte.«

Heinrich lachte. »Ihr Frauen seid schlechte Rechenmeister! Dann hättest du mich ja jedenfalls nur sitzen lassen können!«

»O Heinrich, sage lieber, daß so etwas nie – nie wieder geschehen könne!«

Statt der Antwort zog er seine kostbare goldene Uhr aus der Tasche und ließ diese und die Kette vor ihren Augen spielen. »Wir machen jetzt selbst Geschäfte«, sagte er dann; »nur noch einige Monate weiter, da werfe ich den Erben des Senators die paar lumpigen Taler vor die Füße; wollen sie's nicht aufheben, so mögen sie es bleibenlassen; denn freilich, bezahlt muß so was werden.«

»Sie werden es schon nehmen, wenn du es bescheiden bietest«, sagte Anna.

»Bescheiden?« Er hatte sich vor ihr hingestellt und sah ihr ins

Gesicht, das sie sitzend zu ihm erhoben hatte. »Nun, wenn du meinst«, setzte er wie gedankenlos hinzu, während seine Augen den Ausdruck aufmerksamer Betrachtung annahmen. »Weißt du wohl, Anna«, rief er plötzlich, »daß du eigentlich ein verflucht hübsches Mädchen bist!«
Die Worte hatten so sehr den Ton unwillkürlicher Bewunderung, daß Anna fast verlegen wurde. »Du hast dir wohl andere Augen aus Hamburg mitgebracht«, sagte sie.
»Freilich, Anna; ich verstehe mich jetzt darauf! Aber weißt du auch wohl, daß du nun bald dreiundzwanzig Jahre alt bist! Warum hast du immer noch keinen Mann?«
»Weil ich keinen wollte. Was sind das für Fragen, Heinrich!«
»Ich weiß wohl, was ich frage, Anna; heirate mich, dann bist du aus aller Verlegenheit.«
Sie sah ihn zornig an. »Das sind keine schönen Späße!«
»Und warum sollen es denn Späße sein?« erwiderte er und suchte ihre Hand zu fassen.
Sie richtete sich fast zu gleicher Höhe vor ihm auf. »Nimmer, Heinrich, nimmer.« Und als sie diese Worte, heftig mit dem Kopfe schüttelnd, ausgestoßen hatte, machte sie sich los und ging ins Haus zurück; aber sie war blutrot dabei geworden bis in ihr blondes Stirnhaar hinauf.
Die Geschäfte, von denen Heinrich sich goldene Berge versprochen hatte, mußten doch einen andern Erfolg gehabt haben. Kaum einen Monat nach seiner Abreise kamen Briefe aus Hamburg, von ihm selbst und auch von Dritten, deren Inhalt Carsten den Frauen zu verbergen wußte, der ihn aber veranlaßte, sich bei seinem Gönner, dem sowohl im bürgerlichen als im peinlichen Rechte wohlerfahrenen alten Bürgermeister, eine vertrauliche Besprechung zu erbitten. Und schon am nächsten Abend im Ratsweinkeller raunte Herr Jaspers bei seinem Spitzglas Roten seinem Nachbar, dem Stadtwaagemeister, zu: der alte Carstens – der Narr mit seinem liederlichen Jungen –, es sei aus guter Quelle, daß er vormittags mehrere seiner besten Hypothekenverschreibungen mit einer hübschen Draufgabe gegen Bares umgesetzt habe. Der Stadtwaagemeister wußte schon noch mehr: das Geld, eine große Summe, war bereits am Nachmittage nach Hamburg auf die Post gegeben. Man kam überein, es müsse dort etwas geschehen sein, das rasche und unabweisbare Hülfe erfordert habe. »Hülfe!« wiederholte Herr Jaspers, mit den

dünnen Lippen behaglich den Rest seines Roten schlürfend; »Hans Christian wollte auch der Ratze helfen und füllte kochend Wasser in die Kesselfalle!«
Jedenfalls, wenn eine Gefahr vorhanden gewesen war, so schien sie für diesmal abgewendet; selbst Herr Jaspers konnte nichts Weiteres erkundschaften, und was an Gesprächen darüber in der kleinen Stadt gesummt hatte, verstummte allmählich. Nur an Carsten zeigte sich von dieser Zeit an eine auffallende Veränderung; seine noch immer hohe Gestalt schien plötzlich zusammengesunken, die ruhige Sicherheit seines Wesens war wie ausgelöscht; während er das eine Mal ersichtlich den Blicken der Menschen auszuweichen suchte, schien er ein andermal in ihnen fast ängstlich eine Zustimmung zu suchen, die er sonst nur in sich selbst gefunden hatte. Über mancherlei unbedeutende Dinge konnte er in jähem Schreck zusammenfahren; so, wenn unerwartet an seine Stubentür geklopft wurde oder wenn der Postbote abends zu ihm eintrat, ohne daß er ihn vom Fenster aus vorher gesehen hatte. Man hätte glauben können, der alte Carsten habe sich noch in seinen hohen Jahren ein böses Gewissen zugelegt.
Die Frauen sahen das; sie hatten auch wohl ihre eigenen Gedanken, im übrigen aber trug Carsten seine Last allein; nur sprach er mitunter sein Bedauern aus, daß er statt aller anderen Dinge nicht lieber seine ganze Kraft auf die Vergrößerung des ererbten Geschäftes gelegt habe, so daß Heinrich es jetzt übernehmen und in ihrer aller Nähe leben könnte. – Es stand nicht zum besten in dem Hause an der Twiete; denn auch Tante Brigitte, deren sorgende Augen stets an ihrem Bruder hingen, kränkelte; nur aus Annas Augen leuchtete immer wieder die unbesiegbare Heiterkeit der Jugend.
Es war an einem heißen Septembernachmittag, als die Glocke an der Haustür läutete und gleich darauf Tante Brigitte aus der Küche, wo sie mit Anna beschäftigt war, auf den Flur hinaustrat. »In Christi Namen!« rief sie, »da kommt der Stadtunheilsträger, wie der Herr Bürgermeister ihn nennt! Was will der von uns!«
»Fort mit Schaden!« sagte Anna und klopfte mit dem Messer, das sie in der Hand hielt, unter den Tisch. »Nicht wahr, Tante, das hilft?«
Mittlerweile stand der Berufene schon vor der offenen Küchen-

tür. »Ei, schönsten guten Tag miteinander!« rief er mit seiner Altweiberstimme, indem er mit seinem blaukarierten Taschentuche sich die Schweißtropfen von den Haarspitzen seiner fuchsigen Perücke trocknete. »Nun, wie geht's, wie geht's? Freund Carstens zu Hause? Immer fleißig an der Arbeit?«

Aber bevor er noch eine Antwort bekommen konnte, hatte er die alte Jungfrau mit einem neugierigen Blick gemustert. »Ei, ei, Brigittchen, ihr seht übel aus; Ihr habt verspielt, seit wir uns nicht gesehen.«

Tante Brigitte nickte. »Freilich, es will nicht mehr so recht; aber der Physikus meint, jetzt bei dem schönen Wetter werd es besser werden.«

Herr Jaspers ließ ein vergnügliches Lachen hören. »Ja, ja, Brigittchen, das meinte der Physikus auch bei der kleinen dänischen Marie im Kloster, als sie die Schwindsucht hatte. Ihr wißt, sie nannte ihr Stübchen immer ›min lütje Paradies‹« – er lachte wieder höchst vergnüglich –, »aber sie mußte doch fort aus dat lütje Paradies.«

»Gott bewahr uns in Gnaden«, rief Tante Brigitte, »Ihr alter Mensch könntet einem ja mit Euren Reden den Tod auf den Hals jagen!«

»Nun, nun, Brigittchen; alte Jungfern und Eschenstangen, die halten manche Jahre!«

»Jetzt aber macht, daß Ihr aus meiner Küche kommt, Herr Jaspers«, sagte Brigitte; »mein Bruder wird Euch besser auf Eure Komplimente dienen.«

Herr Jaspers retirierte; zugleich aber hob er sich die dampfende Perücke von seinem blanken Schädel und reichte sie auf einem Finger gegen Anna hin. »Jungfer«, sagte er, »sei Sie doch so gut und hänge Sie mir derweile das Ding zum Trocknen auf Ihren Plankenzaun; aber paß Sie auch ein wenig auf, daß es die Katz nicht holt.«

Anna lachte. »Nein, nein, Herr Jaspers; tragt Euer altes Scheusal nur selbst hinaus! Und unsere Katz, die frißt solch rote Ratzen nicht.«

»So, so? Ihr seid ja ein naseweises Ding!« sagte der Stadtunheilsträger, besah sich einen Augenblick seinen abgehobenen Haarschmuck, trocknete ihn mit seinem blaukarierten Taschentuche, stülpte ihn wieder auf und verschwand gleich darauf in der Tür des Wohnzimmers.

Als Carsten, der bei seinen Rechnungsbüchern saß, Herrn Jaspers' vor Geschäftigkeit funkelnde Äuglein durch die Stubentür erscheinen sah, legte er mit einer hastigen Bewegung seine Feder hin. »Nun, Jaspers«, sagte er, »was für Botschaft führt Ihr denn heute wiederum spazieren?«

»Freilich, freilich, Freundchen«, erwiderte Herr Jaspers, »aber Ihr wißt ja, des einen Tod, des andern Brot!«

»Nun, so macht es kurz und schüttet Eure Taschen aus!«

Herr Jaspers schien den gespannten Blick nicht zu beachten, der aus den großen, tiefliegenden Augen auf sein kleines, faltenreiches Gesicht gerichtet war. »Geduld, Geduld, Freundchen!« sagte er und zog sich behaglich einen Stuhl herbei – »also: der kleine Krämer in der Süderstraße, wo die Ostenfelder immer ihre Notdurft holen – Ihr kennt ihn ja; das Kerlchen hatte immer eine blanke wohlgekämmte Haartolle; aber das hat ihm nichts geholfen, Carsten, nicht für einen Sechsling! Ich hoffe nicht, daß Ihr mit diesem kleinen Kiebitz irgendwo verwandt seid.«

»Ihr meint durch meinen Geldbeutel? Nein, nein, Jaspers; aber was ist mit dem? Es war bei seinen Eltern eine gute Brotstelle.«

»Allerdings, Carsten; aber eine gute Brotstelle und ein dummer Kerl, die bleiben doch nicht lang zusammen; er muß verkaufen. Ich hab's in Händen; viertausend Taler Anzahlung, fünftausend protokollierte Schulden gehen in den Kauf. – Nun? Guckt Ihr mich an? – Aber ich dachte gleich, das wäre so etwas für Euren Heinrich, wie es Euch nicht alle Tage in die Hände läuft!«

Carsten hörte das; er wagte nicht zu antworten; unruhig schob er die Papiere, die vor ihm lagen, durcheinander. Dann aber sagte er, und die Worte schienen ihm schwer zu werden: »Das geht noch nicht; mein Heinrich muß erst noch älter werden!«

»Älter werden?« Herr Jaspers lachte wieder höchst vergnüglich. »Das meinte auch unser Pastor von seinem Jungen; aber, Freundchen, was zu einem Esel geboren ist, wird sein Tage nicht kein Pferd.«

Carsten spürte starken Drang, gegen seinen Gast sein Hausrecht zu gebrauchen; aber er fürchtete unbewußt, die Sache selber mit zur Tür hinauszuwerfen.

»Nein, nein, Freundchen«, fuhr der andere unbeirrt fort; »ich weiß Euch besseren Rat: eine Frau müßt Ihr dem Heinrich schaffen, versteht mich, eine fixe; und eine, die auch noch so ein paar Tausende in bonis hat! Nun« – und er machte mit seiner Fuchsperücke eine Bewegung nach der Gegend der Küche hin –, »Ihr habt ja alles nahebei.«

Carsten sagte fast mechanisch: »Was Ihr Euch doch um anderer Leute Kinder für Sorgen macht!«

Aber Herr Jaspers war aufgestanden und sah mit einem schlauen Blick auf den Sitzenden hinab. »Überlegt's Euch, Freundchen, ich muß noch auf die Kämmerei; bis morgen halt ich Euch die Sache offen.«

Er war bei diesen Worten schon zur Tür hinaus. Carsten blieb mit aufgestütztem Kopf an seinem Tische sitzen; er sah es nicht, wie gleich darauf, während Herrn Jaspers' hoher Zylinder sich draußen an den Fenstern vorüberschob, die kleinen zudringlichen Augen noch einen scharfen Blick ins Zimmer warfen.

Die Vorschläge des »Stadtunheilsträgers« schienen dennoch nachgewirkt zu haben. – Das war es ja, wonach Carsten sich so lange umgesehen; das zu Kauf gestellte, jetzt zwar herabgekommene Geschäft konnte bei guter Führung und ohne zu hohe Zinslast als eine sichere Versorgung gelten. Hier am Orte konnte der Vater selbst ein Auge darauf halten, und Heinrich würde allmählich auf sich selber stehen lernen. Carsten faßte sich ein Herz; mit zitternder Hand holte er noch einmal aus seinem Schreibpult jene Hamburger Briefe, die ihm vor nicht langer Zeit den größten Teil seines kleinen Vermögens gekostet hatten, und las sie, einen nach dem anderen, sorgsam durch. Dem letzten lag ein quittierter Wechsel bei; der Name unter dem Akzept war mit vielen Strichen unleserlich gemacht.

Wie oft hatte er jene Briefe nicht schon durchgesehen, um immer aufs neue sich zu überzeugen, daß alles geordnet sei, daß für die Zukunft kein Unheil mehr daraus entstehen könne! Aber sie sollten endlich nun vernichtet werden. Er zerriß sie in kleine Fetzen und warf sie in den Ofen, wo dann das erste Winterfeuer sie ganz verzehren mochte.

Als habe er heimlich eine böse Tat begangen, so leise drückte er die Tür des Ofens wieder zu. Dann stand er lange noch vor seinem offenen Pulte, den Schlüssel in der Hand; er atmete mühsam, und sein grauer Kopf sank immer tiefer auf die Brust. Aber dennoch – und immer wieder stand ihm das vor Augen –, wozu die Verhältnisse der Großstadt den schwachen Sohn verführt hatten, hier in der kleinen Stadt war das unmöglich! Wenn er ihn nur bald, nur gleich zur Stelle hätte! Eine fieberhafte Angst befiel ihn, sein Sohn könne eben jetzt, im letzten Augenblick, wo doch vielleicht der sichere Hafen ihm bereitstehe, noch einmal sich in jenen Strudel wagen.

Das Pult zwar wurde endlich abgeschlossen; aber wohl eine Stunde lang ging der sonst nie müßige Mann wie zwecklos in Haus und Hof umher, sprach bald mit den Frauen ein Wort über Dinge, um die er sich nie zu kümmern pflegte, bald ging er durch den Pesel in den Hof, um die seit lange hergestellte Brunneneinfassung zu besichtigen. Von hier zurückkommend, öffnete er eine Tür, die aus dem Pesel in einen Seitenbau und in dessen oberem Stockwerk zu Julianens Sterbekammer führte. Die schmale, seit Jahren nicht gebrauchte Treppe krachte unter seinen Tritten, als führe die alte Zeit aus ihrem Schlafe auf. Droben in der Kammer, unter dem Fenster, das auf die düstere Twiete ging, stand ein leeres, von Würmern halb zerstörtes Bettgestell. Carsten zog den einzigen Stuhl heran und blieb hier sitzen. Vor seinen Augen füllten sich die nackten Bretter; aus weißen Kissen sah ein blasses Antlitz, zwei brechende Augen blickten ihn an, als wollten sie ihm jetzt verheißen, was zu gewähren doch zu spät war.

Erst spät am Nachmittage saß Carsten wieder an seinem Arbeitstisch. Doch waren es nicht die gewohnten Dinge, die er heute vornahm; eine Kuratelrechnung, obwohl sie morgen zur Konkurssache eingereicht werden sollte, war beiseite geschoben und dagegen ein kleines Buch aus dem Pult genommen, das den Nachweis des eigenen Vermögensstandes enthielt; die großen dunkeln Augen irrten unstet über die aufgeschlagenen Paginas. Der Alte seufzte; über die besten Nummern war ein roter Strich gezogen. Dennoch begann er sorgsam seinen Status aufzustellen: was gegenwärtig an Mitteln noch vorhanden war, worauf er in Zukunft noch zu rechnen hatte. Da es nicht reichen wollte, kalkulierte er überdies den Wert seiner kleinen Marschfenne, die er bisher noch immer festgehalten hatte; aber die Landpreise waren in jener Zeit nur unerheblich. Er dachte daran, zu seinen übrigen Arbeiten noch ein städtisches Amt zu übernehmen, das man ihm neulich angeboten, das er aber seiner geschwächten Gesundheit halber nicht anzunehmen gewagt hatte; nun meinte er, er sei zu zag gewesen; gleich morgen wolle er sich zu der noch immer unbesetzten Stelle melden. Und aufs neue machte er seine Berechnung; aber das gehoffte Resultat wollte nicht erscheinen. Er legte die Feder hin und wischte sich den Schweiß aus seinen grauen Haaren.

Da klang ihm vor den Ohren, was Herr Jasper ihm geraten hatte, und seine Gedanken begannen in den wohlhabenden Bürgerhäusern herumzuwandern. Freilich, es waren schon Mädchen dort zu finden, wirtschaftlich und sittsam, und einzelne – so dachte er – wohl fest genug, um einen schwachen Mann zu stützen; aber würde er für seinen Heinrich dort anzuklopfen wagen?

Während er sich selbst zur Antwort langsam seinen Kopf schüttelte, trat Anna in der ganzen heiteren Entschlossenheit ihres Wesens in die Stube; wie ein Aufleuchten flog es über seine Augen, und unwillkürlich streckte er beide Arme nach ihr aus.

Anna sah ihn befremdet an. »Wolltet Ihr was, Carsten Ohm?« fragte sie freundlich.

Carsten ließ die Arme sinken. »Nein, Kind«, sagte er fast beschämt, »ich wollte nichts; laß dich nicht stören, du wolltest wohl zum Vesperbrote anrichten.«

Er nahm wieder die Feder, als wolle er in der vor ihm liegenden Berechnung fortfahren; aber seine Augen blieben an dem Mädchen hängen, während diese den Klapptisch von der Wand ins Zimmer rückte und dann, kaum hörbar, mit ihrer sicheren Hand die Dinge zum gewohnten Abendtee zurechtsetzte. Ein Bild der Zukunft stieg in seiner Seele auf, vor dem er alle seine Sorgen niederlegte. – – Aber nein, nein; er hatte immer treu für dieses Kind gesorgt! Ja, wenn das letzte nicht geschehen wäre!

Er war aufgestanden und vor sein bescheidenes Familienbild getreten. Als er es ansah, schien ihm das gemalte Abendrot zu flammen, und die Schattengestalten begannen einen Körper anzunehmen. Er nickte ihnen zu; ja, ja, das war sein Vater, seine Großmutter; das waren ehrliche Leute, die da spazierengingen!

– – Als bald darauf die Hausgenossen beim Abendbrot zusammensaßen, forschten Brigittens schwesterliche Augen immer eindringlicher in des Bruders Antlitz, das den Ausdruck der Verstörung nicht verhehlen konnte. »Tu's von dir, Carsten!« sagte sie endlich, seine Hand erfassend. »Was für eine Tracht Unheils hat der elende Mensch denn dieses Mal auf dich abgeladen?«

»Kein Unheil just, Brigitte«, erwiderte Carsten, »nur eine Hoffnung, die sich nicht erfüllen kann.« Und dann berichtete er den

Frauen von dem Angebot des Geweses, von seinen Wünschen und endlich – daß es sich denn doch nicht zwingen lasse.
Es folgte eine Stille nach diesen Worten. Anna schaute auf das Teekraut in ihrer leeren Tasse; aber sie fand kein Orakel darin, wie die alten Weiber das verstehen. Ihr kleiner Reichtum drückte sie wieder einmal; endlich faßte sie sich Mut, und die Augen zu ihrem Pflegevater aufhebend, sagte sie leise: »Ohm!«
»Was meinst du, Kind?«
– »Zürnt mir nicht, Ohm! Aber Ihr habt nicht gut gerechnet!«
»Nicht gut gerechnet! Anna, willst du es etwa besser machen?«
»Ja, Ohm!« sagte sie fest, und ein paar helle Tränen sprangen aus ihren blauen Augen; »sind meine dummen Taler denn auch dieses Mal nicht zu gebrauchen?«
Carsten blickte eine Weile schweigend zu ihr hinüber. »Ich hätte es mir von dir wohl denken sollen«, sagte er dann; »aber nein, Anna, auch diesmal nicht.«
– »Weshalb nicht? Saget nur, weshalb nicht?«
»Weil eine solche Vermögensanlage keine Sicherheit gewährt.«
»Sicherheit?« – – Sie war aufgesprungen, und seine beiden Hände ergreifend, war sie vor ihm hingekniet; ihr junges Antlitz, das sie jetzt zu ihm erhob, war ganz von Tränen überströmt. »Ach, Ohm, Ihr seid schon alt; Ihr haltet das nicht aus; Ihr solltet nicht so viele Sorgen haben!«
Aber Carsten drängte sie von sich. »Kind, Kind, du willst mich in Versuchung führen; weder ich noch Heinrich dürfen solches annehmen.«
Hülfesuchend wandte Anna den Kopf nach Tante Brigitte; die aber saß wie ein Bild, die Hände vor sich auf den Tisch gefaltet. »Nun, Ohm«, sagte sie, »wenn Ihr mich zurückstoßet, so werde ich an Heinrich selber schreiben.«
Carsten legte sanft die Hand auf ihren Kopf. »Gegen meinen Willen, Anna? Das wirst du nimmer tun.«
Das Mädchen schwieg einen Augenblick; dann schüttelte sie leise den Kopf unter seiner Hand. »Nein, Ohm, das ist wohl wahr, nicht gegen Euren Willen. Aber seid nicht so hart: es gilt ja doch sein Glück!«
Carsten hob ihr Antlitz von seinen Knien zu sich auf und sagte: »Ja, Anna, das denk ich auch; aber den Einsatz darf nur einer geben; der eine, der ihm auch das Leben gab. Und nun, mein liebes Kind, nichts mehr von dieser Sache!«

Er drückte sie sanft von sich ab; dann schob er seinen Stuhl zurück und ging hinaus.

Anna blickte ihm nach; bald aber sprang sie auf und warf sich Tante Brigitte in die Arme.

»Wir wollen es dem lieben Gott anheimstellen«, sagte die alte Frau; »ich habe dieses Mal meinen Bruder wohl verstanden.« Dann hielt sie das große Mädchen noch lange in ihren Armen.

– – Carsten war in den Hof gegangen. In der schon eingetretenen Dunkelheit saß er unter dem alten Familienbaum, der längst von Früchten leer war und aus dessen Krone er jetzt Blatt um Blatt neben sich zu Boden fallen hörte. Er dachte rückwärts in die Vergangenheit; und bald waren es Bilder, die von selber kamen und vergingen. Die Gestalt seines schönen Weibes zog an ihm vorüber, und er streckte die Arme in die leere Luft; er wußte selbst nicht, ob nach ihr oder nach dem fernen Sohn, der ihn noch unauflöslicher an ihren Schatten band. Dann wieder sah er sich selber auf der Bank sitzen, wo er gegenwärtig saß; aber als einen Knaben, mit einem Buche in der Hand; aus dem Hause hörte er die Stimme seines Vaters, und der kleine Peter kam auf seinem Steckenpferde in den Hof geritten. Bald aber mußte er sich fragen, weshalb dieses friedensvolle Bild ihn jetzt mit solchem Weh erfüllte. Da überkam's ihn plötzlich: ›Damals – – ja, damals hatte er sein Leben selbst gelebt; jetzt tat ein anderer das; er hatte nichts mehr, das ihm selbst gehörte – – keine Gedanken – – keinen Schlaf –‹

Er ließ seinen müden Körper gegen den Stamm des Baumes sinken; fast beruhigend klang der leise Fall der Blätter ihm ins Ohr.

– Aber es sollte noch ein anderes geschehen, ehe dieser Tag zu Ende ging. – Drinnen hatte Brigitte sich endlich in gewohnter Weise an ihr Spinnrad gesetzt, und Anna begann den Tisch abzuräumen. Als sie mit dem Geschirr auf den Flur hinaustrat, ging eben der Postbote vorüber. »Für die Mamsell«, sagte er und reichte ihr einen Brief durch die halboffene Haustür. Bei dem Lichte, das auf dem Ladentisch brannte, erkannte Anna mit Verwunderung in der Adresse Heinrichs Handschrift; er hatte niemals so an sie geschrieben. Nachdenklich nahm sie das Licht und zog, als sie hineingetreten war, die Tür der Küche hinter sich ins Schloß.

Es dauerte lange, bevor sie wieder in die Stube kam; aber Brigitte hatte es nicht gemerkt; ihr Spinnrad schnurrte gleichmäßig weiter, während Anna wie alle Tage jetzt den Tisch zusammenklappte und wieder an die Wand setzte. Nur etwas unsicherer und lauter geschah das heute; von dem Briefe sagte sie weder der alten Frau noch ihrem Pflegevater, als dieser nach einiger Zeit ins Zimmer kam und sich an seine Bücher setzte.

Endlich gingen die Frauen in das Oberhaus nach ihrer gemeinschaftlichen Schlafkammer, welche gegen den Hof hinaus lag. Die Fenster hatten offengestanden und die Abendfrische eingelassen; aber Anna konnte den Schlaf nicht finden; in das Rauschen des Birnbaums trug der Wind in langen gemessenen Pausen den Schall der Kirchenuhr herüber, und sie zählte eine Stunde nach der andern.

Auch Brigitte schien heute nicht zu ihrem Recht zu kommen; denn sie setzte sich auf und sah nach dem Bette des Mädchens, das dem ihrigen gegenüber an der Wand stand. »Kind, hast du noch immer nicht geschlafen?« fragte sie.

– »Nein, Tante Brigitte.«

»Nicht wahr, du grämst dich um meinen alten Bruder? Aber ich kenne ihn, bitte ihn nicht mehr darum; es wäre ganz um seine Ruh geschehen, wenn du ihn bereden könntest.«

Anna antwortete nicht.

»Schläfst du, Kind?« fragte Brigitte wieder.

– »Ich will es versuchen, Tante.«

Brigitte fragte nicht mehr; Anna hörte sie bald im ruhigen Schlummer atmen.

Es war fast Vormittag, als das junge Mädchen aus einem tiefen Schlaf erwachte, den sie endlich doch gefunden und aus dem die gute Tante sie nicht hatte wecken wollen. Rasch war sie in den Kleidern und ging ins Unterhaus hinab, wo sie durch die offene Tür des Pesels Brigitte an einem der dort befindlichen großen Schränke beschäftigt sah; aber sie ging nicht zu ihr, sondern in die Küche und ließ sich auf dem hölzernen Stuhl am Herde nieder. Nachdem sie von dem Kaffee, der für sie warm gestellt war, in eine Tasse geschenkt, eine Weile müßig davor gesessen und dann dieselbe zur Hälfte ausgetrunken hatte, stand sie mit einer entschlossenen Bewegung auf und trat gleich darauf ins Wohnzimmer.

Carsten stand am Fenster und schaute müßig auf den Hafen-

platz hinaus. Jetzt wandte er sich langsam zu der Eintretenden: »Du hast nicht schlafen können«, sagte er, ihr die Hand reichend.
– »O doch, Ohm; ich hab ja nachgeschlafen.«
»Aber du bist blaß, Anna. Du bist zu jung, um für anderer Leute Sorgen deinen Schlaf zu geben.«
»Anderer Leute, Ohm?« Sie sah ihm eine Weile ruhig in die Augen. Dann sagte sie: »Ich habe auch für mich selber viel zu denken gehabt.«
– »So sprich es aus, wenn du meinst, daß ich dir raten kann!«
»Sagt mir nur«, erwiderte sie hastig, »ist das Gewese in der Süderstraße noch zu kaufen? Ich hab's doch nicht verschlafen? Herr Jaspers ist doch nicht schon wieder hier gewesen?«
Carsten sagte fast hart: »Was soll das, Anna? Du weißt, daß ich es nicht kaufen werde.«
– »Das weiß ich, Ohm, aber – –«
»Nun, Anna, was denn: aber?«
Sie war dicht vor ihn hingetreten. »Ihr sagtet gestern, ich dürfe nicht zu Heinrichs Glück den Einsatz geben; aber – wenn Ihr gestern recht hattet, es ist nun anders geworden über Nacht.«
»Laß das, Kind!« sagte Carsten; »du wirst mich nicht bereden.«
»Ohm, Ohm!« rief Anna, und eine freudige Zärtlichkeit klang aus ihrer Stimme; »es hilft Euch nun nichts mehr; denn Euer Heinrich hat mich zur Frau verlangt, und ich werde ihm mein Jawort geben.«
Carsten starrte sie an, als sei der Blitz durch ihn hindurchgeschlagen. Er sank auf den neben ihm stehenden Ledersessel, und mit den Armen um sich fahrend, als müsse er unsichtbare Feinde von sich abwehren, rief er heftig: »Du willst dich uns zum Opfer bringen! Weil ich dein Geld allein nicht wollte, so gibst du dich nun selber in den Kauf!«
Aber Anna schüttelte den Kopf. »Ihr irrt Euch, Ohm! So lieb ihr mir auch alle seid, das könnt ich nimmer; danach bin ich nicht geschaffen.«
Zaghaft, als könne sein Wort das nahende Glück zerstören, entgegnete Carsten: »Wie ist denn das? Ihr waret doch allzeit nur wie Geschwister!«
»Ja, Ohm!« und ein fast schelmisches Lächeln flog über ihr hübsches Angesicht; »ich habe das auch gemeint; aber auf einmal war's doch nicht mehr so.« Dann, plötzlich ernst werdend, zog

sie einen Brief aus ihrer Tasche. »Da, leset selbst«, sagte sie, »ich erhielt ihn gestern vor dem Schlafengehen.«

Seine Hände griffen danach; aber sie bebten, daß seine Augen kaum die Zeilen fassen konnten.

Was sie ihm gegeben hatte, war der Brief eines Heimwehkranken. »Ich tauge nicht hier!« schrieb Heinrich; »ich muß nach Hause; und wenn Du bei mir bleiben willst, Du, Anna, mein ganzes Leben lang, dann werde ich gut sein, dann wird alles gut werden.«

Der Brief war auf den Tisch gefallen; Carsten hatte mit beiden Armen das Mädchen zu sich herabgezogen. »Mein Kind, mein liebes Kind«, flüsterte er ihr zu, während unaufhörlich Tränen aus seinen Augen quollen, »ja, bleibe bei ihm, verlaß ihn nicht; er war ja doch ein so guter kleiner Junge!«

Aber plötzlich, wie von einem inneren Schrecken getrieben, drückte er sie wieder von sich. »Hast du es bedacht, Anna?« sagte er; – »ich könnte dir nicht raten, meines Sohnes Frau zu werden.«

Ein leichtes Zucken flog über das Gesicht des Mädchens, während der alte Mann mit geschlossenen Lippen vor ihr saß. Ein paarmal nickte sie ihm zu. »Ja, Ohm«, sagte sie dann, »ich weiß wohl, er ist nicht der Bedachteste, sonst hättet Ihr ja keine Sorgen; aber was damals, vor Jahren hier geschah, Ihr sagtet selbst einmal, Ohm, es war ein halber Bubenstreich; und wenn er auch den Ersatz noch nicht geleistet hat, so etwas ist doch nicht mehr vorgekommen.«

Carsten erwiderte nichts. Unwillkürlich gingen seine Blicke nach dem Ofen, worin die Fetzen jener Briefe lagen. – Wenn er sie jetzt hervorholte! Wenn er vor ihren Augen sie jetzt wieder Stück für Stück zusammenfügte! – Weder Anna noch Brigitte wußten von diesen Dingen.

Seine Tränen waren versiegt; aber er nahm sein Schnupftuch, um sich die hervorbrechenden Schweißperlen von der Stirn zu trocknen. Er versuchte zu sprechen; aber die Worte wollten nicht über seine Lippen.

Das schöne blonde Mädchen stand wieder aufgerichtet vor ihm; mit steigender Angst suchte sie die Gedanken von seinem stummen Antlitz abzulesen.

»Ohm, Ohm!« rief sie. »Was ist geschehen? Ihr waret so still und sorgenvoll die letzte Zeit!« – Aber als er wie flehend zu ihr

aufblickte, da strich sie mit der Hand ihm die gefurchte Wange. »Nein, sorget Euch nur nicht so sehr; nehmt mich getrost zur Tochter an; Ihr sollet sehen, was eine gute Frau vermag!«
Und als er jetzt in ihre jungen mutigen Augen blickte, da vermochte er das Wort nicht mehr hervorzubringen, vor dem mit einem Schlag seines Kindes Glück verschwinden konnte.
Plötzlich ergriff Anna, die einen Blick durchs Fenster getan hatte, seine Hände. »Da kommt Herr Jaspers!« sagte sie. »Nicht so? Ihr macht nun alles richtig?« Und ohne eine Antwort abzuwarten, ging sie rasch zur Tür hinaus.
Da wurde ihm die Zunge frei. »Anna, Anna!« rief er; wie ein Hülferuf brach es aus seinem Munde. Aber sie hörte es nicht mehr; statt ihrer schob sich Herrn Jaspers' Fuchsperücke durch die Stubentür, und mit ihm hinein drängten sich wieder die schmeichelnden Zukunftsbilder und halfen, unbekümmert um das Dunkel hinter ihnen, den Handel abzuschließen.

Mit dem Eckhause an der andern Seite der Twiete beginnt vom Hafenplatz nach Osten zu die Krämerstraße, deren gegenüberliegende Häuserreihe, am Markt vorüber, sich in der langen Süderstraße fortsetzt. Dort, in einem geräumigen Hause, wohnten Heinrich und Anna. Vor dem Laden auf dem geräumigen Hausflur wimmelte es an den Markttagen jetzt wieder von einkaufenden Bauern, und Anna hatte dann vollauf zu tun, die Gewichtigeren von ihnen in die Stube zu nötigen, zu bewirten und zu unterhalten; denn das gewandte und umgängliche Wesen ihres Mannes hatte die Kundschaft nicht nur zurückgebracht, sondern auch vermehrt.
Carsten konnte es sich nicht versagen, täglich einmal bei seinen Kindern vorzugucken. Von dem Hafenplatz, dort, wo die Schleuse nach Osten zu die Häuserreihe unterbricht, führte ein anmutiger Fußweg hinter den Gärten jener Straßen, auf welchem man derzeit zu einer bestimmten Vormittagsstunde ihn unfehlbar wandern sehen konnte. Aber er gönnte sich Weile; gestützt auf seinen treuen Bambus, stand er oftmals im Schatten der hohen Gartenhecken und schaute nach der anderen Seite auf die Wiesen, durch welche der Meerstrom sich ins grüne Land hinausdrängt; jetzt zwar gebändigt durch die Schleuse, im Herbst oder Winter aber auch wohl darüber hinstürzend, die Wiesen überschwemmend und die Gärten arg verwüstend. – Bei solchen

Gedanken kamen Stock und Beine des Alten wieder in Bewegung: er mußte sogleich doch Anna warnen, daß sie zum Oktober ihre schönen Sellerie zeitig aus der Erde nehme. Hatte er dann das Lattenpförtchen zu Annas Garten erreicht, so kam die hohe Frauengestalt ihm meistens auf dem langen Steige schon entgegen; ja, als es zum zweiten Male Sommer wurde, kam sie nicht allein; sie trug einen Knaben auf ihrem Arm, der ihr eigen und der auf den Namen seines Vaters getauft war. Und wie gut ihr das mütterliche Wesen ließ, wenn sie, die frische Wange an die ihres Kindes lehnend, leise singend den Garten hinabschritt! Selbst Carsten hatte auf diesen Gängen jetzt Gesellschaft; denn durch das Kind war, trotz ihrer vorgeschrittenen Altersschwäche, auch Brigitte in Bewegung gebracht. Unten am Pförtchen schon, wenn droben kaum die junge Frau mit dem Kind aus den Bäumen trat, riefen die alten Geschwister den beiden zärtliche Worte zu. Brigitte nickte, und Carsten winkte grüßend mit seinem Bambusrohr, und wenn sie endlich nahe gekommen waren, so konnte Brigitte an dem Anblick des Kindes, Carsten noch mehr an dem der Mutter sich kaum ersättigen.

– – Das Glück ging vorüber, ja, es war schon fort, als Carsten und Brigitte noch in seinem Schein zu wandeln glaubten; ihre Augen waren nicht mehr scharf genug, um die feinen Linien zu gewahren, die sich zwischen Mund und Wangen allmählich auf Annas klarem Antlitz einzugraben begannen.

Heinrich, der anfänglich mit seinem rasch verfliegenden Feuereifer das Geschäft angefaßt hatte, wurde bald des Kleinhandels und des dabei vermachten persönlichen Verkehrs mit dem Landvolke überdrüssig. Zu mehrerem Unheil war um jene Zeit wieder einmal ein großsprechender Spekulant in die Stadt gekommen, nur wenig älter als Heinrich und dessen Verwandter von mütterlicher Seite; er war zuletzt in England gewesen und hatte von dort zwar wenig Mittel, aber einen Kopf voll halbreifer Pläne mit herübergebracht, für die er bald Heinrichs lebhafte Teilnahme zu entzünden wußte.

Zunächst versuchte man es mit einem Viehexport auf England, der bisher in den Händen einer günstig belegenen Nachbarstadt gewesen war. Nachdem dies mißlungen war, wurde draußen vor der Stadt unter dem Seedeich ein Austerbehälter angelegt, um mit den englischen Natives den hiesigen Pächtern Konkurrenz zu machen; aber dem an sich aussichtslosen Unternehmen fehlte

überdies die sachkundige Hand, und Carsten, dessen Warnung man vorher verachtet hatte, mußte einen Posten nach dem andern decken und eine Schuld über die andere auf seine Grundstücke einschreiben lassen.
Anna sah jetzt ihren Mann nur selten einen Abend noch im Hause; denn der unverheiratete Vetter nahm ihn mit in eine Wirtsstube, in der er den Beschluß seines Tagewerkes zu machen pflegte. Hier beim heißen Glase wurden die Unternehmungen beraten, womit man demnächst die kleine Stadt in Staunen setzen wollte; nachher, wenn dazu der Kopf nicht mehr taugte, kamen die Karten auf den Tisch, wo Einsatz und Erfolg sich rascher zeigte.
Heinrich hatte bei alledem die Augen für sein Weib noch nicht verloren. Warf das Glück ihm einen augenblicklichen Gewinn zu, der ihn in seinem Sinne jedesmal zum reichen Manne machte, so gab er wohl die Hälfte davon hin, sei es für goldene Ketten oder Ringe oder für einen kostbaren Stoff, um ihren schönen Leib damit zu schmücken. Aber was sollte Anna, als die Frau eines Kleinhändlers, mit diesen Dingen, zumal da nach und nach die ganze Leitung des Ladengeschäftes auf ihre Schultern gekommen war?
Eines Sonntags – die erste Ladung Austern war damals eben rasch und glücklich ausverkauft –, da sie, ihren Knaben auf dem Arm, im Zimmer auf und ab ging, trat Heinrich rasch und fröhlich zu ihr ein. Nachdem er eine Weile seine Augen auf ihrem Antlitz hatte ruhen lassen, führte er sie vor den Spiegel und legte dann plötzlich ein Halsband mit à jour gefaßten Saphiren um ihren Nacken; glücklich wie ein Kind betrachtete er sie. »Nun, Anna? – Laß dir's gefallen, bis ich dir Diamanten bringen kann!«
Der Knabe griff nach den funkelnden Steinen und stieß Laute des Entzückens aus, aber Anna sah ihren Mann erschrocken an. »O Heinrich, du hast mich lieb; aber du verschwendest! Denk an dich, an unser Kind!«
Da war die Freude auf seinem Antlitz ausgelöscht; er nahm den Schmuck von ihrem Halse und legte ihn wieder in die Kapsel, aus der er ihn zuvor genommen hatte. »Anna!« sagte er nach einer Weile und ergriff fast demütig die Hand seiner Frau, »ich habe meine Mutter nicht gekannt, aber ich habe von ihr gehört – nicht zu Hause, mein Vater hat mir nie von ihr gesprochen;

ein alter Kapitän in Hamburg, der in seiner Jugend einst ihr Tänzer war, erzählte mir von ihr –, sie ist schön gewesen; aber sie hat auch nichts anderes wollen, als nur schön und fröhlich sein; für meinen Vater ist ihr Tod vielleicht ein Glück gewesen – ich hatte oft Sehnsucht nach dieser Mutter; aber Anna – ich glaube, ihren Sohn, den hättest du besser nicht zum Mann genommen.«

In leidenschaftlicher Bewegung schlang das junge Weib den freien Arm um ihres Mannes Nacken. »Heinrich, ich weiß es, ich bin anders als du, als deine Mutter; aber darum eben bin ich dein und bin bei dir; wolle auch du nur bei mir sein, geh nur abends nicht immer fort, auch um deines alten Vaters willen tu das nicht! Er grämt sich, wenn er dich in der Gesellschaft weiß.«

Aber bei Heinrich hatte infolge der letzten Worte die Stimmung schon gewechselt. Er löste Annas Arm von seinem Halse, und mit einem Scherz, der etwas unsicher über seine Lippen kam, sagte er: »Was kann denn ich dafür, wenn der Wein, den ich trinke, meinem Vater Kopfweh macht?«

Mit einer heftigen Bewegung schloß Anna den Knaben an ihre Brust. »Sei versichert, Heinrich, ich werde treulich sorgen, daß dieses Kind das nicht dereinst von seinem Vater sage!«

»Nun, nun, Anna! Es war ja nicht so bös gemeint.«

– – Wie es immer gemeint sein mochte, anders war es deshalb nicht geworden. Der Nachtwächter, wenn er derzeit auf seiner Runde sich Heinrichs Hause näherte, sah oft den Kopf der jungen Frau aus dem offenen Fenster in die nächtlich stille Gasse hinaushorchen; er kannte sie wohl, denn er war der Vater jenes Nachbarkindes, mit dem Anna sich einst so liebreich umhergeschleppt hatte. Ehrerbietig, ohne von ihr bemerkt zu werden, zog er im Vorübergehen seinen Hut und rief erst weit hinter ihrem Hause die späte Stunde ab. Aber Anna hatte doch jeden Glockenschlag gezählt, und wenn endlich der bekannte Schritt von unten aus der Straße ihr entgegenscholl, so war er meistens nicht so sicher, als sie ihn am Tage doch noch zu hören gewohnt war. Dann floh sie ins Zimmer zurück und warf angstvoll die Arme über die Wiege ihres Kindes.

In der Stadt schüttelten schon längst die klugen wie die dummen Leute ihre Köpfe, und abends im Ratskeller konnte man von vergnüglichem Lachen die Fuchsperücke auf Herrn Jaspers' Haupte hüpfen sehen; ja, er konnte sich nicht enthalten, seinem

Freunde, dem Stadtwaagemeister, wiederholt die tröstliche Zuversicht auszusprechen, daß das Haus in der Süderstraße bald noch einmal durch seine schmutzigen Maklerhände gehen werde.

Indessen hatte Carsten einen stillen, immer wiederkehrenden Kampf mit seinem eigenen Kinde zu bestehen. Damals bei Eingehung der Ehe hatte er es bei den Brautleuten durchgesetzt, daß ein Teil von Annas Vermögen als deren Sondergut unter seiner Verwaltung geblieben war; jetzt sollte auch dieses in das Kompaniegeschäft hineingerissen werden; aber Anna, welche, seit sie Mutter geworden war, diesen Rest als das Eigentum ihres Kindes betrachtete, hatte alles in ihres Ohms und Vaters treue Hand gelegt. – Stöhnend, wenn nach solcher Verhandlung der Sohn ihn unwillig verlassen hatte, blickte der Greis wohl nach dem Ofen, in dem vor Jahren die Reste jener Briefe verbrannt waren, oder er stand vor seinem Familienbilde und hielt stummen, schmerzlichen Zwiesprach mit dem Schatten seiner eigenen Jugend.

Ein anscheinend unbedeutender Umstand kam noch hinzu. In einer Nacht, es mochte schon gegen zwei Uhr morgens sein, erkrankte die alte Brigitte plötzlich, und da nur über Tag eine Aushülfsfrau im Hause war, so machte Carsten sich selber auf, den Arzt zu holen.

Sein Rückweg führte ihn an jener vorerwähnten Wirtsstube vorüber, aus deren Fenstern allein in der dunkeln Häuserreihe noch ein Lampenschein auf die Straße hinausfiel. Gäste schienen nicht mehr dort zu sein, denn es war ganz still darinnen; und schon hatte Carsten das Haus im Rücken, da drang von dort ein heiserer Laut in seine Ohren, der ihn plötzlich stillstehen machte; in dieser häßlichen Menschenstimme, in der sich eine andere, ihm bekannte, zu verstecken schien, war etwas, das ihn auf den Tod erschreckte. Er konnte nicht weiter, er mußte zurück; lauernd und gierig, noch einmal und genauer dann zu hören, stand er unter dem Fenster der verrufenen Kneipe. Und noch einmal kam es, müde, wie von lallender Zunge ausgestoßen. Da schlug der Alte beide Hände über dem Kopf zusammen, und sein Stock fiel schallend auf die Steine.

Brigitte genas allmählich, soweit man im fünfundsiebzigsten Jahre noch genesen kann; Carsten aber hatte seit jener Nacht auch seinen letzten Schlaf verloren. Immer meinte er, von jener Trinkstube her, die doch mehrere Straßen weit entfernt lag, die heisere Stimme seines Sohnes zu hören; er setzte sich auf in seinen Kissen und horchte auf die Stille der Nacht; aber immer wieder in kleinen Pausen löste sich aus ihr jener furchtbare Ton; seine hagere Hand griff in das Dunkel hinein, als wolle sie die des Sohnes fassen; aber schlaff fiel sie alsbald über den Rand des Bettes nieder.

Seine Gedanken flogen zurück in Heinrichs Kinderzeit; er suchte sich das glückliche Gesicht des Knaben zurückzurufen, wenn es hieß: »Am Deich spazierengehen«; er suchte seinen Jubel zu hören, wenn ein Lerchennest gefunden oder eine große Seespinne von der Flut ans Ufer getrieben wurde. Aber auch hier kam etwas, um seinen kargen Schlaf mit ihm zu teilen. Nicht nur, wenn es von den Nordseewatten her an sein Fenster wehte, sondern auch in todstiller Nacht, immer war jetzt das eintönige Tosen des Meeres in seinen Ohren; wie zur Ebbezeit von weit draußen, hinter der Schmaltiefe schien es herzukommen; statt des glücklichen Gesichtes seines Knaben sah er die bloßgelegten Strecken des gärenden Wattenschlammes im Mondschein blänkern, und daraus flach und schwarz erhob sich eine öde Hallig. Es war dieselbe, bei der er einst mit Heinrich angefahren, um Möwen- oder Kiebitzeier dort zu suchen. Aber sie hatten keine gefunden; nur den aufgeschwemmten Leichnam eines Ertrunkenen. Er lag zwischen dem urweltlichen Kraut des Queller, von großen Vögeln umflogen, die Arme ausgestreckt, das furchtbare Totenantlitz gegen den Himmel gekehrt. Schreiend, mit entsetzten Augen, hatte bei diesem Anblick der Knabe sich an den Vater angeklammert.

Immer wieder, ja selbst im Traum, wohin diese Vorstellungen ihn verfolgten, suchte der Greis seine Gedanken nach friedlicheren Orten hinzulenken; aber jedes Wehen der Luft führte ihn zurück auf jenes furchtbare Eiland.

Auch die Tage waren anders geworden; der alte Carsten Curator führte zwar noch diesen seinen Beinamen; aber er führte ihn fast nur noch wie ein pensionierter Beamter seinen Amtstitel, und freilich ohne alle Pension. Die meisten seiner derartigen Geschäfte waren in jüngere Hände übergegangen; nur das kleine städtische Amt, das er derzeit wirklich erhalten hatte, wurde noch von ihm bekleidet, und auch der Wollwarenhandel ging in Brigittens alternder Hand seinen freilich immer schwächeren Gang.

Es war an einem Nachmittag zu Anfang des November. Der Wind kam steif aus Westen; der Arm, mit dem die Nordsee in Gestalt des schmalen Hafens in die Stadt hineinlangt, war von trübgrauem Wasser angefüllt, das kochend und schäumend schon die Hafentreppen überflutet hatte und die kleinen vor Anker liegenden Inselschiffe hin und wider warf. Hie und da begann man schon vor Haustüren und Kellerfenstern die hölzernen Schotten einzulassen, zwischen deren doppelte Wände dann der Dünger eingestampft wurde, der schon seit Wochen auf allen Vorstraßen lagerte.

Aus dem Hause an der Twiete trat, von Brigitte zur Tür geleitet, ein junger Schiffer, der sich mit einer wollenen Jacke für den Winter ausgerüstet hatte; aber der Sturm riß ihm das Papier von seinem Packen und den Hut vom Kopfe. »Oho, Jungfer Brigitte«, rief er, indem er seinem Hute nachlief, »der Wind ist umgesprungen; das gibt bös Wasser heut!«

»Herr du mein Jesus!« schrie die Alte; »sie dämmen überall schon vor! Christinchen, Christinchen!« – sie wandte sich zu einem Nachbarskinde, das sie in Abwesenheit der Eltern in ihrer Obhut hatte – »die Schotten müssen aus dem Keller! Lauf in die Krämerstraße; der lange Christian, er muß sogleich herüberkommen!«

Das Kind lief; aber der Sturm faßte es und hätte es wie einen armen Vogel gegen die Häuser geworfen, wenn nicht zum Glück der lange Christian schon gekommen wäre und es mit zurückgebracht hätte.

Die Schotten wurden herbeigeholt und vor der Haustür bis zu halber Manneshöhe eingelassen. Als die Dämmerung herabfiel, war fast der ganze Hafenplatz schon überflutet; aus den dem Bollwerk nahe gelegenen Häusern brachte man mit Böten die Bewohner nach den höheren Stadtteilen. Die Schiffe drunten rissen an den Ankerketten, die Masten schlugen gegeneinander; große weiße Vögel wurden mitten zwischen sie hineingeschleudert oder klammerten sich schreiend an die schlotternden Taue.

Brigitte und das Kind hatten eine Zeitlang der Arbeit des langen Christian zugesehen; jetzt saßen sie im Dunkeln in der Stube hinter den fest angeschrobenen Fensterläden. Draußen das Klatschen des Wassers, das Pfeifen in den Schiffstauen, das Rufen und Schreien der Menschen; wie grimmig zerrte es an den Läden, als wollte es sie herunterreißen. »Hu«, sagte das Kind, »es kommt herein, es holt mich!«

»Kind, Kind«, rief die Alte, »was sprichst du da? Was soll hereinkommen?«

»Ich weiß nicht, Tante; das, was da außen ist!«

Brigitte nahm das Kind auf ihren Schoß.

»Das ist der liebe Gott, Christinchen; was der tut, das ist wohlgetan. – Aber komm wir wollen oben nach meiner Kammer gehen!«

Währenddessen war Carsten hinten im Pesel beschäftigt; er packte die in dem einen Schranke lagernden alten Papiere und Rechnungsbücher aus und trug sie nach der Kammer des Seitenbaues hinauf; denn erst nach etwa einer Stunde war hohe Flut; das untere Haus war heute nicht sicher vor dem Wasser.

Eben trat er, eine brennende Unschlittkerze in der Hand, wieder in den Pesel; das im Zuge qualmende Licht, welches er in Ermangelung eines Tisches auf die Fensterbank niedersetzte, ließ den hohen Raum mit den mächtigen Schränken nur um so düsterer erscheinen; bei dem schräg von Westen einfallenden Sturme rasselten die in Blei gefaßten Scheiben, als sollten sie jeden Augenblick auf die Fliesen hinabgeschleudert werden.

Der Greis schien es desungeachtet und trotz der Schreie und Rufe, die von der Straße zu ihm hereindrangen, nicht eben eilig mit seiner Arbeit zu haben. Sein Haus, das steinerne, würde schon stehenbleiben; ein anderer Untergang seines Hauses stand ihm vor der Seele, dem er nicht zu wehren wußte. Am Vormittage war Anna dagewesen und hatte, als letzte Rettung ihres Mannes, nun selbst die Auslieferung ihrer Wertpapiere von ihm verlangt; aber auch ihr, die zu dieser Forderung berechtigt war, hatte er sie abgeschlagen. »Verklage mich; dann können sie mir gerichtlich abgenommen werden!«

Er widerholte sich jetzt diese Worte, mit denen er sie entlassen hatte, und Annas gramentstelltes Antlitz stand vor ihm auf, eine stumme Anklage, der er nicht entgehen konnte.

Als er sich endlich wieder an dem Schranke niederbückte, hörte er draußen die Tür, welche von der Twiete in den Hof führte, gewaltsam aufreißen; bald darauf wurde auch die Hoftür des Pesels aufgeklinkt, und wie vom Sturm hereingeworfen, stand mitten in dem düsteren Raume eine Gestalt, in der Carsten allmählich seinen Sohn erkannte.

Aber Heinrich sprach nicht und machte auch keine Anstalt, die Tür, durch welche der Sturm hereinblies, wieder zu schließen. Erst nachdem sein Vater ihn aufgefordert hatte, tat er das; doch war ihm mehrmals die Klinke dabei aus der Hand geflogen.

»Du hast mir noch keinen guten Abend geboten, Heinrich«, sagte der Alte.

»Guten Abend – Vater.«

Carsten erschrak, als er den Ton dieser Stimme hörte; nur einmal, in einer Nacht nur hatte er ihn gehört. »Was willst du?« frug er. »Weshalb bist du nicht bei Frau und Kind? Das Wasser wird schon längst in eurem Garten sein.«

Was Heinrich hierauf erwiderte, war bei dem Tosen, das von allen Seiten um das Haus fuhr, kaum zu hören.

»Ich verstehe dich nicht! Was sagst du?« rief der Greis. – »Das Geld? Die Papiere deiner Frau? – Nein, die gebe ich nicht!«

»Aber – ich bin bankerott – schon morgen!« Die Worte waren gewaltsam hervorgestoßen, und Carsten hatte sie verstanden.

»Bankerott!« Wie betäubt wiederholte er das eine Wort. Aber bald danach trat er dicht zu seinem Sohn, und die hagere Hand wie zu eigener Stütze gegen seine Brust pressend, sagte er fast ruhig: »Ich bin weit mit dir gegangen, Heinrich; Gott und dein armes Weib wollen mir das verzeihen! Ich gehe nun nicht weiter; was morgen kommt – wir büßen beide dann für eigene Schuld.«

»Vater! mein Vater!« stammelte Heinrich. Er schien die Worte, die zu ihm gesprochen wurden, nicht zu fassen.

In jähem Andrang streckte der Greis beide Arme nach dem Sohne aus; und wenn die in dem großen Raume herrschende Dämmerung es gestattet hätte und wenn seine Augen klar genug gewesen wären, Heinrich hätte vor dem Ausdruck in seines Vaters Angesicht erschrecken müssen; aber die Schwäche, welche diesen für einen Augenblick überwältigt hatte, ging vorüber. »Dein Vater?« sagte er, und seine Worte klangen hart. »Ja Heinrich! – Aber ich war noch etwas anderes – die Leute nannten mich danach –, nur ein Stück noch habe ich davon behalten; sieh zu, ob du es aus meinen alten Händen reißen kannst! Denn – betteln gehen, das soll dein Weib doch nicht, weil ihr Curator sie für seinen schlechten Sohn verraten hat!«

Von draußen drang ein Geschrei herein, und aus entfernten Straßen scholl der dumpfe herkömmliche Notruf: »Water! Water!«

»Hörst du nicht?« rief der Alte; »die Schleuse ist gebrochen! Was stehst du noch? Ich habe keine Hülfe mehr für dich!«
Aber Heinrich antwortete nicht; er ging auch nicht; mit schlaff herabhängenden Armen blieb er stehen.
Da, wie in plötzlicher Anwandlung, griff Carsten nach der flakkernden Unschlittkerze und hielt sie dicht vor seines Sohnes Angesicht.
Zwei stumpfe gläserne Augen starrten auf ihn hin.
Der Greis taumelte zurück. »Betrunken!« schrie er, »du bist betrunken!«
Er wandte sich ab; mit der einen Hand die qualmende Kerze vor sich haltend, die andere abwehrend hinter sich gestreckt, wankte er nach der Tür des Seitenbaues. Als er hindurchschritt, fühlte er sich an seinem Rocke gezerrt; aber er machte sich los, es wurde finster im Pesel, und von der andern Seite drehte sich der Schlüssel in der Tür.
Der Trunkene war plötzlich seiner Sinne mächtig geworden. Wie aus dem Nebel eines Traumes erwachend, fand er sich allein in dem ihm wohlbekannten dunkeln Raume; er wußte mit einem Male jedes Wort, das zu ihm gesprochen war. Er tastete an der verschlossenen Tür, er rüttelte daran. »Vater! Hör mich!« rief er, »hilf mir, mein Vater! nur noch dies eine, letzte Mal!« Und wieder rüttelte er, und noch einmal mit lauter Stimme rief er es. Aber, ob der Sturm es verwehte oder ob seines Vaters Ohr für ihn verschlossen war, ihm wurde nicht geöffnet; nichts hörte er als das Toben in den Lüften und zwischen den Schluchten der Höfe und Häuser.
Eine Weile noch stand er, das Ohr gegen die Tür gedrückt; dann endlich ging er fort. Aber nicht durch den Hof nach der Twiete, wo die Tür vielleicht noch frei von Wasser war; er ging durch den Flur an die Schotten der offenen Haustür, an denen schon bis zur halben Höhe das Wasser hinaufklatschte. Der Mond war aufgestiegen; aber am Himmel flogen die Wolken; Licht und Dunkel jagten abwechselnd über die schäumenden Wasser. Vor ihm über der Schleuse, wo es ostwärts durch die Häuserlücke nach den Gärten und Wiesen geht, schien jetzt ein mächtiger Strom hinabzuschießen; er glaubte den Todesschrei der Tiere zu hören, welche die erbarmungslosen Naturgewalten wie im Taumel dort vorüberrissen. Ihn schauderte; – was wollte er hier? – Aber gleich darauf warf er den bleichen, noch immer jugendlich

schönen Kopf zurück. »Oiho, Jens!« rief er plötzlich; er hatte seitwärts unter den Häusern ein mit zwei Leuten bemanntes Boot erblickt, das zu einem der früheren Austerschiffe gehörte. Ein trotziger Übermut sprühte aus seinen eben noch so stumpfen Augen. »Gib mir das Boot, Jens! Oder habt ihr selbst noch was damit?«

»Diesmal nicht!« scholl es zurück. »Aber wohin will der Herr?«

»Wohin? Ja, wohin? Dort, nur querüber nach der Krämerstraße!«

Das winzige Boot legte sich an die Schotten.

»Steigt ein, Herr; aber setzt uns hier nebenan beim Schlachter ab!«

Heinrich stieg ein, und die beiden andern wurden, wie sie es verlangten, ausgesetzt. Als sie aber dort hinter den Schotten in der Haustür standen, sahen sie bald, daß das Boot nicht, wie Heinrich angegeben, in den sicheren Paß der Straße lenkte.

»Herr, zum Teufel«, schrie der eine, »wo wollt Ihr hin?«

Heinrich war noch im Schutze der Häuserreihe.

»Nach Haus!« rief er zurück. »Hintenum nach Haus!«

»Herr, seid Ihr toll! Das geht nicht! Das Boot kentert, eh Ihr um die Schleuse seid!«

»Muß gehen!« kam es noch einmal halb verweht zurück; dann schoß das Boot in den wüsten Wasserschwall hinaus. Noch einen Augenblick sahen sie es wie einen Schatten von den Wellen auf und ab geworfen; als es über der Schleuse in die Häuserlücke gelangte, wurde es vom Strom gefaßt. Die Leute stießen einen Schrei aus; das Boot war jählings ihrem Blick verschwunden. – –

»War mir doch«, sagte Brigitte oben in ihrer Kammer zu dem Kinde, »als hätte ich vorhin des Onkel Heinrichs Stimme gehört! Aber wie sollte der hieher kommen!« Dann ging sie hinaus und rief von der Treppe in den dunkeln Flur hinab: »Heinrich, bist du da, Heinrich?« – Als keine Antwort kam, schüttelte sie den Kopf und horchte noch einmal; aber nur das Wasser klatschte gegen die Schotten.

Sie ging vollends in das Unterhaus hinab, entzündete mit Mühe ein Licht und stellte es in das Ladenfenster; dann, nachdem sie den Wasserstand besichtigt hatte, stieg sie wieder hinauf in ihre Kammer. »Sei ruhig, Christinchen, das Wasser kommt heute nicht ins Haus; aber der Onkel Heinrich ist auch nicht dagewesen.«

Wohl eine Viertelstunde war vergangen; draußen schien es ruhiger zu werden, die Leute saßen abwartend in ihren Häusern. Da setzte Brigitte plötzlich das Kind von ihrem Schoße. »Was war das? Hörtest du das, Christinchen?« und wieder lief sie nach der Treppe. »Ist jemand unten?« rief sie in den Flur hinab.

Eine Männerstimme antwortete durch die offene Haustür.

»Was wollt Ihr? Seid Ihr's denn, Nachbar?« fragte die Alte. »Wie seid Ihr an das Haus gekommen?«

»Ich hab ein Boot, Brigitte, aber kommt einmal herab!«

So rasch sie vor dem Kinde konnte, das sich wieder an ihren Rock geklammert hatte, stieg sie die Treppe hinab. »Was ist denn, Nachbar? Gott schütze uns vor Unglück!«

»Ja, ja, Brigitte, Gott schütze uns! Aber hinter der Krämerstraße auf den Fennen ist ein Mensch in Not.«

»Allbarmherziger Gott, ein Mensch! Wollt Ihr das große Tau von unserem Boden?«

Der Mann schüttelte den Kopf. »Es ist zu weit, der Mensch sitzt auf dem hohen Scheuerpfahl, der nur noch eben über Wasser ist. Hört nur! Man kann ihn schreien hören! – Nein, nein, es war nur der Wind. Aber drüben von des Bäckers Hausboden können sie ihn sehen.«

»Bleibt noch!« sagte die Alte. »Ich will Carsten rufen; vielleicht weiß der noch Rat.«

Ein paar Worte noch wechselten sie; dann lief Brigitte nach dem Pesel. Aber es war dunkel, Carsten war nicht dort. Als sie sich mit dem Kinde nach der Ecke des Seitenbaues hingetastet hatte, fand sie die Tür verschlossen.

»Carsten, Carsten!« rief sie und schlug mit beiden Händen darauf los. Endlich kam es die Treppe herab, der Schlüssel drehte sich, und Carsten mit der heruntergebrannten Kerze in der Hand trat ihr totenbleich entgegen.

»Um Gottes willen, Bruder, wie siehst du aus! Warum verschließt du dich? Was hast du oben in der Totenkammer aufgestellt?«

Er sah sie ruhig, aber wie abwesend aus seinen großen Augen an.

»Was willst du, Schwester?« fragte er. »Ist denn das Wasser schon im Fallen?«

»Nein, Bruder; aber es hat ein Unglück gegeben!« Und sie be-

richtete mit fliegenden Worten, was der Nachbar ihr erzählt hatte.
Die steinerne Gestalt des Alten wurde plötzlich lebendig. »Ein Mensch? Ein Mann, Brigitte?« rief er und packte den Arm seiner alten Schwester.
»Freilich, freilich; ein Mann, Bruder!«
Das Kind, das Brigittens Rock nicht losgelassen hatte, streckte jetzt sein Köpfchen vor. »Ja, Carsten Ohm«, sagte es wichtig, »und der Mann ruft immer nach seinem Vater! Von Nachbar Bäcker seinem Boden können sie ihn schreien hören!«
Carsten ließ das Licht auf die Fliesen fallen und stürzte fort. Er war schon drunten vor den Schotten und wäre in das Wasser hinausgestiegen, wenn ihm der Nachbar nicht noch zur Not ins Boot geholfen hätte.
Einige Augenblicke später stand er drüben in der Krämerstraße auf dem dunklen Boden des Bäckers und ließ durch die offene Luke seine Blicke in den nächtlichen Graus hinausirren.
»Wo? wo?« fragte er zitternd.
»Guckt nur gradeaus! Der Pfahl auf Peter Hansens Fenne!« antwortete der dicke Bäcker, der, mit den Daumen in den Armlöchern seiner Weste, neben ihm stand; »'s ist nur zu dunkel jetzt; Ihr müßt warten, bis der Mond wieder vorkommt! Aber ich geh nach unten; ich bin zu weich; ich halt's nicht aus, das Schreien hier mit anzuhören.«
»Schreien? Ich höre nichts!«
»Nicht? Nun, helfen kann's dem drüben auch nicht weiter.«
Eine blendende Mondhelle brach durch die vorüberjagenden Wolken und beleuchtete das geisterbleiche Gesicht des Greises, der sein fliegendes Haar mit beiden Händen hielt, während die großen Augen angstvoll über die schäumende Wasserwüste schweiften.
Plötzlich zuckte er zusammen.
»Carsten, alle Teufel, Carsten!« rief der Bäcker, der trotz seines weichen Herzens noch zur Stelle war; denn in demselben Augenblicke war Carsten lautlos in die Arme des dicken Mannes hingefallen.
»Ja, so«, setzte der hinzu, als er nun auch einen Blick durch die Luke tat; »der Pfahl ist, bei meiner armen Seele, leer! Aber was zum Henker ging denn das den Alten an!«

Es ist zwar nie ermittelt worden, wer der Mensch gewesen, dessen Notschrei derzeit von der Flut erstickt wurde; gewiß aber ist es, daß Heinrich weder in jener Nacht noch später wieder nach Hause gekommen oder überhaupt gesehen worden ist.
Im übrigen hat Herrn Jaspers' fröhliche Zuversicht sich mehr noch als bewährt; nicht nur das Haus in der Süderstraße, auch das an der Twiete ging bald durch seine Hände. Nur Tante Brigittens Sarg stand noch im kühlen Pesel und wurde von da zur ewigen Ruhe hinausgetragen. Carsten mußte ausziehen; während drinnen der Auktionshammer schallte, ging er, von Anna gestützt, aus seinem alten Hause, um es niemals wieder zu betreten. Oben in der Süderstraße, weit hinter Heinrichs früherem Gewese, dort wo die letzten kleinen Häuser mit Stroh gedeckt sind, war jetzt ihre gemeinschaftliche Heimat. Ein Amt bekleidete Carsten nicht mehr, auch sonst betrieb er keine Geschäfte; denn in jener Nacht war er vom Schlage getroffen worden, und sein Kopf hatte gelitten; dagegen war er noch wohl geeignet, den kleinen Heinrich zu warten, welcher den halben Tag auf seines Großvaters Schoße zubrachte. Not litt der Alte nicht, obgleich Anna auch den letzten Bruchteil ihres Vermögens um des Gedächtnisses ihres Mannes willen hingegeben hatte; aber ihre Hände und ihr Mut waren nimmer müde. Sie war völlig verblüht, nur ihr schönes blondes Haar hatte sie noch behalten; aber eine geistige Schönheit leuchtete jetzt von ihrem Antlitz, die sie früher nicht besessen hatte; und wer sie damals in ihrer hohen Gestalt zwischen dem Kinde und dem zum Kind gewordenen Manne erblickt hat, dem mußten die Worte der Bibel ins Gedächtnis kommen: Stirbt auch der Leib, doch wird die Seele leben!
Für den Greis aber bildete es eine täglich wiederkehrende Lust, die Züge der Mutter in dem kleinen Antlitz seines Enkels aufzusuchen. »Dein Sohn, Anna; ganz dein Sohn!« pflegte er nach längerer Betrachtung auszurufen. »Er hat ein glückliches Gesicht!« Dann nickte Anna und sagte lächelnd: »Ja, Großvater; aber der Junge hat ganz Eure Augen.«

Und so geht es fort in den Geschlechtern: die Hoffnung wächst mit jedem Menschen auf; aber keiner denkt daran, daß er mit jedem Bissen seinem Kinde zugleich ein Stück des eigenen Lebens hingibt, das von demselben bald nicht mehr zu lösen ist.

Heil dem, dessen Leben in seines Kindes Hand gesichert ist; aber auch dem noch, welchem von allem, was er einst besessen, nur eine barmherzige Hand geblieben ist, um seinem armen Haupte die letzten Kissen aufzuschütteln.

Die Söhne des Senators

Der nun längst vergessene alte Senator Christian Albrecht Jovers, dessen Sarg bei Beginn dieser einfachen Geschichte schon vor mehreren Jahren die stille Gesellschaft der Familiengruft vermehrt hatte, war einer der letzten größeren Kaufherren unserer Küstenstadt gewesen. Außer seiner Witwe, der von klein und groß geliebten Frau Senatorn, hatte er zwei Söhne hinterlassen, von denen er den ältesten, gleichen Namens mit ihm, kurz vor seinem Tode als Kompagnon der Firma aufgenommen hatte, während für den um ein Jahr jüngeren Herrn Friedrich Jovers am selben Orte ein durch den Tod des Inhabers frei gewordenes Weingeschäft erworben war.

Dem alten, nun in Gott ruhenden Herrn war derzeit der Ruf gefolgt, daß er in seinem Hause, selbst gegen seine im vorgeschrittenen Mannesalter stehenden Söhne, die Familiengewalt mit Strenge, ja oft mit Heftigkeit geübt habe; nicht minder aber, daß er ein Mann gewesen sei, stets eingedenk der Würde seiner Stellung und des wohlerworbenen Ansehens seiner Voreltern, mit einem offenen Herzen für seine Vaterstadt und alle reputierlichen Leute in derselben, mochten sie in den großen Giebelhäusern am Markte oder in den Katen an den Stadtenden wohnen. Beim Jahreswechsel mußte ohnfehlbar der Buchhalter und Kassierer Friedebohm einen gewichtigen Haufen dänischer und holländischer Dukaten in einzelne Päckchen siegeln, sei es zu Ehrengeschenken für die Prediger, für Kirchen- und Schulbediente oder für am Orte wohnende frühere Dienstboten als ein Beitrag zu den Kosten der verflossenen Feiertage; ebenso sicher aber war auch dann schon vor Einbruch der schlimmsten Wintersnot ein auf dem nahe liegenden Marschhofe des Senators fettgegraster Mastochse für die Armen ausgeschlachtet und verteilt worden. So stand denn nicht zu verwundern, daß die Mitbürger des alten Herrn, wenn sie ihm bei seinen seltenen Gängen durch die Stadt begegneten, stets mit einer Art sorglicher Feierlichkeit ihren Dreispitz von der Perücke hoben, auch wohl erwartungsvoll hinblickten, ob bei dem Gegengruße ein Lächeln um den streng geschlossenen Mund sich zeige.

Das Haus der Familie lag inmitten der Stadt in einer nach dem Hafen hinabgehenden Straße. Es hatte einen weiten, hohen

Flur mit breiter Treppe in das Oberhaus, zur Linken neben der mächtigen Haustür das Wohnzimmer, in dem langgestreckten Hinterhause die beiden Schreibstuben für die Kaufmannsgesellen und den Prinzipal; darüber, im oberen Stockwerk, lag der nur bei feierlichen Anlässen gebrauchte große Festsaal. Auch was derzeit sonst an Raum und Gelaß für eine angesehene Familie nötig war, befand sich in und bei dem Hause; nur eines fehlte: es hatte keinen Garten, sondern nur einen mäßig großen Steinhof, auf welchen oben die drei Fenster des Saales, unten die der Schreibstuben hinaussahen. Der karge Ausblick aus diesem Hofe ging über eine niedrige Grenzmauer auf einen Teil des hier nicht breiteren Nachbarhofes; der Nachbar selber aber war Herr Friedrich Jovers, und über die niedrige Mauer pflegten die beiden Brüder sich den Morgengruß zu bieten.

Gleichwohl fehlte es der Familie nicht an einem stattlichen Lust- und Nutzgarten, nur lag er einige Straßen weit vom Hause; doch immerhin so, daß er, wie man hier sich ausdrückt, »hintenum« zu erreichen war. Und für den vielbeschäftigten alten Kaufherrn mag es wohl gar eine Erquickung gewesen sein, wenn er spätnachmittags am Westrande der Stadt entlangwandelte, bisweilen anhaltend, um auf die grüne Marschweide hinabzuschauen oder, wenn bei feuchter Witterung der Meeresspiegel wie emporgehoben sichtbar wurde, darüber hinaus nach den Masten eines seiner auf der Reede ankernden Schiffe. Er zögerte dann wohl noch ein Weilchen, bevor er sich wieder in die Stadt zurückwandte; denn freilich galt es, von hier aus nun noch etwa zwanzig Schritte in eine breite Nebengasse hineinzubiegen, wo die niedrigen, aber sauber gehaltenen Häuser von Arbeitern und kleinen Handwerkern der hereinströmenden Seeluft wie dem lieben Sonnenlichte freien Eingang ließen. Hier wurde die nördliche Häuserreihe von einem grünen Weißdornzaune und dieser wiederum durch eine breite Staketpforte unterbrochen. Mit dem schweren Schlüssel, den er aus der Tasche zog, schloß der alte Herr die Pforte auf, und bald konnte man ihn auf dem geradlinigen, mit weißen Muscheln ausgestampften Steige in den Garten hineinschreiten sehen, je nach der Jahreszeit den weißen Kopf seitwärts zu einer frisch erschlossenen Provinzrose hinabbeugend oder das Obst an den jungen, in den Rabatten neu gepflanzten Bäumen prüfend.

Der zwischen Buchseinfassung hinlaufende breite Steig führte nach etwa hundert Schritten zu einem im Zopfstil erbauten Pavillon; und es war für die angrenzende Gasse allemal ein Fest, wenn an Sonntagnachmittagen die Familie sich hier zum Kaffee versammelt hatte und dann beide Flügeltüren weit geöffnet waren. Der alte Andreas, welcher dicht am Garten wohnte, hatte an solchen Tagen schon in der Morgenfrühe oder vorher, am Sonnabend, alle Nebensteige geharkt und Blumen und Gesträuche sauber aufgebunden. Weiber mit ihrem Nachwuchs auf den Armen, halbgewachsene Jungen und Mädchen drängten sich um die Pforte, um durch deren Stäbe einen Blick in die patrizischen Sommerfreuden zu erhaschen, mochten sie nun das blinkende Service des Kaffeetisches bewundern oder Schärferblikkende die nicht übel gemalte tanzende Flora an der Rückwand des Pavillons gewahren und nun lebhaft dafür eintreten, daß diese fliegende Dame das Bild der guten Frau Senatorn in ihren jungen Tagen vorstelle. Die ganze Freude der Jugend aber war ein grüner Papagei aus Kuba, der bei solchen Anlässen als vieljähriger Haus- und Festgenosse vor den Türen des Pavillons seinen Platz zu finden pflegte. Auf seiner Stange sitzend, pfiff er bald ein heimatliches Negerliedchen, bald, wenn von der Pforte her zu viele Finger und blanke Augen auf ihn zielten, schrie er flügelschlagend ein fast verständliches Wort zu der Gassenbrut hinüber. Dann frugen die Jungen untereinander: »Wat seggt he? Wat seggt de Papagoy?« Und immer war einer dazwischen, welcher Antwort geben konnte. »Wat he seggt? – ›Komm röwer!‹ seggt he!« – Dann lachten die Jungen und stießen sich mit den Ellenbogen, und wenn Stachelbeeren an den Büschen oder Eierpflaumen an den Bäumen hingen, so hatten sie zum Herüberkommen gewiß nicht übel Lust. Aber das war schwerlich die Meinung des alten Papageien; denn wenn Herr Christian Albrecht, sein besonderer Gönner, mit einem Stückchen Zucker an die Stange trat, so schrie er ebenfalls: »Komm röwer!« Er hatte dasselbe schon geschrien, als ein alter Kapitän ihres Vaters den Knaben Friedrich und Christian Albrecht den fremden Vogel zum Geschenke brachte; und als auch sie ihn damals frugen: »Wat seggt de Papagoy?«, da hatte der alte Mann nur lachend erwidert: »Ja, ja, se hebbt upt Schipp em allerlei dumm Tüges lehrt!« Der Himmel mochte wissen, was der Vogel mit seinem plattdeutschen Zuruf sagen wollte!

Mitunter ging auch wohl die kleine, freundliche Frau Senatorn mit ihrer Kaffeetasse in der Hand den Steig hinab, um die Enkelinnen des alten Andreas mit einer Frucht oder einem Sonntagsschilling zu erfreuen; dann putzten die Weiber ihren Säuglingen rasch die Näschen, die Jungen aber blieben grinsend stehen: sie wußten zu genau, daß die gute Dame es mit der Verwandtschaft zum Andreas nicht allzu peinlich nahm. Ebenso geschah es mit Herrn Christian Albrecht, denn er glich seiner Mutter an froher Leichtlebigkeit; er kannte die Buben all bei Namen und erzählte ihnen von dem Papageien die wunderbarsten und ergötzlichsten Geschichten. Anders, wenn der alte Kaufherr mit seiner holländischen Kalkpfeife auf den Steig hinaustrat; dann zogen sich alle ausgestreckten Finger zwischen den Stäben der Pforte zurück, und alt und jung schaute in ehrerbietigem Schweigen auf ihn hin; war es aber Herr Friedrich Jovers, der den Steig herabkam, so waren plötzlich mit dem Rufe: »De junge Herr!« alle Jungen zu beiden Seiten der Pforte hinter dem hohen Zaun verschwunden, denn der unbequeme Verkehr mit Kindern lag nicht in seiner Art; wohl aber hatte er einmal einen der größeren Jungen derb geschüttelt, als dieser eben von der Gasse aus mit seinem Flitzbogen auf einen im Garten singenden Hänfling schießen wollte.

– – Diese Familienfeste waren nun vorüber. – Der nördliche, hinter dem Pavillon liegende Teil des Gartens grenzte an den schon außerhalb der Stadt liegenden Kirchhof, und hier, in der von seinem Vater erbauten Familiengruft, ruhte der alte Kaufherr und Senator von seiner langen Lebensarbeit; mit dem Liede »O du schönes Weltgebäude« hatten die Gelehrten- und die Bürgerschule ihn zu Grabe gesungen, denen beiden, oft im Kampfe mit seinem Schwager, dem regierenden Bürgermeister, er zeitlebens ein starker Schutz und Halt gewesen war. Hier ruhte seit kurzem auch die freundliche Frau Senatorn, nachdem noch kurz zuvor Herr Christian Albrecht eine ihr gleichgeartete, rosige Schwiegertochter in das alte Haus geführt hatte. »Du brauchst mich nun nicht weiter«, hatte sie lächelnd zu dem trostbedürftigen Sohne gesagt; »in der da hast du mich ja wieder, und noch jung und hübsch dazu!« Und dann hatte auch sie die Augen geschlossen, und viele Augen hatten um sie geweint, und ihr sie verehrender Freund, der alte Kantor van Essen, hatte bei ihrem Begräbnis mit einer eigens dazu komponierten Trauermusike aufgewartet.

Der Kirchhof war durch einen niedrigen Zaun von dem Garten getrennt, und Herr Christian Albrecht hatte sonst, ohne viele Gedanken, darüber weg auf den unweit belegenen Überbau der Gruft geblickt; seitdem aber sein Vater darunter ruhte, war ihm unwillkürlich der Wunsch gekommen, daß eine hohe Planke oder Mauer hier die Aussicht schließen möchte. Nicht, daß er die Grabstätte seines Vaters scheute; nur vom Garten aus wollte er sie nicht vor Augen haben; wenn ihn sein Herz dahin trieb, so wollte er auf dem Umwege der Gassen und auf dem allgemeinen Totengang dahin gelangen. Er hatte diese Gedanken wohl auch gegen seinen Bruder ausgesprochen; er hatte sie dann über sein junges Eheglück vergessen; als aber jetzt auch der Leichnam der ihm herzverwandten Mutter unter jenen schweren Steinen lag, waren sie aufs neue hervorgetreten.
Allein zunächst galt es, sich mit dem Bruder über den elterlichen Nachlaß zu vereinigen; es war noch unbestimmt, in wessen Hand der Garten kommen würde.

An einem Sonntagvormittage im November gingen die beiden Brüder, Herr Christian Albrecht und Herr Friedrich Jovers, in dem großen, ungeheizten Festsaale des Familienhauses schweigend auf und ab. Die Morgensonne, welche noch vor kurzem durch die kleinen Scheiben der drei hohen Fenster hineingeschienen hatte, war schon fortgegangen, die großen Spiegel an den Zwischenwänden standen fast düster zwischen den grauseidenen Vorhängen. Fast behutsam traten die Männer auf, als wollten sie in dem weiten Gemache den Widerhall nicht wecken; endlich blieben sie vor einer zierlichen Schatulle mit Spiegelaufsatz stehen, dessen reichvergoldete Bekrönung aus einer von Amoretten gehaltenen Rosengirlande bestand. »Hm«, sagte Christian Albrecht, »Mama selig, als sie in ihren letzten Jahren einmal ihren Muff hier aus der Schublade nahm, da nickte sie dem einen Spiegel zu; ›du Schelm‹, sagte sie, ›wo hast du das schmucke Antlitz hingetan, das du mir sonst so eifrig vorgehalten hast! Nun guck einmal, Christian Albrecht, was itzo da herausschaut!‹ Die alte, heitere Frau, dann gab sie mir die Hand und lachte herzlich.«
Die beiden Brüder blickten auf das stumme Glas: kein junges Antlitz blickte mehr heraus; auch nicht das liebe alte, das sie besser noch als jenes kannten. Schweigend gingen sie weiter; sie legten fast wie mit Ehrfurcht ihre Hand bald auf das eine, bald

auf das andere der umherstehenden Geräte, als wäre es noch in ihrer Knabenzeit, wo ihnen der Eintritt hier nur bei Familienfesten und zur Weihnachtszeit vergönnt gewesen war. Wie damals war unter der schweren Stuckrosette der Gipsdecke das stille Blitzen der großen Kristallkrone; wie damals hingen über dem Kanapee, den Fenstern gegenüber, die lebensgroßen Brustbilder der Eltern in ihrem Brautstaate, daneben in höherem Alter die der Großeltern, deren altmodische Gestalten ihnen in der Dämmerung ihrer frühesten Jugendzeit entschwanden.

»Christian Albrecht«, sagte der Jüngere, und der vom Vater ererbte strenge Zug um den Mund verschwand ein wenig; »hier darf nichts gerückt werden.«

»Ich meine auch nicht, Friedrich.«

»Es verbleibt dir sonach mit dem Hause.«

»Und der Papagei? Den haben wir vergessen.«

»Ich denke, der gehört auch mit zum Hause.«

Christian Albrecht nickte. »Und du nimmst dagegen das beste Tafelsilber und das Sèvresporzellan, das hierneben in der Geschirrkammer steht!«

Friedrich nickte; eine Pause entstand.

»So wären wir denn mit unserer Teilung fertig!« sagte Christian Albrecht wieder.

Friedrich antwortete nicht; er stand vor den Familienbildern, als ob er eingehend sie betrachten müsse; sein Kopf drückte sich immer weiter in den Nacken, bis der schwarzseidene Haarbeutel im rechten Winkel von dem schokoladefarbenen Rocke abstand.

»Es ist nur noch der Garten«, sagte er endlich, als ob er etwas ganz Beiläufiges erwähne.

Aber in des Bruders sonst so ruhigem Antlitz zuckte es, wie wenn ein lang Gefürchtetes plötzlich ausgesprochen wäre. »Den Garten könntest du mir lassen«, sagte er beklommen; »die Auslösungssumme magst du selbst bestimmen!«

»Meinst du, Christian Albrecht?«

»Ich meine es, Friedrich. Du sagst es selbst, du seiest ein geborener Hagestolz; – aber ich und meine Christine, unsere Ehe wird gesegnet sein! Hier haben wir nur den engen Steinhof; bedenk es, Bruder, wo sollen wir mit den lieben Geschöpfen hin? Und dann – du selber! Im Pavillon, an den Sonntagnachmittagen! Du wirst doch lieber deine junge Schwägerin als deine bärbeißige Witwe Antje Möllern unserer Mutter Kaffeetisch verwalten sehen!«

»Deinen Kindern«, erwiderte der andere, ohne umzublicken, »wird mein Garten nicht verschlossen sein.«

»Das weiß ich, lieber Friedrich; aber Kinderhände in meines ordnungliebenden Herrn Bruders Ranunkel- und Levkojenbeeten!«

Friedrich antwortete hierauf nicht. »Es ist ein Kodizill zu unseres Vaters Testament gewesen«, sagte er, als spräche er es zu den Bildern oder zu der Wand ihm gegenüber, »danach sollte mir der Garten werden; die Auslösungssumme ist mir nicht bekannt geworden, die magst du bestimmen oder sonst bestimmen lassen.«

Der Ältere nahm fast gewaltsam seines Bruders Hand. »Du weißt es von unserer seligen Mutter, daß unser Vater, da sie das Schriftstück einmal in die Hand bekam, ausdrücklich ihr geheißen hat: ›Zerreiße es; die Brüder sollen sich darum vertragen.«

»Es ist aber nicht zerrissen worden.«

»Das weiß ich wohl; es trat im selben Augenblick ein Fremder in das Zimmer, und derohalben unterblieb es damals; aber später, am Tage nach selig Vaters Begräbnis, hat unsere Mutter den Willen des Verstorbenen ausgeführt.«

»Das war ein volles Jahr nachher.«

»Friedrich, Friedrich!« rief der Ältere. »Willst du verklagen, was unsere Mutter tat!«

»Das nicht, Christian Albrecht, aber Mama selig versierte in einem Irrtum; sie war nicht mehr befugt, das Schriftstück zu zerreißen.«

Auf dem Antlitz des älteren Bruders stand es für einen Augenblick wie eine ratlose Frage; dann begann er in dem weiten Saale auf und ab zu wandern, bis er mit ausgestreckten Armen in der Mitte stehenblieb. »Gut«, sagte er, »du wünschest den Garten, wir beide wünschen ihn! Aber dabei soll unseres Vaters Wort in Ehren bleiben; teilen wir, wenn du es willst, daß jeder seine Hälfte habe!«

»Und jeder ein verhunztes Stück bekäme!«

»Nun denn, so losen wir! Laß uns hinuntergehen, Christine kann die Lose machen!«

Herr Friedrich hatte sich umgewandt; sein dem Bruder zugekehrtes Antlitz war bis über die dichten Augenbrauen hinauf gerötet. »Was mein Recht ist«, sagte er heftig, »das setze ich nicht aufs Los.«

In diesem Augenblicke klang das Negerlied des Papageien aus dem Unterhaus herauf; ein alter Diener hatte die Tür des Saales geöffnet: »Madame läßt bitten; es ist angerichtet.«

»Gleich! Sogleich!« rief Christian Albrecht. »Wir werden gleich hinunterkommen!«

Der Diener verschwand; aber die Herren kamen nicht.

Nach einer Viertelstunde trat unten aus dem Wohnzimmer eine jugendliche Frau mit leicht gepudertem Köpfchen auf den Flur hinaus; behende erstieg sie die breite Treppe bis zur Hälfte und rief dann nach dem Saal hinauf: »Seid ihr denn noch nicht fertig? Friedrich! Christian Albrecht! Soll denn die Suppe noch zum dritten Mal zu Feuer?«

Es erfolgte keine Antwort; aber nach einer Weile, während der Stöckelschuh der hübschen Frau ein paarmal ungeduldig auf der Stufe aufgeklappert hatte, wurde oben die Saaltür aufgestoßen, und Friedrich kam allein die Treppe herab.

Die junge Frau Senatorin – denn ihr Eheliebster war kürzlich seinem Vater in dieser Würde nachgefolgt – sah ihn ganz erschrocken an. »Friedrich!« rief sie, »wie siehst du aus? Und wo bleibt Christian Albrecht?«

Aber der Schwager stürmte ohne Antwort an ihr vorüber. »Wünsche wohl zu speisen!« murmelte er und stand gleich darauf schon unten an der Haustür, die Klinke in der Hand.

Sie lief ihm nach. »Friedrich! Friedrich, was fällt dir ein? Dein Leibgericht, perdrix aux truffes!«

Aber er war schon auf der Gasse, und durch das Flurfenster sah sie ihn seinem Hause zueilen. »Nun sieh mir einer diesen Querkopf an!« Und sie schüttelte ihr Köpfchen und stieg nachdenklich die Treppe wieder hinauf. Als sie die Tür des Saales öffnete, sah sie den jungen Herrn Senator, die Hände in den Rockschößen, vom andern Ende des Gemaches herschreiten, so ernsthaft vor sich auf die Dielen schauend, als wolle er die Nägelköpfe zählen.

»Christian! Christian Albrecht!« rief sie, als er vor ihr stand.

Als er den Klang ihrer Stimme hörte und, den Kopf erhebend, ihr in die kinderblauen Augen sah, gewannen seine Züge die gewohnte Heiterkeit zurück. »Gehen wir zu Tisch, Madame!« sagte er lächelnd. »Bruder Friedrich muß nun heute mit der Frau Witwe Antje Möllern speisen; aber ich habe denn doch auch meinen Kopf, und – unseres Vaters Wort muß gelten!«

Damit bot er seiner erstaunten Frau den Arm und führte sie die Treppe hinab und zu Tische.

Das Wiederkommen hatte indessen gute Weile; vierzehn Tage waren verflossen, und Herr Friedrich hatte seinen Fuß noch nicht wieder über die Schwelle des Familienhauses gesetzt. Gleich am ersten Morgen nach jenem verfehlten Mittage war Christian Albrecht wiederholt auf seinen Steinhof hinausgegangen, um wie sonst über die niedrige Grenzmauer seinem Bruder den Morgengruß zu bieten; aber von Herrn Friedrich war nichts zu sehen gewesen; ja, eines Morgens hatte Herr Christian Albrecht ganz deutlich den Schritt des Bruders aus der in einem Winkel verborgenen Hoftür kommen hören: als ihn aber im selben Augenblicke ob einer in der Alteration zu scharf genommenen Prise ein lautes Niesen anfiel, hörte er gleich darauf die Schritte wieder umkehren und die ihm unsichtbare Hoftür zuschlagen.

Herr Christian Albrecht wurde ganz still in sich bei dieser Lage der Dinge; nur mit halbem Ohre lauschte er, wenn, um ihn aufzumuntern, die hübsche Frau Senatorin sich in der Dämmerstunde ans Klavier setzte und ihm die allerneuesten Lieder: »Beschattet von der Pappelweide« und »Blühe, liebes Veilchen«, eines nach dem andern mit ihrer hellen Stimme vorsang.

Er hatte gegen sie nach der ersten Mitteilung »der kleinen Differenze« kein Wort über den Bruder mehr geäußert; endlich aber, eines Morgens, da die Eheleute beim Kaffee auf dem Kanapee beisammensaßen, legte die Frau Senatorin sanft ihre kleine Hand auf die des Mannes. »Siehst du nun«, sagte sie leise, »er kommt nicht wieder; ich hab es gleich gesagt.«

»Hm, ja, Christinchen; ich glaub es selber fast.«

»Nein, nein, Christian Albrecht; es ist ganz gewiß, er kommt nicht wieder; er kann nicht wiederkommen; denn er ist ein Trotzkopf!«

Christian Albrecht lächelte; aber zugleich stützte er den Kopf in seine Hand. »Ja freilich, das ist er; das war er schon als kleiner Knabe; ich und das Kindermädchen tanzten dann um ihn herum und sangen: ›Der Bock, der Bock! O jemine, der Bock!‹, bis er zuletzt einen Kegel oder ein Stück von seinem Bauholz aufgriff und damit nach unseren Köpfen warf; am liebsten warf er noch mit seinem Bauholz! Aber Christinchen – wenn's Herz nur gut ist!«

»Nicht wahr?« rief die hübsche Frau und sah ihrem Mann mit lebhafter Zärtlichkeit ins Antlitz, »ein gutes Herz hat unser Friedrich, und deshalb – ich meine, du könntest zu ihm gehen; du bist kein Trotzkopf, Christian Albrecht, du hast es leichter in der Welt!«
Der Senator streichelte sanft die geröteten Wangen seiner Eheliebsten. »Was ich für eine kluge Frau bekommen habe!« sagte er neckend.
»Ei was, Christian Albrecht, sag lieber, daß du zu deinem armen Bruder gehen willst!«
»Arm, Christinchen? – Eine sonderbare Armut, wenn einer alles Recht für sich allein verlangt! Aber du sollst schon deinen Willen haben; heut abend oder schon heute nachmittag . . .«
»Warum nicht schon heut vormittag?«
»Nun, wenn du willst, auch heute vormittag!«
»Und du bist versöhnlich, du gibst nach?«
»Das heißt, ich gebe ihm den Garten?«
Sie nickte: »Wenn es sein muß! Doch lieber, als daß ihr im Zorne auseinandergeht!«
»Und, Christinchen, unsere Kinder? Sollen sie mit den Hühnern hier auf dem engen Steinhof laufen?«
»Ach, Christian Albrecht!« Und sie fiel ihm um den Hals und sagte leise: »Wir sind so glücklich, Christian Albrecht!«

Während bald darauf der junge Kaufherr über den Flur nach seinen Geschäftsräumen im Hinterhause schritt, hatte im Wohnzimmer seine Frau sich an das Fenster gesetzt; an einem möglichst kleinen Häubchen strickend, schaute sie über die Straße nach dem gegenüberliegenden Nachbarhause, mehr nur, wie es schien, um bei dem inneren Gedankentausche doch irgendwohin die Augen zu richten. Jetzt aber sah sie Frau Antje Möllern in Futterhemd und Schürze über die Straße schreiten und mit der Frau Nachbarn Jipsen, die soeben auch aus ihrem Hause trat, sich auf eine der steinernen Beischlagsbänke setzen. Frau Antje Möllern war die Erzählende, wobei sie sehr vergnügt und triumphierend aussah und mehrmals mit einer schwerfälligen Bewegung ihres dicken Kopfes nach dem elterlichen Hause ihres Herrn hinüberwinkte. Frau Nachbarn Jipsen schlug zuerst ihre Hände, wie vor Staunen, klatschend ineinander; dann aber nickte sie wiederholt und lebhaft; auch ihr schienen die Dinge, um die es sich handelte, ausnehmend zu gefallen; und bald, während das eifrigste Wechselgespräch im Gange war, zuckten und deuteten die Köpfe und Hände der beiden Weiber in keineswegs respektvoller Gebärde nach dem altehrwürdigen Kaufmannshaus hinüber.

Die junge Frau am Fenster wurde denn doch aufmerksam: die da drüben waren nicht eben ihre Freunde; der einen – das wußte sie – war es zugetragen worden, daß sie Herrn Fredrich Jovers abgeraten hatte, ihre mauldreiste Personnage in sein Haus zu nehmen; der andern hatte sie einmal ihre große Tortenpfanne nicht leihen können, weil sie eben beim Kupferschmied zum Löten war.

Unwillkürlich hatte sie die Arbeit sinken lassen: was mochten die Weiber zu verhandeln haben?

Aber die Unterhaltung drüben wurde unterbrochen. Von der Hafenstraße herauf kam der kleine bewegliche Advokat, Herr Siebert Sönksen, den sie den »Goldenen« nannten, weil er bei feierlichen Gelegenheiten es niemals unter einer goldbrokatenen Weste tat, deren unmäßig lange Schöße fast seinen ganzen Leib bedeckten. Eilig schritt er auf die beiden zu, richtete, wie es schien, eine Frage an Frau Antje Möllern und schritt, nachdem diese mit einem Kopfnicken beantwortet worden, lebhaft, wie er herangetreten war, quer über die Gasse nach Herrn Friedrichs Hause zu.

»Hm«, kam es aus dem Munde der jungen Frau, »der Goldene? Gehört der auch dazu? Was will denn der bei unserem Bruder Friedrich?«

Die hervorragenden Eigenschaften des Herrn Siebert Sönksen waren bekannt genug: er jagte wie ein Trüffelhund nach verborgen liegenden Prozessen und galt für einen spitzfindigen Gesellen und höchst beschwerlichen Gegenpart auch in den einfachsten Rechtsstreitigkeiten. Im übrigen wußte er, je nach welcher Seite hin sein Vorteil lag, ebensowohl einen sauberen Vergleich zustande zu bringen, als einen schikanösen Prozeß durch alle Instanzen hindurchzuziehen.

Die Frau Senatorin war aufgestanden; sie mußte doch zu ihrem Christian Albrecht, um seine Meinung über diese Dinge einzuholen! Allein, da trat die Köchin in das Zimmer, ein altes Inventarienstück aus dem schwiegerelterlichen Nachlaß, eine halbe Respektsperson, die nicht so abzuweisen war. Die junge Frau mußte ihr Haushaltungsbuch aus der Schatulle nehmen; sie mußte notieren und rechnen, um dann die näheren Positionen der heutigen Küchenkampagne mit der kundigen Alten festzustellen.

Hinten in der vorderen Schreibstube saßen indessen der alte Friedebohm und ein jüngerer Kaufmannsgeselle sich an dem schweren Doppelpulte gegenüber. Es gab viel zu tun heute, denn die Brigg »Elsabea Fortuna«, welche der selige Herr nach seiner alten Ehefrau getauft hatte, lag zum Löschen fertig draußen auf der Reede. »Musche Peters«, sagte der Buchhalter zu seinem Gegenüber, »wir müssen noch einen Lichter haben; ist Er bei Kapitän Rickertsen gewesen?«
Aber bevor der junge Mensch zur Antwort kam, wurde an die Tür geklopft, und ehe noch ein »Herein« erfolgen konnte, stand schon der goldene Advokat am Pulte und legte seine Hand vertraulich auf den Arm des alten Mannes. »Der Herr Prinzipal in seinem Kabinette, lieber Friedebohm?« Er frug das so zärtlich, daß der Alte ihn höchst erstaunt ansah, denn dieser Mann war nicht der betraute Sachwalter ihres Hauses. Deshalb gedachte er eben von seinem Bock herabzurutschen, um ihn selber bei dem Herrn Senator anzumelden; aber Herr Siebert Sönksen war schon nach flüchtigem Anpochen in das Privatkabinett des Prinzipals hineingeschlüpft.
»Ei, ei, ja doch!« murmelte der Alte. »Die Klatschmäuler werden doch nicht recht behalten?« Er kniff die Lippen zusammen und schaute eine Weile durch das Fenster auf den Steinhof, wo ihm die niedrige Mauer jetzt auch eine innere Scheidung der beiden verwandten Häuser zu bedeuten schien.
Drinnen im Kabinette war nach ein paar Hin- und Widerreden der Herr Senator wirklich von seinem Bock herabgekommen. »Herr!« rief er und stieß seine Feder auf das Pult, daß sie bis zur Fahne aufriß, »verklagen, sagt Ihr? Meines Vaters Sohn will mich verklagen? Herr Siebert Sönksen, Sie sollten nicht solche Scherze machen!«
Der Goldene zog ein Papier aus seiner Tasche. »Mein werter Herr Senator, es wird ja nicht sogleich ad processum ordinarium geschritten.«
»Auch nicht, da Herr Siebert Sönksen dem Gegenpart bedienet ist?«
Der Goldene lächelte und legte das Schriftstück, welches er in der

Hand hielt, vor Herrn Christian Albrecht auf das Pult. »Laut dieser Vollmacht«, sagte er vertraulich, »bin ich so gut zum Abschluß von Vergleichen wie zur Anstellung der Klage legitimiert!«
»Und wegen des Vergleiches sind Sie zu mir gekommen?« frug der Kaufherr nicht ohne ziemliche Verwunderung; denn er wußte nicht, daß Herr Siebert Sönksen schon längst darauf spekuliert hatte, statt seines alten und, wie er sagte, »fürtrefflichen, aber abgängigen« Kollegen der Anwalt dieses angesehenen Hauses zu werden.
Der Advokat hatte mit einem höflichen Kopfnicken die an ihn gerichtete Frage beantwortet.
»Herr Siebert Sönksen«, sagte der Senator, und er sprach diese Worte in großer innerlicher Erregung, »so kommen Sie also im Auftrage, im ausdrücklichen Auftrage meines Bruders?«
Herr Siebert stutzte einen Augenblick. »In Vollmacht, mein werter Herr Senator; wie Sie zu bemerken belieben, laut richtig subskribierter Vollmacht! Es ist für den erwünschten Frieden unterweilen tauglich, wenn eine unbeteiligte sachkundige Person . . .«
Herr Christian Albrecht unterbrach ihn. »Also«, sagte er aufatmend, »mein Bruder weiß nichts von Ihrem werten Besuche: Ich danke Ihnen, Herr Sönksen; das freut mich recht von Herzen!«
Der Goldene schaute etwas verblüfft in das gerötete Antlitz des stattlichen Kaufherrn. »Aber mein wertester Herr Ratsverwandter!«
»Nein, nein, Herr Siebert Sönksen, führen Sie meinethalben so viele Prozesse, als Sie fertigbringen können, aber wo zwei Brüder in der Güte miteinander handeln wollen, da gehöret weder der Beichtvater noch der Advokat dazwischen.«
»Aber, ich dächte doch –«
»Sie denken sonder Zweifel anders, Herr Siebert Sönksen«, sagte der Senator mit einer unwillkürlichen Verbeugung. »Kann ich Ihnen sonstwie meine Dienste offerieren?«
»Allersubmisseste Danksagung! Nun, schönsten guten Morgen, mein werter Herr Senator!«
Gleich darauf schritt der Goldene mit einem eiligen »Serviteur, Musche Friedebohm« durch die vordere Schreibstube und hielt erst an, als er draußen auf den Treppenstufen vor der Haustür

stand. Seinen Rohrstock unter den Arm nehmend, zog er die Horndose aus der Westentasche und nahm bedächtig eine Prise. »Eigene Käuze das, die Söhne des alten Herrn Senators Christian Albrecht Jovers!« murmelte er und tauchte zum zweiten Male seine spitzen Finger in die volle Dose. »Nun nehmen wir fürerst mit dem Prozeß fürlieb!«

– – Bald nach dem Goldenen war auch der junge Kaufherr an dem ihm kopfschüttelnd nachschauenden Musche Friedebohm vorbeigeeilt, um gleich darauf in die Wohnstube zu treten, wo seine Eheliebste auf dem Kanapee an ihrem Kinderhäubchen strickte. Aber er sprach nicht zu ihr; er hatte wieder beide Hände in den Rockschößen und lief im Zimmer auf und ab, bis die Frau Senatorin aufstand und so glücklich war, ihn zu erhaschen.

»Weshalb rennst du so, Christian Albrecht?« sagte die junge Frau und stellte sich tapfer vor ihn hin.

»Nun, Christine, wer da nicht rennen sollte!«

»Nein, nein, Christian Albrecht, du bleibst mir stehen!« Und sie legte beide Arme um seinen Hals. »So«, sagte sie; »nun sieh mich an und sprich!«

Aber Herr Christian Albrecht tat auch nicht einen Blick in ihre hübschen Augen. »Christine«, sagte er und sah dabei schier über sie hinweg, »ich kann nicht zu Bruder Friedrich gehen.«

Sie ließ ihn ganz erschrocken los. »Aber du hast es mir versprochen!«

»Aber ich kann nicht!«

»Du kannst nicht? Weshalb kannst du nicht?«

»Christinchen«, sagte er und faßte seine Frau an beiden Händen, »ich kann nicht, weil er wieder in seine Kinderstreiche verfallen ist; er hat mir ein Stück Bauholz nach dem Kopf geworfen.«

»Was soll das heißen, Christian Albrecht?«

»Das soll heißen, daß mein Bruder Friedrich den goldenen Advokaten zum Prozesse gegen mich bevollmächtigt hat. Er ist justement als wie in seinen Kinderjahren; er hat den Bock, und zwar im allerhöchsten Grade! Und so mag's denn auch von meinetwegen jetzt ein Tänzchen geben!«

Die junge Frau suchte wieder zu begütigen, allein Herr Christian Albrecht war unerbittlich. »Nein, nein, Christinchen; er muß diesmal fühlen, wie der Bock ihn selber stößt, so wird er sich ein andermal in acht zu nehmen wissen. Wir sollen, so Gott will, noch lange mit unserem Bruder Friedrich leben; bedenk

einmal, was sollte daraus werden, wenn wir allzeit laufen müßten, um seinen stößigen Bock ihm anzubinden!«
Und dabei hatte es sein Bewenden. Zwar will man wissen, daß die junge Frau noch einmal hinter ihres Mannes Rücken in des Schwagers Haus geschlüpft sei, um mit den eignen kleinen Händen den Knoten zu entwirren; aber Frau Antje Möllern hatte sie mit frecher Stirne fortgelogen, indem sie fälschlich angab, Herr Friedrich Jovers sei soeben in dringenden Geschäften zum Herrn Siebert Sönksen fortgegangen. Und die Augen der alten Personnage sollen dabei so von Bosheit voll geleuchtet haben, daß die junge Frau zu einem zweiten Versuche keinen Mut hatte gewinnen können.

Ein neues Jahr hatte begonnen, und der Prozeß zwischen den beiden Brüdern war in vollem Gange. Der Herr Vetter Kirchenpropst und der Onkel Bürgermeister hatten sich vergebens als Vermittler zum gütlichen Austrag angeboten; vergebens hatte der letztere gegen den jungen Senator hervorgehoben, daß »kraft seines tragenden Amtes, abseiten des Ansehens der Familie«, die Augen der ganzen Stadt auf ihn gerichtet seien; denn darin schienen die Streitenden stillschweigend einverstanden, daß das Wort der Güte nur fern von fremder Einmischung von dem einen zu dem andern gehen könne. Aber freilich, dazu gab keiner von ihnen die Gelegenheit; der notwendige geschäftliche Verkehr wurde schriftlich fortgesetzt, und eine Menge Zettel: »Der Herr Bruder wolle gelieben« oder »Dem Herrn Bruder zur gefälligen Unterweisung«, gingen hin und wider.
Die kleine Seestadt in allen ihren Kreisen hatte sich müde an diesem unerhörten Fall gesprochen, und das Gespräch, wenn irgendwie der Stoff zu anderem ausging, wurde noch immer mit Begierde wieder aufgegriffen. Vollständig munter aber, trotz der Winterkälte, erhielt es sich drüben auf der Beischlagsbank der Frau Nachbarn Jipsen; diese und Frau Antje Möllern winkten jetzt nicht nur mit ihren Köpfen, sondern mit beiden Armen und dem ganzen Leibe nach dem Senatorshause hinüber. Aber in dem letzteren war freilich mittlerweile auch noch ein ganz Besonderes passiert: ein Sohn war dort geboren worden, und Herr Friedrich Jovers hatte ja für solchen Fall Gevatter stehen sollen!
– – Die junge Frau Senatorn lief indessen schon wieder flink von der Wiege ihres Kindes treppunter nach der Küche und noch

flinker von der Küche treppauf nach ihrer Wiege, als eines Morgens Herr Christian Albrecht, nachdem er erst soeben vom gemeinschaftlichen Kaffeetische in sein Kontor gegangen war, wieder zu ihr in das Wohnzimmer trat. »Christine«, sagte er zu seiner immerhin noch etwas bläßlichen Eheliebsten, »bist du heute schon draußen auf unserem Steinhofe gewesen? – – Nicht? – Nun, so alteriere dich nur nicht, wenn du dahin kommst!«

»Um Gottes willen, es hat doch kein Unglück gegeben?« rief die junge Frau.

»Nein, nein, Christine.«

»Aber ein Malheur doch, Christian Albrecht; du bist ja selber alteriert!«

Ein Lächeln flog über sein freilich ungewöhnlich ernstes Gesicht. »Ich denke nicht, Christine; aber komm nur mit und siehe selber!«

Er faßte ihre Hand und führte sie über den Hausflur in die große Schreibstube. Der jüngere Kontorist war nicht zugegen; der alte Friedebohm stand neben seinem Schreibbocke am Fenster und nahm eine Prise nach der andern.

Auch Frau Christine sah jetzt in den Hof hinaus, fuhr aber gleich darauf mit der Hand über ihre Augen, als gälte es, dort ein Spinnweb fortzuwischen. »Um Gottes willen, was ist das, Friedebohm? Was machen die Leute da auf Bruder Friedrichs Hof? Die Mauer ist ja auf einmal fast um zwei Fuß höher!«

»Frau Prinzipalin«, sagte der Alte, »das sind Meister Hansens Leute; sehen Sie, dort kommt schon einer mit der Kelle!«

»Aber was soll denn das bedeuten?«

»Nun« – und Monsieur Friedebohm nahm wieder eine Prise –, »Herr Friedrich läßt wohl ein paar Schuhe höher mauern.«

»Aber, Christian Albrecht«, und Frau Christine wandte sich lebhaft zu ihrem Mann, der schweigend hinter ihr gestanden hatte, »geschieht denn das mit deinem Willen?«

Herr Christian Albrecht schüttelte den Kopf.

»Aber die Grenzmauer, sie gehört doch uns gleichwohl; wie kann sich Friedrich so etwas unterstehen!«

»Mein Schatz, die Mauer steht auf Friedrichs Grund und Boden.«

Die Augen der kleinen Frau funkelten.

»Oh, das ist schlecht von ihm, das hätte ich ihm nicht zugetraut; er hat ein hartes Herz!«

»Da irrst du doch gewaltig, Christinchen«, erwiderte Herr Christian Albrecht; »das ist's ja gerade, daß er noch immer sein altes weiches Herz hat; er schämt sich nur, und deshalb läßt er diese große steinerne Gardine zwischen sich und seinem Bruder aufziehen.«

Die junge Frau blickte mit unverhohlener Bewunderung auf ihren Mann. »Aber«, sagte sie fast schüchtern und legte ihre Hand in seine; »wie wird er sich erst schämen, wenn er den Prozeß gewinnen sollte!«

»Dann«, erwiderte der Senator, »dann kommt mein Bruder zu mir, denn dann ist der böse Bock gezähmt. Hab ich nicht recht, Papa Friedebohm?« setzte er in munterem Ton hinzu.

»Ei ja, Gott lenkt die Herzen«, erwiderte der alte Mann, indem er seine Dose in die Tasche steckte und dafür die Feder wieder in die Hand nahm; »aber beim wohlseligen Herrn Senator ist uns solcher Umstand im Geschäft nicht vorgekommen.«

Zwei Tage darauf hatte die Mauer schon eine beträchtliche Höhe erreicht, und noch immer wurde daran gearbeitet. Aus der Schreibstube hinten war dergleichen nie gesehen worden, und der junge Kaufmannsgeselle konnte es nicht lassen, je um eine kleine Weile mit offenem Munde nach den Arbeitern hinzustarren. »Musche Peters«, sagte der alte Friedebohm, »wolle Er lieber in Seine Bilanzrechnung schauen! Es will sich für Ihn nicht schicken, daß Er über das neue Werk da draußen sich irgendwelche überflüssige Gedanken mache!« Und der junge Mensch wurde über und über rot und tauchte hastig seine Feder in das Dintenfaß.

Aber auch Monsieur Friedebohm selber konnte sich nicht enthalten, unterweilen über seine Arbeit wegzuschauen; die beiden Gesellen da draußen, insonders der Alte mit dem respektwidrigen langen Barte, wurden ihm mit jeder Stunde mehr zuwider. »Der struppige Assyrer!« brummte er vor sich hin, »mag wohl am Turm zu Babel schon getagwerkt haben; wird aber diesmal auch nicht in den Himmel bauen!«

Als gleich darauf Herr Christian Albrecht aus seinem Kabinett hereintrat, sah er seinen Buchhalter sich mit dem Schneiden einer Feder mühen, die er immer näher an die Nase rückte. »Will's nicht mit den alten Augen, Papa Friedebohm?« sagte er freundlich.

Aber Monsieur Friedebohm zuckte bedeutsam mit der einen Schulter nach der Mauer draußen. »Herr Christian Albrecht, wir haben schon immer das Licht nicht justement mit Scheffeln hier gehabt.«

Der Senator warf einen Blick nach dem hohen Werke, an welchem die beiden Gesellen unter lustigem Singen noch immer weiterarbeiteten. »Ja, ja, Friedebohm«, rief er heftig, »du hast recht! Alle Tausend, das geht denn doch übers –«

»Übers Bohnenlied!« wollte er sagen, wo schon derzeit gar nichts darüber ging; aber er schwieg plötzlich, da er auf den jungen Musche Peters sah, der wieder mit offenem Mund an seinem Pulte saß, und ging, nachdem er eine geschäftliche Anordnung erteilt hatte, in sein Kabinett zurück.

– – Nach ein paar Stunden steckte Frau Christine ihr hübsches Köpfchen durch die Tür. »Darf man eintreten?« frug sie.

»Komm nur!« erwiderte Herr Christian Albrecht von seinem Schreibstuhl aus. »Was hast du auf dem Herzen?«

»Oh«, und sie stand schon mitten in dem Stübchen und ließ ihre Blicke an der geschwärzten Decke wandern –»ich wollte nur; – – – aber, Christian Albrecht, hier herrscht ja ägyptische Finsternis! Die schönen Spinngewebe, die unsere Wiebke immer sitzen läßt, die können deine Spinnen nun ruhig weiterweben! Und weißt du, das naseweise Ding – aber ich habe ihr auch einen tüchtigen Wischer gegeben –, sie hat eben die Mauer mit ihrem Eulbesenstiel gemessen; ›genau elf Fuß nach meiner Elle‹, sagt sie! Aber sieh nur, Christian Albrecht, nun wird's denn auch nicht höher; sie legen schon die runden Steine obenauf.«

Herr Christian Albrecht saß noch immer auf seinem hohen Schreibstuhl, die Feder in der Hand. »Weißt du, Christine«, sagte er, indem er ernsthaft vor sich hin sah, »der Bock meines Herrn Bruders wird mir doch zu mächtig; es tut jetzt not, und ich habe mich auf einen guten Gegenstoß besonnen.« Und als sie ihn unterbrechen wollte: »Nein, red mir nicht dazwischen, Frau; ich will auch einmal meinen Willen haben.«

Sie faßte ihn leise an dem Aufschlag seines Rockes und zog ihn sanft von seinem Thron herab und dicht zu sich heran. »O weh«, sagte sie und sah ihm ernsthaft in die Augen, »da habe ich am Ende einen Mann geheiratet, den ich erst heute kennenlerne! Gesteh mir's, Christian Albrecht, du hast doch nicht auch etwa so einen –«

»Zum Kuckuck«, rief Herr Christian Albrecht lachend, »im hintersten Stallwinkel wird auch wohl bei mir so einer angebunden stehen; und der soll jetzt heraus ans Tageslicht, trotz aller klugen Frauenzimmer und meiner allerklügsten noch dazu!«

»So, Christian Albrecht? Und in welcher Art« – sie zögerte ein wenig – »soll denn der deine seinen Gegenstoß vollführen?«

»Setz dich, Christine«, sagte der Senator, indem er die anmutige Frau auf seinen Schreibthron hob, »und reden wir deutsch mitsammen! In jener Sache da draußen auf dem Hof will ich mein Recht, und keinen Titel davon aufgeben! Aber dazu bedarf es keines Prozessierens, denn es steht klar und bündig in den alten, noch vorhandenen Kaufkontrakten.«

»Und weiter, Christian Albrecht?«

»Und weiter, Christine, hat zwar der Besitzer von Friedrichs Hause die Mauer zwischen beiden Häusern aufzuführen und zu unterhalten; aber der des unserigen hat den Halbschied der Kosten dazu beizutragen.«

»Wirklich? Auf Höhe von elf Fuß?«

»Ei was, und wenn's die Mauer von Jericho wäre! Das ist meine Sache; wenn ich ihm zahlen will, er muß schon stillhalten und Quittanz dafür erteilen!«

»Und du willst wirklich die Halbschied der Kosten, so das blanke bare Geld dafür dem Bruder Friedrich in sein Haus schikken?«

»Das will ich, Christine; ganz gewiß, das will ich.«

Sie sah ihn eine Weile ganz nachdenklich an.

»So, also auf die Art, Christian Albrecht!« sagte sie langsam.

Aber bevor sie ihre Gedanken über diesen kritischen Fall zu ordnen vermochte, kam Botschaft aus der Küche: die Kochfrau war eben angelangt, und der Bratenwender sollte aufgestellt werden, denn auf morgen gab es ein großes Fest im Hause. Frau Christine gedachte plötzlich wieder der Veranlassung, um deren willen sie das Allerheiligste ihres Mannes aufgesucht hatte; sie ließ sich ihr blaues Haushaltungsbeutelchen bis zum Rande füllen und verließ das Stübchen, den Kopf voll junger Wirtschaftssorgen.

In dem Hause nebenan sollte heute Herr Friedrich Jovers mit seiner ehrsamen Haushälterin selbander speisen, denn sein junger Lübecker Küfer war auswärts in Geschäften. Zuvor aber trat er nach seiner Gewohnheit vor die Haustür und schaute von

dem obersten Treppensteine ein paar Augenblicke in das Wetter und rechts die Straße hinab nach dem dort unten sichtbaren Teile des Hafens.
Als er dann wieder ins Haus und gleich darauf in das Wohnzimmer getreten war, stand die Matrone schon mit vorgesteckter Serviette in der kalmankenen Sonntagskontusche hinter ihrem Stuhle.
»Ist Hochzeit in der Stadt, Frau Möllern?« frug er. »Die Schiffe flaggen ja!«
Er setzte sich, und die Alte setzte sich ihm gegenüber; die Frage mochte er wohl schon vergessen haben, denn Herr Friedrich Jovers pflegte seit geraumer Zeit auf dergleichen keine Antwort zu erwarten.
Aber Frau Antje Möllern, welche auf gewisse Dinge ihren Herrn nicht anzusprechen wagte, ließ sich die Gelegenheit nicht entschlüpfen. »Hochzeit?« wiederholte sie scharf, und ein gewisses Zucken um ihre derben Lippen zeigte, daß eine verhaltene Entrüstung zum Ausbruch drängte. »Nein, es ist keine Hochzeit, es ist nur eine Kindtaufe!«
»Eine Kindtaufe, und die Schiffe flaggen?« sagte Herr Jovers gleichgültig. »Ich wüßte doch nicht, daß bei den Honoratioren –«
Aber Frau Möllern vermochte nicht, ihn ausreden zu lassen. »Oh, Herr Jovers, freilich ist es bei den Honoratioren, bei den allerersten Honoratioren; aber eine Schande ist es, eine offenbare Schande, sag ich!«
Herr Jovers wurde doch aufmerksam. »Was will Sie damit sagen?« frug er kurz.
»Damit, Herr Jovers, will ich sagen, daß Ihr einziger Bruder, der Herr Senator Christian Albrecht Jovers, heute sein erstes Söhnchen taufen läßt; und Sie fragen noch, warum die Schiffe flaggen!«
Herr Friedrich sagte nichts; aber Frau Antje Möllern entging es nicht, wie ihm die Hand zitterte, während er schweigend den Rest seiner Suppe hinunterlöffelte.
Die grimmigen Augen der Alten begannen plötzlich einen wehleidigen Ausdruck anzunehmen. »Herr Jovers«, begann sie seufzend, »Ihr Herr Großvater selig und meines Vaters Onkel, was waren das für gute Freunde! Sie wissen das ja auch, Herr Jovers!«

»Zum mindesten«, sagte Herr Jovers, »hat Sie mir das oft genug erzählt.«
»Nun, Herr Jovers, selig Senatorn wußte das ja auch!«
»Ja, ja, Möllern, und auch der alte Friedebohm! Denn in den Büchern meines Großvaters läuft bis zu seinem seligen Ende eine jährliche Ausgabepost: Zehn Pfund Tabak und ein Gewandstück für den armen Krischan Möller.«
Frau Antje schluckte etwas; dann aber, nachdem sie den mittlerweile erschienenen Braten vorgelegt hatte, nahm sie doch den Faden wieder auf. »Ja, Herr Jovers, sie waren Schulkameraden, und das vergaßen sie sich nicht! Für alle Mittwoch war Herr Christian Möller zu dem Herrn Senator Christian Jovers auf den Kaffee eingeladen; im Sommer tranken sie denselben in dem schönen Gartenpavillon, den Ihr Herr Großvater damalen erst gebaut hatte. Nicht wahr, Herr Jovers, man hätte sie wohl sehen mögen, die alten Herren, wie sie in liebevoller Unterhaltung mit ihren holländischen Pfeifen vor den offenen Gartentüren saßen! – Wenn sie es damalen hätten voraussehen können«, fuhr Frau Antje fort, vor ihrem noch immer unberührten Braten sitzend, »daß der nunmehrige Herr Senator Jovers, oder, sagen wir's nur gradheraus, die nunmehrige Frau Senator einen solchen Prozeß um diesen schönen Lustgarten anheben würde, was würden die beiden braven Freunde dazu wohl gesagt haben?«
»Weiß nicht, Möllersch«, sagte Herr Friedrich, der bisher in halber Zerstreuung dagesessen hatte; »vielleicht wäre es meinem Großvater zum Verdruß geschlagen, und er hätte den laufenden Posten von zehn Pfund Tabak und einem Gewandstück ein für allemal gestrichen!«
Die Matrone nagte sich ein paarmal auf die Lippe; dann sprach sie mit andächtigem Aufblick: »Wie wohl hat unser Herrgott es gemacht, daß diese lieben Männer itzt in ihrem Grabe ruhen!«
»Sehr wohl, Möllersch«, sagte Herr Friedrich, indem er vom Tische aufstand; »und da lasse Sie die beiden alten Leute nur, und sorge Sie für Ihre Leibesnahrung, damit Sie nicht vor der Zeit bei Ihres Vaters Onkel zu ruhen komme! Zunächst aber hole Sie mir den Überrock von draußen aus dem Schrank!«
Als das geschehen war, ging Herr Friedrich aus dem Hause, ohne zu sagen, wohin und wann er wiederkommen werde; Frau Antje aber legte zuvörderst die Serviette zusammen, welche der

sonst so akkurate Herr als wie ein Wischtuch auf dem Tische hatte liegenlassen, und machte sich dann voll stillen Ingrimms über ihren Braten her.

– Am selbigen Abend, da es vom Kirchturme acht geschlagen hatte, stand Herr Friedrich Jovers auf seinem Steinhofe mit dem Rücken an der Mauer eines Hintergebäudes und blickte unverwandt nach den hell erleuchteten Saalfenstern seines Elternhauses, deren unterste Scheiben die neue Mauer noch so eben überragten.

Ganz heimlich, vor allem als dürfe Frau Antje Möllern nichts davon gewahren, war er nach seiner Rückkehr hier hinausgeschlichen. Weshalb, wußte er wohl selber kaum; denn mit jedem Gläserklingen, das zu ihm herüberscholl, mit jeder neuen Gesundheit, deren Worte er deutlich zu verstehen glaubte, drückte er die Zähne fester aufeinander. Gleichwohl stand er wie gebannt an seinem Platze, sah in das Blitzen der brennenden Kristallkrone und horchte, wenn nichts anderes laut wurde, auf den Schrei des alten Papageien, der, wie er wohl wußte, bei der Festtafel heute nicht fehlen durfte.

Da erschien an einem der Fenster, gerade an dem, welches seinen Schein auf Herrn Friedrichs Standplatz warf, eine zierliche Frauengestalt. Er konnte das Antlitz nicht erkennen; aber er sah es deutlich, daß der Kopf des Frauenzimmers, wie um ungehinderter hinauszuschauen, sich mit der Stirn an eine Scheibe drückte. Doch auch das schien ihr noch nicht zu genügen; ein Arm streckte sich empor, wie um die obere Haspe zu erreichen, und jetzt, während im Saale neues Gläserklingen sich erhob und der Papagei dazwischenschrie, wurde leise der Fensterflügel aufgestoßen.

Herr Friedrich erkannte seine Schwägerin. Sie lehnte sich hinaus, sie legte die Hand an ihren Mund, als ob sie zu ihm hinüberrufen wolle; und jetzt hörte er es deutlich, wenn es auch nur wie geflüstert klang: es war sein Name, den sie gerufen hatte. Und da er wie ein steinern Bild an seiner Mauer blieb, kam es noch einmal zu ihm herüber, und dann, als wolle sie ihm winken, erhob sie langsam ihre Hand und deutete dann wieder nach dem hellen Festsaal. – Was hatte sie vor? Wollte sie ihn noch jetzt zur Taufe laden? Er wußte, sie konnte solche Einfälle haben; er wußte auch, wenn er jetzt ihr folgte, er würde seinem Bruder den besten Teil des Festes bringen; aber – der Garten! Nach ein

paar fürsorglichen Andeutungen des Herrn Siebert Sönksen stand in allernächster Zeit eine abfällige Sentenz bei dem Magistrate hier in Aussicht! – Nein, nein, die zweite Instanz mußte beschritten, der Prozeß mußte dort gewonnen werden; waren doch auch die weitschichtigen Rezesse des Goldenen von vornherein auf diese höhere Weisheit nur berechnet gewesen!
Herr Friedrich Jovers wollte sein Recht. Frau Christine hatte es selbst gesagt, er konnte nicht anders, er war ein Trotzkopf; er rührte sich nicht, der Bock hielt ihn mit beiden Hörnern gegen die Mauer gepreßt.
Freilich wußte er es nicht, daß Christian Albrecht ihn im Gevatterstande vertreten und seinen Erstgeborenen getrost auf seines Bruders und des Urgroßvaters Namen hatte taufen lassen. Da drüben aber wurde das Fenster zögernd wieder zugeschlossen.

Wenige Tage später stand der vierschrötige Maurermeister Hinrich Hansen, wohlrasiert, seinen Dreispitz in der Hand, im Kabinette des Senators Christian Albrecht Jovers.
»Also«, frug dieser, »zweihundertundvierzig Reichstaler war die Verdingsumme für das Werk da draußen, und Er hat den Betrag bereits empfangen?«
Meister Hansen bejahte das.
»Weiß Er denn wohl«, sagte der Senator wieder, »daß mein Bruder Ihm da um die Hälfte zuviel gegeben hat?«
Der alte Handwerksmann wollte aufbrausen; das griff an seine Zunft- und Bürgerehre. »Laß Er nur, Meister«, sagte Herr Christian Albrecht und legte beschwichtigend die Hand auf den Arm des neben ihm Stehenden. »Seine Arbeit ist auch diesmal rechtschaffen; aber Er weiß doch, was ein Hauskontrakt bedeutet?« Und damit schob er ihm das vergilbte Schriftstück zu, welches aufgeschlagen auf dem Pulte lag.
Der Meister zog seine Messingbrille hervor und studierte lange und bedächtig unter Beistand seines Zeigefingers den ihm bezeichneten Paragraphen; endlich klappte er die Brille zusammen und steckte sie wieder in das Futteral.
»Nun?« frug Herr Christian Albrecht.
Der Meister antwortete nicht; er fuhr mit seinen Fingern in die Westentasche und suchte nach einem Endchen Kautabak, womit er in schwierigen Umständen seinen Verstand zu ermuntern pflegte.

»Nicht wahr, Meister«, sagte der Senator wieder, »da steht es klar und deutlich?«

Der Meister kam nun doch zu Worte. »Mag sein, Herr«, erwiderte er stockend, »aber es ist mir denn doch alles voll und richtig ausbezahlt!«

Der Senator ließ sich das nicht anfechten. »Freilich, Meister; aber die eine Hälfte war ja nicht Herr Friedrich Jovers, sondern ich Ihm schuldig! Das macht auf den Punkt genau einhundertundzwanzig Reichstaler. Hier sind sie, wohlgezählte in Kron- und Markstücken; und nun gehe Er zu Herrn Friedrich Jovers und zahle Er ihm zurück, was Er von ihm zuviel empfangen hat!«

Meister Hansen zögerte noch; in seinem Kopfe mochte die Vorstellung von einem etwas kuriosen Umwege auftauchen, aber bevor er mit seinen schwerbeweglichen Gedanken darüber ins reine kam, war schon das Geld in seiner Tasche und er selbst zur Tür hinaus.

Herr Christian Albrecht rieb sich vergnügt die Hände. »Was wird Bruder Friedrich dazu sagen? Stillhalten muß er schon; hier steht's!« Und er tupfte mit den Fingern dreimal zuversichtlich auf den alten Hauskontrakt.

Da wurde an die Tür gepocht. Der Schreiber seines Sachwalters überbrachte ihm einen Brief.

Als der Überbringer sich entfernt und Herr Christian Albrecht den Brief gelesen hatte, war der eben noch so vergnügliche Ausdruck seines Angesichts mit einem Mal wie fortgeblasen. »Musche Peters«, sagte er kleinlaut, indem er die Tür zur großen Schreibstube öffnete, »bitte Er doch die Frau Senatorin, auf ein paar Augenblicke bei mir vorzusprechen!«

Die Frau Senatorin ließ nicht auf sich warten. »Da hast du mich, Christian Albrecht!« rief sie fröhlich, »aber« – – und sie schaute ihm ganz nahe in die Augen, »fehlt dir etwas? Es ist doch kein Unglück geschehen?«

»Freilich ist ein Unglück geschehen, Christinchen; da – lies nur diesen Brief!«

Ihre Augen flogen über das Papier. »Aber, Christian Albrecht, du hast ja den Prozeß gewonnen!«

»Freilich, Christinchen, hab ich ihn gewonnen.«

»Und das nennst du ein Unglück? Da hast du ja alles nun in deiner Hand!«

»Hatte ich in meiner Hand, mußt du sagen! Fünf Minuten vor Empfang dieses Schreibens habe ich durch Meister Hansen die Hälfte der unseligen Mauergelder an Bruder Friedrich abgesandt.«

Frau Christine schlug die Hände ineinander. »Das wird eine schöne Geschichte werden! – Du!?« – und sie drohte ihm mit dem Finger – »ich hatte es dir vorhergesagt!«

Und es wurde eine schöne Geschichte; denn zu derselben Zeit stand im Nachbarhause der Meister Hansen vor dem Herrn Friedrich Jovers.

Bei seinem Eintritt in den Hausflur war der goldene Advokat gegen ihn angeprallt und dann wie in blindem Geschäftseifer an ihm vorbeigeschossen. Im Zimmer selbst saß der Hausherr mit einem Schriftstück in der herabhängenden Hand, das mit vielen Schnörkeln begann und mit dem großen Magistratssiegel endete. Er schien über den zuvor gelesenen Inhalt nachzusinnen und nicht gehört zu haben, was ihm der Meister eben vorgetragen hatte; als dieser aber aus seiner Hand ein paar schwere Geldrollen auf den Tisch fallen ließ, richtete er sich plötzlich auf. »Geld? Was soll das?« rief er. »Was sagt Er, Meister Hansen?«

Der Meister trug noch einmal seine Sache vor, und jetzt hatte Herr Friedrich zugehört und recht verstanden.

»So?« sagte er anscheinend ruhig, indem er sich von seinem Sitz erhob; aber sein Antlitz rötete sich bis unter das dunkle Stirnhaar. »Also dazu hat Er sich gebrauchen lassen?« – Dann ergriff er plötzlich die beiden Geldrollen und machte eine Armbewegung, die den stämmigen Meister fast zur Gegenwehr veranlaßt hätte.

Aber Herr Friedrich besann sich wieder. »Setz Er sich!« sagte er kurz; dann ging er rasch zur Stubentür und über den Hausflur nach dem Hof hinaus.

Der junge Küfer, der vor der offenen Kellertür des Lagerraums beschäftigt war, sah mit Verwunderung den Herrn Prinzipal bald mit vorgestrecktem Kopfe auf dem Klinkersteige des Hofes dröhnend hin und wider schreiten, bald wieder ein Weilchen stillestehn und mit halb scheuen Blicken an der hohen Scheidemauer hinaufschauen.

Das mochte eine Viertelstunde so gedauert haben; endlich, wie in raschem Entschluß, ging Herr Friedrich in das Haus zurück.

Als er ins Zimmer trat, fand er den Handwerksmann auf demselben Stuhle, wo er ihn gelassen hatte.

»Meister«, sagte er, aber es war, als werde bei den wenigen Worten ihm der Atem kurz, »hat Er Leute in Bereitschaft? So etwa fünf oder sechs, und noch heute oder doch morgen schon?«

Der Meister war aufgestanden und besann sich. »Nun, Herr Jovers, es ginge wohl! Mit der Stadtswaage sind wir jetzt soweit; ein Stücker fünfe könnten schon gemißt werden.«

»Gut denn, Meister« – und Herr Friedrich ergriff noch einmal, und nicht minder heftig als vorhin, die beiden auf dem Tische liegenden Geldrollen –, »so baue Er mir die Mauer auf meinem Hofe noch um soviel höher, als dieses Silber dazu reichen will!«

Der Handwerksmann schien kaum zu merken, daß während dieser Worte die Rollen schon in seinen Händen lagen.

»Hat Er mich nicht verstanden?« fuhr Herr Friedrich fort, da der andere keine Antwort gab.

»Freilich, Herr; das ist wohl zu verstehen; aber« – und der Meister schien ein paar Augenblicke nachzurechnen – »das gäbe ja noch an die sechs bis sieben Fuß!«

»Meinetwegen«, sagte Herr Friedrich finster, »nur sorge Er dafür, daß es um keinen Schilling niedriger und auch um keinen höher werde, als wozu Er da das Geld in Händen hat!«

»Hm«, machte der alte Mann und sah den jüngeren mit einem Blicke an, als ob ihm plötzlich ein Verständnis komme, »wenn Sie es denn so wollen, Herr Jovers; es ist Ihre Sache.«

Herr Jovers wandte sich ab. »So wären wir fertig miteinander!« sagte er hastig. »Fanget nur gleich morgen an, damit ich der Unruhe in Bälde wieder ledig werde!«

Als Meister Hansen dann hinausgegangen war, warf er sich auf einen Stuhl am Fenster und starrte auf die leere Straße. Er schien keine Gedanken zu haben; vielleicht auch wollte er keine haben.

Und schon am andern Tage, während der Herr Onkel Bürgermeister und der Herr Vetter Kirchenpropst noch einmal ihr vergebliches Versöhnungswerk betrieben, wurde zwischen den Höfen der beiden Brüder rüstig fortgemauert, und der struppige Assyrer sang dabei alle Lieder, die er auf seinen Kreuz- und Querzügen aus der Fremde heimgebracht hatte. Im Hause des Senators wurden die Schreibstuben mit jeder neuen Steinlage immer mehr verdunkelt, und der alte Friedebohm ertappte sich zu seinem Schrecken mehr als einmal, wie er müßig vor dem Fenster stand und, eine vergessene Prise zwischen den Fingern, diesem, wie er es bei sich selber nannte, babylonischen Beginnen zusah. Auf der andern Seite ging Herr Friedrich Jovers, wenn er auf dem Wege zu seinen Geschäftsräumen den Hof betreten mußte, hastig und ohne jemals aufzublicken, daran vorüber. Dann, nach Verlauf einiger Tage, hörte das Mauern und das Singen auf; die Handwerker waren fort, das neue Werk war fertig.

Statt dessen vernahm Herr Friedrich am nächsten Vormittag ein Geräusch, das ihm wie mit einem Schlage die seltensten, aber höchsten Freuden seiner Knabenjahre vor die Seele führte; er hatte eben die Hoftür geöffnet und seinem draußen beschäftigten Ausläufer etwas zugerufen, als er horchend stehenblieb. Er wußte es genau; er sah es vor sich, wie jetzt drüben auf dem Hofe des Elternhauses die großen Reisemäntel ausgeklopft wurden; ja, er sah sich selbst als Knaben in seinen Sonntagskleidern an seiner Mutter Hand danebenstehen und hörte den frohen Ton ihrer Stimme, womit sie bei solchem Anlaß einstmals ihrer Kinder Herz erfreute.

Er erschrak fast, als der Gerufene ihm jetzt entgegentrat, und ihm entfiel unwillkürlich die Frage, was denn für eine Reise drüben wohl im Werke sei. Aber bevor der Mann den Mund aufzutun vermochte, kam bereits die Antwort aus der nahe liegenden Küche: Frau Antje Möllern hatte selbstverständlich schon lange die genauesten Nachrichten; ein Glück, daß sie es endlich nun erzählen konnte! Die junge Frau Senatorn wollte mit ihrem Erbprinzen auf Besuch zu ihren Eltern, obschon das liebe Kind mit jedem Tag ins Zahnen fallen könne und Pankratius und Servatius noch nicht einmal vorüber seien; und der gute Herr Senator müsse auch mit auf die Reise, denn was kümmere das die Frau Senatorn, daß eine große Ladung Ostseeroggen erst eben auf der Reede angekommen sei! »Herr Jovers!« schloß Frau Antje ihre Rede, als der Arbeitsmann sich entfernt hatte, und wies mit dem Daumen nach dem Hofe zu, »glauben Sie es, oder glauben Sie es nicht – die hat's nicht ausgehalten, daß sie uns von drüben nun nicht mehr in unsere Töpfe gucken kann!«

Ein fast grimmiges Zucken fuhr um Herrn Friedrichs Lippen; dann aber sah er die alte Dame nur eine Weile mit etwas starren

Augen an. »Also das ist Ihre Meinung, Möllersch?« sagte er trocken, und als sie hierauf beteuernd mit ihrem dicken Kopf genickt hatte, setzte er hinzu: »So wolle Sie die Güte haben, dergleichen Meinung künftig bei sich zu behalten!«
Als er das gesprochen hatte, ging er fort, und Frau Antje blieb, die Hände über ihrem starken Busen gefaltet, noch eine ganze Weile stehen, die Augen unbeweglich nach der Richtung, in der ihr Herr verschwunden war. Dann plötzlich trabte sie an den verlassenen Herd zurück und rührte unter heftigen Selbstgesprächen in dem über dem Dreifuß stehenden Topfe, daß die kochende Brühe zu allen Seiten in die lodernden Flammen spritzte.

Es war unverkennbar, daß die Mauer draußen, obgleich sie keineswegs behagliche Gefühle in ihm erweckte, nach ihrer abermaligen Vollendung eine geheimnisvolle Anziehungskraft auf Herrn Friedrich Jovers übte. Freilich hatte er noch immer vermieden, an dem neuen Werk emporzusehen; jetzt aber, nachdem der Abend herangekommen war, ließ es ihm auch hierzu keine Ruhe mehr. Er hatte sich vorgespiegelt, sein junger Küfer, der zur gewohnten Stunde aus dem Geschäft gegangen war, könne das Auffüllen der neuen Fässer unterlassen haben, welche in dem Keller hinter dem Hofe lagen; allein er hatte schon darum vergessen, als er kaum den Hof betreten hatte.
Oben an dem dunkeln Frühlingshimmel schwamm die schmale Sichel des Mondes und warf ihr bläuliches Licht auf den oberen Rand der Scheidemauer und das Dach des elterlichen Hauses. Herr Friedrich stand jetzt an derselben Stelle, von wo aus er an jenem Abend ein stummer Zeuge der Familienfeierlichkeit gewesen war; er stand dort ebenso stumm und unbeweglich, aber auf seinem Antlitz lag jetzt ein unverkennbarer Ausdruck der Bestürzung. Sosehr er seine Augen anstrengte, es wurde nicht anders: hinter dem neuen Maueraufsatz waren die Fenster des alten Familiensaales bis zum letzten Rand verschwunden.
Es war schon spät am Abend; nichts regte sich, weder hüben noch drüben; nur das Klirren eines Fensterflügels, der im Hauptbau auf der andern Seite offenstehen mochte, wurde dann und wann im Aufwehen der Nachtluft hörbar. Herr Friedrich wollte eben in sein Haus zurückkehren, da tönte von drüben plötzlich die Stimme des alten Kuba-Papageien: »Komm röwer!« und

nach einer Weile noch einmal: »Komm röwer!« Wie ein eindringlicher Ruf, fast schneidend, klang es durch die Stille der Nacht; dann nach kurzer Pause folgte ein gellendes Gelächter. Herr Friedrich kannte es sehr wohl; der verwöhnte Vogel pflegte es auszustoßen, wenn ihm die Nachahmung der eingelernten Worte besonders wohl gelungen war. Aber was sonst als der unbehülfliche Laut eines abgerichteten Tieres gleichgültig an seinem Ohr vorbeigegangen war, das traf den einsamen Mann jetzt wie der neckende Hohn eines schadenfrohen Dämons.

»Komm röwer!« seine Lippen sprachen unwillkürlich diese Worte nach; über seine selbstgebaute Mauer konnte er nicht hinüberkommen.

Noch lange stand er, das Hirn voll grübelnder Gedanken, ohne daß etwas anderes als das gewöhnliche Geräusch der Nacht zu seinem Ohr gedrungen wäre; fast sehnte er sich, noch einmal den Schrei des Vogels zu vernehmen; als aber alles still blieb, ging er ins Haus und legte sich zum Schlafen nieder.

Allein er hörte eine Stunde nach der andern schlagen, und da er endlich schlief, war es nur eine halbe Ruhe. Ihm war, als sei er auf dem Wege zum Garten; aus der Pforte kamen seine Eltern ihm entgegen, von denen er gemeint hatte, daß sie beide schon im Grabe lägen; als er auf sie zuging, sah er, daß ihre Augen fest geschlossen waren; er wollte sie eben bitten, ihn doch anzusehen, da war die hohe Mauer vor ihm aufgestiegen, und dahinter scholl das Gelächter des alten Kubavogels, das wie in einem Echo an hundert Mauern hin und wider sprang.

– – Das Geräusch eines dicht unter seinen Fenstern vorüberrollenden Wagens weckte ihn. Es war schon Morgenfrühe; die dicke goldene Taschenuhr, welche er von seinem Nachttisch langte, zeigte auf reichlich fünf Uhr. Rasch war er aus dem Bette, zog das Vorhängsel von einem Guckfenster in der vorspringenden Seitenwand zurück und sah auf die Straße hinab. Von Osten her lagen die Häuserschatten noch auf den feuchten Steinen und bis hoch an den gegenüberstehenden Gebäuden hinauf; vor der Treppe des brüderlichen Hauses hielt ein bespannter Reisewagen; Koffer wurden durch den alten Diener hintenauf geladen und Kisten und Schachteln unter den Wagenstühlen festgebunden. Bald darauf sah er seinen Bruder und Frau Christine in Reiserock und Mantel aus dem Hause treten; dann folgte eine gleichfalls reisefertige Magd mit einem anscheinend nur aus Tü-

chern bestehenden Bündelchen, an welchem die junge Frau Senatorn noch viel zu zupfen und zu stecken hatte und worin Herr Friedrich nicht ohne Grund seinen ihm noch unbekannten jungen Neffen vermutete.
Endlich war alles auf dem Wagen. Herr Friedebohm, von der obersten Treppenstufe, schien eiligst noch mit Kopf und Händen die Versicherung getreuen Einhütens zu erteilen; dann klatschte der Kutscher, und bald war die Straße leer, und Herr Friedrich hörte nur noch das schwache Rollen des Wagens droben in der Stadt, wo es zum Ostertor hinausführte.
Aber auch ihn duldete es nun nicht länger im Hause; rasch war er angekleidet und ging in den frischen Morgen hinaus. Er war hinten um die Stadt herumgegangen, an der stillen Gasse vorüber, in welcher die Pforte zu dem Familiengarten sich befand; jetzt schritt er langsam, seinen Rohrstock unter dem Arme, drüben auf dem breiten Gange des Kirchhofes und schaute über den alten Hagedornzaun nach dem seit einem halben Jahre von ihm gemiedenen Familiengrundstücke hinüber. Bäume und Sträucher standen schon in lichtem Grün, und dort von den jungen Apfelbäumen, die sein Vater, der alte Herr Senator, noch gepflanzt hatte, lachten ihn die ersten roten Blütensträuße an. Bald auch gewahrte er mit Verwunderung, daß der Garten, wie in jedem Frühjahr, in ordnungsmäßigen Stand gesetzt war, und – täuschte ihn denn sein Ohr? – er hörte ein Geräusch, als ob geharkt und darauf Beete mit dem Spaten angeklopft würden; aber der Pavillon und das hohe Gebüsch zu dessen Seiten verwehrten ihm die Aussicht.
Er blieb stehen und lauschte, während das Geräusch des Arbeitens sich ebenmäßig fortsetzte. Da wallte es in ihm auf; wer konnte sich unterstehen, den in Streit befangenen Garten anzufassen?
»Heda!« rief er. »Was wird da getrieben?«
Das Arbeiten hörte auf, und nach einigen Augenblicken trat der alte Andreas mit einem Spaten auf der Schulter hinter dem Pavillon hervor.
»Er, Andreas?« herrschte ihn Herr Friedrich an. »Was hat Er hier zu schaffen? Hat Ihn mein Bruder etwa hier zur Arbeit herbeordert?«
Der Alte schob seine Pudelmütze von einem Ohr zum andern. Die Frage mochte ihm unerwartet kommen; hatte er doch noch von dem seligen Herrn her einen Schlüssel zu der Gartenpforte

und seit über einem Vierteljahrhundert einzig nach dem Kalender, den er in seinem Kopfe trug, die Beete umgegraben, Erbsen und Bohnen nach seiner eigenen Wissenschaft gelegt und Bäume und Gesträuche angebunden und beschnitten. »Herbeordert?« sagte er endlich. »Nein, Herr; so herbeordnet hat mich niemand; aber wenn's nicht alles in die Wildnis gehen sollte, so war es just die höchste Zeit.«
»Was kümmert Ihn das«, rief Herr Friedrich, »ob es hier verwildert?«
Der Alte hatte seinen Spaten in die Erde gestoßen. »Was mich das kümmert?« wiederholte er und sah völlig verdutzt zu dem Sohne seines alten Herrn hinüber.
»Freilich Ihn!« fuhr dieser fort; »denn wer wohl, meint Er, daß Ihm Seine Arbeit hier bezahlen werde?«
»Nun, Herr; es wird schon alles angeschrieben.«
»So schreib Er's gleich nur in den Schornstein«, rief Herr Friedrich, »und vertu Er seine Zeit nicht, die Er besser brauchen kann!«
Andreas wischte mit der Hand den Schweiß von seiner Stirne. »Wenn das Ihr Ernst ist, Herr Jovers«, sagte er, »so kann ich freilich nur nach Feierabend hier noch arbeiten; das aber« – und er erhob den Spaten und zeigte damit nach dem Kirchhofe hinüber –»tu ich meiner alten Herrschaft da zuliebe.«
Herr Friedrich sagte nichts; Andreas aber ging mit seinem Spaten fort, und bald wurde wieder das einförmige Geräusch des Grabens in der Morgenstille hörbar.
Der andere stand noch eine Weile an derselben Stelle, als müsse er die Spatenstiche zählen, die er drüben den alten Arbeiter machen hörte; dann wandte er sich plötzlich und ging weiter in den Kirchhof hinein, bis zu dem Grabe seiner Eltern. Hier saß er lange auf den Steinen, welche die Familiengruft bedeckten, und blickte auf den grünen Koog hinunter und darüber hinaus auf den silbernen Strich des Meeres, wo in der Ferne die Masten des guten, ihm so wohlbekannten Schiffes »Elsabea Fortuna« sichtbar wurden.
Als es in der Stadt vom Turme sieben schlug, stand er wieder an dem alten Gartenzaune. Der vorübergehende Totengräber, dessen Gruß er nicht zu bemerken schien, gewahrte mit Verwunderung, wie Herr Friedrich Jovers mit seinem Stocke recht unbarmherzig gegen einzelne der alten Büsche stieß, während doch, wie

von einem frohen Entschluß, ein stilles Lächeln auf seinem Antlitz lag.
Plötzlich aber richtete Herr Friedrich sich auf und schritt aus dem Kirchhofe in die Stadt hinein; er schritt nicht seiner Wohnung zu, sondern die lange Osterstraße hinauf, wo das Haus des Meisters Hinrich Hansen lag.

Und acht Tage später, an einem sonnigen Spätnachmittage, hielt der Chaisewagen des Senators wieder vor dessen Haustür; die Reisenden samt Kind und Kindsmagd waren heimgekehrt. Als der schlafende Erbe glücklich vom Wagen und oben in der Kinderstube untergebracht war, lief die junge Frau, wie zu neuer freudiger Besitznahme, durch alle Räume ihres Hauses, und als sie hier überall gewesen war und, dank der alten schwiegerelterlichen Köchin, alles in musterhafter Ordnung vorgefunden hatte, schritt sie langsam den Gang hinab, der an der Küche vorbei zur Hoftür führte. Ihr Gesicht war plötzlich ernst geworden, und es dauerte eine Weile, bevor sie die Klinke aufdrückte und hinaustrat.
Allein so zögernd sie hinausgegangen war, so rasch kam sie jetzt zurück; sie flog fast an der Küche vorüber nach dem Hausflur; ihre Augen strahlten. »Christian, Christian Albrecht!« rief sie. »Wo steckst du? Komm doch, komm geschwinde!«
Da trat er schon mit heiterem Antlitz aus der Schreibstube auf sie zu.
»Komm!« rief sie nochmals und ergriff ihn bei der Hand. »Ein Wunder, Christian Albrecht, ein wirkliches Wunder! Wie aus dem Döntje von dem Fischer un sine Fru! Ein schwarzer jütscher Topf, ein Haus, ein Palast; immer höher und höher, und dann eines angenehmen Morgens – ›Mantje Mantje Timpe Te!‹ –, da sitzen sie wieder in ihrem schwarzen Pott!« Und sie sah mit glückseligen Augen zu ihrem Mann empor.
Auch aus seinen guten Augen leuchtete ein Strahl des Glückes. »Ich habe es schon gesehen«, sagte er; »aber es ist kein Wunder, es ist viel besser als ein Wunder.«
Und als sie dann Arm in Arm auf den Hof hinaustraten, der wieder hell und frei wie früher vor ihnen lag, da sahen sie die hohe Mauer bis auf ihr altes Maß hinabgeschwunden, und hinter der niedrigen Grenzscheide stand Herr Friedrich Jovers und streckte schweigend dem Bruder seine Hand entgegen.

»Friedrich!«
»Christian Albrecht!«
Die Hände lagen ineinander; aber jetzt erhob Herr Friedrich den Kopf, als ob er nach den Fenstern des elterlichen Hauses hinüberlausche.
»Worauf hörst du, Bruder?« frug ihn der Senator.
Einen Augenblick noch blieb der andere in seiner horchenden Stellung, dann ging ein Lächeln über sein ernstes Gesicht. »Ich meinte, Bruder, daß unser alter Papagei mich riefe, aber er hat es neulich abends schon getan.«
Und als er das gesagt hatte, legte er die eine Hand auf den oberen Rand der Mauer, und mit einem Satze schwang er sich hinüber.
»Mein Gott, Friedrich«, rief Frau Christine, indem sie einen raschen Schritt zurücktrat, »ich habe dich noch niemals springen sehen!« Und dabei standen ihre Augen voll von Tränen.
Er faßte seine Schwägerin an beiden Händen. »Christine«, sagte er, »dieser Sprung war nur ein Symbolum; ich werde künftig wieder hübsch auf ebener Erde bleiben.«
Der Senator blickte heiter in den nun wieder frei gewordenen Luftraum. »Lieber Bruder«, begann er mit bedächtigem Lächeln, »die ganze Mauer war ja eigentlich nur ein Symbolum, außer daß sie denn doch leibhaftig dagestanden, und währendem der alte Friedebohm sich seine Federn nicht mehr schneiden konnte –«
Herr Friedrich unterbrach ihn: »Wenn's gefällig wäre, so nehmet noch einmal euere eben abgelegten Hüte und begleitet mich auf einer kurzen Promenade!«
»Was du willst, Friedrich!« rief Frau Christine. »Alles, was du willst!« Und da Herr Christian Albrecht gleichfalls einverstanden war, so gingen sie miteinander durch das elterliche Haus, und Herr Friedrich führte sie den bekannten Weg hinten um die Stadt, an der grünen Marsch entlang und wieder in die Stadt hinein.
Sie hatten längst bemerkt, daß er sie zu dem in Streit befangenen Garten führte; aber sie fragten nicht, sie gingen schweigend und in freudiger Erwartung neben dem Bruder her.
Am Eingange empfing sie der alte Andreas, die Steigharke in der Hand, ein schelmisches Schmunzeln im Gesicht. Alles zeigte sich in schönster Ordnung; an den jungen Apfelbäumen waren alle Blütensträuße aufgebrochen.

Herr Friedrich beschleunigte seine Schritte, während er den Muschelsteig zum Pavillon hinauf-, dann aber an demselben vorbei und nach der Kirchhofseite zuschritt. Als sie hier aus dem Gebüsch hinaustraten, stieß Frau Christine einen leichten Schrei aus, wie er sich in freudiger Überraschung so anmutig von dem Frauenherzen löst; denn an der Stelle des krüppelhaften Zaunes, welcher sonst die Scheide gegen den Kirchhof hin bezeichnet hatte, erhob sich vor ihnen eine stattliche Mauer, wie Herr Christian Albrecht sie sich immer hier gewünscht hatte. »Nun, gewißlich«, rief die hübsche Frau, »da steht es vor uns, auch die Liebe kann –«

Aber Herr Friedrich nahm ihr das Wort vom Munde. »Die Frau Schwester meinen«, sagte er höflich, »Meister Hansens Leute können, wenn auch keine Berge, so doch eine Mauer recht gescheit versetzen; mich selber anbelangend, so habe ich hierbei auf des Herrn Bruders gütigen Konsens gerechnet. Und, Christian Albrecht«, fuhr er in herzlichem Tone fort, indem er sich zu seinem Bruder wandte, »hiemit, so du gleichen Sinnes bist, ist unser Prozeß am Ende; du hast das Urteil unseres Magistrates für dich; meinen Einspruch habe ich zurückgezogen. Tue du nun ein übriges und bestimme als der Älteste, wie es mit dem Garten soll verhalten werden! Wie du die Teilung vornimmst, ich bin es jedenfalls zufrieden.«

Herr Christian Albrecht hatte dieser Rede zugehört wie einer, welcher zugleich einem eigenen Gedanken nachgeht. »Ist das dein Ernst, Friedrich?« sagte er, seinem Bruder voll ins Antlitz sehend; »dein wohlbedachter Ernst?«

»Mein voller, wohlbedachter Ernst«, erwiderte Herr Friedrich ohne Zögern.

»Nun denn«, rief Christian Albrecht freudig, »so teilen wir gar nicht, Bruder Friedrich! ›Jovers' Garten‹ hat es hier von Großvaters Zeiten her geheißen, so darf es jetzt nicht Christian Albrechts und Friedrichs Garten heißen!«

Einen Augenblick lang zogen Herrn Friedrichs dunkle Brauen sich zusammen, als ob er über einen Gewaltstreich seines Bruders zürnen müsse; dann aber wurde es plötzlich hell auf seinem Antlitz, wie Christian Albrecht in so raschem Wechsel es nur bei ihrem Vater einst gesehen hatte. Lebhaft ergriff er seines Bruders Hand: »Topp, Christian Albrecht! Aber wie war's nur möglich, daß dies damals keinem von uns beiden eingefallen ist?«

Herr Christian Albrecht lächelte. »Ich glaube, Friedrich, wir haben damals beide etwas laut geredet; da konnten wir die eigene Herzensmeinung nicht vernehmen.«

Frau Christine, die in stiller Freude dem Gespräch der Brüder zugehört hatte, hob jetzt ihre Uhr empor, die sie, noch von der Reise her, an einem schweren Gürtelhaken bei sich führte. »Vesperzeit, wenn's beliebet!« rief sie. »Und Friedrich, du speisest doch heut abend bei uns? Die alte Margret wird schon löblich vorgesehen haben! Freilich – deine perdrix aux truffes, die hast du ein für allemal verlaufen.«

Es war zu Ende Juli. Frau Antje Möllern saß bei Frau Nachbarn Jipsen auf der Beischlagsbank und erzählte dieser noch einmal, wie schon mehreremal zuvor, daß es nun nichts nütze, da drüben noch länger hauszuhalten; denn die da – und sie nickte nicht eben sanft nach dem alten Kaufherrnhaus hinüber – haben nun auch Herrn Friedrich Jovers ganz in ihren Schlingen; sie, Antje Möllern, habe dies dem letzteren auch rundheraus gesagt und dann zugleich auf Michael gekündigt; und Frau Nachbarn Jipsen erwiderte darauf, heute gleichfalls nicht zum ersten Mal, daß sie das alles längst vorausgesehen habe.

Unten im Ratsweinkeller saß an diesem warmen Nachmittage der goldene Advokat und demonstrierte dem Herrn Stadtsekretär, der aus den oberen Rathausräumen zu einem kühlen Trunk herabgestiegen war, wie er die scharfsinnigen Deduktionen seiner Klage- und Replikrezesse, welche – ganz sub rosa – denn doch über den Horizont des ehrenwerten Magistrats hinausgingen, nun leider ganz umsonst geschrieben habe; und der stets höfliche Herr Stadtsekretär tupfte dem Goldenen recht freundlich auf die Schulter und sagte lächelnd: »Umsonst, Herr Siebert Sönksen? Doch wohl nicht ganz umsonst! Da müßten wir die Herren Jovers sonst nicht kennen!« – Und der Goldene lächelte gleichfalls und griff behaglich nach seinem Spitzglas Roten.

Draußen in den Gärten aber war es in der Stachelbeerenzeit, und in »Jovers' Garten« war heute überdies ein großer Familienkaffee. Der Herr Onkel Bürgermeister und der Herr Vetter Kirchenpropst mit ihren Frauen waren da, und der alte Friedebohm und der alte Andreas waren da, jeder an dem Platze, der ihnen zukam, und der alte Papagei saß auf seiner hohen Stange vor dem Pavillon, und auch Musche Peters in seinem neuesten

Anzuge mit einer kleinen Zopfperücke fehlte nicht. Selbst den kleinen Erbprinzen hätte man in seinem Kinderwagen an einem stillen Schattenplätzchen finden können, freilich bis jetzt nur schlummernd unter der Hut der treuen Kindermagd. Im Innern des Pavillons aber, vor den weit geöffneten Flügeltüren, waltete Frau Christine des blinkenden Kaffeetisches, während drunten vor der Staketpforte sich zusammendrängte, was die kleine Gasse an neugierigen Weibern und lustiger Jugend aufzubieten hatte. Die Weiber erzählten sich von der guten seligen Frau Senatorn und nickten dabei nach der innern Wand des Pavillons hinüber, wo die unermüdliche Dame Flora nach wie vor mit ihrer Rosengirlande tanzte; die Buben dagegen, die sich allmählich den ersten Platz vor der Pforte erobert hatten, wiesen mit ausgestreckten Armen nach den großen roten Stachelbeeren, die auf den Rabatten in schwerer Fülle an den Büschen hingen. Mitunter hörte man sie den Namen des jungen Herrn Senators nennen; sie schienen auf ihn zu warten, dessen milde Hand ja auch nach dem Hintritt der guten alten Frau Senatorn noch vorhanden war. »Da kommt he! Kiek mal, da kommt he!« riefen ein paar von ihnen, deren gierige Augen eben einen Schimmer seines pfirsichfarbenen Rockes erspäht hatten; aber sie wurden plötzlich stille, als sie ihn an der Seite des gefürchteten Herrn Friedrich Jovers aus einem belaubten Seitengange treten sahen.

Die beiden Brüder gingen schweigend nebeneinander; aber auf ihrem Antlitz lag noch der friedliche Ausdruck des traulichen Gespräches, welches sie vorhin die einsameren Seitengänge hatte aufsuchen lassen. Auch jetzt noch wandten sie sich nicht wieder zur Gesellschaft, sondern schritten in stummem Einverständnis den breiten Muschelsteig hinab.

Ihnen im Rücken hatte inzwischen Musche Peters sich der Papageienstange genähert und suchte in Ermangelung gleichberechtigter Unterhaltung mit dem gefiederten Gaste in bescheidenem Flüstertone anzuknüpfen; sogar ein Stückchen Zucker wagte er dem Papchen hinzuhalten. Aber der grüne Unhold schien für diese Aufmerksamkeit keinen Sinn zu haben; statt nach dem Zucker hackte er nach Musche Peters' Finger und schrie dann gellend, als wolle er's nun ein für allemal gesagt haben: »Komm röwer!«

Als der Schrei des Vogels das Ohr der beiden Brüder erreichte, flog über Herrn Friedrichs Angesicht ein Schatten, wie aus jener

Nacht, von der er seinem Bruder heut zum ersten Mal gesprochen hatte. Der Senator aber faßte seine Hand und sagte leise: »Mein Friedrich, das hat jetzt keine Bedeutung mehr; du bist nun ein für allemal herüber.«

Als Herr Friedrich hierauf den Kopf erhob, um seinen Bruder anzublicken, blieben seine Augen auf dem Bubenhaufen vor der Pforte haften, und die finstere Miene wurde von einem fast schelmischen Lächeln fortgedrängt. »Keine Bedeutung mehr?« sagte er, die Worte des Bruders wiederholend. »Meinst du, ich verstünde ganz allein die Papageiensprache?« Und ohne eine Antwort abzuwarten, rief er mit lauter, kräftiger Stimme: »Holla, Jungens, wat seggt de Papagoy?«

Da kam zuerst eine noch etwas zaghafte Stimme, dann aber eine nach der andern, und immer lauter und lauter: »›Komm röwer! Komm röwer!‹ seggt de Papagoy.«

Und lustig winkend, erhob Herr Friedrich den Arm: »Nun denn, alle Mann hoch: ›Komm röwer!‹« Und ebenso lustig wies seine Hand nach den brechend vollbeladenen Stachelbeerbüschen.

Zuerst sahen die Jungen nur einander an und flüsterten angelegentlich mitsammen; sie konnten sich's nicht denken, daß der böse Herr Friedrich Jovers mit einem Male so erstaunlich gut geworden sei. Als aber jetzt die beiden Herren Jovers in ein unverkennbar herzliches Lachen ausbrachen, da war kein Halten mehr, einer wollte noch eher als der andere, und bald sprang und fiel und purzelte der ganze Schwarm über die Pforte in den Garten hinab, und unter jeder Stachelbeerstaude saß mit lachendem Angesicht ein unermüdlich schmausender Junge.

»Christian Albrecht«, sagte Herr Friedrich, den Arm um seines Bruders Schultern legend, »wenn erst deine Jungen hier so in den Büschen liegen!«

Da erscholl hinter ihnen vom oberen Teil des Gartensteiges ein helles fröhliches »Bravissimo!«, und als sie sich hierauf umwandten, da stand in der offenen Tür des Pavillons inmitten aller Gäste die junge anmutige Frau Senatorin, mit emporgehobenen Armen hielt sie den Brüdern ihr eben erwachtes Kind entgegen, das mit großen Augen in die bunte Welt hinaussah.

Hans und Heinz Kirch

Auf einer Uferhöhe der Ostsee liegt hart am Wasser hingelagert eine kleine Stadt, deren stumpfer Turm schon über ein Halbjahrtausend auf das Meer hinausschaut. Ein paar Kabellängen vom Lande streckt sich quervor ein schmales Eiland, das sie dort den »Warder« nennen, von wo aus im Frühling unablässiges Geschrei der Strand- und Wasservögel nach der Stadt herübertönt. Bei hellem Wetter tauchen auch wohl drüben auf der Insel, welche das jenseitige Ufer des Sundes bildet, rotbraune Dächer und die Spitze eines Turmes auf, und wenn die Abenddämmerung das Bild verlöscht hat, entzünden dort zwei Leuchttürme ihre Feuer und werfen über die dunkle See einen Schimmer nach dem diesseitigen Strand herüber. Gleichwohl, wer als Fremder durch die auf- und absteigenden Straßen der Stadt wandert, wo hie und da roh gepflasterte Stufen über die Vorstraße zu den kleinen Häusern führen, wird sich des Eindrucks abgeschlossener Einsamkeit wohl kaum erwehren können, zumal wenn er von der Landseite über die langgestreckte Hügelkette hier herabgekommen ist. In einem Balkengestelle auf dem Markte hing noch vor kurzem, wie seit Jahrhunderten, die sogenannte Bürgerglocke; um zehn Uhr abends, sobald es vom Kirchturme geschlagen hatte, wurde auch dort geläutet, und wehe dem Gesinde oder auch dem Haussohn, der diesem Ruf nicht Folge leistete; denn gleich danach konnte man straßab und -auf sich alle Schlüssel in den Haustüren drehen hören.

Aber in der kleinen Stadt leben tüchtige Menschen, alte Bürgergeschlechter, unabhängig von dem Gelde und dem Einfluß der umwohnenden großen Grundbesitzer; ein kleines Patriziat ist aus ihnen erwachsen, dessen stattlichere Wohnungen, mit breiten Beischlägen hinter mächtig schattenden Linden, mitunter die niedrigen Häuserreihen unterbrechen. Aber auch aus diesen Familien mußten bis vor dem letzten Jahrzehent die Söhne den Weg gehen, auf welchem Eltern und Vorfahren zur Wohlhabenheit und bürgerlichen Geltung gelangt waren; nur wenige ergaben sich den Wissenschaften, und kaum war unter den derzeitig noch studierten Bürgermeistern jemals ein Eingeborener dagewesen; wenn aber bei den jährlichen Prüfungen in der Rektorschule der Propst den einen oder andern von den Knaben frug:

»Mein Junge, was willst du werden?«, dann richtete der sich stolz von seiner Bank empor, der mit der Antwort »Schiffer!« herauskommen durfte. Schiffsjunge, Kapitän auf einem Familien-, auf einem eignen Schiffe, dann mit etwa vierzig Jahren Reeder und bald Senator in der Vaterstadt, so lautete der Stufengang der bürgerlichen Ehren.

Auf dem Chor der von einem Landesherzog im dreizehnten Jahrhundert erbauten Kirche befand sich der geräumige Schifferstuhl, für den Abendgottesdienst mit stattlichen Metalleuchtern an den Wänden prangend, durch das an der Decke schwebende Modell eines Barkschiffes in vollem Takelwerke kenntlich. Auf diesen Raum hatte jeder Bürger ein Recht, welcher das Steuermannsexamen gemacht hatte und ein eigenes Schiff besaß; aber auch die schon in die Kaufmannschaft Übergetretenen, die ersten Reeder der Stadt, hielten, während unten in der Kirche ihre Frauen saßen, hier oben unter den andern Kapitänen ihren Gottesdienst; denn sie waren noch immer und vor allem meerbefahrene Leute, und das kleine schwebende Barkschiff war hier ihre Hausmarke.

Es ist begreiflich, daß auch manchen jungen Matrosen oder Steuermann aus dem kleinen Bürgerstande beim Eintritt in die Kirche statt der Andacht ein ehrgeiziges Verlangen anfiel, sich auch einmal den Platz dort oben zu erwerben, und daß er trotz der eindringlichen Predigt dann statt mit gottseligen Gedanken mit erregten weltlichen Entschlüssen in sein Quartier oder auf sein Schiff zurückkehrte.

Zu diesen strebsamen Leuten gehörte Hans Adam Kirch. Mit unermüdlichem Tun und Sparen hatte er sich vom Setzschiffer zum Schiffseigentümer hinaufgearbeitet; freilich war es nur eine kleine Jacht, zu der seine Mittel gereicht hatten, aber rastlos und in den Winter hinein, wenn schon alle andern Schiffer daheim hinter ihrem Ofen saßen, befuhr er mit seiner Jacht die Ostsee, und nicht nur Frachtgüter für andre, bald auch für eigne Rechnung brachte er die Erzeugnisse der Umgegend, Korn und Mehl, nach den größeren und kleineren Küstenplätzen; erst wenn bereits außen vor den Buchten das Wasser fest zu werden drohte, band auch er sein Schiff an den Pfahl und saß beim Sonntagsgottesdienste droben im Schifferstuhl unter den Honoratioren seiner Vaterstadt. Aber lang vor Frühlingsanfang war er wieder auf seinem Schiffe; an allen Ostseeplätzen kannte man den kleinen hageren Mann in der blauen schlotternden Schifferjacke, mit dem gekrümmten Rücken und dem vornüberhängenden dunkelhaarigen Kopfe; überall wurde er aufgehalten und angeredet, aber er gab nur kurze Antworten, er hatte keine Zeit; in einem Tritte, als ob er an der Fallreepstreppe hinauflaufe, sah man ihn eilfertig durch die Gassen wandern. Und diese Rastlosigkeit trug ihre Früchte; bald wurde zu dem aus der väterlichen Erbschaft übernommenen Hause ein Stück Wiesenland erworben, genügend für die Sommer- und Winterfütterung zweier Kühe; denn während das Schiff zu Wasser, sollten diese zu Lande die Wirtschaft vorwärtsbringen. Eine Frau hatte Hans Kirch sich im stillen vor ein paar Jahren schon genommen; zu der Hökerei, welche diese bisher betrieben, kam nun noch eine Milchwirtschaft; auch ein paar Schweine konnten jetzt gemästet werden, um das Schiff auf seinen Handelsfahrten zu verproviantieren; und da die Frau, welche er im Widerspruch mit seinem sonstigen Tun aus einem armen Schulmeisterhause heimgeführt hatte, nur seinen Willen kannte und überdies aus Furcht vor dem bekannten Jähzorn ihres Mannes sich das Brot am Munde sparte, so pflegte dieser bei jeder Heimkehr auch zu Hause einen hübschen Haufen Kleingeld vorzufinden.

In dieser Ehe wurde nach ein paar Jahren ein Knabe geboren und mit derselben Sparsamkeit erzogen. »All wedder 'n Dreling umsünst utgeb'n!« Dies geflügelte Wort lief einmal durch die Stadt; Hans Adam hatte es seiner Frau zugeworfen, als sie ihrem Jungen am Werktag einen Sirupskuchen gekauft hatte. Trotz dieser dem Geize recht nahe verwandten Genauigkeit war und blieb der Kapitän ein zuverlässiger Geschäftsmann, der jeden ungeziemenden Vorteil von sich wies; nicht nur infolge einer angeborenen Rechtschaffenheit, sondern ebensosehr seines Ehrgeizes. Den Platz im Schifferstuhl hatte er sich errungen; jetzt schwebten höhere Würden, denen er nichts vergeben durfte, vor seinen Sinnen; denn auch die Sitze im Magistratskollegium, wenn sie auch meist den größeren Familien angehörten, waren mitunter von dem kleineren Bürgerstande aus besetzt worden. Jedenfalls, seinem Heinz sollte der Weg dazu gebahnt werden; sagten die Leute doch, er sei sein Ebenbild: die fest auslugenden Augen, der Kopf voll schwarzbrauner Locken seien väterliche Erbschaft, nur statt des krummen Rückens habe er den schlanken Wuchs der Mutter.

Was Hans Kirch an Zärtlichkeiten besaß, das gab er seinem Jungen; bei jeder Heimkehr lugte er schon vor dem Warder durch sein Glas, ob er am Hafenplatz ihn nicht gewahren könne; kamen dann nach der Landung Mutter und Kind auf Deck, so hob er zuerst den kleinen Heinz auf seinen Arm, bevor er seiner Frau die Hand zum Willkommen gab.

Als Heinz das sechste Jahr erreicht hatte, nahm ihn der Vater zum ersten Male mit sich auf die Fahrt, als »Spielvogel«, wie er sagte; die Mutter sah ihnen mit besorgten Augen nach; der Knabe aber freute sich über sein blankes Hütchen und lief jubelnd über das schmale Brett an Bord; er freute sich, schon jetzt ein Schiffer zu werden wie sein Vater, und nahm sich im stillen vor, recht tüchtig mitzuhelfen. Frühmorgens waren sie ausgelaufen; nun beschien sie die Mittagssonne auf der blauen Ostsee, über die ein lauer Sommerwind das Schiff nur langsam vorwärts trieb. Nach dem Essen, bevor der Kapitän zur Mittagsruhe in die Kajüte ging, wurde Heinz dem Schiffsjungen anvertraut, der mit dem Spleißen zerrissener Taue auf dem Deck beschäftigt war; auch der Knabe erhielt ein paar Tauenden, die er eifrig ineinander zu verflechten strebte.

Nach einer Stunde etwa stieg Hans Kirch wieder aus seiner Kajüte und rief, noch halb im Taumel: »Heinz! Komm her, Heinz, wir wollen Kaffee trinken!« Aber weder der Knabe selbst noch eine Antwort kam auf diesen Ruf; statt dessen klang drüben vom Bugspriet her der Gesang einer Kinderstimme. Hans Kirch wurde blaß wie der Tod; denn dort, fast auf der äußersten Spitze, hatte er seinen Heinz erblickt. Auf der Luvseite, behaglich an das matt geschwellte Segel lehnend, saß der Knabe, als ob er hier von seiner Arbeit ruhe. Als er seinen Vater gewahrte, nickte er ihm freundlich zu; dann sang er unbekümmert weiter, während am Bug das Wasser rauschte; seine großen Kinderaugen leuchteten, sein schwarzbraunes Haar wehte in der sanften Brise.

Hans Kirch aber stand unbeweglich, gelähmt von der Ratlosigkeit der Angst; nur er wußte, wie leicht bei der schwachen Luftströmung das Segel flattern und vor seinen Augen das Kind in die Tiefe schleudern konnte. Er wollte rufen; aber noch zwischen den Zähnen erstickte er den Ruf; Kinder, wie Nachtwandler, muß man ja gewähren lassen, dann wieder wollte er das Boot aussetzen und nach dem Bug des Schiffes rudern; aber auch das verwarf er. Da kam von dem Knaben selbst die Entscheidung; das Singen hatte er satt, er wollte jetzt zu seinem Vater und dem seine Taue zeigen. Behutsam, entlang dem unteren Rande des Segels, das nach wie vor sich ihm zur Seite blähte, nahm er seinen Rückweg; eine Möwe schrie hoch oben in der Luft, er sah empor und kletterte dann ruhig weiter. Mit stokkendem Atem stand Hans Kirch noch immer neben der Kajüte; seine Augen folgten jeder Bewegung seines Kindes, als ob er es mit seinen Blicken halten müsse. Da plötzlich, bei einer kaum merklichen Wendung des Schiffes, fuhr er mit dem Kopf herum. «Backbord!« schrie er nach der Steuerseite; »Backbord!«, als ob es ihm die Brust zersprengen solle. Und der Mann am Steuer folgte mit leisem Druck der Hand, und die eingesunkene Leinewand des Segel füllte sich aufs neue.

Im selben Augenblicke war der Knabe fröhlich aufs Verdeck gesprungen; nun lief er mit ausgebreiteten Armen auf den Vater zu. Die Zähne des gefahrgewohnten Mannes schlugen noch aneinander: »Heinz, Heinz, das tust du mir nicht wieder!« Krampfhaft preßte er den Knaben an sich; aber schon begann die überstandene Angst dem Zorne gegen ihren Urheber Platz zu machen. »Das tust du mir nicht wieder!« Noch einmal sagte er es; aber ein dumpfes Grollen klang jetzt in seiner Stimme; seine Hand hob sich, als wolle er sie auf den Knaben fallen lassen, der erstaunt und furchtsam zu ihm aufblickte.

Es sollte für diesmal nicht dahin kommen; der Zorn des Kapitäns sprang auf den Schiffsjungen über, der eben in seiner lässigen Weise an ihnen vorüberschieben wollte; aber mit entsetzten Augen mußte der kleine Heinz es ansehen, wie sein Freund Jürgen, er wußte nicht weshalb, von seinem Vater auf das grausamste gezüchtigt wurde.

– – Als im nächsten Frühjahr Hans Kirch seinen Heinz wieder einmal mit aufs Schiff nehmen wollte, hatte dieser sich versteckt und mußte, als er endlich aufgefunden wurde, mit Gewalt an Bord gebracht werden; auch saß er diesmal nicht mehr singend unterm Klüversegel; er fürchtete seinen Vater und trotzte ihm doch zugleich. Die Zärtlichkeit des letzteren kam gleicherweise immer seltener zutage, je mehr der eigne Wille in dem Knaben wuchs; glaubte er doch selber nur den Erben seiner aufstrebenden Pläne in dem Sohn zu lieben.

Als Heinz das zwölfte Jahr erreicht hatte, wurde ihm noch eine Schwester geboren, was der Vater als ein Ereignis aufnahm, das eben nicht zu ändern sei. Heinz war zu einem wilden Jungen aufgeschossen; aber in der Rektorschule hatte er nur noch wenige über sich. »Der hat Gaben!« meinte der junge Lehrer, »der könnte hier einmal die Kanzel zieren.« Aber Hans Kirch lachte: »Larifari, Herr Rektor! Ums Geld ist es nicht; aber man sieht doch gleich, daß Sie hier nicht zu Hause sind.«

Gleichwohl ging er noch an demselben Tage zu seinem Nachbaren, dem Pastoren, dessen Garten sich vor dem Hause bis zur Straße hinab erstreckte. Der Pastor empfing den Eintretenden etwas stramm. »Herr Kirch«, sagte er, bevor noch dieser das Wort zu nehmen vermochte, »Ihr Junge, der Heinz, hat mir schon wieder einmal die Scheiben in meinem Stallgiebel eingeworfen!«

»Hat er das«, erwiderte Hans Kirch, »so muß ich sie einsetzen lassen, und Heinz bekommt den Stock; denn das Spielwerk ist zu teuer.«

Dann, während der andre zustimmend nickte, begann er mit dem, was ihn hergeführt, herauszurücken: der Pastor sollte seinen Heinz in die Privatstunden aufnehmen, welche er zur Aufbesserung seines etwas schmalen Ehrensoldes einigen Kostgängern und Söhnen der Honoratioren zu erteilen pflegte. Als dieser sich nach einigen Fragen bereit erklärte, machte Hans Kirch noch einen Versuch, das Stundengeld herabzudrücken; da aber der Pastor nicht darauf zu hören schien, so wiederholte er ihn nicht; denn Heinz sollte mehr lernen, als jetzt noch in der Rektorschule für ihn zu holen war.

Am Abend dieses Tages erhielt Heinz die angelobte Strafe und am Nachmittage des folgenden, als er zwischen den andern Schülern oben in des Pastors Studierzimmer saß, von Wohlehrwürden noch einen scharf gesalzenen Text dazu. Kaum aber war nach glücklich verflossener Stunde die unruhige Schar die Treppe hinab- und in den Garten hinausgestürmt, als der erlöste Mann von dorten unter seinem Fenster ein lautes Wehgeheul vernahm. »Ich will dich klickern lehren!« rief eine wütende Knabenstimme, und wiederum erscholl das klägliche Geheul. Als aber der Pastor sein Fenster öffnete, sah er unten nur seinen fahlblonden Kostgänger, der ihm am Morgen Heinzens Missetat verraten hatte, jetzt in eifriger Beschäftigung, mit seinem Schnupftuch sich das Blut von Mund und Nase abzutrocknen. Daß er selbst an jenem Spielwerk mitgeholfen hatte, fand er freilich sich nicht veranlaßt zu verraten; aber ebensowenig verriet er jetzt, wer ihm den blutigen Denkzettel auf den Weg gegeben hatte.

Der Pastor war des Segens eines Sohnes nicht teilhaftig geworden; nur zwei Töchter besaß er, einige Jahre jünger als Heinz und von nicht üblem Aussehen; aber Heinz kümmerte sich nicht um sie, und man hätte glauben können, daß auch er der Bubenregel folge, ein tüchtiger Junge dürfe sich nicht mit Dirnen abgeben, wenn in dem Hause dem Pastorengarten gegenüber nicht die kleine Wieb gewesen wäre. Ihre Mutter war die Frau eines Matrosen, eine Wäscherin, die ihr Kind sauberer hielt als, leider, ihren Ruf. »Deine Mutter ist auch eine Amphibie!« hatte einmal ein großer Junge dem Mädchen ins Gesicht geschrien, als eben in der Schule die Lehre von diesen Kreaturen vorgetragen war. – »Pfui doch, warum?« hatte entrüstet die kleine Wieb gefragt. – »Warum? Weil sie einen Mann zu Wasser und einen zu Lande hat!« – Der Vergleich hinkte; aber der Junge hatte doch seiner bösen Lust genuggetan.

Gleichwohl hielten die Pastorstöchter eine Art von Spielkameradschaft mit dem Matrosenkinde; freilich meist nur für die Werkeltage und wenn die Töchter des Bürgermeisters nicht bei ihnen waren; wenn sie ihre weißen Kleider mit den blauen Schärpen trugen, spielten sie lieber nicht mit der kleinen Wieb. Trafen sie diese dann etwa still und schüchtern vor der Gartenpforte stehen oder hatte gar die jüngste, gutmütige Bürgermeisterstochter sie hereingeholt, dann sprachen sie wohl zu ihr sehr freundlich, aber auch sehr eilig: »Nicht wahr, kleine Wieb, du kommst doch morgen zu uns in den Garten?« Im Nachsommer steckten sie ihr auch wohl einen Apfel in die Tasche und sagten: »Wart, wir wollen dir noch einen mehr suchen!« Und die kleine Wieb schlich dann mit ihren Äpfeln ganz begossen aus dem Garten auf die Gasse. Wenn aber Heinz darüber zukam, dann riß er sie ihr wohl wieder fort und warf sie zornig in den Garten zurück, mitten zwischen die geputzten Kinder, daß sie schreiend ins Haus stoben; und wenn dann Wieb über die Äpfel weinte, wischte er mit seinem Schnupftuch ihr die Tränen ab: »Sei ruhig, Wieb; für jeden Apfel hol ich dir morgen eine ganze Tasche voll aus ihrem Garten!« – Und sie wußte wohl, er pflegte Wort zu halten.

Wieb hatte ein Madonnengesichtlein, wie der kunstliebende Schulrektor einmal gesagt hatte, ein Gesichtlein, das man nicht gut leiden sehen konnte; aber die kleine Madonna aß gleichwohl gern des Pastors rote Äpfel, und Heinz stieg bei erster Gelegenheit in die Bäume und stahl sie ihr. Dann zitterte die kleine Wieb; nicht weil sie den Äpfeldiebstahl für eine Sünde hielt, sondern weil die größeren Kostgänger des Pastors ihren Freund dabei mitunter überfielen und ihm den Kopf zu bluten schlugen. Wenn aber nach wohlbestandenem Abenteuer Heinz ihr hinten nach der Allee gewinkt hatte, wenn er vor ihr auf dem Boden kniete und seinen Raub in ihre Täschchen pfropfte, dann lächelte sie ihn ganz glückselig an, und der kräftige Knabe hob seinen Schützling mit beiden Armen in die Luft. »Wieb, Wiebchen, kleines Wiebchen!« rief er jubelnd; und er schwenkte sich mit ihr im Kreise, bis die roten Äpfel aus den Taschen flogen.

Mitunter auch, bei solchem Anlaß, nahm er die kleine Madonna bei der Hand und ging mit ihr hinunter an den Hafen. War auf den Schiffen alles unter Deck, dann löste er wohl ein Boot, ließ seinen Schützling sacht hineintreten und ruderte mit ihr um den Warder herum, weit in den Sund hinein; wurde der Raub des Bootes hinterher bemerkt und drangen nun von dem Schiffe zornige Scheltlaute über das Wasser zu ihnen herüber, dann begann er hell zu singen, damit die kleine Wieb nur nicht erschrecken möge; hatte sie es aber doch gehört, so ruderte er nur um so lustiger und rief: »Wir wollen weit von all den schlechten Menschen fort!« – Eines Nachmittages, da Hans Kirch mit seinem Schiffe auswärts war, wagten sie es sogar, drüben bei der Insel anzulegen, wo Wieb in dem großen Dorfe eine Verwandte wohnen hatte, die sie »Möddersch« nannte. Es war dort eben der große Michaelis-Jahrmarkt, und nachdem sie bei Möddersch eine Tasse Kaffee bekommen hatten, liefen sie zwischen die Buden und in den Menschendrang hinein, wo Heinz für sie beide mit tüchtigen Ellenbogenstößen Raum zu schaffen wußte. Sie waren schon im Karussell gefahren, hatten Kuchenherzen gegessen und bei mancher Drehorgel stillgestanden, als Wiebs blaue Augen an einem silbernen Ringlein haftenblieben, das zwischen Ketten und Löffeln in einer Goldschmiedsbude auslag. Hoffnungslos drehte sie ihr nur aus drei Kupfersechslingen bestehendes Vermögen zwischen den Fingern; aber Heinz, der gestern alle seine Kaninchen verkauft hatte, besaß nach der heutigen Verschwendung noch acht Schillinge, und dafür und für die drei Sechslinge wurde glücklich der Ring erhandelt. Nun freilich waren beider Taschen leer; zum Karussell für Wieb spendierte Möddersch noch einmal einen Schilling – denn soviel kostete es, da Wieb nicht wie vorhin in einem Stuhle fahren, sondern auf dem großen Löwen reiten wollte –; dann, als eben alle Lampen zwischen den schmelz- und goldgestickten Draperien angezündet wurden, waren für sie die Freuden aus, und auch die alte Frau trieb jetzt zur Rückfahrt. Manchmal, während Heinz mit kräftigen Schlägen seine Ruder brauchte, blickte sie noch zurück, und das Herz wurde ihnen groß, wenn sie im zunehmenden Abenddunkel den Lichtschein von den vielen Karussellampen über der Stelle des unsichtbaren Dorfes schweben sahen; aber Wieb hatte ihren silbernen Ring, den sie nun nicht mehr von ihrem Finger ließ.

Inzwischen hatte Kapitän Kirch seine Jacht verkauft. Mit einem stattlichen Schoner, der auf der heimischen Werft gebaut worden war, brachte er für fremde und mehr und mehr für eigne Rechnung Korn nach England und nahm als Rückfracht Kohlen wieder mit. So war zu dem Korn- nun auch ein Kohlenhandel gekommen, und auch diesen mußte, gleich der Milchwirtschaft, die Frau besorgen. Um seinen Heinz, wenn er bei seiner Heimkehr auf die kurze Frage »Hat der Junge sich geschickt?« von der Mutter eine bejahende Antwort erhalten hatte, schien er sich im übrigen nicht groß zu kümmern; nur beim Quartalschlusse pflegte er den Rektor und den Pastor zu besuchen, um zu erfahren, wie der Junge lerne. Dann hieß es allemal, das Lernen sei ihm nur ein Spiel, es bleibe dabei nur zuviel unnütze Zeit ihm übrig; denn wild sei er wie ein Teufel, und kein Junge ihm zu groß und keine Spitze ihm zu hoch.

Auf Hans Adams Antlitz hatte sich, nach Aussage des Schulrektors, mehrmals bei solcher Auskunft ein recht ungeeignetes und fast befriedigtes Lächeln gezeigt, während er mit einem kurz hervorgestoßenen »Na, na!« zum Abschiede ihm die Hand gedrückt habe

Wie recht übrigens auch Heinzens Lehrer haben mochten, so blieb doch das Schutzverhältnis zu der kleinen Wieb dasselbe, und davon wußte mancher frevle Junge nachzusagen. Auch sah man ihn wohl an Sonntagen mit seiner Mutter nach einem dürftigen, unweit der Stadt belegenen Wäldchen wandern und bei der Rückkehr nebst dem leeren Proviantkorbe sein Schwesterchen auf dem Rücken tragen. Mitunter war auch die allmählich aufwachsende Wieb bei dieser Sonntagswanderung. Die stille Frau Kirch hatte Gefallen an dem feinen Mädchen und pflegte zu sagen: »Laß sie nur mitgehen, Heinz; so ist sie doch nicht bei der schlechten Mutter.«

Nach seiner Konfirmation mußte Heinz ein paar Fahrten auf seines Vaters Schiffe machen, nicht mehr als »Spielvogel«, sondern als strenggehaltener Schiffsjunge; aber er fügte sich, und nach der ersten Rückkehr klopfte Kapitän Kirch ihm auf die Schulter, während er seiner Frau durch ein kurzes Nicken ihren Anteil an seiner Befriedigung zukommen ließ. Die zweite Reise geschah mit einem Setzschiffer; denn der wachsende Handel daheim verlangte die persönliche Gegenwart des Geschäftsherrn. Dann, nach zwei weiteren Fahrten auf größeren Schiffen, war Heinz als Matrose in das elterliche Haus zurückgekehrt. Er war jetzt siebzehn Jahre; die blaue schirmlose Schiffermütze mit dem bunten Rande und den flatternden Bändern ließ ihm so gut zu seinem frischen braunen Antlitz, daß selbst die Pastorstöchter durch den Zaun lugten, wenn sie ihn nebenan im elterlichen Garten mit seiner Schwester spielen hörten. Auch Kapitän Kirch selber konnte es sonntags beim Gottesdienste nicht unterlassen, von seinem Schifferstuhle nach unten in die Kirche hinabzuschielen, wo sein schmucker Junge bei der Mutter saß. Unterweilen schweiften auch wohl seine Blicke drüben nach dem Epitaphe, wo zwischen mannigfachen Siegestrophäen sich die Marmorbüste eines stattlichen Mannes in gewaltiger Allongeperücke zeigte; gleich seinem Heinz nur eines Bürgers Sohn, der gleichwohl als Kommandeur von dreien Seiner Majestät Schiffen hier in die Vaterstadt zurückgekommen war. Aber nein, so hohe Pläne hatte Hans Kirch doch nicht mit seinem Jungen, vorläufig galt es eine Reise mit dem Hamburger Schiffe »Hammonia« in die chinesischen Gewässer, von der die Rückkehr nicht vor einem Jahr erfolgen würde; und heute war der letzte Tag im elterlichen Hause.

Die Mutter hatte diesmal nicht ohne Tränen ihres Sohnes Kiste gepackt, und nach der Rückkehr aus der Kirche legte sie noch ihr eigenes Gesangbuch obenauf. Der Vater hatte auch in den letzten Tagen außer dem Notwendigen nicht viel mit seinem Sohn gesprochen; nur an diesem Abend, als er auf dem dunkeln Hausflur ihm begegnete, griff er nach seiner Hand und schüttelte sie heftig: »Ich sitze hier nicht still, Heinz; für dich, nur für dich! Und komm auch glücklich wieder!« Hastig hatte er es hervorgestoßen; dann ließ er die Hand seines Sohnes fahren und trabte eilig nach dem Hof hinaus.

Überrascht blickte ihm Heinz eine Weile nach; aber seine Gedanken waren anderswo. Er hatte Wieb am Tage vorher wiedergesehen; doch nur zu ein paar flüchtigen Worten war Gelegenheit gewesen; nun wollte er noch Abschied von ihr nehmen, sie wie sonst noch einmal um den Warder fahren.

Es war ein kühler Maiabend; der Mond stand über dem Wasser, als er an den Hafen hinabkam; aber Wieb war noch nicht da. Freilich hatte sie ihm gesagt, daß sie abends bei einer alten Dame einige leichte Dienste zu versehen habe; desungeachtet, während er an dem einsamen Bollwerk auf und ab ging, konnte er seine Ungeduld kaum niederzwingen: er schalt sich selbst und wußte nicht, weshalb das Klopfen seines Blutes ihm fast den Atem raubte. Endlich sah er sie aus der höher belegenen Straße herabkommen. Bei dem Mondlicht, das ihr voll entgegenfiel, erschien sie ihm so groß und schlank, daß er erst fast verzagte, ob sie es wirklich sei. Gleichwohl hatte sie den Oberkörper in ein großes Tuch vermummt; einer Kopfbedeckung bedurfte sie nicht, denn das blonde Haar lag voll wie ein Häubchen über ihrem zarten Antlitz. »Guten Abend, Heinz!« sagte sie leise, als sie jetzt zu ihm trat; und schüchtern, fast wie ein Fremder, berührte er ihre Hand, die sie ihm entgegenstreckte. Schweigend führte er sie zu einem Boot, das neben einer großen Kuff im Wasser lag. »Komm nur!« sagte er, als er hineingetreten war und der auf der Hafentreppe Zögernden die Arme entgegenstreckte; »ich habe Erlaubnis, wir werden diesmal nicht gescholten.«

Als er sie in seinen Armen aufgefangen hatte, löste er die Taue, und das Boot glitt aus dem Schatten des großen Schiffes auf die weite, mondglitzernde Wasserfläche hinaus.

Sie saß ihm auf der Bank am Hinterspiegel gegenüber; aber sie fuhren schon um die Spitze des Warders, wo einige Möwen gakkernd aus dem Schlafe auffuhren, und noch immer war kein weiteres Wort zwischen ihnen laut geworden. So vieles hatte Heinz der kleinen Wieb in dieser letzten Stunde sagen wollen, und nun war der Mund ihm wie verschlossen. Und auch das Mädchen, je weiter sie hinausfuhren, je mehr zugleich die kurze Abendzeit verrann, desto stiller und beklommener saß sie da; zwar seine

Augen verschlangen fast die kindliche Gestalt, mit der er jetzt so einsam zwischen Meer und Himmel schwebte; die ihren aber waren in die Nacht hinaus gewandt. Dann stieg's plötzlich in ihm auf, und das Boot schütterte unter seinen Ruderschlägen, daß sie jäh das Köpfchen wandte und das blaue Leuchten ihrer Augen in die seinen traf. Aber auch das flog rasch vorüber, und es war etwas wie Zorn, das über ihn kam, er wußte nicht, ob gegen sich selber oder gegen sie, daß sie so fremd ihm gegenübersaß, daß alle Worte, die ihm durch den Kopf fuhren, zu ihr nicht passen wollten. Mit Gewalt rief er es sich zurück: hatte er doch draußen schon mehr als einmal die trotzigste Dirne im Arm geschwenkt, auch wohl ein übermütiges Wort ihr zugeraunt; aber freilich, der jungfräulichen Gestalt ihm gegenüber verschlug auch dieses Mittel nicht.

»Wieb«, sagte er endlich, und es klang fast bittend, »kleine Wieb, das ist nun heut für lange Zeit das letzte Mal.«

»Ja, Heinz«, und sie nickte und sah zu Boden; »ich weiß es wohl.« Es war, als ob sie noch etwas andres sagen wollte, aber sie sagte es nicht. Das schwere Tuch war ihr von der Schulter geglitten; als sie es wieder aufgerafft hatte und nun mit ihrer Hand über der Brust zusammenhielt, vermißte er den kleinen Ring an ihrem Finger, den er einst auf dem Jahrmarkte ihr hatte einhandeln helfen. »Dein Ring, Wieb!« rief er unwillkürlich. »Wo hast du deinen Ring gelassen?«

Einen Augenblick noch saß sie unbeweglich; dann richtete sie sich auf und trat über die nächste Bank zu ihm hinüber. Sie mußte in dem schwankenden Boot die eine Hand auf seine Schulter legen, mit der andern langte sie in den Schlitz ihres Kleides und zog eine Schnur hervor, woran der Ring befestigt war. Mit stockendem Atem nahm sie ihrem Freunde die Mütze von den braunen Locken und hing die Schnur ihm um den Hals. »Heinz, o bitte, Heinz!« Der volle blaue Strahl aus ihren Augen ruhte in den seinen; dann stürzten ihre Tränen auf sein Angesicht, und die beiden jungen Menschen fielen sich um den Hals, und da hat der wilde Heinz die kleine Wieb fast totgeküßt.

– – Es mußte schon spät sein, als sie ihr Boot nach dem großen Schiff zurückbrachten; sie hatten keine Stunden schlagen hören; aber alle Lichter in der Stadt schienen ausgelöscht.

Als Heinz an das elterliche Haus kam, fand er die Tür verschlossen; auf sein Klopfen antwortete die Mutter vom Flure aus; aber der Vater war schon zur Ruhe gegangen und hatte den Schlüssel mitgenommen; endlich hörte Heinz auch dessen Schritte, wie sie langsam von droben aus der Kammer die Treppe hinabkamen. Dann wurde schweigend die Tür geöffnet und, nachdem Heinz hineingelassen war, ebenso wieder zugeschlossen; erst als er seinen »Guten Abend« vorbrachte, sah Hans Kirch ihn an: »Hast die die Bürgerglocke nicht gehört? Wo hast du dich umhergetrieben?«

Der Sohn sah den Jähzorn in seines Vaters Augen aufsteigen; er wurde blaß bis unter seine dunkeln Locken, aber er sagte ruhig: »Nicht umhergetrieben, Vater«; und seine Hand faßte unwillkürlich nach dem kleinen Ringe, den er unter seiner offnen Weste barg.

Aber Hans Kirch hatte zu lange auf seinen Sohn gewartet. »Hüte dich!« schrie er und zuckte mit dem schweren Schlüssel gegen seines Sohnes Haupt. »Klopf nicht noch einmal so an deines Vaters Tür! Sie könnte dir verschlossen bleiben.«

Heinz hatte sich hoch aufgerichtet; das Blut war ihm ins Gesicht geschossen; aber die Mutter hatte die Arme um seinen Hals gelegt, und die heftige Antwort unterblieb, die schon auf seinen Lippen saß. »Gute Nacht, Vater!« sagte er, und schweigend die Hand der Mutter drückend, wandte er sich ab und ging die Treppe hinauf in seine Kammer.

Am andern Tage war er fort. Die Mutter ging still umher in dem ihr plötzlich öd gewordenen Hause; die kleine Wieb trug schwer an ihrem jungen Herzen; nachdenklich und fast zärtlich betrachtete sie auf ihrem Arm die roten Striemen, durch welche die Mutter für die Störung ihrer Nachtruhe sich an ihr erholt hatte; waren sie ihr doch fast wie ein Angedenken an Heinz, das sie immer hätte behalten mögen; nur Hans Kirchs Dichten und Trachten strebte schon wieder rüstig in die Zukunft.

Nach sechs Wochen war ein Brief von Heinz gekommen; er brachte gute Nachricht; wegen kecken Zugreifens im rechten Augenblick hatte der Kapitän freiwillig seine Heuer erhöht. Die Mutter trat herein, als ihr Mann den Brief soeben in die Tasche steckte. »Ich darf doch auch mitlesen?« frug sie scheu. »Du hast doch gute Nachricht?«

»Ja, ja«, sagte Hans Kirch; »nun, nichts Besonderes, als daß er dich und seine Schwester grüßen läßt.«

Am Tage darauf aber begann er allerlei Gänge in der Stadt zu machen; in die großen Häuser mit breiten Beischlägen und unter dunklem Lindenschatten sah man ihn der Reihe nach hineingehen. Wer konnte wissen, wie bald der Junge sein Steuermannsexamen hinter sich haben würde; da galt es auch für ihn noch eine Stufe höher aufzurücken. Im Deputiertenkollegium hatte er bereits einige Jahre gesessen; jetzt war ein Ratsherrnstuhl erledigt, der von den übrigen Mitgliedern des Rates zu besetzen war.
Aber Hans Adams Hoffnungen wurden getäuscht; auf dem erledigten Stuhl saß nach einigen Tagen sein bisheriger Kollege, ein dicker Bäckermeister, mit dem er freilich weder an Reichtum noch an Leibesgewicht sich messen durfte. Verdrießlich war er eben aus einer Deputiertensitzung gekommen, wo nun der Platz des Bäckers leer geworden war, und stand noch, an einem Tabakendchen seinen Groll zerkauend, unter dem Schwanz des Riesenfisches, den sie Anno Siebenzig hier gefangen und zum Gedächtnis neben der Rathaustür aufgehangen hatten, als ein ältliches, aber wehrhaftes Frauenzimmer über den Markt und grade auf ihn zukam; ein mit zwei großen Schinken beladener Junge folgte ihr.
»Das ging den verkehrten Weg, Hans Adam!« rief sie ihm schon von weitem zu.
Hans Adam hob den Kopf. »Du brauchst das nicht über die Straße hinzuschreien, Jule; ich weiß das ohne dich.«
Es war seine ältere Schwester, die nach ihres Mannes Tode mit der Kirchschen Rührigkeit eine Speckhökerei betrieb. »Warum sollte ich nicht schreien?« rief sie wiederum, »mir kann's recht sein, wenn sie es alle hören! Du bist ein Geizhals, Hans Adam; aber du hast einen scharfen Kopf, und den können die regierenden Herren nicht gebrauchen, wenn er nicht zufällig auf ihren eignen Schultern sitzt; da paßt ihnen so eine blonde Semmel besser, wenn sie denn doch einmal an uns Mittelbürgern nicht vorbeikönnen.«
»Du erzählst mir ganz was Neues!« sagte der Bruder ärgerlich.
»Ja, ja, Hans Adam, du bist auch mir zu klug, sonst säßest du nicht so halb umsonst in unserem elterlichen Hause!«
Die brave Frau konnte es noch immer nicht verwinden, daß von einem Kauflustigen ihrem Bruder einst ein höherer Preis geboten war, als wofür er das Haus in der Nachlaßteilung übernom-

men hatte. Aber Hans Kirch war diesen Vorwurf schon gewohnt, er achtete nicht mehr darauf, zum mindesten schien es für ihn in diesem Augenblicke nur ein Spornstich, um sich von dem erhaltenen Schlage plötzlich wieder aufzurichten. Äußerlich zwar ließ er den Kopf hängen, als sähe er etwas vor sich auf dem Straßenpflaster; seine Gedanken aber waren schon rastlos tätig, eine neue Bahn nach seinem Ziele hin zu schaufeln: das war ihm klar, es mußte noch mehr erworben und – noch mehr erspart werden; dem Druck des Silbers mußte bei wiederkehrender Gelegenheit auch diese Pforte noch sich öffnen; und sollte es für ihn selbst nicht mehr gelingen, für seinen Heinz, bei dessen besserer Schulbildung und stattlicherem Wesen würde es damit schon durchzubringen sein, sobald er seine Seemannsjahre nach Gebrauch als Kapitän beschlossen hätte.

Mit einer raschen Bewegung hob Hans Adam seinen Kopf empor. »Weißt du, Jule« – er tat wie beiläufig diese Frage –, »ob dein Nachbar Schmüser seinen großen Speicher noch verkaufen will?«

Frau Jule, die mit ihrer letzten Äußerung ihn zu einer ganz andern Antwort hatte reizen wollen und so lange schon darauf gewartet hatte, meinte ärgerlich, da tue er am besten, selbst darum zu fragen.

»Ja, ja; da hast du recht.« Er nickte kurz und hatte schon ein paar Schritte der Straße zu getan, in der Fritz Schmüser wohnte, als die Schwester, unachtend des Jungen, der seitwärts unter seinen Schinken stöhnte, ihn noch einmal festzuhalten suchte; so wohlfeil sollte er denn doch nicht davonkommen. »Hans Adam!« rief sie; »wart noch einen Augenblick! Dein Heinz...«

Hans Adam stand bei diesem Namen plötzlich still. »Was willst du, Jule?« frug er hastig. »Was soll das mit meinem Heinz?«

»Nicht viel, Hans Adam; aber du weißt wohl nicht, was dein gewitzter Junge noch am letzten Abend hier getrieben hat?«

»Nun?« stieß er hervor, als sie eine Pause machte, um erst die Wirkung dieses Eingangs abzuwarten; »sag's nur gleich auf einmal, Jule; ein Loblied sitzt doch nicht dahinter!«

»Je nachdem, Hans Adam, je nachdem! Bei der alten Tante war zum Adesagen freilich nicht viel Zeit; aber warum sollte er die schmucke Wieb, die kleine Matrosendirne, nicht von neun bis elf spazierenfahren? Es möcht wohl ein kalt Vergnügen gewesen sein da draußen auf dem Sund; aber wir Alten wissen's ja wohl noch, die Jugend hat allezeit ihr eigen Feuer bei sich.«

Hans Adam zitterte, seine Oberlippe zog sich auf und legte seine vollen Zähne bloß. »Schwatz nicht!« sagte er. »Sprich lieber, woher weißt du das?«

»Woher?« Frau Jule schlug ein fröhliches Gelächter auf – »das weiß die ganze Stadt, am besten Christian Jensen, in dessen Boot die Lustfahrt vor sich ging! Aber du bist ein Hitzkopf, Hans Adam, bei dem man sich leicht üblen Bescheid holen kann; und wer weiß denn auch, ob dir die schmucke Schwiegertochter recht ist? Im übrigen« – und sie faßte den Bruder an seinem Rockkragen und zog ihn dicht zu sich heran –, »für die neue Verwandtschaft ist's doch so am besten, daß du nicht auf den Ratsherrnstuhl hinaufgekommen bist.«

Als sie solcherweise ihre Worte glücklich angebracht hatte, trat sie zurück. »Komm Peter, vorwärts!« rief sie dem Jungen zu, und bald waren beide in einer der vom Markte auslaufenden Gassen verschwunden.

Hans Kirch stand noch wie angedonnert auf derselben Stelle. Nach einer Weile setzte er sich mechanisch in Bewegung und ging der Gasse zu, worin Fritz Schmüsers Speicher lag; dann aber kehrte er plötzlich wieder um. Bald darauf saß er zu Hause an seinem Pult und schrieb mit fliegender Feder einen Brief an seinen Sohn, in welchem in verstärktem Maße sich der jähe Zorn ergoß, dessen Ausbruch an jenem letzten Abend durch die Dazwischenkunft der Mutter war verhindert worden.

Monate waren vergangen; die Plätze, von denen aus Heinz nach Abrede hätte schreiben sollen, mußten längst passiert sein, aber Heinz schrieb nicht; dann kamen Nachrichten von dem Schiffe, aber kein Brief von ihm. Hans Kirch ließ sich das so sehr nicht anfechten. ›Er wird schon kommen‹, sagte er zu sich selber; ›er weiß gar wohl, was hier zu Haus für ihn zu holen ist.‹ Und somit, nachdem er den Schmüserschen Speicher um billigen Preis erworben hatte, arbeitete er rüstig an der Ausbreitung seines Handels und ließ sich keine Mühe verdrießen. Freilich, wenn er von den dadurch veranlaßten Reisen, teils nach den Hafenstädten des Inlandes, einmal sogar mit seinem Schoner nach England, wieder heimkehrte, »Brief von Heinz?« war jedesmal die erste hastige Frage an seine Frau, und immer war ein trauriges Kopfschütteln die einzige Antwort, die er darauf erhielt.

Die Sorge, der auch er allmählich sich nicht hatte erwehren können, wurde zerstreut, als die Zeitungen die Rückkehr der »Hammonia« meldeten. Hans Kirch ging unruhig in Haus und Hof umher, und Frau und Tochter hörten ihn oft heftig vor sich hin reden; denn der Junge mußte jetzt ja selber kommen, und er hatte sich vorgesetzt, ihm scharf den Kopf zu waschen. Aber eine Woche verging, die zweite ging auch bald zu Ende, und Heinz war nicht gekommen. Auf eingezogene Erkundigung erfuhr man endlich, er habe auf der Rückfahrt nach Abkommen mit dem Kapitän eine neue Heuer angenommen; wohin, war nicht zu ermitteln. ›Er will mir trotzen!‹ dachte Hans Adam. ›Sehen wir, wer's am längsten aushält von uns beiden!‹ – Die Mutter, welche nichts von jenem Briefe ihres Mannes wußte, ging in kummervollem Grübeln und konnte ihren Jungen nicht begreifen; wagte sie es einmal, ihren Mann nach Heinz zu fragen, so blieb er entweder ganz die Antwort schuldig oder hieß sie, ihm mit dem Jungen ein für allemal nicht mehr zu kommen.

In einem zwar unterschied er sich von der gemeinen Art der Männer: er bürdete der armen Mutter nicht die Schuld an diesen Übelständen auf; im übrigen aber war mit Hans Adam jetzt kein leichter Hausverkehr.

Sommer und Herbst gingen hin, und je weiter die Zeit verrann, desto fester wurzelte der Groll in seinem Herzen; der Name seines Sohnes wurde im eignen Hause nicht mehr ausgesprochen, und auch draußen scheute man sich, nach Heinz zu fragen.

Schon wurde es wieder Frühling, als er eines Morgens von seiner Haustür aus den Herrn Pastor mit der Pfeife am Zaune seines Vorgartens stehen sah. Hans Kirch hatte Geschäfte weiter oben in der Straße und wollte mit stummem Hutrücken vorbeipassieren; aber der Nachbar Pastor rief mit aller Würde pfarramtlicher Überlegenheit ganz laut zu ihm hinüber: »Nun, Herr Kirch, noch immer keine Nachricht von dem Heinz?«

Hans Adam fuhr zusammen, aber er blieb stehen, die Frage war ihm lange nicht geboten worden. »Reden wir von was anderem, wenn's gefällt, Herr Pastor!« sagte er kurz und hastig.

Allein der Pastor fand sich zur Befolgung dieser Bitte nicht veranlaßt. »Mein lieber Herr Kirch, es ist nun fast das zweite Jahr herum; Sie sollten sich doch einmal wieder um den Sohn bekümmern!«

»Ich dächte, Herr Pastor, nach dem vierten Gebote wär das umgekehrt!«

Der Pastor tat die Pfeife aus dem Munde: »Aber nicht nach dem Gebote, in welchem nach des Herren Wort die andern all enthalten sind, und was wäre Euch näher als Euer eigen Fleisch und Blut!«

»Weiß nicht, Ehrwürden«, sagte Hans Kirch, »ich halte mich ans vierte.«

Es war etwas in seiner Stimme, das es dem Pastor rätlich machte, nicht mehr in diesem Tone fortzufahren. »Nun, nun«, sagte er begütigend, »er wird ja schon wiederkehren, und wenn er kommt, er ist ja von Ihrer Art, Herr Nachbar, so wird es nicht mit leeren Händen sein!«

Etwas von dem Schmunzeln, das sich bei dieser letzten Rede auf des Pastors Antlitz zeigte, war doch auch auf das des anderen übergegangen, und während sich der erstere mit einer grüßenden Handbewegung nach seinem Hause zurückwandte, trabte Hans Kirch munterer als seit lange die Straße hinauf nach seinem großen Speicher.

Es war am Tage danach, als der alte Postbote dieselbe Straße hinabschritt. Er ging rasch und hielt einen dicken Brief in der Hand, den er schon im Vorwege aus seiner Ledertasche hervorgeholt zu haben schien; aber ebenso rasch schritt, lebhaft auf ihn einredend, ein etwa sechzehnjähriges blondes Mädchen an seiner Seite. »Von einem guten Bekannten, sagst du? Nein, narre mich nicht länger, alter Marten! Sag's doch, von wem ist er denn?«

»Ei, du junger Dummbart«, rief der Alte, indem er mit dem Briefe ihr vor den Augen gaukelte, »kann ich das wissen? Ich weiß nur, an wen ich ihn zu bringen habe.«

»An wen, an wen denn, Marten?«

Er stand einen Augenblick und hielt die Schriftseite des Briefes ihr entgegen.

Die geöffneten Mädchenlippen versandten einen Laut, der nicht zu einem Wort gedieh.

»Von Heinz!« kam es dann schüchtern hintennach, und wie eine helle Lohe brannte die Freude auf dem jungen Antlitz.

Der Alte sah sie freundlich an. »Von Heinz?« wiederholte er schelmisch. »Ei, Wiebchen, mit den Augen ist das nicht darauf zu lesen!«

Sie sagte nichts; aber als er jetzt in der Richtung nach dem Kirchschen Hause zu schritt, lief sie noch immer nebenher.

»Nun?« rief er, »du denkst wohl, daß ich auch für dich noch einen in der Tasche hätte?«

Da blieb sie plötzlich stehen, und während sie traurig ihr Köpfchen schüttelte, ging der Bote mit dem dicken Briefe fort.

Als er die Kirchsche Wohnung betrat, kam eben die Hausmutter mit einem dampfenden Schüsselchen aus der Küche; sie wollte damit in das Oberhaus, wo im Giebelstübchen die kleine Lina an den Masern lag. Aber Marten rief sie an: »Frau Kirch! Frau Kirch! Was geben Sie für diesen Brief?«

Und schon hatte sie die an ihren Mann gerichtete Adresse gelesen und die Schrift erkannt. »Heinz!« rief auch sie, »oh, von Heinz!« Und wie ein Jubel brach es aus dieser stillen Brust. Da kam von oben her die Kinderstimme: »Mutter! Mutter!«

»Gleich, gleich, mein Kind!« Und nach einem dankbaren Nicken gegen den Boten flog sie die Treppen hinauf. »O Lina, Lina! Von Heinz, ein Brief von unserm Heinz!«

Im Wohnzimmer unten saß Hans Kirch an seinem Pulte, zwei aufgeschlagene Handelsbücher vor sich; er war mit seinem Verlustkonto beschäftigt, das sich diesmal ungewöhnlich groß erwiesen hatte. Verdrießlich hörte er das laute Reden draußen, das ihn in seiner Rechnung störte; als der Postbote hereintrat, fuhr er ihn an: »Was treibt Er denn für Lärmen draußen mit der Frau?«

Statt einer Antwort überreichte Marten ihm den Brief.

Fast grollend betrachtete er die Aufschrift mit seinen scharfen Augen, die noch immer der Brille nicht bedurften. »Von Heinz«, brummte er, nachdem er alle Stempel aufmerksam besichtigt hatte; »Zeit wär's denn auch einmal!«

Vergebens wartete der alte Marten, auch aus des Vaters Augen einen Freudenblitz zu sehen; nur ein Zittern der Hand – wie er zu seinem Trost bemerkte – konnte dieser nicht bewältigen, als er jetzt nach einer Schere langte, um den Brief zu öffnen. Und schon hatte er sie angesetzt, als Marten seinen Arm berührte: »Herr Kirch, ich darf wohl noch um dreißig Schilling bitten!«

– »Wofür?« – er warf die Schere hin – »ich bin der Post nichts schuldig!«

»Herr, Sie sehen ja wohl, der Brief ist nicht frankiert.«

Er hatte es nicht gesehen; Hans Adam biß die Zähne aufeinander: dreißig Schillinge; warum denn auch nicht die noch zum Verlust geschrieben! Aber – die Bagatelle, die war's ja nicht;

nein – was dahinterstand! Was hatte doch der Pastor neulich hingeredet? Er würde nicht mit leeren Händen kommen! – Nicht mit leeren Händen! – Hans Adam lachte grimmig in sich hinein. – Nicht mal das Porto hatte er gehabt! Und der, der sollte im Magistrat den Sitz erobern, der für ihn, den Vater, sich zu hoch erwiesen hatte!

Hans Kirch saß stumm und starr an seinem Pulte; nur im Gehirne tobten ihm die Gedanken. Sein Schiff, sein Speicher, alles, was er in so vielen Jahren schwer erworben hatte, stieg vor ihm auf und addierte wie von selber die stattlichen Summen seiner Arbeit. Und das, das alles sollte er diesem ... Er dachte den Satz nicht mehr zu Ende; sein Kopf brannte, es brauste ihm vor den Ohren. »Lump!« schrie er plötzlich, »so kommst du nicht in deines Vaters Haus!«

Der Brief war dem erschrockenen Boten vor die Füße geschleudert. »Nimm«, schrie er, »ich kauf ihn nicht; der ist für mich zu teuer!« Und Hans Kirch griff zur Feder und blätterte in seinen Kontobüchern.

Der gutmütige Alte hatte den Brief aufgehoben und versuchte bescheiden noch einige Überredung; aber der Hausherr trieb ihn fort, und er war nur froh, die Straße zu erreichen, ohne daß er der Mutter zum zweiten Mal begegnet wäre.

Als er seinen Weg nach dem Südende der Stadt fortsetzte, kam Wieb eben von dort zurück; sie hatte in einer Brennerei, welche hier das letzte Haus bildete, eine Bestellung ausgerichtet. Ihre Mutter war nach dem plötzlichen Tode »ihres Mannes zur See« in aller Form Rechtens die Frau »ihres Mannes auf dem Lande« geworden und hatte mit diesem eine Matrosenschenke am Hafenplatz errichtet. Viel Gutes wurde von der neuen Wirtschaft nicht geredet; aber wenn an Herbstabenden die über der Haustür brennende rote Lampe ihren Schein zu den Schiffen hinabwarf, so saß es da drinnen in der Schenkstube bald Kopf an Kopf, und der Brenner draußen am Stadtende hatte dort gute Kundschaft.

Als Wieb sich dem alten Postboten näherte, bemerkte sie sogleich, daß er jetzt recht mürrisch vor sich hin sah; und dann – er hatte ja den Brief von Heinz noch immer in der Hand. »Marten!« rief sie – sie hätte es nicht lassen können –, »der Brief, hast du ihn noch? War denn sein Vater nicht zu Hause?«

Marten machte ein grimmiges Gesicht. »Nein, Kind, sein Vater war wohl nicht zu Hause; der alte Hans Kirch war da; aber für den war der Brief zu teuer.«

Die blauen Mädchenaugen blickten ihn erschrocken an. »Zu teuer, Marten?«

– »Ja, ja; was meinst du, unter dreißig Schillingen war er nicht zu haben.«

Nach diesen Worten steckte Marten den Brief in seine Ledertasche und trat mit einem andern, den er gleichzeitig hervorgezogen hatte, in das nächste Haus.

Wieb blieb auf der Gasse stehen. Einen Augenblick noch sah sie auf die Tür, die sich hinter dem alten Mann geschlossen hatte; dann, als käme ihr plötzlich ein Gedanke, griff sie in ihre Tasche und klimperte darin, als wie mit kleiner Silbermünze. Ja, Wieb hatte wirklich Geld in ihrer Tasche; sie zählte es sogar, und es war eine ganze Handvoll, die sie schon am Vormittage hinter dem Schenktisch eingenommen hatte. Zwar, es gehörte nicht ihr, das wußte sie recht wohl; aber was kümmerte sie das, und mochte ihre Mutter sie doch immer dafür schlagen! »Marten«, sagte sie hastig, als dieser jetzt wieder aus dem Hause trat, und streckte eine Handvoll kleiner Münze ihm entgegen, »da ist das Geld, Marten; gib mir den Brief!«

Marten sah sie voll Verwunderung an.

»Gib ihn doch!« drängte sie. »Hier sind ja deine dreißig Schillinge!« Und als der Alte den Kopf schüttelte, faßte sie mit der freien Hand an seine Tasche: »Oh, bitte, bitte, lieber Marten, ich will ihn ja nur einmal zusammen mit seiner Mutter lesen.«

»Kind«, sagte er, indem er ihre Hand ergriff und ihr freundlich in die angstvollen Augen blickte, »wenn's nach mir ginge, so wollten wir den Handel machen; aber selbst der Postmeister darf dir keinen Brief verkaufen.« Er wandte sich von ihr ab und schritt auf seinem Botenwege weiter.

Aber sie lief ihm nach, sie hing sich an seinen Arm, ihr einfältiger Mund hatte die holdesten Bitt- und Schmeichelworte für den alten Marten und ihr Kopf die allerdümmsten Einfälle; nur leihen sollte er ihr zum mindesten den Brief; er sollte ihn ja noch heute abend wiederhaben.

Der alte Marten geriet in große Bedrängnis mit seinem weichen Herzen; aber ihm blieb zuletzt nichts übrig, er mußte das Kind gewaltsam von sich stoßen.

Da blieb sie zurück; mit der Hand fuhr sie an die Stirn unter ihr goldblondes Haar, als ob sie sich besinnen müsse; dann ließ sie das Geld in ihre Tasche fallen und ging langsam dem Hafenplatze zu. Wer den Weg entgegenkam, sah ihr verwundert nach; denn sie hatte die Hände auf die Brust gepreßt und schluchzte überlaut.

Seitdem waren funfzehn Jahre hingegangen. Die kleine Stadt erschien fast unverändert; nur daß für einen jungen Kaufherrn aus den alten Familien am Markt ein neues Haus erbaut war, daß Telegraphendrähte durch die Gassen liefen und auf dem Posthausschilde jetzt mit goldenen Buchstaben »Kaiserliche Reichspost« zu lesen war; wie immer rollte die See ihre Wogen an den Strand, und wenn der Nordwest vom Ostnordost gejagt wurde, so spülte das Hochwasser an die Mauern der Brennerei, die auch jetzt noch in der Roten Laterne ihre beste Kundschaft hatte; aber das Ende der Eisenbahn lag noch manche Meile landwärts hinter dem Hügelzuge, sogar auf dem Bürgermeisterstuhle saß trotz der neuen Segnungen noch im guten alten Stile ein studierter Mann, und der Magistrat behauptete sein altes Ansehen, wenngleich die Senatoren jetzt in »Stadträte« und die Deputierten in »Stadtverordnete« verwandelt waren; die Abschaffung der Bürgerglocke als eines alten Zopfes war in der Stadtverordnetenversammlung von einem jungen Mitgliede zwar in Vorschlag gebracht worden, aber zwei alte Herren hatten ihr das Wort geredet: die Glocke hatte sie in ihrer Jugend vor manchem dummen Streich nach Haus getrieben; weshalb sollte jetzt das junge Volk und das Gesinde nicht in gleicher Zucht gehalten werden? Und nach wie vor, wenn es zehn vom Turm geschlagen hatte, bimmelte die kleine Glocke hinterdrein und schreckte die Pärchen auseinander, welche auf dem Markt am Brunnen schwatzten.
Nicht so unverändert war das Kirchsche Haus geblieben. Heinz war nicht wieder heimgekommen; er war verschollen; es fehlte nur, daß er auch noch gerichtlich für tot erklärt worden wäre; von den jüngeren Leuten wußte mancher kaum, daß es hier jemals einen Sohn des alten Kirch gegeben habe. Damals freilich, als der alte Marten den Vorfall mit dem Briefe bei seinen Gängen mit herumgetragen hatte, war von Vater und Sohn genug geredet worden; und nicht nur von diesen, auch von der Mutter, von der man niemals redete, hatte man erzählt, daß sie derzeit,

als es endlich auch ihr von draußen zugetragen worden, zum ersten Mal sich gegen ihren Mann erhoben habe. »Hans! Hans!« so hatte sie ihn angesprochen, ohne der Magd zu achten, die an der Küchentür gelauscht hatte; »das ohne mich zu tun war nicht dein Recht! Nun können wir nur beten, daß der Brief nicht zu dem Schreiber wiederkehre; doch Gott wird ja so schwere Schuld nicht auf dich laden.« Und Hans Adam, während ihre Augen voll und tränenlos ihn angesehen, hatte hierauf nichts erwidert, nicht ein Sterbenswörtlein; sie aber hatte nicht nur gebetet; überallhin, wenn auch stets vergebens, hatte sie nach ihrem Sohne forschen lassen; die Kosten, die dadurch verursacht wurden, entnahm sie ohne Scheu den kleineren Kassen, welche sie verwaltete; und Hans Adam, obgleich er bald des inne wurde, hatte sie still gewähren lassen. Er selbst tat nichts dergleichen; er sagte es sich beharrlich vor, der Sohn, ob brieflich oder in Person, müsse anders oder niemals wieder an die Tür des Elternhauses klopfen.

Und der Sohn hatte niemals wieder angeklopft. Hans Adams Haar war nur um etwas rascher grau geworden; der Mutter aber hatte endlich das stumme Leid die Brust zernagt, und als die Tochter aufgewachsen war, brach sie zusammen. Nur eins war stark in ihr geblieben, die Zuversicht, daß ihr Heinz einst wiederkehren werde; doch auch die trug sie im stillen. Erst da ihr Leben sich rasch zu Ende neigte, nach einem heftigen Anfall ihrer Schwäche, trat es einmal über ihre Lippen. Es war ein frostheller Weihnachtsmorgen, als sie, von der Tochter gestützt, mühsam die Treppe nach der oben belegenen Schlafkammer emporstieg. Eben, als sie auf halbem Wege, tief aufatmend und wie hülflos um sich blickend, gegen das Geländer lehnte, brach die Wintersonne durch die Scheiben über der Haustür und erleuchtete mit ihrem blassen Schein den dunkeln Flur. Da wandte die kranke Frau den Kopf zu ihrer Tochter. »Lina«, sagte sie geheimnisvoll, und ihre matten Augen leuchteten plötzlich in beängstigender Verklärung, »ich weiß es, ich werde ihn noch wiedersehen! Er kommt einmal so, wenn wir es gar nicht denken!«

»Meinst du, Mutter?« fragte die Tochter fast erschrocken.

»Mein Kind, ich meine nicht; ich weiß es ganz gewiß!«

Dann hatte sie ihr lächelnd zugenickt; und bald lag sie zwischen den weißen Linnen ihres Bettes, welche in wenigen Tagen ihren toten Leib umhüllen sollten.

In dieser letzten Zeit hatte Hans Kirch seine Frau fast keinen Augenblick verlassen; der Bursche, der ihm sonst im Geschäfte nur zur Hand ging, war schier verwirrt geworden über die ihn plötzlich treffende Selbstverantwortlichkeit; aber auch jetzt wurde der Name des Sohnes zwischen den beiden Eltern nicht genannt; nur da die schon erlöschenden Augen der Sterbenden weit geöffnet und wie suchend in die leere Kammer blickten, hatte Hans Kirch, als ob er ein Versprechen gebe, ihre Hand ergriffen und gedrückt; dann hatten ihre Augen sich zur letzten Lebensruhe zugetan.

Aber wo war, was trieb Heinz Kirch in der Stunde, als seine Mutter starb?

Ein paar Jahre weiter, da war der spitze Giebel des Kirchschen Hauses abgebrochen und statt dessen ein volles Stockwerk auf das Erdgeschoß gesetzt worden; und bald hausete eine junge Wirtschaft in den neuen Zimmern des Oberbaues; denn die Tochter hatte den Sohn eines wohlhabenden Bürgers aus der Nachbarstadt geheiratet, der dann in das Geschäft ihres Vaters eingetreten war. Hans Kirch begnügte sich mit den Räumen des alten Unterbaues; die Schreibstube neben der Haustür bildete zugleich sein Wohnzimmer. Dahinter, nach dem Hofe hinaus, lag die Schlafkammer; so saß er ohne viel Treppensteigen mitten im Geschäft und konnte trotz des anrückenden Greisenalters und seines jungen Partners die Fäden noch in seinen Händen halten. Anders stand es mit der zweiten Seite seines Wesens; schon mehrmals war ein Wechsel in den Magistratspersonen eingetreten, aber Hans Kirch hatte keinen Finger darum gerührt; auch, selbst wenn er darauf angesprochen worden, kein Für oder Wider über die neuen Wahlen aus seinem Munde gehen lassen. Dagegen schlenderte er jetzt oft, die Hände auf dem Rücken, bald am Hafen, bald in den Bürgerpark, während er sonst auf alle Spaziergänger nur mit Verachtung herabgesehen hatte. Bei anbrechender Dämmerung konnte man ihn auch wohl draußen über der Bucht auf dem hohen Ufer sitzen sehen; er blickte dann in die offene See hinaus und schien keinen der wenigen, die vorübergingen, zu bemerken. Traf es sich, daß aus dem Abendrot ein Schiff hervorbrach und mit vollen Segeln auf ihn zuzukommen schien, dann nahm er seine Mütze ab und strich mit der andern Hand sich zitternd über seinen grauen Kopf. – Aber nein, es geschahen ja keine Wunder mehr; weshalb sollte denn auch Heinz auf jenem Schiffe sein? – Und Hans Kirch schüttelte sich und trat fast zornig seinen Heimweg an.

Der ganze Ehrgeiz des Hauses schien jedenfalls, wenn auch in anderer Form, jetzt von dem Tochtermann vertreten zu werden; Herr Christian Martens hatte nicht geruht, bis die Familie unter den Mitgliedern der Harmoniegesellschaft figurierte, von der bekannt war, daß nur angesehenere Bürger zugelassen wurden. Der junge Ehemann war, wovon der Schwiegervater sich zeitig und gründlich überzeugt hatte, ein treuer Arbeiter und keineswegs ein Verschwender; aber – für einen feinen Mann gelten, mit den Honoratioren einen vertraulichen Händedruck wechseln, etwa noch eine schwergoldene Kette auf brauner Sammetweste, das mußte er daneben haben. Hans Kirch zwar hatte anfangs sich gesträubt; als ihm jedoch in einem stillen Nebenstübchen eine solide Partie »Sechsundsechzig« mit ein paar alten seebefahrenen Herren eröffnet wurde, ging auch er mit seinen Kindern in die Harmonie.

So war die Zeit verflossen, als an einem sonnigen Vormittage im September Hans Kirch vor seiner Haustür stand; mit seinem krummen Rücken, seinem hängenden Kopfe und wie gewöhnlich beide Hände in den Taschen. Er war eben von seinem Speicher heimgekommen; aber die Neugier hatte ihn wieder hinausgetrieben, denn durchs Fenster hatte er links hin auf dem Markte, wo sonst nur Hühner und Kinder liefen, einen großen Haufen erwachsener Menschen, Männer und Weiber, und offenbar in lebhafter Unterhaltung miteinander, wahrgenommen; er hielt die Hand ans Ohr, um etwas zu erhorchen; aber sie standen ihm doch zu fern. Da löste sich ein starkes, aber anscheinend hochbetagtes Frauenzimmer aus der Menge; sie mochte halb erblindet sein, denn sie fühlte mit einem Krückstock vor sich hin; gleichwohl kam sie bald rasch genug gegen das Kirchsche Haus dahergewandert. »Jule!« brummte Hans Adam. »Was will Jule?«

Seitdem der Bruder ihr vor einigen Jahren ein größeres Darlehen zu einem Einkauf abgeschlagen hatte, waren Wort und Gruß nur selten zwischen ihnen gewechselt worden; aber jetzt stand sie vor ihm; schon von weitem hatte sie ihm mit ihrer Krükke zugewinkt. Im ersten Antrieb hatte er sich umwenden und in sein Haus zurückgehen wollen; aber er blieb doch. »Was willst du, Jule?« frug er. »Was verakkordieren die da auf dem Markt?«

»Was die verakkordieren, Hans? Ja, leihst du mir jetzt die hundert Taler, wenn ich dir's erzähle?«
Er wandte sich jetzt wirklich, um ins Haus zu treten.
»Nun, bleib nur!« rief sie. »Du sollst's umsonst zu wissen kriegen; dein Heinz ist wieder da!«
Der Alte zuckte zusammen. »Wo? Was?« stieß er hervor und fuhr mit dem Kopf nach allen Seiten. Die Speckhökerin sah mit Vergnügen, wie seine Hände in den weiten Taschen schlotterten.
»Wo?« wiederholte sie und schlug den Bruder auf den krummen Rücken. »Komm zu dir, Hans! Hier ist er noch nicht; aber in Hamburg, beim Schlafbaas in der Johannisstraße!«
Hans Kirch stöhnte. »Weibergewäsch!« murmelte er. »Siebzehn Jahre fort; der kommt nicht wieder – der kommt nicht wieder.«
Aber die Schwester ließ ihn nicht los. »Kein Weibergewäsch, Hans! Der Fritze Reimers, der mit ihm in Schlafstelle liegt, hat's nach Haus geschrieben!«
»Ja, Jule, der Fritze Reimers hat schon mehr gelogen!«
Die Schwester schlug die Arme unter ihrem vollen Busen umeinander. »Zitterst du schon wieder für deinen Geldsack?« rief sie höhnend. »Ei nun, für dreißig Reichsgulden haben sie unsern Herrn Christus verraten, so konntest du dein Fleisch und Blut auch wohl um dreißig Schillinge verstoßen. Aber jetzt kannst du ihn alle Tage wiederhaben! Ratsherr freilich wird er nun wohl nicht mehr werden; du mußt ihn nun schon nehmen, wie du ihn dir selbst gemacht hast!«
Aber die Faust des Bruders packte ihren Arm; seine Lippen hatten sich zurückgezogen und zeigten das noch immer starke, vollzählige Gebiß. »Nero! Nero!« schrie er mit heiserer Stimme in die offene Haustür, während sogleich das Aufrichten des großen Haushundes drinnen hörbar wurde. »Weib, verdammtes, soll ich dich mit Hunden von der Türe hetzen!«
Frau Jules sittliche Entrüstung mochte indessen nicht so tief gegangen sein; hatte sie doch selbst vor einem halben Jahre ihre einzige Tochter fast mit Gewalt an einen reichen Trunkenbold verheiratet, um von seinen Kapitalien in ihr Geschäft zu bringen; es hatte sie nur gereizt, ihrem Bruder, wie sie später meinte, für die hundert Taler auch einmal etwas auf den Stock zu tun. Und so war sie denn schon dabei, ihm wieder gute Worte zu geben, als vom Markte her ein älterer Mann zu den Geschwi-

stern trat. Es war der Krämer von der Ecke gegenüber. »Kommt, Nachbar«, sagte dieser, indem er Hans Adams Hand faßte, »wir wollen in Ihr Zimmer gehen; das gehört nicht auf die Straße!«

Frau Jule nickte ein paarmal mit ihrem dicken Kopfe. »Das meine ich auch, Herr Rickerts«, rief sie, indem sie sich mit ihrem Krückstocke nach der Straße hinunterfühlte; »erzählen Sie's ihm besser; seiner Schwester hat er es nicht glauben wollen! Aber Hans, wenn's dir an Reisegeld nach Hamburg fehlen sollte?«

Sie bekam keine Antwort; Herr Rickerts trat mit dem Bruder schon in dessen Zimmer. »Sie wissen es also, Nachbar!« sagte er; »es hat seine Richtigkeit; ich habe den Brief von Fritze Reimers selbst gelesen.«

Hans Kirch hatte sich in seinen Lehnstuhl gesetzt und starrte, mit den Händen auf den Knien, vor sich hin. »Von Fritze Reimers?« frug er dann. »Aber Fritze Reimers ist ein Windsack, ein rechter Weißfisch!«

»Das freilich, Nachbar, und er hat auch diesmal seine eigne Schande nach Haus geschrieben. Beim Schlafbaas in der Johannisstraße haben sie abends in der Schenkstube beisammengesessen, deutsche Seeleute, aber aus allen Meeren, Fritze Reimers und noch zwei andre unsrer Jungens mit dazwischen. Nun haben sie geredet über Woher und Wohin; zuletzt, wo ein jeder von ihnen denn zuerst die Wand beschrien habe. Als an den Reimers dann die Reihe gekommen ist, da hat er – Sie kennen's ja wohl, Nachbar – das dumme Lied gesungen, worin sie den großen Fisch an unserm Rathaus in einen elenden Bütt verwandelt haben; kaum aber ist das Wort herausgewesen, so hat vom andern Ende des Tisches einer gerufen: ›Das ist kein Bütt, das ist der Schwanz von einem Butzkopf, und der ist doppelt so lang als Arm und Bein bei dir zusammen!‹

Der Mann, der das gesprochen hat, ist vielleicht um zehn Jahre älter gewesen als unsere Jungens, die da mit gesessen, und hat sich John Smidt genannt.

Fritze Reimers aber hat nicht geantwortet, sondern weiter fortgesungen, wie es in dem Liede heißt: ›Und sie handeln, sagt er, da mit Macht, sagt er; hab'n zwei Böte, sagt er, und 'ne Jacht!‹«

»Der Schnösel!« rief Hans Kirch; »und sein Vater hat bis an seinen Tod auf meinem Schoner gefahren!«

»Ja, ja, Nachbar; der John Smidt hat auch auf den Tisch geschlagen. ›Pfui für den Vogel, der sein eigen Nest beschmutzt!‹«

»Recht so!« sagte Hans Kirch; »er hätte ihn nur auf seinen dünnen Schädel schlagen sollen!«

»Das tat er nicht; aber als der Reimers ihm zugerufen, was er dabei denn mitzureden habe, da –«

Hans Kirch hatte des andern Arm gefaßt. »Da?« wiederholte er.

»Ja, Nachbar« – und des Erzählers Stimme wurde leiser –, »da hat John Smidt gesagt, er heiße eigentlich Heinz Kirch, und ob er denn auch nun noch etwas von ihm kaufen wolle. – Sie wissen es ja, Nachbar, unsre Jungens geben sich da drüben manchmal andre Namen, Smidt oder Mayer, oder wie es eben kommen mag, zumal wenn's mit dem Heuerwechsel nicht so ganz in Ordnung ist. Und dann, ich bin ja erst seit sechzehn Jahren hier; aber nach Hörensagen, es muß Ihrem Heinz schon ähnlich sehen, das!«

Hans Kirch nickte. Es wurde ganz still im Zimmer, nur der Perpendikel der Wanduhr tickte; dem alten Schiffer war, als fühle er eine erkaltende Hand, die den Druck der seinigen erwarte.

Der Krämer brach zuerst das Schweigen. »Wann wollen Sie reisen, Nachbar?« frug er.

»Heute nachmittag«, sagte Hans Kirch und suchte sich so grade wie möglich aufzurichten.

– »Sie werden guttun, sich reichlich mit Gelde zu versehen; denn die Kleidung Ihres Sohnes soll just nicht im besten Stande sein.«

Hans Kirch zuckte. »Ja, ja; noch heute nachmittag.«

Dies Gespräch hatte eine Zuhörerin gehabt; die junge Frau, welche zu ihrem Vater wollte, hatte vor der halboffenen Tür des Bruders Namen gehört und war aufhorchend stehengeblieben. Jetzt flog sie, ohne einzutreten, die Treppe wieder hinauf nach ihrem Wohnzimmer, wo eben ihr Mann, am Fenster sitzend, sich zu besonderer Ergötzung eine Havanna aus dem Sonntagskistchen angezündet hatte. »Heinz!« rief sie jubelnd ihm entgegen, wie vor Zeiten ihre Mutter es gerufen hatte, »Nachricht von Heinz! Er lebt, er wird bald bei uns sein!« Und mit überstürzenden Worten erzählte sie, was sie unten im Flur erlauscht hatte. Plötzlich aber hielt sie inne und sah auf ihren Mann, der nachdenklich die Rauchwölkchen vor sich hin blies.

»Christian!« rief sie und kniete vor ihm hin; »mein einziger Bruder! Freust du dich denn nicht?«

Der junge Mann legte die Hand auf ihren Kopf. »Verzeih mir, Lina; es kam so unerwartet; dein Bruder ist für mich noch gar nicht dagewesen; es wird ja nun so vieles anders werden.« Und behutsam und verständig, wie es sich für einen wohldenkenden Mann geziemt, begann er dann ihr darzulegen, wie durch diese nicht mehr vermutete Heimkehr die Grundlagen ihrer künftigen Existenz beschränkt, ja vielleicht erschüttert würden. Daß seinerseits die Verschollenheit des Haussohnes, wenn auch ihm selbst kaum eingestanden, wenigstens den zweiten Grund zum Werben um Hans Adams Tochter abgegeben habe, das ließ er freilich nicht zu Worte kommen, so aufdringlich es auch jetzt vor seiner Seele stand.

Frau Lina hatte aufmerksam zugehört. Da aber ihr Mann jetzt schwieg, schüttelte sie nur lächelnd ihren Kopf: »Du sollst ihn nur erst kennenlernen; oh, Heinz war niemals eigennützig.«

Er sah sie herzlich an. »Gewiß, Lina; wir müssen uns darein zu finden wissen; um desto besser, wenn er wiederkehrt, wie du ihn einst gekannt hast.«

Die junge Frau schlug den Arm um ihres Mannes Nacken: »Oh, du bist gut, Christian! Gewiß, ihr werdet Freunde werden!«

Dann ging sie hinaus; in die Schlafkammer, in die beste Stube, an den Herd; aber ihre Augen blickten nicht mehr so froh, es war auf ihre Freude doch ein Reif gefallen. Nicht, daß die Bedenken ihres Mannes auch ihr Herz bedrängten; nein, aber daß so etwas überhaupt sein könne; sie wußte selber kaum, weshalb ihr alles jetzt so öde schien.

Einige Tage später war Frau Lina beschäftigt, in dem Oberbau die Kammer für den Bruder zu bereiten; aber auch heute war ihr die Brust nicht freier. Der Brief, worin der Vater seine und des Sohnes Ankunft gemeldet hatte, enthielt kein Wort von einem frohen Wiedersehen zwischen beiden; wohl aber ergab der weitere Inhalt, daß der Wiedergefundene sich anfangs unter seinem angenommenen Namen vor dem Vater zu verbergen gesucht habe und diesem wohl nur widerstrebend in die Heimat folgen werde.

Als dann an dem bezeichneten Sonntagabend das junge Ehepaar zu dem vor dem Hause haltenden Wagen hinausgetreten war, sahen sie bei dem Lichtschein, der aus dem offenen Flur fiel, einen Mann herabsteigen, dessen wetterhartes Antlitz mit dem rötlichen Vollbart und dem kurzgeschorenen braunen Haupthaar fast einen Vierziger anzudeuten schien; eine Narbe, die über Stirn und Auge lief, mochte indessen dazu beitragen, ihn älter erscheinen zu lassen, als er wirklich war. Nach ihm kletterte langsam Hans Kirch vom Wagen. »Nun, Heinz«, sagte er, nacheinander auf die Genannten hinweisend, »das ist deine Schwester Lina und das ihr Mann Christian Martens; ihr müßt euch zu vertragen suchen.«

Ebenso nacheinander streckte diesen jetzt Heinz die Hand entgegen und schüttelte die ihre kurz mit einem trockenen »Very well!« Er tat dies mit einer unbeholfenen Verlegenheit; mochte die Art seiner Heimkehr ihn bedrücken, oder fühlte er eine Zurückhaltung in der Begrüßung der Geschwister; denn freilich, sie hatten von dem Wiederkehrenden sich ein anderes Bild gemacht.

Nachdem alle in das Haus getreten waren, geleitete Frau Lina ihren Bruder die Treppe hinauf nach seiner Kammer. Es war nicht mehr dieselbe, in der er einst als Knabe geschlafen hatte, es war hier oben ja alles neu geworden; aber er schien nicht darauf zu achten. Die junge Frau legte das Reisegepäck, das sie ihm nachgetragen hatte, auf den Fußboden. »Hier ist dein Bett«, sagte sie dann, indem sie die weiße Schutzdecke abnahm und zusammenlegte; »Heinz, mein Bruder, du sollst recht sanft hier schlafen!«

Er hatte den Rock abgeworfen und war mit aufgestreiften Ärmeln an den Waschtisch getreten. Jetzt wandte er rasch den Kopf, und seine braunen blitzenden Augen ruhten in den ihren. »Dank, Schwester«, sagte er. Dann tauchte er den Kopf in die Schale und sprudelte mit dem Wasser umher, wie es wohl Leuten eigen ist, die dergleichen im Freien zu verrichten pflegen. Die Schwester, am Türpfosten lehnend, sah dem schweigend zu; ihre Frauenaugen musterten des Bruders Kleidung, und sie erkannte wohl, daß alles neu geschafft sein mußte; dann blieben ihre Blicke auf den braunen sehnigen Armen des Mannes haften, die noch mehr Narben zeigten als das Antlitz. »Armer Heinz«, sagte sie, zu ihm hinüber nickend, »die müssen schwere Arbeit getan haben!«

Er sah sie wieder an; aber diesmal war es ein wildes Feuer, das aus seinen Augen brach. »Demonio!« rief er, die aufgestreckten Arme schüttelnd; »allerlei Arbeit, Schwester! Aber – basta y

basta!« Und er tauchte wieder den Kopf in die Schale und warf das Wasser über sich, als müsse er, Gott weiß was, herunterspülen.
Beim Abendtee, den die Familie zusammen einnahm, wollte eine Unterhaltung nicht recht geraten. »Ihr seid weit umhergekommen, Schwager«, sagte nach einigen vergeblichen Anläufen der junge Ehemann; »Ihr müßt uns viel erzählen.«
»Weit genug«, erwiderte Heinz; aber zum Erzählen kam es nicht; er gab nur kurze allgemeine Antwort.
»Laß ihn, Christian!« mahnte Frau Lina; »er muß erst eine Nacht zu Haus geschlafen haben.« Dann aber, damit es am ersten Abend nicht gar zu stille werde, begann sie selbst die wenigen Erinnerungen aus des Bruders Jugendjahren auszukramen, die sie nach eigenem Erlebnis oder den Erzählungen der Mutter noch bewahrte.
Heinz hörte ruhig zu. »Und dann«, fuhr sie fort, »damals, als du dir den großen Anker mit deinem Namen auf den Arm geätzt hattest! Ich weiß noch, wie ich schrie, als du so verbrannt nach Hause kamst, und wie dann der Physikus geholt wurde. Aber« – und sie stutzte einen Augenblick – »war es denn nicht auf dem linken Unterarm?«
Heinz nickte: »Mag wohl sein; das sind so Jungensstreiche.«
»Aber Heinz – es ist ja nicht mehr da; ich meinte, so was könne nie vergehen!«
»Muß doch wohl, Schwester; sind verteufelte Krankheiten da drüben; man muß schon oft zufrieden sein, wenn sie einem nicht gar die Haut vom Leibe ziehen.«
Hans Kirch hatte nur ein halbes Ohr nach dem, was hier gesprochen wurde. Noch mehr als sonst in sich zusammengesunken, verzehrte er schweigend sein Abendbrot; nur bisweilen warf er von unten auf einen seiner scharfen Blicke auf den Heimgekehrten, als wolle er prüfen, was mit diesem Sohn noch zu beginnen sei.
– – Aber auch für die folgenden Tage blieb dies wortkarge Zusammensein. Heinz erkundigte sich weder nach früheren Bekannten, noch sprach er von dem, was weiter denn mit ihm geschehen solle. Hans Adam frug sich, ob der Sohn das erste Wort von ihm erwarte oder ob er überhaupt nicht an das Morgen denke; »ja, ja«, murmelte er dann und nickte heftig mit seinem grauen Kopfe; »er ist's ja siebzehn Jahre so gewohnt geworden.«
Aber auch heimisch schien Heinz sich nicht zu fühlen. Hatte er

kurze Zeit im Zimmer bei der Schwester seine Zigarre geraucht, so trieb es ihn wieder fort; hinab nach dem Hafen, wo er dem oder jenem Schiffer ein paar Worte zurief, oder nach dem großen Speicher, wo er teilnahmslos dem Abladen der Steinkohlen oder andern Arbeiten zusah. Ein paarmal, da er unten im Kontor gesessen, hatte Hans Kirch das eine oder andere der Geschäftsbücher vor ihm aufgeschlagen, damit er von dem gegenwärtigen Stande des Hauses Einsicht nehme; aber er hatte sie jedesmal nach kurzem Hin- und Herblättern wie etwas Fremdes wieder aus der Hand gelegt.

In einem aber schien er, zur Beruhigung des jungen Ehemannes, der Schilderung zu entsprechen, die Frau Lina an jenem Vormittage von ihrem Bruder ihm entworfen hatte: an eine Ausnutzung seiner Sohnesrechte schien der Heimgekehrte nicht zu denken.

Und noch ein zweites war dem Frauenauge nicht entgangen. Wie der Bruder einst mit ihr, der soviel jüngeren Schwester sich herumgeschleppt, ihr erzählt und mit ihr gespielt hatte, mit ihr und – wie sie von der Mutter wußte – früher auch mit einer anderen, der er bis jetzt mit keinem Worte nachgefragt und von der zu reden sie vermieden hatte, in gleicher Weise ließ er jetzt, wenn er am Nachmittage draußen auf dem Beischlag saß, den kleinen Sohn des Krämers auf seinem Schoß umherklettern und sich Bart und Haar von ihm zerzausen; dann konnte er auch lachen, wie Frau Lina meinte, es einst im Garten oder auf jenen Sonntagswanderungen mit der Mutter von ihrem Bruder Heinz gehört zu haben. Schon am zweiten Tage, da sie eben in Hut und Tuch aus der Haustür zu ihm treten wollte, hatte sie ihn so getroffen. Der kleine Bube stand auf seinen Knien und hielt ihn bei der Nase. »Du willst mir was vorlügen, du großer Schiffer!« sagte er und schüttelte derb an ihm herum.

»Nein, nein, Karl, by Jove, es gibt doch Meerfrauen; ich habe sie ja selbst gesehen.«

Der Knabe ließ ihn los. »Wirklich? Kann man die denn heiraten?«

»Oho, Junge! Freilich kann man das! Da drüben in Texas, könntst allerlei da zu sehen bekommen, kannte ich einen, der hatte eine Meerfrau; aber sie mußte immer in einer großen Wassertonne schwimmen, die in seinem Garten stand.«

Die Augen des kleinen Burschen leuchteten; er hatte nur einmal einen jungen Seehund so gesehen, und dafür hatte er einen Schilling zahlen müssen. »Du«, sagte er heimlich und nickte seinem bärtigen Freunde zu; »ich will auch eine Wasserfrau heiraten, wenn ich groß geworden bin!«

Heinz sah nachdenklich den Knaben an. »Tu das nicht, Karl; die Wasserfrauen sind falsch; bleib lieber in deines Vaters Stor und spiel mit deines Nachbars Katze.«

Die Hand der Schwester legte sich auf seine Schulter: »Du wolltest mit mir zu unserer Mutter Grabe!«

Und Heinz setzte den Knaben zur Erde und ging mit Frau Lina nach dem Kirchhof. Ja, er hatte sich später auch von ihr bereden lassen, den alten Pastor, der jetzt mit einer Magd im großen Pfarrhaus wirtschaftete, und sogar auch Tante Jule zu besuchen, um die der Knabe Heinz sich wenig einst gekümmert hatte.

So war der Sonntagvormittag herangekommen, und die jungen Eheleute rüsteten sich zum gewohnten Kirchgang; auch Heinz hatte sich bereit erklärt. Hans Kirch war am Abend vorher besonders schweigsam gewesen, und die Augen der Tochter, die ihn kannte, waren mehrmals angstvoll über des Vaters Antlitz hingestreift. Jetzt kam es ihr wie eine Beruhigung, als sie ihn vorhin den großen Flurschrank hatte öffnen und wieder schließen hören, aus dem er selber seinen Sonntagsrock hervorzuholen pflegte.

Als aber bald danach die drei Kirchgänger in das untere Zimmer traten, stand Hans Kirch, die Hände auf dem Rücken, in seiner täglichen Kleidung an dem Fenster und blickte auf die leere Gasse; Hut und Sonntagsrock lagen wie unordentlich hingeworfen auf einem Stuhl am Pulte.

»Vater, es ist wohl an der Zeit!« erinnerte Frau Lina schüchtern.

Hans Adam hatte sich umgewandt. »Geht nur!« sagte er trocken, und die Tochter sah, wie seine Lippen zitterten, als sie sich über den starken Zähnen schlossen.

»Wie, du willst nicht mit uns, Vater?«

– »Heute nicht, Lina!«

»Heute nicht, wo Heinz nun wieder bei uns ist?«

»Nein, Lina«, er sprach die Worte leise, aber es war, als müsse es gleich danach hervorbrechen; »ich mag heut nicht allein in unsern Schifferstuhl.«

»Aber, Vater, du tust das ja immer«, sprach Frau Lina zagend; »Christian sitzt ja auch stets unten bei mir.«

– »Ei was, dein Mann, dein Mann!« – und ein zorniger Blick schoß unter den buschigen Brauen zu seinem Sohn hinüber, und seine Stimme wurde immer lauter – »dein Mann gehört dahin; aber die alten Matrosen, die mit fünfunddreißig Jahren noch fremde Kapitäne ihres Vaters Schiffe fahren lassen, die längst ganz anderswo noch sitzen sollten, die mag ich nicht unter mir im Kirchstuhl sehen!«

Er schwieg und wandte sich wieder nach dem Fenster, und niemand hatte ihm geantwortet; dann aber legte Heinz das Gesangbuch, das seine Schwester ihm gegeben hatte, auf das Pult. »Wenn's nur das ist, Vater«, sagte er, »der alte Matrose kann zu Hause bleiben; er hat so manchen Sonntag nur den Wind in den Tauen pfeifen hören.«

Aber die Schwester ergriff des Bruders, dann des Vaters Hände. »Heinz! Vater! Laßt das ruhen jetzt! Hört zusammen Gottes Wort; ihr werdet mit guten Gedanken wiederkommen, und dann redet miteinander, was nun weiter werden soll!« Und wirklich, mochte es nun den heftigen Mann beruhigt haben, daß er, zum mindesten vorläufig, sich mit einem Worte Luft geschafft – was sie selber nicht erwartet hatte, sie brachte es dahin, daß beide in die Kirche gingen.

Aber Hans Kirch, während unten, wie ihm nicht entging, sich aller Blicke auf den Heimgekehrten richteten, saß oben unter den andern alten Kapitänen und Reedern und starrte, wie einst, nach der Marmorbüste des alten Kommandeurs; das war auch ein Stadtsjunge gewesen, ein Schulmeisterssohn, wie Heinz ein Schulmeistersenkel; wie anders war der heimgekommen!

– – Eine Unterredung zwischen Vater und Sohn fand weder nach dem Kirchgang noch am Nachmittage statt. Am Abend zog Frau Lina den Bruder in ihre Schlafkammer: »Nun, Heinz, hast du mit Vater schon gesprochen?«

Er schüttelte den Kopf: »Was soll ich mit ihm sprechen, Schwester?«

– »Du weißt es wohl, Heinz; er will dich droben in der Kirche bei sich haben. Sag ihm, daß du dein Steuermannsexamen machen willst; warum hast du es nicht längst gesagt?«

Ein verächtliches Lächeln verzerrte sein Gesicht. »Ist das eine Gewaltssache mit dem alten Schifferstuhl!« rief er. »Todos diabolos, ich alter Kerl noch auf der Schulbank! Denk wohl, ich habe manche alte Bark auch ohne das gesteuert!«

Sie sah ihn furchtsam an; der Bruder, an den sie sich zu gewöhnen anfing, kam ihr auf einmal fremd, ja unheimlich vor. »Gesteuert?« wiederholte sie leise; »wohin hast du gesteuert, Heinz? Du bist nicht weit gekommen.«

Er blickte eine Weile seitwärts auf den Boden; dann reichte er ihr die Hand. »Mag sein, Schwester«, sagte er ruhig; »aber – ich kann noch nicht wie ihr; muß mich immer erst besinnen, wo ich hinzutreten habe; kennt das nicht, ihr alle nicht, Schwester! Ein halbes Menschenleben – ja rechne, noch mehr als ein halbes Menschenleben kein ehrlich Hausdach überm Kopf; nur wilde See oder wildes Volk oder beides miteinander! Ihr kennt das nicht, sag ich, das Geschrei und das Gefluche, mein eignes mit darunter; ja, ja, Schwester, mein eignes auch, es lärmt mir noch immer in die Ohren; laßt's erst stiller werden, sonst – es geht sonst nicht!«

Die Schwester hing an seinem Halse. »Gewiß, Heinz, gewiß, wir wollen Geduld haben; o wie gut, daß du nun bei uns bist!«

Plötzlich, Gott weiß woher, tauchte ein Gerücht auf und wanderte emsig von Tür zu Tür: der Heimgekehrte sei gar nicht Heinz Kirch, es sei der Hasselfritz, ein Knabe aus dem Armenhause, der gleichzeitig mit Heinz zur See gegangen war und gleich diesem seitdem nichts von sich hatte hören lassen. Und jetzt, nachdem es eine kurze Weile darum herumgeschlichen, war es auch in das Kirchsche Haus gedrungen. Frau Lina griff sich mit beiden Händen an die Schläfen; sie hatte durch die Mutter wohl von jenem anderen gehört; wie Heinz hatte er braune Augen und braunes Haar gehabt und war wie dieser ein kluger wilder Bursch gewesen; sogar eine Ähnlichkeit hatte man derzeit zwischen ihnen finden wollen. Wenn alle Freude nun um nichts sein sollte, wenn es nun nicht der Bruder wäre! Eine helle Röte schlug ihr ins Gesicht: sie hatte ja an dieses Menschen Hals gehangen, sie hatte ihn geküßt – Frau Lina vermied es plötzlich, ihn zu berühren; verstohlen aber und desto öfter hafteten ihre Augen auf den rauhen Zügen ihres Gastes, während zugleich ihr innerer Blick sich mühte, unter den Schatten der Vergangenheit das Knabenantlitz ihres Bruders zu erkennen. Als dann auch der junge Ehemann zur Vorsicht mahnte, wußte Frau Lina sich auf einmal zu entsinnen, wie gleichgültig ihr der Bruder neulich an ihrer Mutter Grab erschienen sei; als ob er sich langweile, habe er mit beiden Armen sich über die Eisenstangen der Umfassung gelehnt und dabei seitwärts nach den andern Gräbern hingestarrt; fast als ob, wie bei dem Vaterunser nach der Predigt, nur das Ende abgewartet werden müsse.

Beiden Eheleuten erschien jetzt auch das ganze Gebaren des Bruders noch um vieles ungeschlachter als vordem; dies Sichumherwerfen auf den Stühlen, diese Nichtachtung vor Frau Linas sauberen Dielen. Heinz Kirch, das sagten alle, und den Eindruck bewahrte auch Frau Linas eigenes Gedächtnis, war ja ein feiner junger Mensch gewesen. Als beide dann dem Vater ihre Bedenken mitteilten, war es auch dem nichts Neues mehr; aber er hatte geschwiegen und schwieg auch jetzt; nur die Lippen drückte er fester aufeinander. Freilich, als er bald darauf seinen alten Pastor mit der Pfeife am Zaune seines Vorgartens stehen sah, konnte er doch nicht lassen, wie zufällig heranzutreten und so von weitem an ihm herumzuforschen.

»Ja, ja«, meinte der alte Herr, »es war recht schicklich von dem Heinz, daß er seinen Besuch mir gleich am zweiten Tage gönnte.«

»Schuldigkeit, Herr Pastor«, versetzte Kirch; »mag Ihnen aber auch wohl ergangen sein wie mir; es kostet Künste, in diesem Burschen mit dem roten Bart den alten Heinz herauszufinden.«

Der Pastor nickte; sein Gesicht zeigte plötzlich den Ausdruck oratorischer Begeisterung. »Ja, mit dem Barte!« wiederholte er nachdrücklich und fuhr mit der Hand, wie auf der Kanzel, vor sich hin. »Sie sagen es, Herr Nachbar; und wahrlich, seit dieser unzierliche Zierat Mode worden, kann man die Knaben in den Jünglingen nicht wiedererkennen, bevor man sie nicht selber sich bei Namen rufen hörte; das habe ich an meinen Pensionären selbst erfahren! Da war der blonde Dithmarscher, dem Ihr Heinz – er wollte jetzo zwar darauf vergessen haben – einmal den blutigen Denkzettel unter die Nase schrieb; der glich wahrlich einem weißen Hammel, da er von hier fortging; und als er nach Jahren in meine friedliche Kammer so unerwartet eintrat – ein Löwe! Ich versichere Sie, Herr Nachbar, ein richtiger Löwe! Wenn nicht die alten Schafsaugen zum Glück noch standgehalten hätten, ich alter Mann hätte ja den Tod sonst davon haben können!« Der Pastor sog ein paarmal an seiner Pfeife und drückte sich das Sammetkäppchen fester auf den weißen Kopf.

»Nun freilich«, meinte Hans Kirch; denn er fühlte wohl, daß er

ein Lieblingsthema wachgerufen habe, und suchte noch einmal wieder anzuknüpfen; »solche Signale wie Ihr Dithmarscher hat mein Heinz nicht aufzuweisen.«
Aber der alte Herr ging wieder seinen eigenen Weg. »Bewahre!« sagte er verächtlich und machte mit der Hand eine Bewegung, als ob er die Schafsaugen weit von sich in die Büsche werfe. »Ein Mann, ein ganzer Mann!« Dann hob er den Zeigefinger und beschrieb schelmisch lächelnd eine Linie über Stirn und Auge: »Auch eine Dekorierung hat er sich erworben; im Gefecht, Herr Nachbar, ich sage im Gefechte; gleich einem alten Studiosus! Zu meiner Zeit – Seeleute und Studenten, das waren die freien Männer, wir standen allzeit beieinander!«
Hans Kirch schüttelte den Kopf. »Sie irren, Ehrwürden; mein Heinz war nur auf Kauffahrteischiffen; im Sturm, ein Holzsplitter, eine stürzende Stenge tun wohl dasselbe schon.«
»Crede experto! Traue dem Sachkundigen!« rief der alte Herr und hob geheimnisvoll das linke Ohrläppchen, hinter welchem die schwachen Spuren einer Narbe sichtbar wurden. »Im Gefecht, Herr Nachbar; oh, wir haben auch pro patria geschlagen.«
Ein Lächeln flog über das Gesicht des alten Seemanns, das für einen Augenblick das starke Gebiß bloßlegte. »Ja, ja, Herr Pastor; freilich, er war kein Hasenfuß, mein Heinz!«
Aber der frohe Stolz, womit diese Worte hervorbrachen, verschwand schon wieder; das Bild seines kühnen Knaben verblich vor dem des Mannes, der jetzt unter seinem Dache hauste.
Hans Kirch nahm kurzen Abschied; er gab es auf, es noch weiter mit der Geschwätzigkeit des Greisenalters aufzunehmen.
– – Am Abend war Ball in der Harmonie. Heinz wollte zu Hause bleiben, er passe nicht dahin; und die jungen Eheleute, die ihm auch nur wie beiläufig davon gesprochen hatten, waren damit einverstanden; denn Heinz, sie mochten darin nicht unrecht haben, war in dieser Gesellschaft für jetzt nicht wohl zu präsentieren. Frau Lina wollte ebenfalls zu Hause bleiben; doch sie mußte dem Drängen ihres Mannes nachgeben, der einen neuen Putz für sie erhandelt hatte. Auch Hans Kirch ging zu seiner Partie Sechsundsechzig; eine innere Unruhe trieb ihn aus dem Hause.
So blieb denn Heinz allein zurück. Als alle fort waren, stand er, die Hände in den Taschen, am Fenster seiner dunklen Schlaf-

kammer, das nach Nordosten auf die See hinausging. Es war unruhiges Wetter, die Wolken jagten vor dem Mond; doch konnte er jenseits des Warders, in dem tieferen Wasser, die weißen Köpfe der Wellen schäumen sehen. Er starrte lange darauf hin; allmählich, als seine Augen sich gewöhnt hatten, bemerkte er auch drüben auf der Insel einen hellen Dunst; von dem Leuchtturm konnte das nicht kommen; aber das große Dorf lag dort, wo, wie er hatte reden hören, heute Jahrmarkt war. Er öffnete das Fenster und lehnte sich hinaus; fast meinte er, durch das Rauschen des Wassers die ferne Tanzmusik zu hören; und als packe es ihn plötzlich, schlug er das Fenster eilig zu und sprang, seine Mütze vom Türhaken reißend, in den Flur hinab. Als er ebenso rasch der Haustür zuging, frug die Magd ihn, ob sie mit dem Abschließen auf ihn warten solle; aber er schüttelte nur den Kopf, während er das Haus verließ.

Kurze Zeit danach, beim Rüsten der Schlafgemächer für die Nacht, betrat die Magd auch die von ihrem Gaste vorhin verlassene Kammer. Sie hatte ihr Lämpchen auf dem Vorplatze gelassen und nur die Wasserflasche rasch hineinsetzen wollen; als aber draußen eben jetzt der Mond sein volles Licht durch den weiten Himmelsraum ergoß, trat sie gleichfalls an das Fenster und blickte auf die wie mit Silberschaum gekrönten Wellen; bald aber waren es nicht mehr diese; ihre jungen weitreichenden Augen hatten ein Boot erkannt, das von einem einzelnen Manne durch den sprühenden Gischt der Insel zugetrieben wurde.

Wenn Hans Kirch oder die jungen Eheleute in die Harmonie gegangen waren, um dort nähere Aufschlüsse über jenes unheimliche Gerücht zu erhalten, so mußten sie sich getäuscht finden; niemand ließ auch nur ein andeutendes Wort darüber fallen; es war wieder wie kurz zuvor, als ob es niemals einen Heinz Kirch gegeben hätte.

Erst am andern Morgen erfuhren sie, daß dieser am Abend bald nach ihnen fortgegangen und bis zur Stunde noch nicht wieder da sei; die Magd teilte auf Befragen ihre Vermutungen mit, die nicht weit vom Ziele treffen mochten. Als dann endlich kurz vor Mittag der Verschwundene mit stark gerötetem Antlitz heimkehrte, wandte Hans Kirch, den er im Flur traf, ihm den Rükken und ging rasch in seine Stube. Frau Lina, der er auf der Treppe begegnete, sah ihn vorwurfsvoll und fragend an; sie stand einen Augenblick, als ob sie sprechen wolle; aber – wer war dieser Mann? – Sie hatte sich besonnen und ging ihm stumm vorüber.

Nach der schweigend eingenommenen Mittagsmahlzeit hatte Heinz sich oben in der Wohnstube des jungen Paares in die Sofaecke gesetzt. Frau Lina ging ab und zu; er hatte den Kopf gestützt und war eingeschlafen. Als er nach geraumer Zeit erwachte, war die Schwester fort; statt dessen sah er den grauen Kopf des Vaters über sich gebeugt; der Erwachende glaubte es noch zu fühlen, wie die scharfen Augen in seinem Antlitz forschten.

Eine Weile hafteten beider Blicke ineinander; dann richtete der Jüngere sich auf und sagte: »Laßt nur, Vater; ich weiß es schon, Ihr möchtet gern, daß ich der Hasselfritze aus der Armenkate wäre; möcht Euch schon den Gefallen tun, wenn ich mich selbst noch mal zu schaffen hätte.«

Hans Kirch war zurückgetreten. »Wer hat dir das erzählt?« sagte er, »du kannst nicht behaupten, daß ich dergleichen von dir gesagt hätte.«

»Aber Euer Gesicht sagt mir's; und unsre junge Frau, sie zuckt vor meiner Hand, als sollt sie eine Kröte fassen. Wußte erst nicht, was da unterwegs sei; aber heut nacht, da drüben, da schrien es beim Tanz die Eulen in die Fenster.«

Hans Kirch erwiderte nichts; der andre aber war aufgestanden und sah auf die Gasse, wo in Stößen der Regen vom Herbstwinde vorbeigetrieben wurde. »Eins aber«, begann er wieder, indem er sich finster zu dem Alten wandte, »mögt Ihr mir noch sagen! Warum damals, da ich noch jung war, habt Ihr das mit dem Brief mir angetan? Warum? Denn ich hätte Euch sonst mein altes Gesicht wohl wieder heimgebracht.«

Hans Kirch fuhr zusammen. An diesen Vorgang hatte seit dem Tode seines Weibes keine Hand gerührt; er selbst hatte ihn tief in sich begraben. Er fuhr mit den Fingern in die Westentasche und biß ein Endchen von der schwarzen Tabaksrolle, die er daraus hervorgeholt hatte. »Einen Brief?« sagte er dann; »mein Sohn Heinz war nicht für das Briefschreiben.«

»Mag sein, Vater; aber einmal – einmal hatte er doch geschrieben; in Rio hatte er den Brief zur Post gegeben, und später, nach langer Zeit – der Teufel hatte wohl sein Spiel dabei – in San Jago, in dem Fiebernest, als die Briefschaften für die Mannschaft ausgeteilt wurden, da hieß es: ›Hier ist auch was für dich.‹ Und als der Sohn, vor Freude zitternd, seine Hand ausstreckte und mit den Augen nur die Aufschrift des Briefes erst verschlingen wollte, da war's auch wirklich einer, der von Hause kam, und auch eine Handschrift von zu Hause stand darauf; aber – es war doch nur sein eigener Brief, der nach sechs Monaten uneröffnet an ihn zurückkam.«

Es sah fast aus, als seien die Augen des Alten feucht geworden; als er aber den trotzigen Blick des Jungen sich gegenüber sah, verschwand das wieder. »Viel Rühmliches mag auch nicht darin gestanden haben!« sagte er grollend.

Da fuhr ein hartes Lachen aus des Jüngeren Munde und gleich darauf ein fremdländischer Fluch, den der Vater nicht verstand. »Da mögt Ihr recht haben, Hans Adam Kirch; ganz regulär war's just nicht hergegangen; der junge Bursche wär auch damals gern vor seinem Vater hingefallen; lagen aber tausend Meilen zwischen ihnen; und überdem – das Fieber hatte ihn geschüttelt, und er war erst eben von seinem elenden Lazarettbett aufgestanden! Und später dann – was meint Ihr wohl, Hans Kirch? Wen Vaters Hand verstoßen, der fragt bei der nächsten Heuer nicht, was unterm Deck geladen ist, ob Kaffeesäcke oder schwarze Vögel, die eigentlich aber schwarze Menschen sind; wenn's nur Dublonen gibt; und fragt auch nicht, wo die der Teufel holt und wo dann wieder neue zu bekommen sind!«

Die Stimme, womit diese Worte gesprochen wurden, klang so wüst und fremd, daß Hans Kirch sich unwillkürlich frug: ›Ist das dein Heinz, den der Kantor beim Amensingen immer in die erste Reihe stellte, oder ist es doch der Junge aus der Armenkate, der nur auf deinen Beutel spekuliert?‹ Er wandte wieder seine Augen prüfend auf des andern Antlitz; die Narbe über Stirn und Auge flammte brandrot. »Wo hast du dir denn das geholt?« sagte er, an seines Pastors Rede denkend. »Bist du mit Piraten im Gefecht gewesen?«

Ein desperates Lachen fuhr aus des Jüngeren Munde. »Piraten?« rief er. »Glaubt nur, Hans Kirch, es sind auch dabei brave Kerle! Aber laßt das; das Gespinst ist gar zu lang, mit wem ich all zusammen war!«

Der Alte sah ihn mit erschrockenen Augen an. »Was sagst du?« frug er so leise, als ob es niemand hören dürfe.

Aber bevor eine Antwort darauf erfolgen konnte, wurden schwerfällige Schritte draußen auf der Treppe laut; die Tür öffnete sich, und von Frau Lina geführt, trat Tante Jule in das Zimmer. Während sie, pustend und mit beiden Händen sich auf ihren Krückstock lehnend, stehenblieb, war Heinz an ihr vorüber schweigend aus der Tür gegangen.

»Ist er fort?« sagte sie, mit ihrem Stocke hinter ihm her weisend.

»Wer soll fort sein?« frug Hans Kirch und sah die Schwester nicht eben allzu freundlich an.

»Wer? Nun, den du seit vierzehn Tagen hier in Kost genommen.«

– »Was willst du wieder, Jule? Du pflegst mir sonst nicht so ins Haus zu fallen.«

»Ja, ja, Hans«, und sie winkte der jungen Frau, ihr einen Stuhl zu bringen, und setzte sich darauf; »du hast's auch nicht um mich verdient; aber ich bin nicht so, Hans; ich will dir Abbitte tun; ich will bekennen, der Fritze Reimers mag doch wohl gelogen haben, oder wenn nicht er, so doch der andre!«

»Was soll die Rederei?« sagte Hans Kirch, und es klang, als ob er müde wäre.

– »Was es soll? Du sollst dich nicht betrügen lassen! Du meinst, du hast nun deinen Vogel wieder eingefangen; aber sieh nur zu, ob's auch der rechte ist!«

»Kommst du auch mit dem Geschwätz? Warum sollt's denn nicht der rechte sein?« Er sprach das unwirsch, aber doch, als ob es zu hören ihn verlange.

Frau Jule hatte sich in Positur gesetzt. »Warum, Hans? Als er am Mittwochnachmittage mit der Lina bei mir saß – wir waren schon bei der dritten Tasse Kaffee, und noch nicht einmal hatte er ›Tante‹ zu mir gesagt! – ›Warum‹, frug ich, ›nennst du mich denn gar nicht Tante?‹ – ›Ja, Tante‹, sagt er, ›du hast ja noch allein gesprochen!‹ Und, siehst du, Hans, das war beim ersten Mal denn schon gelogen; denn das soll mir keiner nachsagen; ich lasse jedermann zu Worte kommen! Und als ich ihn dann nahe zu mir zog und mit der Hand und mit meinen elenden Augen auf seinem Gesicht herumfühlte – nun, Hans, die Nase kann doch nicht von Ost nach West gewachsen sein!«

Der Bruder saß mit gesenktem Kopf ihr gegenüber; er hatte nie darauf geachtet, wie seinem Heinz die Nase im Gesicht gestanden hatte. »Aber«, sagte er – denn das Gespräch von vorhin flog ihm durch den Kopf; doch schienen ihm die Worte schwer zu

werden – »sein Brief von damals; wir redeten darüber; er hat ihn in San Jago selbst zurückerhalten!«
Die dicke Frau lachte, daß der Stock ihr aus den Händen fiel. »Die Briefgeschichte, Hans! Ja, die ist seit den vierzehn Tagen reichlich wieder aufgewärmt; davon konnte er für einen Dreiling bei jedem Bettelkinde einen Suppenlöffel voll bekommen! Und er mußte dir doch auch erzählen, weshalb der echte Heinz denn all die Jahre draußen blieb. Laß dich nicht nasführen, Hans! Warum denn hat er nicht mit dir wollen, als du ihn von Hamburg holtest? War's denn so schlimm, wieder einmal an die volle Krippe und ins warme Nest zu kommen? – Ich will's dir sagen; das ist's: er hat sich so geschwind nicht zu dem Schelmenwagstück resolvieren können!«
Hans Adam hatte seinen grauen Kopf erhoben, aber er sprach nicht dazwischen; fast begierig horchte er auf alles, was die Schwester vorbrachte.
»Und dann«, fuhr diese fort, »die Lina hat davon erzählt.« – – Aber plötzlich stand sie auf und fühlte sich mit ihrer Krücke, die Lina ihr dienstfertig aufgehoben hatte, nach dem Fenster hin; von draußen hörte man zwei Männerstimmen in lebhafter Unterhaltung. »O Lina«, sagte Tante Jule, »ich hör's, der eine ist der Justizrat, lauf doch und bitte ihn, ein paar Augenblicke hier heraufzukommen!«
Der Justizrat war der alte Physikus; bei dem früheren Mangel passender Alterstitel hierzulande waren alle älteren Physici Justizräte.
Hans Kirch wußte nicht, was seine Schwester mit diesem vorhatte; aber er wartete geduldig, und bald auch trat der alte Herr mit der jungen Frau ins Zimmer. »Ei, ei«, rief er, »Tante Jule und Herr Kirch beisammen? Wo ist denn nun der Patient?«
»Der da«, sagte Tante Jule und wies auf ihren Bruder; »er hat den Star auf beiden Augen!«
Der Justizrat lachte. »Sie scherzen, liebe Madame; ich wollte, ich hätte selbst nur noch die scharfen Augen unseres Freundes.«
»Mach fort, Jule«, sagte Hans Kirch; »was gehst du lange um den Brei herum!«
Die dicke Frau ließ sich indes nicht stören. »Es ist nur so sinnbildlich, mein Herr Justizrat«, erklärte sie mit Nachdruck. »Aber besinnen Sie sich einmal darauf, wie Sie vor so ein zwanzig Jahren hier auch ins Haus geholt wurden; die Lina, die große Frau

jetzt schrie damals ein Zetermordio durchs Haus; denn ihr Bruder Heinz hatte sich nach Jungensart einen schönen Anker auf den Unterarm geätzt und sich dabei weidlich zugerichtet.«
Hans Kirch fuhr mit seinem Kopf herum; denn die ihm derzeit unbeachtet vorübergegangene Unterhaltung bei der ersten Abendmahlzeit kam ihm plötzlich, und jetzt laut und deutlich, wieder.
Aber der alte Doktor wiegte das Haupt: »Ich besinne mich nicht; ich hatte in meinem Leben so viele Jungen unter Händen.«
»Nun so, mein Herr Justizrat«, sagte Tante Jule; »aber Sie kennen doch dergleichen Jungensstreiche hier bei uns; es fragt sich nur, und das möchten wir von Ihnen wissen, ob denn in zwanzig Jahren solch ein Anker ohne Spur verschwinden könne.«
»In zwanzig Jahren?« erwiderte jetzt der Justizrat ohne Zögern; »ei, das kann gar leicht geschehen!«
Aber Hans Kirch mischte sich ins Gespräch: »Sie denken, wie sie's jetzt machen, Doktor, so mit blauer Tusche; nein, der Junge war damals nach der alten gründlichen Manier ans Werk gegangen; tüchtige Nadelstiche, und dann mit Pulver eingebrannt.«
Der alte Arzt rieb sich die Stirn. »Ja, ja; ich entsinne mich auch jetzt. Hm! – Nein, das dürfte wohl unmöglich sein; das geht bis auf die cutis; der alte Hinrich Jakobs läuft noch heut mit seinem Anker.«
Tante Jule nickte beifällig; Frau Lina stand, die Hand an der Stuhllehne, blaß und zitternd neben ihr.
»Aber«, sagte Hans Kirch, und auch bei ihm schlich sich die Stimme nur wie mit Zagen aus der Kehle, »sollte es nicht Krankheiten geben? Da drüben, in den heißen Ländern?«
Der Arzt bedachte sich eine Weile und schüttelte dann sehr bestimmt den Kopf. »Nein, nein; das ist nicht anzunehmen; es müßten denn die Blattern ihm den Arm zerrissen haben.«
Eine Pause entstand, während Frau Jule ihre gestrickten Handschuhe anzog. »Nun, Hans«, sagte sie dann; »ich muß nach Haus; aber du hast nun die Wahl: den Anker oder die Blatternarben! Was hat dein neuer Heinz denn aufzuweisen? Die Lina hat nichts von beiden sehen können; nun sieh du selber zu, wenn deine Augen noch gesund sind!«
– – Bald danach ging Hans Kirch die Straße hinauf nach seinem Speicher; er hatte die Hände über dem Rücken gefaltet, der Kopf hing ihm noch tiefer als gewöhnlich auf die Brust. Auch

Frau Lina hatte das Haus verlassen und war dem Vater nachgegangen; als sie in den unteren dämmerhellen Raum des Speichers trat, sah sie ihn in der Mitte desselben stehen, als müsse er sich erst besinnen, weshalb er denn hieher gegangen sei. Bei dem Geräusche des Kornumschaufelns, das von den oberen Böden herabscholl, mochte er den Eintritt der Tochter überhört haben; denn er stieß sie fast zurück, als er sie jetzt so plötzlich vor sich sah: »Du Lina! Was hast du hier zu suchen?«

Die junge Frau zitterte und wischte sich das Gesicht mit ihrem Tuche. »Nichts, Vater«, sagte sie; »aber Christian ist unten am Hafen, und da litt es mich nicht so allein zu Hause mit ihm – mit dem fremden Menschen! Ich fürchte mich; oh, es ist schrecklich, Vater!«

Hans Kirch hatte während dieser Worte wieder seinen Kopf gesenkt; jetzt hob er wie aus einem Abgrunde seine Augen zu denen seiner Tochter und blickte sie lange und unbeweglich an. »Ja, ja, Lina«, sagte er dann hastig; »Gott Dank, daß es ein Fremder ist!«

Hierauf wandte er sich rasch, und die Tochter hörte, wie er die Treppen zu dem obersten Bodenraum hinaufstieg.

Ein trüber Abend war auf diesen Tag gefolgt; kein Stern war sichtbar; feuchte Dünste lagerten auf der See. Im Hafen war es ungewöhnlich voll von Schiffen, meist Jachten und Schoner; aber auch ein paar Vollschiffe waren dabei und außerdem der Dampfer, welcher wöchentlich hier anzulegen pflegte. Alles lag schon in tiefer Ruhe, und auch auf dem Hafenplatz am Bollwerk entlang schlenderte nur ein einzelner Mann: wie es den Anschein hatte, müßig und ohne eine bestimmte Absicht. Jetzt blieb er vor dem einen der beiden Barkschiffe stehen, auf dessen Deck ein Junge sich noch am Gangspill zu schaffen machte; er rief einen »Guten Abend« hinüber und fragte, wie halb gedankenlos, nach Namen und Ladung des Schiffes. Als ersterer genannt wurde, tauchte ein Kopf aus der Kajüte, schien eine Weile den am Ufer Stehenden zu mustern, spie dann weit hinaus ins Wasser und tauchte wieder unter Deck. Schiff und Schiffer waren nicht von hier; der am Ufer schlenderte weiter; vom Warder drüben kam dann und wann ein Vogelschrei; von der Insel her drang nur ein schwacher Schein von den Leuchtfeuern durch den Nebel. Als er an die Stelle kam, wo die Häuserreihe näher an das Wasser tritt, schlug von daher ein Gewirr von Stimmen an sein Ohr und veranlaßte ihn stillzustehen. Von einem der Häuser fiel ein roter Schein in die Nacht hinaus; er erkannte es wohl, wenngleich sein Fuß die Schwelle dort noch nicht überschritten hatte; das Licht kam aus der Laterne der Hafenschenke. Das Haus war nicht wohlbeleumdet; nur fremde Matrosen und etwa die Söhne von Setzschiffern verkehrten dort; er hatte das alles schon gehört. – Und jetzt erhob das Lärmen sich von neuem, nur daß auch eine Frauenstimme nun dazwischenkreischte. – Ein finsteres Lachen fuhr über das Antlitz des Mannes; beim Schein der roten Laterne und den wilden Lauten hinter den verhangenen Fenstern mochte allerlei in seiner Erinnerung aufwachen, was nicht guttut, wenn es wiederkommt. Dennoch schritt er darauf zu, und als er eben von der Stadt her die Bürgerglocke läuten hörte, trat er in die niedrige, aber geräumige Schenkstube.

An einem langen Tische saß eine Anzahl alter und junger Seeleute; ein Teil derselben, zu denen sich der Wirt gesellt zu haben schien, spielte mit beschmutzten Karten; ein Frauenzimmer, über die Jugendblüte hinaus, mit blassem, verwachtem Antlitz, dem ein Zug des Leidens um den noch immer hübschen Mund nicht fehlte, trat mit einer Anzahl dampfender Gläser herein und verteilte sie schweigend an die Gäste. Als sie an den Platz eines Mannes kam, dessen kleine Augen begehrlich aus dem grobknochigen Angesicht hervorspielten, schob sie das Glas mit augenscheinlicher Hast vor ihn hin; aber der Mensch lachte und suchte sie an ihren Röcken festzuhalten: »Nun, Ma'am, habt Ihr Euch noch immer nicht besonnen? Ich bin ein höflicher Mann, versichere Euch! Aber ich kenne die Weibergeographie: Schwarz oder Weiß, ist alles eine Sorte!«

»Laßt mich«, sagte das Weib; »bezahlt Euer Glas und laßt mich gehen!«

Aber der andre war nicht ihrer Meinung; er ergriff sie und zog sie jäh zu sich heran, daß das vor ihm stehende Glas umstürzte und der Inhalt sie beide überströmte. »Sieh nur, schöne Missis!« rief er, ohne darauf zu achten, und winkte mit seinem rothaarigen Kopfe nach einem ihm gegenübersitzenden Burschen, dessen flachsblondes Haar auf ein bleiches, vom Trunke gedunsenes Antlitz herabfiel; »sieh nur, der Jochum mit seinem greisen Kalbsgesicht hat nichts dagegen einzuwenden! Trink aus, Jochum, ich zahl dir ein neues!«

Der Mensch, zu dem er gesprochen hatte, goß mit blödem Schmunzeln sein Glas auf einen Zug hinunter und schob es dann zu neuem Füllen vor sich hin.
Einen Augenblick ruhten die Hände des Weibes, mit denen sie sich aus der gewaltsamen Umarmung zu lösen versucht hatte; ihre Blicke fielen auf den bleichen Trunkenbold, und es war, als wenn Abscheu und Verachtung sie eine Weile alles andere vergessen ließen.
Aber ihr Peiniger zog sie nur fester an sich: »Siehst du, schöne Frau! Ich dächte doch, der Tausch wäre nicht so übel! Aber, der ist's am Ende gar nicht! Nimm dich in acht, daß ich nicht aus der Schule schwatze!« Und da sie wiederum sich sträubte, nickte er einem hübschen, braunlockigen Jungen zu, der am unteren Ende des Tisches saß. »He, du Gründling«, rief er, »meinst du, ich weiß nicht, wer gestern zwei Stunden nach uns aus der Roten Laterne unter Deck gekrochen ist?«
Die hellen Flammen schlugen dem armen Weibe ins Gesicht; sie wehrte sich nicht mehr; sie sah nur hülfesuchend um sich. Aber es rührte sich keine Hand; der junge hübsche Bursche schmunzelte nur und sah vor sich in sein Glas.
Aus einer unbesetzten Ecke des Zimmers hatte bisher der zuletzt erschienene Gast dem allen mit gleichgültigen Augen zugesehen; und wenn er jetzt die Faust erhob und dröhnend vor sich auf die Tischplatte schlug, so schien auch dieses nur mehr wie aus früherer Gewohnheit, bei solchem Anlaß nicht den bloßen Zuschauer abzugeben. »Auch mir ein Glas!« rief er, und es klang fast, als ob er Händel suche.
Drüben war alles von den Sitzen aufgesprungen. »Wer ist das? Der will wohl unser Bowiemesser schmecken? Werft ihn hinaus! Goddam, was will der Kerl?«
»Nur auch ein Glas!« sagte der andre ruhig. »Laßt euch nicht stören! Haben, denk ich, hier wohl alle Platz!«
Die drüben waren endlich doch auch dieser Meinung und blieben an ihrem Tische; aber das Frauenzimmer hatte dabei Gelegenheit gefunden, sich zu befreien, und trat jetzt an den Tisch des neuen Gastes. »Was soll es sein?« frug sie höflich; aber als er ihr Bescheid gab, schien sie es kaum zu hören; er sah verwundert, wie ihre Augen starr und doch wie abwesend auf ihn gerichtet waren und wie sie noch immer vor ihm stehenblieb.
»Kennen Sie mich?« sagte er und warf mit rascher Bewegung

seinen Kopf zurück, so daß der Schein der Deckenlampe auf sein Antlitz fiel.
Das Weib tat einen tiefen Atemzug, und die Gläser, die sie in der Hand hielt, schlugen hörbar aneinander. »Verzeihen Sie«, sagte sie ängstlich; »Sie sollen gleich bedient werden.«
Er blickte ihr nach, wie sie durch eine Seitentür hinausging; der Ton der wenigen Worte, welche sie zu ihm gesprochen, war ein so anderer gewesen, als den er vorhin von ihr gehört hatte; langsam hob er den Arm und stützte seinen Kopf darauf; es war, als ob er mit allen Sinnen in eine weite Ferne denke. Es hätte ihm endlich auffallen müssen, daß seine Bestellung noch immer nicht ausgeführt sei; aber er dachte nicht daran. Plötzlich, während am andern Tisch die Karten mit den Würfeln wechselten, erhob er sich. Wäre die Aufmerksamkeit der übrigen Gäste auf ihn statt auf das neue Spiel gerichtet gewesen, er wäre sicher ihrem Hohne nicht entgangen; denn der hohe kräftige Mann zitterte sichtbar, als er jetzt mit auf den Tisch gestemmten Händen dastand.
Aber es war nur für einige Augenblicke; dann verließ er das Zimmer durch dieselbe Tür, durch welche vorhin die Aufwärterin hinausgegangen war. Ein dunkler Gang führte ihn in eine große Küche, welche durch eine an der Wand hängende Lampe nur kaum erhellt würde. Hastig war er eingetreten; seine raschen Augen durchflogen den vor ihm liegenden wüsten Raum; und dort stand sie, die er suchte; wie unmächtig, die leeren Gläser noch in den zusammengefalteten Händen, lehnte sie gegen die Herdmauer. Einen Augenblick noch, dann trat er zu ihr; »Wieb!« rief er; »Wiebchen, kleines Wiebchen!«
Es war eine rauhe Männerstimme, die diese Worte rief und jetzt verstummte, als habe sie allen Odem an sie hingegeben.
Und doch, über das verblühte Antlitz des Weibes flog es wie ein Rosenschimmer, und während zugleich die Gläser klirrend auf den Boden fielen, entstieg ein Aufschrei ihrer Brust; wer hätte sagen mögen, ob es Leid, ob Freude war. »Heinz!« rief sie, »Heinz, du bist es; oh, sie sagten, du seist es nicht.«
Ein finstres Lächeln zuckte um den Mund des Mannes: »Ja, Wieb; ich wußt's wohl schon vorher; ich hätte nicht mehr kommen sollen. Auch dich – das alles war ja längst vorbei –, ich wollte dich nicht wiedersehen, nichts von dir hören, Wieb; ich biß die Zähne aufeinander, wenn dein Name nur darüber wollte. Aber – gestern abend – es war wieder einmal Jahrmarkt drüben – wie als

Junge hab ich mir ein Boot gestohlen; ich mußte, es ging nicht anders; vor jeder Bude, auf allen Tanzböden hab ich dich gesucht; ich war ein Narr, ich dachte, die alte Möddersch lebe noch; o süße kleine Wieb, ich dacht wohl nur an dich; ich wußte selbst nicht, was ich dachte!« Seine Stimme bebte, seine Arme streckten sich weit geöffnet ihr entgegen.
Aber sie warf sich nicht hinein; nur ihre Augen blickten traurig auf ihn hin. »O Heinz!« rief sie; »du bist es! Aber ich, ich bin's nicht mehr! – Du bist zu spät gekommen, Heinz!«
Da riß er sie an sich und ließ sie wieder los und streckte beide Arme hoch empor: »Ja, Wieb, das sind auch nicht mehr die unschuldigen Hände, womit ich damals dir die roten Äpfel stahl; by Jove, das schleißt, so siebzehn Jahre unter diesem Volk!«
Sie war neben dem Herde auf die Knie gesunken. »Heinz«, murmelte sie, »o Heinz, die alte Zeit!«
Wie verlegen stand er neben ihr; dann aber bückte er sich und ergriff die eine ihrer Hände, und sie duldete es still.
»Wieb«, sagte er leise, »wir wollen sehen, daß wir uns wiederfinden, du und ich!«
Sie sagte nichts; aber er fühlte eine Bewegung ihrer Hand, als ob sie schmerzlich in der seinen zucke.
Von der Schenkstube her erscholl ein wüstes Durcheinander; Gläser klirrten, mitunter dröhnte ein Faustschlag. »Kleine Wieb«, flüsterte er wieder, »wollen wir weit von all den bösen Menschen fort?«
Sie hatte den Kopf auf den steinernen Herd sinken lassen und stöhnte schmerzlich. Da wurden schlurfende Schritte in dem Gang hörbar, und als Heinz sich wandte, stand ein Betrunkener in der Tür; es war derselbe Mensch mit dem schlaffen gemeinen Antlitz, den er vorhin unter den andern Schiffern schon bemerkt hatte. Er hielt sich an dem Türpfosten, und seine Augen schienen, ohne zu sehen, in dem dämmerigen Raum umherzustarren. »Wo bleibt der Grog?« stammelte er. »Sechs Gläser. Der rote Jakob flucht nach seinem Grog!«
Der Trunkene hatte sich wieder entfernt; sie hörten die Tür der Schenkstube hinter ihm zufallen.
»Wer war das?« frug Heinz.
Wieb erhob sich mühsam. »Mein Mann«, sagte sie; »er fährt als Matrose auf England; ich diene bei meinem Stiefvater hier als Schenkmagd.«

Heinz sagte nichts darauf; aber seine Hand fuhr nach der behaarten Brust, und es war, als ob er gewaltsam etwas von seinem Nacken reiße. »Siehst du«, sagte er tonlos und hielt einen kleinen Ring empor, von dem die Enden einer zerrissenen Schnur herabhingen, »da ist auch noch das Kinderspiel! Wär's Gold gewesen, er wär so lang wohl nicht bei mir geblieben. Aber auch sonst – ich weiß nicht, war's um dich? Es war wohl nur ein Aberglaube, weil's doch noch das letzte Stück von Hause war.«

Wieb stand ihm gegenüber, und er sah, wie ihre Lippen sich bewegten.

»Was sagst du?« frug er.

Aber sie antwortete nicht; es war nur, als flehten ihre Augen um Erbarmen. Dann wandte sie sich und machte sich daran, wie es ihr befohlen war, den heißen Trank zu mischen. Nur einmal stockte sie in ihrer Arbeit, als ein feiner Metallklang auf dem steinernen Fußboden ihr Ohr getroffen hatte. Aber sie wußte es, sie brauchte nicht erst umzusehen; was sollte er denn jetzt noch mit dem Ringe!

Heinz hatte sich auf einen hölzernen Stuhl gesetzt und sah schweigend zu ihr hinüber; sie hatte das Feuer geschürt, und die Flammen lohten und warfen über beide einen roten Schein. Als sie fortgegangen war, saß er noch da; endlich sprang er auf und trat in den Gang, der nach der Schenkstube führte. »Ein Glas Grog; aber ein festes!« rief er, als Wieb ihm von dort her aus der Tür entgegenkam; dann setzte er sich wieder allein an seinen Tisch. Bald darauf kam Wieb und stellte das Glas vor ihm hin, und noch einmal sah er zu ihr auf; »Wieb, kleines Wiebchen!« murmelte er, als sie fortgegangen war; dann trank er, und als das Glas leer war, rief er nach einem neuen, und als sie es schweigend brachte, ließ er es, ohne aufzusehen, vor sich hinstellen.

Am andern Tische lärmten sie und kümmerten sich nicht mehr um den einsamen Gast; eine Stunde der Nacht schlug nach der andern, ein Glas nach dem andern trank er; nur wie durch einen Nebel sah er mitunter das arme schöne Antlitz des ihm verlorenen Weibes, bis er endlich dennoch nach den andern fortging und dann spät am Vormittag mit wüstem Kopf in seinem Bett erwachte.

In der Kirchschen Familie war es schon kein Geheimnis mehr, in welchem Hause Heinz diesmal seine Nacht verbracht hatte.

Das Mittagsmahl war, wie am gestrigen Tage, schweigend eingenommen; jetzt am Nachmittage saß Hans Adam Kirch in seinem Kontor und rechnete. Zwar lag unter den Schiffen im Hafen auch das seine, und die Kohlen, die es von England gebracht hatte, wurden heut gelöscht, wobei Hans Adam niemals sonst zu fehlen pflegte; aber diesmal hatte er seinen Tochtermann geschickt; er hatte Wichtigeres zu tun: er rechnete, er summierte und subtrahierte, er wollte wissen, was ihm dieser Sohn, den er sich so unbedacht zurückgeholt hatte, oder – wenn es nicht sein Sohn war – dieser Mensch noch kosten dürfe. Mit rascher Hand tauchte er seine Feder ein und schrieb seine Zahlen nieder; Sohn oder nicht, das stand ihm fest, es mußte jetzt ein Ende haben. Aber freilich – und seine Feder stockte einen Augenblick –, um weniges würde er ja schwerlich gehen; und – wenn es dennoch Heinz wäre, den Sohn durfte er mit wenigem nicht gehen heißen. Er hatte sogar daran gedacht, ihm ein für allemal das Pflichtteil seines Erbes auszuzahlen; aber die gerichtliche Quittung, wie war die zu beschaffen? Denn sicher mußte es doch gemacht werden, damit er nicht noch einmal wiederkomme. Er warf die Feder hin, und der Laut, der an den Zähnen ihm verstummte, klang beinahe wie ein Lachen: es war ja aber nicht sein Heinz! Der Justizrat, der verstand es doch; und der alte Hinrich Jakobs trug seinen Anker noch mit seinen achtzig Jahren!

Hans Kirch streckte die Hand nach einer neben ihm liegenden Ledertasche aus; langsam öffnete er sie und nahm eine Anzahl Kassenscheine von geringem Werte aus derselben. Nachdem er sie vor sich ausgebreitet und dann einen Teil und nach einigem Zögern noch einen Teil davon in die Ledertasche zurückgelegt hatte, steckte er die übrigen in ein bereitgehaltenes Kuvert; er hatte genau die mäßige Summe abgewogen.

Er war nun fertig; aber noch immer saß er da, mit herabhängendem Unterkiefer, die müßigen Hände an den Tisch geklammert. Plötzlich fuhr er auf, seine grauen Augen öffneten sich weit: »Hans! Hans!« hatte es gerufen; hier im leeren Zimmer, wo, wie er jetzt bemerkte, schon die Dämmerung in allen Winkeln lag. Aber er besann sich; nur seine eigenen Gedanken waren über ihn gekommen; es war nicht jetzt, es war schon viele Jahre her, daß ihn diese Stimme so gerufen hatte. Und dennoch, als ob er widerwillig einem außer sich Gehorsam leiste, öffneten seine

Hände noch einmal die Ledertasche und nahmen zögernd eine Anzahl großer Kassenscheine aus derselben. Aber mit jedem einzelnen, den Hans Adam jetzt der vorher bemessenen kleinen Summe zugesellte, stieg sein Groll gegen den, der dafür Heimat und Vaterhaus an ihn verkaufen sollte; denn was zum Ausbau lang gehegter Lebenspläne hatte dienen sollen, das mußte er jetzt hinwerfen, nur um die letzten Trümmer davon wegzuräumen.

– – Als Heinz etwa eine Stunde später, von einem Gange durch die Stadt zurückkehrend, die Treppe nach dem Oberhaus hinaufging, trat gleichzeitig Hans Adam unten aus seiner Zimmertür und folgte ihm so hastig, daß beide fast miteinander in des Sohnes Kammer traten. Die Magd, welche oben auf dem Vorplatz arbeitete, ließ bald beide Hände ruhen; sie wußte es ja wohl, daß zwischen Sohn und Vater nicht alles in der Ordnung war, und drinnen hinter der geschlossenen Tür schien es jetzt zu einem heftigen Gespräch zu kommen. – Aber nein, sie hatte sich getäuscht, es war nur immer die alte Stimme, die sie hörte; und immer lauter und drohender klang es, obgleich von der andern Seite keine Antwort darauf erfolgte; aber vergebens strengte sie sich an, von dem Inhalte etwas zu verstehen; sie hörte drinnen den offenen Fensterflügel im Winde klappern, und ihr war, als würden die noch immer heftiger hervorbrechenden Worte dort in die dunkle Nacht hinausgeredet. Dann endlich wurde es still; aber zugleich sprang die Magd, von der aufgestoßenen Kammertür getroffen, mit einem Schrei zur Seite und sah ihren gefürchteten Herrn mit wirrem Haar und wild blickenden Augen die Treppe hinausstolpern und hörte, wie die Kontortür aufgerissen und wieder zugeschlagen wurde.

Bald danach trat auch Heinz aus seiner Kammer; als er unten im Flur der Schwester begegnete, ergriff er fast gewaltsam ihre beiden Hände und drückte sie so heftig, daß sie verwundert zu ihm aufblickte; als sie aber zu ihm sprechen wollte, war er schon draußen auf der Gasse. Er kam auch nicht zur Abendmahlzeit; aber als die Bürgerglocke läutete, stieg er die Treppe wieder hinauf und ging in seine Kammer.

– – Am andern Morgen in der Frühe stand Heinz vollständig angekleidet droben vor dem offenen Fenster; die scharfe Luft strich über ihn hin, aber es schien ihm wohlzutun; fast mit Andacht schaute er auf alles, was, wie noch im letzten Hauch der

Natur, dort unten vor ihm ausgebreitet lag. Wie bleicher Stahl glänzte die breitere Wasserstraße zwischen dem Warder und der Insel drüben, während auf dem schmaleren Streifen zwischen jenem und dem Festlandsufer schon der bläulichrote Frühschein spielte. Heinz betrachtete das alles; doch nicht lange stand er so; bald trat er an einen Tisch, auf welchem das Kuvert mit den so widerwillig abgezählten Kassenscheinen noch an derselben Stelle lag, wo es Hans Kirch am Abende vorher gelassen hatte.

Ein bitteres Lächeln umflog seinen Mund, während er den Inhalt hervorzog und dann, nachdem er einige der geringeren Scheine an sich genommen hatte, das übrige wieder an seine Stelle brachte. Mit einem Bleistift, den er auf dem Tische fand, notierte er die kleine Summe, welche er herausgenommen hatte, unter der größeren, die auf dem Kuvert verzeichnet stand; dann, als er ihn schon fortgelegt hatte, nahm er noch einmal den Stift und schrieb darunter: »Thanks for the alms and farewell for ever.« Er wußte selbst nicht, warum er das nicht auf deutsch geschrieben hatte.

Leise, um das schlafende Haus nicht zu erwecken, nahm er sein Reisegepäck vom Boden; noch leiser schloß er unten im Flur die Tür zur Straße auf, als er jetzt das Haus verließ.

In einer Nebengasse hielt ein junger Bursche mit einem einspännigen Gefährte; das bestieg er und fuhr damit zur Stadt hinaus. Als sie auf die Höhe des Hügelzuges gelangt waren, von wo aus man diese zum letzten Male erblicken kann, wandte er sich um und schwenkte dreimal seine Mütze. Dann ging's im Trabe in das weite Land hinaus.

Aber einer im Kirchschen Hause war dennoch mit ihm wach gewesen. Hans Kirch hatte schon vor dem Morgengrauen aufrecht in seinem Bett gesessen; mit jedem Schlage der Turmuhr hatte er schärfer hingehorcht, ob nicht ein erstes Regen in dem Oberhause hörbar werde. Nach langem Harren war ihm gewesen, als würde dort ein Fensterflügel aufgestoßen; aber es war wieder still geworden, und die Minuten dehnten sich und wollten nicht vorüber. Sie gingen dennoch; und endlich vernahm er das leise Knarren einer Tür, es kam die Treppe in den Flur hinab, und jetzt – er hörte es deutlich, wie sich der Schlüssel in dem Schloß der Haustür drehte. Er wollte aufspringen; aber nein, er wollte es ja nicht; mit aufgestemmten Armen blieb er sitzen, während

nun draußen auf der Straße kräftige Mannestritte laut wurden und nach und nach in unhörbare Ferne sich verloren.
Als das übrige Haus allmählich in Bewegung kam, stand er auf und setzte sich zu seinem Frühstück, das ihm, wie jeden Morgen, im Kontor bereitgestellt war. Dann griff er nach seinem Hute – einen Stock hatte er als alter Schiffer bis jetzt noch nicht gebraucht – und ging, ohne seine Hausgenossen gesehen zu haben, an den Hafen hinab, wo er seinen Schwiegersohn bereits mit der Leitung des Löschens beschäftigt fand. Diesem von den letzten Vorgängen etwas mitzuteilen, schien er nicht für nötig zu befinden; aber er sandte ihn nach dem Kohlenschuppen und gab ihm Aufträge in die Stadt, während er selber hier am Platze blieb. Wortkarg und zornig erteilte er seine Befehle; es hielt schwer, ihm heute etwas recht zu machen, und wer ihn ansprach, erhielt meist keine Antwort; aber es geschah auch bald nicht mehr, man kannte ihn ja schon.
Kurz vor Mittag war er wieder in seinem Zimmer. Wie aus unwillkürlichem Antrieb hatte er hinter sich die Tür verschlossen; aber er saß kaum in seinem Lehnstuhl, als von draußen Frau Linas Stimme dringend Einlaß begehrte. Unwirsch stand er auf und öffnete. »Was willst du?« frug er, als die Tochter zu ihm eingetreten war.
»Schelte mich nicht, Vater«, sagte sie bittend; »aber Heinz ist fort, auch sein Gepäck; oh, er kommt niemals wieder!«
Er wandte den Kopf zur Seite: »Ich weiß das, Lina; darum hättst du dir die Augen nicht dick zu weinen brauchen.«
»Du weißt es, Vater?« wiederholte sie und sah ihn versteinert an.
Hans Kirch fuhr zornig auf: »Was stehst du noch? Die Komödie ist vorbei; wir haben gestern miteinander abgerechnet.«
Aber Frau Lina schüttelte nur ernst den Kopf. »Das fand ich oben auf seiner Kammer«, sagte sie und reichte ihm das Kuvert mit den kurzen Abschiedsworten und dem nur kaum verkürzten Inhalt. »O Vater, er war es doch! Er ist es doch gewesen!«
Hans Kirch nahm es; er las auch, was dort geschrieben stand; er wollte ruhig bleiben, aber seine Hände zitterten, daß aus der offenen Hülle die Scheine auf den Fußboden hinabfielen.
Als er sie eben mit Linas Hülfe wieder zusammengerafft hatte, wurde an die Tür gepocht, und ohne die Aufforderung dazu abzuwarten, war eine blasse Frau hereingetreten, deren erregte Augen ängstlich von dem Vater zu der Tochter flohen.

»Wieb!« rief Frau Lina und trat einen Schritt zurück.

Wieb rang nach Atem. »Verzeihung!« murmelte sie. »Ich mußte; Ihr Heinz ist fort; Sie wissen es vielleicht nicht; aber der Fuhrmann sagte es, er wird nicht wiederkommen, niemals!«

»Was geht das dich an!« fiel ihr Hans Kirch ins Wort.

Ein Laut des Schmerzes stieg aus ihrer Brust, daß Linas Augen unwillkürlich voll Mitleid auf diesem einst so holden Antlitz ruhten. Aber Wieb hatte dadurch wieder Mut gewonnen. »Hören Sie mich!« rief sie. »Aus Barmherzigkeit mit Ihrem eigenen Kinde! Sie meinen, er sei es nicht gewesen; aber ich weiß es, daß es niemand anders war! Das«, und sie zog die Schnur mit dem kleinen Ringe aus ihrer Tasche, »es ist ja einerlei nun, ob ich's sage – das gab ich ihm, da wir noch halbe Kinder waren; denn ich wollte, daß er mich nicht vergesse! Er hat's auch wieder heimgebracht und hat es gestern vor meinen Augen in den Staub geworfen.«

Ein Lachen, das wie Hohn klang, unterbrach sie. Hans Kirch sah sie mit starren Augen an: »Nun, Wieb, wenn's denn dein Heinz gewesen ist, es ist nicht viel geworden aus euch beiden.«

Aber sie achtete nicht darauf, sie hatte sich vor ihm hingeworfen. »Hans Kirch!« rief sie und faßte beide Hände des alten Mannes und schüttelte sie. »Ihr Heinz, hören Sie es nicht? Er geht ins Elend, er kommt niemals wieder! Vielleicht – o Gott, sei barmherzig mit uns allen! Es ist noch Zeit vielleicht!«

Auch Lina hatte sich jetzt neben ihr geworfen; sie scheute es nicht mehr, sich mit dem armen Weibe zu vereinigen. »Vater«, sagte sie und streichelte die eingesunkenen Wangen des harten Mannes, der jetzt dies alles über sich ergehen ließ, »du sollst diesmal nicht allein reisen, ich reise mit dir; er muß ja jetzt in Hamburg sein; oh, ich will nicht ruhen, bis ich ihn gefunden habe, bis wir ihn wieder hier in unsern Armen halten! Dann wollen wir es besser machen, wir wollen Geduld mit ihm haben; oh, wir hatten sie nicht, mein Vater! Und sag nur nicht, daß du nicht mit uns leidest, dein bleiches Angesicht kann doch nicht lügen! Sprich nur ein Wort, Vater, befiehl mir, daß ich den Wagen herbestelle, ich will gleich selber laufen, wir haben ja keine Zeit mehr zu verlieren!« Und sie warf den Kopf an ihres Vaters Brust und brach in lautes Schluchzen aus.

Wieb war aufgestanden und hatte sich bescheiden an die Tür gestellt; ihre Augen sahen angstvoll auf die beiden hin.

Aber Hans Kirch saß wie ein totes Bild; sein jahrelang angesammelter Groll ließ ihn nicht los; denn erst jetzt, nach diesem Wiedersehen mit dem Heimgekehrten, war in der grauen Zukunft keine Hoffnung mehr für ihn. »Geht!« sagte er endlich, und seine Stimme klang so hart wie früher; »mag er geheißen haben, wie er will, der diesmal unter meinem Dach geschlafen hat; mein Heinz hat schon vor siebzehn Jahren mich verlassen.«

Für fremde Augen mochte es immerhin den Anschein haben, als ob Hans Kirch auch jetzt noch in gewohnter Weise seinen mancherlei Geschäften nachgehe; in Wirklichkeit aber hatte er das Steuer mehr und mehr in die Hand des jüngeren Teilhabers der Firma übergehen lassen; auch aus dem städtischen Kollegium war er, zur stillen Befriedigung einiger ruheliebender Mitglieder, seit kurzer Zeit geschieden; es drängte ihn nicht mehr, in den Gang der kleinen Welt, welche sich um ihn her bewegte, einzugreifen.

Seit wieder die ersten scharfen Frühlingslüfte wehten, konnte man ihn oft auf der Bank vor seinem Hause sitzen sehen, trotz seiner jetzt fast weißen Haare als alter Schiffer ohne jede Kopfbedeckung. – Eines Morgens kam ein noch weißerer Mann die Straße hier herab und setzte sich, nachdem er näher getreten war, ohne weiteres an seine Seite. Es war ein früherer Ökonom des Armenhauses, mit dem er als Stadtverordneter einst manches zu verhandeln gehabt hatte; der Mann war später in gleicher Stellung an einen andern Ort gekommen, jetzt aber zurückgekehrt, um hier in seiner Vaterstadt seinen Alterspfennig zu verzehren. Es schien ihn nicht zu stören, daß das Antlitz seines früheren Vorgesetzten ihn keineswegs willkommen hieß; er wollte ja nur plaudern, und er tat es um so reichlicher, je weniger er unterbrochen wurde; und eben jetzt geriet er an einen Stoff, der unerschöpflicher als jeder andere schien. Hans Kirch hatte Unglück mit den Leuten, die noch weißer als er selber waren; wo sie von Heinz sprechen sollten, da sprachen sie von sich selber, und wo sie von allem andern sprechen konnten, da sprachen sie von Heinz. Er wurde unruhig und suchte mit schroffen Worten abzuwehren; aber der geschwätzige Greis schien nichts davon zu merken. »Ja, ja; ei du mein lieber Herrgott!« fuhr er fort, behaglich in seinem Redestrome weiterschwimmend; »der Hasselfritze und der Heinz, wenn ich an die beiden Jungen denke, wie

sie sich einmal die großen Anker in die Arme brannten! Ihr Heinz, ich hörte wohl, der mußte vor dem Doktor liegen; den Hasselfritze aber hab ich selber mit dem Hasselstock kuriert.«
Er lachte ganz vergnüglich über sein munteres Wortspiel; Hans Kirch aber war plötzlich aufgestanden und sah mit offenem Munde gar grimmig auf ihn herab. »Wenn Er wieder schwatzen will, Fritz Peters«, sagte er, »so suche Er sich eine andere Bank; da drüben bei dem jungen Doktor steht just eine hagelneue!«
Er war ins Haus gegangen und wanderte in seinem Zimmer hin und wider; immer tiefer sank sein Kopf zur Brust hinab, dann aber erhob er ihn allmählich wieder. Was hatte er denn eigentlich vorhin erfahren? Daß der Hasselfritze ebenfalls das Ankerzeichen hätte haben müssen? Was war's denn weiter? – Welchen Gast er von einem Sonntag bis zum andern oder ein paar Tage noch länger bei sich beherbergt hatte, darüber brauchte ihn kein anderer aufzuklären.
Und auch dieser Tag ging vorüber, und die dann kamen, nahmen ihren gleichmäßigen Verlauf. – Im Oberhaus wurde ein Kind geboren; der Großvater frug, ob es ein Junge sei; es war ein Mädchen, und er sprach dann nicht mehr darüber. Aber was hätte es ihm auch geholfen, wenn es ein künftiger Christian oder günstigen Falles ein Hans Martens gewesen wäre! Nur die Unruhe, die jetzt oft nächtens über seinem Kopfe in dem Schlafzimmer des jungen Paares herrschte, störte ihn.
Eines Abends, da es schon Herbst geworden – es jährte sich grade mit der Abreise seines Sohnes –, war Hans Kirch wie gewöhnlich mit dem Schlage zehn in seine nach der Hofseite belegene Schlafkammer getreten. Es war die Zeit der Äquinoktialstürme, und hierhinaus hörte man die ganze Gewalt des Wetters; bald heulte es in den obersten Luftschichten, bald fuhr es herab und tobte gegen die kleinen Fensterscheiben. Hans Kirch hatte seine silberne Taschenuhr hervorgezogen, um sie, wie jeden Abend, aufzuziehen; aber er stand noch immer mit dem Schlüssel in der Hand, hinaushorchend in die wilde Nacht.
Das Balken- und Sparrenwerk des neuen Daches krachte, als ob es aus den Fugen solle; aber er hörte es nicht; seine Gedanken fuhren draußen mit dem Sturm. »Südsüdwest!« murmelte er vor sich hin, während er den Uhrschlüssel in die Tasche steckte und die Uhr unaufgezogen über seinem Bette an den Haken hing. – Wer jetzt auf See war, hatte keine Zeit zum Schlafen, wie er es

bei manchem Sturm hier schon getan hatte; die Stürme kamen ja allemal im Äquinoktium, er hatte sie so manches Mal gehört.

Aber es mußte heute noch etwas anderes dabeisein; Stunden waren schon vergangen, und noch immer lag er wach in seinen Kissen. Ihm war, als könne er Hunderte von Meilen weit hinaushorchen nach einem klippenvollen Küstenwasser des Mittelländischen Meeres, das er in seiner Jugend als Matrose einst befahren hatte; und als endlich ihm die Augen zugefallen waren, riß er gleich darauf mit Gewalt sich wieder empor; denn ganz deutlich hatte er ein Schiff gesehen, ein Vollschiff mit gebrochenen Masten, das von turmhohen Wellen auf und ab geschleudert wurde. Er suchte sich völlig zu ermuntern, aber wieder drückte es ihm die Augen zu, und wiederum erkannte er das Schiff; deutlich sah er zwischen Bugspriet und Vordersteven die Galion, eine weiße mächtige Fortuna, bald in der schäumenden Flut versinken, bald wieder stolz emportauchen, als ob sie Schiff und Mannschaft über Wasser halten wolle. Dann plötzlich hörte er einen Krach; er fuhr jäh empor und fand sich aufrecht in seinem Bette sitzend.

Alles um ihn her war still, er hörte nichts; er wollte sich besinnen, ob es nicht eben vorher noch laut gestürmt habe; da überfiel es ihn, als sei er nicht allein in seiner Kammer; er stützte beide Hände auf die Bettkanten und riß weit die Augen auf. Und – da war es, dort in der Ecke stand sein Heinz; das Gesicht sah er nicht, denn der Kopf war gesenkt, und die Haare, die von Wasser trieften, hingen über die Stirn herab; aber er erkannte ihn dennoch – woran, das wußte er nicht und frug er sich auch nicht. Auch von den Kleidern und von den herabhängenden Armen troff das Wasser; es floß immer mehr herab und bildete einen breiten Strom nach seinem Bette zu.

Hans Kirch wollte rufen, aber er saß wie gelähmt mit seinen aufgestemmten Armen; endlich brach ein lauter Schrei aus seiner Brust, und gleich darauf auch hörte er es über sich in der Schlafkammer der jungen Leute poltern, und auch den Sturm hörte er wieder, wie er grimmig an den Pfosten seines Hauses rüttelte.

Als bald danach sein Schwiegersohn mit Licht hereintrat, fand dieser ihn in seinen Kissen zusammengesunken. »Wir hörten Euch schreien«, frug er, »was ist Euch, Vater?«

Der Alte sah starr nach jener Ecke. »Er ist tot«, sagte er, »weit von hier.«

– »Wer ist tot, Vater? Wen meint Ihr? Meint Ihr Euren Heinz?«
Der Alte nickte. »Das Wasser«, sagte er; »geh da fort, du stehst ja mitten in dem Wasser!«
Der Jüngere fuhr mit dem Lichte gegen den Fußboden: »Hier ist kein Wasser, Vater, Ihr habt nur schwer geträumt.«
»Du bist kein Seemann, Christian; was weißt du davon!« sagte der Alte heftig. »Aber ich weiß es, so kommen unsere Toten.«
»Soll ich Euch Lina schicken, Vater?« frug Christian Martens wieder.
»Nein, nein, sie soll bei ihrem Kinde bleiben; geh nur, laß mich allein!«
Der Schwiegersohn war mit dem Lichte fortgegangen, und Hans Kirch saß im Dunkeln wieder aufrecht in seinem Bette; er streckte zitternd die Arme nach jener Ecke, wo eben noch sein Heinz gestanden hatte; er wollte ihn noch einmal sehen, aber er sah vergebens in undurchdringliche Finsternis.
– – Es ging schon in den Vormittag, als Frau Lina, da sie unten in die Stube trat, das Frühstück ihres Vaters unberührt fand; als sie dann in die Schlafkammer ging, lag er noch in seinem Bette; er konnte nicht aufstehen, denn ein Schlaganfall hatte ihn getroffen, freilich nur an der einen Seite und ohne ihn am Sprechen zu behindern. Er verlangte nach seinem alten Arzte, und die Tochter lief selbst nach dem Hause des Justizrats und stand bald wieder zugleich mit diesem an des Vaters Lager.
Es war nicht gar so schlimm, es würde wohl so vorübergehen, lautete dessen Ausspruch. Aber Hans Kirch hörte kaum darauf; mehr als bei seiner Krankheit waren seine Gedanken bei den Vorgängen der verflossenen Nacht; Heinz hatte sich gemeldet, Heinz war tot, und der Tote hatte alle Rechte, die er noch eben dem Lebenden nicht mehr hatte zugestehen wollen.
Als Frau Lina es ihm ausreden wollte, berief er sich eifrig auf den Justizrat, der ja seit Jahr und Tag in manches Seemannshaus gekommen sei.
Der Justizrat suchte zu beschwichtigen. »Freilich«, fügte er hinzu, »wir Ärzte kennen Zustände, wo die Träume selbst am hellen Werktag das Gehirn verlassen und dem Menschen leibhaftig in die Augen schauen.«
Hans Kirch warf verdrießlich seinen Kopf herum: »Das ist mir zu gelehrt, Doktor; wie war's denn damals mit dem Sohn des alten Rickerts?«

Der Arzt faßte den Puls des Kranken. »Es trifft, es trifft auch nicht«, sagte er bedächtig; »das war der ältere Sohn; der jüngere, der sich auch gemeldet haben sollte, fährt noch heute seines Vaters Schiff.«
Hans Kirch schwieg; er wußte es doch besser als alle andern, was weit von hier in dieser Nacht geschehen war.

Wie der Arzt es vorhergesagt hatte, so geschah es. Nach einigen Wochen konnte der Kranke das Bett und allmählich auch das Zimmer, ja sogar das Haus verlassen; nur bedurfte er dann, gleich seiner Schwester, eines Krückstockes, den es bisher verschmäht hatte. Von seinem früheren Jähzorn schien meist nur eine weinerliche Ungeduld zurückgeblieben; wenn es ihn aber einmal wie vordem überkam, dann brach er hinterher erschöpft zusammen.
Als es Sommer wurde, verlangte er aus der Stadt hinaus, und Frau Lina begleitete ihn mehrmals auf dem hohen Uferwege um die Bucht, von wo er nicht nur die Inseln, sondern ostwärts auch auf das freie Wasser sehen konnte. Da das Ufer an mehreren Stellen tief und steil gegen den Strand hinabfällt, so wagte man ihn hier nicht allein zu lassen und gab ihm zu andern Malen, wenn die Tochter keine Zeit hatte, einen der Arbeiter oder sonst eine andere sichere Person zur Seite.
– – Auf den Sommer war der Herbst gefolgt, und es war um die Zeit, da Heinzens kurze Einkehr in das Elternhaus zum zweiten Mal sich jährte. Hans Kirch saß auf einem sandigen Vorsprunge des steilen Ufers und ließ die Nachmittagssonne seinen weißen Kopf bescheinen, während er die Hände vor sich auf seinen Stock gefaltet hielt und seine Augen über die glatte See hinausstarrten. Neben ihm stand ein Weib, anscheinend in gleicher Teilnahmlosigkeit, welche den Hut des alten Mannes in der herabhängenden Hand hielt. Sie mochte kaum über dreißig Jahre zählen; aber nur ein schärferes Auge hätte in diesem Antlitz die Spuren einer früh zerstörten Anmut finden können. Sie schien nichts davon zu hören, was der alte Schiffer, ohne sich zu rühren, vor sich hin sprach; es war auch nur ein Flüstern, als ob er es den leeren Lüften anvertraue; allmählich aber wurde es lauter. »Heinz, Heinz!« rief er. »Wo ist Heinz Kirch geblieben?« Dann wieder bewegte er langsam seinen Kopf: »Es ist auch einerlei, denn es kennt ihn keiner mehr.«
Da seufzte das Weib an seiner Seite, daß er sich wandte und zu

ihr aufsah. Als sie das blasse Gesicht zu ihm niederbeugte, suchte er ihre Hand zu fassen: »Nein, nein, Wieb, du – du kanntest ihn; dafür« – und er nickte vertraulich zu ihr auf – »bleibst du auch bei mir, solang ich lebe, und auch nachher – ich habe in meinem Testament das festgemacht; es ist nur gut, daß dein Taugenichts von Mann sich totgetrunken.«
Als sie nicht antwortete, wandte er seinen Kopf wieder ab, und seine Augen folgten einer Möwe, die vom Strande über das Wasser hinausflog. »Und dort«, begann er wieder, und seine Stimme klang jetzt ganz munter, während er mit seinem Krückstock nach dem Warder zeigte, »da hat er damals dich herumgefahren? Und dann schalten sie vom Schiff herüber?« – Und als sie schweigend zu ihm herabnickte, lachte er leise vor sich hin. Aber bald verfiel er wieder in sein Selbstgespräch, während seine Augen vor ihm in die große Leere starrten. »Nur in der Ewigkeit, Heinz! Nur in der Ewigkeit!« rief er, in plötzliches Weinen ausbrechend, und streckte zitternd beide Arme nach dem Himmel.
Aber seine laut gesprochenen Worte erhielten diesmal eine Antwort. »Was haben wir Menschen mit der Ewigkeit zu schaffen?« sprach eine heisere Stimme neben ihm. Es war ein herabgekommener Tischler, den sie in der Stadt den »Sozialdemokraten« nannten; er glaubte ein Loch in seinem Christenglauben entdeckt zu haben und pflegte nun nach Art geringer Menschen gegen andere damit zu trotzen.
Mit einer raschen Bewegung, die weit über die Kraft des gebrochenen Mannes hinauszugehen schien, hatte Hans Kirch sich zu dem Sprechenden gewandt, der mit verschränkten Armen stehenblieb. »Du kennst mich wohl nicht, Jürgen Hans?« rief er, während der ganze arme Leib ihm zitterte. »Ich bin Hans Kirch, der seinen Sohn verstoßen hat, zweimal! Hörst du es, Jürgen Hans? Zweimal hab ich meinen Heinz verstoßen, und darum hab ich mit der Ewigkeit zu schaffen!«
Der andere war dicht an ihn herangetreten. »Das tut mir leid, Herr Kirch«, sagte er und wog ihm trocken jedes seiner Worte zu; »die Ewigkeit ist in den Köpfen alter Weiber!«
Ein fieberhafter Blitz fuhr aus den Augen des greisen Mannes. »Hund!« schrie er, und ein Schlag des Krückstocks pfiff jäh am Kopf des anderen vorüber.
Der Tischler sprang zur Seite, dann stieß er ein Hohngelächter aus und schlenderte den Weg zur Stadt hinab.

Aber die Kraft des alten Mannes war erschöpft; der Stock entfiel seiner Hand und rollte vor ihm den Hang hinunter, und er wäre selber nachgestürzt, wenn nicht das Weib sich rasch gebückt und ihn in ihren Armen aufgefangen hätte.

Neben ihm kniend, sanft und unbeweglich, hielt sie das weiße Haupt an ihrer Brust gebettet, denn Hans Kirch war eingeschlafen. – Das Abendrot legte sich über das Meer, ein leichter Wind hatte sich erhoben, und drunten rauschten die Wellen lauter an den Strand. Noch immer beharrte sie in ihrer unbequemen Stellung; erst als schon die Sterne schienen, schlug er die Augen zu ihr auf. »Er ist tot«, sagte er, »ich weiß es jetzt gewiß; aber – in der Ewigkeit, da will ich meinen Heinz schon wiederkennen.«

»Ja«, sagte sie leise, »in der Ewigkeit.«

Vorsichtig, von ihr gestützt, erhob er sich, und als sie seinen Arm um ihren Hals und ihren Arm ihm um die Hüfte gelegt hatte, gingen sie langsam nach der Stadt zurück. Je weiter sie kamen, desto schwerer wurde ihre Last; mitunter mußten sie stillestehn, dann blickte Hans Kirch nach den Sternen, die ihm einst so manche Herbstnacht an Bord seiner flinken Jacht geschienen hatten, und sagte: »Es geht schon wieder«, und sie gingen langsam weiter. Aber nicht nur von den Sternen, auch aus den blauen Augen des armen Weibes leuchtete ein milder Strahl; nicht jener mehr, der einst in einer Frühlingsnacht ein wildes Knabenhaupt an ihre junge Brust gerissen hatte, aber ein Strahl jener allbarmherzigen Frauenliebe, die allen Trost des Lebens in sich schließt.

Noch während der nächsten Jahre, meist an stillen Nachmittagen und wenn die Sonne sich zum Untergange neigte, konnte man Hans Kirch mit seiner steten Begleiterin auf dem Uferwege sehen; zur Zeit des Herbstäquinoktiums war er selbst beim Nordoststurm nicht daheim zu halten. Dann hat man ihn auf dem Friedhof seiner Vaterstadt zur Seite seiner stillen Frau begraben.

Das von ihm begründete Geschäft liegt in den besten Händen; man spricht schon von dem »reichen« Christian Martens, und Hans Adams Tochtermanne wird der Stadtrat nicht entgehen; auch ein Erbe ist längst geboren und läuft schon mit dem Ranzen in die Rektorschule; – wo aber ist Heinz Kirch geblieben?

Ein Fest auf Haderslevhuus

Im vierzehnten Jahrhundert in Nordschleswig war es, als dort im tiefen Buchenwalde der Ritter Klaus Lembeck auf seiner Höhenfeste Dorning saß. Sie war ihm nach dem Tode seines jütischen Weibes zugefallen; er hatte sein Wappen, einen Geierkopf auf rotem Felde, über die Einfahrt des Außentores nageln lassen und zog Wall und Gräben doppelt stark um sich herum. Denn Waldemar Atterdag, der Dänenkönig, trug heimlichen Groll gegen den gewaltigen Mann, der einst aus seinem grimmigsten Feinde sein dienstbeflissener Kanzler geworden war, dann aber wiederum ihm abgesagt und sich zu den Grafen von Holstein, den Schauenburgern, und zum Herzog Waldemar von Schleswig gestellt hatte.

Es war damals gar wilde Zeit bei uns; der König berannte, wiewohl vergebens, die Feste Dorning mit seinem Kriegsgeschwader; dann schloß er Frieden und legte, mit Untreue im Herzen, seine Hand in die des Ritters. Als dieser aber bald danach der tödlichen Nachstellung des Atterdag nur kaum entronnen war, da zog er nach der Insel Föhr, um dort sich eine Burg zu bauen, und ließ die Feste Dorning seinem ältesten Sohne. Das aber war nicht, wie ein Chronist dem anderen es nachgeschrieben hat, der Henneke Lembeck, welcher späterhin die Kieler in Not brachte, weil sie einigen seiner straßenräuberischen Burgleute den Kopf hatten vor die Füße legen lassen; es stand noch einer zwischen ihnen, von dem jede Kunde fast verschollen scheint: der älteste Sohn des vielberufenen Ritters war Rolf Lembeck und saß, wenn auch nur wenig Monde, auf Schloß Dorning. Er war nur halb vom Eisenstoffe seines Geschlechtes, und lieber als im Harnisch ging er auf leichten Sohlen und in zierlichen Gewändern von Sammet oder Seiden; von ihm war nur ein jäh zerrissenes Minneabenteuer zu berichten, das wie Mondlicht in die Wirrnis dieser finsteren Zeiten fällt; doch damit hatten die Chronisten nichts zu schaffen. Und obschon sein Leben ein Vierteljahrhundert kaum erreichte, so war er doch ein deutscher Ritter, blauäugig und mit blondem Haupthaar, von froher, leichter Jugend und von heißer Lebenslust.

Ich aber weiß von ihm; und was ich weiß, das drängt mich heut, es zu erzählen.

Klaus Lembeck wollte keinen Gelehrten aus seinem ältesten Sohne machen; aber gleich ihm, ja besser noch, sollte er Kopf und Faust gebrauchen können, und dazu mußte beides gleich geübt werden. So hielt er ihm einen clericus, der den leichtlebigen Gesellen in den Wissenschaften des Quadriviums umherführte; so sandte er ihn danach – es war noch während der Pestzeit – auf die Universität Paris, und der Junker begann sogleich ein eifrig Studium: er lernte höfisch fechten, er lernte tanzen und die Laute spielen, auch klingende Schanzunen dazu flechten, und was der schönen Künste sonst noch waren; die schwereren ließ er den andern. Dann ward ihm noch ein fröhlich Jugendjahr auf der neuen universitas zu Prag, wo derzeit der deutsche König Karl seinen Hof hielt. Hier lernte er die großen deutschen Dichter kennen, den »Iwein« und den »Armen Heinrich« Hartmanns von Aue, die Lieder des Österreichers von der Vogelweide, sogar ein Stück von Wolframs »Parzival« hatte er gelesen; was aber ganz sein Herz gefangen hatte, das war des Straßburger Meisters Liebeslied von Tristan und Isolde.

Vor dem weitreichenden Namen seines Vaters tat manch edles Tor, sogar das edelste sich auf. Bei einem großen Tanzfest im Hradschin, das auch des Königs Gegenwart verherrlichte, war Rolf Lembeck der gewandtesten Tänzer einer und flog in den hohen kerzenhellen Sälen von einer Schönen zu der andern. Der König stand an einem Fenster mit der jungen Gräfin von Jülich im Gespräch; die braunen Augen der Dame aber folgten einem Tanzpaar. »Ei, Majestät, so sehet doch den feinen Junker«, rief sie, »der tanzet ja wie ein Franzos!«

Des Königs Augen waren den Tanzenden eine Weile gefolgt; dann hatte er genickt und einen Pagen abgesandt, den jungen Tänzer herzufordern.

Rolf Lembeck aber hatte bei seiner Partnerin um Urlaub gebeten und dann, sein blondes Haar zurückstreichend, mit höfischer Verneigung sich dem König vorgestellt. Der betrachtete ihn wohlgefällig; dann aber schüttelte er den Kopf, und sich zu der Gräfin wendend, sprach er: »Ihr irrt, schöne Frau! Von ferne möcht man's glauben; doch – nicht so, Junker, Ihr seid mir nimmer ein Franzose?«

»Da Majestät mich solcher Frage würdigen«, entgegnete Rolf Lembeck, »ich bin ein Holste, königlicher Herr; aber ich war zwei Jahre auf der Universität Paris.« Und lächelnd

fügte er hinzu: »Bonarum artium causa, der schönen Künste halber!«
»Und studieret«, sprach der König, »die bonas artes jetzt in unserem Prag?«
Der Junker machte eine schweigende Verbeugung. Dann durfte er erzählen, daß er Klaus Lembecks Sohn im fernen Schleswig sei, von dessen Händeln mit König Waldemar das Gerücht auch hieher an des Königs Hof gedrungen war.
»Ich dachte nicht«, sprach dieser, »Ihr wäret auf so hartem Stamm gewachsen; doch« – und er winkte huldvoll mit der Hand – »tanzet jetzt weiter und erfreuet unsere Schönen durch Eure bonas artes! Ihr sollet mir später noch von Paris erzählen!«
Und Rolf Lembeck flog wieder in den Tanz zurück; wie begehrend war sein roter Mund geöffnet, und seine Augen sprühten blaues Feuer, wie er nach der Schönsten im Saale ausschaute, und als er mit demütigem Neigen vor die Erwählte hintrat, schoß ein helles Freudenrot durch ihre Wangen.
Der König, der einen Teil seiner Knabenjahre in Paris verbracht hatte, hörte an späteren Festen dann des Junkers heitere Geschichten, und als dieser das prächtige Prag verließ, nahm er den Ritterschlag von des höchsten Herrn Hand als einen weiteren Schmuck mit auf die Heimreise. Der König aber, als später die alte Oberhofmeisterin ihn darum angegangen, warum er dem jungen Holsten solche Ehre angetan, hatte lächelnd ihr erwidert: »Bonarum artium causa, Gräfin; er hat sie trefflich ausstudiert.«

Rolf Lembeck war nicht aus eigenem Willen heimgegangen, sein Vater hatte ihn gerufen; er hatte um ein ehelich Gemahl für ihn geworben, »denn« – so hatte er gesagt – »der Vogel muß eingefangen werden, die Flüchten wachsen ihm zu geile«.
Das Weib war die junge Witib eines holsteinischen Ritters Hans Pogwisch, der in den Kämpfen der Schauenburger Grafen wider König Waldemar vom Pferd gehauen worden; sie selbst aber war aus einem Nebenzweige der regierenden Schauenburger und mit Land und Sand nicht übel angesessen. Ihr Sinn stand wohl darauf, ihr leeres Witwenbett zu füllen; aber mit Augen sehen wollte sie zuvor den jugendlichen Ritter, nicht nochmals einen Ehegespons gleich dem Verstorbenen.
Sie hatte während des Krieges sich auf ihren holsteinischen Hof

zurückgezogen, und als ihr Eheherr ihr dort sterbenswund ins Haus gebracht war, saß sie in Geduld an seinem Lager. Der Scharfrichter aus der nächsten Stadt war dagewesen, hatte verbunden und mit dem Apolloniuspflaster zusammengeklebt; aber er hatte dabei den Kopf geschüttelt. Frau Wulfhild legte immer wieder nasse Binden auf; sie tat das wie ein anderes Geschäft, das sich von selbst verstand; die Ruhe auf ihrem schönen Antlitz aber war nicht die sichere Hoffnung auf Genesung des Verwundeten, denn es wurde heiterer, je bleicher Tag für Tag der Kranke wurde. Sie nickte und sprach unhörbar zu sich selber: ›Geduld, noch eine kurze Weile!‹ Denn der jetzt unmächtig vor ihr lag, er hatte in Trunk und Spiel und wüstem Lärm sein Leben hingebracht; um grobhaariger Dirnen willen hatte er offen sein schönes Weib verachtet.

Nur über einzelne Worte hatte er jetzt mitunter noch Gewalt; auch die, so hoffte sie, sollten bald verstummen. Harrend saß sie in dem dumpfen Krankenzimmer und hörte gleichgültig auf die Ratten, die in Scharen über ihnen auf dem Boden rannten. Aber der Sterbende wollte Ruhe haben: er griff jäh nach seines Weibes Hand und wies mit kaum erhobenem Finger nach der Zimmerdecke; das Wort vermochte er nicht zu finden. Sie sah ihn ruhig an. »Soll ich sie töten?« frug sie; und nach einer Weile brachte er es zusammen; sein Kopf versuchte ein stummes Nikken. »Die Ratten!« stammelte er.

Und sie ließ Rattenkraut vom Schäfer holen, nahm ein Teil davon und legte das übrige in ihre Truhe. Darauf wurde es still über dem Schlafgemach; die Ratten lagen im Todeskampfe zukkend in den Bodenwinkeln.

Aber der wunde Mann begann an einem Morgen schier verständlicher zu reden, und seine Flüche wurden kräftiger; da erschrak sein Weib und fürchtete, das böse Leben mit dem Gesunden könne wohl aufs neue beginnen. Darum ließ sie von dem Scharfrichter, dessen geheimes Wissen ihr solche Sorge machte, und statt seiner wurde ein Chirurgus beigeschafft, dessen Kunst noch keinem Wunden aufgeholfen hatte. Der brachte andere Pflaster und Heilmittel, und als er wieder auf seinen Klepper stieg, sprach er mit rückgewandtem Kopf: »Seid frohen Mutes, edle Frau! Euer Ehebett soll nicht verwaiset werden! Und morgen bin ich wieder da!«

Dann ritt er fort; das schöne Weib aber blieb am Torpfosten

stehen und sah noch lange ihn ins Land hinausreiten. Ihr blondes Goldhaar zog sie langsam durch die Finger, und ihre weißen Zähne zerbissen einen Strohhalm, den sie aufgegriffen hatte. »Die Ratten!« brach es plötzlich von ihren Lippen, und sie fühlte, wie jählings ihr das Blut zum Hals hinaufstieg. Aber sie wurde es nicht los; es kam ihr immer wieder. »Die Ratten!« Es verfolgte sie auf Trepp' und Gängen, und in der Krankenkammer war es unverjagbar. Und als der Abend kam, da trieb es sie im Dunkeln zu der Truhe, und ihre zitternde Hand tappte nach dem Rest des Pulvers. In dem Trunke, den Frau Wulfhild an diesem Abend ihrem Eheherrn gab, trank er den Tod hinunter.

Zwei Tage später war in dem düsteren Hausgang die Leiche ausgestellt; doch nur Frau Wulfhild stand hoch aufgerichtet mit untergeschlagenen Armen an der Totenlade und sah mit immer größer werdenden Augen auf das harte Leichenantlitz. »Leb wohl, Hans Pogwisch!« sprach sie; »der Kampf ist aus, auch zwischen uns! Ich hab deiner Hand mich schwer erwehrt! – Ein andermal – doch das kümmert dich nicht mehr!«

Eine Dienerin war eingetreten mit den Trauergewändern auf den Armen; und schweigend wandte sich die Witwe von dem Toten und schritt mit ihr zur Kammer, wo noch das Ehebett für sie und den Gefallenen stand. Die Kammerfrau tat ihr das lange, mit schwarzen Tränen bestickte Skapulier an und knüpfte die mönchsartige Hüftschnur um den geschmeidigen Leib; sie aber hatte dessen nicht weiter acht. Erst als die Dienerin ihr zur Beschau den Metallspiegel vorhielt, fuhr sie wie aus Träumen auf. »Das sei Gott geklagt, der mich zur Witwe machte!« rief sie. »Ich habe darum doch nicht den Tod gefreit!« Dann, mit rascher Hand den Gürtel lösend, schleuderte sie ihn von sich und zerriß das feierliche Gewand in einem Ruck von oben bis fast zum untern Saume. »Bring mir mein braunes Wollenkleid, das mag genügen!« Und die erschrockene Dienerin schritt schweigend aus der Kammer, um den Befehl der strengen Herrin zu erfüllen.

Des Toten Sippe, da solches kund ward, sah die Witib drob mit scheelen Augen an; Klaus Lembeck aber hatte zu sich selber gesprochen: ›Das ist das Weib für Rolf Lembeck; die wird den flüggen Vogel halten!‹ Er sah wohl, daß erst jetzt die Lebensfülle dieses Weibes sich völlig auszuwachsen begann: die blauen

Gluhaugen ließ sie froh umherschweifen, und das wellige Goldhaar fiel ihr frei über den stolzen Nacken; doch so viele ihrer auch begehrten, sie sah noch keinen, dem sie sich jetzt ergeben mochte.
Da, an einem Frühlingsmorgen, trat Rolf Lembeck mit seinem Vater zu ihr ins Gemach. Die Stunde war vorher bestimmt, und lange, mit steigendem Herzschlag, war sie auf und ab geschritten; doch als die jugendlichen Gestalten sich jetzt gegenübertraten, fehlte nach der feierlichen Verneigung beiden das Wort der Anrede; wie erschrocken über ihre Schönheit schauten sie sich an.
Klaus Lembeck lächelte in seinen Bart. »Mein Sohn Rolf Lembeck, edle Fraue!« sagte er, »dem, wie ich sehe, der Anblick Euerer Schöne schier den Mund verschlossen hat.«
Sie atmete tief auf: »Ihr scherzet, Herr Marschall; Euer edler Sohn hat der Frauen wohl schönere gesehen zu Paris und draußen in dem Reich!«
Aber Rolf Lembeck rief: »Verzeihet, viel schöne Frauen; doch keine Schauenburgerin!« Und beider Blicke sanken ineinander.
Dem alten Ritter gefiel es wohl, daß er eine Weile schier vergessen dastand. Dann aber sprach er: »Ich seh schon Eueren Willen; nur des Schreibers Kunstwerk ist noch vonnöten!«
Frau Wulfhild langte nach einer Schelle, die auf dem Tische stand.
»Was wollt Ihr, Fraue?« frug der Ritter.
»Euch den Schreiber rufen«, sprach sie lächelnd, »denn einen Vater möcht ich, wie Ihr seid, Ritter!«
»Dank, holde Fraue!« rief der Alte. »Nun, Rolf, willst du dieses Weib aus deines Vaters Hand?«
Rolf hatte schon die schöne Frauenhand an seinen Mund gezogen und sein beteuernd »Ja« gesprochen, als Klaus Lembeck ein beschrieben Pergament hervorzog. »Wir brauchen keinen Schreiber«, sagte er, behaglich nickend; »ich gehe nicht ohne Rüstung auf so zweifelhaftes Feld! Was Euch an Gütern eigen ist, Frau Wulfhild, weiß ich; was ich dem Sohne gebe, mögt Ihr hieraus sehen! Nun leset, ob ich nach Eurem Sinn geschrieben habe!«
Sie rollte das Blatt auf und sah hinein; gelesen hat sie nichts davon; es war auch nicht vonnöten, denn Klaus Lembeck suchte in derlei Dingen niemanden zu hintergehen. Sie tauchte eine

Feder in ihr Dintenfaß und schrieb in großen Zügen unter das Schriftstück: »Wulfhild von Schauenburg, Hans Pogwisch' Witib.«
Und als zu zweit auch Rolf mit flüchtiger Hand den Entwurf der Ehcakte unterzeichnet hatte, da war der Verspruch getan, und Klaus Lembeck sagte wohlgefällig: »Mögen gräflicher Notarius und der Priester nun das Letzte tun!«
Frau Wulfhild stand mit geröteten Wangen und glänzenden Augen inmitten des Gemaches, zwei Finger ihrer weißen Hand in der des jungen Ritters; als aber itzt die Männer sich verabschieden wollten, neigte sie sich zu dem jungen und sagte leise: »Den Kuß nun, den Verlobungskuß, Rolf Lembeck!« Als aber der Kuß gegeben und genommen war, ergriff sie heftig seine beiden Hände, und sich aufrichtend, fast mit ihm zu gleicher Höhe, sah sie mit ihren brennenden Augen in die seinen. »Ihr wart im Reich, Rolf Lembeck!« rief sie, und wie aus heißer Leidenschaft klang es herauf: »Der Frauendienst soll dort noch umgehn; ich aber will den Gemahl allein! Verflucht die Lippen, die ein ander Weib berühren!«
Rolf Lembeck war schier erschrocken; doch als er sie in ihrer wilden Schöne vor sich sah, da riß er sie an sich und küßte sie inbrünstiglich und rief: »Das mag ums Leben gehen, Wulfhild!«
Der Alter aber sprach in sich selber: ›Das Werk ist wohlgefestet.‹
– – Die Männer hatten sich verabschiedet; die Frau war im Gemach zurückgeblieben; sie stand und horchte den Schritten nach, die in dem Saal verhallten, der vor ihrem Zimmer lag; dann konnte sie's nicht lassen, die Tür zu öffnen, als wolle sie die Spuren des ihr eigen gewordenen schönen Mannes noch auf den Dielen suchen. Als sie sich umblickte, sah sie auf einem Schemel, hart an der Tür, den Schreiber Gaspard sitzen; seine braune Gugelkappe, die hinten mit dem gleichfarbigen Rock zusammenhing, war ihm von dem kurzen Schwarzhaar abgeglitten, so daß sie mit Schwanz und Kugel ihm im Nacken hing; er saß mit gekreuzten Beinen und sah mit schief herabgesenktem Kopfe auf die Dielen, als wolle er dort etwas mit seiner spitzen Schnabelnase aufpicken. Es war ein seltsamer Gesell mit einem scharfen ältlichen Gesicht; er mischte sich gern in anderer Leute Sachen und war voll Lied- und Spruchweisheit; das Gesinde aber nannte

ihn »Gaspard den Raben«, und der Rabe galt viel bei seiner Herrschaft.
»Du bist es?« sprach die schöne Frau. »Was hast du hier Geschäfte?«
»Keine, Herrin; ich dachte sie bei Euch zu finden«, entgegnete er, ohne aufzusehen.
»Sie waren beschafft«, sagte sie; »es gab nichts mehr für dich.«
»Ich weiß, ich weiß!« Dann sang er mit seiner scharfen Stimme leise vor sich hin:

Der gülden Hahn mit sieben
– Darum ist er der Hahn –,
Er geht mit sieben Hühnern,
Mit Scharren und mit Dienern –
Das kann er gar nicht lan!

»Laß nur den Narren, Gaspard!« rief die Herrin. »Was treibst du hier?«
»Das Lauschen ist ein undankbar Geschäft!« sagte er.
– »Und hast es doch getrieben?«
»Für Euch nur, edle Herrin!«
– »Warum siehst du vor dich auf die Dielen?« frug sie wieder.
»Auch für Euch, edle Herrin!« sprach er. »Ich sah dort guten Rat; aber ich seh itzt, es lohnt nicht mehr, ihn aufzuheben.«
Sie lachte: »Hab Dank; ich habe ihn selber schon gefunden! Das aber ziemt dir nicht, daß du die Schauenburgerin den Hühnern beizählst; dank es meinem Glück, daß ich dir die Strafe schenke!«
Gaspard zog Nase und Mund herunter, als müsse er eine neue Weisheit niederschlucken; dann sprang er mit rascher Bewegung in die Höhe, um seiner Herrin das Gewand zu küssen.

Als die Hochzeit auf dem Hof der Braut gehalten war, zog Klaus Lembeck nach der Insel zu seinem Burgbau; der Baumeister hatte ihn gerufen, denn zwischen den Werkleuten, da die dortigen Männer meist auf Seefahrt waren, befand sich viel fremdes und wüstes Volk, so daß des mächtigen Bauherrn eigene Person vonnöten war; auch stand das Werk so weit gediehen, als dieser den Plan genehmigt hatte. Die jungen Ehesponsen aber zogen in der Frühe eines heiteren Aprilmorgens mit einem

Gefolge von Dienern, Amtleuten und Frauen zu Wagen und zu Rosse nordwärts hinauf durch Schleswig nach dem Schlosse Dorning. Sie saßen nicht in weichen Kissen: nebeneinander, aber jeder auf eigenem Rosse – Frau Wulfhild auf ihrem lichten Schimmel, auf seinem schwarzen Hengste Rolf –, waren sie an der Spitze des Zuges geritten; doch oftmals drängten die Tiere sich zusammen; dann warf das Weib sich mit der Brust zu ihm hinüber, daß Rolf nur kaum den Hengst bezwingen konnte.

Der Tag war heiß geworden, und es war schon Nachmittag, als sie den Weg zur Burg hinaufzogen. Als sie oben durch den ersten Mauerring geritten waren und die Hufen ihrer Pferde auf die Zugbrücke schlugen, die über den tiefen Zwinger herabgelassen worden, sah Frau Wulfhild unter sich hinab auf das Heer von spitzen Pfählen, womit der Graben angefüllt war: im selben Augenblick drang von drunten hinter einer Pforte ein wild Geheul herauf. »Was ist das?« frug sie den jungen Ehegemahl.

»Da drunten, Wulfhild? Das sind meines Vaters liebste Hunde; er läßt sie nachts im Graben laufen, sobald die Brücke aufgezogen ist. Wir wollen sie töten lassen, denn es sind grimme Wölfe, und statt der Spitzpfähle ein Würzgärtlein mit Blumen pflanzen!«

»So?« sprach sie sinnend. »Nein, nein, laß mir die Wölfe! Ihr habt einen weisen Vater, Rolf!«

»Nach Euerem Willen, hohe Herrin!« rief der Ritter fröhlich.

Aber vor ihnen vom Pfortenturm blies itzt der Wächter immer mächtiger, und drunten aus der weit offenen Torfahrt drang Getöse und Waffenschall; da spornten sie ihre Rosse und sprengten ihrem Geleite voran hinein. In der Mitte des Hofes, um die schon grünende gewaltige Linde, standen Burgleute und Gesinde und begrüßten sie mit lautem Zuruf: »Heil Ritter Lembeck, unserm Herrn! Heil seiner schönen Fraue, Heil!« Sie zügelten ihre Rosse, und Wulfhilds Auge flog wie herrschend über die dichte Schar; als aber die Leute jetzt zurücktraten, wurde ein Brunnen bloß, in dessen steinernem Überbau der Eimer hing. »Ha, Wasser!« rief sie. »Wer reicht mir zum Willkomm einen Trunk dort aus der Tiefe?«

Da stürzten Männer und Weiber an den Brunnen, und sie hätten den Eimer abgerissen; aber er hing zum Glück in Ketten und fuhr rasselnd in die Tiefe. Bald trat der Burgwart mit einem Glaspokale aus dem Schloßtor, und nachdem er mit dem klaren Quell gefüllt war, bot der Alte ihn der Herrin dar.

Sie hob ihn auf, daß die Sonnenstrahlen hindurchblitzten; dann trank sie und rief: »Das Wasser ist gut hier auf der Burghöh; aber, ihr Leute, Frau Wulfhild wird auch sorgen, daß es an Met und Fleisch nicht fehle!«

Da erhob sich neuer Zuruf, und dazwischen scholl von draußen das dumpfe Geheul der Wölfe. Rolf Lembeck aber flüsterte zu seinem Weibe: »Du wirst gefährlich, Wulfhild; du willst alles, mich und meine Leute!«

Sie lächelte nur; doch als sie drinnen im Gemach den schönen Mann allein hatte, umschlang sie ihn mit ihren festen Armen. »Dich will ich, dich, Rolf! Was kümmert mich das andere!«

Der junge Eheherr sah ihr in die zärtlichen Augen, als ob er Rätsel lösen solle.

Im Hofe draußen war es allmählich leer geworden; nur Gaspard der Rabe, den die Herrin nicht zurückgelassen hatte, saß noch unter der Linde auf der Steinbank, die um ihren Stamm herumlief. Sinnend saß er; er kannte seine Herrin: es war vom Blut des großen Gerhard in ihr; die Kunkel war ihr nicht genug. Mitunter fuhr ein dünnes Lachen durch seine schmalen Lippen; dann, wie mißbilligend, schüttelte er den Kopf. »Hüt dich, Frau Wulfhild!« – Leis, doch in scharfen Akzenten rief er es gegen das Burgtor hin; »der Vogel ist noch nicht dein eigen!«

Der Rabe hatte gekrächzt; ein Hauch des noch verborgenen Wetters mochte ihn gestreift haben; woher es kommen sollte, wußte er nicht. Ich aber will es jetzt erzählen.

Eine Meile von Dorning gegen Osten, hinter dem Dorfe Hammelef, lag das später im sechzehnten Jahrhundert abgebrochene Schloß Haderslevhuus; man nannte es auch eine Bergfeste, denn wie jenes lag es in diesem höhenarmen Lande auf einem Hügel von wenig über achtzig Schuh. Alter Buchenwald bedeckte diesen und begrub fast das Schloß in seinen Wipfeln; aber auch nach Osten breitete er sich aus, doch so, daß dort ein schmaler Sandweg dicht an der jäh abfallenden Hügelwand vorüberführte und den Hinaufblickenden den oberen Teil des stumpfen Schloßturms sehen ließ. Wer etwas weiter ging, gelangte an eine von den ältesten Bäumen überwölbte Auffahrt, die in Windungen zum Schloß emporführte; wer nicht dahingehörte oder dort nichts zu schaffen hatte, den brachte der Weg, um tausend Schritte weiter, in die Stadt hinab. – Vor Beginn jenes Sandweges aber führte ein anderer, breiterer Weg zu Westen in weitem Bogen um den Schloßhügel und durch die freie Lanschaft nach demselben Ziele. Dies war der gewöhnliche Stadtweg; denn in dem anderen war vor Jahren ein Bauerbursch vom Wolf zerrissen worden, und die Leute gingen dort nicht gern.

Die feste Burg, von deren Ursprung schon derzeit keine Kunde gewesen zu sein scheint, war mit den Wäldern und sonstigem Landbezirk seit Jahren im Pfandbesitz des Dänenkönigs Waldemar Atterdag, wenngleich sie zu dem Leibgeding der Witwe des Herzogs Erich gehörte. Ein schleswigscher Ritter, Hans Ravenstrupp, saß als Schloßhauptmann des Königs dort, ein Mann von gewaltigem Körperbau. Halbwüchsig war er einst ein wilder Gesell gewesen und von rascher Faust; er hatte den eigenen Bruder einmal fast im jähen Zorn erschlagen. Doch je mehr seine mächtige Gestalt sich auswuchs, je mehr er gefürchtet, ja als überlegener Streitentscheider aufgerufen wurde, um so milder wurden seine Sitten; dazu half ihm auch sein froh und gut Gemüt, das ihm der Herr mit auf die Welt gegeben hatte. So war er ein glücklicher und fester Mann geworden. In einigen Händeln seines Königs hatte er grimmig und mit Glück gefochten; kam er dann heim mit seinen Burgleuten, so standen vor der offenen Torfahrt sein zartes dunkles Eheweib, drei Söhne und zwei Töchter, alle voll Kraft und Wohlgestalt, und schwenkten grüne Buchenzweige in den Händen; dann sprang er von seinem Streithengst, und sie gingen über den Hof in das große Tor der unteren Halle, das erst vor wenigen Jahrzehnten von der Herzogin hier gebrochen war; und Glück und Friede gingen mit. Zogen an Sommerabenden dann Wanderer oder Reiter unten durch den Sandweg, so hörten sie manches Mal ein Lachen oder Rufen von frohen Kinderstimmen über sich; dazu wohl eine tiefe Männerstimme, die beruhigend dazwischensprach. Die gehörte dem Ritter Hans Ravenstrupp, der hier seine Abendmuße mit Frau und Kindern teilte; denn der Burggarten, den ausnahmsweise dieser fürstliche Bau besaß, lag dort hinter starken Mauerzinnen. Die Hügelwand freilich fiel hier steil und kahl hinab; aber hart daran war eine italische Pappel, derzeit eine Seltenheit hierzulande, so hoch hinaufgewachsen, daß sie die Mauer wohl um zwanzig Schuh noch überragte. An einem ihrer oberen Zweiglein flatterte jetzt an leichtem Faden ein Kunstschmetterling aus bunten Hahnenfedern, den die ältere Schwester Heilwig angefertigt und den der Vater dort befestigt hatte. Der älteste Knabe stand hinter den Würzebeeten an dem Taxusbusche, seine gespannte Armbrust in der Lage; die Jüngste, die kleine süße Dagmar, hatte die Mutter auf den Arm genommen, damit sie alles sehen könne. Nun kam aufs neu ein Lufthauch, der den Sommervogel flattern machte. »Schieß!« rief der Vater, und der Bolzen flog von des Knaben Armbrust; eine Feder stob aus dem Schmetterling und wurde von dem Winde hoch in die Luft getragen. Da klatschten alle in die Hände, der Vater und die Mutter auch, und die süße Dagmar schlug ihr Kinderlachen auf und ließ nicht ab, sich ihre Händchen rot zu patschen.

Es wurde alles anders. – Einige Jahre später, es war an einem Nachmittage des Septembers 1349, da der Ritter mit seinem Schreiber an der Arbeit saß, kamen die damals elfjährige Dagmar und der um ein Jahr ältere Bruder Axel mit erschreckten Gesichtern zu ihm hineingestürzt. Etwas unwillig blickte er auf: »Was ist? Was habt ihr, Kinder?«

Sie waren fast außer Atem; aber Dagmar, das schmächtige Ding, war, wie um Furchtbares zu erzählen, mit erhobenen Armen vor ihn hingetreten.

»Nacht!« rief sie. »Es wird Nacht, Vater!« Und aus dem schmalen Gesichtlein sahen die schwarzen Augen zu ihm auf.

Der Ritter blickte um sich: sie hatte recht, die Sonne war erloschen; die Wände des Gemaches standen öd und lichtlos.

»Ja, Herr«, sagte der Schreiber; »es fällt wie Asche auf die Schrift.«

»Nein, Ringang, nicht wie Asche!« rief der Knabe; »ich sah es: im Norden, weit hinaus, stieg schwarzer Nebel aus der Erde und schwimmt wie eine Wolke auf uns zu; seht nur, es wird ganz finster hier! Kommt, kommt mit hinaus!«

Die Kinder faßten beide die Hand des Vaters; und er ließ sich von ihnen aus dem Gemach und nach dem stumpfen Turm hinaufziehen; auch die Mutter mit der älteren Tochter und die beiden älteren Söhne stießen auf dem Wege aus Hallen und Gemächern zu ihnen. Als sie die Platte des Turms erstiegen hatten, stand schon ein Teil des Gesindes dort und wich ehrerbietig an die Seite; alle schwiegen, nur die alte Schaffnerin flüsterte mit ihrer heiseren Stimme zu dem einen oder anderen: »Die Zeichen des Herrn erfüllen sich! Wißt Ihr noch, da um das Julfest drei-

zehn Kühe jählings wild geworden! Und da wir nach dem Bakken das erste Gerstenbrot anschnitten, schnitten wir nicht in schwarzes Blut? Des Herrn Gericht! O alle Heiligen, seid unsre Helfer!« – Aber niemand antwortete ihr.
Die Schloßfrau hatte die Hand ihres Mannes ergriffen, und bald lagen alle Kinderhände in der seinen; denn schon hatte das schwarze, von Norden kommende Dunstgespenst sich über sie gebreitet und sank in furchtbarem Schweigen auf die Erde.
»Kommt!« sprach der Ritter leise, indem er mit den Seinen zuerst die Treppenstufen hinabstieg. Und alle folgten ihm nach unten zu der kleinen Burgkapelle, deren Torklinke nur noch mit tappender Hand zu finden war. Drinnen aber zogen schwarze Nebelflocken unter der gewölbten Decke und verbargen das Antlitz des crucifixus über dem Hauptaltar; und von dem Bilde der Mutter Gottes scholl die zerrissene Stimme der alten Schaffnerin: »O heilige Jungfrau, deine Augen! Wo sind deine Augen?« Alle lagen auf ihren Knien in den Stühlen und beteten stumm und schrien mit gerungenen Händen zu Gott und allen seinen Helfern.
Sie hätten es sich sparen können; denn der schwarze Tod war gekommen, der die Welt leerfraß und gegen den nichts half als sterben.
In selbiger Nacht noch blies er den jüngsten Knaben an, und sein Eingeweide brannte, seine Lippen wurden wie Ruß, und am dritten Tage war statt des schönen Knaben ein schreckhafter blauschwarzer Leichnam auf dem in Todesqual zerwühlten Bette; dann griff er nach der schönen ältesten Tochter, dann nach den beiden andern Söhnen; und sie starben alle, alle. Hallen und Gemächer dufteten Tag für Tag nach frischem Gras und Thymian, das gegen die böse Pestluft überall gestreut wurde; aber die Mutter Erde und ihre Kräuter hatten keine Heilkraft mehr; es war, als ob selbst Gott der Herr die Macht verloren habe auf seiner Erde.
Ein paar Monde schien dann das Sterben im Schlosse aufzuhalten; da eines Tages trat die Schloßfrau zu ihrem Eheherrn in sein Gemach, gekrümmten Leibes, mit entstelltem Antlitz. »Benedikte!« schrie er.
– »Ja, Hans, ich muß nun auch von dir!«
»Du nicht! Du nicht, Benedikte!« Und er streckte seine Arme nach ihr aus. »Herr Gott, wo bist du? Herr, schütze deine Menschen!«

Aber bevor er sie berührete, war sie mit ihrer letzten Kraft entflohen. »Ade, du mein Herzenstrauter! O süße Dagmar!« So rief sie noch zurück.
Er hatte ihr folgen wollen, aber ein bewußtloser Schrecken hatte ihn festgehalten; dann ging er taumelnd nach ihrem Ehegemach; aber es war leer, und seiner Sinne unmächtig, sank er auf das große Bett.
Die Schaffnerin, die noch lebte, fand ihn am andern Tage; aber sie erkannte, daß das große Sterben ihn nicht ergriffen habe.
Während sie ihn pflegte, war sein Weib verschwunden, und Dagmar, um die sich niemand kümmerte, das blauschwarze Haar wirr um ihr blaß Gesichtchen, lief, nach der Mutter weinend, durch Hall' und Gänge. Da wollte eine der Dirnen ein Gewandstück aus einer entlegenen Kammer holen; aber schreiend stürzte sie zurück, denn auf einem alten, dort stehenden Bette lag ein schwarzer Leichnam, dem die Abendsonne das Gesicht beschien. Da die anderen Dirnen hinzukamen, sahen sie, es sei die Schloßfrau, die einsam hier gestorben war.
Als der Ritter aus seinem Wirrsal aufwachte, war sein Weib nicht mehr im Hause. Die Kinder lagen drunten auf dem nahen Kirchhof; der aber hatte lang schon keine Erde mehr für neue Tote; seitwärts vom Walde war eine Niederung, dort hatte man mit Pfählen ein Viereck ausgeschlagen, wohin nun alle gebracht wurden, die der Tod erschlug. Draußen auf dem »Pestacker« war auch des Ritters Weib vergraben worden; so erzählte man ihm jetzt.
Er erwiderte kein Wort auf diese Kunde; aber er erhob sich bald von seiner Bettstatt. Den Gürtel lose um den grauen Leibrock geschlungen, die Otterkappe in die Augen gedrückt, schritt er langsam durch alle Hallen und sich kreuzenden Gänge des ganzen Baues, treppauf und -ab; mitunter riß er eine Tür in ihren schweren Angeln auf, er stand wie hintersinnig auf der Schwelle und blickte in das düstere Gemach; aber die Zellen waren alle leer und totenstill; wo die Älteste geschlafen hatte, lag in der Fensterbrüstung noch das verhungerte Rotkehlchen, das der kleine Axel ihr einst gefangen und jubelnd heimgebracht hatte; niemand hatte die Zellen öffnen dürfen, seitdem die jugendlichen Gestalten als furchtbare Leichen dort herausgehoben waren.
Das Leben und die Arbeit lag darnieder, alle Ordnung und Geschäft war aufgelöst; aber jeden Tag, morgens und wenn die

Sonne niedersank, machte der Ritter seine düsteren Gänge durch die Burg; er rechnete nicht mit sich, weshalb; es war auch Sonstiges nicht für ihn zu tun. Ein paarmal war Dagmar ihm leise nachgeschritten, aber er sah nicht rückwärts; auch als sie in Angst und Sehnsucht stärker auftrat, schlossen nur seine Hände auf dem Rücken sich fester ineinander, und ohne sonstige Bewegung schritt er weiter. Da blieb sie stehen, legte die Finger auf ihre zitternden Lippen und verschluckte ein paar Tränen, die ihr aus den Augen fielen; dann kehrte sie um und suchte bei der alten Schaffnerin ihren stillen Unterschlupf.

Nur einmal, da bei seinem Vorübergehen das blasse Gesichtlein ihn so stumm und flehend angesehen hatte, ging er auf seinem Totengang nicht weiter. Er gedachte plötzlich einer Base seines toten Weibes, die einst in ihrer Jugend am Thüringer Hofe auf kurze Zeit zu den gelehrten Frauen gezählt worden sei; denn sie verstand zu lesen und zu schreiben, hatte sogar den Virgilium studiert; auch Paramentenstickerei und derlei Künste hatte sie verstanden. Sie war nun alt und lebte in einer kleinen Stadt von einem Rentlein, welches ihr die Sippe gab.

Der Ritter ging in sein Gemach; er setzte sich an seinen Schreibtisch und lud die Base ein, zu Zucht und Lehre Dagmars in sein Haus zu kommen. Und nicht lange, so war sie mit ihrem kleinen Hausrat eingerückt; darunter fanden sich ein Päckchen Pergamentrollen und beschriebener Blätter, eine sauber geschnitzte Mutter Gottes und eine kleine Anzahl von Glasscheiben, für welche man auf ihr Verlangen das sonst nur mit dünnen Därmen gespannte Fenster ihrer Kammer zurichtete.

Seitdem lebte und schlief Dagmar mit der Base. »Wir wollen es gut mitsammen haben, Kind!« sagte die Alte, da sie zum ersten Mal sich neben dem Mädchen in ihren breiten Sessel setzte.

Und Dagmar ergriff ihre beiden alten Hände.

– »Aber du zitterst, Kind!« rief die Base.

»Ja, Bas', ich war hier so allein!«

Und die alten guten Augen sahen zärtlich auf das blasse Ding; aber Dagmar zitterte noch immer, sie war der Liebkosungen zu lange nicht mehr gewohnt. Allmählich, erst nach Monden, brach wieder ein zartes Rot durch ihre Wangen, und der süße Augenschein war wiederum darüber; und wenn noch so alt, sie hatte itzt doch eine, zu der sie gehörte, die keine andere in ihren Arm nahm als nur sie.

Der Ritter aber war am Ende ein finsterer Mann geworden; die Lust und Güte seines Herzens war bei den Toten; gegen die Lebenden war seine Hand von Eisen.

So ging die Zeit um ein paar Jahre weiter. Der König hatte harte Abgaben auferlegt, die härteste war der Viehzehente, und für falsche Angabe des Viehbestandes waren schwere Bußen ausgeschrieben. Der Schloßhauptmann saß den Vögten auf dem Nakken, daß alles pünktlich eingetrieben werde. »Der König will es«, war seine einzige Antwort, wenn sie dagegen über des Volkes Unmacht klagten. Warfen dann die Armen sich ihm selber in den Weg, so wandte er schweigend ihnen den Rücken und schritt davon, bis der Schrei des Elends hinter ihm verhallt war.

Da eines Herbsttages, als schon der Duft des gefallenen Laubes durch das offene Tor der unteren großen Halle wehte, war ein Weib hier eingedrungen, als eben der Ritter in das Freie treten wollte. Sie war eine Witwe, tief verschuldet und um Verschweigung zweier Rinder schwer gebüßt worden. Da sie unversehens ihm in den Weg trat, herrschte er sie an: »Was willst du? Geh mir aus dem Wege!«

Das Weib erschrak; sie vermochte nicht zu antworten, aber ihre Augenlider öffneten sich weit, als gebe sie dem zornigen Blick des Mannes ihre Seele preis. »Erbarmen!« lispelte sie kaum hörbar und warf sich auf die Fliesen nieder.

Der Ritter wollte an ihr vorüberschreiten, aber der Aufschrei einer Kinderstimme machte ihn stillestehen. Als er sich umblickte, sah er sein Kind; sie stand mit einem Fuß noch auf der letzten Stufe der aus dem Treppenturm herabführenden Stiege; die schmalen Händchen, die unter dem schwarzen Ärmelsaum des weißen Kleides hervorsahen, hingen schlaff herab; ihre dunkeln Augen blickten erschreckt zu ihm hinüber.

»Du bist es, Dagmar?« sprach er; er hatte vielleicht in Jahresfrist kein Wort an sie verloren. Sie aber, da sie seine Stimme hörte, war an seinen Hals geflogen und drückte weinend den Kopf an seine Brust.

Der starke Mann bebte und frug mild: »Was willst du denn, mein Kind?«

Da sprach auch sie, doch ohne aufzusehen: »Erbarmen, Vater!«

Er aber hob die Faust gen Himmel und rief: »Fand ich Erbarmen? – Die Hände hab ich im Gebet zerrungen! Gott schwieg, und so tu ich's auch.«

Da hob das kleine dunkle Haupt sich zu ihm auf, und aus den Kinderaugen drang so gramvoll süße Bitte, daß er verstummte und den zarten Leib, als müsse er ihn zermalmen, mit beiden Armen an sich preßte: »Mein Kind! . . . Du lebst! . . . Du lebst!« Und seine Augen tranken den Jugendglanz der ihren. »Oh, doch *ein* Glück auf Erden – Gott sei mir gnädig!«
Das arme Weib lag noch auf ihren Knien und hatte wortlos diesem Vorgang zugeschaut; jetzt streckte eine Hand sich gegen sie: »Bist du noch hier, Weib?«
»Ja, Herr!« Und ihre Stimme bebte in Erwartung.
»So gehe heim! Die Buße, ich zahle sie für dich!« – Und noch einmal, da sie schon hinausgeschritten war, rief er sie an: »Was ist dein Name, Weib?«, und als sie es ihm gesagt hatte, sprach er: »So gehe heim, Trin Harders, und herze deine Kinder! Du sahest, unser Gott hat auch mit seinem armen Knechte wiederum Erbarmen.«
Dann hob er sein Töchterchen auf seine Arme und trug sie in sein Gemach. »Dagmar, mein Kind«, sprach er, indem er sie sanft zu Boden ließ, »es ist so hell hier heute, und scheint doch keine Sonne von dem grauen Himmel!«
– – So war nun Dagmar zwischen dem schweigsamen Vater und ihrer fast siebzigjährigen Base und sah nimmer ihresgleichen. Ihre Welt war die düstere Burg und, wenn Frühling und Sommer kamen, der Garten, der dahinter lag, wo außer ihr dann nichts war als das Summen der Bienen und Hummeln und drüben jenseits des tiefen Sandweges das Rufen der Drosseln aus dem Walde. Der Ritter hatte seit seines Weibes Tod ihn nimmer wieder betreten; denn seitwärts, vorbei an den Wipfeln des Waldes, schimmerte der graue Fleck des Pestackers. Dagmars Augen aber sahen gern dort hinüber, oder sie saß auf einer Bank, neben der die hohe Pappel ragte, und unter dem Summen und dem Gesang der Vögel sah sie wie einst den Bruder nach dem Sommervogel schießen.
Meist saß sie freilich droben bei der Base in dem Gemache mit den Butzenscheiben; sie nähte und stickte; auch lernte sie lateinische Vokabeln oder schrieb mit der Feder nach, was ihr die Base vorgeschrieben hatte. Dazwischen kam wohl einmal der Vater, strich sanft über ihr dunkles Haar und ging dann schweigend wieder fort. Als er ihr dabei eines Tages einen Silberreif ums Haupt gelegt hatte, trug sie ihn ferner an jedem Tag.

Später holte die alte Dame auch ihre Schriftrollen aus der Truhe; und eines Abends, eigener Jugendstunden denkend, griff sie nach Hartmanns von Aue »Armem Heinrich« und begann zu lesen, indessen Dagmar mit offenem Munde ihr zu Füßen saß. Wie kristallene Tröpflein fielen die lichten Worte zu ihr nieder: der junge, unheilbar sieche Burgherr im Schwabenland hatte auf seinem Vorwerk bei dem Meier sich verborgen; die Menschen sollten nicht sein Elend schauen, aber mit seinen noch immer schönen Augen streifte er einmal traurig seines Wirtes junge Tochter. Da ließ das Herzeleid um ihren Herrn sie nimmer schlafen; und als an einem Tage ein weiser Meister zu dem Herrn sprach: »Ich will Euch heilen; aber schaffet eine Jungfrau, die um Euch den Tod erkieset und aus der Brust sich das lebendige Herz will schneiden lassen!«, da, während der Herr und ihre Eltern sich entsetzten, rief das Kind: »Die Jungfrau bin ich! Nehmt nur das Messer, daß mein Herr genese!«

Ein schwerer Seufzer rang sich aus Dagmars Brust; sie griff nach ihrer Base Hand, als müsse sie den Strom der Dichtung hemmen. Dann aber brach ein so erhaben Leuchten aus des Kindes Augen, daß die Base die Schriftrolle hinwarf und sie mit Hast in ihre Arme zog: »Kind, Kind! Ich glaub fürwahr, du wärst zu solchem auch imstande!«

– »Ja, Bas'! – War das die Minne?«

»O Kind, Gott behüt dich vor der Minne!« Und die Base packte erschreckt das Schriftwerk an die Seite.

– So war Dagmar fast sechzehn Jahr geworden, und noch immer war sie zarteren Leibes, als sonst die Menschen sind. Das sie eines Tages eine Handvoll weißer Anemonen dem Vater in einen Krug ordnete, sah er ihr zu wie einem Wunder. »Du bist wie deine Mutter«, sprach er dann; »mein Vater, als ich zuerst die Braut ihm zuführte, weigerte mir lächelnd seinen Segen; die sei der Elbinnen eine und würd nicht bei mir bleiben!« Und als er das gesagt hatte, riß er heftig das Kind an seine Brust.

Einer, der sie noch selber sah, soll einst geäußert haben, ihr Körper sei gewesen, als habe ihre anima candida ihn selber sich geschaffen.

Flitterwochen, in denen die Jungfrau sanft zum Weibe reift, hatte es auf Dorning nicht gegeben; die gehörten dem Toten, der mit zerhauenem Schädel in der Grube lag. Statt dessen war die

Leidenschaft des Weibes; doch nur in den Stunden der Minne war Frau Wulfhild ihrem Manne untertan; zu anderer Zeit war ihr eigener Wille schwer zu beugen. Wie kampfgerüstet ging sie schon in der ersten Woche zwischen Gewappneten über alle Teile der Feste; dann schritt sie zu ihrem Eheherrn: »Traust du dem Atterdag? Ich nicht!« und verlangte hier ein Tor oder Fallgitter, dort einen weiteren Graben.

In manchem tat er ihr den Willen, in anderem blieb er hart und sprach dagegen: »Meinem Vater ist's so recht gewesen! Nimm deine Kunkel und sorg für Kinderhemde!« Dann ward sie zornig, und es gab üble Worte; kam es, daß es auch ihm wie Funken aus den Augen sprühte, dann konnte sie sich jäh in seine Arme werfen: »Halt, Rolf! Du bist zu schön! Da hast du mich; ich will nichts mehr!«

Dann ward wohl Friede; aber dem Ritter wurde nicht warm in seiner Ehe; es schien, als sei die Freude ihm verlorengegangen.

– – Es war zu Nachmittage im Anfang Juni, und die Luft war lieblich; stundenlang waren Frau Wulfhild und ihr Ehegemahl durch ihr Gebiet geritten; aber für ihn war es kein leichter Ritt, denn ihre raschen Augen flogen weit umher, und unter ihrer gewölbten Stirn arbeitete es dabei von neuen Plänen: wo Wald war, wollte sie Ackerfeld, und wo das Feld zu dürre schien, da wollte sie Kiefern- oder Tannenwälder. »Wir müssen Schatten säen!« rief sie, da sie eben in einen Waldbezirk hineinritten; »fühl nur, wie wohl das tut!« Der Pfad war so schmal, daß die Pferde nur einzeln schreiten konnten; sie ritt voran, der Schreiber Gaspard, den sie als Berater mitgenommen hatte, war der letzte. Das Klopfen der Spechte oder unsichtbar über ihnen der Schrei eines Raubvogels war außer dem Tritt der eigenen Rosse alles, was sie hörten; und über Mann und Weib kamen die Gedanken, die nicht laut werden; aber ihre Wege gingen nicht zusammen.

Der Wald hörte auf, und sie ritten aus dem beklommenen Bodendunst wieder in das Freie. Am Westhimmel war schon ein sanftes Rot erglommen; das Geißblatt, das voll Blüten an den Wällen hing, erfüllte die Luft mit Wohlgeruch, daß sie wie in ein wollüstig Meer von Duft hineinzogen. Rolf blickte nach seinem Weibe, das jetzt ein Stück zurückgeblieben war; dann wandte er wiederum den Kopf und sah ins Abendrot; da sprengte sie plötzlich an seine Seite und drängte ihren Schimmel hart an seinen

Hengst; als aber Rolf die Schwere ihres Hauptes an seiner Brust fühlte, fuhr ein Sporenstich dem Hengste in die Weichen, daß er mit einem Satz zur Seite sprang. »Verzeih, Wulfhild!« rief der junge Reiter, indem er das Tier zusammendrückte, »der Hengst ist Menschenminne nicht gewohnt!« Das Weib ritt wieder zu ihm und faßte mit ihrem kräftigen Arm um seine Hüfte, mit ihren funkelnden Augen nach den seinen suchend; vor ihm aber stieg die zierliche Gestalt eines böhmischen Schätzchens auf, deren Lippen er einst gestreift und das er kaum vergessen hatte, und grollend sprach er zu sich selber: ›Die du freitest, ist kein Weib zum Minnen; und wenn nicht dazu, wozu denn anders?«
Hinter ihnen ritt schweigend Gaspard der Rabe; er sah mit seiner Schnabelnase schief zur Erden und spielte mit der Kugel seiner Mütze, als ob er an einer Schellenkappe läutete.
Die Pferde gingen jetzt ruhig, und wieder nordwärts lag ein Wald vor ihnen. Das Dunkel kam nicht nur von seinen Schatten; die Dämmerung war stark herabgesunken, und im Osten begann der Mond den letzten Tagschein zu besiegen. Da fuhr es vor ihnen von einer schwarzen Tanne mit einem Satz zu Boden, daß Rolf Lembeck sich jäh aus seinen Träumen aufhob. »Hallo! Was war das, Gaspard?« rief er und riß seine zierliche Armbrust von dem Rücken.
– »Eine Wildkatz, Herr! Seht nur, am Stamme sitzt sie noch, der Breitschwanz, und faucht Euch mit ihren spitzen Zähnen an!«
»Ein edel und ein übel Wild!« sprach der Ritter leis und sprang von seinem Hengste. »Nimm ihn am Zügel, Gaspard!«
Frau Wulfhild griff nach seiner Hand: »Laß doch die Katze! Daheim ist besserer Zeitvertreib!«
Es trieb ihn dennoch fort. »Reitet nur heim!« rief er; »ich komme früh genug!« Damit entriß er seine Hand der ihren.
Als aber die Dame, rot vor Zorn, den Weg nach Dorning eingeschlagen hatte, sprengte Gaspard mit den beiden Rossen ihr zur Seite: »Ereifert Euch nicht, edle Herrin! Die Wildkatz ist nächtens nicht zu jagen; lasset den Ritter daheim ein edler Wild im Lager finden!«
– – Sie ritten fort. Rolf Lembeck aber drang in den dunkeln Wald, aus den Tannen kam er in den Buchenforst; er stand an jedem starken Baum und lugte nach allen Ästen, ob nicht die Lichter des Raubtieres irgendwo herunterfunkelten, aber über ihm war so schwere Waldnacht, daß nur wie Tropfen das Mond-

licht hie und da hindurchfiel; zu hören war nichts als nur das Knicken des Unterholzes, das er durchschritt, auch wohl das Zirpen einer Eulenbrut. Er blieb stehen und warf die Armbrust wieder auf den Rücken: ›Du warst ein Narr; hier ist kein Jagen in der Finsternis!‹ Seine Gedanken flogen heim zu seinem Weibe; doch er schüttelte den Kopf: »Nein, nein, Frau Wulfhild« – er sprach es laut in die einsame Nacht hinaus –, »eine Schlachtjungfrau wärst du wohl eher; und hat auch schon ein wundgehauener toter Mann an deinem Leib gehangen!«
Fast erschrak er über die eigenen Worte, die die Stille um ihn her durchbrachen; aber er kehrte nicht um, er schritt weiter auf seinem nächtlichen Irregang. Da, von unweit vor ihm, drang es an sein Ohr, so süß, als wollt es alle Sehnsucht wecken, die in ihm schlief. »O Nachtigall, selige Singerin!« rief er, seine Arme in das Dunkel streckend.

Schon flog der Mai
Vorbei, vorbei,
Und brachte nicht, was minnewert!
Willst du sie künden,
Soll ich sie finden,
Die Fraue, die mein Herz begehrt?

Bald stand er, bald ging er vorsichtig weiter, und immer nur dem Schalle nach. ›Was hätt ich bessere Führerin!‹ sprach er zu sich selber.
Der Wald ging zu Ende, und durch die Stämme sah er auf einen Sandweg, auf den der Mond seinen Schein herabwarf. Jenseits, in gleicher Helle, stieg eine jähe Hügelwand empor, und eine Zinnenmauer streckte sich auf ihr entlang. Rolf Lembeck betrachtete das genau; als aber seine Augen hinter Baumwipfeln den Oberteil eines runden Turms gewahrten, da wußte er, das sei die Gartenseite von Haderslevhuus, auf dem der Schloßhauptmann des Königs sitze.
Der Ritter schaute starr hinauf, als müsse er ein Wunder hier erwarten; aber nur der Nachthauch rührte dann und wann das Laub der Bäume, und in kurzen Pausen schlug am Waldesrand die Nachtigall. Doch wie ein jäher Schreck durchfuhr es ihn: dort oben zwischen den Zinnen lehnte jetzt ein Weib; nein, nicht ein Weib; ein Kind – er wußte nicht, ob eines, ob das andere.

Den Arm mit einem weißen Mäntelchen verhüllt, neigte sie sich tief hinab; denn der Kehle der Nachtbeleberin entquollen jetzt jene langgehaltenen Töne: sehnsüchtig, nicht enden wollend, wie ein heißer Liebeskuß.
Rolf Lembeck stand unten im Waldesschatten, unbeweglich, mit verhaltenem Atem. »O Stunde, bist du da!« Seine Lippen flüsterten es nur; das sanfte Rauschen weiblicher Gewänder berührte von oben her sein Ohr; ein Atmen, mehr ein Seufzer, kam herab; und nun hob sich ein Antlitz, schmal und blaß, und legte sich auf das gestützte Händchen; das Mondlicht schimmerte auf einem Silberreife, der das dunkle Haar umfing.
Da befiel den Mann am Waldesrand die sehnende Schwere, die allein nicht mehr zu tragen war; es drängte ihn hinaus ins Helle, und die Arme ihr entgegenstreckend, rief er: »O Schöne, Selige! Gott woll ein süßes Leben so süßem Geschöpfe geben!«
Sie erschrak und bog sich von der Mauer weg; doch dann besann sie sich: die Worte waren ja aus Meister Gottfrieds »Tristan«, nur daß sie in Frankreichs Zunge dort geschrieben waren! Sie hatte sie eines Tags gelesen; aber die Base hatte ihr voll Angst das Buch entrissen; so etwas sei noch nicht für ihre Jugend! Nun kam der Reiz, zu zeigen, was sie wisse. ›Das ist kein Landfahrer, der ist nicht zu fürchten!‹ sprach es in ihrem Innern; und als sie wieder sich erhob, erblickte sie drunten den schönen Jungherrn in blitzendem Gewande und sah das Mondlicht auf seinem goldenen Blondhaar spielen; denn er hatte sein Haupt entblößt und hielt die Kappe mit der Reiherfeder in einer seiner Hände, die er wie anbetend ihr entgegenstreckte. Da faßte sie Mut und rief ihm aus demselben Buche ihre Antwort: »Dé te bénie! Gott segne dich! Et merci, gentil Sir!« Aber ihre Stimme zitterte und wehte nur wie ein Hauch hernieder.
Gleichwohl, da er seine Kappe wie zum Gegendanke schwenkte, fügte sie zaghaft noch hinzu: »Seid Ihr ein Sänger, Herr?«
»Ein wenig, selig Fräulein!« rief er ihr entgegen. Aber eine Antwort kam nicht mehr herab, denn zu den Füßen des Kindes regte es sich und hob sich auf; vergebens mühte sie sich, den Kopf der ungestümen Dogge niederzuhalten, die schlafend dort gelegen hatte. Zwar neigte Dagmar sich und drückte den Mund an das rauhe Ohr des Tieres: »Still, Heudan, still! Darfst auch zur Nacht vor meiner Kammertür schlafen!« Es wollte nicht verschlagen; die Dogge drängte die kleinen Hände fort, dann sprang

sie mit den Vordertatzen auf die Mauer, und ein hallendes Gebell scholl in den Weg hinunter.
Als der Hund sich wieder knurrend zu ihren Füßen gestreckt hatte, wagte auch Dagmar hinabzuschauen; aber es war nichts mehr da als nur der lautlose Mondschein und in Pausen noch der Schlag der Nachtigall. – Trunken, als habe ein Zauber ihn berührt, schritt Rolf Lembeck indes am Waldesrande seinem Hause zu.

Es war auf Dorning schon nach Mitternacht. In der hochbelegenen, aber geräumigen Kemenate lagen die Seidendecken von Arras noch unaufgeschlagen auf dem Ehebette; unweit desselben aber auf einem Tischchen war ein lecker Mahl gerichtet; vor zwei Plätzen – nicht sich gegenüber, sondern Seit an Seite – stand je ein silberner Pokal; ein Kränzlein früher Rosen hing an jedem und erfüllte das Gemach mit Duft. Doch die Speisen waren kalt und unberührt, der eine der schmalen Sessel leer; auf dem anderen saß Frau Wulfhild wie ein steinern Bild, den Kopf auf ihren vollen Arm gestützt. Sie wußte nicht, wie lange sie so gesessen hatte; so ruhig der Leib schien, die Ungeduld des Wartens zehrte in ihrem Innern, und ihre Augen glühten dunkel über den heißen Wangen; wie sonder Gedanken hob sie eine Silberkanne und schenkte roten Wein in die Pokale, und mit der anderen Hand sich müde in ihr Goldhaar greifend, nahm sie den ihren und rührte klirrend an den Rand des andern. »Komm! Komm, Rolf! Verschmäh nicht deine Rosen!« rief sie leise.
Sie war emporgesprungen, sie stieß ein Fenster auf und bog sich weit hinaus, in der hellen Nacht über die Wipfel der absteigenden Wälder schauend; aber kein Menschentritt, kein Wächterruf erscholl; nur der Nachthauch wehte ihr kühl entgegen und trug von unten aus dem linken Flügel einen Schall vorüber: ein Waffenklirren, ein Stampfen wie mit vollen Krügen, dazwischen heisere Männerstimmen und dann und wann das Lachen eines Knaben. Ein sechzehnjähriger Junker, Gehrt Bookwald, war am Morgen angelangt, um bei dem kaiserlichen Ritter »Reiterei und Gottesfurcht« zu lernen; der Lärm kam unten aus der Gesindestube. Frau Wulfhild lauschte. »Die Knechte bringen ihm den Willkomm!« sprach sie, und das blonde Antlitz des Knaben, der nun ihr Diener war, zog an ihr vorüber. Es schien wüst herzugehen drunten, und eine Stimme klang ihr gleich der des ersten

Ehegemahles, wenn er unter Zechbrüdern in seiner Freude saß; sie schauderte, und das Knabenbild erlosch.
Allmählich ging der Tumult zu Ende; es wurde totenstill, ein Kauz nur schrie von einem Turm herunter. Plötzlich warf sie jäh das Fenster zu und sah sich wild im Zimmer um: das Haupt des Toten, dem sie hatte sterben helfen, hatte aus der Nacht sie angestarrt. Doch es war nicht hereingekommen; die Kerzen brannten hell und ruhig.
Und wieder saß sie unbeweglich, und die Qual vergebenen Harrens war nicht mehr zu tragen. Da gedachte sie eines Wundergürtels, den eine uralte Muhme ihr zum ersten Ehefeste mitgegeben hatte. »Es ist derselbe«, hatte sie gesagt, »den einst der Ritter an Ginevra gab; so du ihn umlegst, kommt dir nimmer ein Leid!« Aber die stolze Braut hatte derzeit Zaubermittel nicht vonnöten und warf den Gürtel achtlos von sich. Doch nun war andere Stunde; sie kniete bald vor dieser, bald vor jener Truhe und warf um des verschmähten Kleinods willen ihre Kostbarkeiten durcheinander; da endlich hielt sie den goldgewebten Gürtel in der Hand, und dort saß der Rubin, vor dessen Schein alles Ungemach verschwinden sollte. Sie legte ihn über ihr weißes Nachtgewand, und er schmiegte sich leicht um ihre Hüften; aber vergebens sah sie auf den milden Glanz des Steines; der mußte gegen andere Schmerzen sein.
Noch eine Weile trug sie es; dann, wie in Scham ob ihrer Schwäche, riß sie das Zauberstück vom Leibe und warf es von sich, daß der Stein heraussprang. Zornig zog sie das Gewand von ihrem schönen Leibe und bestieg das Ehebett, aber auch die Seidendecke wollte ihr keine Ruhe bringen. »Komm nun! Du sollst! Du sollst!« rief sie, als könne sie durch ihren Willen den Ehegemahl in ihre Arme zwingen. Aber er kam nicht; und das Bild des schönen Mannes, der doch ihr eigen war, peinigte sie wie ein Gespenst; und die Kerzen, die noch auf der Tafel brannten, wurden ihr unheimlich, als sei es zum Begräbnis.
Zitternd stieg sie von ihrem Lager und löschte alle bis auf eine; dann nahm sie ein Stundenglas vom Kamingesimse und stellte es in den kargen Schein. ›Nichts anderes will ich sehen!‹ sprach sie zu sich selber; ›nur wie das Leben rinnt!‹ Und so lag sie gestützten Armes auf ihrem Kissen und blickte unablässig auf den rieselnden Sand; und war das letzte Korn hindurchgefallen, so stand sie langsam auf, das Glas zu wenden. Erst als im Dämmer-

scheine draußen der Wald erwachte und unter ihrem Fenster der Trupp der Arbeiter auf das Feld hinausging, war der schöne Leib in Schlaf versunken.

– Der Mann, um den sie solches litt, war längst auf einem Schleichweg in die Burg gekommen; keine Brücke hatte sich um ihn gehoben, kein Tor geöffnet; aber zu seinem Weibe zu gehen, hatte er nicht vermocht. Im äußersten Winkel des einen Flügels war eine fast leere Kammer, die er als Haussohn einstmals innehatte; dort auf einem harten Faulbett lag er unausgekleidet, den blonden Kopf auf beiden Händen; das Baumrauschen vor seinem Fenster hatte ihn selig eingewiegt.

Die Zeit war fast um eine Tagfrist weitergerückt; es war wieder Abend. Frau Wulfhild saß in ihrem Wohngemache, wo dunkelgemusterte Teppiche an den Wänden hingen; auch hier waren kleine Glasscheiben in den beiden Fenstern, und das Mondlicht, das hindurchfiel, mischte sich mit dem Schein der Kerze, die auf dem Tische stand. Das schöne Weib saß unbeweglich mit gestütztem Haupte. Da öffnete sich die Tür, und Gaspard der Rabe trat herein. »So kommst du endlich?« sprach sie und warf ihre müden Augen auf ihn.

»Wohl, Herrin.«

»Dein Kopf hat sich verrechnet«, sprach sie wieder. »Dein Herr schlief unter einem Dache mit mir; doch fern, in einer Bodenkammer; er hat das Edelwild verschmäht, das seiner wartete.«

»Ich weiß das, Herrin«, antwortete der Schreiber; »er hat das Raubtier nicht erjagen können; es wird ihm nur die Wildkatz vor seinen Augen noch gesprungen sein.«

»Laß deine Narreteidung!« sprach Frau Wulfhild finster. »Ich sagte dir einstmals, ich sei keine Henne; nun willst du mich gar reuen lassen, daß ich keine Wildkatz sei! – Ich fürchte wohl, hier ist ein ander Tier im Spiel!«

»Was sagt Ihr, Herrin?« Und Gaspard richtete seine spitzen Ohren auf.

»Sieh meine Hand, Gaspard – und fühl sie auch!« rief Frau Wulfhild und legte ihre weiße Hand an seine gelbe Wange. – »Nun, schauderst du noch nicht?«

– »Nein, Fraue; lasset sie nur immer liegen!«

Aber sie nahm sie fort. »Dann«, sprach sie, »stößt nicht meine Hand ihn fort; dann ist es eine andere, die ihn zu sich zieht!«

»Sprecht weiter, Herrin! Mein Witz ist nicht so fein wie Frauensinn.«

»Du sahst doch«, sprach sie, »wie er gestern auf dem Weg mir seine Hand entriß! Es tat nicht sanft; aber vorhin in der Dämmerung, er wollte fort, der Wildkatz wegen, als ich nach seiner Hand griff –«

Sie war aufgestanden und ging mit starken Schritten durch das Zimmer. »Sieh her!« rief sie und streckte ihm ihre linke Hand entgegen; »der Blutriß ist von seinem Ehering! Ich hatte, mein ich, genug der Wunden aus meinem ersten Ehebund!« Sie warf den Kopf zurück und begann mit geschlossenen Fäusten wieder auf und ab zu schreiten.

Gaspard sah dem eine Weile zu; dann sprach er: »Und, Herrin, wie dien ich Euch?«

Da stand sie still und sah auf ihn herab; sie mußte erst der Frage nachsinnen. »Er wird auch heut nicht zu mir kommen«, sprach sie heimlich, doch ihre Stimme bebte vor Zorn; »er wird auf seine Bodenkammer schleichen und im Traum mit seinem Luftbild buhlen; aber du weißt es, Gaspard, der Mann, so stolz und wild er ist – er ist ein Kind; nimm ihm sein Spielzeug, und er vergißt es! Und du – sollst mir die Puppe suchen helfen.«

Gaspard blickte schief zu Boden und zog mit einem leisen Pfiff den Atem durch die Zähne. Dann hob er langsam seine Schnabelnase und sprach mit scharfem Lächeln: »Kopf und Hände sind nur meiner Herrin!«

An demselben Abend, nur etwas früher, saß zu Haderslevhuus die alte Base in ihrem stillen Gemache; an einer Wand stand das schmale Bettchen Dagmars, an einer anderen das der alten Dame mit dem großen Himmeldach; daneben hing ein Gefäß mit Weihwasser, darüber die geschnitzte Mutter Gottes; in einer Wandnische lagen handschriftliche Dichterwerke, an denen sie sich einstmals in der Jugend die Wangen heiß gelesen hatte. Sie selber saß an einem Tischchen vor dem Fenster mit den Butzenscheiben, durch das der Abendschein hereinfiel; ihr gegenüber Dagmar, und beide mit einer heiligen Arbeit in den Händen; denn bei der letzten Firmelung hatte der Bischof dem Reliquienschrank der Kirche zu Haderslev eine Anzahl Schädelknochen der zehntausend Jungfrauen zum Geschenk gemacht, und die

Alte wie die Junge waren jetzt damit beschäftigt, sie mit rotem und weißem Sammet und mit Goldstickereien zu überziehen.
Es war ganz still im Gemach; nur das Sticheln der Nadeln wurde hörbar und das eintönige Geräusch eines Dompfaffen, der in seinem Bauer innerhalb des Fensters unaufhaltsam auf und nieder hüpfte. Das junge Kind führte heute ihre Nadel nicht mit gewohnter Sicherheit, und die Blättchen hingen oft nicht richtig an den goldenen Ranken; sie schaute nach jedem zehnten Stiche hastig durch das Fenster, das nach Osten lag, aber der Mond war noch nicht da. Ihr Atem wurde kürzer; in ihrem Innern war heute eine fremde Kraft, die ihr die Nadel aus der Richte stieß.
Endlich legte die Alte ihr besticktes Schädelstücklein auf den Tisch. »Fertig!« sagte sie. »Guck her, Dagmar! Ob wohl dieser Kopf im Leben solchen Schmuck getragen hat?«
Das Kind hatte nicht gehört: der Mond war eben über den Bäumen aufgegangen.
»Dagmar!« rief die Base. »Was ist dir? Du glühest ja wie Purpur!«
Mit verschleierten Augen sah das Mädchen auf die Alte.
»Du hast wohl in deinen Truhen gekramt, Bas'«, erwiderte sie; »es ist so schwüler Duft hier; es hemmet mir die Luft!«
Aber die Alte hatte ihr die Stickerei aus der Hand genommen und wiegte jetzt den Kopf, indem sie sorglich darauf hinsah. »Ei ja, Dagmarlein«, sagte sie, »du hast noch eine Kinderhand; aber doch nicht allemal so sehr! Ich sagt's dir schon: was wollten deine Finger bei dem Totenbein! Schelle nach der Grete, daß sie die Kerze bringt; der Tag ist aus, und der da draußen« – sie zeigte mit ihrem mageren Finger nach dem Mond –, »der leuchtet nur Verliebten, aber nicht Kindern und alten Frauen!«
Ein heißes Rot schoß über das junge Antlitz; aber die Alte gewahrte es nicht. »So schelle doch, Kind!« wiederholte sie; »du kannst dann deinen Silbergürtel weitersticken! Ist der erst fertig zu dem weißen Seidenkleide, da wirst du aussehen wie die heidnische Diana; es fehlt nur noch der Silbermond an deiner Stirn!«
Sie bog sich über den Tisch und streichelte die zarten Mädchen wangen. »Wart nur ein Jährlein, Dagmar! Da nimmt dein Vater dich mit hinaus, nach Wordingborg, nach Kopenhagen! Da kommen die jungen Erdensöhne und werden um einen Blick der keuschen Göttin werben; auch einer, wohl so schön als wie der

junge Ritter Lembeck, der letzthin auf Dorning eingezogen ist!«
»Auf Dorning?« frug Dagmar achtlos. »Der Ritter Klaus ist ja schon alt!«
– »Ei, Kind! Sein Sohn, sein ältester! Und mit einem schönen, stolzen Weibe; gar einer Schauenburgerin!«
»So? Einer Schauenburgerin?«
– »Ei freilich; aber doch nur einer Witib – ein Pfirsich, dran schon ein anderer seine Lippen setzte!«
»Pfui, Bas'! Aber ich kenne sie ja gar nicht; was kümmern mich die fremden Menschen!«
Dagmar war schon mit der Schelle an die Tür gegangen, kehrte aber zurück, ohne sie geöffnet zu haben. »Nein, Bas'«, sagte sie mühsam; »mir ist das Herz bedrückt; ich muß hinaus, in die Luft!«
– »Ei, Kind, es wird ja Nacht, und du weißt, der alte Joseph sagt, die Unholden schauen dann aus dem Boden!«
»Nur in den Garten, Base; da gibt es keine!«
Die Alte wurde unruhig; sie rückte an dem Kinntuch, das sie über ihr schwarzes Käppchen gebunden hatte. »Du weißt, sieh mich nur an!« sagte sie; »das dumme Kopfreißen; ich darf nicht in die Abendluft. Wenn dich was ankäme! Dein Vater ist in Wordingborg!«
»O Bas', ich nehme Heudan, die Dogge, mit!« rief Dagmar beklommen; »sie war auch gestern abend bei mir!«
Die Alte nickte: »Ja, ja, Dagmar, die Dogge, ja, das geht! Du zogst ihr neulich auch den Dorn aus ihrer Tatze, wie Androklus dem Löwen! Du kennst doch die Geschichte?«
Sie sah sich um; aber da war Dagmar schon hinausgeschlüpft, und die Glocke stand wieder auf dem Tische. »Ei ja«, sagte die Alte seufzend, »da läuft sie mit dem Hunde in die Nacht hinaus, und ich kann hier im Mondschein meine lieben Schatten zu mir laden; wir brauchen keine Lichter!«
Der Nachtschein fiel durch die kleinen Scheiben; und mitten im Gemache saß die alte Dame und sah mit geisterhaften Augen in die Dämmerung: nur mitunter eine leise Handbewegung, als sei es ein Willkommen.
– – Dagmar aber war hoch aufatmend die Treppen hinabgeflogen; unten in dem großen Flur erhob sich die Dogge und sprang freudig ihr entgegen. »Heudan, mein Hund, komm, komm mit

mir!« rief sie ängstlich, und das Tier drängte sich an die schmächtige Gestalt, daß sie dem Ungestüm kaum wehren konnte.
Sie schritten aus einem hinteren Tore durch einen weiten Hof, an dessen Ende ein Gelaß zur Absonderung bissiger oder neuer Hunde war; und Heudan sah verwundert zu dem Mädchen auf, als sie dort eingetreten waren. Dagmar aber schlug das Herz bis in den Hals hinauf, da sie eine der ledig hängenden Ketten faßte und das Halsband des Tieres daran befestigte. Es war nur Liebes von der jungen Hand gewohnt und leckte mit der roten Zunge nach ihr hin; da schlug sie die Arme um seinen rauhen Nacken: »O Heudan, ich bin treulos, aber – du, du bellst auch gar zu schreckbar!« Und eilig lief sie hinaus und schob den Riegel vor; dann ging sie durch eine Pforte in den Garten, durch Lindengänge und zwischen düsteren Taxusbüschen; da kam vom Hof ein Winseln, und einen Augenblick stand ihr der Atem still; aber sie drückte beide Hände vor die Ohren, und als sie auf den Platz hinaustrat, wo die Würzebeete waren und wo das volle Mondlicht ihr entgegenquoll, da hörte sie nur noch die Nachtigall, die drüben am Waldesrande schlug. Der Atem ging heftig durch ihre offenen Lippen; sie setzte sich auf die Bank und blickte vor sich auf den Wipfel der hohen Pappel, deren Blätter im Nachthauch sich bewegten. Doch aus den beklommenen Atemzügen wurden Worte. »Was wolltest du hier, Dagmar?« sprach sie leise. »Die Nachtigall?« – Sie horchte eine Weile, und der Vogel sang, als müsse er einen Preis ersingen – aber Dagmar schüttelte das Köpfchen, und ihre Lippen flüsterten, indem sie die Hände vor die Augen schlug: »O heilige Jungfrau, wenn du mir hold sein wolltest!«
Da rauschten neben ihr die dichten Pappelzweige; und ehe sie es fassen konnte, schwang ein Mann sich auf die Mauer und hinab dann in den Garten. Ein Schrei rang sich aus ihrem Munde, aber sie erstickte ihn; denn schon lag er ihr zu Füßen, jung und schön, und sah mit flehenden Augen zu ihr auf: »Seid milde, Fräulein! Oh, wie hold seid Ihr! Ich sah noch nimmer Euresgleichen!«
Sie sagte nichts; mit kindisch weit geöffneten Augen blickte sie ihn an, erschreckt und doch entzückt, als wollte sie die Worte ihm von den Lippen lesen. Doch das Winseln der Dogge scholl vom Hof herüber durch die Büsche, und des Ritters Hand fuhr jäh nach einem Jagdstahl, der an seinem Gürtel hing.

Aber sie schüttelte nur leise mit dem Köpfchen, da ließ er die halb gezogene Waffe wieder fallen. »Wer seid Ihr?« frug er. »Wollet Ihr mir's sagen?«
Und sie antwortete: »Ich bin Dagmar, des Hauses Tochter; und wer seid Ihr?«
Er erschrak und wollte schon eine Mär erzählen, wie er zu andern Zeiten wohl getan; doch da er in dieses Kinderantlitz blickte, so konnte er es nicht; er sagte nur: »Ich, süße Fraue, bin ein selig unseliger Mann, seitdem ich Euch gesehen habe!«
– »Aber, Herre, das ist nicht rechte Antwort!«
Da hob er die Hände bittend zu ihr auf: »Verlanget nicht Weiteres; es wäre auf Nimmerwiederkehr!«
»So redet nicht!« rief sie hastig; aber ein Zug der Angst flog dennoch über das zarte Antlitz, und sie setzte bei: »Nur, um der Gottesmutter Leiden, schweigt nicht zu lang; es tät mir weh!«
Und wie durch körperlichen Schmerz getrieben, drückte sie die Hand auf ihre linke Brust. Da er sorgvoll mit den Augen folgte, sprach sie: »Ihr wisset, das große Sterben, als das ins Land kam . . . aber« – unterbrach sie sich –, »wo waret Ihr denn damals?«
»In Paris«, sagte er leise, als wolle er den Laut ihrer Stimme nicht verlieren; »in Prag dann später, auch dort am Königshof.«
Sie sah ihm in sein schönes Antlitz, auf den gestickten Sammetrock und wie die goldenen Knöpfe im Mondlicht blitzten. »So wisset Ihr nichts von uns – o herzliebe Mutter! Süße Schwester Heilwig!« rief sie; »o meine Brüder – alle sind sie gestorben!«
Plötzlich ergriff sie seine Hand. »Kommt!« rief sie und zog ihn mit sich auf eine kleine Höhe, von wo man seitwärts bei dem Walde in das flache Land hinaussehen konnte. Er glaubte eine Niederung zu gewahren und einzelne Pfähle, durch dunstigen Nebel schimmernd, der dort umzog. »Dort!« sprach sie kaum hörbar und zeigte mit ausgestreckter Hand dahin.
Er schwieg: er wußte, das sei der Pestacker, wohin sie gewiesen hatte. – Ein Nachthauch kam und hob ihr dunkles Haar ein wenig von dem schmalen Antlitz und wehte das Gewand um ihren zarten Körper; ihm war auf einmal, als sei auch sie unhaltbar auf der Erde. »Wenn dort Eures Blutes einer ruht, so gönnet ihm die Ruhe!« sprach er zitternd.
Doch sie streckte die Arme aus und rief: »Mein Vater! Mein armer Vater! Wir werden nimmermehr vom Tode geheilet!«

»Das klang hart von Eueren jungen Lippen«, sprach der Mann.
Da wandte sie ihr Haupt und sah den Schmerz in seinen Augen. »Ich wollte Euch nicht Leid tun!« sprach sie bittend; »nur sagen: von all dem Sterben habe auch ich mein Teil behalten!« – und sie faßte wieder mit der Hand nach ihrem Herzen – »des Königs Arzt, der spanische Jude, ich hörte ihn einst zur Base sagen, es sei zu groß, ich könnte einmal so hingehen; starkes Leid und Freude könnte ich nicht ertragen. Und die gute Bas', will sie mir liebtun, so sagt sie, ich hätte weiße Rosen auf den Wangen!«
Sie schwieg, und er antwortete ihr nicht; aber sie sahen sich in die Augen, und drunten aus der Tiefe schlug die Nachtigall. »Frühling!« sprach er leise und öffnete die Arme ihr entgegen. Da lag sie an seiner Brust, die Augen geschlossen, die Hände um seinen Hals gestrickt; und für die Worte, welche ihnen fehlten, sang die Nachtigall, als müsse ihr die Brust zerspringen – und nun ein Ton, lang ausatmend, ohne Ende. »Sie stirbt!« rief Dagmar, warf das Haupt zurück und schaute in des Mannes Augen. »O, kann man auch vor Liebe sterben?« – Er aber, in dem Törichttun der Minne, hob ihre leichte Last gegen den Silberschein des Mondes und küßte ihre Wangen: »O meine weißen Rosen! O heilige Jungfrau, beschütze mir mein ganz unfaßlich Glück!«
Da scholl vom Schlosse her das Klirren einer Pforte, und sie wand sich jäh aus seinen Armen. »Scheiden!« rief sie schmerzlich; dann nahm sie seine Hand, doch nur für eines Atemzuges Dauer. »Nein, fort! – fort!« rief sie in Schrecken. »Oh, vergiß nicht mein; ich müßte sterben!«
Sie fühlte einen heißen Kuß auf ihrem Mund; dann rauschte es in den Pappelzweigen, und sie war allein. Sie stand, als wäre sie nicht lebend; ihre Wangen waren blaß, von ihren Lippen aber schimmerte es rot: das war die Minne, die dort des andern Paares harrte. »O Herzliebe, o sehnende Not!« seufzte das Kind und sank auf ihren Sitz. »Und wie heißet er denn nun? – Er? Er –?« Und lächelnd antwortete sie sich: »Das weiß ich nicht – o heilige Jungfrau!«
Da kamen Schritte näher, und aus den Büschen sprach ein altes Stimmchen: »Nein, nicht dorthin; hier, Grete, hier bei dem Taxus! O heilige Mutter Gottes!« Und die Base in ihrem Marderpelz, den Kopf mit einem dicken Tuch vermummt, trat mit der

alten Grete in den Mondschein hinaus. »Kind, Kind, wo bleibst du!« rief sie. »Muß deine alte Base dich suchen gehen!«
– »O Bas', es ist so schön hier!«
»Und« – die Alte sah sich um – »du bist ja ganz allein; wo ist der Hund, der Heudan?«
»Der Hund?« sprach Dagmar hastig. »Ist der nicht hier?«
– »Ei, Kind, das mußt du ja doch selber wissen!«
»O Bas', du hättest die Nachtigall nur hören sollen!« Und wie gerufen drang der Vogelschall von neuem aus der Tiefe, und das Mondlicht glitzerte auf den Blättern der Hülsen und den Nadeln des Taxus; von Düften schwamm es in der Luft. Einen Augenblick stand die Alte, das Ohr geneigt. »Ja, ja; du heil'ger Gott, das wäre ein Plätzchen für die Minne hier!« sprach sie murmelnd vor sich hin. »Vor Zeiten; ach, vor langen Zeiten!« Dann aber trieb sie zu rascher Rückkehr in das Haus, denn ein Abendwind hob sich und rauschte durch die Wipfel der Bäume.
Dagmar ging mit unhörbaren Schritten, da sie dem Gelaß vorbeikamen, worin sie Heudan, die Dogge, eingesperrt hatte. »Morgen, mein Hund«, sprach sie leise gegen die verriegelte Tür; »ich hol dich früh!« Aber der Hund schien zu schlafen; es blieb alles still.
Und bald lag sie in dem schmalen Bettchen in der Kemenate der Base: aus dem großen Himmelbette scholl bald das gleichmäßige Atmen einer ruhig Schlafenden; von dem jungfräulichen Lager hob sich in dem zweifelhaften Mondlicht noch ein blasses Köpfchen, das schwarze Haar in ein weißes Seidennetz gehüllt. »O Mutter der Gnaden«, flüsterte das Kind, »ich habe sie beide belogen, Heudan erst, den Hund, und dann die gute Base! Ach, Heilige, aber wenn man erst so alt ist! Sie verständen das doch beide nicht!« Dann legte sie die Hände über die junge Brust, und sanft wie eine Wolke kam der Schlaf.
– Rolf Lembeck wanderte indessen mit langsamen Schritten heimwärts; er wußte wohl, auf Dorning erwartete ihn auch ein schönes Weib, und sie war sein mit allen ihren Wonnen; aber ihn überfiel es, als fürchte er die starken Weiberarme, und ging den Weg hinab wie in ein Tal des Todes.

Durch alle Gefahren aber fand die Minne ihren Weg. Rolf, der Leichtlebende, wie das schuld- und truglose Kind, sie waren beide plötzlich klug geworden und reich an Plänen und an Listen; denn Minne schärfte ihre Sinne und gab ihnen zum Schild die träumerische Vorsicht. Und alles fügte sich, als ob es helfen sollte: die Base hatte bei dem Nachtgang ihren Fluß im Kopf verschlimmert; den Schloßhauptmann hielt der König noch in Wordingborg. Rolf Lembeck zwar erkaufte sich bei seinem Weibe nur durch erzwungene Zärtlichkeit die flüchtigen Stunden seines echten Minneglückes; und mitunter, wenn er sie umfangen wollte, setzte sie ihre schöne Faust gegen seine Brust und sah ihm prüfend in die Augen, ob seine Seele auch dabei sei; und so geschah es unterweilen, daß sie plötzlich seine Arme von sich warf und schweigend aus der Tür schritt. – Und als zu Haderslevhuus der Schloßhauptmann aus Wordingborg heimkam, da trug ihm wohl die Tochter ein schweres Herz entgegen, und als er ihr die Wangen strich und frug: »Was ist mit meiner Dagmar?«, da schüttelte sie nur den Kopf und sah zu Boden und nicht wie früher in das geliebte und gefurchte Antlitz über ihr; und zu sich selber sprach sie: ›O brennend Leid! Wem soll ich reden, wem soll ich schweigen?‹ Doch es ward nicht laut; sie schwieg nur für den fremden Mann, und ein Weh durchflog sie wie einstmals in der Pestzeit, als sei sie nicht mehr ihres Vaters Kind; doch war es heute nicht ihres Vaters Schuld.

So schien die Heimlichkeit geborgen; aber ein Durchblick von eines Sandkorns Umfang konnte sie verraten. Schon mehrmals hatte Frau Wulfhild ihren Schreiber angehalten: »Nun, Gaspard, wo bleibt die Puppe?« Und er hatte geantwortet: »Verzeihet, Frauenwünsche sind schneller noch als Mannesarbeit!« Gleichwohl trug er schon etwas in seinen Sinnen; nur wollte er es unreif nicht herausgeben. Er hatte auch einmal vom Wege aus des Schloßhauptmanns Tochter über die Gartenmauer lehnen sehen; und auch zu ihm hatte die Dogge, die mit den Vordertatzen zwischen den Zinnen stand, das gewaltige Gebell hinabgesandt. ›Hm, ein Kind noch!‹ hatte er bei sich gemurmelt; ›ein Kind mit einem Hunde! Und doch – auch bald nicht mehr; wer weiß?‹

Und eines Morgens sprach er zu dem Ritter: ›Wisset, Herr, drunten in Haderslev hat ein junger Schmied, der eben aus dem Reich gekommen ist, ein neues Schießwerk heimgebracht: es ist ein eisern Rohr und wird mit einem Pulver draus geschossen! So's Euch gefällt, wir könnten einmal hinüberreiten!«

»Heiliger Hubertus!« rief Herr Rolf; »kümmert Gaspard der Rabe sich auch um Schießzeug?«
Der Schreiber warf von unten seine scharfen Blicke auf den Frager. »Wenn ich nur treffen könnte!« sagte er.
Da lachte Rolf Lembeck: »So komm! Ich kenne die Feuerröhre schon von Prag; wer weiß, ob nicht dein Treffer drinsitzt!«
»Vielleicht«, erwiderte Gaspard, und da der andere nach dem Reitstall schritt, sah er ihm nach, als sähe er auf seine Beute.
In kurzem ritten sie auf Haderslev. Es war zu Ende Juni; Rolf hatte sein Mäntelchen schon auf des Rappen Hals gelegt, denn die Sonne brannte; Gaspard warf die Gugelkappe in den Nakken. So ritten sie in dem goldenen Staub der Heerstraße durch das Kirchdorf Hammelef; die Bauernkinder lagen im Sande vor den Hütten und wiesen mit den Fingern auf den schmucken Reiter. Von da führte der Weg durch den Wald, und die Rosse traten vorsichtig zwischen die Eichen- und Buchenwurzeln. Der Ritter blies den Atem von sich: »Ah, Gaspard, das ging schier ums Gesottenwerden!«
Der Schreiber nickte nur; er hatte Gedankenarbeit. Der Wald hörte auf, und wieder kam der Sonnenbrand; nach einer Weile ein Hügel mit hohen Bäumen, an dem zur Linken sich eine andere Holzung hinzog; oben aus den Wipfeln sah die Krönung eines stumpfen Turmes. Wie eine Gabel teilte sich der Weg nach rechts und links; und Gaspard, als ob es sich von selbst verstehe, spornte seinen Fuchs zur Linken in den Waldweg, er wollte an der Gartenwand vorüber, um dort des Ritters Mienen und Gebaren zu erforschen; doch da er umblickte, sah er sich allein; der Ritter war schon nach Osten auf dem Wege durch die freie Landschaft.
Gaspard wandte sein Pferd und ritt bald wieder neben ihm. »Ei, Herr«, sprach er, »was meidet Ihr den Schatten und reitet den weiteren Weg hier in der Sonnenglut?«
Der Ritter sah lachend von seinem Hengst auf ihn herab: »Ich wußt nicht, Gaspard, daß du die Sonne fürchtetest!«
»Ich bin kein Ritter, Herr«, sprach Gaspard und zog sich seine Gugelkappe in die Stirn. »Ist in dem Schlosse droben etwas, das Euer Auge haßt?«
»Meinst du«, erwiderte Rolf Lembeck fröhlich, »daß man nur meidet, was man haßt?« Doch, als besänne er sich plötzlich, fügte er hinzu: »Wohl seh ich lieber das freie Land hier als auf des

Dänenkönigs Burgen; mir ist, er spinne wieder Unheil!« Der Zusatz kam zu spät, denn als er auf den Schreiber blickte, sah er dessen Kopf sich seitwärts drehen und mit der Nase nach der Erde fahren, daß ihm der Kappenzipfel um die Schulter schwenkte. »Holla, Rabe!« rief er. »Wonach trachtest du?«
»Ihr wisset, Herr«, entgegnete der Braune, »ich sehe bisweilen Dinge, die nicht da sind.«
»Und was Beute sahst du denn dorten auf dem Sande?«
»So Ihr es wissen wollet – nur eines Fädleins Ende! Ich dachte töricht, es sei schier mitzunehmen; doch – Ihr habt recht, warum sollen wir die Königsburg betrachten!«
»Ei, Gaspard!« rief der Ritter, »wozu der Faden! Hier ist kein griechisch Labyrinth!« Doch plötzlich überkam es ihn, als stehe er mit Dagmar vor aller Welt auf offenem Markt, und aus dem Haufen glühten seines Weibes Augen auf das arme Kind.
Gaspard blinzte mit verkniffenem Lachen auf den jungen Herrn und ließ dann seinen Fuchs nach hinten gehen. So ritten sie, jeder in eigenen Gedanken, in die Stadt.
– Was mit dem Feuerrohr geworden, vermag ich nicht zu sagen; aber ein anderes. In Holstein, in einer engen Gruft, mußten die Würmer sich durch einen Sarg gefressen und von dem gemunkelt haben, was sie in dem toten Mann gefunden hatten, der, als er oben ging, Hans Pogwisch hieß.
Am Nachmittage, da Rolf Lembeck mit dem Schreiber das Haus des Schmieds verlassen hatte, saß in der Gaststube des »Schwarzen Stiers« zu Haderslev ein wüster Holstenkerl; er wollte zum König Waldemar, der wieder einmal Kriegsleute sammelte; ein paar Gesellen, die ihm nicht ungleich sahen, hielten ihn trunkfrei, denn er war ebenso maulfertig im Trinken wie im Reden. »Ihr habt das Weibsstück nun nahebei!« rief er, »die macht nicht viel Federlesens, und schmuck ist sie, daß sie den Teufel verführen könnte!« Er stützte den schweren Kopf in seine Hand und streckte die andere breithin auf den Tisch. »Die Königlichen hatten ihr den Mann, der seinem Weib die ganze Ehefröhlichkeit verdorben hatte, zu ihrer Freude so verhauen, daß schon der Gottseibeiuns am Bettende saß, um mit der Seele abzufahren. Aber – das wissen wir selber! Unkraut und Disteln vergehen nicht so leicht; und eines Tages wurde seine Nase wieder rot und kreuzfidel!«
Der Kerl lachte und nahm sein Glas: »Ein Satansweib! Möge der

Teufel ihr weiterhelfen!« Und die Gläser der drei Halunken klirrten aneinander.

An einem andern Tische saß ein Herr, jung und im goldgestickten Rock; er war schon aufgesprungen und hatte die Hand am Schwertgriff, um die Kerle abzufuchteln; denn er wußte, es war sein Weib, das ihre schmutzigen Mäuler schändeten. Aber er setzte sich schweigend wieder: er mußte hören; das war besserer Gewinn.

Und mit heimlicherer Stimme begann auch schon wieder der Bettelgast am andern Tische; aber er hatte sich zuvor noch erst sein Stück gelacht: »Der wunde Ritter, ich sagt's euch schon, hub an, seine Fäuste wiederum zu fühlen; da« – und der Kerl stieß mit seinem Becher auf den Tisch –, »da hatte sie auf einmal Ratten zu vergiften! – Ich glaub, es ist auch wohl eine Ratte mit krepiert; aber es glückte wunderbar: am andern Morgen war sie eine frohe Witwe!«

»Mordbrand!« rief einer von den andern; »gar eine Ritterfrau von hier? Wie heißt sie denn?«

Aber der Kerl wischte sich den Mund und hob mit trunkener Feierlichkeit die flache Hand: »Das bleibt bei mir! Ich bin von ihrem Hof; ein Hundsfott, der seinen Herrn verrät! Möchte nur der Folgmann des armen Vorwirts nicht geworden sein!«

Er leerte sein neu gefülltes Glas und stand taumelnd auf; als er an Rolf Lembeck vorüberkam, sah er ihn mit verglasten Augen an und strebte taumelnd nach der Tür.

Gleichzeitig war Gaspard in das Gemach getreten, der auf Einkauf für seine Herrin in der Stadt gewesen war, und Rolf drängte zur Heimfahrt. Auf dem Rückweg ließ er den Schreiber vor sich reiten: er wollte weder seine noch eines andern Menschen Rede hören; ihm war's, als wenn das Hirn ihm friere und gössen Eisstrahlen sich hinab durch seinen Rücken! Nicht seines Weibes dachte er zunächst; nein, Dagmars; und daß zu ihr ein furchtbarer Rettungsweg sich aufgetan.

Als er zu Dorning ins Gemach trat, kam Frau Wulfhild mit ausgestreckten Armen ihm entgegen; aber er griff sie an beiden Handgelenken und hielt sie von sich; mit entsetzten Augen sah er auf ihr Antlitz.

Sie erschrak. »Was ist dir?« rief sie auffahrend; »bist du auch toll geworden?«

Da ließ er schweigend ihre Hände fahren und schritt in den Hof hinab. Das Weib aber stand plötzlich ohne Regung. »Was war das?« stammelte sie kaum hörbar.

Nach einigen Tagen stand der Schreiber in Frau Wulfhilds Kemenate.
»Hast du die Puppe?« frug sie hastig.
Er wiegte seinen kleinen Kopf: »Ich habe sie und habe sie auch nicht.«
– »Das heißt?«
»Ich wette, es ist das Fräulein von des Königs Burg.«
– »Des Schloßhauptmanns Tochter? – Ein Kind!«
Er spreizte seine Finger: »Erlaubt, das pflegt sich beim ersten Kuß zu wandeln; und überdies – das Neue ist ein Dämon!«
Sie war vom Sessel aufgesprungen und schritt mit funkelnden Augen auf und ab; ihre Finger griffen in ihr Sacktuch, als sei's ein lebend Wesen, das sie würgen müsse.
»Das Spielzeug könnt Ihr nicht nehmen«, sagte Gaspard wieder; »doch wenn das Spielzeug nicht vom Kinde kann, so muß das Kind vom Spielzeug!«
– »Was heißt das? Rede deutlich!«
»Sind hier die Wände sicher?«
»Das weißt du selber«, erwiderte Frau Wulfhild und warf sich in den Sessel. »Nun rede!«
Und Gaspard setzte sich zu ihren Füßen auf den Schemel, den sie ihm gewiesen hatte. »Ihr habet, edle Herrin«, begann er leise, mit Fingerspiel sein Wort begleitend, »meine Maulwurfsarbeit nicht gesehen, aber ich habe sie getan. So leiht mir nun ein hörend Ohr! – Die unruhigen Herren in Holstein spinnen einmal wieder etwas gegen den König Atterdag« – er sah sich um; dann fuhr er fort: »Sie hatten Eueren Schwäher auch zum Rat berufen; Ihr wisset, der gewaltige Herr hat etwas von der Fledermaus: beim Wolfe heut und morgen bei den Falken; und so wollten sie seiner diesmal sicher werden. Aber er bauet die Burg dort auf der Insel und kann nicht fort von dem wilden Bauvolk.«
Gaspard senkte seine Nase: »Wollet nicht fragen, wie ich das erfahren habe; aber ich suchte einen klugen Boten und schrieb an Herrn Klaus Lembeck, daß bei Euch ein treuer Mann entbehrlich sei, wenn anders Treue im nächsten Blute liege; ich schrieb auch, es komme Euerem Wunsch entgegen, des Ehegemahls auf eine Weile zu entraten.«

»Mich will bedünken«, rief das Weib, »du bist noch eigenwilliger als klug! Und Klaus Lembeck« – setzte sie hinzu –, »wie lautet seine Antwort?«
Der Schreiber nestelte an seinem Rock und reichte ihr zwei Papiere. »Solange«, sprach er, »der alte Ritter nicht des Königs ist, sind die Wünsche der Schauenburgerin ihm Befehl! Hier ist ein Brief für Euch, und nebenbei, wenn Ihr sie wollet, die Berufung für Herrn Rolf Lembeck!«
Die Frau griff nach den Briefen und las sie. »Du nimmst mir den Gemahl und solltest ihn mir doch wahren!« sprach sie seufzend.
– »So lasset mich schreiben, daß Ihr ihn nicht missen könnt!«
Da war sie aufgestanden; den Kopf emporgeworfen, die eine Hand an ihren Lippen, stand sie da, wie in die Weite schauend; dann reichte sie dem Schreiber ihre andere Hand: »Mein weiser Rabe! Ich bin zufrieden, schick mir deinen Boten; ich werde an Klaus Lembeck schreiben, Rolf wird diesem Vater nicht zuwiderhandeln.«
»Ich wußt es, Herrin; Ihr seid nicht wie die andern.« Er küßte ihr Gewand; dann wurde er entlassen.
– – Am Abend dieses Tages schritt Rolf Lembeck nach der Gartenmauer zu Haderslevhuus, und Gaspard der Rabe schlich unmerklich hinterdrein; er wollte nähere Bestätigung für einen neuen Anschlag, den er im Kopfe trug.
Spärlicher Nachtschein zitterte durch die Buchenkronen; nur wenn der Ritter durch eine Lichtung ging, huschten wie blaue Funken die Johanniskäfer um ihn her, und die Nacht war lau und still. Sein Weib hatte nicht versucht, ihn zu halten; dennoch ging er langsam und in schwerem Sinnen, und er hörte nicht auf den Schritt, der in den seinen trat. Nicht nur was er im »Schwarzen Stier« erfahren hatte, ein anderes noch war ihm gekommen! Ein Wort, das er als Knabe von seinem Vater vernommen hatte. Ein Graf von Orlamünde hatte derzeit von seinem Weibe wollen, um eine Schönere zu freien; aber kein Laie hatte zwischen den beiden Eheleuten den gemeinsamen Blutstropfen finden können, der fähig war, den Bund zu lösen. Da machte der Graf ein gut Teil seiner Habe zu Gold und zog nach Rom; und bald auch kam er mit heiterem Antlitz heim: zwar ohne Gold, aber mit dem Pergament des Heiligen Vaters in der Tasche, das wegen zu nahen Blutes die Ehe aufhob. »Beim heiligen Bart«, hatte

Klaus Lembeck da gerufen, »der Teufel konnt es nicht; der Papst hat es herausgefunden!«
Der Knabe Rolf hatte das Wort gehört und nicht geachtet; jetzt kam es aus der Tiefe, wo das Gedächtnis die Schätze für die Zukunft hütet. ›Und wenn dem Orlamünder, warum nicht mir?‹ rief es in ihm. ›War meiner Großmuhme Gemahl doch ein Vetter von den Schauenburgern!‹ Dann dachte er des anderen: »Wenn ich es brauchen müßte, das bricht die Kette!« rief er laut, und mit kräftigeren Schritten ging er weiter.
Der Rabe Gaspard war auf seinen Fersen; und als nach einer Weile der Ritter sich droben aus den dichten Zweigen in die zarten Arme schwang, da war der Laurer an dem Waldrand und sah, was keines Menschen Auge hätte sehen sollen. Denn in dem Ritter war alle ungestüme Liebesnot und Hoffnung aufgesprüht; »Rolf, Rolf! Du tötest mich!« rief Dagmar, als er sie in seine Arme preßte.
Da ließ er sie plötzlich und starrte über die Mauer in den Grund hinab. »Hörtest du es, Dagmar? Da drunten lachte was!«
Sie aber wandte das süße Antlitz zu ihm: »Fürchtest du dich, Rolf?«
»Ja – Dagmar; wer dich im Arm hält, muß sich fürchten!«
»Doch nicht vor Ringeltauben! Ich hörte es auch, es kam dort aus der Buche.«
Er warf noch einen Blick hinab, dann zog er sie auf die Bank, wo vom Weg herauf kein Auge sie erreichen konnte. Die Nachtigall hatte ausgesungen; fast keines Atemzuges Regung war in der Nacht; wie müde legte Dagmar den feinen Nacken auf seinen Arm, und ihre dunkeln Augen wollten nichts als ihn. Dämmerung war es, denn der Mond war rund und wieder schmal geworden und stand mit seiner Sichel über den Bäumen in Südost. Rolf Lembeck sah grübelnd in die Nacht hinaus.
»Nimm! So nimm doch, liebster Mann!« hauchte das Kind und bot ihm ihre roten Lippen.
Aber er drückte wie in Angst ihren Kopf an seine Brust: »Nicht mehr, o Süße, Selige!«
Da lachte sie und riß das dunkle Köpfchen wieder gegen ihn auf: »Um was? So nimm doch, was dein ist!«
Aber der Mann stöhnte, in Wonne halb und halb in Schmerz: »O Dagmar, ein Feuer ist die Minne; es soll dich nicht verbrennen!«

Sie verstand ihn nicht; sie frug auch nicht, nur als seine Lippen jetzt flüchtig ihre Stirn berührten, klagte sie: »Das ist ja nicht der Weg zum Herzen! Zürnst du? Was hab ich dir getan?«

»Du, Dagmar?« rief er, und seine Augen leuchteten wie blaue Sterne, »du fülltest mir das Herz mit Wonne; soll ich Todesnot in deines bringen? Hör mich, du Schöne, Unirdische! Mir ist es oft ein Wunder, daß meine Hände dich berühren können; mir ist, als seiest du mein holder Schattengeist, von dem die alten Mären sagen, zwischen Lilien aus dem Mondscheinsee zu mir emporgestiegen; mir träumt zu Nacht, daß Flügel an deinen zarten Schultern sprießen, daß du mich forträgst, weit aus dem Wirrsal meines jungen Lebens!«

– »O nein, nicht so, nicht so!« Flehend bat sie ihn, und ihre Hände legten sich auf seinen Mund; »du täuschest dich; ich bin nur ein Erdenkind, o Rolf, die sterben vom Hauch der Luft; ich weiß es!«

Anbetend sah der Mann sie an.

Da glitt sie ihm zu Füßen, ein gespenstischer Glanz brach aus ihren Augen. »O Liebster, kein Leben, kein Sterben ohne dich!«

Er zog sie sanft zu sich herauf: »Erst leben, Dagmar! Wir zusammen – möchtest du das nicht?«

Sie nickte nur; aber der Atem stand ihr still, als ob sie Wunder hören solle.

– »So muß ich dich um Urlaub bitten!«

»Urlaub?« rief sie erschreckt. »Du willst fort? – Ganz fort?«

– »Nur auf zehn Tage, Dagmar! Am Abend nach Mariä Heimsuchung bin ich wieder bei dir!«

»Zehn Tage! – Oh, das ist lange!«

Er strich ihr liebkosend das lose Haar unter ihren Silberreif: »Ja, Dagmar, lange! Aber ich muß zu meinem Vater!«

Sie blickte ihn plötzlich wie verwundert an. »Hast du auch einen Vater?« frug sie zaghaft.

– »Hast du doch einen, Liebste!« sprach er. »Und meiner soll uns helfen, daß ich mit ihm durchs Schloßtor zu dem deinen trete und dich zum Ehegemahl begehre!«

Ein selig Lächeln überflog das Angesicht des Kindes: »O Rolf, welch ein Glück!«

Es fiel ein Regentropfen, ein langer Donner rollte über ihnen.

»Gott hat's gehört!« sprach er.

– »Sag noch einmal«, bat sie, »wann kommst du wieder?«

Er neigte sich und flüsterte es noch einmal in ihr Ohr.
– »Gewiß?«
»Glaubst du, ich könnte den Weg vergessen?«
»Nein, nein!« –
Sie waren aufgestanden, Dagmar hing an seinem Halse; aber die Donner rollten stärker, und die Blitze flammten, vom Turme herab scholl das Wächterhorn. Noch einen Kuß, noch einmal, als wie auf ewig, Brust an Brust; dann war nichts als Nacht und Wetterschein auf diesem Platze.
– – Bevor Rolf Lembeck sein Haus erreichte, war Gaspard heimgekommen, und Bericht und Anschlag waren zwischen der Herrin und ihrem Diener schon zu Ende; als der Ritter in das eheliche Gemach trat, lag Frau Wulfhild wie schlummernd auf ihrem Lager. Doch obschon sie in voller Weibesschöne dalag, ihres Mannes Augen sahen an ihr vorüber, und seine Hand griff nur nach einem Schreiben, das auf einem Tischchen lag, auf dem er seines Vaters Hand erkannt hatte. Als er es hastig aufgerissen, flog es wie Schrecken halb und halb wie Staunen über des Weibes Antlitz, und ihre Augensterne blinzten heimlich durch die Lider, denn Rolf Lembeck hatte zufrieden vor sich hin genickt. Dann streckte er sich ruhig auf sein Lager.

Einige Tage nachdem der junge Ritter seine Fahrt nach Borgsum auf der Insel angetreten hatte, saß Frau Wulfhild in ihrem Gemache. Allerlei Schriften lagen vor ihr auf dem Tische; aber ihre Gedanken schienen nicht bei solcher Arbeit; ihr seiden Blondhaar hatte sie rückwärts über die Schulter geworfen, und es glänzte wie Gold gegen das dunkle Muster der Teppiche, die an den Wänden hingen. Inmitten der schönen Stirn des Weibes war eine Falte, die immer tiefer zu werden schien; sie drängte die Augen aneinander, als könne sie sicherer so das eine Ziel verfolgen, das vor ihren Sinnen stand.
Da wurde die schwere Tür aufgestoßen. Sie fuhr empor: »Wer ist da?«
»Der Herr Schloßhauptmann von Haderslevhuus!« erwiderte der junge Bookwald, der hereingetreten war. »Ihr, Herrin, hättet seinen Besuch erbeten.«
»Er ist willkommen! – Doch warte noch, Gehrt! Rück erst den Sessel hier zum Tische!« Sie hatte sich in ihrer ganzen stattlichen Gestalt erhoben und begann im Gemache auf und ab zu schrei-

ten, während der Knabe das Aufgetragene besorgte und sich dann entfernte.
Nach einigen Augenblicken war ein grauhaariger Mann in dunkler Tracht und von gewaltigem Körperbau hereingetreten. »Euer Gemahl, edle Frau«, sprach er, nachdem die Grüße gewechselt waren, »scheint nicht daheim zu sein; Ihr selbst wünschtet mich!«
»Mein Gemahl, Herr Schloßhauptmann«, erwiderte Frau Wulfhild, »würde zu Euch gekommen sein; Ihr müßt diesmal Euch an mir genügen lassen!«
»Wollet mich nicht beschämen, edle Frau! Ich kam, um Euch zu hören!«
Sie setzte sich und lud ihn mit der Hand zum Niedersitzen; eine kurze Weile lagen ihre Augen auf seinem Antlitz, das er geduldig ihr entgegenhielt. »Mit Klaus Lembeck«, hub sie an, »saß hier ein dänisch Weib; ich bin aus dem Geschlecht der Schauenburger; wir beide sind Landsleute –«
Er unterbrach sie: »Ein Schleswiger bin ich und jetzt des Königs Mann!«
– »Ich weiß es, Ritter; Ihr waret auf Fünen in der Schar, von der mein seliger Gemahl von seinem Hengst gehauen wurde!«
»Er war mein Feind derzeit; ich aber habe ihn nicht gefällt«, erwiderte er ruhig.
Sie schwieg einen Augenblick. »Mag sein! Ich habe den Schaden ausgeheilet und bin itzt Herrin hier auf Dorning; wir sind Nachbarn, Ritter, und also –«
»Wollet Ihr mir etwa Nachbarrat erteilen?«
– »Ei, nun, wie Ihr es nehmen wollt!« Und da er nickte: »Ihr wisset, hinter Euerem Garten, dort, wo es so jäh hinab zu Boden schießt, steht hart daran eine italische Pappel und streckt ihre Zweige an die Mauerzinnen, so dort den Garten abschließen. Man sagt, es soll dort fast achtzig Fuß in die Tiefe gehen! Was ich Euch sagen wollte . . . den Baum, Ihr müßt ihn fällen lassen!«
»Die Pappel?« rief der Schloßhauptmann. »Was wirret Euch, edle Frau! Die ist des Königs Liebling; sein Ahn Christoffer hat sie gepflanzt, da er Südjütland gegen Abels Söhne in Besitz genommen hatte!«
»So habet Ihr wohl keine Tauben oder sonstig edles Geflügel in der Feste«, fuhr sie achtlos fort, »und ist Euch desgleichen nicht

zerrissen worden? Denn aus dem Wald genüber laufen Iltis oder Edelmarder an dem Baum hinauf und springen aus dessen Zweigen in den Garten!«

»Was wollet Ihr, edle Fraue«, sprach der Ritter; »ich verstehe Euere Rede nicht; ich hatte niemals kostbares Geflügel, und wäre solches mir zerrissen worden, ich würde darum doch nicht des Königs Baum versehren!«

Sie sah ihn an; aber da er ruhig, mit der Hand auf seinem Schwerte, dasaß, hob sie eine Glocke vom Tisch und schellte, und da der Knabe eintrat, bedeutete sie ihn: »Gaspard soll kommen!« Dann sah sie wieder auf ihren Gast und frug, als sei's nur, um die Minuten hinzubringen: »Ihr habt wohl schöne Frauen in der Feste?«

– »Wie meint Ihr, edle Frau?«

»Nun, ich hörte auch nur so.«

Der Mund des ernsten Mannes lächelte fast: »Wer hat Euch so berichtet? Die Dienerinnen gehen alle an ein halb Jahrhundert, und unsere Base ist noch weit darüber. Ich hab gelitten, Fraue; das Lachen der Jugend tut meinen Ohren weh!«

Die kräftigen Lippen des Weibes zuckten, als wisse sie doch besseren Bescheid in seinem Hause als er selber. Dann öffnete sich die Tür, und der braune Mann mit der Gugelkappe war leisen, aber sicheren Schrittes eingetreten und blieb nun an der Schwelle stehen.

»Wer ist der Mann?« frug der Ritter.

»Es ist mein Schreiber«, sprach sie; »er mag Euch selbst berichten, was er nachts gesehen hat, da ihn der Weg an Euerem Schloß vorbeiführte.«

Der Schloßhauptmann wandte sich in seinem Sessel und blickte auf den Schreiber. »So sprich denn, Mann«, sagte er, »was du mir zu sagen hast!«

Gaspard der Rabe hatte von unten einen vorsichtigen Blick auf den finsteren Herrn geworfen. »Ich weiß nicht eben«, begann er, »ob es Euch gefallen mag! Wenn man die Füße seiner Worte nicht mehr hört – wer weiß, ob sie Dank oder Undank holen!«

Auf des Gastes Stirne furchten sich die Zeichen der Ungeduld: »Lasset Eueren Mann seine Rede tun, edle Frau, um die Ihr mich geladen habt; mir ist nicht Zeit für andere Weisheit!«

»Sprich ohne Umschweif, Gaspard!« rief Frau Wulfhild.

»Ja, Herr«, hub dieser an, »es war eine helle Nacht, vor kaum acht Tagen, da ich von Haderslev den Weg zwischen Eurem Garten und dem Buchenwald herunterkam; da stob aus dem Baumschatten ein Gewild – es mochte ein Marder oder Iltis sein – mir vor den Füßen quer über den Weg der großen Pappel zu, und ich hörte, wie es zwischen den Zweigen in den Baum hinaufklomm. Ich stand – ich sah hinauf und dachte: Itzt wird's bald oben sein und auf den Mauerzinnen tanzen!«

– »Nun – und?«

»Ja, Herre, es kam weder ein Marder noch ein Iltis!«

Der Schloßhauptmann fuhr auf: »So sitzt es wohl noch heute in dem Baum!«

»Das wäre möglich«, sagte Gaspard; »auch möglich, daß ein Zauberspiel dabeigewesen ist. Ihr hörtet wohl schon sagen: es springt ein Wolf, auch eine rote Maus uns in den Weg, und faßt man's mit dem rechten Wort, so hat man ein altes Weib oder gar einen jungen Knecht in seiner Hand!«

Der Ritter warf einen forschenden Blick auf den Sprecher: »Was soll das hier? Deine Nas' und Augen sind mir zu scharf für solche Kunkelweisheit!«

Aber in Gaspards Augen, die ihm begegneten, war kein Arg zu lesen. »Herr«, sagte er, »der eine spricht's, der andere widerspricht's; doch soviel haben meine Augen selbst gesehen: ein Marder war unten in den Baum gesprungen, und oben schwang sich ein junger Fant aus seinen Zweigen auf die Mauerzinnen; ich sah die goldenen Knöpfe auf seinem Leibrock funkeln, und der Nachtschein des Mondes leuchtete auf ein goldblond Haar.«

Der Schloßhauptmann hatte sich vorgebeugt: »Und dann?«

»Dann sprang er in den Garten.«

In der Brust des alten Ritters erhob sich eine Stimme, die sprach: ›Einer der Diener war es, der sich beim lustigen Trunk verspätet hatte; du mußt dein Hausrecht brauchen, und es soll nicht mehr geschehen!‹

Er sprach das dann auch laut; doch Gaspard erwiderte: »Ich weiß nicht, Herr, ob Ihr so fein Gesinde haltet; auch schien der Fant seine Lust noch vor sich zu haben, und seine Glieder waren sicherer, als ich nach dem Trunk es sonst gesehen habe. Vor allem: hinter der Mauer war ein Weib; noch kaum ein Weib! Ein schmächtig unschuldig Ding; denn ihr Gewand war weiß, gar ungeschickt zu geheimem Minnetreiben; der Mond blitzte auf einem Silberreif, der ihr dunkel Haar zusammenhielt!«

»Und weiter? – Was sahst du weiter?« stieß der Ritter wie in Angst hervor.

– »Ich sah nichts weiter, Herr.«

Das Weib hielt den schönen Kopf in ihre Hand gestützt und sah des Ritters Antlitz sich unter seinem grauen Bart mit Todesfarbe decken. Da winkte sie dem Schreiber, und er verließ das Zimmer.

»Nun, Herr Schloßhauptmann«, sprach sie leise; »werdet Ihr den Baum des Königs fällen lassen?«

Er wandte den Kopf, aber aus seinen Augen waren die Gedanken nach anderswo entflohen; er frug: »Was spracht Ihr, edle Frau?«

Und als sie ihre Worte noch einmal gesprochen hatte, frug er weiter: »Wißt Ihr von diesem Abenteuer mehr zu melden, als ich eben hörte?«

Doch sie erwiderte: »Nein, Herr; Ihr müsset nun so zufrieden sein!«

Er warf seine düsteren Augen auf sie und sprach zu sich selber: ›Was will das Weib? Denn nicht deinetwegen hat sie dich geladen; sie weiß, um wen die Pappel fallen soll!‹ Laut aber sprach er und richtete in seiner mächtigen Gestalt sich auf: »Ihr drücktet ein Beil in meine Hand! Gott mög mir raten; und mög er auch bei Euch sein, edle Frau!«

Er hatte sich gewandt und war aus dem Gemach geschritten. Unten im Hofe führte ein Knecht sein Roß umher; er rief ihn und schwang sich in den Sattel; dann suchte das Tier durch Wald und Felder sich selber seinen Weg. Ob hoch am Himmel die Lerchen sangen, ob Falken und Elstern um ihn schrien, er hörte es nicht: gleich einem gebrochenen Manne hing er im Sattel; vor seinen Augen war immer nur sein schmächtiges Kind in eines Fremden Armen, dessen Antlitz er nicht erkennen konnte.

Erst als das Roß unter den Bäumen des Schloßberges hinantrabte, fuhr er empor und zog den Zügel an. Aber er wandte sein Tier und ritt zurück, er wußte selber nicht wohin; in seinem Kopfe war zu schmerzlich Wirrsal, das er weder schlichten noch zur Ruhe bringen konnte. Es dunkelte schon, da er zum zweiten Mal heimkam und jetzt langsam in den Schloßhof einritt. – Nachts von seinem Bette, wo er mit gestütztem Kopf lag, trieb es ihn wieder auf: er fand sich plötzlich die Turmtreppe hinabsteigend; dann stand er hinten in dem Garten, den er seit Jahren nicht betreten hatte, und sah bald auf den Wipfel der großen Pappel, bald hinunter in die Tiefe. Ja, ja; sie drängte ihr mächtiges Gezweig hart an die Bergwand und oben an die Zinnen, er hatte sie lang darauf nicht angesehen; auch der König konnte dort den Baum nicht dulden!

Dann stieg er zurück in seine Kemenate und warf sich wieder auf sein Lager; als aber im Zwielicht der Ton des Wächterhorns an sein Ohr drang, sprang er auf und holte drunten selbst ein Dutzend Knechte aus den Betten. Und da die Sonne aufgestiegen war, hallten donnernde Schläge durch die Burg und rissen alle aus den Betten, die noch in Morgenträumen lagen. »Bas'! Bas'! Der Feind kommt!« rief Dagmar, jäh vom Kissen fahrend; und die alte Dame lallte, noch halb vom Schlaf befangen: »Bete, Kind! Bete! Wir sind arme Frauen!« Als aber Dagmar jetzt vor ihrer Bettstatt auf den Knien lag, richtete sie sich mühsam auf und strich mit ihrer sanften alten Hand das wirre Haar von der Stirn ihres Lieblings. »Ei, Kind«, sprach sie, während die Schläge immer lauter dröhnten, »das ist die Holzaxt, es ist ja nimmer Krieg!«

Ein Rauschen wie von hundert Adlerflügeln, der Donner eines furchtbaren Sturzes machte in diesem Augenblick die dicken Scheiben des Gemaches klirren. Dagmar war totenbleich, und ihre Hand zitterte in der der Base; die aber lächelte: »Es ist ja nichts, Kind; sie haben einen Baum gefällt!«

Aber in Dagmars großen Augen stand der Schrecken. »Einen Baum? O Bas', ich dachte, der Himmel falle ein!«

Die Base schüttelte den Kopf: »Es kam ja von der Gartenseite; hörtest du das nicht?«

Dagmar griff plötzlich nach ihren Kleidern und begann sie über sich zu werfen. »Ja, Bas', ich glaub; ich will hinab!«

»Du töricht Ding!« rief die Base. »Was kümmert dich der Baum? Die Vögel sind ja kaum vom Nest geflogen!«

Aber das Kind, dem der Atem stockte, war selber schon hinabgeflogen; und die Alte faltete zum Morgengebet die Hände; durch das kleine Fenster fielen die ersten Morgenstrahlen.

– – Nicht lange danach trat der Schloßhauptmann in den Garten; die Dogge Heudan folgte ihm. Als sie bei den Zinnen hinaustraten, stand der Hund und schaute wie verwundert vor sich hin: die Pappel, wo war sie denn? Dann wandte er den Kopf und lief plötzlich in Sprüngen ein Stückchen seitwärts auf die Mauer zu.

»Dagmar?« rief der Ritter. »Du hier? so früh?«

Sein Kind stand reglos an den Zinnen und starrte in die Tiefe: sie schien ihn nicht zu hören; ihre Händchen hielt sie übereinander auf die Brust gedrückt, als müsse sie den Tod gefangenhalten.
»Dagmar!« rief er angstvoll. »Was ist dir? Bist du krank geworden?«
Da wandte sie sich und sah ihn an.
»Kennst du mich nicht? Ich bin's, dein Vater!« rief er und zog sie mit sanften Händen zu sich.
Ein Schrei entfuhr ihr: »Oh, er kommt nimmer wieder!« Dann brach sie in ihres Vaters Arm zusammen.
Ratlos blickte er auf das schmale Antlitz: die Wimpern der geschlossenen Augen lagen ruhig auf den blassen Wangen; aber das Herz schlug so gewaltsam, als wollte es die kleine Brust zersprengen. Leis neigte er sich an ihr Ohr: »Dagmar, mein Kind, wer wird nicht wiederkommen?«
Ihre Lippen regten sich, aber ein Wort war nicht zu hören.
»Wer, mein vielliebes Kind?« wiederholte er. »Ich will ihn suchen helfen!«
Da flog ein selig Lächeln über das blasse Antlitz. »Rolf!« hauchte sie; und noch einmal wieder: »Rolf!«
»Weiter!« rief er hastig. »Wie weiter? Der Name läuft auf allen Gassen!«
Aber sie vermochte nur leis den Kopf zu wiegen, als sei das alles, was sie wisse.
›Rolf? Wer ist Rolf?‹ frug sich der Ritter. Zorn gegen den, der seinem Kinde das getan hatte, brauste betäubend in ihm auf; aber er durfte jetzt nicht schelten, was sie liebte: ihr Leben hing daran. Des Schreibers Gaspard Nachricht tauchte in ihm auf: ein Junker, ein ritterlicher Mann doch mußte es gewesen sein! Da schlug ein furchtbarer Gedanke ihm durchs Hirn. »Dagmar«, sprach er bebend, »besinne dich! Nicht wahr, er trug einen Rock, einen Gürtel mit Stickereien? War kein Wappentier, zahm oder Gewild, darauf gestickt?«
Er starrte lang vergebens auf ihr Antlitz; dann bewegten sich ihre Augen unter den geschlossenen Lidern. »Ein Geier!« sprach sie leise.
Wie von jähem Stoß getroffen, fuhr der Ritter auf. »Rolf Lembeck!« schrie er. »Verfluchter! Das gilt dir deinen Tod!«
Das Kind aber schlang die Arme fest um seinen Hals. »Vater! mein Vater!« schrie sie. »Oh, ich sterbe!«

Der Augenblick, den des Königs Arzt vorhergesagt hatte, schien gekommen. Zwiefach gespitzt hatte der Pfeil ihr Herz getroffen; sie sprach nicht mehr; erbarmungslose Gichter warfen den jungen Körper in ihres Vaters Armen hin und wider.
Still trug der Ritter sein Kind ins Schloß zurück; Heudan, die Dogge, folgte mit gesenktem Haupt.
»Mariä Heimsuchung!« murmelte der Mann. »O heilige Mutter, nimm mein Kind in deinen Schutz!«
– – Aber die Mutter Gottes war nicht die Hüterin der Minne. – Ein Bote auf schnellstem Rosse ritt nach Schleswig, um einen sicheren Medicus zu holen; inzwischen legte die Base mit zitternder Hand kühlende Binden um das Herz des Kindes, und ein Chirurg aus Haderslev ging ihr dabei zu Hülfe; am Fuß des Bettes stand der Schloßhauptmann. »Die Tränen helfen nicht!« sprach er leis und biß die Zähne aufeinander.
– – Als aber die Dämmerung herabfiel, brachen jenseit des Gartens junge mutige Schritte aus dem Holz hervor; doch sie stockten plötzlich, da sie den Waldesrand erreichten. Es war lautlose Stille weit umher; nur eines war anders, als es sonst gewesen: im Wege vor des Anschreitenden Füßen lag der gestürzte Baum, und droben über der Mauerzinne, wo sonst die Pappelblätter flüsterten, stand jetzt die leere Luft.
Dem drunten mochte bald wohl alles anders erscheinen; denn statt des dunkeln Köpfchens mit dem Silberreife sah er plötzlich die Gestalt eines starken Mannes dort oben an der Mauer. »Rolf Lembeck!« hörte er es wie im Traume herunterschallen; ihm war, als führe die Hand des Mannes nach dem Schwerte; es kümmerte ihn nicht, es war nur wie Gespensterspiel vor seinen Augen. Wie es geworden, wann er von dort gegangen sei, er wußte später nichts darüber.
– – An manchem Tage noch, im Mondlicht und im Sonnenscheine, stand Rolf Lembeck unten an dem Waldesrand. Die Tage wurden kürzer, der September begann das Laub zu färben, und nur Krähen und Falken schrien noch im Walde; aber fortan sah er droben nie ein anderes als die kahlen Mauerzinnen, und kein Weg, keine Kunde war zwischen ihm und ihr.
Das waren Minnequalen, wie er noch nicht empfunden hatte, und sie gruben ihre Spuren in sein hoffnungsfrohes Antlitz und löschten den Glanz in seinen blauen Augen.

O Minneleid, o sehnende Not,
Euch will ich tragen
Sonder Klagen
Vom Morgen- bis zum Abendrot;
Nur nicht, wovon zu sagen:
Kein Leben und kein Tod!

So klagte er. Aber sie, die eine, hörte es nicht; ein anderer war es, der ihre Hand zu fassen kam.

In der Kemenate der Base lag Dagmar; die Alte hatte ihrem Kinde den Platz geräumt und sich woanders hingebettet. Die Kranke war am Abend mit den Sterbesakramenten versehen worden; jetzt brachen die ersten Morgenlichter in das Zimmer.
»Mein Vater!« rief sie.
»Ich bin bei dir, Kind!« sprach der Schloßhauptmann, der die Nacht am Bette gewacht hatte.
»Hör!« sagte sie und hob einen Finger ihrer bleichen Hand. »Über uns, da oben auf der Hausfirst, sang die Amsel!«
Er schüttelte den Kopf: »Du irrst dich, Dagmar, im Oktober singt keine Amsel; die Blätter fallen schon.«
»Ja, horch nur!« sagte sie wieder. »Ich hör's, sie singet mir den Tod an!« Und sie streckte sich lang auf ihrem Lager und faltete die Hände unter ihrer Brust.
»Mein Kind, du weißt, sie singt auch dem Leben; aber ich höre keine Amsel.«
Sie antwortete nicht; nur ihr Haupt, das mit geschlossenen Augen auf dem Kissen lag, bewegte sich wie verneinend.
Der Ritter sah auf sein Kind und wie in schweren Zügen die kleine Brust sich hob und senkte; dann ward es stiller. Da streckte sie plötzlich wie in heftigem Gebet die Arme vor. »Nein, nein! Oh, noch nicht!« rief sie angstvoll; »nur noch ein Weilchen!« Dann wandte sie das Haupt, und mit weit aufgerissenen Augen blickte sie auf ihren Vater.
Er fuhr zusammen, denn er kannte diesen flimmernden Schein; die Seele schien ihn nur mühsam festzuhalten. »Sprich, mein Kind!« sagte der Ritter sanft.
»Ich sterbe, noch heute!« sprach sie hart, und ihre kleine Hand erfaßte mit festem Griff des Vaters Arm. »Ich hab noch einen Erdenwunsch: Rolf Lembeck – zürne nicht!« rief sie zagend.

Aber der verhaßte Name, den sie nimmer noch gesprochen hatte, war gleich eines giftigen Wurmes Stich ihm in das Herz gedrungen. »Nenn den Verruchten nicht! Die Minne, die dich betörte, verwest mit deinem Leib im Grabe!«
»Wer sagt das?« rief sie heftig.
– »Nicht ich, mein Kind; die heiligen Bücher sagen es, die Kirche! Du weißt es ja!«
Ein Seufzer, wie ein Abschied von aller Erdenseligkeit, entrang sich ihrer Brust. Dann aber kam ein hastig Sinnen in ihre Augen, und ihre Hände strichen das wirre Haar sich von der Stirn. »Nein«, rief sie laut und richtete sich jäh empor, ein geisterhaftes Leuchten flog aus ihren Augen, »ich weiß es, Vater: die Minne ist stärker als der Tod!«
Ein Lachen voll Verzweiflung scholl aus des Ritters Kehle. »Gott wird euch scheiden!« rief er. »Dich wird er zu der Mutter seines Sohnes weisen; ihn, den Verfluchten, zum tiefsten Grund der Höllen. Tu dein Gebet, daß Gott sein Bild aus deiner Seele reiße!«
Da antwortete sie nicht mehr; aber ihre Hände hob sie betend auf, und flehend, daß kein Menschenherz ihr hätte widerstehen können, sprach sie: »Hilf du mir, lieber Herrgott! Nimm ihn mir nicht! Ich könnte sonst nicht in deinem Himmel leben!«
Der starke Mann fiel nieder auf seine Knie: »Sprich, Kind! – Alles, was du willst!«
Sie hatte sich mit beiden Armen aufgestemmt, mit aufgerissenen Augen sah sie ihren Vater an. »Rolf Lembeck!« flüsterte sie heiser. »Weiter nichts!« Sie hatte dem Tod die Worte abgerungen; nicht Dagmar war es, nur ein Gespenst von Dagmar saß an ihrer Stelle. »Lad ihn zu meiner Leiche, Vater! Sein Auge soll auf mir ruhen; noch einmal! Dann« – die Stimme brach ihr plötzlich – »laß ihn ziehn in Frieden!«
Ihr Mund war stumm; sie sank auf ihre Kissen.
Die Base war inzwischen leis hereingetreten und kniete neben ihr. »Oh Kind, und in solcher Törnis willst du uns verlassen!« murmelten die alten Lippen; aber die Kranke regte sich nicht mehr. Der Ritter sprach zu sich: ›Es ist alles aus, mein Leben mit dem deinen!‹ Er legte lind die Hand auf Dagmars Stirn und sagte: »Es soll geschehen, wie du es willst, mein Kind!« Und wie ein Lächeln flog es noch einmal über ihr Antlitz, sie lebte noch. Aber da ihr Odem schwächer wurde und er sah, daß ihre Seele

fliehen wollte, ging er zu einem Lädlein, darin geweihte Kerzen lagen, noch von dem großen Sterben her. Er nahm eine heraus und entzündete sie an dem Lämplein, das noch brannte. »Für mein Letztes!« sprach er und trat wieder zu seinem Kinde; dann faßte er ihre feinen Hände und schloß sie um die brennende Totenkerze und legte die seinen sorgsam noch darüber, daß nicht ein Tröpflein heißen Wachses sie von ihrem letzten Pfad zurückschrecke. Still harrend saß er auf der Kante des Bettes; die neben ihm kniende Base sprach: »Gott hat dir ein Lichtlein geben; das leucht' dir ins ewige Leben!« Und beide sahen, wie die Flamme von dem Odem der Sterbenden immer schwächer bewegt wurde. Da plötzlich flackerte die Kerze und erlosch; ein leichter blauer Qualm zog durchs Gemach. »Dagmar, mein Kind! O süße Dagmar!« rief der Mann; aber Dagmar hatte sanft ihr Haupt geneigt, und eine schöne Tote lag jetzt auf den Kissen. Die Base sprach: »Auf Wiedersehn in Gottes Himmelreich!«

Der Schloßhauptmann, der die erloschene Kerze fortgelegt hatte, sah jetzt finster auf die Leiche seiner Tochter: »Sein Name war dein Letztes.« – Er ging zur Tür und schellte.

Eine alte Dienerin war eingetreten. »Meine Tochter Dagmar ist nicht mehr auf Erden«, sprach er und schwieg dann plötzlich; das Knochengespenst des Todes, der ihm sein Kind genommen hatte, stand vor seinem inneren Auge, aber statt des nackten Schädels trug es den schönen Kopf des jungen Ritters Lembeck auf den Schulterknochen. Und aus der lang verschlossenen Falte seines Herzens schoß der Jähzorn ihm ins Hirn und fegte es leer von Verzweiflung und Leid, die es erdrücken wollten. Und in ihm sprach es: ›Es soll geschehen; ich hab mein Wort gegeben; doch – umsonst, Rolf Lembeck, sei auch nicht der ärmste Tropfen deines Minneglücks!‹ Dann wandte er sich wieder zu der Dienering: »Versteh mich, Sine, und künd es auch den andern: drei Tage lang, bis ich euere Zungen löse, geht über den Tod nicht Kunde aus unseren Mauern! Das Zügenglöckchen soll nicht läuten; bestelle mir sogleich Ambrosius, meinen alten Diener; laß den Priester in meinem Gemache unten mich erwarten!«

Im Hofe zu Dorning saß gegen Abend des nächsten Tages der Ritter Rolf Lembeck unter der Burglinde. – Er war allein; noch am Tage seiner Rückkunft, als vorher die Pappel und sein Glück gefällt worden, hatte Frau Wulfhild eilig nach ihrem Hof in

Holstein müssen: zwischen Meier und Gesinde, so hatte sie gesagt, sei Unfriede ausgebrochen und die Gegenwart der Herrin nötig worden. Aber es lag wohl Tieferes am Grunde; im Augenblick der Abreise hatte Rolf einen Zug wie von versteinertem Entsetzen in ihrem Antlitz wahrgenommen; die Leidenschaft zu ihrem Eheherrn schien völlig ausgelöscht. Nach ihrer Abfahrt hatte der Junker Bookwald ihm geplaudert: es heiße, Hans Pogwisch, des Ritters Vorwirt, sei nicht durch seine Wunde, er sei durch Gift vom Leben in den Tod gekommen; so werde in der Gesindestub geredet; woher es komme, wisse er nicht; als aber die Schürzenmagd es an die Frau vertragen, sei die zum Tod erschrocken worden und habe ihr zornig Schweigen auferlegt, was doch nicht habe helfen wollen.

Darüber grübelte der Ritter, und seine Augen folgten achtlos, wie der Abendschatten allmählich den Brunnen und den ganzen Hof bedeckte. »Darum auch!« sprach er leise; »sie wollte keinen mit sich haben; nicht mich, nicht Gaspard – den am wenigsten!« – Dann flogen die Gedanken mit ihm nach dem Inseldorfe Borgsum; was er mit seinem Vater dort am Bau geredet hatte, kam ihm zurück: er hörte wieder das Lachen des alten Herrn bei der Geschichte von dem Orlamünder: »Geduld, mein Sohn! Was dies Weib dir wert ist, wirst du erst sehn, wenn dich der Däne überfällt! Und – mit den Schauenburgern muß man sachte gehen!« Als aber der Tod des Pogwisch dann zur Sprache kommen, war er still geworden; einen Stein hatte er vom Boden gehoben und in den Bau geworfen. »Herrin auf Dorning und eine Gifthexe?« hatte er überlaut gerufen. »Nein, Rolf, das soll sie nicht, und wenn sie des großen Carol Tochter wär! Ich helfe dir, mein Sohn; aber – Geduld! denn stumpfe Pfeile erlegen dir kein Wild!«

Er fühlte noch, wie ihm der Atem derzeit bei diesen Worten frei geworden, wie lind die Nachtluft durch sein Haar gestrichen, da er sie später und vergebens ihr entgegentrug. – Leis und in Qualen rief er ihren Namen.

Es dunkelte mehr und mehr, und der Ritter war aufgestanden, um in die Burg zurückzugehen; da drang ein dröhnender Ton vom Außentor herein, das schon geschlossen war; dort hingen Schalltafel und Hammer in Ketten an dem Pfosten; es hatte jemand angeschlagen, um Einlaß zu begehren. Dann knarrte das größere Tor, und bald schritt aus der Einfahrt einer der Wächter

über den Hof und meldete: »Ein Bote vom Schloßhauptmann zu Haderslevhuus!«
»So spät?« Rolf Lembeck war es, als habe er unsichtbar einen Schlag erhalten. »Laß ihn hieherkommen!«
Es ritt dann einer in den Hof, und als er näher kam, erkannte der Ritter bei dem Mondlicht, das über den Seitenbau hereinschien, daß er bunt und lustig gekleidet war: von der Achsel hing ihm ein lichtrot Seidengeschnür, auch solche Feder von der Haubenkappe. Als er aber schwerfällig von seinem weißen Pferd gestiegen und, das Tier dem Knechte übergeben, mit entblößtem Haupte vor den Ritter getreten war, sah dieser, daß er ein alter Mann sei, dessen weißer Knebelbart über einem zahnlosen Munde hing.
Der verneigte sich und begann eine lange, kaum verständliche Ansprache; doch der Ritter fiel ihm in die Rede: »Ich hab keine Lust am Überflüssigen; mach es dir bequem, sag's kurz, was dein Herr von mir begehrt! Mir klang's, als solltst du mich gar zur Hochzeit laden?«
»Ihr habet recht gehört, Herr Ritter«, sprach der Bote; »ich aber dank Euch für den Richtsteig.«
»Zur Hochzeit?« frug Rolf Lembeck sinnend. »Man pflegt sonst solche Ladung am hellen Morgen zu bestellen!«
– »Verzeihet, Herr! Ich bin nur der älteste der Knechte und bin geritten, wie der Herr mich ausgesandt.«
»So sprich denn, wessen Hochzeit gilt es? Will Euer Herr der Witwenschaft Valet geben?«
Da schien der Bote sich mühsam aufzuraffen, und erst nach einer Weile sprach er: »Die Jungfrau Dagmar, des Herrn letztes Kind, ist es, zu deren Festtag ich Euere Gegenwart erbitten soll.«
Der Ritter schwieg, in seinem Hirn erstickte er den Schrei: ›Du lügst!‹ Nur sein Antlitz wurde braun und wieder blaß; aber der Bote sah es nicht, denn der Ritter saß im tiefen Lindenschatten. Mit trockener Stimme sprach er endlich: »So sag mir, wie heißt der Mann, dem solch Glück gefallen ist?«
»Herr«, erwiderte der Alte, »ein schneller Freier ist es gewesen! Ich sah ihn nicht, und ward sein Name mir nicht genannt; doch soll er weit in der Welt bekannt sein. Es fehlt an ritterbürt'gen Zeugen; drum wollet der Jungfrau die erbetene Ehre antun! Wenn Ihr mit Mondesaufgang kommet, wird es recht sein!«
Wieder schwieg der Ritter, und der Bote stand harrend vor ihm. Einzelne Knechte mit trüben Hornleuchten gingen über den Hof,

und wenn im Flügel die Tür nach der Gesindestube aufging, flog ein Lichtschein durch die Mauerschatten; im Brunnen fielen die Tropfen von dem Eimer tönend in die Tiefe. Da kam ein junger Schritt vorüber. »Gehrt, bist du es?« rief der Ritter.
– »Ich bin es, Herr!«
»So nimm den Boten mit dir und laß ihm guten Trunk geben!«
»Und was für Kunde«, frug dieser, »bring ich meinem Herrn?«
»Geh nur! Wo Jungfrau Dagmar hochzeitet, darf ich nicht fehlen!«
Sie gingen, und der Ritter saß wieder auf der Lindenbank. Vergebens bohrte sein Verstand an diesen Rätseln; aber in seinem Innern kochte es vor Weh und Grimm.

Am nächsten Tage, da schon die Abendschatten fielen, stand in einem Burggemache Gaspard der Rabe vor seinem Herrn; die Augen des klugen Gesichtleins blickten fast ermüdet. »Du siehst übel aus; was ist dir?« sprach der Ritter, der mit aufgestütztem Arm am Tische saß.
»Herr, für uns ist üble Zeit«, erwiderte der Schreiber und sah dem andern in die verwachten hohlen Augen. »Wenn Ihr's erlaubt, Ihr gleicht selber kaum einem Hochzeitsgast!«
Ein schweres Atmen war die einzige Antwort.
»Herr!« rief Gaspard plötzlich, »gehet nicht, wohin man Euch geladen hat!«
Wie abwesend sah ihn der Ritter an: »Meinst du? Weshalb nicht, Gaspard?«
– »Verzeihet, wenn ich von Eueren letzten Tagen mehr weiß, als Ihr denket« – und Gaspard ließ den Kopf auf die Seite sinken –, »Ihr seid doch unschuldig in Eurem Herzen! Herr, trauet nicht den Dänen!«
»Du weißt, mich hat kein Däne geladen!«
– »Er ist des Königs Mann.«
Tonlos erwiderte der Ritter: »So sprich, wenn du Unholdes von ihm wahrgenommen hast!«
»Herr!« sprach Gaspard und legte die Hand auf seine schmale Brust; »soweit unsere Herrin nicht meinen Dienst begehrt, der er vorab gehöret, sind Kopf und Hand die Euren! Ich bin noch in der Nacht dem Boten nachgegangen und habe bis zum Morgenrot die Burg umschlichen, dann noch von Vormittag bis Mittag: es ist, als sei sie zugemauert; kein Tor, kein Schlupfpförtlein hat

sich aufgetan; ich hab nichts wahrgenommen. Doch – was soll Euch die Hochzeit? – Der Schloßhauptmann wird einen dänischen Junker sich geholet haben und mit dem das arme Kind zusammenschmieden lassen. Euch aber wird man aus den Hochzeitsbechern Hohn und Weh zu trinken geben! Wer weiß, Ihr trinket wohl den Tod daraus! Bleibt, geht nicht, lieber Herr!«

Er wollte ihm zu Füßen fallen; aber Rolf ergriff ihn bei den Schultern und sah mit blitzenden Augen in die seinen: »Da du es ehrlich meinst, so hör mich, Gaspard!« Er schrie es, daß es in dem weiten Raume von den Wänden hallte: »Und wenn auch in den Tod, ich muß! Dies Kind hat mir die Seele ausgetrunken!«

»Ruf mir den Junker!« fuhr er nach einer Weile fort. »Er soll mein schwarzes Gewand bringen; das ziemt mir bei dieser Hochzeit! Und auch – mein allerschärfstes Schwert! – Ihr beide, wenn's euch gelüstet, dürft mich begleiten!«

– – Um ein paar Stunden später ritten sie dahin, und schon trabten die Pferde in dem Sandweg und im Schutz des dunkeln Waldes. Ein leichter Wind hatte sich aufgemacht, und Wolken zogen über den Mond; über ihnen rauschte es in den Wipfeln. Rolf Lembeck, der voranritt, hatte auf dem Weg kein Wort verloren; als sie der Burg sich nahten, drückte er die linke Faust auf seine Brust, als müsse er dem Blute wehren, sie zu sprengen. Auch Gaspard hatte genug an Sorg und Neubegier und ließ die Zunge ruhen; nur Junker Gehrt stieß mitunter seiner Stute die Sporen in die Weichen, daß sie wild emporstieg; er mußte seinem innern Jauchzen Luft geben, denn er dachte an den Reigentanz mit hold geschmückten Jungfräulein, dem er entgegenreite.

»Gaspard!« rief er; »mir ist – hört Ihr die Flöten und Geigen von der Burg herunter?«

Doch Gaspard lachte verdrossen: »Euch Jungen ist leicht gepfiffen; ich hör die Wetterfahnen auf den kleinen Türmchen kreischen.«

»Ei was! Ihr habt doch feine Ohren!«

Aber er blieb ohne Antwort. Sie wandten die Pferde in den finsteren Baumgang und trabten den Anberg zu der Burg hinauf. Ein heller Schein drang durch zwei offene Tore und über der Ringmauer ihnen entgegen. »Joseph und heilige Jungfrau!« rief der Junker; »da brennt das Wachs von einem ganzen Sommer!«

»Ja, Junker«, sagte Gaspard, »Euere Jugend wird nicht verborgen bleiben.«

So ritten sie über die Brücke durch die Torfahrt in den innern Hof, wo der gewaltige Bau vor ihnen aufstieg; aus seinen vielen kleinen Fensterhöhlen schoß eine Flut von Kerzenstrahlen auf sie zu; nur links am Flügel ragte der stumpfe Turm lichtlos in die Sternennacht. Ihren geblendeten Augen war der Hof bis an die Mauern voll von Menschen; aber ein hochzeitliches Treiben schien es nicht; es war, als ob sie nur die Köpfe wandten und leise zueinander raunten.

Als die Reiter von ihren Rossen gesprungen und Diener vorgetreten waren, die ihnen die Tiere fortführten, stand ein großer Mann mit todblassem Antlitz unter grauem Haupthaar vor dem Ritter; zwei Diener mit Windlichtern, deren Flammen im Nachtwind wehten, waren ihm zur Seite. Da die Herren sich im Fakkelscheine sahen, stutzten sie einen Augenblick, ein jeder über des andern schwarze Tracht; dann sprach der graue Mann: »Nehmt Dank, Herr Ritter, von mir und für mein Kind! Ihr durftet hier heut nicht fehlen!«

»So dacht ich auch«, erwiderte der andere beklommen. »Doch wollet mich nun führen, Herr Schloßhauptmann, auf daß ich Wunsch und Ehrerbietung der Braut zu Füßen lege!«

Der alte Ritter, der seinen Gast mit starrem Aug gemustert hatte, neigte das Haupt und faßte dessen Hand; die Diener mit den Lichtern schritten ihnen voran, durch die schweigenden Menschen dem Treppenturm im Hochbau zu. Als sie hineintraten, blickte Gaspard, der mit dem Junker folgte, durch eine offene Tür, die seitwärts in die untere Halle ging; es brannten viele Kerzen dort, sonst war es leer; nur mitten auf den Fliesen schlief ein großer Hund.

Aber der Hausherr führte sie die Wendelstiege zum oberen Stock hinan. Da sprach Rolf Lembeck im Emporsteigen: »Der Hof ist voll Menschen, Herr; was ist es so totenstille hier?«

Der Schloßhauptmann aber warf das Haupt zurück: »Mein Kind hat viel Leid gelitten«, sprach er; »es bedarf der Ruhe.«

Sie waren in eine große Halle eingetreten, an deren einer Seite sich viele Türen, im Grunde ein geschlossenes Doppeltor befand; vor diesem war ein niedriger Aufbau, mit weißem Sammettuch behangen; an beiden Seiten der Halle standen Männer und Frauen, alle in feierlicher Ruhe und in schwarzen Gewändern; nur an dem Doppeltor stand ein Priester in weißem Meßkleid.

Dem jungen Ritter, da er sich umsah, ward der Atem schwer.

»Herr Schloßhauptmann«, sprach er wieder, »wollet mir sagen: ich sah noch nimmer eine Hochzeit mit so dunkeln Gästen!«
Der aber erwiderte: »Seit drei Tagen hat mein Kind sich Schwarz zur Leibfarbe angenommen; es ist wohl seltsam, doch es ist mein letztes – so muß ich ihr den Willen tun. Geduldet Euch, die Braut wird bald erscheinen!«
Rolf Lembeck schwieg, und unter all den Menschen war es wieder lautlos still.
Da nahte sich ein Rauschen hinter den geschlossenen Toren, ein Zug von langsamen Schritten wurde hörbar, und indem die Tore sich öffneten, scholl, von jungen Frauenstimmen gesungen, ein De profundis wie von den Sternen nieder.
Ein Schauer schlug Rolf Lembeck durch die Glieder; aber schon hatte der Zug der Jungfrauen die Schwelle überschritten. Er streckte sich und hob den Kopf; so stand er wie erstarrt, und nur sein Auge wurde wie das eines Raubvogels. Er sah die singenden Jungfrauen eine Totenlade von den Schultern heben und sie auf die Sammetbühne niederlassen; er sah in weißen Sterbgewändern ein Weib – nein, nicht ein Weib; aus weißen Binden sah ein totes Kinderantlitz –, da ließ der Bann von ihm: ein furchtbarer Schrei scholl durch die Halle. Der Gesang riß ab, und mit erhobenen Armen brach Rolf Lembeck durch die Menschen; er stürzte sich über den Sarg und preßte seine Lippen auf das tote Antlitz seiner Liebe: »O Dagmar, das ist unsere Hochzeit!«
Da ging ein Rauschen durch die Menge, die Schwerter flogen aus den Scheiden, und Schrei und Rufe schollen durcheinander: »Wer ist's? Der Lembeck? Packt den Tollen, den Leichenschänder! Schlagt ihn nieder!« Der Priester aber streckte die Hände nach dem Kühnen und schrie: »Anathema!« Nur der jungen Sängerinnen eine, die der Blick aus seinem blauen Aug gestreift hatte, sank in die Knie und betete: »O Gott der Liebe, erbarm dich ihrer beider!«
Rolf Lembeck regte sich nicht, sein scharfes Schwert hing ruhig in der Scheide. Plötzlich drang ihm die Stimme Gaspards in das Ohr: »Flieht! Flieht, Herr! Der Junker und ich versperren hier den Weg!«
Er riß das Haupt empor; er sah die Schwerter glitzern, und wie Gespenster drangen die schwarzen Gestalten auf ihn ein; schon fiel Gaspard neben ihm zu Boden; da fuhr es wie düsterer Wetterschein ihm durch das Hirn: noch eines Atemzuges Dauer, dann

hob er mit jähem Griff die tote Liebste aus ihrer Lade und entfloh. Durch den tobenden Lärm, der sich erhob, klang die mächtige Stimme des Schloßhauptmanns: »Zurück! – mein Kind – mein Fest – und auch der Verfluchte!«
Aber Rolf Lembeck war nicht mehr in der Halle. Die Tote an sich pressend, die Augen wie im Wahnsinn auf das süße, starre Antlitz heftend, war er durch den dahinter liegenden Saal geflohen; die Tür gegenüber warf er eben zu.
Der Saal war leer: die Kerzen flammten; Rolf aber floh, er wußte nicht, wohin; nur irgendwo allein, in Sicherheit mit ihr! Nur eine, noch eine stille letzte Stunde mit der Toten! Ob jemand folgte, daran dachte er nicht; er kam durch eine Tür in kleine düstere Gemächer, wo nur ein Mondstreif auf das stille Antlitz fiel; eine Treppe tiefer öffnete er eine große Tür, da schlug der Kerzenglanz aus einer weiten Halle ihm entgegen; von der Mitte des Fußbodens erhob sich ein gewaltiger Hund und rannte mit heiserem Knurren auf ihn zu. Rolf schloß die Tote fester an sich und hatte schon die Hand am Schwert, da sprang das große Tier mit zärtlichem Winseln an ihm auf. »Heudan, du bist es, Heudan!« rief er und stand einen Augenblick und legte die Hand liebkosend auf den Kopf des Tieres.
Aber drüben von der Turmtreppe aus trat die furchtbare Gestalt des Schloßhauptmannes ihm entgegen; ein Wutschrei flog zu ihm hinüber, da floh er durch dieselbe Tür zurück und warf sie hinter sich ins Schloß. Noch einen finsteren Raum, dann stieß sein Fuß an eine Treppenstiege; er klomm hinauf, da kam es hinter ihm – nein, es war nur der Hund. Die Treppe wand sich höher, nur hier und da ein Mauerloch, durch das die Nachtluft zog, dann ihm zu Häupten eine offene Luke. Er stieg hindurch und warf sie zu.
Es war die Platte des stumpfen Turmes, die er erklommen hatte; vom Hofe drunten kam kein Laut herauf, es schien dort alles leer geworden. Sanft rauschte der Lindenwipfel aus der Tiefe, denn der Abendwind war fast entschlafen; über ihm flammte der Himmel in seinen Millionen Sternen, und von Süden schimmerte die Bucht des Kleinen Beltes; über die Wasser hatte der Mondschein eine Brücke von Licht geworfen.
Rolf lag auf beiden Knien, die Liebste in seinem Schoß. »Weg mit den Totenbinden!« sprach er leise und löste die breiten weißen Bänder, die das zarte Haupt umschlossen hielten: wie trau-

rige Freude flog es durch seine Augen, als jetzt das schwarze Seidenhaar hervorquoll. »Ja, du bist es, süße, heilige Dagmar!«
Da schollen Schritte von der Wendelstiege her; rasch und zornig kamen sie herauf. Er sprang empor; er lief zur Brüstung und hielt die Tote auf beiden Armen in den weiten Himmelsraum hinaus: da war noch Platz für sie und ihn; auf Erden nicht mehr! – Plötzlich wandte er den Kopf, die Falltür war aufgeschlagen, und mit halbem Leibe ragte die Gestalt des Schloßhauptmannes daraus hervor. Aber er stieg nicht weiter; mit entsetzten Augen streckte er die Arme aus und rief in bitterem Flehen: »Rolf Lembeck, gib mir mein Kind! Was gilt dir noch der tote Leib?«
Der aber wandte seine Augen wieder zu dem bleichen Antlitz. »O Dagmar!« rief er; »Süße, Selige! Breit deine Flügel nun und nimm mich mit dir!« Er schlang die Arme fest um ihren Leib; da war mit einem Satz der greise Mann ihm in dem Rücken; er stürzte vor und griff nach ihm, doch seine Faust fuhr in das Leere. Ihm war, als flög ein Schatten ihm vorüber; er sah jenseits der Brüstung, wie in der Sternennacht, die Sterbekleider seines Kindes wehen; dann nichts mehr, nur von unten auf der Nachhall eines schweren Falles. Der Abendhauch fuhr über die leere Turmdecke; der Hund stand mit den Vordertatzen auf den Zinnen und sah winselnd in die Tiefe.
Da war sein Zorn als wie ein Rauch verflogen; er fiel auf seine Knie und faltete die Hände: »Herrgott, so nimm sie beide gnädig in dein Reich!« Und über ihm flimmerten die Nachtgestirne in ihrer stummen, unerschütterlichen Ruhe.
– – So endeten zwei schöne Menschenblüten, und so endet diese Märe; es war, wie es in unserem alten Liede heißt: »Daß Liebe stets nur Leiden am letzten Ende gibt.«

*

»Und die andern?« fragt ihr, »was ward aus denen?«
– Die andern? – Ich habe von ihnen weiter nichts erkunden können; es gab ja Klöster derzeit, in die hinein sich ein beraubtes, auch ein verpfuschtes Leben flüchten konnte! Was liegt daran? Die Geräusche, die ihre Schritte machten, sind seit Jahrhunderten verhallt und werden nimmermehr gehört werden.

Bötjer Basch

In der Süderstraße meiner Vaterstadt, dem Gäßchen gegenüber, das nach dem St.-Jürgens-Kirchhof und über diesen an dem Stift entlang nach der Norderstraße führt, stand seit Anfang des 17. Jahrhunderts ein kleines Haus, über dessen Eingangstür sich ein in Sandstein ausgehauenes Bild befand: ein Mann in einem Schifflein, zu dem durch hohe Wellen der Tod geschwommen war und schon den Mann zu sich ins Meer hinabriß; darunter stand: »Up Land un See«. Es hieß, ein Steinhauer habe derzeit sich das Haus gebaut und zum Gedächtnis seines Vaters, der als kleiner Schiffer zwischen den Inseln gefahren war und dabei im Sturme seinen Tod gefunden hatte, dieses Epitaphium angefertigt.

Im dritten Jahrzehnte unseres Jahrhunderts, nachdem die derzeitige alte Inhaberin gestorben war, sah man mehrfach einen untersetzten Mann, alltags mit einem Schurzfell, sonntags in langem blauem Tuchrock und Stulpstiefeln, davor stehenbleiben und allmählich unter den kleinen Lindenbaum treten, dessen lang und schmal geschorene Krone sich zwischen dem Bilde und dem Giebelfenster streckte. Nachdem seine blaßblauen Augen wieder eines Tages an dem Steinbilde gehaftet hatten, griff er an die Türklinke, um ins Haus zu treten: aber es war verschlossen; durch die Butzenscheiben des Türfensters sah er auf einen langen schmalen Flur und durch einen offenen Eingang am Ende desselben in ein weites leeres Zimmer, in das von der Hofseite her die Mittagssonne schien. Langsam kehrte der Mann sich ab und schritt die Süderstraße hinunter bis auf den Markt, wo er die Steintreppe zum Rathaus hinaufstieg.

Dieser kleine Mann war der Böttcher oder auf plattdeutsch der Bötjer Daniel Basch, eine grüblerische Natur, bei alledem aber kein übler Handwerksmeister. Vier Wochen später hatte er das alte Haus im gerichtlichen Aufgebot gekauft und hielt mit einem alten Gesellen und einer noch älteren Schwester seinen Einzug in dasselbe; bald hingen bunte Zitzgardinen vor dem Fenster der unteren Stube, und zwischen den Geranien- und Resedatöpfen, die auf der Fensterbank standen, schaute das gutmütige Gesicht der alten Jungfer Salome auf die Gasse, wenn an den Markttagen alle die Wagen von den Dörfern in die Stadt hin-

einfuhren; im Pesel aber – so heißt in den alten Häusern der hintere Saal – war die Böttcherwerkstatt, und draußen vom Hofe klang es Tag für Tag: »Band, halte fest, halt fest!«, und die Schlegel klappten, und die leeren Fässer tönten.
So mochte wohl etwa fünf Jahre die alte Schwester in ihrem Schlafstübchen oben von der Wirtschaftsarbeit geruht und in dem Giebelfenster ihre Ableger für das untere Blumenfenster gezogen haben, als sie eines Tages zu ihrem Bruder sprach: »Daniel, du bist erst funfzig; ich aber, euere Älteste, habe bald die Siebenzig; ich kann nicht mehr die schweren Wassereimer schleppen, und das viele Kartoffelschälen vertrag ich auch nicht mehr.«
Daniel Basch, der im Schurzfell vor ihr stand, wurde ganz bestürzt. »Hm«, sagte er, »wie meinst du? Eine Magd? Es ist schon richtig, etwas wacklig wirst du aussehn!« Und er betrachtete sorgenvoll das gute runzelvolle Angesicht; zugleich aber hub er im stillen an zu rechnen, ob das Handwerk es wohl abwerfen möge, zu der Alten noch eine junge Magd ins Haus zu nehmen.
»Nein, Daniel«, sagte die Schwester lächelnd, »laß nur das Kalkulieren: die alte Frauke Michels in St. Jürgen ist gestorben, ihre Kammer ist leer, und die Herren werden mich wohl hineinnehmen, wenn ich bitte; wir sind ja Meisterkinder aus der Stadt hier.«
Daniel nickte; das Stift war nur durch ein kurzes Gäßchen von seinem Hause getrennt, es gab gute Kost dort, besser als in den gewöhnlichen Bürgerhäusern. Er drückte seiner alten Salome die Hand. »Halt, Schwester!« rief er. »Sprich nicht mehr! Sprich nicht mehr! Ich muß einen Gang tun«; – ein Strahl wie von unglaublicher Glückeshoffnung flog durch seine blaßblauen Augen – »ei, sei so gut und hol mir meinen Tuchrock und die Stulpstiefeln!« Er fühlte mit der Hand nach seinem Kinn; der Bart stand schon drei Tage; er nickte wieder, Meister Daniel wußte, was er wollte. Nun half seine Schwester ihm in den langen blauen Staatsrock; die Stiefel hatte er schon angezogen; nur noch den hohen Seidenhut und das Bambusrohr zur Hand, dann schritt er zuerst schrägüber zum Meister Bartscher und, als er bald glattrasiert herauskam, mit etwas langsameren Schritten durch die Krämerstraße nach der Schiffbrücke und dort in das Haus des alten Hafenmeisters Peters, mit dessen jüngerem Bruder er einst, wie gebräuchlich, die unterste Klasse der Gelehrtenschule besucht

hatte. Als er in das Zimmer trat – die Nachmittagssonne schien herein, und der Kanarienvogel, der unter den Blumen am Fenster stand, sang eben aus allen Kräften –, erhoben sich drei Jungfrauen mit ihrem Nähzeug von den Stühlen; das waren die Töchter des Hafenmeisters: Mine, Stine und Line, von vierzig, neununddreißig und siebenunddreißig Jahren; sie waren alle brave Mädchen, aber die braune Line war doch die bravste; sanft, wirtschaftlich und von gutem Menschenverstande, dabei ein wenig schelmisch. Und der Meister Daniel schaute sie an, und die Braune lächelte dabei recht hübsch; »Mamsell Linchen«, sagte Daniel, »könnte ich ein Wort mit Ihrem Vater reden?« Und Linchen wurde dunkelrot und schoß hinaus, um ihren Vater aufzusuchen.

Eine Stunde später – im Böttcherhause hatte der Gesell die Jungfer Salome schon zweimal nach dem Meister gefragt – trat dieser durch die Haustür, als die Jungfer Salome eben aus der Küche in den Flur kam. Er winkte ihr schweigend mit gekrümmtem Finger in die Wohnstube. Als sie dort waren, hob der kleine Meister seinen hohen Hut vom Haupte. »So«, sagte er, »Schwester, nun sprich nur, sprich nur weiter!«

Aber die Schwester sah ihn ganz verwundert an. »Was hast du, Daniel?« frug sie; »an jedem Haar hängt dir ein Schweißtropf, und ist doch kalt Novemberwetter; und deine Augen – – warum freust du dich so? Haben wir das Große Los gewonnen?«

»Ja, Salome, so etwas von der Art; oder vielleicht, ich gewinne es noch später, denn Line Peters ist, denk ich, eine sichere Nummer!«

»Was hast du mit Line Peters, Daniel?«

»Ruf erst den Gesellen!« sagte Daniel.

Und als der Gesell gekommen, da wurde es in der Familie offenbart, Meister Daniel und Line Peters wollten ein Ehepaar werden; und die beiden alten Geschwister fielen sich um den Hals und weinten vor Freuden über den jungen Bräutigam. »Und nun sprich nur weiter, Salome!« sagte dieser.

»Ich hab ja weiter nichts zu sprechen, Daniel«, erwiderte die Alte lachend; »ich will ins Stift; setz dich nun hin und schreib mir die Bittschrift an die Vorsteher! Du bist nun gut beraten!«

– – Und noch war es nicht Weihnachten, da saß die alte Schwester in Frauke Michel's Stube in St. Jürgen und Line Peters als Frau Meisterin hinter den Blumentöpfen in dem Böttcherhause.

Die erste Tat aber, welche Meister Daniel als junger Ehemann in den Flitterwochen vollbrachte, war, daß er mit einem Eimer voll Mörtel, die Kelle in der Hand, auf einer Leiter zu dem Totenbild über seiner Haustür hinanstieg und eine glatte Mörtelfläche sanft darüberlegte. ›Das paßt nicht mehr!‹ sagte er bei sich selber; ›nein, es paßt nicht mehr!‹, und damit machte er den letzten Strich daran. Dann stieg er von seiner Leiter; und nach acht Tagen, da es wohl getrocknet war, mußte der Gesell den alten Maler Hermes holen, der die schönen Nelken und Vergißmeinnicht für die Stammbücher machte; nun stieg dieser auf die Leiter und malte die schönste rote Provinzrose mit zwei grünen Blättern auf die graue Fläche. »Schön«, sagte Meister Daniel, der betrachtend in seinem Schurzfell neben der Leiter stand; »dann nun noch ein kleines Knöspchen dabei, aber nicht zu groß!« Und als auch das geschehen war, da trabte er in das Haus und holte seine kleine schmucke Frau. »Nun guck einmal!« sagte er und wies auf das neue Kunstwerk, »und weißt du, wie die Rose heißt?« Das wußte die junge Frau nicht; da sprach er: »Die Rose heißt Line Basch!« – »Ach was!« rief sie und lief ganz rot ins Haus zurück, und Meister Daniel freute sich und lief ihr nach.

Und es dauerte gar nicht so lange, da hatte Meister Daniel zu der Rose auch schon die Rosenknospe unter seinem Dach, und das war ein kleiner Bube, der immer größer wurde und aus dem allmählich ein ganz verteufelter Junge aufstand. Noch hatte er seinen sechsten Geburtstag nicht gefeiert, als Fritz Basch schon in der ganzen Straße bekannt war; so gern seine Mutter ihn hochdeutsch aufziehen wollte, am liebsten sprach er doch Plattdeutsch, vorzüglich mit den Tieren, die er alle in ihren schönen alten Versen anzusingen wußte. Fand er im Sommer eine von den hübschen bunten Gartenschnecken, so guckte er sie mit seinen großen braunen Augen an und sang:

Tinkeltut,
Komm herut,
Stäk din Fi-fat-Hörens ut!

Streckte der Schneck dann aber seine zarten Fühler ihm entgegen, so tippte er mit seinem kleinen Finger darauf und rief: »Lat di nich narren, Dummbart; bliev to Huus!« und warf das

Tierchen in den Zaun. Flog dann ein gelber Zitronenfalter oder gar ein Pfauenauge durch den Garten, dann flog er hinterdrein:

Sommervagel sett di!
Näs un Ohren blött di!

Und je länger er hinter dem Schmetterling laufen mußte, desto lauter und zorniger wurde sein Gesang; schrie er seinen Sommervagelspruch gar zu arg, dann flog wohl auch die Mutter in den Garten: »Fritze, um Gottes willen, was gibt es denn?« Dann ließ er die Ärmchen hängen und sah halb verschämt, halb schelmisch zu ihr auf: »De Dummbart wull sick ock nich eenmal setten!«, und dabei wies er auf den Schmetterling, der eben nach dem Nachbargarten hinübergaukelte. Die Mutter faßte ihrem Jungen lachend in seinen braunen Haarpull und küßte ihn ab; dann lief sie mit ihm nach dem Weidenzaun unten im Garten und schnitt mit dem Küchenmesser, das sie beim Herauslaufen in der Hand behalten hatte, ein paar frische Zweige ab: »Da hast du ein ander Spielwerk! Nun mach dir eine Wiechelflöte!« Sie putzte und kerbte ihm noch das Weidenstöcklein, und nun saß Fritz wieder lustig auf der Bank unter dem großen Birnbaum, klopfte wacker mit dem Messerstiel darauf, damit er das innere weiße Stöcklein aus der Rinde ziehen könne, und sang:

Fabian, Sebastian!
Lat de Saft ut Holt rut gan!

und das so lange, bis die Flöte fertig war.

Aber er machte auch selber Verse: eines Sonntagnachmittags kam die alte Jungfer Basch aus ihrem Stifte zum Kaffee auf Besuch, und auf ihrem grauen Scheitel saß eine schimmernd weiße Haube mit Rosataffetbändern. Die stach dem Jungen so in die Augen, daß er nur immer auf die Haube guckte. »Sag Tante Salome doch guten Tag!« ermahnte ihn Frau Line. »Tag, Tante!« sagte er und sah immer nur nach der weißen Haube mit den roten Bändern; auch als er danach auf einem Schemel in der Ecke saß, während Vater und Mutter sich mit der Schwester am Kaffeetisch vergnügten. Bald aber fing er an zu murmeln, und seine lustigen Augen lachten wie über einen Schelmenstreich. »Wat hett de Jung?« sagte die Alte, die auch gern Plattdeutsch sprach.

»Was hast du, mein Junge?« übersetzte Frau Line, indem sie sich zu ihm wandte.
»Dörf ick nich segg'n«, erwiderte Fritz.
»Warum nich, min Kind?« sagte die Tante, »ick gäv di Verlöv.«
Da sah der Junge die Alte ganz spitzbübisch an und sagte:

Ros in Snee! Ros in Snee!
Dat is Tante Salome!

»Sieh so!« rief Meister Daniel, »nu hest du't!«
Die gute Alte aber drohte dem Jungen halb ärgerlich mit dem Finger. »Is awer doch 'n näskloken Slüngel, jüm Fritz!« sagte sie dann und tauchte ihre Nase in die Kaffeetasse.
»Hm!« machte Meister Daniel und griff mit der Hand in seinen schon ergrauenden Haarpull. Als aber Fritz zu seinen Kameraden auf die Gasse gelaufen war, blickte er wieder auf. »Line! Mutter!« sagte er.
»Was denn, Daniel?«
»Akkurat so wie ich«, erwiderte Daniel und schüttelte behaglich lachend seinen Kopf.
»Was ist akkurat so wie du?« frug Frau Line.
»Was? – Das mit dem Jungen! Ich saß auch einmal in seinem Alter so auf dem Schemel – es ist noch just derselbige –, da trat eine alte dicke Ostenfelderin zu meinem Vater in die Stube, und da es die Bauernvögtin war, so sagte er: ›Jung, steh auf und sag schmuck guten Tag!‹ Aber ihre rot und gelb und blaue Staatsuniform und der weiße Lappen auf dem Kopf, ich hatte soviel daran zu sehen und konnte nicht mit mir einig werden, ob sie doch nicht vielleicht ein Türke wäre – bis daß ich endlich, ehe ich noch ein Wort hervorbrachte, von meinem hitzigen Vater einen hanebüchenen Backenstreich erhielt.«
Tante Salome nickte, sie kannte die Geschichte; Frau Line Basch lachte: »Ich meinte, du hättest auch Verse gemacht, Daniel!«
Der Alte schüttelte den Kopf: »Nein, Linchen, das ist es eben: ich bekomme meinen Backenstreich und falle vom Schemel; der Fritz macht seinen Vers und läuft zur Tür hinaus.« Daniel sah seine Frau recht freundlich an. »Mutterwitz!« sagte er schelmisch. Und Frau Line nickte.

Glückes genug war in Meister Daniels Hause; aber wer, der seine Zeit gelebt hat, wüßte es nicht, daß, wie das Leben, so noch mehr das Glück auf leichten Flügeln geht.
Es war um die Frühlingszeit, und im Garten wurden die Stachelbeerbüsche grün, und die Störche kamen nach der langen Winterszeit wieder aus dem Süden, um auf den Schornsteinen der Stadt ihre alten Nester zu beziehen oder hie und da ein neues sich zu bauen. Fritz lag vor seinem Gartenstück auf den Knien und setzte seine Primeln und Veilchen schon zum dritten Mal an eine neue Stelle, da flog ein Schatten über ihm weg, und als er aufblickte, sah er einen großen Storch nach seines Vaters Dach fliegen und sich dort mit seinen langen Beinen niederlassen. »Hallo!« rief er:

Adebare Esther,
Bring mi'n lütje Schwester!

Und der Storch warf den Kopf in den Nacken und klapperte schallend in die helle Frühlingsluft hinaus; der lange rote Schnabel glänzte in der Sonne.
Da warf Fritz den kleinen Spaten hin und klatschte fröhlich in seine Hände und rief:

Adebar, swart un witt,
Bring mi ock en Kringel mit!

Die Erfüllung war näher, als er dachte; aber der Adebar kam statt mit der Windel mit einem schwarzen Flor geflogen, und von Kringeln war bald eine ganze Fülle im Hause, aber es waren Totenkringel, und Fritz saß auf der Bodentreppe und aß sie unter strömenden Tränen. Das Schwesterlein war zwar dagewesen, ein kleines, rotes Dings, das Fritz nur ganz von ferne anzusehen wagte; die Mutter sah so bleich aus, sie reichte ihm aus ihrem Bett die Hand und frug: »Magst du sie leiden, Fritz?« Aber Fritz schüttelte stumm den Kopf, dann lief er aus dem beklommenen Stübchen in die frische Maienluft hinaus.
Drei Tage später stand er mit seinem Vater an einem Sarge; darin lag seine bleiche Mutter, die gute schelmische Frau Line; sie regte sich gar nicht, und ihre Augen waren ganz geschlossen; in ihrem linken Arme lag ein sehr kleines Kind, das war auch

totenbleich. Wie vor einem fremden schauerlichen Wunder stand der Knabe mit verhaltenem Atem; er war eben erst sechs Jahre alt geworden.
Tante Salome, die mit ihnen dastand, drückte ihrem Bruder die Hand. »Ja, Daniel«, sagte sie, »dat Kind hett di din Fru mit wegnamen!«
Daniel nickte stumm und sah, wie keines Gedankens mächtig, auf seine Toten; aber des Knaben Gehirn war durch das Wort der Alten aufgestört. »Mitnamen, Vatter?« frug er leise. »Warum? Warum doch?«
Meister Daniel blickte auf seinen Jungen, der mit erwartenden Augen zu ihm aufsah. »Das weiß nur der liebe Gott!« sagte er, und seine Lippen zitterten, »vielleicht . . . das arme kleine Ding, es hat wohl so allein nicht in die weite dunkle Ewigkeit hineingekonnt.« Dann hob er plötzlich den Knaben auf seinen Arm und legte die andre Hand auf die kalte Stirn der Toten: »Fritz – se kummt nimmer wedder, vergitt är nich!«
– – Am andern Abend waren Mutter und Kind begraben; Tante Salome blieb ein paar Tage, bis eine Frau angenommen war, die täglich einige Stunden kam, um die Hausarbeit zu besorgen. Der alte Gesell, der in seiner Jugend einmal Schiffskoch gewesen, übernahm das bißchen Kochen, was sie nötig hatten, und Tante Salome kehrte in ihr Stift zurück.
So ging denn der kleine Haushalt notdürftig weiter, aber es war kein so fröhlicher Gang mehr wie vorher; die Musik von Frau Lines lebensfrischer Stimme fehlte. – Wenn Fritz in seiner Klippschule saß und um neun Uhr vormittags auch die Arbeitsfrau sich entfernt hatte, dann lag das lange Vorderhaus wie ausgestorben; es rührte sich nichts mehr darin, zumal wenn dann auch zur Frühstückszeit im Pesel und auf dem Hof die Arbeit ruhte und Meister und Gesell sich auf der Schnitzbank oder den kleinen Fässern schweigend gegenübersaßen und ihr Stückchen Brot verzehrten. Es war, als ob beide nach der Stille lauschten, die vorne in dem toten Hause herrschte. Fiel dort von den Wänden etwa ein Stückchen Kalk mit leisem Geräusch zu Boden, dann flog es wohl auf einen Augenblick wie ein Leuchten über des Meisters Angesicht; war ihm doch, als sei der leichte Fußtritt seiner Line ihm ins Ohr gedrungen; aber er wischte es bald mit seiner harten Hand wieder fort. Einmal hatte sich die Nachbarskatze in die dämmerige, nach einem engen Gang belegene Küche

eingeschlichen; so heimlich sie auch schlich, es kam doch ein Geräusch von da nach der Werkstatt; die Feuerzange war vom Herd gefallen. Meister Daniel ließ den Schlegel ruhen: wie oft war sie nicht auch Frau Lines rascher Hand entglitten! Wie oft hatte er sie dann neckend ihr wieder aufgehoben, und wenn er auch aus der Werkstatt hatte herzuspringen müssen! Auch jetzt lief er in die Küche, es war ihm wie ein heiliger Spuk. Als aber die Katze in der offenen Tür an ihm vorbeigesprungen war und er die Zange leise wieder an ihre Stelle gelegt hatte, setzte er sich auf den leeren Küchenstuhl und starrte bald nach dem Herd, bald nach dem Küchenschranke, zwischen denen sie sich einst geschäftig hin und her bewegt hatte; aber es blieb alles still; nur ein Sperlingspaar, das sich draußen miteinander haschte, rutschte an den kleinen Fensterscheiben herunter und flog dann kreischend weiter.

Als Meister Daniel in einer halben Stunde noch nicht wieder in der Werkstatt war, ging der Gesell in die Küche und legte sacht die Hand auf seine Schulter: »Meister!«

»Ja, ja, Marten.« – Dann gingen sie miteinander in die Werkstatt, und Meister Daniel nahm wieder sein Handwerkszeug und machte sich schweigend an die Arbeit.

Erst wenn nach elf Uhr die Glocke der Straßentür schellte und Fritz, aus der Schule kommend, durch den engen Flur nach dem Pesel stürzte, kam wieder Leben in das Haus und in den alten Meister. Der Gesell stand dann am Herd, um die kleine Mahlzeit zu bereiten; Vater und Sohn aber gingen in den Garten und zu Fritzens Beeten. War hie und da eine Knospe an einer Blume aufgegangen, dann grub er sie unbarmherzig aus, und am Feierabend ging er mit seinem Vater nach dem Kirchhof und pflanzte sie auf Mutters Grab. »Sie sieht es doch, Vater?« frug er dann. Der Alte nickte: »Das hoffen wir, mein liebes Kind.«

Aber die Welt war so voll andern Dingen, und viele davon waren so vergnüglich: Hunde und Katzen, Marmel und Haselnüsse, Pflaumen und Kirschen; der Junge konnte doch nicht immer an seine tote Mutter denken. Einmal in der Dämmerstunde, da er mit seinem Vater im Garten unter dem Birnbaum saß, sagte er, nachdem sie eine Zeitlang nicht gesprochen hatten: »Vater!«

»Was meinst du, Fritz?«

»Ich glaub«, sagte er leise – denn es war die Frucht seines langen

Nachdenkens –, »ich glaub, es ist doch gut, daß Mutter mit Schwester in den Himmel gegangen ist!«
»Wie meinst du das, Fritz?« frug Meister Daniel.
»Ja, Vater, sie war so furchtbar klein noch; sie wär wohl bange vor dem lieben Gott geworden!«
»Nein, Kind, vor dem lieben Gott wird niemand bange, nur die Bösen. Ich, Fritz, ich denke, es wär doch schöner, wenn wir sie behalten hätten, dann wüßtest du auch noch, wie weich Mutterhände sind!«
Aber Fritz sprang von der Bank und stellte sich strack und mit geballten Fäustlein vor seinen Vater hin. »Ja, Vater«, rief er, »schöner wäre es wohl; aber ich brauch keine Mutter mehr, ich bin ein Junge.«
Und Meister Daniel betrachtete etwas ängstlich seinen Jungen, der schon so früh für sich selber stehen wollte.

Allmählich war die Zeit vergangen, und Fritz hatte bald sein dreizehntes Jahr erreicht. Er war ein leidlich gewachsener Junge, trug einen kurzen blauen Tuchrock, manchesterne Hosen und eine große runde Tellermütze, wie sie damals unter den Jungen Mode waren, und wanderte vor- und nachmittags, wie einst sein Vater, mit einem Packen Bücher in die unterste Klasse der Gelehrtenschule. In Geographie und Rechnen war er bald der Meister; auch in den andern Fächern konnte er gewaltig lernen, das heißt, wenn er mochte; aber er mochte nur nicht immer, und im Lateinischen wollte er mit mensa und amo nichts zu tun haben. »Was brauch ich Latein!« sagte er. »Wenn ich konfirmiert bin, komm ich in Vaters Werkstatt, und die Faßbinderei geht auch auf deutsch, am besten auf plattdeutsch!«
Es war aber nicht das allein: er hatte, gleich seinen Kameraden, eine knabenhafte Nichtachtung gegen den alten Kollaborator, der doch in der ganzen Stadt für ein »höchst gelehrtes Haus« galt; aber dieses schöne Wissen ging über den Kopf der dummen Jungen weg, und in den Dingen des frischen Lebens, worin sie die Meister waren, war er zeitlebens ein Kind geblieben.
Wenn morgens bei seinem Eintritt die Jungen mit allerlei Possen auf ihre Plätze gekrochen und gesprungen waren, pflegte der etwas ärgerliche Herr seinen hageren Hals vorzustrecken und, in der einen Hand das Buch, mit der andern und seinem kahlen Kopf ihre Sprünge nachzuäffen. »Ei, ihr Knaben«, sagte er dann

wohl, »ihr seid ja lustig wie die Galgenvögel! Wen wollet ihr denn heute rupfen?«

»Hol dich der Henker!« murmelte Fritz oben auf seinem Platze, und: »Hol dich der Henker! Hol dich der Henker!« lief es sogleich die Bank hinunter.

»Was erlaubet ihr euch zu bemerken?« frug dann der etwas harthörige Alte.

Und alle riefen: »Wir wünschten Ihnen guten Morgen, Herr Kollaborator!«

»Nun«, erwiderte er, »wenn euere Fröhlichkeit aus einem guten Gewissen stammt, so sag mir einmal, Fritz Basch, wie heißt das Gerundium von pulso, ich schlage?«

Wenn aber auch Fritz mit dem Lateinischen bald in die Brüche kam, in allem andern war er doch der Baas unter seinen Kameraden. Bedurfte es zu einer Lustigkeit oder zu einem Schelmenstück einer kleinen Barschaft, so winkte er seine Vertrauten in den dunkeln Raum, der zwischen ihrer oben belegenen Klasse und dem Dache lag. »Habt ihr Geld?« frug er eines Nachmittages; »sieben Schilling gebrauchen wir; ich habe zwei!«

»Nä«, sagte Hans Reimers, der dicke Schlachterssohn, der nie etwas ausgeben mochte, »ick hev nix, hev mi güstern erst 'n Meerswienbock köft.«

»Von wem hest de köft?«

»Hier, von Klaus Schohster.«

»Gut! – Klaus, wo väl hest du noch davon?«

»Dree Schilling!« sagte Klaus ein wenig beklommen, indem er das Geld aus seiner Tasche sammelte.

»Das sind fünf!« rief Fritz, »wer hett de Rest?« Aber schon kamen vier Jungenshände und reichten ihm jede einen Sechsling, und so konnte die Sache losgehn. Fritz war ihr Vertrauensmann; sie wußten, für die Sechslinge oder Schillinge, die sie ihm gaben, konnten sie sicher ihren Spaß oder Schabernack erwarten.

– – Diese Schillingsammlung war nur das Vorspiel zu einem Knabenstreiche gegen den Kollaborator gewesen; mit kleinen Schellen war dabei gebingelt und mit einer kleinen Kanone dabei geschossen worden. Alles war sehr akkurat gegangen, aber dem Alten hatte diese Lustigkeit ein Gallenfieber zugezogen; die lateinischen Stunden wurden ausgesetzt, und Fritz und seine Mitschuldigen mußten eine Woche lang jeden Nachmittag nachsitzen; die Sache wurde in der ganzen Stadt besprochen.

»Fritz«, sagte Meister Daniel zu seinem geliebten und sonst so bewunderten Sohn, »wie konntet ihr so mit dem gelehrten Manne umgehn, von dem ihr doch soviel lernen könnt!«
Aber Fritz lachte überlegen und schüttelte langsam seinen Kopf: »Lernen, Vater? – Nä, lernen nich.«
»Was, Fritz? Nicht lernen? Warum nicht?«
»Ja, Vater« – und der Junge steckte beide Hände in die Hosentaschen –, »weil er sonst zu dumm ist!«
Der Meister fuhr seinem Fritz mit der Hand auf den Mund: »Junge, daß das die Nachbarn doch nicht hören!«, denn sie gingen miteinander an dem Gartenzaun entlang, und nebenan der Schneider häufte eben seine Kartoffeln.
Fritz war beiseite gesprungen. »Vater«, rief er, »nimm grünen Hafer und eine Buchweizenpflanze und halte sie dem Herrn Kollaborator unter die Nase! Ich wett meine drei Kaninchen, er sagt dir: Dieses ist der Rübensamen, und auf jenem wird wohl die nützliche Kartoffel wachsen!«
»Aber Fritz, das ist ja schrecklich!« sagte Meister Daniel und schob sich die blaue Zipfelmütze von einem Ohr zum andern, »und deshalb wollt ihr den armen Mann vom Leben bringen! Was geht denn die Gelehrten der Hafer und der Buchweizen an? Das ist ja Bauernweisheit!«
Fritz stutzte: »Vom Leben bringen, Vater?«
»Ja, ja; es muß wohl nicht zum besten stehen, denn gestern haben sie noch den zweiten Doktor an sein Bett geholt. Denk mal, wenn seine arme Frau und seine kleine Magdalena, von der du mir so oft erzählt hast, nun ihren Vater um eueren dummen Spaß verlören! – Fritz, du hast doch wenigstens einmal eine Mutter gehabt ...« Da aber brach dem alten Daniel die Stimme. »Und dein alter Vater ...«, begann er noch einmal. »Besinne dich, Fritz!« Und damit trabte er ins Haus zurück. Fritz blieb allein im Garten.
Als nach einer halben Stunde der Gesell durch den Hauptsteig ging, lief er noch immer dort hin und wider, sammelte kleine Steine auf und schleuderte sie einen nach dem andern durch die Luft, daß sie wie grimmig dahinsausten.
»Hallo, Fritz!« rief Marten. »Auf wen bist du so zornig?«
»Up mi un de Welt!« brummte Fritz und schleuderte einen neuen Stein in die Luft.
»Smiet man keen Lüd dot!« sagte der Gesell und ging seiner Wege.

Aber vor dem Abendessen mußte er in die Stadt, denn Fritz war nirgends zu finden. Endlich am Hafen sah er einen Jungen im Maste eines Schoners auf der Gaffel sitzen. »Is dat uns' Fritz?« frug er den Kapitän, der am Bollwerk stand; denn Fritz war gut Freund mit allen Schiffern und konnte fast einen Leichtmatrosen abgeben.

Der Kapitän nickte: »Ja, frili; he kiekt all över 'n halv Stunn in't Abendrot!«

Aber nun mußte Fritz herunter und mit Marten an die Abendschüssel, aus der er zwar kaum eine Pellkartoffel und einen Heringsschwanz verzehrte.

»Lat em!« raunte der Meister leise seinem Gesellen zu. »He besinnt sick!«

Ebenso stumm ging Fritz am andern Morgen in die Schule. Der Vormittag verging; es war schon Essenszeit, und noch war er nicht wieder da; Meister und Geselle saßen schon an ihrer Grütze, da wurde erst die Haus- und dann die Stubentür aufgerissen, und Fritz stürmte herein. »Vater!« rief er – und seine Augen funkelten von Glück und Freude –, »Vater, es geht ihm heute viel besser! Und nun soll er es auch gut bei uns haben!«

»Wem? Wer?« rief Meister Daniel. »Der Kollaborator?«

Und Fritz nickte wichtig: »Verlaß dich drauf, Vater; wir haben eine Verschwörung gemacht!«

Da legte Daniel Basch seinen Löffel hin und zog seinen Jungen mit Gewalt in die Arme: »Min Fritz, min Sön! Mutter är gude Jung!«

Aber Fritz hatte sich losgerissen, lief auf den Hausflur und kam mit einem hübschen Vogelbauer wieder in die Stube, worin ein rotbrustiger Vogel mit schwarzem Käppchen auf der Stange saß. »Sieh, Vater«, rief er und hielt das Bauer empor, »den hat mir Julius Bürgermeister geschenkt; der flötet ›Üb immer Treu und Redlichkeit‹, aber nur die erste Hälfte, und darum hat Julius seine Mutter gesagt, sie könnte die halbe Redlichkeit nun nicht mehr in ihrem Kopf aushalten.«

»Segg mal, Fritz«, sagte der Gesell, »wat is dat egentlich vör 'n Vagel?«

»Das ist ein Dompfaff!« erwiderte Fritz stolz, »er hat Bürgermeisters fünf Taler gekostet.«

Daniel hatte bald seinen Jungen, bald den Vogel mit glücklichen Augen angesehen. »Fritz«, sagte er, »wi wülln em beholen, tum Andenken an düssen Dag.«

So war alles wieder gut; aber bald geschah in der Schule etwas Merkwürdiges. Der alte Kollaborator, als er wieder seine Stunden hielt und nun sogar Fritz Basch auch im Lateinischen ein Held wurde, vermochte offenbar die gewohnten kurzweiligen Nekkereien der Jungen nicht mehr zu entbehren; ihm fehlte etwas, was zu seinem Leben gehörte; er fing nun selbst an zu necken und wurde bleich und elend bei diesem Frieden, der trotz alledem, als beschworen, nicht gebrochen wurde, solange Fritz in der Klasse herrschte.

Aber der Dompfaff wollte nicht flöten; er hing oben in der Giebelstube, in welcher Fritz, seit er Gelehrtenschüler war, schlief und arbeitete; wenn es mittags zu heiß wurde – denn es war im Hochsommer –, hing er das Bauer auch wohl nach draußen neben dem Fenster, wo der schmale Lindenschatten es bedeckte. Aber auch hier wollte der Vogel mit seinem Liede nicht beginnen, sondern krakeelte nur mitunter ein unmelodisches Gezwitscher. »De kann nix«, sagte der Gesell, »se hebt di wat wiis makt, Fritz!«

»Geduld, Marten!« rief dann Fritz, »en Bötjerhuus mutt so 'n vörnehmen Vagel erst wendt warren!«

Und richtig, als nach einigen Tagen Fritz aus der Schule kam und, wie jetzt immer, leise und lauschend die Treppe hinanstieg, da mußte er plötzlich stehenbleiben.

»Üb immer Treu und Redlichkeit!«

Wahrhaftig! das war der Vogel, er flötete. Und noch einmal wieder: »Üb immer Treu und Redlichkeit!«

Die Melodie war ganz genau, und Fritz sang leis die Worte mit; aber weiter kam der Vogel nicht. Fritz stand lange unbeweglich; als er aber zum dritten Male anhub, rannte er in die Werkstatt hinab, um seinen Vater zu holen, und beide standen hinter der Kammertür, und der gutgelaunte Dompfaff pfiff ihnen dreimal nacheinander sein Stückchen vor, und da er nichts Weiteres konnte, so pfiff er es ihnen auch zum vierten und zum fünften Male. Da der Alte wie der Junge so etwas noch nie gehört hatten, so entzückte es sie, als wär's ein lieblich Wunder. Zuletzt kam auch noch der Gesell und stand mausestill mit an die Tür gelehntem Ohr. »Fritz!« flüsterte er, »so 'n Vagel! Hev min Lävdag noch so 'n Vagel nich hört!« Als Fritz aber, während der Dompfaff jetzt noch einmal anhub, leis die Kammertür zurückdrängte, brach das Tierchen jählings ab. »Fiu!« machte er noch, dann wetzte er seinen schwarzen Schnabel und kroch in sich zusammen.

Seine Hörer blieben doch des Wunders voll. »Fritz«, sagte Meister Daniel seufzend, indem er heftig seines Sohnes Hand drückte, »wenn deine Mutter das belebt hätte!«

– Die Zeit rückte weiter; nach und nach störte den Vogel die Gegenwart der Hausgenossen immer weniger, und auch sie wurden sein Kunststückchen gewohnt; aber Fritz blieb sein getreuer Pfleger; im Winter – denn in der Giebelkammer war kein Ofen – hing er am Fenster in der Wohnstube unten über dem Stuhl, wo einstmals Tante Salome und später, nur zu kurz, die gute Frau Line ihren Platz gehabt hatte, und manche Kinder, die vorübergehen wollten, blieben stehen und hörten nach dem wunderbaren Vogel.

So waren ein paar Jahre vorüber; Fritz war jetzt ein stämmiger Bursche mit sicheren und kühnen Augen und hantierte schon lange als Lehrling in seines Vaters Werkstatt. Lenkbeil und Schlegel standen ihm fix zur Hand; nur etwas zu rasch und kräftig arbeitete er mitunter, und als Tante Salome, was wegen zunehmender Altersschwäche nur etwa ein- oder zweimal im Sommer geschah, eines Vormittags in die Werkstatt kam, sagte sie: »Du makst 'n Larm vör dree, Fritz! Is denn de Arbeit ock dana?«

»Fix oder nix, Tante!« rief der Junge und schlug dabei auf die Bänder, daß sie in Splittern auseinanderflogen.

»Gott bewahr uns in Gnaden!« rief die Alte, »du hest 'n düren Leerburs, Daniel!«

Aber Meister Daniel lachte, er kannte seinen Fritz; irgendwie und -wo mußte mitunter das Feuer in dem Jungen sich Luft machen, und auf ein Faßband kam's nicht an; denn er wußte es, Fritz war ein Waghals; die Gefahr war für ihn, was die Vogelbeere für den Krammetsvogel, und je kräftiger er wurde, um desto mehr. Mit dem Küster, der zugleich Glöckner war, hatte er nur Freundschaft geschlossen, weil die drei großen Glocken im Kirchturme geheimnisvoll seine Neugier reizten. Wenn eine vornehme Leiche mit allen dreien zu Grabe geläutet werden sollte, so war er sicher vorher schon auf dem drittobersten Turmboden, und kam der erste Ton des Geläutes, so klomm er an den Querleisten des emporgehenden Balkens hinauf, der von dort statt einer Stiege an der größten Glocke vorbeiführte, und während sie sich heulend dicht an ihm vorüberschwang, suchte er, an seinem Balken angeklammert, mit den Augen ihren Taufspruch zu erhaschen und sang ihn laut nach einer wilden Melodie in das hallende Dreigetön hinaus: Sum regina Poli, virgo Maria, tonantis!, bis er zuletzt fast taumelnd den Boden wieder erreichte.

Stand ein Sturm am Himmel und flog dann ein Boot durch das schäumende Wasser aus dem Hafenstrom in das Wattenmeer hinaus, so saß sicher niemand als Fritz Basch und ganz allein darin; man brauchte nur einen der Schiffer an dem Hafen zu fragen.

»Wer anners!« war die Antwort. »De Gewaltsbengel, wenn he um 't Boot fragt, so hett he 't ock all losknütt; de Antwoort givt he sick wull sülven!«

Kam er dann durchnäßt, mit wirrem Haar, nach Hause, so sah der Meister ihn wohl angstvoll an. »Fritz, Fritz!« sagte er einmal, »wenn du mir von solcher Fahrt nicht wiederkämst!«

Aber Fritz nahm lustig seinen Schlegel und ein Faß und begann ohne weiteres seine unterbrochene Arbeit wieder.

»Vater«, sagte er treuherzig; »ich mach heute eine Stunde später Feierabend; aber den jungen Seehund hättst du sehen sollen, mit dem ich um die Wette fuhr; das war heut just unser Wetter!«

»Ja, ja, Fritz!« sagte der Alte. »Ein Seehund, aber du bist ja denn doch keiner!«

Der Junge ließ die Hand mit dem Schlegel hängen, und in sein geliebtes Plattdeutsch fallend, sagte er stolz: »Na, wat en Seehund swemmt, dat swemm ich ock!«

Der alte Meister Daniel schüttelte seufzend den Kopf, und die Schläge an den Fässern tönten wieder durch die Werkstatt.

Nachdem drei Jahre seit Fritzens Konfirmation verflossen waren, war es recht still in Meister Daniels Haus geworden; denn Fritz arbeitete jetzt als Gesell in einer großen Faßbinderei in Hamburg; nur etwa einmal im Monat kam ein Brief von ihm. Meister Daniel und sein Marten konnten die Arbeit zu Hause aber auch jetzt gewaltig allein tun, denn unten in der Stadt hatte sich eine große neumodische Brauerei mit einem eigenen Böttcher aufgetan, und Daniels Hauptkundschaft, die alte Petersensche Brauerei ihm gegenüber, die nur das hergebrachte Gut- und Dünnbier für Stadt und Umgegend lieferte, hatte dadurch einen großen Teil ihres Absatzes verloren. Tante Salome kam auch nicht mehr aus ihrem Stift; sie war zu schwach dazu geworden. Meister Daniel stand oft nachdenklich unter der Linde vor seiner Haustür und sah nach seinem von Wind und Wetter schon recht verwaschenen Türstück auf; traurig schüttelte er den Kopf: seine Rose lag ja längst im Grabe, und die Knospe war als großer wehrhafter Bengel in die Welt gegangen.

»Paßt nicht mehr!« sprach er leise vor sich hin und ging wieder in die Werkstatt. Mitunter lief er auch in den Garten, als könne er dort sich frisches Leben holen; wenn er aber an seines Jungen Blumenbeete kam, die jetzt ganz verunkrautet lagen, dann stand er lange, riß ein paarmal eine Handvoll Nesseln aus und sah dann, daß das Blumenbeet doch nicht wiederkam.

Aber es sollte noch stiller um ihn werden. Ein großes Sterben, ein Typhus, wie die Ärzte sagten, fiel auf die Stadt. Die ersten, welche zum Kirchhofe hinausgetragen wurden, waren der Kollaborator und seine noch leidlich junge Frau; seine beiden Kinder, die kleine Magdalena und ihr etwas älterer Bruder, ein heimtückischer, schieläugiger Bursche, kamen zu ihrer Großmutter, einer alten gelähmten Pastorswitwe, deren Geschichten von gläsernen Bergen und verwünschten Prinzen dem Lenchen besser behagten als die antiken Lebensregeln ihres ärgerlichen Vaters. Zum Unglück Meister Daniels aber war gleich danach auch sein alter Brauer Petersen gestorben, und die Witwe hatte den Mut zur Fortsetzung des Geschäfts verloren. So wurden Arbeit und Verdienst noch kleiner, und der alten Marten mußte auf seines Meisters Drängen sich einen Platz in der neuen Brauerei verschaffen, wo dem Böttcher ein Geselle nötig wurde.

Daniel hatte das alles eben an seinen Sohn geschrieben, ging dann durch die leeren Räume seines schmalen Hauses, stellte in der Werkstatt Dauben und Hölzer gegen die Wände und stand endlich vor einem Fenster der Wohnstube, mit wirren Gedanken in den hellen Februartag hinausstarrend. Von den Menschen, die dann und wann vorübergingen, sahen seine Augen nichts; er hatte seine blaue Zipfelmütze in der Hand und fuhr sich von Zeit zu Zeit in seine Haare. Ja, er wollte jetzt ganz allein in seinem Hause bleiben; er war ein ordentlicher Wirt gewesen; die Zinsen von ein paar ersparten Kapitalien und der Verdienst von seiner noch verbliebenen kleinen Kundschaft würden für ihn schon reichen! Er begann zu rechnen, wieder und wieder, aber das Fazit blieb dasselbe. Es schoß ihm heiß zu Kopfe; er hatte gedacht, es mache doch ein Sümmchen mehr; und wenn er für Not und Krankheit noch etwas hinter der Hand behalten wollte?... Da fiel es wie ein Strahl in die dunkle Kammer seines Kopfes; er hatte ja ein ganz leeres Haus; was brauchte er jetzt noch die Wohnstube und die Kammer, die dahinter lag! Eine Mieterin, eine stille alte Person, das wär's; dann hätte er genug! Er selber zöge nach oben hinauf in die Giebelkammer seines Fritz; nur ein kleiner Kochofen müßte dort noch gesetzt werden, dann könnte er sich selber seinen Mittag machen!

Eine trübe Art Zufriedenheit kam über Meister Daniel, und er hörte nun auch, daß am andern Fenster der Dompfaff flötete:

Üb immer Treu und Redlichkeit,
Bis an dein – – –

»Fiu!« machte der Vogel, und der alte Mann nickte. Ja, so weit hatte Fritz es ihm noch beigebracht; und nun begann das Tier sein Stück von neuem. Als Daniel wieder durch das Fenster blickte, vor dem schon längst keine Rosen und Geranien mehr grünten, sah er draußen eine Rosenknopse, ein acht- oder neunjähriges Mädchen mit einem sanften Gesichtlein und ein Paar blauen Augen, mit denen sie, andächtig lauschend, nach dem Vogel hinaufsah; denn sie stand mit einem älteren Knaben dicht unter dem Fenster. Der Junge aber schielte und sah bös und häßlich aus und schien indessen seine Marmel in der Tasche nachzuzählen. Da zog das Mädchen ihr rotes Händchen aus dem Muff, und ihn zu sich ziehend, wies sie mit dem Finger nach dem Vogelbauer. Aber Meister Daniel, den die Kinder nicht zu bemerken schienen, erschrak fast; denn wie eine Katze, die nach einer Beute springt, fuhr der Junge mit einem Schrei empor, als wolle er den schönen Vogel greifen. Unwillkürlich klopfte der Meister an die Scheiben und drohte mit der Faust; da machte der Bube ihm ein Schelmgesicht und rannte davon; das blonde Dirnlein aber stand, als könne sie vor Schreck nicht von der Stelle.

Ein Lächeln zog über des guten Meisters Antlitz, und er winkte dem Kinde, daß es zu ihm kommen solle; da sie aber keinen Fuß rührte, ging er zu ihr auf die Gasse. »Komm mit mir in die Stube!« sagte er, ihre Hand fassend; »da kannst du dir in der Wärme den Vogel besehen!«

Als sie drinnen waren, nahm er das Bauer von der Wand und stellte es vor ihr auf den Tisch; aber der Dompfaff wetzte nur den Schnabel und sah sie mit seinen schwarzen Augen an.

Sie tat einen tiefen Atemzug. »Was ist das für ein Vogel?« frug sie leise.

»Das ist ein Dompfaff!« erwiderte der Meister.

»Ein Dompfaff?«, und sie hielt lange den kleinen Zeigefinger an die Lippen. »Ist er denn verzaubert?«

»Was denn? Verzaubert?« frug der Alte, und sie nickte mit ihren großen Augen.

»Warum denn verzaubert?« frug er nochmals.

»Er flötet ja wie ein Junge!«

»Wart mal«, sagte der Meister, dem diese Frage wie aus einer andern Welt kam; »nein, so was nicht! Nur, sie sagen, daß er ein dummer Vogel sei; aber, Kind, er ist gewaltig klug, und darum kann er auch flöten.«

»Darum?« wiederholte das Kind; und beide verfielen nun in tiefes Sinnen über diesen wunderlichen Fall. »Sag einmal«, sprach Meister Daniel dann, nachdem er eine Weile in das feine Gesichtlein geschaut hatte, »bist du nicht die kleine Magdalena, von der mein Fritz mir oft erzählt hat?«

Sie sah ihn fragend an. »Wir sind dem Kollaborator seine«, sagte sie; »aber unser Vater, auch Mutter, ist gestorben.«

»Ja, ja, ich weiß; arme Kinder!« sagte er und strich mit seiner harten Hand ihr sanft die goldblonden Härchen aus dem Gesichtlein, das bei den letzten Worten sich zum Weinen verzogen hatte. »War denn das dein Bruder, den du bei dir hattest?«

Sie nickte. »Wir sind beide bei unserer Großmutter; aber die kann gar nicht von ihrem Lehnstuhl auf!«

»Das ist nicht gut für deinen Bruder«, sagte der Meister ein wenig strenge. »Wie heißt er denn?«

»Tiberius.«

»Was für was?« frug er, und das Kind wiederholte das Wort.

Der Alte schüttelte den Kopf. »Ist denn das ein christlicher Name? Hat unser Pastor ihn so getauft?«

»Ich weiß nicht«, sagte die Kleine halb gedankenlos; denn der Dompfaff begann plötzlich wieder seine Melodie, und sie hatte für nichts anderes Aug' und Ohren. Als er aufgehört hatte, wandte sie ihre leuchtenden Augen dem Meister zu. »Ich muß nun nach Hause«, sagte sie leise; »ich danke auch vielmal!«

Er nahm ihre beiden Händchen und sah sie zärtlich an: »Willst du auch wohl einmal wiederkommen?«
Und nach kleiner Bedenkzeit nickte sie so bedeutsam, als sollte es ein Schwur sein. Dann brachte er sie an die Haustür und sah ihr nach, wie sie bedächtig die Straße hinaufging. Als er danach wieder in sein Zimmer trat, war ihm , als sei hier inmittelst ein Lichtlein ausgetan. Aber der Dompfaff hub wieder seine Melodie an. »Fritz! Min Fritz!« rief der Alte und lehnte sich zitternd an den Türpfosten.

Als der Mai ins Land gekommen war, saß schon die Mieterin unten in der Wohnstube, ein zierliches, etwa funfzigjähriges Frauenzimmer. Riekchen Therebinte hieß sie und lebte von einem Sümmchen Erbzinsen und einem kleinen Jahrgehalt, den ihr eine zwanzigjährige Kammerjungfernschaft bei einer gräflichen Gutsbesitzerin eingetragen hatte; wenn Bälle oder andere Festlichkeiten in der Stadt waren, kammerjungferte sie auch jetzt noch bei den Töchtern der Beamten oder vornehmeren Bürger und hatte dadurch noch eine hübsche Extra-Einnahme. Sie war klein und mager, und wenn sie aus einer Tür ein paar Stufen hinabging, so war's, als wenn ein Vogel heraushüpfte; »sie ist ein hüpfendes Gerippchen«, hatte einmal ein kleines boshaftes Mädchen von ihr gesagt. Sie hatte nur ein winziges Stumpfnäschen, aber eine weitläufige Stirn darüber, daher sie denn auch, wenn die Schönheit eines jungen Mädchens von ihr gelobt wurde, selten, wiewohl etwas zaghaft, zu bemerken unterließ: »Ja, hübsch, recht hübsch! Aber die Stirn, ist die nicht etwas unbedeutend?« Sie wurde dann meistens ausgelacht, und sie selber lachte mit, denn Neid und Bosheit waren nicht dahinter; sie wollte nur in betreff der Schönheit sich doch auch ein wenig in Erinnerung bringen. Die niedrige Stirn ihres Mietsherrn pflegte sie stets voll wahren Mitleids zu betrachten und erwähnte ihrer niemals gegen andere.
Oben in der Giebelstube hing der Dompfaff am Fenster, und in der Ecke stand der Ofen, auf dem Meister Daniel seine Kartoffeln und sein Stückchen Sonntagsfleisch kochte; er hatte seinen einsamen Haushalt eingerichtet. Wenn er vormittags seine paar Stunden in der Böttcherwerkstatt gearbeitet oder in seinem Garten gegraben hatte, den er später fast ganz mit Kartoffeln bepflanzte, dann saß er oben mit aufgestütztem Arm an einem

Tische und las in der Laßschen Chronik seiner Vaterstadt oder in des alten pastor primarius Melchior Krafftens städtischer zweihundertjähriger Kirchen- und Schulhistorie. Die alten Lederbände waren noch aus seines Vaters Nachlaß, hatten aber lange Zeit bei seinen Rechnungsbüchern in der Schatulle gelegen; nun sahen sie ihn an, wie auch schon seine alte Zeit, und wenn er las, wie früher die pastores von Ost und West, aus Pommern und aus Sachsen in unsere Stadt gekommen waren und wie nun hier auf ein paar Buchseiten sich ihr Leben eines nach dem andern abspann, dann blickte er wohl halb verwirrt empor und wunderte sich, wie er und der Dompfaff doch noch immer weiterlebten.

Wurde es Sonntag, so zog er stets ein frisch gebleichtes Hemd an; dann dachte er seiner sauberen Hausfrau. »Line – Line Basch!« sprach er und nickte mit seinem grauen Kopfe. »Du siehst es doch!« Und während er sich langsam in sein Sonntagszeug kleidete, war ihm, als täte er es noch wie einstmals unter ihren Augen.

Dann ging er in die Kirche, um von dem alten Propsten, mit dem er als Junge in Quarta auf der Schulbank gesessen hatte, Gottes Wort zu hören; nach der Kirche ging er zurück und seinem Hause vorbei über den Kirchhof nach dem Stift. Aber seine alte Schwester war stumpf geworden. »Wat schrift Fritz?« war immer ihre erste Frage, auf die er nur selten etwas zu antworten hatte; dann frug sie weiter: »Wat hett de ol Propst denn seggt?« Er berichtete ihr den Inhalt der Predigt, soweit er ihn behalten hatte; wenn er aber damit zu Ende war, dann war schon längst der Kopf der bald Neunzigjährigen auf die Brust gesunken, und ihre Seele schwebte in der Dämmerung, auf welche die Nacht folgt. Er saß noch eine Weile und sah auf die alten Schwesterhände, die ihm von seiner Kindheit an geholfen hatten; und wenn die Schlafende sich nicht mehr rührte, nickte er ihr schweigend zu und ging hinaus und langsam seinem Hause zu.

Das waren die beiden einzigen Gänge, die Daniel Basch in seinen Sonntagskleidern machte.

In seinem Garten wuchsen allmählich die Kartoffelstauden in die Höhe und bildeten bald eine gleichmäßig grüne Fläche, aus welcher nur der große Birnbaum hervorragte, der in der Mittagssonne seine breiten Schatten um sich her warf. Um diese

Zeit, aber auch spätnachmittags, wenn schon das Abendrot am Himmel stand, sahen die Nachbaren über den Zaun ihrer Gärten den alten Meister oft auf der Bank, die auch jetzt noch um den Baum lief, sitzen, den etwas gebeugten Rücken an den Stamm gelehnt, die Hände vor sich auf die Knie gefaltet, wie einen, dessen Tagewerk zu Ende ist; und als im Juni sich die Stauden mit den zierlichen blauen und weißen Blüten bedeckten, saß er wie in einem Blumenmeer. Auch war ein Plätzchen, dicht am Fuße des Baumes, nicht zum Kartoffelfeld gezogen; Fritzens Blumenbeete waren hier gewesen, und Meister Daniel hatte im letzten Frühjahr alles Unkraut ausgereutet und statt dessen roten Gartenmohn darauf gesäet. Er wußte wohl nicht, daß das die Blume der Vergessenheit sei; sie war für ihn vielmehr das Gegenteil, denn Fritz und seine Mutter hatten sie einst so gern gehabt. Und als später die Kartoffelstauden mit den lichtgrünen Äpfeln und schon in dunkeln Blättern standen, öffnete neben ihnen der Mohn seine Knospen und wiegte die leuchtend roten Blumen in dem schwülen Sommerhauch.

Der alte Mann, der auf der Bank daneben saß, schien freilich wenig zu dieser Sommerpracht zu passen: der Bart schien seit acht Tagen nicht rasiert zu sein, und die tiefliegenden blaßblauen Augen sahen wie über Welt und Leben hinweg. Er hatte den Brief, den er in der Hand hielt, eben vielleicht zum zehnten Mal gelesen: er war von Fritz; Fritz war nach Kalifornien gegangen.

Das Goldfieber war derzeit noch lange nicht vorüber; noch manchen lockte es in die Minen und manchen in den Tod; manchem schlugen dort die Keime seiner Natur zu Trunksucht, Spiel und Raub, die vielleicht für immer sonst geschlafen hätten, in Wucherpflanzen auf und erstickten ihn. Freilich war Fritz nicht als abenteuernder Minierer, sondern als festgedungener Böttcher für eine dortige Exportschlachterei mit einem Hamburger Genossen hinübergegangen, aber das Wort »Kalifornien« klang doch wie Gold und Abenteuer, und es war zuerst vor seinem Ohr geklungen, da er aus jenem Briefe seines Vaters dessen drohende Verarmung herauszulesen meinte. Er hatte seine feste Arbeit; aber wenn die Gelegenheit käme, weshalb sollte er nicht auch dazwischenspringen und seinem Vater ein sorgloses Alter mit nach Haus bringen!

Meister Daniel seufzte nicht; er ließ nur den Kopf hängen und rieb sich mit der Hand den Stoppelbart; aber er sah nicht neben sich die roten Blumen wehn und hörte nicht den Iritsch, der über ihm aus dem Laub des Baumes sang, selbst nicht den leichten Schritt, der jetzt von dem unten vorbeiführenden Weg aus dem Gartensteig heraufkam. Erst als eine kleine Hand sich auf die seine legte, blickte er auf. »Magdalena, Kind, bist du es!« sagte er.

Sie nickte. »Ich wollte nur den Vogel gern einmal wieder hören!« Aber sie sah ihn fast erschrocken an.

»Ja, ja« – sprach er wie zu sich selber –, »der Dompfaff, der ist noch da.« Dann ging er mit dem Mädchen nach dem Hause zu.

Es war schon zu Ende des November. Meister Daniel saß nachmittags in seiner Giebelstube und hatte sich ein behaglich Feuerchen im Ofen gemacht, es roch sogar nach Kaffee, der wohl darinstehen mochte; er wollte heute noch zu seinem Nachbar, dem Barbier, denn der Bart war wieder einmal gar zu lang geworden, und dann ins Stift zu seiner Schwester: heute sollte sie gewiß nicht schlafen, denn der erste Brief aus Kalifornien war angekommen. »Geld verdienen ist hier keine Kunst«, schrieb Fritz; »aber man muß es fest in der Hand halten, wenn es nicht wieder wie Sand durch die Finger laufen soll; zwei Jahre, dann, Vater, klopf ich an Deine Tür; dann arbeiten wir wieder zusammen!«

Der Dompfaff hüpfte fröhlich in seinem Bauer; ein glücklich Lächeln ging über des Alten Angesicht, und er wollte sich eben seinen Kaffee aus dem Ofen holen, da hörte er es draußen die Treppe heraufhüpfen, ein spitzer Finger pochte an die Kammertür, und als sie sich öffnete, erschien Mamsell Riekchen Therebinte auf der Schwelle. »Oh, Mamsellchen!« rief der Alte.

Und Riekchen machte einen Knicks; sie hatte ihren Schildpattkamm von der Gräfin eingesteckt und Filethandschuhe angezogen. »Ich kann wohl gratulieren?« sagte sie.

»Wozu?« frug der Alte hinterhaltig, »Sie meinen wohl, es riecht hier nach Geburtstag?«

»Oh, Herr Basch! Ich denk, zwei einsame Hauskameraden sollten Freud und Leid zusammen teilen, und heute vormittag – ja, ja, ich habe den Briefboten attrappiert – ist doch wohl Freude bei Ihnen eingekehrt; da möcht ich mir nun meinen Anteil ausbitten!«

Er drohte ihr mit dem Finger. »Weibsen! Weibsen!« sagte er schelmisch. »Aber, im Vertrauen, Mamsellchen, ich hab's gar gern, wenn ihr Frauenzimmerchen ein bißchen neugierig seid!« Er seufzte, doch er lächelte auch dabei. »Mein selig Linchen war es auch!« flüsterte er ihr ins Ohr.

Und während Riekchen sich verschämt mit ihren Händchen über die bedeutende Stirn strich, lief Meister Daniel zu einem Wandschränkchen und holte Tassen und Teelöffel; dann nahm er den heißen Kaffee aus dem Ofen und schenkte seiner Hausgenossin ein. »Und hier ist Zucker!« sagte er, »bedienen Sie sich, Mamsellchen. Ja, ja, Sie haben recht, heut ist ein Freudentag; ich habe Nachricht von meinem Fritz!« Und ohne seinen Kaffee zu berühren, nahm er den offenen Brief vom Tisch – – aber er mußte lachen, er hatte vergessen, seine Brille aufzusetzen. Aber nun tat er es und begann den Brief zu lesen, während Mamsell Therebintchen mit zierlichem Finger ihre Tasse vom Munde wieder auf die Unterschale setzte.

Als er aber an die Stelle kam, wo Fritz für seine Heimkehr nur noch eine zweijährige Frist setzte, da schien plötzlich auf dem Antlitz der mit gefalteten Händen Horchenden die Teilnahme zu erlöschen.

Sie räusperte sich ein wenig, und Meister Daniel sah sie an. »Ist Ihnen nicht wohl, Mamsellchen?« frug er heiter; »Ihre Äuglein sehen auf einmal so betrübsam!«

Und Mamsell Riekchen sah ihn fast bittend an. »Ach, lieber Meister«, flüsterte sie, »dann werd ich wohl mein Stübchen und Ihr Haus verlassen müssen!« Und sie seufzte, daß es ganz still in der Kammer wurde.

Meister Daniel war schier bestürzt, so hatte er den Fall noch gar nicht angesehen; aber er faßte sich, da war ja noch die kleine Schlafkammer des Gesellen; er nahm ihre Hand: »Nein, nein, liebes Mamsellchen, Fritz wird Sie nicht verdrängen; er ist ein bescheidener Junge, seiner lieben Mutter guter Sohn! Sie sollen auch Ihre Freude an ihm haben; dann wird es wieder laut und lustig hier im Hause, und im Garten wachsen Erbsen und Bohnen und Blumen; auch türkischen Weizen zieht er – ganz wie es früher war zu seiner Mutter Zeit!«

Da lächelte das Mamsellchen wieder, und sie tranken ihren Kaffee und lasen den Brief zu Ende; und als das alte Dämchen sich empfahl, erbat sie sich und erhielt noch die Erlaubnis, im nächsten Frühjahr zwei Suppenkräuterbeete zu gemeinschaftlichem Gebrauche in dem Garten anzulegen.

Der Meister Daniel aber ging schrägüber zum Barbier, dann glattrasiert ins Stift zu seiner alten Schwester, und Salome blieb, während er ihr den Brief vorlas und noch lange nachher, ganz wach und munter; sie saß in ihrem Lehnstuhl und er dicht an ihrer Seite, und die Hände der alten Geschwister ruhten in stummer Freude ineinander; nur mitunter sagte sie: »De Jung! De Jung! He kann wat, und dat in Amerika!«

Als Daniel am Abend heimkam, faßte er den Entschluß, dem Dompfaffen das Stück noch weiter vorzupfeifen. Was sollte Fritz sich wundern, wenn er nach zwei Jahren ihn so singen hörte!

Das war ein Freudentag in Meister Daniels Leben; aber er wiederholte sich nicht, der Winter kam, aber kein Brief von Fritz, und je weiter es in die Zeit hineinging, desto schwächer wurde der Schimmer jener Freudenflamme, und desto dunkler wurde es um den einsamen alten Meister.

Als nach ein paar Jahren die Krokus im Schloßgarten blühten, trat ein einfacher Leichenzug aus dem Tore des St.-Jürgen-Stiftes: ein Kränzchen von Primeln und Immergrün lag auf dem Sarge, ein alter Mann ging zunächst hinter demselben; er ging etwas stumpelig, und auf seinem Antlitz mit den schlohweißen Augenbrauen zuckte eine unruhige Trauer. Es war wohl nicht um die Tote, die er auf ihrem letzten Weg begleitete, denn sie hatte in mählich verdämmerndem Bewußtsein das äußerste Lebensziel erreicht; aber der alte Mann hatte jenseits des Meeres einen Sohn, sein einzig Kind, und er wußte seit lange nichts von ihm; die Tote aber war die Letzte gewesen, die aus ihren Träumen noch nach ihm gefragt hatte.

Der alte Mann war Daniel Basch, der seine Schwester Salome begrub; den kleinen Kranz hatte seine Mieterin, das gute Riekchen, gebunden. »Das ist unser Altjungfernrecht«, hatte sie gesagt; »ohne Kranz nicht zu Tanz!«

Der Zug ging Schritt für Schritt die Straße hinab nach dem zweiten Kirchhof am Nordwestende der Stadt, wo Daniels Familiengrabstätte lag. Als er dort an die offene Grube trat, sah er in derselben die Seitenbretter eines morschen Sarges aus der Erde ragen; seine Hand zuckte, als ob er etwas fassen müsse; er kannte den Sarg, es war ihm fast als wie ein schrecklich Wiederfinden. Dann wurde der frische Sarg hinabgelassen, und die hinabgeschaufelte Erde dröhnte auf dem Deckel; Daniel nickte noch einmal in die Grube, und während der alte Propst das Vaterunser sprach, murmelte er leis für sich: »Dein Wille geschehe im Himmel und auf Erden!«

Erst als er wie betäubt nach Hause ging, ergriff ihn ein jäher Schmerz um seine alte Schwester, daß er nur mit Gewalt einen Tränenausbruch zurückdrängte; er war nun ganz verlassen.

Als er in seinem Hause nach der Giebelkammer hinaufstieg, stand er mitten auf der Treppe still: er hörte den Vogel in der Kammer pfeifen. Das hatte er freilich schon tausendmal gehört; aber heute kam es so frisch, ganz wie ein Frühlingsruf aus der kleinen Brust herauf; Meister Daniel erklomm die letzten Stufen und brummte zur Begleitung die Worte der Melodie. Aber was war denn das? Der Meister hatte, an dem Erfolg verzweifelnd, in den letzten Wochen seinen Unterricht ganz aufgegeben; immer hatte der Schüler nur gestümpert; und jetzt – jetzt sang er alles: womit ihn Fritz ins Haus gebracht, was dieser ihn gelehrt und was zuletzt der Meister selbst ihm vorgepfiffen hatte. Die unerwartete Freude hatte dem Alten wohl den Kopf verwirrt, dann er wandte sich wieder, faßte mit jeder Hand eine Stange des Geländers, und sich vorbeugend, rief er laut ins Haus hinab: »Fritz! Fritz! Nu fleut he ock de tweete Reeg!«

Da öffnete sich rasch die Tür der unteren Wohnstube, und Mamsell Riekchen war auf den Flur hinausgehüpft. »Wer? Was flötet, Meister Daniel?« rief sie ängstlich.

»Der Dompfaff! Der Dompfaff!« kam es von der Treppe herunter.

»Ach, Sie und Ihr alter Dompapst!« rief Mamsell Riekchen und hüpfte in ihre Kammer zurück. ›Sonderbarer Mann!‹ sprach sie zu sich selber und schüttelte ihre beiden dünnen Locken; ›hat eben sein' Schwester begraben und schreit um seinen alten Dompapst!«

Der alte Mann dort oben hatte sich auch besonnen; der Vogel zwar hatte seine Lektion; wo aber war der, den er gerufen hatte?

Um diese Zeit war es, daß der Sohn eines Kellerwirts, »der Amerikaner«, wie sie ihn später nannten, als er sich nichtsnutzig in der Stadt umhertrieb, aus Kalifornien wieder nach Haus gelangte. Er war trunkfällig und großmäulig und führte zur Unterstützung seiner Reden eine rasche Faust, daß die Leute es sich schon gefallen ließen wenn er in der Fuhrmannskneipe seine Geschichten auftischte und seine Goldbröcklein aus der Tasche holte. Mit Grafen und Zigeunern, Türken und Heiden, so erzählte er eines Abends, auch freilich mit Fritz Basch habe er Gold gewaschen. – Aber der sei ja in San Franzisko in einer Schlachterei; meinte einer der Stammgäste. – Der Amerikaner lachte: »Hat sich ausgeschlachtert! Die Bretterbuden sind verbrannt; die hounds haben die Kassen genommen.«

»Hounds – was sind Hounds?«

»Hunde! Spitzbuben! Räuber sind's!« rief der Amerikaner. »Ihr kennt hier so was nicht! Noch ein Glas, Harke; schmeckt wohlfeil hier bei euch!«

Das junge Schenkmädchen war, die Hand auf einer Kanne, stehengeblieben: »Sagt, wenn Ihr so gut sein wollt, was treibt Fritz Basch denn itzt? Wir sind zusammen eingesegnet.«

»Fritz Basch?« erwiderte der Goldgräber und sah sich frech am Tische um. »Kalkulier', der hat's wohl ausgetrieben!«

»Was sagt Ihr! Was ist's mit Fritz Basch?« riefen die Gäste; denn der frische Junge war in aller Gedächtnis.

Der Amerikaner trank erst sein Glas bis auf die Nagelprobe. »Ihr kennt das hier nicht«, sagte er dann wieder; »im Süden, im Oregon war's; ein neues Goldlager! Ihr kennt das nicht: von Asien, Afrika, Europa rannten sie herbei; der Staub, der Morast, das Schnauben und Toben von Mensch und Vieh; aus hundert Sprachen schrien sie durcheinander, schlimmer als beim Turmbau zu Babel: ein Irländer wurde verrückt; ein Franzos wollte alles überschreien, bis er am Ende nur noch pfeifen konnte; aber Gold! Gold war für alle! – Harke, noch ein Glas!« unterbrach sich der Erzähler.

»Aber Fritz! Was war mit dem? War er dabei?« riefen die andern.

»Dabei? – Ob er dabei war! Er grub und wusch für zwei! Einen Beutel voll Gold hatte er schon, den er allzeit festgebunden in der Hosentasche trug.«

»Weshalb denn ist er nicht mit hieher gekommen? Habt ihr Streit gehabt?«

Der Amerikaner schüttelte den Kopf: »Streit? Streit genug; aber nicht zwischen uns. In den Minen, abends in den Zelten, wir spielten fast die Nächte durch; habt von der Wirtschaft wohl schon reden hören. Aber Fritz wollte nicht, und wenn sie ihn zerren wollten, sprach er: ›Spielt! ich mach nicht mit; muß meinem Vater ein weich Kissen für seinen alten Kopf mit nach Haus bringen; hab kein Gold für euere Karten!‹ – Aber sie kriegten's heraus, daß er die Taschen voll hatte; so kam's zum Streit, und in einer Nacht – ihr kennt das nicht –, da wurden die Messer blank, und eins davon fuhr ihm zwischen den Schultern in den Rücken.«

Die blonde Dirne stieß einen Wehlaut aus. »Der arme alte Daniel!« rief ein anderer; »es war doch nicht zum Tode?«

»Zum Leben auch nicht!« sagte der Amerikaner; »ich hab ihn später nicht mehr gesehen, und wenn sein Leichnam nicht zufällig einem neuen Claim im Wege lag, so werden die Geier und die Ratten ihn schon begraben haben!«

– – Ein paar Tage später saß der Erzähler auch bei dem alten Meister Daniel auf der Bank unter Mamsell Riekchens Fenster, und bis weit hinab und hinauf in die Straße konnten die Leute, die dort gingen oder vor ihren Türen saßen, ihn reden hören. »Na, good-bye, Meister!« sagte er endlich, rückte seinen Hut und schlenderte gleichgültig, die Hände in den Hosentaschen, weiter.

Der Alte sah ihm lang mit starren Augen nach; als er sich aufrichten wollte, taumelte er auf die Bank zurück; er machte noch einmal den Versuch, und nun ging es: mit den Händen an der Wand tastete er sich durch seinen Hausflur und ebenso die Treppe hinauf; als er in die Kammer gelangt war, schloß er hinter sich die Tür. Wer auf der Gasse vorüberkam, sah die Sonne über die geschorene Linde weg ins offene Fenster scheinen und hörte den Dompfaff sein allbekanntes Lied pfeifen.

Nach einigen Wochen aber wurde hie und da erzählt, der alte Daniel Basch sei so was wunderlich geworden; der Amerikaner habe auch ihm das Stück von seinem Sohn erzählt, da sei ihm die Trauer in den Kopf gestiegen. – Auch in meinem Hause wurde davon gesprochen; da seine Mutter bei meiner Großmutter lang in treuem Dienst gestanden war, so gehörten wir zu seiner ihm noch jetzt verbliebenen Kundschaft. Die Aufträge meiner Frau waren, nach deren Äußerung, bisher prompt und sauber ausgeführt; nur eben jetzt hatten wir lange auf ein Badewännchen für unser kränkelndes Kind gewartet. »Geh doch einmal selber bei dem Alten vor«, sagte sie eines Tages zu mir; »dein Spaziergang führt dich ja oft dort vorbei!«

Als ich mich, des gedenkend, am folgenden Nachmittage seinem Hause näherte, sah ich dort eine Leiter über der Haustür angelehnt; den darauf Stehenden aber verbarg mir das Laub des Lindenbaumes. Als ich herantrat, erkannte ich unseren alten Meister selber; er hatte in der einen Hand einen Meißel, in der andern einen Hammer und war damit beschäftigt, den vor Jahren dem Türstück angestrichenen Mörtel wieder loszuarbeiten, und schon sah der Schädel des Todes wieder aus dem wüsten Staub hervor.

Als der Alte auf meinen Gruß, den ich ihm hinaufrief, mich erkannte, kam er hastig von seiner Leiter herabgeklommen und führte mich durch den schmalen Hausflur in die Werkstatt. »Es ist fertig, ganz fertig, Herr Landvogt!« sagte er und sah mich aus erschreckend hohlen Augen an; »daß Ihre gute Frau mir nur nicht bös wird! Ich hatt's vergessen; rein vergessen – die letzten Wochen!« Er griff in eine Ecke und wies mir die fertige Wanne vor. »Die letzten Wochen!« wiederholte er noch einmal leise vor sich hin.

Ich faßte seine Hand und fühlte, wie sie in der meinen bebte. »Ich weiß es, Meister«, sagte ich; »sie haben großes Leid zu Euch gebracht.«

Da hörte ich den Dompfaff pfeifen, den ich bis jetzt nur von Hörensagen kannte; er hing in seinem Bauer jetzt hier in der Werkstatt innerhalb eines kleinen Oberfensters; vom Hofe nickte ein blühender Flieder zu ihm herein.

Der Vortrag des kleinen Künstlers schien mir so lieblich, ja – was indes wohl nur die Folge meiner Stimmung war – so voll Empfindung, daß ich schweigend horchte. »Da habt Ihr einen anmutigen Hausgenossen!« sagte ich.

Der Alte ließ den weißen Kopf sinken. »Den letzten«, murmelte er; »und nur ein Vögelchen.«

»Den letzten? Ich dachte, es wohne auch noch so ein altes munteres Jüngferchen bei Euch?«

Meister Daniel nickte: »Ja, ja, Herr; nur – sie hat die anderen nicht gekannt; der« – und er schaute zärtlich zu dem Vogel auf – »ist noch von meinem Fritz!«

Ich hätte ihm zurufen mögen: ›Laßt nicht den Kopf hängen, Alter! Wer weiß, der Fritz kommt dennoch eines Tages in die

Tür gesprungen, und es wird wieder jung und lustig in Euerem Hause!‹ Denn ich traute dem verlumpten Schwätzer nicht, der jene Kunde über das Meer gebracht hatte; aber dennoch – es sah dem Fritz nicht ähnlich, und das Ende war wie ein Blatt aus einer Tagesnummer von da drüben; ich gab schweigend dem alten Mann die Hand. »Meine Frau wird die Wanne holen lassen«, sagte ich; »möge Gott Euch trösten, Meister Daniel; die Welt ist ja so reich.«

Als ich aber einen Blick auf den gebrochenen Mann warf, der noch immer nach dem Vogelbauer starrte, als gäbe es nun nichts Weiteres für ihn, da schämte ich mich meiner dummen Weisheit und wollte schweigend davongehen.

In der Haustür aber hatte er mich eingeholt; er hielt die Zipfelmütze in der Hand. »Verzeiht, Herr!« wiederholte er ein paarmal mit einem unbeholfenen Diener.

Nur ein paar Häuser weit hatte ich mich entfernt, als ich schon wieder von der Leiter herab die Schläge des Hammers auf den Meißel hörte; der Alte arbeitete schon wieder seinen Tod zutage.

– – Sie sagten, Meister Daniel sei wunderlich geworden, und es war vielleicht auch so; freilich die wenige Arbeit, die er noch zu verrichten hatte, geriet ihm nach wie vor; aber das Handwerk, oder was davon in früheren Jahren in seinem Kopfe hatte sitzen müssen, war ihm allmählich in die Faust hinabgestiegen, und die war noch leidlich zu gebrauchen. Im übrigen hatte er seine alten Bücher wieder in die Schubladen gepackt: was sollte er von den Dingen der Welt noch lesen, da seine Lieben keinen Teil mehr an ihr hatten! Für ihn war jetzt ein anderes: wenn abends die Dämmerung sich dem Dunkel nahte oder wenn der Mond aus seiner Himmelshöh' herabschien, dann schritt Daniel aus seinem Hause die Süderstraße hinab, über den Markt und hinten durch den einsamen Schloßgang, durch die Lindenalleen und durch den Totengang nach dem Kirchhof. Er trug keine Blumen oder Kränze dahin; aber unter der kleinen Linde, die auf Linas und Salomes Grabe wuchs, hatte er ein schmales Bänkchen zimmern lassen; dort saß er und blickte, solange noch ein Schimmer davon sichtbar war, nach Westen auf das Meer und dachte an die Ewigkeit, welche nur allein noch vor ihm lag.

Aber auch wenn schon das Dunkel ihn rings umschlossen hatte, blieb er dort mitunter sitzen.

Da er eines Abends erst nach elf Uhr seine Haustür aufschloß, kam ihm Mamsell Riekchen aus ihrer Stubentür mit einem brennenden Licht entgegen; sie hatte so lang in Schillers »Räubern« gelesen. »Mein Gott, Herr Basch, wo kommen Sie her? Ich denk, Sie liegen über mir in Ihrem Bett; sonst hätt ich die grauliche Geschichte nicht so spät gelesen!« Plötzlich hüpfte sie auf und nahm ihm ein weißes Blättchen von einem Grabkranz aus den Haaren. »Das ist ja von dem Kirchhof!« schrie sie. »Was machen Sie auf dem Kirchhof?«
Der Alte nickte: »Ja, ja, Mamsellchen!«, und ein wunderliches Glänzen brach aus seinen Augen; »mein selig Mutter war heut auch bei uns, in ihrer kalmankenen Nachtjacke; aber sie hatte Erde auf ihren weißen Haaren; nur mein Fritz – die Reise war auch wohl zu weit«, setzte er leis und wie entschuldigend hinzu.
»Herr Basch«, rief Mamsell Riekchen und wehte abwehrend mit ihrem Schnupftuch gegen ihn, »Sie machen einem bange! Kommen Sie; ich leuchte Ihnen nach Ihrer Kammer; ich koche noch schnell ein Täßchen Kamillentee, damit Sie auf andere Gedanken kommen!« Und der Alte ließ sich hinaufleuchten und trank geduldig den Kamillentee.
»Ihr gütigen Engel!« rief Mamsell Riekchen, da sie unten in ihrem Zimmer war, »er ist ganz wunderlich; aber bei solcher Stirn – was war da andres zu erwarten!«
– – Von der Zeit an hielt Mamsell Therebinte über des Meisters Hauswesen eine stille Aufsicht; »denn«, sagte sie, »böse Menschen könnten ihm bei hellem Mittag das Dach vom Hause wegstehlen!« – Aber auch der Garten unterlag ihrer Sorge, und sie paßte eifrig auf, daß nicht die Nachbarskatze oder Hühner sich in den von ihr neu angelegten Suppenkrautbeeten häuslich einrichteten, besonders beunruhigte sie ein fremder Junge, den sie mehrmals durch den Garten gegen das Haus hatte heranschleichen sehen; aber sobald er sie erblickt hatte, war er eilig seitwärts durch die Nachbarsgärten davongerannt, so daß sie von seinem Kopfe nur einen fahlblonden aufgesträubten Haarpull zu Gesicht bekommen hatte. Als sie eines Nachmittags mit Magdalene vom Hause aus in den Garten ging, fuhr diese plötzlich wie erschrocken auf. »Was hast du, Lenchen?« frug Mamsell Therebinte.
»Ich? Nichts«, sagte Lenchen; aber es knatterte drunten zwischen den Büschen, und ihre Augen sahen ängstlich nach dieser Richtung.

»War der Junge da, von dem ich dir gesagt habe?« frug Riekchen.

»Nein, ich weiß nicht.«

»Hm, hm!« machte Mamsellchen, und damit war die Unterredung aus; aber Lenchen mußte nach Hause und schien froh, von der Alten loszukommen.

Ein paar Tage später war der Junge wieder sichtbar geworden, und diesmal hatte er Mamsell Riekchen sein volles Antlitz zugekehrt; aber sie kannte ihn nicht; er schielte, er hatte eine kurze dicke Nase. Pfui«, sagte sie; »ein übler Knabe! Was will er? Stehlen? Aber gewiß, so sehen die Spitzbuben aus!«

Im ersten Augenblick wollte sie zum Meister in die Werkstatt; aber nein, mit dem war jetzo nicht zu reden. Sie schauderte noch ein wenig; dann ging sie in das Haus zurück, versicherte aber bei ihrem Eintritt die Hintertür mit Haken und mit Schlüssel und setzte sich in ihrem Stübchen nachdenklich an ihren engen Strickstrumpf. Soviel war gewiß, und sie nickte bestätigend mit ihrem Köpfchen, die ganze Verantwortung lag jetzt auf ihr.

In dem damals sehr heißen August war ein großes Fest in unserer Stadt; ich weiß nicht, war der König da oder was sonst; aber auf den Abend sollte im Rathaussaal getanzt werden, und seit Mittag war Riekchen Therebinte bald in diesem, bald in jenem Hause, um den Honoratiorentöchtern bei ihrem Staat zu helfen. Meister Daniel hatte den Nachmittag an der Wiederherstellung eines kleinen Eimers gearbeitet; er war schon alt und auseinandergefallen, denn der Meister hatte ihn einst für seinen Fritz gemacht; nun wollte er ihn dem Lenchen schenken, wenn sie nächstens ihn besuchen würde. Ihm war warm dabei geworden, und er mußte sich auch noch fortwährend die winzigen »Gnaupen« vom Gesicht wischen, die derzeit zu wahren Plagegeistern wurden. Aber allmählich verschwanden die Tierchen; die Dämmerung kam, und ein gelber Abendschein fiel schräg vom Westen her auf die weißgetünchten Wände der Werkstatt. Der Meister ließ die Arbeit aus den Händen gleiten; er saß auf der Schnitzbank und sah nach seinem Vogel, der am oberen Fenster hing und sich duknackig zusammengeplustert hatte. »Papchen! Mein Papchen!« rief der Alte zärtlich; aber der Vogel rührte sich nicht: da stand er auf, rückte hastig einen Stuhl an das Fenster und stieg hinauf.

Unter der Holzdecke, in deren Nähe das Bauer hing, war eine Todesglut. Der Alte stieß mit zitternder Hand das obere Fenster auf und hakte es fest; dann sah er wieder angstvoll auf seinen Vogel. »Nicht krank werden, Papchen!« flüsterte er ihm zu. »Fritz ist tot und Daniel ein alter Mann!« Er faßte an das Trinkglas des Vogels; es war heiß wie ein Suppentopf. Rasch trat er von dem Stuhl herunter, trabte mit dem Glase zum Brunnen auf dem Hofe und füllte es mit frischem Wasser, das er aus der tiefsten Tiefe heraufzog. Als er wieder in der Werkstatt war und das Glas vor dem Bauer in den Drahtring gehangen hatte, stand er lange mit den Händen auf dem Rücken und blickte gespannt nach seinem Vogel, der sich deutlich gegen den Abendschimmer draußen abhob. »Trink nun, Papchen, trink!« sprach er halb wie zu sich selber. »Soll nicht wieder passieren; der alte dünne Kopf! Wir müssen zusammen aushalten; so trink nun doch, mein Papchen!«

Und wirklich, der Vogel spreitete die Flügel und reckte den Kopf auf, als ob er jetzt erwache; und Daniel sah ihn zu seiner Beruhigung nach dem Glase hüpfen und in durstigen Zügen den klaren Quell hinunterschlürfen.

Die Dämmerung fiel immer stärker; der Meister band sein Schurzfell ab, zog seinen Rock an und machte sich zu seinem Abendgange nach dem Kirchhof fertig. Als er eben aus dem Hause gehen wollte, fiel ihm die Hoftür ein; er lief zurück und versicherte sie mit Schlüssel und Haken, denn er wußte, daß Mamsell Therebinte heut in der Stadt ihre Kammerjungferngeschäfte trieb; dann schloß er auch die Haustür ab und ging durch den ungewöhnlich dunkeln Abend die Straße hinunter zu seinen Toten.

Er blieb lange auf dem Kirchhof, denn er feierte heute den Geburtstag seiner Line. Wer außer ihm noch dort gewesen war, den hatte das nahende Gewitter nach Haus getrieben, das im Westen über dem Meer heraufstieg. Er saß allein in der Finsternis auf der kleinen Bank und dachte wohl, wie er vor Jahren mit ihr, die jetzt unter ihm verweste, Hand in Hand unter dem Birnbaum in dem damals so wohlgepflegten Garten gesessen hatte. Die Donner, die schon lange gemurrt hatten, wurden lauter; mitunter hob ein jäher Blitzschein die Totenkreuze und Urnen um ihn her auf einen Augenblick aus dem Dunkel in ein gelbblaues Licht, und ein Rauschen fuhr durch die Eschen des Kirchhofs. Als jetzt ein dröhnender Schlag vor ihm wie in den Grund hinabprasselte, erhob er sich unwillkürlich. Noch ein Weilchen stand er und neigte das Ohr nach dem Grabhügel; aber die Toten schliefen fest genug; dann trat er den langen Weg nach seinem Hause an. Als er von der Norderstraße über den Stiftskirchhof ging, zeigte ein Blitz ihm für einen Augenblick die beiden Zackengiebel und die Seitenmauer des langen Stiftsgebäudes und darin das Fenster, hinter welchem er so manches Mal bei seiner Schwester Salome gesessen hatte; es war dort niemand mehr, der zu ihm gehörte, und er begann einen kleinen Trab zu laufen; ihn ergriff eine plötzliche Sehnsucht nach seiner öden Wohnung; auch mußte er in der Werkstatt den offenen Fensterflügel schließen, damit der schon in großen Tropfen fallende Regen nicht seitwärts in das Vogelbauer und auf seinen Dompfaff schlage.

Mamsell Riekchen lag schon hinter den geblümten Gardinen ihres Jungfernbettes, als der Meister in sein Haus trat und sie ihn eilig in die Werkstatt gehen hörte. »Den lieben Engeln Dank«, sagte sie und streckte ihr Figürchen behaglich unter dem Deckbett, »daß wir den alten Mann zu Hause haben!« Denn von draußen schlug der Gewitterregen wie in Strömen gegen die Fenster. »Nun wird er gleich seine Stiegen hinaufklettern, und dann ist Ruh im Hause!«

Aber es dauerte eine Weile; dann hörte sie von der Werkstatt her ein Hantieren mit Brettern und Dauben, die dort in Menge an den Wänden standen, als ob jemand in hastigem Suchen alles durcheinanderwerfe; dazwischen klatschte draußen der Regen von den Dächern und aus den Rinnen auf die Straße. Sie hatte sich in ihrem Bette aufgerichtet und drückte ihre eingewickelten Schmachtlöckchen an die Schläfen; denn sie wollte nicht schlafen, bevor auch ihr alter Mietsherr zur Ruhe wäre. »Gott sei tausendmal Dank!« sagte sie, als sie ihn endlich aus der Werkstatt in den Flur treten hörte. – Aber, was war das? Er ging nicht nach der Treppe; die Hoftür wurde aufgeschlossen und geöffnet; er ging hinaus in all das Wetter!

Sie saß noch eine Weile; aber so gleichmäßig, so einlullend strömte jetzt der Regen; Mamsell Riekchen war zurückgesunken; ihre Atemzüge verkündeten deutlich den gesunden Schlaf.

– – Nur der schwindsüchtige Nachbar Schneider, dessen Schlafkammer nach dem Garten lag, hatte erst eben vor dem Zubettgehen das Licht gelöscht und wachte noch mit seiner Ehefrau;

erst vor einem halben Stündchen hatte er die Nadel in das Kissen gesteckt.
»Huste doch nicht so, Jan Peters!« sagte sie stämmige Ehehälfte, die neben ihm unter der Decke lag.
»Ja, ja, Trine, mit deinen Lungen würde ich's auch nicht tun. Horch nur, wie der Regen plascht!«
In diesem Augenblick hörten beide die Hintertür des Böttcherhauses aufklinken und bekannte Schritte durch den Gang nach dem Garten traben. »Um Christi Barmherzigkeit!« rief das Weib; »ich glaub, der alte Basch will noch spazierengehn!«
»Laß ihn!« sagte der Schneider und hustete wieder.
»Nein, nein! Was hat das zu bedeuten?« Und das Weib sprang mit beiden Füßen aus dem Bett und stellte sich an das Fenster, um die Finsternis draußen mit ihren runden Augen zu durchdringen. »Ich glaub«, sagte sie, »er watet drunten in seinen Kartoffeln, die auch längst im Keller sein sollten! Was will er denn in den Kartoffeln?«
Der Mann im Bett antwortete nicht; aber in demselben Augenblick drangen durch das Getose des Wetters von drunten aus dem Nachbarsgarten ein paar Worte zu ihnen herauf. »Papchen, gut Papchen!« hörten sie es schmeichelnd rufen; dann aber, nachdem eine Weile der stärker niederstürzende Regen jeden Laut verwischt hatte, erscholl ein Jammerruf, daß der müde Schneider aus seinen Kissen in die Höhe fuhr.
»Still!« rief das Weib und drängte ihren Kopf noch härter an die Scheiben.
»Trine!« begann der Mann wieder; »das war der alte Basch! Sollen wir ihm auch zu Hülfe kommen? Wenn ich da draußen wär, ich holte mir den Tod.«
Sie antwortete lange nicht; dann nach einigem Rufen war es still geworden. »Laß ihn!« sagte sie; »die Verrückten können mehr vertragen als du; was will er mit seinem Vogel nachts im Garten laufen?«
Damit war sie wieder unter die Decke gekrochen; vom Kirchturm schlug es elf; und bald danach schnarchten auch die beiden Schneidersleute.
– – Aber am Tage darauf lief es durch die Nachbarschaft, dem alten Basch sei am vorigen Abend sein Vogel davongeflogen; nun sei er in dunkler Regennacht in seinen Kartoffeln umhergelaufen und habe unter jeder Staude visitiert; und ein Spaß für die gan-

ze Stadt war es, als am Nachmittage der Bettelvogt durch die Straßen wanderte und, mit seinem Schlüssel an das große Messingbecken schlagend, ausrief, dem Bötjer Daniel Basch sei sein kunstvoller Dompapst fortgeflogen und wer ihn wiederbringe, solle guter Belohnung gewiß sein! – »wahrhaftig«, riefen die Nachbarn lachend; »das hat Mamsell Therebintchen angeordnet; sie läßt es sich ein Stückchen Silber kosten: am Ende will sie noch den Alten heiraten!«
Und recht hatten sie darin, daß Mamsell Riekchen den Aufruf hatte anstellen lassen; aber der Vogel kam nicht wieder. »Ja, ja«, verteidigte sich der dicke Bettelvogt, als Riekchen bei Auszahlung seiner Gebühr ihn deshalb zur Rede stellte; »wenn's eine Katz oder auch nur ein Karnickel gewesen wär, ich wollte nichts davon sagen; aber so Vögel mit Schwanz und Flügeln, die können eigentlich gar nicht ausgerufen werden.« Und während Mamsell Riekchen über diese unerwartete Antwort sich in ein verwickeltes Nachdenken verlor, ging der Ausrufer behaglich hustend zur Tür hinaus.
Noch einmal kroch sie mit dem Alten in Haus und Garten umher; aber nur das leere Bauer war geblieben, das mit seinem offenen Türchen die ganze Werkstatt zu veröden schien. Als Riekchen nach all dem vergeblichen Suchen den Kräften des alten Mannes mit den Veronikatropfen ihrer Gräfin aufhelfen wollte, schüttelte er langsam seinen weißen Kopf: »Ich danke, gutes Mamsellchen; das ist nicht anders; die irdischen Freuden sind vorüber.« Dann sah er durch das Fenster in den blauen Himmel, als suche er dort das Tor zur Ewigkeit.

Die überraschenden und schnell sich folgenden Vorgänge, welche ich jetzt zu erzählen habe, sind es wohl eigentlich, welche uns in der kleinen Seestadt das Gedächtnis des einfachen Mannes bewahren ließen und mich veranlaßten, den kleinen Spuren seines Lebens nachzugehen, von denen ich einzelne hier aufzuzeichnen vermochte.
– – Es war an einem Spätnachmittage des Septembers, und die Abendsonne lag herbstlich mild auf den braunen Ziegeldächern, als ein Trupp von etwa zwanzig meist aufgewachsenen Jungen sich hurtig, aber in feierlicher Stille, von unseres Meisters Hause die Straße hinaufbewegte, die hier nach Osten zur Stadt hinausführt. Nur selten wurde ein Wort geflüstert; in sachtem Trabe

ging es vorwärts; man hörte nichts als das Geräusch von den Stiefeln oder Holzkloppen, die ebenmäßig über das Pflaster liefen. Hie und da kam noch einer aus den Häusern zugelaufen und schloß sich, eifrig, aber heimlich fragend, dem Zuge an. »Wat is da los? Wo willn jüm hen?« frug eben ein kleiner dicker Bursche.

Und der Gefragte raunte ihm ins Ohr: »Buten na't Brutlock! He will sick versupen!«

»Ah, Snack! Versupen? Wem will sick versupen?«

Und der andere zeigte auf den alten Meister Basch, der in Kniehosen und Pantoffeln, mit Schurzfell und blauer Zipfelmütze, mit fahlem Antlitz und wie leeren Augen in ihrer Mitte trabte.

»Dammi ja!« sagte der neue Junge. »He kickt immer liekut. Warum will he sick versupen?«

»So wes' doch still!« raunte der andere; »wil he nich mehr leben mag.«

»Wem hätt dat seggt?«

»He sülm.«

»Dammi ja!« rief der neue Junge wieder; »wenn man uns' beiden Swemmers mit weren!«

»De sünd all lang vörut.«

Die beiden »Swemmers« waren ein paar ältere kräftige Jungen. Hans Jochims und Harke Mommsen, die Schwimmkünstler unter denen, die draußen bei der Schleuse badeten; sie hatten sich von dem Zuge getrennt und waren aus Leibeskräften vorausgelaufen; denn sie dachten heute ihren Ruhm noch um ein erkleckliches zu mehren.

Der Trupp, der sich rastlos mit dem schlurrenden, trappelnden Geräusche fortbewegte, war endlich vor die Stadt gekommen, wo sich statt der Häuser zur Linken der Steinwall mit den großen Weißdornbüschen hinzieht und rechts die Marschweiden nach dem Hafenstrom hinab liegen. Es ging jetzt rascher vorwärts; sie waren bald zur Stelle; niemand von den Knaben hatte ein Wort zu dem alten Meister gesprochen, er keins zu ihnen; niemand hat es nachher gewußt, woher es kundgeworden, daß sie ihn auf seinem Todesgang begleiteten; ebensowenig kam ihnen der Gedanke, daß sie den Verwirrten zurückhalten müßten; auch die vorausgelaufenen Schwimmer dachten nur, wie sie ihr Heldenstück vollbringen wollten. Wohl begegneten ihnen

ältere Leute, die sie zu Rat und Hülfe hätten herbeirufen können; aber allen von solchen gestellten Fragen setzten sie nur ein stummes Kopfschütteln oder ein nichtachtendes unbewegliches Schweigen entgegen; sie wollten sich nicht stören lassen; die allen Menschen eingeborene Begier, das Letzte, Schauerliche einmal selbst in nächster Nähe zu erleben, trieb sie vorwärts.
Und der alte Mann schien Eile zu haben; er lief immer hurtiger, wie einst, wenn er aus der Werkstatt zu seiner Line in die Küche trabte; er wollte auch zu ihr, nicht zu ihrem Grabe; er wollte nach einer Pforte, durch die er aus der Welt hinaus konnte; zu ihr, zu Fritz, nur nicht mehr in der leeren Welt!
Der Zug wandte sich jetzt rechts nach einem breiten Damm hinauf; ein paar hundert Schritte weiter, wo am Ende desselben eine hochgelegene Landstraße vorüberführte, lag tief unten im Winkel das Brautloch, eins jener schwarzen Wasser, die nach der Sage unergründlich sind. Die Augen der Jungen wurden immer greller, je näher sie den Spiegel in der rötlichen Abendsonne blinkern sahen; und viele Finger streckten sich aus und wiesen auf zwei dort am Abhang liegende Kleiderhäufchen. »De Swemmers! De Swemmers!« rief es aus dem Zuge. Als sie aber noch näher kamen und von dem Damme das Wasser unter ihnen mit seinen hohen Schilfrändern übersehen konnten, lag unten alles blank und totenstill; sie reckten und drehten die Hälse; aber von den Vorausgelaufenen war nichts zu gewahren.
Plötzlich erscholl aus dem Haufen ein durchdringender Schrei des Entsetzens, denn während die Knaben nach ihren Kameraden auf der Wasserfläche aussahen, hatte Meister Daniel einen Zulauf genommen; sie sahen etwas, das sie nicht erkennen konnten, durch die Luft in die Tiefe hinabfliegen und gleich darauf das Wasser unten in klatschenden Wellen emporschlagen.
Der Augenblick war vorüber; es wurde still; die Knaben standen zitternd auf dem hohen Ufer und begannen um Hülfe zu rufen. Aber sie war schon da, und von diesem Augenblicke an wandte sich das Schicksal Meister Daniels; es ging wieder aufwärts, denn die Jugend hatte sich seiner angenommen. Aus den beiden sich gegenüberliegenden Schilfverstecken schwammen mit kräftigem Armschlage zwei nackte muskelstarke Jünglinge hervor, und als die Gestalt des Greises wieder aus der Tiefe auftauchte, schossen sie herzu und hoben ihn mit geschicktem Schwung auf ihre Schultern. »Hurra!« riefen die Jungen, die auf der Höhe

standen, und noch einmal »Hurra!« und immer kräftiger, je näher ihre beiden »Swemmers«, zwei jungen Tritonen gleich, mit starken Schlägen den Verunglückten der heimatlichen Erde zuführten.

Daß Meister Daniel unter einem Hurra der Knaben in die Tiefe gesprungen sei, ist eine Lüge, die schadenfrohe Menschen sich später zugerichtet haben. Die Jugend ist nur selten böse, und der alte Mann mit seinem schönen Vogel hatte den Knaben ja niemals Leid getan. Aber ein halbes Hundert Arme waren bereit, ihn am Ufer seinen beiden Rettern abzunehmen, die jetzt stolz zu ihren Kleidern schritten; ein Paar der Knaben lief nach dem Chausseewärterhäuschen, das nahebei auf dem Damme stand, und die gutmütige Frau, die allein daheim war, öffnete schon die Haustür, durch die nun der ganze Trupp hineinströmte, mit dem Meister, den sie in ihrer Mitte trugen. »Er lebt noch! Er lebt aber noch!« schrien sie der Frau entgegen, und die jugendlichen Gesichter glühten dabei von Lebens- und von Liebesfreude.

Plötzlich gewahrten sie mitten in ihrem Gedränge ein dürres Frauenfigürchen; sie hatte einen Schäferhut auf ihrem Köpfchen, zwei lange dünne Locken baumelten wie geängstigte Schlangen unter ihrem Kinn zusammen. »Riekchen! Mamsell Therebintchen!« erscholl es aus dem Haufen. Und sie war es; sie war in Geschäften in der Stadt umher gewesen; sie hatte bei ihrer Heimkehr das Furchtbare erfahren; sie hatte ein großes Wäschestück in einen Papierbogen gewickelt und war fast ohne Besinnung mit diesem Bündel hinterhergelaufen, das sie jetzt auf den glücklich erreichten Tisch warf. »O all ihr lieben Engel«, stieß sie hervor und sank auf einen Stuhl; »wo ist er, ihr Knaben, wo habt ihr den alten Meister Daniel Basch gelassen?«

Die Knaben aber drängten ihre Köpfe gegen sie und schrien wieder: »Aber er lebt! Er lebt, Mamsell!«

Da schnellte Riekchen Therebinte wie eine Stahlfeder von ihrem Stuhle auf. »Er lebt?« rief sie.

»Ja, ja, er lebt! Dreht Euch nur um, so könnt Ihr's selber sehen!«

Aber Riekchen drehte sich nicht; wie in Todesangst flog sie auf ihr Bündel zu, bemächtigte sich desselben und war im Augenblick zur Tür hinaus. »Ich lauf zum Physikus! zum Physikus!« rief sie in der Eile noch zurück; dann lief sie wie ein Bruushähnchen auf dem Damme der Stadt entgegen. Die gute Frau des

Wärters aber kleidete den Verunglückten sorgfältig in ihres Mannes Wäsche.

Das auffällige Gebaren des kleinen Mamsellchen hatte freilich seinen Grund: sie hatte dem Meister – so wurde anderntags erzählt – in ihrem Bündel sein vor vierzig Jahren angefertigtes Totenhemd nachgetragen, das dieser ihr tags vorher kraus und vergilbt gegeben hatte, damit sie es mit ihren Linnensachen durch die Wäsche gehen lasse. Sie hatte sich nun doch geschämt, es für den Lebenden auszupacken.

– – Als aber der Mond aufgestiegen war und von den Häusern der Stadt tiefe Schatten auf die Straße fielen, kam von draußen her ein langer Tragkorb, der in Meister Daniels Haus gebracht wurde; nur der Physikus war nebenher gegangen; Mamsell Riekchen hatte in der Straßentür schon auf den Zug gewartet.

Meister Daniel war in eine schwere Krankheit gefallen; tagelang schon lag er ohne Besinnung; das gute Mamsell Riekchen und die alte Arbeitsfrau saßen abwechselnd Tag und Nacht an seinem Bette. Am ersten Tage schien der Zustand des Greises fast verwirrend auf das kleine Dämchen einzuwirken. »Meister! Meister Basch! Besinnen Sie sich! Sie müssen sich besinnen!« hatte sie ihm, ängstlich hin und her hüpfend und an seinem Hemdsärmel zupfend, zugerufen, aber es hatte nichts verschlagen wollen; auch hatte dann der alte Physikus ihr strenge Ruhe auferlegt, und dem Arzte war sie stets gehorsam.

Um diese Zeit kam ich gegen Abend von einer dreitägigen Geschäftsfahrt zurück und war oben an der Süderstraße vom Wagen gestiegen, weil ich einem dort Wohnenden das Ergebnis meiner Reise mitzuteilen hatte. Als ich dann später, da schon alle Handwerker Feierabend gemacht hatten, durch die Straße in die Stadt hinabging, sah ich an der offenen Haustür von Meister Daniels Hause den hageren Nachbar Schneider stehen, als ob er mit sonderlicher Befriedigung nach dem Innern hineinhorche.

»Nun, Meister«, sagte ich, in meinem Gange innehaltend, »gibt es in unseres armen Daniels Hause auch einmal wieder Fröhliches zu erlauschen?«

Er wandte sich zu mir und zupfte sich wie zum Gruße in seinen grauen staubigen Haaren. »Freilich, freilich, Herr Landvogt!« sagte er dann; »horchen Sie nur, wie fix das von der Hand geht. Er ist noch immer bei der Arbeit, wird bald unter den Resten auf-

räumen; schicken Sie nur immer neue Arbeit! Und das Gerät, alles blitzblank, alles amerikanisch! Das arbeitet wie von selber, nun gar, wenn ein solcher Bursch dahintersitzt!«
Der Schneider hustete, wie zur Bestätigung, und zog sich sein grünes Wams über die platte Brust. »Ein Wettersjunge war's!« stieß er hervor; »und Sie werden's sehen, Herr, ein Teufelskerl, ein Böttcher aus dem Fundament ist da herausgewachsen!«
Ich sah ihn an, ich verstand sein Gerede nicht; wohl aber hörte ich, jedoch nicht aus der Werkstatt, sondern wie hinten aus dem Hofe und nur schwach herüberhallend, ein Geräusch wie von einem resolut arbeitenden Handwerker.
»Ja«, sagte der Schneider, »dort in dem Ställchen hat er sich eingerichtet; der Alte sollte nicht gestört werden.«
»Lieber Meister«, sprach ich, warten Sie ein Weilchen! Wer ist der Teufelskerl, der dort im Stall so amerikanisch arbeitet?«
Der Schneider riß die matten Augen auf, daß seine Brauen um einen Zoll weit in die Höhe fuhren, und betrachtete mich von Kopf zu Fuß. »Lieber Herr«, sagte er nachsichtig »ich seh's, Sie kommen von der Reise, sonst würden Sie's schon wissen: der Junge, der Fritz Basch ist vorgestern von Kalifornien wieder eingetroffen, und ein Kerlchen, wie ein Zyklop!«
Ich sah den begeisterten Mann etwas verwundert an. »Also«, sagte ich, »ist er in den Minen nicht erstochen worden?«
»Doch, doch, lieber Herr, das Messer hat er schon richtig zwischen den Schultern gehabt; aber er hatte auch noch bessere Freunde als den Hasenfuß, den Amerikaner; sie schleppten ihn in ihr Zelt, da hat er lange gelegen.«
»Und sein Vater, der alte Daniel«, frug ich, »ist er vor Freuden nun nicht gleich gesund geworden?«
Aber der Schneider patschte mit seinen aufgehobenen Händen in die Luft und beschrieb dann mit dem Finger ein paar Nullen vor seiner Stirn: »Wirrig! Noch immer wirrig; er weiß von nichts.«
»Gott besser's!« sagte ich und sprach das alte Wort wie ein Gebet; ich mochte mir nicht denken, daß der Sohn nur heimgekommen sei, um durch seine Schuld den Vater sterben zu sehen. »Gott besser's!« sagte ich noch einmal.
Der Schneider nickte: »Ja, ja; aber der Physikus meinte, wenn der liebe Gott nur ein wenig helfen wollte, so brächt er ihn wohl durch.«

Das Arbeitsgeräusch vom Hofe, das unser Gespräch begleitet hatte, war plötzlich still geworden; es wurde allmählich dunkel. »Gute Nacht, Meister«, sagte ich; »Gott wird ja gnädig sein.«

Was der Schneider erzählt hatte, wurde bald von allen Seiten bestätigt: Fritz Basch war wirklich wieder da, von Hamburg mit einem hiesigen Fahrzeug angelangt; ein strammer Gesell, etwas größer als der Vater, mit einem braunen Bärtchen auf den trotzigen Lippen und ein Paar Augen, als wollten sie den Vogel aus der Luft herunterholen; die Dirnen und Bursche mochten sich in acht nehmen! Wie im Rausch war er durch Haus und Garten gelaufen und, als er alles leer gefunden hatte, in das Haus zurück; als Mamsell Riekchen ihm hier von der Treppe aus entgegenkam, war er ihr atemlos nach der Giebelkammer hinauf gefolgt; denn was mit seinem Vater geschehen, hatte er schon auf dem Wege vom Hafen nach dem Elternhause durch einen früheren Kameraden erfahren. Stumm war er an Meister Daniels Lager hingesunken, stundenlang hatte er die ehrliche Hand in seiner gehalten, sie gestreichelt und geküßt; stundenlang hatte er auf seines Vaters Angesicht geblickt, als bettle er um auch nur einen hellen Blick; der Meister aber hatte aus seiner Nacht an ihm vorbei nach seinem toten Sohn gerufen.

Am zweiten Tage hatte der junge Mann seine Kiste ausgepackt, in der Werkstatt nachgesehen, ob an unfertiger Arbeit etwas in die Hand zu nehmen sei, und dann draußen im Stall sich seine Arbeitsstätte aufgeschlagen.

So waren ein paar Tage hingegangen; er hatte, solang die Sonne schien, gearbeitet und nachts an seines Vaters Bett gesessen; er stand jetzt nachmittags, den Schlegel müßig in der Hand, zwischen seiner Arbeit in dem Stalle und blickte durch die offene Tür in den dunkelblauen Herbsthimmel; er war doch etwas müde. Plötzlich, unter dem Zwitschern der durch den Garten ziehenden Meisen, hörte er einen leichten Schritt von unten den Steig am Zaun heraufkommen. Er blieb horchend stehen; die Schritte wurden zögernder, je mehr sie sich dem Hause näherten. Er hatte schon neugierig auf den Hof hinaustreten wollen, da stand ein etwa dreizehnjähriges Mädchen mit sanften blauen Augen vor der offenen Tür; sie trug einen eckigen Gegenstand in der Hand, der mit einem blauen Seidentuch verhangen war; aber sie sah ihn schüchtern, fast erschrocken an.

»Tritt näher, little Mistress«, sagte er lächelnd.
»Sind Sie Herr Fritz Basch?« frug sie leise, indem sie zögernd einen Fuß auf die Schwelle setzte.
Er nickte: »Bin's nun seit zwanzig Jahren schon gewesen!«
Sie blickte ihn wieder zweifelnd an.
»Aber wer bist denn du, little fair?« frug er wieder; »hast du mir was zu bestellen?«
»Kennen Sie mich nicht mehr?« sagte sie. »Ich bin des verstorbenen Kollaborators Tochter.«
»Magdalena! Die kleine Magdalena!«
Das Mädchen nickte. »Ja«, sagte sie, »ich war recht klein damals, als die großen Jungen mich schneeballten und mich ›Kolibri‹ schimpfen; aber Sie kamen mir zu Hülfe, das gab den Jungen Beine.«
»Ich weiß noch mehr, Lenchen«, sprach er sinnend, »ich hob dich auch einmal aus einem Schneehaufen, in den sie dich geworfen hatten, daß nur kaum noch dein klein Gesicht herausguckte.«
Das Mädchen senkte die Augen, aber sie nickte wieder heftig mit ihrem blonden Köpfchen.
Fritz hatte die Hände auf dem Rücken gefaltet; ein warmer Strahl aus seinen jungen braunen Augen fiel auf das Kind. Da zog sie das Seidentuch von dem Bauer, das darunter verborgen war, und ein rotbrustiger Dompfaff flatterte darin und stieß einige seiner wilden Töne aus. »O Herr Fritz«, rief das Mädchen, »seien Sie auch heute noch so gut und hören Sie mich an, denn das ist der Vogel Ihres Vaters!«
»Unser? Unser Dompfaff?« rief er, und die Augen wurden ihm feucht. »Papchen, mein Papchen, du lebst noch?« Aber plötzlich schienen andere Gedanken in ihm wach zu werden. Um diesen Vogel hatte sein Vater in den Tod ... Er biß sich auf die Lippen. »Wie kommst du zu dem Vogel?« rief er heftig.
Da fiel das furchtsame Kind vor ihm auf die Knie. »Ich wollte ihn wiederbringen; ich dacht, das könnte den guten Meister gesund machen helfen!«
»Wiederbringen? So hast du ihn vorher genommen? Weißt du, daß mein Vater darum in den Tod hat laufen wollen?«
Sie sah ihn mit verwirrten Augen an; sie nickte erst, dann schüttelte sie heftig ihren Kopf. »Es ist erst heut herausgekommen«, stammelte sie endlich; »da bat ich Großmutter, ob ich ihn hinbringen dürfe; er hat ihn auf dem Scheuerboden versteckt gehabt!«

Der Schrecken, den er über das Mädchen gebracht hatte, schien dem jungen Manne plötzlich weh zu tun; es war ein zu unschuldig Gesichtlein, das zu ihm aufschaute. »Komm!« sagte er und hob sie sanft vom Boden; »du mußt dich nicht so fürchten; ich mein es nicht so schlimm. Nun sag mir, wer hat den Vogel denn genommen? Oder hat ihn jemand nur im Freien eingefangen?«

Sie schüttelte wieder ihr blondes Köpfchen. »Nein«, sagte sie traurig, »mein Bruder Tiberius hat den Vogel vom offenen Fenster weggeholt.«

»So?« sagte er; »er schielt; ich kenn ihn noch wohl.«

»Oh, tut ihm nichts, Herr Fritz!« rief sie und hob flehend ihre Hände zu ihm auf; »er hat schon seine Strafe; Großmutter hat es seinen Lehrern angezeigt! Und sagt auch nichts zu Mamsell Riekchen, sagt es keinem Menschen!«

Er stand und sah wie bewundernd auf sie nieder; aus dem noch halben Kinderangesicht hatte das Antlitz der werdenden Jungfrau ihn plötzlich angeblickt.

»Magdalena«, sagte er verwirrt, »verzeih mir! Ich danke dir; ich will alles tun, wie du es willst; der Vogel wird gewiß den alten Meister Daniel wieder gesund machen; Mamsell Riekchen hat mir gesagt, er habe dich sehr lieb; und – komm auch einmal wieder, Magdalena!«

Sie stand wie mit Purpur übergossen und sah schweigend auf den Boden.

Auch er schwieg; da öffnete sie den Mund.

»Wolltest du mir etwas sagen?« frug er.

Aber sie schüttelte den Kopf und sagte nur: »Wenn der Meister wieder seine guten Augen auftut, ihm dürfet Ihr es sagen!«

Dann ging sie. Als er schon unten am Wege die Gartenpforte hatte klirren hören, sah er das blauseidene Tuch auf einem Tönnchen liegen. Er nahm es und wollte ihr schon damit nachlaufen; aber er legte es wieder hin. »Nein«, sagte er, und ein Lächeln flog um den jungen Mund; »sie muß es selber holen!«

Da hörte er den Vogel in seinem Bauer flattern. »Komm, Papchen!« rief er fröhlich, indem er mit dem Bauer der Hoftür zuging. »Is doch schön to Huus! Un nu versök, ob du 't noch bäter as de Doktor kannst!«

Der Vogel hing schon einen Tag lang in der Giebelstube; Riekchen hatte neugierig genug an dem jungen Mann herumgefragt, aber er hatte sie schelmisch lächelnd versichert, ein Engel habe ihn gebracht. Gepfiffen hatte er noch nicht, und Meister Daniel fiel aus einem Schlafe in den andern.

Fritz hatte ein paar Wege in die Stadt gemacht; zuerst war er bei dem Bürgermeister Lüders gewesen, der damals als ein heftiger Selbstherrscher regierte, aber auch stets allen tüchtigen Einwohnern ein bereiter Helfer und Berater war; dann war er zum Altmeister seines Gewerkes gegangen. Als er voll Hoffnung von seinem Gange zurückkehrte, hörte er schon auf der Gasse den ungewöhnlich hellen Schlag des Dompfaffen, als sei der Vogel erst jetzt zum Bewußtsein gekommen, daß er zu Hause und bei seinen Freunden sei. Fritz überfiel die Sorge, der starke Ton könne doch den Kranken stören, und ging eilig der Treppe zu. Mamsell Riekchen steckte den Kopf aus der Küchentür. »Er schläft!« sagte sie leis und wies nach oben; aber Fritz nickte nur und stieg rasch hinauf, um den Vogel still zu machen.

Aber als er die Tür geöffnet hatte, sah er seinen Vater aufrecht mit aufgestützten Armen in dem Bette sitzen, als ob er eifrig lausche; ein Ausdruck von seligem Behagen lag auf seinem eingefallenen Antlitz. Der Vogel hatte sich nicht stören lassen, sein Schlag schallte laut durch die Kammer.

Fritz trat behutsam an das Fußende des Bettes; da wandte Meister Daniel seinen Kopf, und mit Schrecken sah der Sohn seine Augen starr werden, als ob die Krankheit mit noch größerer Gewalt zurückkehrte. Aber die Furcht war umsonst; nur ein Augenblick, dann war's vorüber; wie zögernd trat ein Lächeln um die blassen Lippen, und die Augen des alten Mannes wurden feucht. »Fritz! Min Fritz!« kam es zitternd von seinem Munde, und er streckte die Arme gegen seinen Sohn und hielt ihn fest an seiner Brust. Und wieder schob er ihn von sich und betrachtete das männlich gewordene Antlitz des jungen Mannes und strich mit zitternder Hand über den Bart auf seiner Lippe; dann sah er wieder auf den unablässig schlagenden Dompfaff. Aber die noch schwache Kraft ermüdete; er schien auf einmal sich nicht finden zu können; sein Vogel sang, sein Sohn lag in seinen Armen. »Fritz, min Fritz«, frug er leise, »wo sünd wi eegentlich?«

Da stürzten dem Sohne die lang verhaltenen Tränen: »To Huus! To Huus, Vatter! Un ick bün bi di, uns' ol Vogel singt dato.«

»Min Fritz, min Sön, Mutter är gude Jung!« stammelte der Alte;

dann sank er zurück auf seine Kissen, und sein Herrgott sandte ihm den sanften Schlummer der Genesung.

– – Am folgenden Sonntag zeigte einer dem andern eine Anzeige im neuen Wochenblatt, und die Kundigen kamen überein, der Bürgermeister stecke einmal wieder dahinter; die aber lautete:

»Meinen geehrten Kunden zur höflichen Nachricht, daß unter dem Beistande meines glücklich heimgekehrten Sohnes Fritz als ausgelernten und wohlerfahrenen Böttchergesellen Bestellungen jeglicher Art wiederum prompt und sauber bei mir ausgeführt werden.

Daniel Basch, Böttchermeister.«

Da kam Arbeit genug, denn die Teilnahme des ganzen kleinen Gemeinwesens hatte sich den beiden zugewandt; auch schonte der Nachbar Schneider seinen letzten Atem nicht, um den Ruhm des jungen Böttchers zu verkünden; und bald wollte jeder wenigstens ein Eimerchen oder doch ein Schöpffaß von der Hand des amerikanischen Sohnes haben; und da die Arbeit, nach wenigen Wochen, auch unter Hülfe des genesenen Meisters, überall nach Wunsch geliefert wurde, so ging aus manchem flüchtigen Besteller ein fester Kunde hervor.

Nicht lange, so hantierte auch ein kräftiger Lehrling in der Werkstatt und griff nach fröhlich erteilter Anweisung mit flinken Händen zu; das war Hans Jochims, der älteste der beiden »Swemmer«. Am Feierabend kam auch wohl Martin, der alte Geselle, auf Besuch; der wollte auch von Fritzens Abenteuern hören; und als Neujahr vorüber und erst die letzten Schneeglöckchen abgeblüht waren, da ging Fritz mit Hans und Martin abends in den Garten; sie gruben allmählich alles um und legten Erbsen und säeten Wurzeln und Mairüben und Petersilie, und Meister Daniel stand dabei und lachte, als zuletzt auch noch der türkische Weizen an die Reihe kam. Und als nun alles fertig und sauber war, wurden Mamsell Riekchen und der Geselle auf Sonntag zum Mittag eingeladen, und im besten Gutbier tranken sie auf reiche Ernten für die Zukunft.

Ich darf noch eines nicht vergessen, was zwischen Vater und Sohn, ein paar Tage nach ihrem ersten Wiederfinden, geschah. Mamsell Therebinte – sie hat es später dem Physikus erzählt – saß strickend in der Giebelstube an dem Fenster, während Fritz an seines Vaters Bette seine kalifornischen Erlebnisse berichtete; der Alte, mit dem es rüstig aufwärtsging, war schon kräftig genug, um sie ohne Nachteil hören zu können; er saß aufrecht und hatte die Arme auf der Decke. Als aber der Sohn erzählte, daß er nach Heilung von jenem Messerstich, wobei sein ausgegraben Gold wie Teufelsspuk verschwunden sei, unweit der Mine bei einem großen Weinbauer als Böttcher einen Platz gefunden, und wie er dann hinzusetzte: »Doch das weißt du ja, mein Vater; ich hab dir derzeit ja den langen Brief geschrieben«; da hatte der Alte die Augen groß geöffnet, und dem Sohne war, als ob er ihn heftig fragend ansehe.

»Ja, Vater«, sagte er rasch, »nun weiß ich's wohl, es war eine böse Dummheit; aber so wird man in der Fremde: ich meint, ich dürfe nun nicht wieder schreiben – nur verdienen und, wenn's genug wär, dann mich selber mit nach Haus bringen. Und das ging langsam, Vater, und wurd auch nicht zuviel; aber« – und er verfiel in sein geliebtes Plattdeutsch, »is doch all suur un ehrlich verdeent Geld!«

Der Alte hatte sich gefaßt; er drückte seinem Sohn die Hand. »Du un dat Geld tosamen«, sagte er, »dat ist genog.« Aber der Klang der Stimme war so trübe, als berge ein großer und verschwiegener Kummer sich dahinter; und ein Gedanke fuhr wie ein Todesschreck durch das Gehirn des jungen Mannes. »Vatter«, rief er; er zwang sich, daß er es nicht laut herausschrie – »du hest de Breef nich krägen!«

Die Augen von Vater und Sohn standen eine Weile voreinander, als wagten sie nicht, sich anzublicken. Endlich sprach der Alte langsam: »Da du mi fragst, min Sön – ick heff din Breef nich krägen.«

– »Un du hest all de Tid von mi nix hört, as wat de Dögenix, de Amerikaner, hier in de Stadt herumlagen?«

»Nix wider; he hett mi't sülm vertellt.«

Ein furchtbarer Schmerz schien den jungen Körper zu erschüttern. »Oh, Vatter! O min Vatter!« stammelte er.

Aber Meister Daniel nahm den Kopf seines Kindes zwischen seine beiden zitternden Hände. »Min Fritz«, sagte er zärtlich, »ick weet ja nu, du harrst mi nich vergäten; dat anner – dat deit nu nich mehr weh!«

Da schlossen eine junge und eine alte Hand sich ineinander, und es bedurfte keiner Worte mehr; der Kopf des Jünglings ruhte mit geschlossenen Augen neben dem des Alten auf dem Kissen, unachtend der kleinen Figur, die dort am Fenster mit erregten Fingern strickte, bis endlich sein Herz in ruhigeren Schlägen klopfte. Dann küßte er seinen Vater und ging hinab zu seiner Arbeit.

Nach Jahr und Tag, da ich eines Nachmittags mit dem Physikus auf der Kegelbahn zusammentraf, kam auch die Rede auf den guten Meister Daniel. »Oh, dem ist wohler, als ihm je gewesen!« sagte der alte Herr und blickte dabei behaglich seiner wie immer geschickt geworfenen Kugel nach. »Was die Leute wunderlich an ihm hießen, hat seine Krankheit schier mit weggenommen; aber, seltsamerweise, dann noch eins dazu!«

»Noch eins?« frug ich; »doch nicht zum Unheil?«

»Nein«, sagte der Physikus; »ich denke wohl, zum Heile: der alte Herrgott muß ihm gut sein, denn von der Geschichte mit dem Brautloch ist ihm jede Erinnerung erloschen.«

»Aber der eine von den Swemmers ist ja Lehrling in seinem Hause!«

»Nur der Sohn weiß, was er dem zu danken hat.«

Ich nickte: »Möge es so bleiben!«

»Amen!« sagte der alte Medikus und griff nach seiner zweiten Kugel.

– – Noch einmal, das erste Mal nach seiner Krankheit und dann auch zum letzten Male, sah ich unsern Meister Daniel; Fritz war derzeit vor kurzem Meister geworden. Es war im Spätsommer nach Feierabend, als ich, von dem nächsten Dorfe kommend, die Süderstraße hinabging; auf der Bank vor dem Böttcherhause saß der Alte mit seinem jetzt schneeweißen Kopfe und hielt bei der noch herrschenden Schwüle sein blaues Zipfelmützchen zwischen den gefalteten Händen auf den Knien, neben ihm im Sommerhütchen ein hübsches blondes, noch recht junges Mädchen; ich zweifelte nicht, daß sie des Kollaborators Lenchen sei. Die beiden schienen einer munteren Erzählung zuzuhören, welche der in Schurzfell und Hemdsärmeln an dem Lindenstamme lehnende Meister Fritz ihnen vortrug; besonders die junge Blonde, nach ihrem anmutigen Lächeln zu urteilen, schien lauter goldene Worte zu hören. Aus den Gärten durch die Gänge zwischen den Häusern wehten schon die Herbst-Resedadüfte.

Ich konnte nicht umhin, dem friedlichen Kleeblatte näher zu treten. Eine kleine Pause folgte meiner Begrüßung, die ich gleichfalls der hinter dem Fenster sitzenden Mamsell Therebinte hatte zukommen lassen; dann aber, da mir zwischen dem alten Meister und dem jungen Mädchen ein Platz geräumt worden, bekam auch ich noch meinen Anteil von den kalifornischen Spitzbubengeschichten. Wir lachten alle; und in das freundliche alte Gesicht schauend, sprach ich: »Wahrhaftig, Meister, jetzt ist es, wie ich's mir nicht anders vorgestellt. Ihr habt jetzt alles wieder und mehr noch, als Ihr einst gehabt habt: hier Eueren Sohn, den neuen Meister, dort oben Eueren Dompfaff, der freilich jetzt wohl ohne Sang und Klang sein Gnadenbrot frißt; dazu das Fräulein Therebinte und« – ich war aufgestanden und machte ein huldigendes Kompliment vor Magdalena – »vor allem hier die junge Freundin: nun aber überstreicht auch den Tod auf Euerem alten Hausschild und lasset wieder eine frische rote Rose darauf malen!«

Aber meinem heiteren Aufruf folgte eine Stille; nur der Alte, durch dessen weißes Haar der Abendhauch wehte, nickte freundlich vor sich hin. »Ein Weilchen noch Geduld!« sagte er, ohne aufzusehen; »Sie vergaßen *eine*; die ist nicht wiederkommen; die wartet, bis ich zu ihr komme. – Nachher, dann mag mein Fritz die frische Rose malen lassen; die meine, lieber Herr, die ist nicht mehr von dieser Welt.«

Ich sah es wohl, wie der hübsche Mädchenkopf bei diesen Worten sich errötend senkte; auch, welch ein Blick voll heißer Lebenszuversicht aus den Augen des jungen Meisters auf sie fiel. Der Alte aber war plötzlich gleich mir aufgestanden und ging, als wolle er die Welt den Jungen überlassen, nach stummem Gruß mit zitternden Schritten in sein schon dunkelndes Haus zurück.

Ein Jahr noch etwa hat er hiernach gelebt; am Morgen vor der Hochzeit von Fritz und Magdalena fanden sie ihn mit gefalteten Händen in seinem Bette sanft entschlafen.

– – Das ist es, was ich aus diesen engen Wänden zu erzählen hatte.

Ein Doppelgänger

Vor einigen Jahren im Hochsommer war es, und alle Tage echtes Sonnenwetter; ich hatte mich in Jena, wie einst Dr. Martinus, in der alten Gastwirtschaft zum Bären einquartiert, hatte mit dem Wirt schon mehr als einmal über Land und Leute geredet und mich mit Namen, Stand und Wohnort, welcher derzeit zugleich mein Geburtsort war, in das Fremdenbuch eingeschrieben.
Am Tage nach meiner Ankunft war ich nach Besteigung des Fuchsturms und nach manchem andern Auf- und Absteigen spätnachmittags in das geräumige, aber leere Gastzimmer zurückgekehrt und hatte mich sommermüde vor einer Flasche Ingelheimer hinter dem kühlen Ofen in einen tiefen Lehnstuhl gesetzt; eine Uhr pickte, die Fliegen summten am Fensterglas, und mir wurde die Gnade, davon in den Schlaf gewiegt zu werden, und zwar recht tief.
Das erste, was vom Außenleben wieder an mich herankam, war eine sonore milde Männerstimme, welche, wie zum Abschied, gute Lehren gebend, zu einem andern zu reden schien. Ich öffnete ein wenig die Augen: am Tische, unfern von meinem Lehnstuhl, saß ein ältlicher Herr, den ich nach seiner Kleidung als einen Oberförster zu erkennen meinte; ihm gegenüber ein noch junger Mann, gleichfalls im grünen Rock, zu dem er redete; ein rötlicher Abendschein lag schon auf den Wänden.
»Und dessen gedenke auch noch«, hörte ich den Alten sagen, »du bist ein Stück von einem Träumer, Fritz; du hast sogar schon einmal ein Gedicht gemacht; laß dir so was bei dem Alten nimmer beikommen! Und nun geh und grüß deinen neuen Herrn von mir; zur Herbstjagd werd ich mich nach dir erkundigen!«
Als dann der Junge sich entfernt hatte, rüttelte ich mich völlig auf; der Alte stand am Fenster und drückte die Stirn gegen eine Scheibe, wie um dem Fortgehenden noch einmal nachzuschauen. Ich trank den Rest meines Ingelheimers, und als der Oberförster sich in das Zimmer zurückwandte, begrüßten wir uns wie nach abgetanen Werken, und bald, da niemand außer uns im Zimmer war, saßen wir plaudernd nebeneinander.

Es war ein stattlicher Mann von fünfzig Jahren, mit kurzgeschorenem, schon ergrautem Haupthaar; über dem Vollbart schauten ein Paar freundliche Augen, und ein leichter Humor, der bald in seinen Worten spielte, zeugte von der Behaglichkeit seines inneren Menschen. Er hatte eine kurze Jagdpfeife angebrannt und erzählte mir von dem jungen Burschen, welchen er einige Jahre in seinem Hause gehabt und nun zur weiteren Ausbildung an einen älteren Freund und Amtsbruder empfohlen habe. Als ich ihn, seiner Vorhaltung an den Jungen gedenkend, frug, was für Leides ihm die Poeten denn getan hätten, schüttelte lachend den Kopf.

»Gar keines, lieber Herr«, sagte er, »im Gegenteil! Ich bin ein Landpastorensohn, und mein Vater war selber so ein Stück von einem Poeten; wenigstens wird ein Kirchenlied von ihm, das er einmal als fliegendes Blatt hatte drucken lassen, noch heutigen Tages nach ›Befiehl du deine Wege‹ in meinem Heimatdorf gesungen; und ich selber – als junger Gelbschnabel wußte ich sogar den halben Uhland auswendig, zumal in jenem Sommer« – er strich sich plötzlich mit der Hand über sein leicht errötend Antlitz und sagte dann, wie im stillen seine vorgehabte Rede ändernd –, »wo am Waldesrand das Geißblatt wie zuvor in keinem andern Jahre duftete! Aber ein Rehbock, ein andermal – und das war schwer verzeihlich – die seltene Jagdbeute, eine Trappe, sind mir darüber aus dem Schuß gekommen! – Nun, mit dem Jungen ist es nicht so schlimm; nur der Alte drüben wird schon fuchswild, wenn wir gelegentlich einmal anstimmen: ›Es lebe, was auf Erden stolziert in grüner Tracht‹; Sie kennen wohl das schöne Lied?«

Ich kannte zwar das Lied – hatte nicht auch Freiligrath seinen patriotischen Zorn an dem harmlosen Dinge ausgelassen? – Aber mir lag die plötzliche Erregung des alten Herrn im Sinne. »Hat das Geißblatt auch in späteren Jahren wieder so geduftet?« frug ich leise.

Ich fühlte meine Hand ergriffen und einen Druck, daß ich einen Schrei ersticken mußte. »Das war ja nicht von dieser Welt«, raunte der Mann mir zu, »der Duft ist unvergänglich – solang sie lebt!« setzte er zögernd hinzu und schenkte sich sein Glas voll hellen Weines und trank es in einem Zuge leer.

Wir hatten noch eine Weile weitergeplaudert, und manche anziehende Mitteilung aus seinem Forst- und Jagdleben hatte ich von ihm gehört, manches Wort, das auf einen ruhigen Lebensernst in diesem Manne schließen ließ. Es war fast völlig dunkel geworden; die Stube füllte sich mit andern Gästen, und die Lich-

ter wurden angezündet; da stand der Oberförster auf. »Ich säße noch gern ein Weilchen«, sagte er, »aber meine Frau würde nach mir aussehen; wir beide bilden jetzt allein die Familie, denn unser Sohn ist auf dem Forstinstitut zu Ruhla.« Er steckte seine Pfeife in die Tasche, rief einem braunen Hühnerhund, der, mir unbemerkt, in einem Winkel gelegen hatte, und reichte mir die Hand. »Wann denken Sie wieder fort von hier?« frug er.
»Ich dachte, morgen!«
Er sah ein paar Augenblicke vor sich hin. »Meinen Sie nicht«, frug er dann, ohne mich anzublicken, »wir könnten unsere neue Bekanntschaft noch ein wenig älter werden lassen?«
Seine Worte trafen meine eigene Empfindung; denn auf meiner nun zweiwöchentlichen Reise hatte ich heute zum erstenmal ein herzlich Wort mit einem Begegnenden gewechselt; aber ich antwortete nicht gleich; ich sann nach, wohin er zielen möge.
Und schon fuhr er fort: »Lassen Sie mich es offen gestehen: zu dem Eindruck Ihrer Persönlichkeit kommt noch ein anderes dazu: es ist Ihre Stimme, oder richtiger die Art Ihres Sprechens, was diesen Wunsch in mir erregt; mir ist, als gehe es mich ganz nahe an, und doch ...« Statt des verständigenden Wortes aber ergriff er plötzlich meine beiden Hände. »Tun Sie es mir zulieb«, sagte er dabei, »meine Försterei liegt nur so reichlich eine Stunde von hier, zwischen Eichen und Tannen – darf ich Sie bei meiner lieben Alten als unsern Gast auf ein paar Tage anmelden?«
Der alte Herr sah mich so treuherzig an, daß ich gern und schon auf morgen zusagte. Er schüttelte mir lachend die Hände: »Abgemacht! Prächtig! Prächtig!«, pfiff seinem Hunde, und nachdem er noch einmal seine Kappe mit der Falkenfeder gegen mich geschwenkt hatte, bestieg er seinen Rappen und ritt in freudigem Galopp davon.
Als er fort war, trat der Wirt zu mir: »Ein braver Herr, der Herr Oberförster; dacht schon, Sie würden Bekanntschaft machen!«
»Und warum dachten Sie das?« frug ich entgegen.
Der Wirt lachte. »Ei, da wissen's der Herr wohl selber noch gar nicht?«
»So sagen Sie es mir! Was soll ich wissen?«
»Ei, Sie und die Frau Oberförster sind doch gar Stadtkinder miteinander!«
»Ich und die Frau Oberförster? Davon weiß ich nichts; Sie sagen

es mir zuerst; ich hab dem Herrn auch meine Heimat nicht genannt.«
»Nun«, sagte der Wirt, »da ging's freilich nicht; denn 's Fremdenbuch hat er nicht gelesen; das ist grade keine Zeitung!«
Ich aber dachte: ›Das war es also! Liegt der Heimatklang so tief und darum auch so unverwüstlich?‹ Aber ich kannte daheim alle jungen Mädchen unseres Schlages innerhalb der letzten dreißig Jahre; ich wußte keine, die so weit gen Süden geheiratet hätte. »Sie irren sich vielleicht«, sagte ich zu dem Wirt, »wie ist denn der Jungfernname der Frau Oberförster?«
»Kann nicht damit dienen, Herr«, entgegnete er, »aber mir ist's noch just wie heute, als die seligen Eltern des Herrn Oberförsters, die alten Pfarrersleute, mit dem derzeit kaum achtjährigen Dirnlein hier vorgefahren kamen.«
– – Ich wollte nicht weiterfragen und ließ es für itzt dabei bewenden; nur den Weg zur Oberförsterei ließ ich mir noch einmal, wie zuvor schon von dem Besitzer derselben, eingehend berichten.

Und schon in der Frühe des andern Morgens, als noch die Tautropfen auf den Blättern lagen und die ersten Vogelstimmen am Wege aus den Büschen riefen, befand ich mich auf der Wanderung. Nachdem ich etwa eine Stunde, zuletzt an einem Eichwald entlang, gegangen war, bog ich gemäß der empfangenen Weisung in einen breiten Fahrweg ein, der zur Linken unter die schattigen Wipfel durchführte. Bald mußte ich den Weg sich öffnen und das Heimwesen meines neuen Freundes vor mir liegen sehen! Dann, kaum eine Viertelstunde weiter, kam aus der großen Waldesstille ein Geräusch wie von wirtschaftlichem Leben mir entgegen; die Schatten um mich hörten auf, und ein blinkender Teich und jenseits desselben ein altes, stattliches Gebäu mit mächtigem Hirschgeweih über dem offenen, auf einer Treppenplatte befindlichen Tore lagen in der lichten Morgensonne vor mir; ein wütendes Gebell von wenigstens einem halben Dutzend großer und kleiner Jagdhunde erhob sich und verstummte plötzlich auf einen gellenden Pfiff.
»Grüß Gott und tausendmal willkommen!« rief statt dessen die mir schon bekannte Männerstimme; und da kam er selbst aus dem Hause, die Stiege herab und um den kleinen Teich herum; aber nicht allein: eine zarte Frau, fast mädchenhaft, ging an

seinem Arm; doch sah ich im Näherkommen wohl, daß sie den Vierzig nahe sein müsse. Sie begrüßte mich, indem sie fast nur die Worte ihres Mannes wiederholte; aber ein Zug von Güte um den halbgeöffneten Mund, der noch ein Weilchen in dem stillen Angesicht verblieb, ließ keinen Zweifel an ihrer Echtheit aufkommen. Während wir dann miteinander dem Hause zugingen, fiel es mir auf, wie sie mitunter ihren Arm auf seinem ruhen ließ, als wollte sie ihm sagen: ›Du trägst mein Leben, und du trägst es gern; dein Glück und meines sind dasselbe!‹

Als wir dann drinnen in dem bürgerlich schlichten Zimmer beim Morgenkaffee saßen, den man für mich aufgeschoben hatte, legte der Oberförster sich behaglich in seinen Lehnsessel zurück. »Christinchen«, sagte er, mich und seine Frau mit einem schelmischen Blicke streifend, »ich hab dir einen lieben Gast gebracht, von dem ich gleichwohl weder Namen noch Stand weiß; er mag uns beide sagen, wenn er uns verläßt, damit wir ihn doch wiederfinden können: es ist so tröstlich, auch einmal mit einem Menschen und nicht eben mit einem Herrn Geheimen Oberregierungsrat oder einem Leutnant zu verkehren.«

»Nun«, sagte ich lachend, »Qualitäten habe ich nicht zu verhehlen«; als ich dann aber mit dem Hinzufügen, daß ich ein schlichter Advokat sei, meinen Namen nannte, wandte sich die Frau wie überrascht mir zu, und ich fühlte, wie ihre Augen flüchtig auf meinem Antlitz weilten.

»Was hast du, Frau«, rief der Oberförster; »mir ist der Advokat schon recht!«

»Mir auch«, sagte sie und reichte mir eine Tasse Kaffee, dessen Duft mich mit allem einverstanden sein ließ. Sie war noch einmal aufgestanden, kehrte aber, nachdem sie eine Handvoll Brosamen aus dem offenen Fenster geworfen hatte, auf ihren Platz zurück. Draußen stürzte sich, einem Platzregen gleich, eine Flucht von Tauben von dem Dache auf den Boden herab; aus den Linden vor dem Hause kamen die Sperlinge dazu, und ein lustiger Tumult erhob sich.

»Die haben's gut!« sagte lachend der Oberförster, mit dem Kopfe nach dem Fenster winkend; »seit unser Paul in Ruhla ist! Sie kann es nicht lassen, den allzeit Hungerigen Brosamen auszustreuen; sei es nun der Bub, oder seien es nur unseres Herrgotts Krippenfresser!«

Aber die Frau setzte ruhig ihre Tasse von dem Munde: »Der Bub allein? Ich dächte, der Vater wär auch wohl dabei!«
»Komm, Alte«, rief der Oberförster, »ich merke doch, du bist mir zu gescheit; wir wollen Frieden machen!«
Wir plauderten weiter; und wenn das liebe Frauenantlitz sich zu mir wandte, konnte ich es mir nicht versagen, nach bekannten Zügen darin zu suchen; allein obgleich ein paarmal, wie im Fluge, als wolle es mir helfen, das frühere Kinderangesicht mich daraus anzublicken schien, ich mußte mir dennoch sagen: ›Die kennst du nicht; du hast sie nie gesehen!‹ Ich lauschte dann auch ihrer Sprache, aber weder die uns heimische Verwechslung verwandter Vokale noch die von solchen Konsonanten kam zum Vorschein; nur ein paarmal meinte ich das scharfe S vor einem andern Konsonanten zu vernehmen, dessen ich selbst freilich mich längst entwöhnt glaubte.
Am Vormittag ging ich mit dem Oberförster in den umliegenden Wald; er wies mir seine Hauptschläge, die mit uralten und mit kaum fingerhohen Eichen, und entwickelte mir eindringlich sein System der Waldkultur; wir sahen einen Hirsch mit sechzehn Enden und ein paar Rehe; aus einem schlammigen Sumpfe schielte sogar der schwarzbraune Borstenkopf eines Keilers aus seinen enggeschlitzten Augen nach uns hinüber. Wir gingen ohne Hunde. »Nur ruhig weiter«, mahnte mein Geleitsmann; »und wir kommen ungefährdet wieder nach Hause.«
Nach dem Mittagessen führte mein Wirt mich eine Treppe hoch nach hinten zu in das mir angewiesene Zimmer. »Sie wollten noch Briefe schreiben«, sagte er; »hier finden Sie alles, was dazu nötig ist! Unser Junge hat hier vordem gewohnt; aber es ist kühl und still!« Er zog mich an eines der offenstehenden Fenster. »Hier unten sehen Sie ein Stück von unserm Garten, dahinter zieht sich der Teich herum; dann dort die grüne Wiese und dann der hohe dunkle Wald – der schützt Sie vor allem Weltgeräusch! – Nun ruhen Sie vorerst sanft nach Ihren Wanderstrapazen!« sagte er und drückte mir die Hand.
Er ging, und ich tat nach seinen Worten; und die Stimmen der Grasmücken aus dem Garten und des Pirols und der Falken aus dem nahen Walde und über seinen Wipfeln aus der blauen Luft kamen wie aus immer größerer Ferne durch die offenen Fenster; dann hörte alles auf.
Ich erwachte endlich; ich hatte lang geschlafen; der Weiser mei-

ner Taschenuhr zeigte schon nach fünf; gleichwohl mußte der Brief geschrieben werden, denn ein Knecht sollte ihn um sechs Uhr mit zur Stadt nehmen.

So kam ich erst spät wieder in das Haus hinab. Die Frau fand ich vor demselben im Lindenschatten auf der Bank mit einer Flickarbeit beschäftigt. »Das ist für unsern Paul«, sagte sie wie entschuldigend und schob die Sachen an die Seite; »er schleißt, er ist noch jung und wild; aber noch mehr gut als wild! – Und Sie haben fest geschlafen: die Sonne will schon zur Neige gehn!«

Ich frug nach ihrem Mann.

»Er hat eine Weile geschäftshalber fortmüssen; aber er läßt Sie grüßen; wir sollten nähere Bekanntschaft machen – so hat er mir gesagt – und dort die Schneise durch die Tannen hinaufspazieren; nach der andern Seite, als wo Sie heute vormittag mit ihm hinaus waren; er würd uns dort bald finden!«

Wir plauderten aber noch eine Weile, nachdem sie auf meine Bitte ihre mütterliche Arbeit wiederaufgenommen hatte; dann, da er nicht kam, erhob sie sich. »Es wird wohl Zeit!« sagte sie, und ein flüchtig Rot ging über ihr Antlitz.

So wanderten wir denn nebeneinander auf dem Wege zwischen den hohen Tannen, dessen eine Seite noch von der Sonne angeschienen war. Unser Gespräch schien ganz erloschen; nur hin und wieder prüfte ich mit einem Blicke ihr Profil; aber es machte mich nicht klüger.

»Gestatten Sie, verehrte Frau«, sprach ich endlich, »daß ich die Waldstille unterbreche; es drängt mich, Ihnen eins zu sagen und Ihnen eine Frage vorzulegen; Sie wissen wohl, daß man in der Fremde doch immer heimlich nach der Heimat sucht!«

Sie nickte. »Sprechen Sie nur!« sagte sie.

»Ich glaubte nicht zu irren«, begann ich, »Sie schienen überrascht, als ich heute morgen meinen Namen nannte. Hatten Sie ihn früher schon gehört? Mein Vater war, wenigstens im Lande, ein bekannter Mann.«

Sie nickte wieder ein paarmal: »Ja, ich erinnere mich Ihres Namens aus meiner Kinderzeit.«

Als ich dann aber meine Vaterstadt ihr nannte, wurden ihre Augen plötzlich starr und blieben unbeweglich auf den meinen ruhen; nur ein paar vorquellende Tränen verdunkelten jetzt beide.

Ich erschrak fast. »Es war nicht mein Gedanke, Ihnen weh zu tun«, sagte ich; »aber der Wirt zum Bären, der meine Heimat aus dem Fremdenbuch erfahren hatte, behauptete, wir beide seien Stadtkinder miteinander!«

Sie tat einen tiefen Atemzug. »Wenn Sie daher stammen«, sagte sie, »so sind wir es.«

»Und doch«, fuhr ich etwas zögernd fort, »ich glaube alle damaligen Familien unserer Stadt zu kennen und wüßte nicht, in welche ich Sie hineinbringen sollte.«

»Die meine werden Sie nicht gekannt haben«, erwiderte die Frau.

»Das wäre seltsam! Wann haben Sie denn die Stadt verlassen?«

»Das mag fast dreißig Jahre her sein.«

»Oh, damals war ich noch in unsrer Heimat, bevor wir, so viele, in die Fremde mußten.«

Sie schüttelte den Kopf. »Die Ursache liegt woanders; meine Wiege« – sie zögerte ein wenig und sagte dann: »Ich hatte wohl nicht einmal eine; aber die Kate, in der ich geboren wurde, war nur die Mietwohnung eines armen Arbeiters, und ich war seine Tochter.«

Sie blickte mit ihren klaren Augen zu mir auf. »Mein Vater hieß John Hansen«, sagte sie.

Ich suchte mich zurechtzufinden, aber es gelang mir nicht; der Name Hansen war bei uns wie Sand am Meer. »Ich kannte manchen Arbeiter«, erwiderte ich; »unter dem Dache des einen war ich als Knabe sogar ein wöchentlicher Gast, und für manches, was ich noch zu meinem Besten rechne, fühle ich mich ihm und seiner braven Frau verpflichtet. Aber Sie mögen recht haben, der Name Ihres Vaters ist mir unbekannt.«

Sie schien aufmerksam zuzuhören, und mir war es, als würden ihre kindlichen Augen wieder feucht.

»Sie hätten ihn kennen müssen«, rief sie, »Sie würden die, welche die kleinen Leute genannt werden, noch tiefer in Ihr Herz geschlossen haben! Als meine Mutter, da ich kaum drei Jahre alt war, starb, da hatte ich nur ihn; aber schon in meinem achten Jahre ist er plötzlich mir entrissen worden.«

Wir gingen eine Zeitlang, ohne ein Wort zu wechseln, und ließen die Spitzen der Tannenzweige, die in den Weg hingen, durch unsre Finger gleiten; dann hob sie den Kopf, als ob sie sprechen wolle, und sagte zögernd: »Ich möchte nun auch Ihnen, meinem Landsmann, etwas Weiteres vertrauen; es ist seltsam, aber es kommt mir immer wieder: mir ist oftmals, als hätt ich vorher, bei Lebzeiten meiner Mutter, einen andern Vater gehabt – den ich fürchtete, vor dem ich mich verkroch, der mich anschrie und mich und meine Mutter schlug –, und das ist doch unmöglich! Ich habe selbst das Kirchenbuch aufschlagen lassen; meine Mutter hat nur diesen einen Mann gehabt. Wir haben zusammen Not gelitten, gefroren und gehungert; aber an Liebe war niemals Mangel. Eines Winterabends entsinne ich mich noch deutlich; es war an einem Sonntag, und ich mochte etwa sechs Jahre alt sein. Wir hatten leidlich zu Mittag gegessen; doch zum Abend wollte es nicht mehr reichen; mich hungerte noch recht, und der Ofen war fast kalt geworden. Da sah mein Vater mich mit seinen schönen dunkeln Augen an, und ich streckte meine Ärmchen ihm entgegen; und bald lag ich, in ein altes Tuch gewickelt, an der warmen Brust des mächtigen Mannes. Wir gingen durch die dunkeln Straßen, immer in eine neue; aber über uns waren alle Sterne angezündet, und meine Augen gingen von dem einen zu dem andern. ›Wer wohnt da oben?‹ frug ich endlich, und mein Vater antwortete: ›Der liebe Gott, der wird dich nicht vergessen!‹ Ich sah wieder in die Sterne, und alle blinkten so still und freundlich auf mich nieder. ›Vater‹, sagte ich, ›bitte ihn doch noch um ein kleines Stückchen Brot für heute abend!‹ Ich fühlte einen warmen Tropfen auf mein Angesicht fallen; ich meinte, er käme von dem lieben Gott. – Ich weiß, mich hungerte nachher noch in meinem Bettchen; aber ich schlief doch ruhig ein.«

Sie schwieg einen Augenblick, während wir langsam auf dem Waldweg weiterschritten.

»Aus der Zeit aber, wo ich mit meiner Mutter lebte«, sagte sie dann noch, »vermag ich keine feste Erinnerung an meinen Vater zu gewinnen; ich muß mich mit dem wüsten Schreckbild begnügen, das mein Verstand vergebens zu fassen sucht.«

Sie kniete plötzlich nieder, um eine Handvoll jener kleinen rötlichen Immortellen zu pflücken, die sich gern auf magerem Sandboden ansiedeln; da wir dann weitergingen, begannen ihre Finger einen Kranz daraus zu flechten.

Ich war noch mit ihren letzten Worten beschäftigt: mir ging im Kopf ein wüster junger Kerl herum; er war bekannt genug gewesen, aber sein Name war ein anderer. »Auch Kinder«, sagte ich endlich, während meine Augen ihren geschickten Händen folgten, »mag wohl einmal der Gedanke an den unsichtbar umhergeisternden Tod wie ein Schauder überfallen, daß sie voll

Angst die Arme um ihr Liebstes klammern; dazu – Sie kannten gewiß schon von den Vätern, mit denen die Kommunen die Kinder der Armen zu beschenken pflegen – was Wunder, daß Ihre Phantasie das Schreckbild in jene von Erinnerung leere Zeit hinabschob!«

Aber die edle Frau schüttelte lächelnd ihren Kopf. »Schön ausgerechnet«, sagte sie; »aber ich habe niemals an solchen Gespensterphantasien gelitten; und die Menschen, die mich dann nach meines lieben Vaters Tode zu sich nahmen – bessere konnte kein Kind sich wünschen: es waren die Eltern meines Mannes, die auf einer Badereise ein paar Tage in unserer Vaterstadt verweilen mußten.«

In diesem Augenblicke glaubte ich in dem Staubwege Schritte hinter uns zu hören, und als ich umblickte, sah ich den Oberförster schon in der Nähe.

»Sehen Sie wohl«, rief er mir zu, »da habe ich Sie schon! Und du, Christine« – und er ergriff die Hand seiner Frau und neigte den Kopf, um ihr in die Augen zu blicken –, »du schaust ja so nachdenklich; was ist denn?«

Sie lehnte sich lächelnd an seine Schulter: »Ja, Franz Adolf, wir sprachen von unserer Vaterstadt – denn es hat sich herausgestellt, daß wir dieselbe haben –, aber wir haben uns dort nicht finden können.«

»So ist es um so schöner«, erwiderte er und reichte mir die Hand, »daß wir ihn heute bei uns haben; das Damals wäre ja doch schon längst vorüber!«

Sie nickte nachdenklich und schob ihren Arm in seinen. So gingen wir ein paar hundert Schritte weiter bis an einen Waldteich, an dessen Ufern die gelben Iris in für mich nie gesehener Fülle blühten.

»Da ist deine Lieblingsblume!« rief der Förster; »aber du würdest dir die Schuhe überwaten; sollen wir Männer dir einen braven Strauß holen?«

»Ich verzichte diesmal auf Ritterdienste«, erwiderte sie, sich anmutig gegen uns verneigend; »ich bin heute bei den Kleinen und weiß hier eine Stelle, wo ich mein Kränzlein vervollständigen kann!«

»So erwarten wir dich hier«, rief ihr der Oberförster nach, sie mit ernsten, liebevollen Blicken verfolgend, bis sie in der nahe liegenden Lichtung verschwand.

Dann wandte er sich plötzlich zu mir. »Sie werden mir nicht zürnen«, sagte er, »wenn ich Sie bitte, mit meiner Frau nicht weiter über ihren Vater zu sprechen. Ich ging im weichen Wegestaub schon länger hinter Ihnen, und der leichte Sommerwind trug mir genügend Brocken Ihres Gespräches zu, um das übrige zu erraten. Hätte ich von Ihrer beider so genauen Landsmannschaft gewußt – verzeihen Sie mir dies Geständnis –, ich hätte mir die Freude Ihres Besuches versagt; die Freude, sag ich; doch es ist so besser, wir kennen uns nun schon.«
»Aber«, entgegnete ich etwas bestürzt, »ich kann Sie versichern, es ist von einem Arbeiter John Hansen keine Spur in meiner Erinnerung.«
»Sie könnte Ihnen dennoch plötzlich kommen!«
»Ich denke nicht; jedenfalls, obgleich ich nicht die Ursache kenne, seien Sie meines Schweigens sicher!«
»Die Ursache«, erwiderte er, »will ich Ihnen mit einem Worte geben: der Vater meiner Frau hieß freilich John Hansen; von den Leuten aber wurde er John Glückstadt genannt, nach dem Orte, wo er als junger Mensch eine Zuchthausstrafe verbüßt hatte. Meine Frau weiß weder von diesem Übernamen noch von der Strafe, auf welcher er beruht; und – ich denke, Sie stimmen mir bei – ich möchte nicht, daß sie das je erführe; ihr Vater, den sie kindlich verehrt, würde mit jenem Schreckbild zusammenfallen, das ihre Phantasie ihr immer wieder vorbringt und das leider keine bloße Phantasie war.«
Fast mechanisch reichte ich ihm die Hand, und bald waren wir wieder auf dem Heimwege; die Frau ging, längst wieder an ihrem Kranze flechtend, neben mir, als ich aus andrängenden und sich ineinanderfügenden Erinnerungen wieder aufschaute. »Verzeihen Sie«, sagte ich, »es kommt mir mitunter, von einem plötzlichen Gedanken bis zur Vergessenheit der Gegenwart hingenommen zu werden. Im Elternhause sagte dann mein Bruder, des alten Volksglaubens gedenkend: ›Stört ihn nicht, seine Maus ist ihm aus dem Mund gesprungen!‹ Aber ich verspreche, sie in Zukunft besser zu überwachen.«
Aus den Augen des Oberförsters traf mich ein verständnisvoller Blick. »Auch wir haben hier den Glauben«, sagte er; »aber Sie sind bei Freunden, wenn auch nur bei neuen!«
So kamen wir wieder in Gespräch, und während die Tannenriesen schon tiefe Schatten über den Weg warfen und die Luft

mit schwülem Abendduft erfüllten, gelangten wir allmählich an die Oberförsterei zurück; die Hunde, ohne zu bellen, sprangen uns entgegen, und aus der dampfenden Wiese, die hinter dem Teiche lag, scholl hin und wieder der schnarrende Laut des Wachtelkönigs; ein heimatlicher Frieden war überall.
Die Frau war uns voran ins Haus gegangen, mein Wirt und ich setzten uns auf die Seitenbänke der Haustreppe; aber seine Leute kamen einer nach dem andern, um zu berichten oder sich Anweisung für den folgenden Tag zu holen; dazwischen drängten sich die Hunde, Teckel und Hühnerhunde, voran das Prachtexemplar eines lohbraunen Schweißhundes; zu Erörterungen zwischen uns blieb keine Zeit. Dann erschien meine Landsmännin in der offenen Haustür und lud zum Abendessen; und als wir im behaglichen Zimmer bei einer guten Flasche alten Hardtweins saßen, erzählte der Oberförster die Geschichte seines Lieblings, des Lohbraunen, den er als junges Tier von einem ruinierten Spieler gekauft hatte, und von den Heldentaten, welche er schon jetzt gegen die hier insonders kühnen Wilderer verübt habe. So gerieten wir in die Jagdgeschichten, von denen eine immer die andere nach sich zog; nur einmal, in einer Pause des Gespräches, sagte Frau Christine wie aus langem Sinnen: »Ob wohl noch die Kate da ist, am Ende der Straße, und das Astloch in der Haustüre, durch das ich abends hinaussah, ob nicht mein Vater von der Arbeit komme? – Ich möcht doch einmal wieder hin!«
Sie sah mich an, und ich erwiderte nur: »Sie würden viel verändert finden!« Der Oberförster aber faßte ihre beiden Hände und schüttelte sie ein wenig.
»Wach auf, Christel!« rief er. »Was wolltest du dort? Selbst unser Gastfreund hat sich ausgebaut! Bleib bei mir, wo du zu Haus bist – und um acht Tage kommt dein Junge in die Sommerferien!«
Sie sah mit glücklichen Augen zu ihm auf. »Es war ja nicht so ernst gemeint, Franz Adolf!« sagte sie leise.
Als es auf der Hausuhr vom Flur aus zehn schlug, brachen wir auf; der Oberförster zündete eine Kerze an und begleitete mich, wie am Nachmittage, die Treppe hinauf nach meinem Gastzimmer.
»Nun«, sagte er, nachdem er das Licht auf den Tisch gesetzt hatte, »Nicht wahr, wir sind jetzt einig? Sie verstehen mich?«

Ich nickte. »Gewiß; ich weiß nun freilich, wer John Hansen ist.«

»Ja, ja«, rief er, »aus dem Staube des Weges haben meine lieben Eltern dies Kind für mich aufgesammelt; ich dank es ihnen jeden Morgen, wenn ich beim Aufstehen dies friedliche Antlitz noch neben mir im Schlummer sehe oder wenn sie mir vom Kissen ihren Morgengruß zunickt. Doch – gute Nacht! Auch die Vergangenheit soll schlafen!«

Wir reichten uns die Hände, und ich hörte ihn den Korridor entlang- und die Treppe hinabgehen. Aber bei mir wollte die Vergangenheit nicht schlafen; ich trat an das offene Fenster und sah auf den Teich und auf die Wasserlilien, die wie Mondflimmer auf seinem dunkeln Spiegel lagen; die Linden am Ufer hatten zu blühen begonnen, und ihr Duft wehte im Nachthauch zu mir herüber; eine mir unbekannte Vogelstimme scholl in Pausen vom Wald herüber. Aber die reiche Sommernacht nahm mich nicht gefangen; vor mein inneres Auge drängten abwechselnd sich zwei öde Orte: ein verlassener Brunnen mit vermorschtem Plankwerk, der in der Nähe meiner Vaterstadt auf einem weiten Felde lag, wo vorzeiten ein Haus, eine Schinderkate, sollte gestanden haben; als Knabe, auf einer einsamen Schmetterlingsjagd, hatte ich einst erschrocken vor ihm haltgemacht; – was damit wechselte, war das äußerste der kleinen Stadthäuser am Ende der Norderstraße, mit einem Strohdach, auf dem allzeit ein großer Hauslauch wuchs, so niedrig, daß man's mit der Hand erreichen konnte; das Ganze zum Einstürzen verfallen und so winzig, daß kaum mehr als eine Kammer und der engste Küchenherd darin Platz haben konnten. Als Junge hatte ich manchmal, von Feldstreifereien heimkehrend, davor stillgestanden und mir vorphantasiert, wie hübsch es sich in diesem Liliputer-Hause ohne Eltern und ohne Lehrer würde wohnen lassen. Später, als ich schon Sekundaner war, kam noch ein anderes hinzu; es gab oft einen Lärm in diesen engen Räumen, der die Vorübergehenden davor haltmachen ließ, und zu diesen gehörte auch ich ein paarmal. Eine kräftige Männerstimme fluchte und schalt in sich überstürzenden Worten; dröhnende Schläge, das Zerschellen von Gefäßen wurde hörbar; dazwischen, kaum vernehmbar, das Wimmern einer Frauenstimme doch nie ein Hülferuf. Eines Abends trat danach ein junger, wilder Kerl aus dem Innern in die offene Haustür, mit erhitztem Antlitz, über das ein paar

dunkle Haarlocken ihm in die Stirn hingen. Er warf den Kopf mit der starken Adlernase zurück und musterte schweigend die Umstehenden; mich blitzte er mit ein Paar Augen an, mir war, als hörte ich ihn schreien: »Mach, daß du fortkommst, du mit dem feinen Rock! Was geht's dich an, wenn ich mein Weib zerhaue!«
Das war John Glückstadt, der Vater meiner edlen Wirtin, von dem ich heute erfahren hatte, daß er eigentlich John Hansen geheißen habe.

– – John Hansen war von einem Nachbarsdorfe und hatte seine Militärzeit als tüchtiger Soldat bestanden, wenn auch zu Anfang nur der kräftigere Arm eines Kameraden schuld gewesen war, daß er den dänischen Kapitän, der ihn »tyske Hund« geheißen hatte, nicht mit dem kurzen Seitengewehre niederstach. Als aber die Dienstzeit aus und er entlassen war, da wollte die müßige, wilde Kraft in ihm etwas zu schaffen haben; ein Dienst als Knecht war nicht sogleich zur Hand, so ging er in die Stadt und gab sich vorerst bei einem Kellerwirte in die Kost. Aber dort verkehrte allerlei fremdes und hergelaufenes Volk; eine Menge Arbeiter, die bei einem Schleusenbau beschäftigt waren, hatten dort ihre Schlafstelle. Einer davon, der wegen Trunkfälligkeit aus der Arbeit gejagt war, blieb trotzdem und verzehrte und vertrank seine letzten Schillinge. Er und John hatten beide nichts zu tun; so waren sie stets zusammen, lagen draußen am Deich oder saßen allein in der dämmerigen Kellerstube, und der Fremde erzählte allerlei lustige Spitzbuben- und Gewaltsgeschichten; er wußte genug davon, und bei den meisten war er selber mit dabeigewesen; aber alles war immer lustig ausgegangen.
Bei solcher Gelegenheit, da sie wieder einmal weit draußen am Haffdeich miteinander im Grase lagen, wo nur der Westwind pfiff und die Möwen schrien, überfiel den jungen Burschen die Lust, auch seinerseits einmal den Hals zu wagen; er streckte seine straffen Arme aus und schüttelte die Fäuste, ein wüstes Feuer brach aus seinen Augen. »Zum Satan!« rief er, »hätt man so was auch nur zu schaffen, da ehrliche Arbeit nicht zu haben ist!«
Der alte Halunke, der neben ihm lag und beim Erzählen nur über sich die Wolken hatte ziehen sehn, blickte ihn von der Seite an. »Meinst du?« sagte er heimlich – »nun, Spaß würd schon dabeisein!«

John antwortete nicht; ein Trupp Arbeiter kam von draußen auf dem Deich daher. Der Fremde stand auf und sagte: »Komm, John, die kennen uns; wir wollen mit ihnen heimgehn!«
– – Am andern Nachmittage, da sich für John abermals die Aussicht auf einen Dienst zerschlagen hatte, lagen die beiden wieder an derselben Stelle. Der Fremde sprach nicht; John riß Grasbüschel aus dem Boden und warf damit nach vorbeistreichenden Schwalben.
»Du ruinierst doch den Deich, da du sonst nichts zu tun hast!« sagte der andere lachend.
John stieß einen Fluch aus. »Du wolltest mir gestern was erzählen, Wenzel!« sagte er.
Wenzel sah wie abwesend auf die See, wo draußen eben ein Segel vorbeizog. »Ich?« sagte er. »Was sollte das gewesen sein?«
– »Das mußt du selber wissen; aber Spaß sollte dabei sein. So sagtest du.«
»Ja so! Ich weiß schon; aber es ist noch mehr Gefahr als Spaß dabei.«
John lachte.
»Was lachst du!« sagte Wenzel; »es kann um Kopf und Kragen gehn!«
»Ich meinte nur, es sei das just der Spaß!«
Der andere richtete sich auf: »Ist dir dein Kopf so wohlfeil?«
»Nein, Wenzel; aber ich denk, er sitzt mir ziemlich fest. Erzähl nur, es ist profitabler!«
Sie rückten näher zusammen; ihr Reden wurde ein Flüstern; mitunter lief der eine auf den Deich und blickte scheu umher, aber keine Menschenseele ließ sich sehen. Die Dämmerung fiel herab, in tiefem Dunkel kamen die beiden zurück und stiegen in den Keller hinab, wo noch halbbetrunkenes Volk an den Tischen lärmte.
– – Drei Tage nachher wurde unsere Stadt durch das Gerücht eines unerhört frechen Einbruchdiebstahls aufgeschreckt, und was an Polizei vorhanden war, hatte mit Arm und Beinen zu tun. Das Erkerhaus am großen Markt, das der Exsenator Quanzberger allein mit seinem alten Diener bewohnte, war der Schauplatz gewesen. Der alte hagere Herr, den man gebunden, mit einem Knebel in seinem zahnlosen Munde neben seinem Bett gefunden hatte, konnte viele Wochen nachher nicht seinen pünktlichen Spaziergang durch die Gassen machen, und viele Jungen wußten

deshalb nicht mehr, was die Uhr sei, und kamen viel zu spät oder zu früh in die Schule, und als er ihn wieder antrat, fehlte unter seinem Arm der rotseidene Regenschirm, und sein hoher Filzhut zitterte auf der fuchsfarbenen Perücke. Am schlimmsten aber war es, daß bei seinem alten Nikolaus, der durch einen Schlag über den Schädel betäubt war, nur mit genauer Not noch Leib und Seele beieinander geblieben.

Das war es gewesen, was dem braven Soldaten John Hansen eine sechsjährige Zuchthausstrafe und den Namen John Glückstadt eingetragen hatte. Seltsam war es, daß nach Publizierung des Urteils auch unter den städtischen Honoratioren von mancher Seite für den Verurteilten Partei ergriffen wurde; man hob hervor, daß er die goldene Uhr des Exsenators, die ihm als Beuteanteil zugefallen war, schon am Tage nach der Tat einem jungen Vetter auf dem Lande als Konfirmationsgeschenk gegeben habe, was freilich dann zuerst der Anlaß zu seiner Verhaftung geworden war. »Schad um den Burschen«, sagten die einen, »daß er ein Spitzbube geworden! Sieht er nicht aus, als hätte er General werden müssen?« Und die andern erwiderten: »Freilich, doch mehr noch wie jene vornehmen Räuber, denen es weniger um den Gewinn als um den Sport dabei zu tun war.«

Aber John mußte desungeachtet in das Zuchthaus und war vorläufig dann vergessen.

Auch sechs Jahre im Zuchthaus vergehen endlich; aber voll hatte er sie absitzen müssen, denn es war in währender Zeit im Lande weder ein König gekrönt noch einer geboren worden. Als er, wie beim Soldatendienst, mit guten Zeugnissen entlassen war, kam er abermals in unsere Stadt, um sich nach Arbeit umzutun, aber man wollte den Zuchthäusler nicht; mehr noch war es um den Grimm und Trotz, der jetzt aus seinen dunkeln Augen brach. »Der Mensch sieht gefährlich aus«, hieß es, »ich möchte in der Nacht ihm nicht allein begegnen!«

Endlich war es ihm gelungen. Zur Seite der erwähnten Norderstraße strecken sich nordwärts, wo vor ein paar hundert Jahren der dreibeinige Galgen neben Bürgermeister Luthens Fischteich stand, große uneingezäunte Felder weit von der Stadt hinauf. Sie dienten damals einem vielgeschäftigen Bürger zum Zichorienbau, und die dazu gedungenen fünfzig oder sechzig Weiber und jungen Dirnen begannen eben auf der ungeheuren Fläche das

Unkraut zwischen den Pflanzen auszujäten; vom Wege aus, der an der Stadt entlanglief, hörte man schon von weitem das Schwatzen der Weiber wie einen Mühlbach rauschen; mitunter auch stieg daraus ein silberhelles Lachen in die Luft empor; dann wieder ward es plötzlich still: der Aufseher, der sich bei einem Trupp von Arbeiterinnen irgendwo am andern Ende des Feldes aufgehalten hatte, war wieder zwischen sie getreten; er sprach nicht, er übersah nur einmal mit seinen finstern Augen die ganze Schar.

Der Aufsichtsmann war John Glückstadt; man hatte ihn zu diesem Posten besonders tauglich gehalten, und da draußen auf dem Felde konnt's auch nicht gefährlich sein; überdies zeigte die Rechnung sich als richtig, denn noch niemals war das Unkraut so gründlich und so rasch verschwunden.

– Unter den Dirnen hatte ich eine, dieselbe, deren Lachen aus der Schar so hell hervorschlug, oft genug auf dem Hausflur meiner Eltern als Bettelmädchen an der Kellertreppe stehen sehen; sie schaute mich, wenn ich zufällig aus dem Zimmer trat, nur stumm mit ihren verlangenden braunen Augen an, und hatte ich einen Schilling in der Tasche, so zog ich ihn gewiß heraus und legte ihn in ihre Hand. Ich entsinne mich noch wohl, wie süß mir die Berührung dieser schmalen Hand tat, auch daß ich nachher noch eine Weile stehenblieb und wie gebannt auf die Stelle der Treppe hinabsah, von der das Mädchen sich ebenso schweigend wieder entfernt hatte.

Dem finstern Aufsichtsmann, unter dem sie jetzt in ehrlicher Arbeit stand, mochte etwas Ähnliches mitspielen; er ertappte sich darauf, daß er mitunter, statt den faulen Weibern auf die Finger zu passen, das jetzt siebzehnjährige Mädchen mit seinen Blicken verschlang. Sie mochte ihn dann wohl still mit ihren heißen Augen anschauen, denn sie war die einzigste, welche die seinen nicht fürchtete, und der Mann, in dessen Antlitz ein Zug von Seelenleiden spielte, war vielleicht für solche Weiber der gefährlichste.

Aber eines mußte noch hinzukommen. An der weiter von der Stadt liegenden Ostseite des Ackers, wo die Arbeit schon vollendet war, befand sich jener verlassene Brunnen, neben dem schon seit undenkbaren Jahren das Schinderhaus verschwunden war; um drei Pfähle hingen noch ein paar vermorschte Bretter, die keinen Widerstand zu leisten vermochten. John Glückstadt kannte ihn wohl: der Brunnen war eng und an den Seiten mit Moos und einzelnen Pflanzenbüscheln bewachsen, durch die er vergebens mit seinen Blicken den Boden zu erreichen gesucht hatte; aber tief mußte er sein, denn als John eines Abends über das leere Feld ging und im Vorbeigehen einen Stein hinabwarf, dauerte es eine ganze Weile, bevor ein Ton wie ein harter Aufschlag sein Ohr erreichte. »Gott mag wissen, was da unten liegt«, murmelte der Mann; »Wasser nicht, vielleicht nur Kröten und Unzeug!« Und er rührte unwillkürlich seine Beine, um rascher nach Hause zu gelangen.

Als er jetzt eines Morgens auf das Feld kam, wo gegenüber schon die Mehrzahl der Arbeiterinnen versammelt war, störte ihn eine Krähe aus seinem Brüten auf, das er heute vom Bette mit ins Freie genommen hatte; der Vogel war bei seiner Annäherung mit Gekrächz von der verfallenen Brunnenplanke aufgeflogen; als John aber auf- und dann weiter hinausblickte, sah er die braune schmächtige Dirne wie in blinder Angst mit erhobenen Armen auf den Brunnen zustürzen; ein anderes, breitschulteriges Weib, das sich schon drei Jungfernkinder aufgeladen hatte, lief hinter ihr darein. Es hatte das Mädchen geneckt, daß sie dem schmucken Aufsichtsmann ihre Augen hinhalte, er solle wohl hineinfallen; die andern Frauenzimmer hatten gelacht: »Frisch, Wieb, vertreib dem Fratz seine Katzenkünste!« Da war die Dirne zornig geworden und hatte dem Weibe so gründliche Wahrheiten zugeworfen, daß es mit der Unkrauthacke in der Faust wie toll hinter der Leichtfüßigen herlief.

Der düstere John sah die wilde Flucht gerade auf das Brunnenloch zufahren und sprang rasch vor die verfallene Umzäunung. »Sie will mich totschlagen!« schrie die junge Dirne und stürzte mit solcher Gewalt in seine Arme, daß ihm selbst die Füße auf dem Boden wankten.

»Nun, Dirne«, rief er, »sollten wir hier beide in den Brunnen? Es wär vielleicht das beste!« und hielt sie fest an seiner Brust.

Sie wollte sich von ihm losringen. »Laßt mich!« rief sie. »Was wollt Ihr von mir?«

Er sah sich um, sie waren ganz allein: das große Frauenzimmer hatte vor dem Aufseher sogleich die Flucht ergriffen, die andern Weiber arbeiteten fern am Westrande des Ackers; er wandte seine Augen wieder auf das Kind in seinen Armen.

Sie hatte mit ihren kleinen Fäusten ihm ins Gesicht geschlagen.

»Laß mich«, rief sie aus, »ich schreie; glaub nicht, daß du mir Leides antun kannst!«
Er schwieg eine Weile, und die dunkeln Augen beider sahen regungslos ineinander. »Was ich von dir will?« sagte er dann; »Leids will ich dir nicht tun – aber ich will dich heiraten, wenn du es willst!«
Sie antwortete nicht, ein paar Augenblicke lag sie wie tot an seiner Brust; er fühlte nur, das Widerstreben ihrer Glieder hatte nachgelassen.
»Willst du nicht sprechen?« frug er sanft.
Da griff sie jäh mit beiden Händen um seinen Hals, daß sie den starken Mann fast würgte. »Ja, ich will«, rief sie. »Du bist der Schönste! Komm weg vom Brunnen! Du sollst nicht drunten liegen, in meinen Armen ist's besser!« Und sie küßte ihn, bis sie den Atem verloren hatte.
»Weißt du«, sagte sie dann, »du ziehst zu uns, zu mir und meiner Mutter in das kleine Haus; du zahlst die halbe Miete!« Sie sah ihn wieder an, sie küßte ihn nochmals; dann warf sie den Kopf mit dem dunkeln Haar in den Nacken, und ihr helles Lachen stieg jetzt fast zu übermütig aus den roten Lippen. »So!« rief sie, »nun lauf ich voraus; komm aber bald mir nach und sieh zu, ob ich nicht auch die schönste von all den Weibern bin!«
Sie stürmte dem Arbeitsplatze zu, und er folgte ihr, taumelnd vor Entzücken. Wer ihn jetzt gesehen und einen Freund bedurft hätte, der würde ohn Bedenken in seine Arme gestürzt sein; der gefährliche Mensch war wie ein Kind geworden; er öffnete die Arme und schloß sie langsam wieder über seiner Brust, als müsse er das Glück umfassen, das ihm die junge Dirne zugebracht hatte, die wie ein fliegend Vöglein dort vor ihm das Feld hinanlief. »Und Arbeit«, rief er und streckte die starken Fäuste in die Luft, »die soll für uns nicht fehlen!«
Als er den Arbeitsplatz erreicht hatte, suchte die große Dirne sich vor ihm zu verbergen; aber, was sonst niemand noch gesehen hatte, seine Augen lachten nur, wenn sie auf ihr grobes Angesicht trafen. ›Lauf nur, was schierst du mich!‹ sprach er zu sich selber, ›du warst der Hund, der unversehens mir das Glück in meine Arme jagte!‹
Die junge Braune aber wußte ihrem stillen Liebsten stets aufs neue zu begegnen. »Lach doch! Warum lachst du nicht?« raunte sie ihm zu und hielt ihm, selber lächelnd, ihre dunkeln Augen hin.

»Ich weiß nicht«, sagte er; » – der Brunnen!«
»Was soll der?« frug sie.
»Ich wollt, er wäre aus der Welt!« Und nach einer Weile: »Du könntst mir einmal da hineinfallen, du bist so wild, Hanna – er darf nicht offen bleiben.«
»Du bist ein Narr, John«, raunte ihm die Dirne zu, »wie sollt ich von heut an noch in den Brunnen fallen! Wenn nur die dummen Weiber nicht so nahe wären, ich fiel dir lieber an den Hals!«
Aber er ging sinnend von ihr, und als er später bei Ende der Tagesarbeit über den einsamen Acker ging, konnte er an dem Brunnen nicht vorbei; er blieb stehen und warf wieder kleine Steine in die Tiefe; er kniete dabei nieder und bog sich über den Rand und lauschte, als ob die Tiefe ein furchtbares Geheimnis berge, von dem er einen Laut erhorchen müsse.
Als auch das Abendrot am fernen Horizont verschwunden war, ging er langsam in die Stadt zurück und nach der Großstraße in das Haus seines Arbeitgebers. – Am andern Morgen erschien zur Verwunderung der Arbeiterinnen ein Zimmermann auf dem Acker und schlug ein rohes, aber derbes Brettergerüst um den alten Brunnen.

Im September, gegen Abend, wurde auf dem ersten Packboden des ungeheueren Speichers das »Zichorienbier« gefeiert, das schon am Nachmittag begonnen hatte; was in der Fabrik in Arbeit stand, der Fuhrmann, der Heizer, der Brenner und wie sie alle genannt wurden, alle waren da, es war wimmelnd voll; Gewinde von Astern und Buchsbaum und von sonstigen Herbstblumen und Blättern hingen überall an den Balken. An großen Tischen, an über Tonnen gelegten Brettern hatten sie gesessen; nun aber war der Kaffee ausgetrunken; die Lampen und Laternen, die zwischen den Kränzen hingen, wurden angezündet, und in dem dämmerigen Gemunkel wurden eine Klarinette und ein paar Geigen laut, wonach die jungen Dirnen längst die Hälse gestreckt hatten.
John tanzte schon mit seiner jungen Frau, die heiß in seinen Armen lag; er sah voll Lust über die dunkle Menschenmenge hin; aber was ging sie ihn an? – Da wurde er mit seiner Tänzerin gegen das Ende eines schweren Eichentisches gestoßen, der unter die Tanzenden hineinragte, und sie tat einen jähen Aufschrei. Es

hatte nichts auf sich, aber John rief den jungen kräftigen Heizer an: »Hilf mir den Tisch fort setzen, Franz!«
Er schien es nicht zu hören; da faßte John ihn an dem Ärmel.
»Was soll's?« rief der Heizer und wandte halb den Kopf.
»Nicht viel«, entgegnete John, »der Tisch muß fort, dort in die Ecke!«
»Ja, trag ihn nur dahin!« sagte der junge Mensch und drängte sich zu den andern Arbeitern, von denen ein Teil zusammenstand. »Was wollte er von dir?« frug einer von ihnen.
»Ich weiß nicht; ich sollt ihm helfen! Mag er sich selber helfen! Man hat nur keine andere Arbeit, sonst müßt man von hier fort!«
Die andern lachten und gingen auseinander, um sich Tänzerinnen zu suchen. John aber, der aus halbgehörten Worten sich genug heraushörte, klemmte die Lippen zusammen und tanzte weiter mit seinem jungen Weibe, und immer nur mit ihr.
Inmitten der Fröhlichkeit kam auch die Herrschaft mit einigen Freunden auf den Boden; auch der Bürgermeister war dabei, einer von denen, deren Teilnahme damals den Verurteilten in das Zuchthaus begleitet hatte. Jetzt folgte sein Blick dem hübschen jungen Paare.
Eine ältliche, unverheiratete Schwester der Hausfrau stand neben ihm. »Nun sehen Sie«, flüsterte die Dame und zeigte mit dem Finger nach dem Paare, »vor zehn Monaten noch am Wollspinnen im Zuchthaus, und nun tanzt er mit dem Glück im Arm!«
Der Bürgermeister nickte: »Ja, ja – Sie haben recht ... aber er selbst ist doch nicht glücklich und wird es nimmer werden.«
Die alte Jungfer sah ihn an. »Das versteh ich doch nicht ganz«, sagte sie, »solche Leute fühlen anders als unereins. Aber freilich, Sie sind ein unverbesserlicher Junggesell!«
»Ich scherze nicht, liebes Fräulein«, erwiderte der Bürgermeister; »es tut mir leid um diesen Menschen: das Glück in seinem Arm mag echt genug sein, ihm wird es nichts nützen; denn in seinem tiefsten Innern brütet er über einem Rätsel, zu dessen Lösung ihm weder sein Glück, wie Sie das junge Kind in seinen Armen zu nennen belieben, noch irgendein anderer Mensch auf Erden verhelfen kann.«
Das alte Fräulein sah recht dumm zu dem Redenden auf. »So möge er das Brüten lassen!« sagte sie endlich.

»Das kann er nicht.«

»Weshalb nicht? Er sieht doch herrisch genug aus.«

»Das tut er«, entgegnete der Bürgermeister nachdenklich, »er könnte sogar wohl toll darüber werden, vielleicht noch einmal ein Verbrecher; denn das Rätsel heißt: Wie find ich meine verspielte Ehre wieder? – – Er wird es niemals lösen.«

»Hm!« meinte die Dame, »Herr Bürgermeister, Sie haben allzeit so besondere Gedanken; aber ich denke, wir haben jetzt genug davon; die Laubkränze verbreiten so strengen Duft, und die Lampen qualmen auch, man trägt's noch tagelang in Haar und Kleidern.«

Sie gingen alle und überließen die Armen ihrer Lustbarkeit; nur der Bürgermeister zögerte noch ein paar Minuten, da wieder das junge Paar vorübertanzte. Das siebzehnjährige Weib hing mit lachenden Augen an denen ihres Mannes, die sich, wie um alles zu vergessen, in die ihren zu bohren schienen.

»Wie lange noch wird's dauern?« murmelte der Bürgermeister, dann folgte er den andern.

Es dauerte doch noch ziemlich lange; denn das Weib war, obgleich in Lumpen aufgewachsen, jung und unschuldig. Sie wohnten in der Kate am Ende der ins Feld hinaus laufenden Norderstraße; das Kämmerlein vorn war das ihre, die Mutter hatte sich ein Lager in der engen Küche einzurichten verstanden. Sein alter Arbeitgeber wußte nun schon, daß John ein halbmal mehr als andere arbeite, und deshalb, und da auch der Bürgermeister ihm zusprach, hielt er den Mann fest, sooft ihm auch geraten wurde, den Zuchthäusler vor die Tür zu setzen. So war allzeit Arbeit da, für ihn und oftmals auch für die Frau, und die Nahrungssorge klopfte nicht an die kleine Tür. Ein Gärtlein war auch am Hause, und darin, hinten nach dem Weg hinaus, eine dichte Ligusterlaube. Hier saß die Frau meist an den Sommerabenden und harrte seiner, bis er von der Arbeit kam; dann flog sie auf ihn zu und zwang ihn, sich auf die Bank zu setzen; er aber litt sie nicht neben sich, er setzte sie auf seinen Schoß und hielt sie wie ein Kind an seiner Brust. »Komm nur«, sagte er, »so müde bin ich nicht; ich hab nicht viel, ich muß es alles in meinen Armen haben.« So sprach er eines Abends; da sah sie ihn an und strich ihm, als wollte sie etwas fortwischen, mit ihren Fingern über die Stirn. »Das da wird immer tiefer!« sagte sie.

»Was denn, Hanna?«
»Die Falte – nein, sprich nicht, John; ich kann's schon denken, die Brückenarbeiter haben heut ihr Fest, die andern sind da, sie haben dich nicht eingeladen.«
Die Falte wurde noch tiefer. »Laß das!« sagte er. »Sprich nicht davon; ich wär ja doch nicht hingegangen.« Und er klammerte die Arme fester um sein Weib. »Am besten«, sagte er, »nur wir zwei allein.«
– – Nach einigen Monaten sollte ein Kind geboren werden. Die gutmütige Alte lief mit wirrem Kopf umher; bald stellte sie ein Töpfchen für die Wöchnerin ans Feuer, bald wieder wickelte sie die dürftigen Hemdchen auseinander, die sie für ihr erwartetes Enkelkind aus alter Leinwand in vielen Wochen genäht hatte. Das junge Weib war im Bette liegengeblieben; der Mann saß bei ihr; er hatte Arbeit Arbeit sein lassen und hörte nur auf das Stöhnen seines Weibes, die fest ihre Hand um seine preßte. »John!« rief sie, »John! Geschwind, du mußt zur Mutter Grieten laufen, aber komm gleich wieder, bleib nicht fort!«
John hatte in dumpfem Sinnen gesessen. Nur wenige Augenblicke noch, dann sollte er Vater werden; ihn schauderte; er sah sich plötzlich wieder in der Züchtlingsjacke. »Ja, ja«, rief er, »ich bin gleich wieder da!«
Es war am Morgen, und die Hebamme wohnte in derselben Straße; er lief und riß die Haustür auf, und als er in die kleine Stube trat, saß die dicke Alte an ihrem Morgenkaffee. »Na, Er ist's!« rief sie unwirsch, »ich dacht zum mindesten, es sei der Amtmann!«
»Ich hab nicht weniger ein Weib als der!«
»Was ist mit Seinem Weibe?« frug die Alte.
»Frag Sie nicht! Komm Sie mit mir; mein Weib liegt in Kindesnöten; wir bedürfen Ihrer Hülfe.«
Die Alte musterte den erregten Mann, als zähle sie im Geist die wenigen Schillinge, die dieser Dienst ihr abwerfen werde, wenn sie nicht gar verlorengingen. »Geh Er nur vorab!« sagte sie. »Ich muß erst meinen Kaffee trinken.«
John stand wie unentschlossen an der Stubentür.
»Geh Er nur!« wiederholte sie, »Sein Kind kommt früh genug!«
Er hätte das Weib erdrosseln mögen; aber er biß nur die Zähne aufeinander; sein Weib bedurfte ihrer. »So bitt ich nur, Frau Grieten, trinket nicht zu langsam!«

»Ja, ja«, sagte die Alte, »ich trinke, wie ich Lust hab.«
Er ging; er sah, daß jedes seiner Worte sie nur noch widerwilliger machte.
Sein Weib fand er wimmernd auf dem heißen Bette. »Bist du es, John? Hast du sie bei dir?«
»Noch nicht; sie kommt wohl gleich.«
Das »gleich« wurde zu einer halben Stunde, während John reglos neben der jammernden Wöchnerin saß und die Alte draußen noch einmal Kaffee für Mutter Grieten kochte. ›Die können allzeit Kaffee trinken‹, sprach sie zu sich selber, ›man muß sie sich zu Freunden halten!‹
»John!« rief in der Kammer das junge Weib, »sie kommt noch immer nicht!«
»Nein«, sagte er, »sie muß erst Kaffee trinken.« Er knirschte mit den Zähnen, und seine düsteren Brauen zogen sich zusammen. »Du hättest nur des Amtmanns Weib sein sollen!«
»John, ach John, ich sterbe!« schrie sie plötzlich.
Da sprang er auf und rannte aus dem Hause. Auf der Straße begegnete er der dicken Hebamme. »Nun«, rief sie, »ist das Kind schon da? Wohin will Er denn?«
»Zu Ihr, Frau Grieten, damit mir meine Frau nicht sterbe.«
Die Alte lachte. »Tröst Er sich, an so etwas stirbt Euresgleichen nicht!«
Sie zog ihn mit nach seiner kleinen Wohnung. Als sie in die Kammer trat, sah sie auf die Wöchnerin. »Wo ist die Alte?« frug sie. »Habt Ihr denn nichts bedacht?« Und sie zählte auf, was man bei solcher Gelegenheit für sie bereitzuhalten pflegte, und sie brachten ihr, was sie hatten.
John stand zitternd am Ende des Bettes, und endlich wurde das Kind geboren. Die Hebamme wandte den Kopf nach ihm. »Da hat Er eine Dirne, die braucht nicht Soldat zu werden!«
»Eine Züchtlingstochter!« murmelte er; dann fiel er vor dem Bette auf die Knie: »Möcht Gott sie wieder zu sich nehmen!«

Immer feindlicher stand ihm die Welt entgegen; wo er ihrer bedurfte, wo er sie ansprach, immer hörte er den Vorwurf seiner jungen Schande als die Antwort; und bald hörte er es auch, wo kein anderer es hätte hören können. Man hätte fragen mögen: »Du mit den starken Armen, mit deiner mächtigen Faust, warum duldest du das, warum bringst du sie nicht zum Schweigen?« Hatte er doch einmal, da von einem maulfrechen Matrosen sein Weib eine Betteldirne war gescholten worden, den Menschen hingeworfen und ihm fast den Schädel eingeschlagen; und nur mit Not hatte im Sühnetermin der ihm günstige Bürgermeister die Sache unter beiden ausgeglichen!

Doch das war ein anderes; wo aber eine Hand erbarmungslos an jene offene Wunde seines Lebens rührte, wo er's nur glaubte, da fielen die starken Arme ihm an seinem Leib herunter, da war nichts mehr zu schützen oder gar zu rächen.

Und dennoch, mit ihm in seinem armen Hause wohnte noch immer das Glück. Zwar, wenn seine Stirn zu finster, sein Wort zu knapp und trocken wurde, dann flog es wohl erschreckt davon, aber es kehrte doch allzeit zurück und saß mit den jungen Eltern an dem Bettchen ihres Kindes und lächelte sie an und fügte ihre Hände unvermerkt zusammen. Das Glück war noch nicht ganz gewichen; die Alte nahm sich mehr und mehr der Wartung des Kindes an, je weiter es heranwuchs, und Hanna ging wieder dann und wann auf Arbeit und half erwerben. Wer trug denn die Schuld, daß immer öfter das Glück davonflog und sie immer länger ohne die holde Genossin zwischen ihren kahlen Wänden saßen? War es der Eigenwille der Weiber oder der so lang in Schlaf versenkte Jähzorn in ihnen beiden, der nach der großen Liebesfreude allmählich aus der Tiefe immer ungebändigter hervorbrach? Oder war es in dem Manne die unsühnbare Schuld, die den bitteren Unmut in ihm aufjagte? Hatte es doch, da vor geraumer Zeit sein alter Arbeitgeber durch jähen Tod gestorben war, nur kaum unter Not und Kummer gelingen wollen, daß er jetzt endlich am Wege saß und Steine klopfte.

Da war's, an einem Herbstabend, das Kind mochte ein Jahr alt sein; es lag in seinem Bettchen, das bald nach der Geburt der Vater ihm gezimmert hatte, und schlief, daß die heißen Tropfen auf der kleinen Stirne perlten. Aber Hanna saß verdrossen dabei, die kleinen Füße ausgestreckt, den einen Arm über die Stuhllehne herabhängend: das Kind hatte immer noch nicht schlafen wollen, und die alte Mutter, die ihr sonst die Last abnahm, war von einem Gichtanfall ins Bett getrieben worden. »Du hättest auch eine Wiege zimmern können!« rief sie ihrem Manne zu, der eben müde von der Arbeit kam und sein Werkzeug in eine Ecke stellte.

»Was ist denn?« frug er, »das Kind schläft nun ein Jahr schon

in dem Bettchen; du freutest dich doch selbst, als ich's gemacht hatte!«
»Nun will es aber nicht mehr«, gab sie zur Antwort.
»Es schläft ja doch!«
»Ja – über eine Stund hab ich damit herumgearbeitet!«
»Da haben wir beid gearbeitet«, sagte er kurz.
Aber sie schwieg nicht; Red um Rede ward wechselweise schärfer und unbedachter.
»Es wird schon morgen besser schlafen oder übermorgen«, sprach noch der Mann. »Wenn's gar nicht geht – wir kriegen dann wohl eine Wiege!«
»Woher?« frug sie. »Damals, als du das gute Holz hattest, hättst du die Wiege machen sollen!«
»Ei, so säg ich die Beine ab«, sagte John, »und schlag ein paar Gängel darunter; dann hast du deine Wiege!«
Aber dem jungen Weibe war ja die Wiege nur ein Spielwerk für ihren Unmut gewesen; ein häßlich Lachen fuhr aus dem hübschen Munde: »Soll ich das Ungeheuer denn allein regieren?«
Er riß den Kopf empor: »Willst du mich höhnen, Weib?«
»Warum nicht!« rief sie und verzog den Mund, daß ihre weißen Zähne ihm in die Augen blitzten.
»So helf dir Gott!« schrie John und hob die Faust.
Sie sah es und sah erst jetzt den Jähzorn in seinen Augen flimmern. Ein plötzliches Entsetzen fiel sie an; sie flog in eine Ecke des Zimmers und stürzte dort zusammen. »Schlag nicht, John!« schrie sie. »Um deinetwillen, schlag mich nicht!«
Aber seine stets so rasche Hand war in der Leidenschaft zu rasch gewesen. Die Hände an den Schläfen in das dunkle Haar gedrückt, mit scheuen Augen sah das Weib ihn an; seine Hand hatte ihr die Stirn nur leicht gestreift; sie selber sprach kein Wort; aber dennoch hörte er es in seinen Ohren gellen: ›Weh dir, du hast dein Glück zerschlagen!‹
Er fiel zu ihr nieder; er sprach, er wußte selbst nicht, was; er bat sie; er riß ihr die Hände vom Gesicht und küßte sie. Aber sein Weib antwortete ihm nicht; wie mit der List des Wahnsinnes blickte sie heimlich nach der offenen Stubentür, und plötzlich war sie unter seinen Armen fort; er hörte, wie sie hinter sich die Hoftür zuschlug.
Und als er dann sich wandte, sah er sein Kind aufrecht in dem Bettchen sitzen; es hatte mit beiden kleinen Fäusten sich das

Bettuch in den Mund gestopft und sah mit großen Augen auf ihn hin; doch als er unwillkürlich näher kam, schlug es Kopf und Ärmchen rückwärts, und die Kinderstimme gellte durch das kleine Haus, als ob sie untragbar Unglück auszuschreien habe. Er erschrak, aber er hatte keine Zeit; was kümmerte ihn jetzt das Kind! Er rannte aus der Hoftür durch den dunklen Garten. »Hanna!« rief er, und laut und immer lauter: »Hanna!« Aber nur die Baumwipfel der vielen Gärten, die hier aneinanderliegen, rauschten von den Tropfen, die jetzt vom Himmel fielen, und aus der hinterliegenden Stadt kam das Geräusch von allerlei Fuhrwerk. Mit Entsetzen fiel ihm der Brunnen ein: ›Wenn sie sich ein Leids angetan hätte!‹ Er lief den Weg hinauf, wo der Eingang zu den Feldern war; da stolperte sein Fuß; ein Menschenlaut vom Boden wurde hörbar. »Hanna!« schrie er, »Hanna, du lebst? Gott sei Dank, du bist es;« Ein lautes Jauchzen hätte er in die Nacht geschrien, aber sein Herz, das zum Zerspringen klopfte, machte es ihm unmöglich. Er hob sie wie ein Kind auf seine Arme, und da der Regen stärker fiel, zog er seinen Rock vom Leibe und hüllte sie darein; dann hielt er sie sanft an seine Brust und ging langsam, als sei er zum ersten Mal allein mit seinem jungen Weibe, in dem strömenden Regen ihrem Hause zu.

Sie hatte alles, ohne ein Zeichen des Lebens, sich gefallen lassen; erst als aus ihres Mannes Augen ein warmer Tränenschauer auf ihr Antlitz fiel, streckte sie die Hand empor und strich damit ihm sanft über seine Wange.

»Hanna, liebe Hanna!« rief der Mann. Da kam auch ihre andre Hand hervor, und beide schlossen sich um seinen Hals.

Und das Glück ging wieder leis an ihrer Seite; er hatte es noch nicht verjagt.

Wer wüßte nicht, wie oft es denen, die wir »Arbeiter« nennen, zum Verhängnis wird, daß ihre Hand allein ihr Leben machen muß! Wo in der Leidenschaft das ungeübte Wort nicht reichen will, da fährt sie, als ob's auch hier von ihr zu schaffen wäre, wie von selbst dazwischen, und was ein Nichts, ein Hauch war, wird ein schweres Unheil. Und geschah es einmal, so geschieht's auch ferner; denn die meisten dieser Leute, just nicht die schlechtesten, sie leben ihre Zeit dahin und haben ihre Augen nur auf heut und morgen; was gewesen und vergangen ist, gibt ihnen keine Lehre.

So war es auch mit John. Wenn an arbeits- und verdienstlosen

Tagen die Not, oder was es immer sein mochte, seine Nerven zucken machte, so faßte auch ferner seine böse Hand nach seinem Weibe, deren Blut nicht kälter rollte als das seine. Und Buben und junge Leute blieben auf der Gasse vor ihrem Häuschen stehen und ergötzten sich an dem, was von dem Elend drinnen an ihr Ohr hinausdrang. Nur einer, der alte Nachbar Tischler, kam mit gutem Willen, er ging ins Haus und sprach mitunter die Streitenden zur Ruhe, oder er trat, mit einem hübschen, leise schluchzenden Kinde auf den Armen, wieder aus der Tür; »das ist nichts für dich, du kleiner Engel«, sagte der alte Mann, »komm du mit mir!« Und er ging mit ihr in seine Wohnung, wo eine ebenso alte Frau das Kind ihm zärtlich aus den Armen nahm.

Wenn aber in dem kleinen Hause Jähzorn und Kräfte sich erschöpft hatten, dann – wovon die draußen nichts gewahrten – fielen Mann und Weib sich in die Arme und preßten und küßten sich, als ob sie so sich töten wollten. »O Hanna, sterben!« rief einmal der wilde Mann; »nun mit dir sterben!« Und aus den roten Lippen des Weibes stieg ein Seufzer; sie warf ihre trunkenen Augen auf den erregten Mann und zog das Mieder, das er vorhin über ihrer weißen Brust zerrissen hatte, noch weiter von der Schulter. »Ja, John«, rief sie, »nimm nur dein Messer und stoß es da hinein!«

Aber während er sie anstarrte, ob denn das Furchtbare ihr auch Ernst sei, rief sie plötzlich: »Nein, nein! Tu's nicht, das nicht! – unser Kind, John! – das wär Todsünde!«, und sie bedeckte hastig ihre preigegebene Brust.

Er sagte langsam: »Ich weiß es nun, ich tauge nicht, ich bin doch wieder schlecht gegen dich!«

»Du nicht! du nicht, John!« rief sie; »ich bin die Böse, ich reiz dich, ich zerr an dir herum!«

Aber er zog sie fester an sich und verschloß ihren Mund mit Küssen.

»John!« flüsterte sie, als sie wieder frei war und wieder ihren Atem hatte, »schlag mich nur, John! Es tut wohl weh, am meisten in meinem Herzen; aber dann küß mich, küß mich tot, wenn du es kannst! Das tut noch süßer, als das Schlagen weh tut!«

Er sah sie an, und er zitterte, als er sie so in ihrer Schönheit sah: sein Weib, die keines andern war als nur die seine.

»Ich will dich nicht mehr schlagen«, sprach er; »zerr mich nur, soviel du kannst!«, und mit zärtlichen, unterwürfigen Augen blickte er auf sie hinab.

»Nein, John«, bat sie, und ihre tiefe Stimme klang so weich, »du wirst es doch tun! Aber nur eines: du tatst es gestern, aber tu's nicht wieder! Schlag nicht unser armes Kind! Ich hasse dich dann, und das, John, tut am allerwehesten!«

»Nein, Hanna, auch das Kind nicht«, sprach er wie träumend.

Und sie bückte sich und küßte seine Hand, mit der er sie vorhin geschlagen hatte.

– Das sah kein Mensch; und doch, nach ihrer beider Tode ist davon erzählt worden.

Trotz Not und Schuld war die enge Kate noch immer sein Heim und seine Burg; denn von den beiden Frauen dort rührte keine an seiner Wunde, nur dort noch war er davor sicher.

Es war das eben kein Erbarmen; sie dachten nur nicht daran, und taten sie es je, so war des Mannes Jugendschuld ihnen mehr ein Unglück als ein Verbrechen; denn in ihrem eigenen Leben lagen Recht und Unrecht oft nur kaum unterscheidbar nebeneinander. War doch auch in des Weibes Kinderzeit ein sehr alter Mann ihr guter Freund gewesen, der wegen gleichen Vergehens in der »Sklaverei« gewesen war und manches Jahr in Ketten die Karre geschoben hatte. Harmlos, wie andere von den Abenteuern ihrer Jugend plaudern, hatte er dem Kinde das erzählt. Nun wohnte er in einem nahen Dorfe und fuhr mit seiner mageren Kracke weißen Sand zur Stadt und schnitzte, wenn er daheim war, Holzschuhe und Sensenstiele. Er hatte oftmals im Vorbeifahren mit dem munteren, auf der Haustürschwelle sitzenden Kinde ein paar großväterliche Worte geredet, so daß sie allmählich aufpaßte, wenn der weißhaarige Greis mit seinem kümmerlichen Fuhrwerk von der Landstraße in die Stadt kam. Die Holzschühchen, die er ihr einmal mitgebracht hatte, standen noch auf dem kleinen Boden; sie hatte sie neulich für ihr eigen Kind hervorgesucht. – ›Wo der alte Mann wohl abgeblieben ist?‹ hatte sie bei sich selber gesprochen, indem sie den Staub von den Schühchen wischte und sie dann sorgsam nebeneinanderstellte, ›auf einmal kam er nimmer wieder.‹

Daß der Greis, der in so friedlichem Alter dahingegangen war, auch zu den Züchtlingen gehört hatte, das hatte weder ihn noch sie beunruhigt.

Dennoch kam eines und machte allem ein jähes Ende.

– – Es war eine Zeit leidlichen Verdienstes gewesen; aber Hannas Mutter war nach kurzem Krankenbette gestorben. Hanna hatte die alte Frau leidenschaftlich beweint; John hatte gerechnet und tat es noch; denn das verdiente Geld war dabei fortgegangen, und kleine Schulden waren noch dazu aufgelaufen. – Am Häuschen, an der Gartenseite, hatte lange Jahre ein starker Eschenbaum gestanden, in dessen Schatten die jungen Eheleute früher am Sonntagmorgen oft gesessen hatten, aber schon vor Jahr und Tag, in einer Zeit des Notstandes, hatte John ihn umgehauen; er hatte Geld aus dem schönen Stamm zu lösen gedacht, den, wie die Alte versicherte, ihr Mann einst selbst dorthin gepflanzt hatte; allein der Baum lag noch immer auf dem Hofe, und nur der erquickliche Schattensitz war verloren. Jetzt kam er doch zu Nutzen: der Nachbar Tischler nahm ihn und machte dafür der Alten einen Sarg mit hohem Deckel; so kam sie, was ihre letzte Sorge gewesen war, doch anständig in die Grube.

Aber die Totengebühren waren meist noch unbezahlt, und manches andre drückte auch noch; es bot sich wieder einmal kaum je am andern Tage eine Arbeit.

Ein Sonntagmorgen war es; Hanna hatte eben das jetzt schon dreijährige Kind in seinen dürftigen Sonntagsstaat gekleidet; John saß mit aufgestütztem Ellenbogen am Tisch vor seinem Morgenkaffee, wühlte mit der Hand in seinen dunklen Locken und schrieb mit einem Stückchen Kreide Zahlen auf die Platte.

Bald aber zerbrach und zermalmte er die Kreide zwischen seinen Fingern und starrte wie gedankenlos auf Weib und Kind. »Was hast du jetzt zu tun, Hanna?« frug er endlich.

Sie warf den Kopf herum; die Worte klangen ihr so trocken. »Nichts!« sagte sie ebenso, »das Kind ist angezogen.«

»Was tatest du denn, als du mit deiner Mutter noch allein warst und nicht einmal ein Kind zum Anziehn da war?«

»Ich ging betteln in der Stadt!« antwortete sie, und ein höhnischer Trotz klang aus den Worten; »das ging noch besser, als es jetzt geht! Du wußtest ja, daß du eine Betteldirne freitest!«

»Und schämtest du dich nicht?« fuhr es aus ihm heraus.

»Nein«, sagte sie hart und sah ihm mit starren Augen ins Gesicht.

»Warum lerntest du nicht mit feiner Wäsche umgehn? Deine Mutter konnte es doch; sie hatte bei Herrschaften gedient. Das hätte uns jetzt Geld gebracht und wär besser gewesen als das faule Umherlungern.«

Sie schwieg; es war nie daran gedacht worden. Aber in ihrem hübschen Kopfe fing es an zu kochen, als sie nichts erwidern konnte. Dazu, die Augen ihres Mannes lagen auf ihr, als wolle er sie ganz ins Nichts hinunterdrücken. Da kam ihr ein Gedanke; er versetzte ihr den Atem, aber sie konnte es nicht verhalten. »Es gibt ja noch andern Verdienst!« sagte sie, und als er schwieg: »Wir können Wolle spinnen; das hast du ja sechs Jahre lang getrieben und kannst es mich selber lehren!«

Ihm war, als hätte er einen Schlag in sein Gehirn bekommen, und sein Gesicht verwandelte sich so furchtbar, daß sich das Kind mit beiden Ärmchen an die Mutter klammerte.

»Weib! Hanna!« schrie er. »Das sagst du mir? – du?«

Und als sie jetzt wie ohne Leben ihm ihr Gesicht entgegenhielt, faßte er sie an beiden Schultern, zog sie an sich, als müsse er sich überzeugen, ob sie's auch selber wäre, und stieß sie dann gewaltsam von sich. Der Stuhl, an welchem sie gestanden hatte, fiel zurück, und das Kind stieß einen gellenden Schrei aus; das Weib aber stürzte gegen den Ofen; dann glitt sie mit einem schwachen Wehlaut auf den Boden.

Als wären die Gedanken ihm abhanden gekommen, sah John darauf hin; als er ein wenig seine Augen hob, da sah er an einem hervorstehenden Schraubenstift des Ofens, von dem das Kind den Messingknopf zum Spielen abgenommen hatte, einen Tropfen roten Blutes hängen. Er kniete nieder und fuhr suchend mit den Händen durch das volle Haar seines Weibes; plötzlich wurden ihm die Finger feucht; er zog sie hervor. »Blut!« schrie er und betrachtete mit Entsetzen seine Hand; dann fuhr er fort zu suchen, hastig, mit fliegendem Atem, und – nun hatte er es gefühlt, ein Stöhnen brach aus seinem Munde; da, da quoll es hervor, da war der Stift hineingedrungen; tief – er wußte nicht, wie tief. »Hanna!« flüsterte er, indem er sich zu ihrem Ohre beugte, und noch einmal stärker: »Hanna!«

Da kam es endlich. »John!« kam es von ihren Lippen; doch wie aus weiter Ferne.

»Hanna!« flüsterte er wieder; »bleib, o stirb nicht, Hanna! Ich hol einen Doktor; gleich, gleich bin ich wieder da!«

»Es kommt doch keiner.«
»Ja, Hanna, er soll kommen!«
Eine Hand griff tastend nach der seinen, wie um ihn zurückzuhalten. »Nein, John – kein Doktor – du bist nicht schuld – aber – sie setzen dich ins Gefängnis!«
Sie warf sich plötzlich gewaltsam herum. »Küß mich, John!« rief sie laut wie in Todesangst; doch als er seine Lippen auf die ihren drückte, küßte er nur noch eine Tote.
Scheu schlich das Kind zu ihm heran. »Ist Mutter tot?« frug es nach einer Weile, und als der Vater nickte: »Warum weinest du denn nicht?«
Da ergriff er das erschrockene Kind mit beiden Händen und drückte es an sich. »Ich kann nicht!« stammelte er heiser; »ich habe sie – – ermordet«, wollte er sagen, aber es wurde an die Tür geklopft.
Er wandte den Kopf und sah den Nachbar Tischler eintreten. Der alte Mann hatte durch die dünnen Wände den Lärm gehört, das Mitleid mit der Frau, die dessen nicht mehr bedurfte, hatte ihn hergetrieben; nun sah er erschrocken auf die Tote.
»Was ist das! Was habt Ihr hier?« frug er verwirrt.
John richtete sich auf und setzte die Kleine auf den Fußboden. »Es ist nur wieder ein Sarg zu machen«, sagte er tonlos, »und ich habe keine Eschenstämme mehr. Ich bin ein armer Lump, Nachbar!«
Der Alte sah ihn eine Weile schweigend durch seine runden Brillengläser an. »Ich weiß wohl«, sagte er dann, »daß du dies Weib nicht verdientest; du brauchst just nicht davon zu reden – wie ist denn das Unglück hier zu Platz gekommen?«
Und John berichtete, was geschehen war; ohne Auslaß, trocken, als sei es eines Dritten Sache; dann aber warf er sich wieder zu der Toten und betrachtete mit Scheu ihr Antlitz, das wie schlafend vor ihm lag; leise, als gelte es, ein Verbot zu übertreten, streckte seine große Hand sich aus und strich zitternd über die leblosen Züge. »Wie schön, o wie schön!« murmelte er; »und sie werden ein glattes Brett darübernageln, wie sie es den armen Menschen tun!«
Der Alte kannte seinen Mann; er glaubte seinem Berichte: er wußte, er brauchte nicht weiter darüber zu reden; dennoch trug er ihm mehr Groll als Mitleid. »Sei ruhig, John«, sagte er fast mürrisch; »ich mache deinem Weibe ihren Sarg wie damals ihrer

Mutter; wenn wieder Arbeit kommt, so magst du zahlen, wenn du es kannst!«
Da richtete der elende Mann sich auf. »Dank, Nachbar; aber gewiß, ich bezahl's Euch, jeden Sechsling, jeden Pfennig, denn ich muß sie selbst begraben. Sonst soll mich Gott verdammen!«
Das Kind erschrak und ließ den Zipfel seines Rockes los, den es bisher gefaßt hielt.
»Soll meine Frau Euch«, frug der Tischler, »die Kleine für die nächsten Tage abnehmen? Ihr habt hier niemand mehr.«
»Nein, niemand mehr«; und aus seinen Augen flog ein Blick, wie um Erbarmen flehend, zu dem Angesicht des neben ihm stehenden Kindes. »Fragt sie selbst, Nachbar!« sagte er und ließ den Kopf auf seine Brust sinken. Aber er fühlte plötzlich die kleinen Arme zu sich emporstreben, und als er dann sein Kind emporhob, drückte er das Köpfchen fest an seine Wange; wie einen Strom von Lebensmut fühlte er es an sein Herz zurückfluten. »Nein, Nachbar«, sprach er, »seid bedankt! Aber mein Kind will doch nicht von mir; sie weiß, es ist nicht gut, so ganz allein zu sein.«
Dann, als der Alte fortgegangen war, brach ein Strom von Tränen aus seinen Augen. Er kniete nieder zu der Toten. »Hilf mir, mein Kind; es wird mir schwer, zu leben!« rief er, und die Kleine sah mit großen Augen zu ihm auf.

Vom Begräbnisse war John allein zurückgekommen, niemand hatte ihn begleitet; der alte Nachbar hatte der Toten ihren Sarg gemacht und war den letzten Weg mit ihr gegangen, dann war er in sein Haus zurückgekehrt.
John stand in seinem Zimmer und sah sich schweigend in den leeren Wänden um; hier war nun Ruhe, aber wo war das Glück? – Auf der kleinen Schatulle standen neben anderem Geschirre die zwei Tassen mit den grob gemalten Rosen, die er vor ein paar Jahren am Hochzeitsmorgen gekauft hatte. Seine Augen streiften darüber hin, er sah noch den Herbstsonnenschein, der damals über der breiten Straße gelegen hatte; er schüttelte sich, der war ja längst vergangen. Draußen auf der Gasse war wie immer das gewerbliche Getöse, aber hier in der kleinen Kammer war es furchtbar still; auch der kattunene Vorhang dort in der Ecke hing so unbeweglich, als ob nun alles aus sei. Er konnte es nicht ertragen, er trat hinzu und zog ihn zurück; da fiel ein

Mieder Hannas, das sie noch selbst dahin gehangen hatte, auf den Boden. Ein wilder Schmerz durchfuhr ihn, als er es aufhob; er taumelte auf einen Stuhl und schlug die Hände vors Gesicht.

Da knarrte die nur angelehnte Kammertür; sein Töchterchen drängte sich hindurch und hielt ihm triumphierend ein Püppchen unter die Augen, ein Geschenk der Tischlerfrau, die das Kind während des Begräbnisses an sich genommen hatte. Nun aber hatte es nicht länger Ruhe gehabt; es war durch die Gärten und zur Hintertür hereingelaufen, um auch dem Vater seinen Reichtum zu zeigen.

Der sah sie mit wirren Augen an; als sie aber erwartend vor ihm stehenblieb, hob er sie auf seinen Schoß und suchte sich zu fassen. »Was hast du da, Christinchen? Wer hat dir das geschenkt?«

Aber bevor noch die Antwort des Kindes kam, wurde mit einem Stecken an die Tür geklopft, und ein alter, grauhaariger Weiberkopf guckte in die Stube; der zahnlose Mund blieb offenstehen, während der Kopf mit den kleinen munteren Augen Vater und Tochter zunickte.

John kannte das Gesicht: es gehörte der alten »Küster-Mariken«, einer jener sauberen Bettlerinnen, wie wir manche bei uns zu Hause haben. Sie war eine Schullehrertochter vom Lande, hatte in ihrer Jugend in der Stadt gedient und dort einen kleinen Handwerksmann geheiratet. Nach dessen Tode hatte sie jahrelang mit ehrlicher Arbeit sich um die Lebensnotdurft abgemüht, dann war sie früh gealtert und verarmt; nur das schwer ersparte Geld zu einem guten Leichenbegängnis trug sie unantastbar in einem Lederbeutelchen an ihrem Leibe; was sie zu ihrer Nahrung noch bedurfte, holte sie sich nun Tag für Tag bei den Leuten, wo sie einst gedient hatte, oder bei deren Kindern oder solchen, die es ihr geboten hatten. John war ihr oft auf ihren »Suppengängen«, wie sie das selber nannte, begegnet und hatte der Alten freundlich guten Weg geboten.

Auch jetzt nickte er ihr freundlich zu. »So kommt doch arm zu arm!« sagte er. »Was will Sie von mir, Mariken?«

Aber von der Alten war noch immer nur der Kopf und die Krükke ihres Steckens in dem Zimmer. »John«, sagte sie, »kannst du ein altes Weib gebrauchen? Ich möcht in eins von deinen leeren Betten kriechen!«

»Das Bettzeug ist schon verkauft, Mariken«, sagte John.

»Nein, John, das Bettzeug hab ich selber, da brauchst du nicht zu sorgen!«

»Was will Sie denn mit dem leeren Bett?«

»Ei«, erwiderte die Alte, »so will ich's nach der Ordnung sagen: du weißt doch, ich hab ein Kämmerchen bei dem Schlachter Nissen, nur sechs Fuß hin und her, doch schmuck und sauber, und jeder kann auf meine Dielen treten!«

»Nun«, unterbrach sie John, »hat der Sie jetzt hinausgeworfen?«

Die Alte war einen Schritt in die Stube getreten und drohte schmunzelnd mit der Krücke: »Beileibe nicht! Aber das alte faule Gebäu muß eingerissen werden, und in dem neuen, da passet unsereins nicht mehr hinein. So hab ich an dich gedacht, John! Sie trauen dir zwar nicht; aber ich kenn dich besser! Du gibst mir Unterschlupf; ich halte dir deine Kammer hier so schmuck wie jetzund die meine und hüte dir dein Christinchen, wenn du auf Arbeit bist.« Sie machte mit ihren Fingern ein Häschen und nickte der Kleinen freundlich zu, die unverwandt der Alten ins Gesicht starrte. »Nur«, fügte sie hinzu, »wo ich meinen alten Kopf zur Ruhe legen kann, weiter braucht's nicht; du weißt ja, mein bißchen Essen hol ich mir schon selber!«

John nickte: »Ja, ich weiß, Sie bettelt.« – Und in sich selber sprach er leis und traurig: ›Mein Weib tat dies in ihrer Kindheit auch!‹

Aber die Alte rief: »Was sagst du, John?« und stieß mit ihrem Stecken auf den Boden. »Das ist kein Betteln! Das geben mir meine früheren Herrschaften und ihre Freunde, das gehört sich so; ich bin ein alter Dienstbot', den dürfen sie nicht verhungern lassen!«

John sah sinnend auf das Weib; die Kleine war von seinem Schoß herabgeglitten und hielt der Alten ihre Puppe vor. »Sieh!« sagte sie, »die ist mein!« und nickte zur Bestätigung ein paarmal mit ihrem hübschen Köpfchen.

Küster-Mariken hatte sich an ihrem Stock herniedergleiten lassen und hockte vor dem Kinde auf dem Fußboden. »Ei der Tausend!« sagte sie, »das ist wohl die Prinzessin Pumphia! Ja, die kenn ich; als ich so klein war wie du, ist ihre Großmutter bei mir gewesen; von der könnt ich dir Geschichten erzählen! Wenn nur dein Vater das alte Weib nicht aus dem Hause wirft!«

»Nein, du sollst bleiben!« rief das Kind, und die Puppe wäre fast zu Fall gekommen, als sie mit ihren Händchen nach den dürren Fingern der Alten langte.
John nickte seinem Kinde zu: »Willst du sie behalten, Christine, so sag ihr, daß sie morgen kommen mag!«
Und so war es abgemacht. »Das liebe Dirnlein!« murmelte die Alte immer wieder, als sie aus dem Hause und durch die lange Straße ihrer Wohnung zu an ihrem Stecken ging.

So waren nun wieder drei Bewohner in der Kate; und doch war es darin so still, daß die Buben und Pflastertreter, welche daran vorbeigingen, vergebens einen Zeitvertreib von dort erwarteten. Nur etwas Hübsches, das sie jedoch nicht zum Stillstehn brachte, gab es im Sommer bisweilen dort zu sehn. Das war ein dürftig, aber allzeit sauber gekleidetes Dirnlein, das mit einer Puppe oder einem andern Spielwerk auf der Haustürschwelle saß, wo die Sonne auf ihrem braunen Scheitel gänzte. Wenn aber von drunten aus der Stadt die Turmuhr Mittag schlug, dann legte sie hastig ihre Puppe auf die Schwelle und ging mit vorgestrecktem Köpfchen einige Häuser, so weit Alt-Mariken es ihr erlaubt hatte, in die Stadt hinab; auch wohl, bedächtig und immer das Köpfchen rückwärts drehend, ging sie wiederum nach ihrer Haustür und nahm wie gedankenlos die Puppe in die Hand; bald aber trieb es sie aufs neue auf, und endlich, mit jenem Aufschrei vollsten Kinderglückes, flog sie dem von der Arbeit zu kurzer Ruhe heimkehrenden Vater in die ausgebreiteten Arme. Dann trug er seinen kleinen Trost die paar Häuser weit nach seiner Wohnung, wo schon die Alte mit ihren munteren Augen an der Türe harrte. »Nur herein, John! Nur herein!« rief sie; »die Kartoffeln hab ich Euch gekocht; und das Töpfchen Milch vom Nachbar Bäcker steht auch schon auf dem Tisch!« Dann band sie eine reine Schürze vor und ging mit dem irdenen Henkeltopf auf ihren eigenen Suppengang in die Stadt hinunter.
John aber und sein Christinchen setzten sich an den Tisch, nachdem er zuvor aus der Schatullenschublade ein derbes Schwarzbrot hervorgeholt hatte. Er schnitt zwei Stücke ab und brockte sie in die Milch, die in zwei Kümmchen verteilt wurde; zuletzt aßen sie mit etwas Salz die dampfenden Kartoffeln. Nachbar Tischlers bunte Katze kam herein und strich dem Kinde um die Beinchen; der warf Christinchen auch noch eine in Salz gestippte

Kartoffel zu. Aber die Katze beroch sie nur, leckte einmal daran und begann sie dann mit ihren Pfötchen in der Kammer umherzurollen. Da lachten Vater und Tochter. »Die mag keine Kartoffeln«, sagte John; »das ist ein Leckerzahn! Schmeckt es denn dir, Christinchen?«
Und als die Kleine ihm schmausend zunickte, holte er noch einmal etwas aus der Schublade. »Nun merk auf!« rief er. »Nun kommt der Nachtisch!« Es war aber nur eine Messerspitze mit Butter, was er jetzt auf ihren Teller strich. »So«, sagte er, »damit iß nun deine letzte Kartoffel!« Und des Kindes Augen leuchteten vor Vergnügen.
Wenn die kleine Haustürglocke schellte und Mariken mit ihrem Topfe wieder heimkam, dann griff John nach der Mütze und ging wieder auf seine Arbeit.
Als Christinchen dann eines Tages in die Küche lief, sah sie die Alte am Herde sitzen und mit besondrem Behagen aus ihrem Topfe löffeln; ein leckerer Duft schwamm ordentlich in der Küche, und nach dem mageren Mittag mochte ein begehrlicher Ausdruck deutlich genug auf dem Kinderantlitz stehen.
Die Alte legte den Löffel aus der Hand. »Komm, Kind, und halte mit!« rief sie, »das wird dir guttun!«
Aber Christine trat zurück und schüttelte das Köpfchen: »Ich hab mit Vater schon gegessen.«
»Doch nicht von Frau Senator ihrer Sonntagssuppe!«
»Ich darf nicht«, sagte das Kind leise.
»Was?« rief die Alte. »Wer hat dir das verboten?«
»Mein Vater«, kam es ebenso von den Lippen des Kindes.
Wie Zornesröte flog es in das Gesicht der Alten. »So, so!« sagte sie und stemmte die Faust mit dem Löffel auf ihr Knie. »Ja, ja, ich glaub's: du sollst nicht mit mir von meinen Bettelsuppen essen!« Aber sie drängte die Worte zurück, die noch über ihre Zunge wollten; das Kind durfte das nicht hören. »Komm«, sagte sie und stellte ihren Topf beiseite, »ich bin satt; wir wollen in den Garten, da find ich dir noch ein paar Stachelbeeren. Du bist ein braves Kind! Sei deinem Vater allzeit so gehorsam; da wird's dir wohlgehn!«
Und sie wanderten miteinander in den Garten, und so dürftig auch die Ernte ausfiel, die Alte erzählte so alles vergessen machende Geschichten von Prinzessin Pumphias Großmutter, daß der Leckerappetit der Kleinen, sie wußte nicht wie, verging.

– – Das war in der Zeit, die sich so unauslöschlich dem Kinderherzen einprägte, daß dagegen alles, was vorher war, in Dämmerung versank, von der die Frau, die einstmals dieses Kind gewesen war, mir heute noch gesagt hatte, daß es in ihrer Kindheit die Rosenzeit gewesen sei.

John hatte dem Nachbar Tischler Wort gehalten: der Sarg der jungen Frau war bis auf den letzten Dreier von ihm bezahlt worden; er hatte sein Weib doch selbst begraben.

Das anmutige Kind, das so jählings mutterlos geworden, mit dem jetzt wohl nachmittags die Alte durch die Straßen prunkte, hatte das Mitleid der Stadt erweckt; und war auch diese Teilnahme nicht von langer Dauer, es hatte dem Vater doch zu Arbeiten verholfen, die ihm sonst nicht gekommen wären, und da es meist Verdingsarbeiten waren, so half seine geschickte Kraft ihm jetzt zu gutem Verdienst. Und eines Sonnabends – das Kind mochte jetzt schon reichlich seine fünf Jahre alt sein –, da John am Feierabend einen tüchtigen Wochenlohn vor sich auf den Tisch zählte und dann einen Teil davon zum Mietzins abschied, stand auch Alt-Mariken dabei, und auf die vielen Schillinge niederschauend, sprach sie: »Gib mir auch etwas davon!« Als er verwundert aufsah, fügte sie schmunzelnd bei: »Du glaubst, John, ich will nun auch bei dir betteln!«

»Nein, Mariken; aber was will Sie?«

»Nur acht Schillinge, um eine Tafel und eine Fibel dafür zu kaufen!«

»Will Sie noch schreiben und lesen lernen?«

»Nein, John, das hab ich, Gott und meinem seligen Vater Dank, nicht nötig! Aber mit Christinchen ist es an der Zeit. Und das soll sie schon von dem alten Weibe lernen; ich war einst meines Vaters beste Schülerin.«

John reichte ihr, was sie verlangte. »Sie hat wohl recht, Mariken«, sagte er.

– – Und so lernte Christine diese schwierigen Dinge leichter und um ein paar Jahre früher, als es armen Kindern sonst zuteil wird; und jetzt waren es andere Menschen als früher, nachdenkliche Leute, pensionierte Schullehrer, auch wohl alte Großmütter, die manchmal vor der kleinen Kate ihren Schritt hemmten und mit einem Ausdruck von zärtlichem Beifall auf das eifrige Kind dort auf der Haustürschwelle sahen, das, ohne umzublicken, un-

achtend der braunen Löckchen, die von der Stirn ihm in die Augen hingen, den Kopf über eine Fibel neigte und, alles um sich her vergessend, den kleinen Zeigefinger von einem Wort zum andern rückte, sobald das Mündlein die schwarzen Druckzeichen in den hellen Sprachlaut umgesetzt hatte.
Wenn aber am Feierabend der Vater da war, wenn sie mit aller Wichtigkeit ihm erst gezeigt hatte, wie weit sie heute auf der Tafel oder im Fibelbuch gekommen sei, und wenn sie dann miteinander ihr kleines Mahl verzehrt hatten, so ging er wohl noch einmal mit ihr hinaus unter den Sternenhimmel, auf die Straßen oder, war es dort zu laut noch, in das Gärtchen und weiter in die Wege, die in das Feld hinausliefen. Dann hob er oft sein Kind auf beide Arme, und was er tags erfahren hatte oder was nur an Gedanken bei der Arbeit ihm gekommen war, was sie verstand oder nicht verstand, das flüsterte er in die kleinen Ohren; er hatte keinen andern Vertrauten, und ein ewig Schweigen soll kein Mensch ertragen können. Wohl bog das Kind bisweilen das Köpfchen zu dem seinen auf und lächelte ihm nickend zu; manchmal aber erschrak es und bat: »Nicht so! Oh, sag das nicht, mein Vater!« Er wußte nicht, war diese Tochter ihm ein neues Glück, war sie ihm nur ein Trost für ein verlorenes; denn immer wieder nach dem toten Weibe in Reu und Sehnsucht wollte ihm das Herz zerbrechen; noch im Traum betörte ihn der Reiz des längst vergangenen Leibes, daß er, vom Schlafe auffahrend, ihren Namen durch die dunkle Kammer schrie, bis er endlich faßte, was unrettbar der Vergangenheit gehöre. Manchmal in der Nacht hatte auch das Kind nach der Mutter gerufen und die Ärmchen weinend nach ihr ausgestreckt; wenn er dann am Abend darauf sie durch die Einsamkeit der Gassen auf seinen Armen trug, erzählte er ihr, wie Süßes oft im Traume ihm geschehen, wie schrecklich sein Erwachen gewesen sei.
Dann frug das Kind zitternd: »War denn Mutter bei dir in der Nacht?«
»Nein, Christine; es war ja nur ein Traum.«
Und das Kind frug weiter: »War denn Mutter so schön?«
Dann drückte er sie heftig an sich: »Für mich das Schönste auf der Erde! Weißt du das nicht mehr? Du warst schon drei Jahre alt, als sie starb!« Als er das letzte Wort gesprochen hatte, stockte ihm die Rede plötzlich; ein Frösteln rann durch seine Glieder. Konnte er so einfach von ihrem Sterben sprechen? Er wollte

sein liebes Kind doch nicht betrügen. – Die Kleine aber, die eine Weile geschwiegen hatte, sagte jetzt traurig: »Mein Vater, ich weiß gar nicht mehr, wie Mutter aussah!«
»Wir hatten nimmer Geld zu einem Bilde; wir dachten auch nicht an den Tod!« antwortete John, und seine Stimme bebte; »aber er ist immer bei uns; streck nur den Finger aus, so kommt er schon!«
Die Kleine drückte angstvoll das Köpfchen an seine Brust.
»Nein, nein«, sagte er, »so ist's doch nicht! Du kannst schon deine beiden ganzen Händchen ausstrecken! Der liebe Gott ist doch über ihm; der hat auch versprochen, daß wir die Toten alle wiedersehen sollen; so lange mußt du warten.«
»Ja, Vater«, sagte das Kind, und der kleine Mund drückte sich auf den seinen, »aber du mußt bei mir bleiben.«
»Wie Gott will.«
– – War bei ihrer Nachhausekunft Alt-Mariken noch wach oder hatte die Haustürschelle sie wieder aufgeschreckt, dann schalt sie John, die Nacht sei nicht für Kinder; er trage sie noch in den Tod.
Er aber sagte dann wohl halb für sich selber:

Besser früher Tod,
Als spät die Not.

Da kam jener furchtbare Winter in den vierziger Jahren, wo die Vögel tot aus der Luft fielen und die Rehe erfroren im Walde zwischen den von Schnee gebeugten Bäumen lagen, wo die armen Leute mit ihrem leeren Magen, um nicht gleichfalls zu erfrieren, in ihre kargen Betten krochen, die in ungeheizten Kammern standen; denn auch die Arbeit war mit eingefroren.
John hatte sein Kind auf dem Schoß; er sann wohl darüber nach, warum in solcher Zeit das Mitleid nicht den Armen Arbeit schaffe; er wußte nicht, daß es an ihm vorbeigegangen war. Die lange nicht gestutzten Haare hingen über seine eingefallenen Wangen; die Arme hielt er um sein Kind geschlungen. Der Mittag war vorüber, wie die zwei leeren irdenen Teller auswiesen, die, mit Kartoffelschale bedeckt, neben einem Salzfaß auf dem Tische standen. Ein kaltes graues Zwielicht war in der Kammer; denn das Tageslicht konnte durch die dick mit Eisblumen überzogenen Scheiben nur kaum hineindringen. »Schlaf ein wenig, Christine!«

sagte John. »Schlaf ist gut; es gibt nichts Besseres; es wird auch wieder Sommer werden!«
»Ja!« hauchte das Kind.
»Wart nur!« Und er nahm ein Wollentuch, das Hanna einst getragen hatte, und bedeckte sie damit. »Das ist Mutters Tuch«, sagte er, »deine kleinen Füße sind so kalt.«
Sie ließ sich das gefallen und schmiegte sich an den Vater, der vergebens hoffte, daß der Schlaf ihr kommen werde. Er hatte die letzten drei Torf so vorsichtig in den kleinen Ofen geheizt, aber es war doch zu kalt geblieben. Da schellte die Haustürglocke, und Alt-Mariken trat nach einer Weile in die Kammer. Sie deckte ihre kleinen Augen mit der Hand, denn das graue Zwielicht da drinnen hatte sie geblendet; dann nickte sie den beiden zu. »Das glaub ich«, sagte sie, »ihr könnt euch aneinander wärmen! So gut hat's unsereiner nicht; denn sieh, John, das Kinderkriegen hab ich nicht verstanden. Nur einmal war's ein totes, aber das zählt ja nicht.«
John blickte nicht auf. »Da braucht Sie heute auch nur für sich allein zu frieren«, sagte er und nahm die kalten Füßchen seines Kindes in seine großen Hände.
»Nun, nun«, erwiderte die Alte; »ich weiß mir schon zu helfen; sorg nicht um mich, John! Die alte Senatorn hört gar zu gern die Geschichten von Anno damals, vom Kosakenwinter; und da kann ich aushelfen, John! Die haben mir heut drei Tassen heißen Kaffee eingebracht; da kann man's dann schon wieder aushalten, wo nur der Winter einheizt!« Sie lachte: »Ihr beiden solltet einmal tanzen! Das hat mir früher oft geholfen; die Tanzbein' sind mir nur abhanden gekommen.«
Da hob das Kind sein Köpfchen aus den Umhüllungen und sagte: »Vater, morgen ist doch Weihnachten; darf es hier dann nicht ein wenig wärmer sein?«
John sah nur finster auf sie hin; die Alte aber huckte sich neben ihm und der Kleinen zu Boden. »Kind, Gottes Engel!« rief sie und streichelte mit ihrer warmen Hand Stirn und Wangen der Kleinen; dabei griff sie mit der andern in ihre Tasche und fühlte nach den Schillingen, von denen sie nicht geredet, die sie aber neben dem Kaffee von der Frau Senatorin als Festgeschenk erhalten hatte. »Ja, ja, Christinchen, sorg nur nicht! Unser Herr Christus hat dazumal auch warm in seinem Kripplein gelegen!«
John schwieg noch immer; das Wort seines Kindes war ihm wie

ein Schwert durchs Herz gegangen. Aber vor seinem innern Auge stand jetzt plötzlich jener einsame Brunnen draußen auf dem Felde; er sah den Bretterzaun im Froste flimmern. Sein alter Arbeitgeber, von dem er ihn einst selbst erbeten hatte, war jahrelang tot; auch sie, um deren willen es geschah – wen kümmerte das von damals noch? Hatten die Bretter einst sein Weib geschützt, sie konnten nun sein Kind erwärmen! – Das Blut stieg ihm zu Häupten; sein Herz hämmerte heftig.

Das hörte das Kind, dessen Kopf daran lag. »Vater«, sagte sie, »was klopft so in dir?«

»Das Gewissen!« – Er war zusammengefahren. Niemand hatte das gesagt, und war ihm doch, als habe er es gehört, deutlich, dicht vor seinem Ohr.

»Mich friert!« sagte die Kleine wieder.

Da stieg aufs neu der Brunnen vor ihm auf. »Wärme dich ein Stündchen in meinem Bette!« sagte er hastig; »dort wirst du schlafen; ich weck dich dann wieder.«

»Ja, ja, Christinchen«, rief die Alte, »ich setz mich zu dir; schlaf nur, Kind; die Welt ist gar zu kalt!« John aber stürzte aus der Kammer, dem niedrigen Verschlage zu, der auf dem Hofe war; hier in der Dunkelheit, nach zugeriegelter Tür, schärfte er seine Handsäge und schliff sein Handbeil auf dem dort stehenden Schleifstein.

– – In der Nacht, die diesem Tage folgte, fiel das Quecksilber in den Thermometern noch um mehrere Grade tiefer; die schneebedeckten Felder, auf welche die zitternden Sterne herabblinkten, schienen wie eine Öde, die nie ein Menschenfuß betreten. Dennoch vernahmen die Kranken oder in Sorgen Wachenden, welche in der Norderstraße ihre Schlafkammern nach den Gärten hatten, aus der Ferne die Schläge eines Beiles, die in der grenzenlosen Stille nach der Stadt hinüberschollen. Vielleicht mochte auch ihrer einer sich erheben und vom Bett aus, wiewohl vergebens, durch die flimmernden Fensterscheiben hinauszublicken suchen; aber wen kümmerte es weiter, wer draußen noch so geschäftig wach war.

Als aber Alt-Mariken am Morgen spät erwachte, da sah sie von ihrem Bett aus, daß in dem Beilegeofen schon ein helles Feuer prasselte und ihre Schillinge nicht mehr nötig waren. In der Kammer stand John neben seinem Töchterlein und sah schweigend zu, wie sie behaglich sich die Kleider überzog und unterweilen mit ihren Händchen an den Ofen klatschte. »Oh«, rief sie fröhlich und zog sie rasch zurück, »er hat mich ordentlich gebrannt!«

Und allmählich schmolz der Schnee; die Sonne kam immer länger auf Besuch; die Schneeglöckchen hatten ausgeblüht, und die Veilchen zeigten dicke Knospen; Vögel und allerlei Wandergäste kamen; darunter auch, die nicht willkommen waren.

John hatte eine Gartenarbeit unten in der Stadt und bog eines Abends, seinen Spaten auf dem Nacken, aus einer Nebengasse in die breite Straße ein, um durch diese und deren Verlängerung nach seiner Wohnung hinaufzugehen. Alle seine Gedanken waren bei seinem Kinde; sie kam ihm ja immer noch entgegen, wenn auch nicht so ungestüm wie früher; denn auf den Herbst hatte sie schon ihr siebentes Jahr. Da schlug von rückwärts der Schall eines Fußtrittes an sein Ohr, als ob er ihn einzuholen trachte. Er stutzte. ›Wer ging doch so?‹ – Wie eine unheimliche Erinnerung überkam es ihn; aber er konnte sich nicht entsinnen; ihm war nur, als sei ihm Unheil auf den Fersen. Er sah nicht um; aber er ging jetzt rascher, denn es war ganz hell noch auf den Gassen. Doch auch das hinter ihm ging rascher; er brütete noch: wer kann das sein? – da schob ein magerer Arm sich in den seinen, und ein bleiches bartloses Gesicht mit kurzgeschorenem Schädel sah ihn aus kleinen scharfen Augen an.

John erschrak bis in die Fußspitzen. »Wenzel!« stieß er hervor. »wo kommst du her?«

»Wo du auch einmal sechs Jahr gewesen bist, John! Ich hatte es noch einmal versucht.«

»Laß mich!«sagte John; »ich darf nicht mit dir gesehen werden. Das Leben ist schwer genug.« Er ging noch rascher; aber der andere blieb ihm zur Seite.

»Nur die Straße hier hinauf«, sagte er. »Du trägst das Zeichen der Ehrlichkeit da auf den Schultern; das tät mir gut zu meiner Reputation!«

John stand still und trat von ihm zurück: »Du machst linksum, oder ich stoße dich hier zu Boden!«

Der schwache Züchtling mochte den Grimm des Mannes fürchten; er zog grinsend seine alte Mütze: »Auf Wiedersehn, Herr John! Du bist heut just nicht höflich gegen einen alten Kameraden!« Er steckte die Hände in die Hosentaschen und ging nach links unter den Rathausschwibbögen zur Stadt hinaus. In furchtbarer

Bewegung setzte John seinen Weg fort; ihm war, als wäre alles in ihm eingestürzt. Einige Häuser vor dem seinen kam ihm das Kind entgegen und hing sich an seinen Arm. »Du sprichst ja gar nicht, Vater? Fehlt dir was?« sagte sie nach einigen Schritten.

Er schüttelte den Kopf: »Ja, Kind; wenn nur, was einmal dagewesen, nicht immer wieder zu uns kommen wollte!«

Die Kleine sah zärtlich, voll unverstandenen Mitleids, zu ihm auf. »Kann denn der liebe Gott nicht helfen?« sprach sie zaghaft.

»Ich weiß nicht, Stine; aber wir wollen zu ihm beten!«

– – Am folgenden Tage hatte John den Gefürchteten nicht gesehen; er war auch nicht durch die Stadt, er war hinter derselben an den Gärten entlang auf seine Arbeit und wiederum nach Haus gegangen. Am Abend darauf sah er ihn hier auf sich zukommen; das bleiche Züchtlingsgesicht, um das jetzt ein Stoppelbart zu wachsen begann, war nicht zu verkennen.

»Ei, Freund John«, rief Wenzel ihm entgegen, »ich glaub, du suchst mir auszuweichen; bist du denn noch so mürrisch?«

John blieb stehen. »Dein Gesicht macht mich nicht fröhlicher«, sagte er.

»Das denn vielleicht?« entgegnet Wenzel und zog ein paar Mark Geldes aus der Tasche. »Ich wollt mich auf eine Woche bei dir einmieten, John! Es ist nicht leicht für mich, Quartier zu kriegen!«

»Miet dich beim Teufel ein!« sagte John. Als er aufblickte, kam aus einem Seitenwege ein Gendarm auf sie zu. John wies auf den Polizeisoldaten; aber Wenzel sagte: »Den fürcht ich nicht; meine Papiere sind in Ordnung.«

Noch bevor dieser sie erreicht hatte, zog er sein Taschenbuch hervor und übergab es ihm, der mit amtlicher Würde den Inhalt durchstudierte. Schon streckte Wenzel seine Hand aus, um seinen Schatz sich wieder auszubitten; aber der Gendarm steckte die Papiere ruhig in seine eigne Tasche. »Er hat sich auf der Polizei noch nicht gemeldet«, sagte er kurz. »Er geht mit mir!« Und einen raschen Blick auf John werfend, ließ er den Züchtling vorangehen und folgte, die Hand am Säbelgriff.

Der Bürgermeister befand sich auf dem Rathause in seinem Arbeitszimmer, als der Gendarm eintrat und den entlassenen Züchtling Wenzel meldete.

Er lächelte. »Ein alter Bekannter!«

»Ich traf ihn hinten am Kuhsteig; der John Glückstadt stand bei ihm«, berichtete der Gendarm.

Der Beamte sann einen Augenblick: »Ja, ja – John Glückstadt, das läßt sich denken.«

»Freilich, Herr Bürgermeister; das Zusammentreffen schien mir sehr verdächtig, hinter der Stadt und um die Vesperzeit, wo niemand dort zu kommen pflegt.«

»Wie meinen Sie das, Lorenzen?« frug der Bürgermeister. »Dieser John Hansen ist jetzt ein reputierlicher Mensch, der sich und seine Kleine ehrlich durchzubringen sucht.«

»Sehr wohl, Herr Bürgermeister; aber sie waren vordem zusammen im Zuchthaus; es dürfte nicht ohne Bedeutung sein, daß sie auch hier gleich wiederum zusammenstehen.«

Aber der Bürgermeister schüttelte den Kopf. Er hatte John im Winter ein kleines Darlehen gegeben und es in diesen Frühlingstagen zurückerhalten. »Nein, Lorenzen«, sprach er, »stören Sie mir den Mann nicht; den kenn ich besser: auch hat er Arbeit jetzt, die er nicht aufs Spiel setzen wird. Und nun lassen Sie den Wenzel kommen!«

»Befehlen«, sagte der Gendarm und drehte sich militärisch nach der Tür. Aber die Zurückweisung seiner so wohl ausgesonnenen Schlüsse auf John Glückstadt hatte heimlich ihn ergrimmt. Drum erzählte er noch am selben Tage Arbeitern und kleinen Handwerkern, mit denen er zusammentraf, und mit noch stärkeren Akzenten, die verdächtige Geschichte; die brachten es an die Dienstboten und diese an die Herrschaften, und so war bald die ganze Stadt voll von den gefährlichen Plänen, welche Wenzel und John Glückstadt in erneuerter Kameradschaft miteinander geschmiedet hätten; und obwohl Wenzel schon am folgenden Tage wieder entlassen und dann von Behörde zu Behörde gewiesen war und hier niemals wieder gesehen wurde, so hatte er doch für John des Teufels Spur zurückgelassen. Dieser hatte gehofft, die Arbeit in dem großen Garten drunten in der Stadt den ganzen Sommer, ja gar für künftige Jahre behalten zu können, denn der Besitzer hatte ihm wiederholt die Sauberkeit und Raschheit seiner Arbeit gelobt; jetzt aber kam die Botschaft von demselben, John brauchte nicht wiederzukommen. Bei Anfragen in andern Häusern erhielt er trockenen Abschlag; mit Mühe bekam er endlich in einem nahe belegenen Dorfe eine schlechtbezahlte Feldarbeit; aber auch die ging bald zu Ende. Sein Mut sank; seines

Kindes Antlitz drückte ihn noch tiefer; das Elend war schon halb in seiner Kate; nur der Kleinen wußte die kluge Alte unter immer neuen Vorwänden ein Teilchen von ihren Suppengängen zukommen zu lassen.

So war das Ende des August herangekommen und ein Abend, wo für den andern Tag kein Mundvoll mehr im Hause war. Er saß am Bette seines Kindes, das schon mit dem Schlafe kämpfte, und sah starr auf das liebliche Gesichtlein; aber so still er saß, er wußte vor Angst nicht, wo er mit seinen Gedanken bleiben sollte. Da, als das Kind die Augen zu ihm aufschlug, brach es aus ihm hervor: »Christine!«, aber er stockte einen Augenblick; »Christine«, sagte er nochmals, »könntest du wohl betteln?«

«Betteln!« Das Kind erschrak über das Wort. »Betteln, Vater?« wiederholte sie; »wie meinst du?« Die Kinderaugen waren plötzlich erregt auf ihn gerichtet.

»Ich meine«, sagte er langsam, aber deutlich, »zu fremden Leuten gehen und sie um einen Sechsling oder noch weniger, um einen Dreiling bitten, oder um ein Stück Brot.«

Dem Kinde stürzten die Tränen aus den Augen: »Vater, warum fragst du so? Du sagtest immer, betteln sei eine Schande!«

»Es kann auch kommen, daß Schande noch nicht das Schlimmste ist. – Nein, nein!« rief er dann laut und riß sie heftig in seine Arme. »Weine nicht, oh, weine nicht so, mein Kind! Du sollst nicht betteln; nimmer sollst du das! Wir essen nur ein bißchen weniger!«

»Noch weniger, Vater?« frug die Kleine zögernd.

Er antwortete nicht; aber ihr war, als fühlte sie ihn schluchzen, als er seinen Kopf gegen ihren kleinen Körper barg. Da wischte sie sich die Tränen vom Gesicht; und als sie eine Weile wie grübelnd dagelegen, brachte sie ihren kleinen Mund zu seinem Ohr. »Vater!« flüsterte sie leise.

»Ja, mein Kind?« Und er richtete sich empor.

»Vater, ich glaub, ich könnte doch wohl betteln!«

»Nein, nein, Christine; denk nicht mehr daran!«

»Ja, Vater«, und sie schloß ihre Ärmchen fest um seinen Hals, »wenn du krank und hungrig wärest, dann wollte ich es doch!«

»Nun, Kind; du weißt ja, ich bin kerngesund!«

Sie blickte ihn an; er sah nicht sehr gesund aus; aber er lächelte ja doch. »So, schlaf nun!« sagte er und löste die Ärmchen sanft von seinem Nacken und legte sie in ihr Bett zurück. Und sie tat, wie getröstet, ihre Augen zu und war bald entschlafen; nur ihres Vaters Hand behielt sie noch fest in der ihren, bis auch die kleinen Finger sich lösten und das ruhigere Atmen den festen Schlaf bekundete.

Er blieb noch immer sitzen; das erste Viertel des Mondes war heraufgekommen und schimmerte trübe in die Kammer. Der Mann starrte in Verzweiflung auf sein Kind: was sollte er beginnen? Zur Sparkasse? – Aber wer würde für ihn Bürgschaft leisten? Zum Bürgermeister gehen und um ein Darlehn bitten – und das im hohen Sommer? – Im Winter hatte er es getan; er wußte genau die Zeit: die Bretter des Brunnens waren verbrannt und die Kammer wieder kalt gewesen. Der Bürgermeister hatte es ihm damals auch gegeben; aber die scharfen Augen des alten Herrn hatten ihn so seltsam angesehen. »Damit Er nicht wieder in Versuchung komme, John!« hatte er dabei gesagt; ihm aber hatten plötzlich die Beine unterm Leib gezittert. Ob denn der Bürgermeister von jener Sache wisse oder nur Gedanken habe, frug er sich jetzt; dann fiel's ihm auf die Brust, er war ein Züchtling, dem wird alles zugerechnet; weshalb war denn seitdem schon immer wieder keine Arbeit für ihn dagewesen? Wie eine drückende Wolke fühlte er den Verdacht ob seinem Haupte schweben. Das geliehene Geld zwar hatte er zurückgezahlt; aber, nein – nicht noch einmal zum Bürgermeister! – – Nebenan im Garten des Tischlers standen wohl noch ein paar Reihen Kartoffeln, sie schienen ganz vergessen zu sein – aber John biß die Zähne zusammen: er hatte durch ihn sein totes Weib begraben können. Einen Augenblick entflohen ihm die Gedanken; sie hafteten dort, wo der Ofen stand, wo ein schwacher Mondschimmer auf dem Messingknopfe schimmerte. »Hanna!« murmelte er, »du bist schon recht gestorben!« Wie in unausdenkbarem Elend streckte er die Hände mit ausgepreizten Fingern vor sich hin; aber die Bilder in seinem Kopfe wechselten, und die des Hungers waren doch die stärksten. Da plötzlich streckte sich ein weites Kartoffelfeld vor seinen Augen; es war draußen auf dem Felde neben dem von ihm beraubten Brunnen, der jetzt in einem hohen Ährenfeld verborgen stand. Die Kartoffeln waren noch immer nicht aufgenommen; andere Feldarbeit war im Wege gewesen. »Nur ein paar Bülte!« murmelte er, »nur um einmal satt zu werden!« Etwas von dem Trotz der Ausgestoßenen kam über

ihn. »Es kann ja morgen wieder Arbeit kommen – wenn nicht, so muß ich's mit dem lieben Gott versuchen!«
Er saß noch lange, noch manche Stunde, bis der Mond schon unter war und er alles schlafend glaubte; da schritt er leise aus der Kammer und aus dem Hause. Die Luft war schwül; nur mitunter fuhr ein Windstoß auf, und fast undurchdringliche Finsternis lag auf der Erde. Aber John war den Weg schon oft gegangen, und endlich, an dem Kraute, das um seine Beine schlug, fühlte er, er war auf dem Kartoffelacker. Er lief noch weiter hinein, denn ihm war, als müsse er überall gesehen werden; mitunter bückte er sich und wühlte unter den Büschen, mitunter zuckte er erschreckt zurück, aber es war nur das Gezücht, das hier gelegen hatte; ein Tausendfuß, eine Kröte waren über seine Hand geschlüpft. Das Säcklein, das er mitgenommen hatte, war halb gefüllt. Er stand und wog es in der Hand: es war genug; aber ... Er hatte den Sack schon umgekehrt, um alles wieder auf den Acker auszuschütten, nur unten hielt noch seine eine Hand das Linnen zusammen. Ihm war im Kopfe, als senke eine Waage sich auf und ab; dann sprach er langsam: »Ich kann nicht, lieber Gott! Mein Kind! Es soll ans Kreuz geschlagen werden; laß mich es retten; ich bin ja nur ein Mensch!«
Er stand und horchte, als solle eine Stimme von oben aus der Nacht zu ihm herunterkommen; dann krampfte seine Hand sich um den Sack; er lief nur weiter, immer weiter; kaum fühlte er, daß jetzt hohe Ähren ihm mit ihren rauhen Köpfen ins Gesicht strichen; kein Stern zeigte ihm den Weg; er ging her und hin und kam doch nicht zum Ausgang. Ihn überfiel's, wie er vor einem Jahrzehnt als Aufsichtsmann so sicher hier geschritten war; es konnte nicht weit sein, wo einst sein Weib, ein sechzehnjährig Dirnlein, ihm in die Arme stürzte! In süßem Schauder ging er vorwärts; gleichmäßig rauschten bei seinem Schritt die Ähren; ein Vogel, ein Rebhuhn oder eine Ammer, schwirrte vor ihm auf; er hörte es kaum, er schritt nur weiter, als ob er ewig so zu schreiten habe.
Da zuckte fern unten am Horizont ein schwacher Schein; ein Gewitter schien heraufzukommen. Einen Augenblick stand er und besann sich: er hatte die dunkeln Wolken am Abend schon gesehen; er wußte plötzlich, wo Osten und Westen war. Nun wandte er sich und beschleunigte seine Schritte; er wollte rasch nach Haus, zu seinem Kinde. Da war etwas vor seinen Füßen, er kam

ins Straucheln, und eh er sich besonnen, tat er einen neuen Schritt aber sein Fuß fand keinen Boden – ein gellender Schrei fuhr durch die Finsternis; dann war's, als ob die Erde ihn verschluckt habe.

Ein paar Vögel schreckten in die Luft, dann war alles still; kein Menschenschritt war jetzt noch in dem Korn. Eintönig säuselten die Ähren, und kaum hörbar nagten die Millionen Geziefers an den Wurzeln oder Schaften der Pflanzen, bis die immer drükkendere Schwüle in einem starken Wetter sich entlud und in den hallenden Donnern und dem niederstürzenden Regen alle andern Geräusche der Erde verschwanden.

In der Kate am Ende der Norderstraße fuhr um diese Zeit ein armes Kind aus seinem Schlafe auf; ihm träumte, es habe ein Brot gefunden, aber es hatte in einen Stein gebissen. Halb im Traum noch griff es in das große Wandbett nach der Hand seines Vaters, doch es erfaßte nur den Zipfel des Kopfkissens und schlief dann ruhig weiter.

– – John Glückstadt ist niemals wieder nach Haus und nie zu seinem Kinde zurückgekommen; alle Anstalten der Polizei, eine Spur von ihm zu finden, waren vergebens. Sein Verschwinden wurde einige Tage in der kleinen Stadt besprochen; die einen meinten, er sei entflohen, um nachher mit seinem Kameraden Wenzel zusammenzutreffen und mit ihm übers Meer zu fahren, wo es den Spitzbuben gut zu gehen pflege; das Geld zur Überfahrt würden sie unterwegs nach Hamburg sich schon zu schaffen wissen, und das kleine Dings sei ja in guter Hut bei Küster-Mariken; die andern meinten, am Deich da draußen in der Schleusengrube, neben welcher er und Wenzel ihr Schelmenstück einst beraten hätten, habe er den Tod gesucht, und die Ebbe habe ihn ins Meer hinausgetrieben.

Diese Meinungen wurden in einer Tischgesellschaft gegeneinander abgewogen. »Nun, und Sie, Herr Bürgermeister«, sagte zu diesem die alte Schwägerin des einstigen Zichorienfabrikanten, die er zu Tische geführt hatte, »was meinen Sie dazu?«

Der Bürgermeister, der bisher kein Wort dazu geredet hatte, nahm erst bedächtig eine Prise. »Hm«, sagte er, »was soll ich meinen? – Nachdem dieser John von Rechtes wegen seine Strafe abgebüßt hatte, wurde er, wie gebräuchlich, der lieben Mitwelt zur Hetzjagd überlassen. Und sie hat ihn nun auch zu Tode gehetzt; denn sie ist ohn Erbarmen. Was ist davon zu sagen? Wenn ich was meinen soll, so sollet ihr ihn jetzt in Ruhe lassen, denn er gehört nun einem andern Richter.«

»Wahrhaftig«, sagte die Alte ganz erstaunt, »Sie haben noch immer Ihre sonderbaren Meinungen von diesem John Glückstadt!«

»John Hansen«, berichtigte der Bürgermeister ernsthaft.

– – – Mir kam allmählich das Bewußtsein, daß ich weit von meiner Vaterstadt im Oberförsterhause an dem offenen Fenster stehe; der Mond schien von drüben über dem Walde auf das Haus, und aus den Wiesen hörte ich wieder das Schnarren des Wachtelkönigs. Ich zog meine Uhr: es war nach eins! Das Licht auf dem Tische war tief herabgebrannt. In halbvisionärem Zustande – seit meiner Jugend haftete dergleichen an mir – hatte ich ein Menschenleben an mir vorübergehen sehen, dessen Ende, als es derzeit eintrat, auch mir ein Rätsel geblieben war. Jetzt kannte ich es plötzlich; deutlich sah ich die zusammengekauerte Totengestalt des Unglücklichen in der unheimlichen Tiefe. Nachdem ich heute den Namen meiner Wirtin erfahren hatte, wußte ich jetzt auch: noch einmal aus der düsteren Gruft hatte seine lebendige Stimme ein lebendig Menschenohr erreicht; aber es war nur das eines vierzehnjährigen Knaben. Am Abend nach dem Verschwinden des Armen, da ich bei einer befreundeten Familie eingetreten war, kam der Sohn mit seinem Schmetterlingsketscher schreckensbleich ins Zimmer. »Es hat gespukt!« rief er und sah sich um, als ob er auch hier noch nicht ganz sicher sei; »lacht nur nicht, ich hab es selbst gehört!« – Zwischen den Kartoffeln auf dem Acker neben dem Schinderbrunnen war er gewesen, um sich den Totenkopf zu fangen, der in der Dämmerung dort fliegen sollte; da hatte es unweit von ihm aus dem Kornfeld seinen Namen »Christian!« gerufen, hohl und heiser, wie er solche Stimme nie gehört; und da er entsetzt davongelaufen, sei es noch einmal hinter ihm hergekommen, als ob's ihn habe greifen wollen.

Ich wußte jetzt, nach über dreißig Jahren: es hatte nicht gespukt, und nicht »Christian« hatte er es rufen hören; den Namen seiner Tochter »Christine« hatte der Mann da drunten in hoffnungsloser Sehnsucht ausgestoßen. Und noch eines wußte ich: ein Arbeiter, mein alter Freund aus der Kinderzeit, hatte einige Tage später draußen an dem Brunnen das Korn mähen helfen. »Da hätten wir bald einen Falken fangen können!« erzählte er mir eines Abends.

»Einen großen?« frug ich.

»Das mag der Herr glauben! Er war ein Stück in den alten Schinderbrunnen hinabgestoßen – der Himmel weiß, was drunten liegt –, aber seine Fluchten waren zu weit in der Spanne, er schlug und arbeitete damit in dem engen Brunnen und kam nicht gleich heraus. Wir hatten nur keine Knüppel, ihn zu schlagen; auch wehte ein übler Dunst uns an; es war, als hätte schon vordem die Kreatur an Aas gesessen!«

Ich hatte damals dieser Rede nicht geachtet; mich schauderte, da mich die Erinnerung jetzt befiel, der feuchte Nachtwind, der mich anwehte, tat mir wohl, vor allem, weil er von heut und nicht von damals war; ich wußte, der Brunnen war vor ein paar Jahren zugeschüttet. »Zu Bett!« sprach ich halblaut zu mir; »und, Seele, geh du auch zu Bett!«

Ich löschte das Licht und ließ das Fenster offen, damit alles, was lebendig war, zu mir herein könne; und bälder, als ich gedacht hatte, kam der Schlaf; nur mit einem freundlichen Bilde spielte noch der Traum: ich sah die von der Morgensonne nur noch halb erleuchteten Straßen meiner Vaterstadt; ich hörte einen Wagen heranrasseln, und zwischen zwei lieben alten Leuten auf dem offenen Sitze saß die kleine Christine, und sie nickte mir freundlich zu, als sie bei mir vorbei und über dem Zingel zur Stadt hinausfuhren.

Der alten Mariken dachte ich nicht weiter; ich wußte, daß sie vor langen Jahren in St. Jürgens Stift ein ruhiges Sterbekissen gefunden hatte.

– – Als ich spät am andern Morgen in das Haus hinunterkam, erhob sich der Lohbraune von der Matte vor der Tür des Wohnzimmers und begrüßte mich wedelnd als einen Gast des Hauses; als ich aber eintrat, war niemand drinnen; nur die Magd öffnete eine Seitentür, guckte herein, als ob sie bestellt sei, meine Ankunft zu berichten, und lief dann rasch von dannen. Ich beschäftigte mich indes damit, die Bilder an den Wänden zu beschauen, aus denen deutlich zwei Generationen zu erkennen waren: auf der einen Jagd- und Tierstücke von Steffeck und dem alten Ridinger; über dem Sofa dagegen fand ich eine Kreuzesabnahme von Rubens und je zur Seite die Bildnisse von Luther und Melanchthon. Am Sofa, auf dem lichtlosen Wandstücke am Fenster, hing, wie im Schatten der Vergangenheit, eine halberloschene Photographie; aber ein Kranz von Immortellen, wie

Johns Tochter sie gestern auf unserem Waldgang gepflückt hatte, wohl gar derselbe, umgab den dunkeln Rahmen.

Mit Scheu fast trat ich näher; es war das Bildnis eines Soldaten in Uniform, wie dergleichen die jungen Landleute während ihrer Dienstzeit anfertigen lassen und nach Hause schicken. Der Kopf war leidlich ausgeprägt erhalten und zeigte mir das kaum mehr als einmal gesehene, aber unvergessene Antlitz des Arbeiters John Glückstadt; nur war in diesen Zügen noch nichts von Kummer oder Schuld; der kleine dunkle Schnurrbart saß unter der kecken Adlernase, und die Augen sahen ernst, doch sicher in die Welt hinaus. Es war John Glückstadt nicht; es war John Hansen, wie er im Herzen seiner Tochter fortlebte, für den sie gestern ihren frischen dauerhaften Kranz gepflückt hatte; mit diesem John hatte der doppelgängerische Schatten noch nichts zu schaffen. Es brannte mich, meiner edlen Wirtin zuzurufen: ›Laß das Gespenst in deinem Haupte fahren; der Spuk und dein geliebter Vater, sie sind nur eines: er war ein Mensch, er irrte, und er hat gelitten!‹

Aber ich hörte die Stimmen meiner Wirtsleute von hinten durch die Gartentüre ins Haus kommen, und ich wandte mich von dem bekränzten Bilde ihnen entgegen, um ihren Morgengruß und ihre Scherze über meine Langschläferei in Empfang zu nehmen.

– Wir lebten noch einen schönen Frühlingstag zusammen. Als ich aber spätabends mit dem Oberförster und seinem treuen Hunde noch einen Waldgang machte, da schwieg ich nicht länger; ich erzählte ihm alles, jedes einzelne, was in der vergangenen Nacht mir in Erinnerung und im eigenen Geiste aufgegangen war.

»Hm«, machte der besonnene Mann und ließ seine Augen treuherzig auf mir ruhen; »das ist aber Poesie; Sie sind am Ende nicht bloß ein Advokat!«

Ich schüttelte den Kopf: »Nennen Sie es immer Poesie; Sie könnten es auch Liebe oder Anteil nennen, die ich rasch an meinen Wirten genommen hätte.« Es war zu dunkel, um zu sehen; aber mir war, als ob ein herzlicher Blick von ihm mich streifte. »Ich danke Ihnen, lieber Freund«, sagte er dann; »aber der Vater meiner Frau – ich hatte freilich nur weniges von ihm gehört – ist mir nimmer so erschienen.«

»Und wie denn anders?« frug ich.

Er antwortete nicht mehr, sinnend gingen wir nebeneinander, bis wir das Haus erreicht hatten.

»Ihr seid sehr langsam gegangen«, sagte Frau Christine, als sie uns entgegentrat; »ihr habt mich schier vergessen!«
– – Als ich am andern Morgen fortging, begleiteten mich beide, bis wo der Waldweg in die Landstraße ausläuft. »Wir schreiben Ihnen einmal!« sagte der Oberförster. »Ich bin sonst kein Briefsteller; aber gewiß, ich tu's; wir müssen Sie festzuhalten suchen, damit Sie einmal wieder den Weg zu uns hinaus finden!«
»Ja, kommen Sie wieder!« rief Frau Christine. »Versprechen Sie es; Ihr Abschied würde uns nicht so traurig machen!«
Ich versprach es gern; dann reichten beide mir die Hand, und ich stand und sah sie fortgehen; sie hatte sich fest an ihren Mann geschlossen; er legte sanft den Arm um ihre Hüfte. Dann kam eine Biegung des Weges, und ich sah sie nicht mehr.
»Leb wohl, John Glückstadts Tochter!« rief ich leise; »nur die erste Silbe, nur das Glück ist dein geblieben; es wird schon treu sein, denn es ist an rechter Stelle!«
– – Schon nach vierzehn Tagen kam der erste Brief des Oberförsters und ließ mich im Aktenlesen eine lange Pause machen. »Ich muß Sie auch noch Ihres Versprechens entbinden«, schrieb er; »gleich am Abend unseres Abschieds habe ich meiner Christine die Geschichte ihres Vaters erzählt, ausführlich, wie ich sie von Ihnen hörte. Sie mögen recht haben, er wird wohl so gewesen sein, und er war dann doch noch ein anderer Kerl, als wie er bisher weichselig im Herzen seiner Tochter ruhte; auch dürfen Mann und Weib nicht solch Geheimnis voreinander haben. Zwar ein leidenschaftlicher Tränensturz war die erste Folge, so daß ich schier erschrak und dachte, es möchte das Temperament des Vaters in meiner sanften Frau erwacht sein. Aber ihr eigenstes Ich erschien bald wieder; und jetzt – mein Freund, das Geißblatt am Waldesrande, das jetzt wieder blüht, so lieblich, dünkt mich, hat es fast niemals noch geduftet; und das Bild des John Glückstadt trägt nun einen vollen Rosenkranz; seine Tochter hat jetzt mehr an ihm; nicht nur den Vater, sondern einen ganzen Menschen. – Den Dank und Gruß, den Frau Christine mir für Sie aufgetragen, versteh ich in der frauenhaften Weise nicht zu Papier zu bringen; ich kann Sie nur bitten, sich das Herzlichste zu denken.«
So schrieb der Oberförster damals; aber, wie es so geht, obgleich Briefe ein paarmal in jedem Jahre zwischen uns hin- und hergegangen sind, ich bin nicht wieder dort gewesen. Aber hier links

in der Ecke meiner Schreibstube auf zwei Stühlen steht jetzt mein gepackter Reisekoffer; draußen an den Wallzäunen blüht einmal wieder das Geißblatt, und hier drinnen ist für eine Woche alles sauber weggeordnet; denn gewiß und wahrhaftig – morgen geht es fort zu meinen Freunden, zu John Glückstadts Tochter und zu meinem wackern Oberförster. Sein Brief, der die Antwort auf meine Anmeldung brachte, war ein rechter Jubelbrief. »Wir harren Ihrer mit Freuden«, schrieb er; »Sie kommen just zur rechten Zeit; der Junge ist auch da mit seinem Examenszeugnis in der Tasche; seine Mutter ist schier verliebt in ihn und studiert sein Antlitz, um darin immer einen neuen Zug aus dem ihres Vaters aufzufinden. Kommen Sie also; uns fehlt nur noch der Freund!«
– – Gewiß, wenn Gottes Sonnenschein mich morgen weckt, ich komme!

Der Schimmelreiter

Was ich zu berichten beabsichtige, ist mir vor reichlich einem halben Jahrhundert im Hause meiner Urgroßmutter, der alten Frau Senator Feddersen, kundgeworden, während ich, an ihrem Lehnstuhl sitzend, mich mit dem Lesen eines in blaue Pappe eingebundenen Zeitschriftenheftes beschäftigte; ich vermag mich nicht mehr zu entsinnen, ob von den »Leipziger« oder von »Pappes Hamburger Lesefrüchten«. Noch fühl ich es gleich einem Schauer, wie dabei die linde Hand der über Achtzigjährigen mitunter liebkosend über das Haupthaar ihres Urenkels hinglitt. Sie selbst und jene Zeit sind längst begraben; vergebens auch habe ich seitdem jenen Blättern nachgeforscht, und ich kann daher um so weniger weder die Wahrheit der Tatsachen verbürgen, als, wenn jemand sie bestreiten wollte, dafür aufstehen; nur so viel kann ich versichern, daß ich sie seit jener Zeit, obgleich sie durch keinen äußeren Anlaß in mir aufs neue belebt wurden, niemals aus dem Gedächtnis verloren habe.

Es war im dritten Jahrzehnt unseres Jahrhunderts, an einem Oktobernachmittag – so begann der damalige Erzähler –, als ich bei starkem Unwetter auf einem nordfriesischen Deich entlangritt. Zur Linken hatte ich jetzt schon seit über einer Stunde die öde, bereits von allem Vieh geleerte Marsch, zur Rechten, und zwar in unbehaglichster Nähe, das Wattenmeer der Nordsee; zwar sollte man vom Deiche aus auf Halligen und Inseln sehen können; aber ich sah nichts als die gelbgrauen Wellen, die unaufhörlich wie mit Wutgebrüll an den Deich hinaufschlugen und mitunter mich und das Pferd mit schmutzigem Schaum bespritzten; dahinter wüste Dämmerung, die Himmel und Erde nicht unterscheiden ließ; denn auch der halbe Mond, der jetzt in der Höhe stand, war meist von treibendem Wolkendunkel überzogen. Es war eiskalt; meine verklommenen Hände konnten kaum den Zügel halten, und ich verdachte es nicht den Krähen und Möwen, die sich fortwährend krächzend und gackernd vom Sturm ins Land hineintreiben ließen. Die Nachtdämmerung hatte begonnen, und schon konnte ich nicht mehr mit Sicherheit die Hufen meines Pferdes erkennen; keine Menschenseele war mir begegnet, ich hörte nichts als das Geschrei der Vögel, wenn sie mich oder meine treue Stute fast mit den langen Flügeln streiften, und das Toben von Wind und Wasser. Ich leugne nicht, ich wünschte mich mitunter in sicheres Quartier.

Das Wetter dauerte jetzt in den dritten Tag, und ich hatte mich schon über Gebühr von einem mir besonders lieben Verwandten auf seinem Hofe halten lassen, den er in einer der nördlicheren Harden besaß. Heute aber ging es nicht länger; ich hatte Geschäfte in der Stadt, die auch jetzt wohl noch ein paar Stunden weit nach Süden vor mir lag, und trotz aller Überredungskünste des Vetters und seiner lieben Frau, trotz der schönen selbstgezogenen Perinette- und Grand-Richard-Äpfel, die noch zu probieren waren, am Nachmittag war ich davongeritten. »Wart nur, bis du ans Meer kommst«, hatte er noch an seiner Haustür mir nachgerufen; »du kehrst noch wieder um; dein Zimmer wird dir vorbehalten!«

Und wirklich, einen Augenblick, als eine schwarze Wolkenschicht es pechfinster um mich machte und gleichzeitig die heulenden Böen mich samt meiner Stute vom Deich herabzudrängen suchten, fuhr es mir wohl durch den Kopf: ›Sei kein Narr! Kehr um und setzt dich zu deinen Freunden ins warme Nest.‹ Dann aber fiel's mir ein, der Weg zurück war wohl noch länger als der nach meinem Reiseziel; und so trabte ich weiter, den Kragen meines Mantels um die Ohren ziehend.

Jetzt aber kam auf dem Deiche etwas gegen mich heran; ich hörte nichts; aber immer deutlicher, wenn der halbe Mond ein karges Licht herabließ, glaubte ich eine dunkle Gestalt zu erkennen, und bald, da sie näher kam, sah ich es, sie saß auf einem Pferde, einem hochbeinigen hageren Schimmel; ein dunkler Mantel flatterte um ihre Schultern, und im Vorbeifliegen sahen mich zwei brennende Augen aus einem bleichen Antlitz an.

Wer war das? Was wollte der? – Und jetzt fiel mir bei, ich hatte keinen Hufschlag, kein Keuchen des Pferdes vernommen; und Roß und Reiter waren doch hart an mir vorbeigefahren!

In Gedanken darüber ritt ich weiter, aber ich hatte nicht lange Zeit zum Denken, schon fuhr es von rückwärts wieder an mir vorbei; mir war, als streifte mich der fliegende Mantel, und die Erscheinung war, wie das erste Mal, lautlos an mir vorübergestoben. Dann sah ich sie fern und ferner vor mir; dann war's, als säh ich plötzlich ihren Schatten an der Binnenseite des Deiches hinuntergehen.

Etwas zögernd ritt ich hinterdrein. Als ich jene Stelle erreicht hatte, sah ich hart am Deich im Kooge unten das Wasser einer großen Wehle blinken – so nennen sie dort die Brüche, welche von den Sturmfluten in das Land gerissen werden und die dann meist als kleine, aber tiefgründige Teiche stehenbleiben.

Das Wasser war, trotz des schützenden Deiches, auffallend bewegt; der Reiter konnte es nicht getrübt haben; ich sah nichts weiter von ihm. Aber ein anderes sah ich, das ich mit Freuden jetzt begrüßte: vor mir, von unten aus dem Kooge, schimmerten eine Menge zerstreuter Lichtscheine zu mir herauf; sie schienen aus jenen langgestreckten friesischen Häusern zu kommen, die vereinzelt auf mehr oder minder hohen Werften lagen; dicht vor mir aber auf halber Höhe des Binnendeiches lag ein großes Haus derselben Art; an der Südseite, rechts von der Haustür, sah ich alle Fenster erleuchtet; dahinter gewahrte ich Menschen und glaubte trotz des Sturmes sie zu hören. Mein Pferd war schon von selbst auf den Weg am Deich hinabgeschritten, der mich vor die Tür des Hauses führte. Ich sah wohl, daß es ein Wirtshaus war; denn vor den Fenstern gewahrte ich die sogenannten »Ricks«, das heißt auf zwei Ständern ruhende Balken mit großen eisernen Ringen, zum Anbinden des Viehes und der Pferde, die hier haltmachten.

Ich band das meine an einen derselben und überwies es dann dem Knechte, der mir beim Eintritt in den Flur entgegenkam. »Ist hier Versammlung?« frug ich ihn, da mir jetzt deutlich ein Geräusch von Menschenstimmen und Gläserklirren aus der Stubentür entgegendrang.

»Is wull so wat«, entgegnete der Knecht auf plattdeutsch – und ich erfuhr nachher, daß dieses neben dem Friesischen hier schon seit über hundert Jahren im Schwange gewesen sei –, »Diekgraf und Gevollmächtigten un wecke von de annern Interessenten! Dat is um 't hoge Water!«

Als ich eintrat, sah ich etwa ein Dutzend Männer an einem Tische sitzen, der unter den Fenstern entlanglief; eine Punschbowle stand darauf, und ein besonders stattlicher Mann schien die Herrschaft über sie zu führen.

Ich grüßte und bat, mich zu ihnen setzen zu dürfen, was bereitwillig gestattet wurde. »Sie halten hier die Wacht!« sagte ich, mich zu jenem Manne wendend, »es ist bös Wetter draußen; die Deiche werden ihre Not haben!«

»Gewiß«, erwiderte er; »wir, hier an der Ostseite, aber glauben, jetzt außer Gefahr zu sein; nur drüben an der andern Seite ist's nicht sicher, die Deiche sind dort meist noch mehr nach altem Muster; unser Hauptdeich ist schon im vorigen Jahrhundert umgelegt. – Uns ist vorhin da draußen kalt geworden, und Ihnen«, setzte er hinzu, »wird es ebenso gegangen sein; aber wir müssen hier noch ein paar Stunden aushalten; wir haben sichere Leute draußen, die uns Bericht erstatten.« Und ehe ich meine Bestellung bei dem Wirte machen konnte, war schon ein dampfendes Glas mir hingeschoben.

Ich erfuhr bald, daß mein freundlicher Nachbar der Deichgraf sei; wir waren ins Gespräch gekommen, und ich hatte begonnen, ihm meine seltsame Begegnung auf dem Deiche zu erzählen. Er wurde aufmerksam, und ich bemerkte plötzlich, daß alles Gespräch umher verstummt war. »Der Schimmelreiter!« rief einer aus der Gesellschaft, und eine Bewegung des Erschreckens ging durch die übrigen.

Der Deichgraf war aufgestanden. »Ihr braucht nicht zu erschrekken«, sprach er über den Tisch hin, »das ist nicht bloß für uns; Anno 17 hat es auch denen drüben gegolten; mögen sie auf alles vorgefaßt sein!«

Mich wollte nachträglich ein Grauen überlaufen. »Verzeiht!« sprach ich, »was ist das mit dem Schimmelreiter?«

Abseits hinter dem Ofen, ein wenig gebückt, saß ein kleiner hagerer Mann in einem abgeschabten schwarzen Röcklein; die eine Schulter schien ein wenig ausgewachsen. Er hatte mit keinem Worte an der Unterhaltung der andern teilgenommen, aber seine bei dem spärlichen grauen Haupthaar noch immer mit dunklen Wimpern besäumten Augen zeigten deutlich, daß er nicht zum Schlaf hier sitze.

Gegen diesen streckte der Deichgraf seine Hand. »Unser Schulmeister«, sagte er mit erhobener Stimme, »wird von uns hier Ihnen das am besten erzählen können; freilich nur in seiner Weise und nicht so richtig, wie zu Haus meine alte Wirtschafterin Antje Vollmers es beschaffen würde.«

»Ihr scherzet, Deichgraf!« kam die etwas kränkliche Stimme des Schulmeisters hinter dem Ofen hervor, »daß Ihr mir Euern dummen Drachen wollt zur Seite stellen!«

»Ja, ja, Schulmeister!« erwiderte der andere, »aber bei den Drachen sollen derlei Geschichten am besten in Verwahrung sein!«

»Freilich!« sagte der kleine Herr, »wir sind hierin nicht ganz derselben Meinung«; und ein überlegenes Lächeln glitt über das feine Gesicht.

»Sie sehen wohl«, raunte der Deichgraf mir ins Ohr, »er ist immer noch ein wenig hochmütig; er hat in seiner Jugend einmal Theologie studiert und ist nur einer verfehlten Brautschaft wegen hier in seiner Heimat als Schulmeister behangen geblieben.«

Dieser war inzwischen aus seiner Ofenecke hervorgekommen und hatte sich neben mir an den langen Tisch gesetzt. »Erzählt, erzählt nur, Schulmeister«, riefen ein paar der Jüngeren aus der Gesellschaft.

»Nun freilich«, sagte der Alte, sich zu mir wendend, »will ich gern zu Willen sein; aber es ist viel Aberglaube dazwischen und eine Kunst, es ohne diesen zu erzählen.«

»Ich muß Euch bitten, den nicht auszulassen«, erwiderte ich, »traut mir nur zu, daß ich schon selbst die Spreu vom Weizen sondern werde!«

Der Alte sah mich mit verständnisvollem Lächeln an. »Nun also!« sagte er. »In der Mitte des vorigen Jahrhunderts, oder vielmehr, um genauer zu bestimmen, vor und nach derselben, gab es hier einen Deichgrafen, der von Deich- und Sielsachen mehr verstand, als Bauern und Hofbesitzer sonst zu verstehen pflegen; aber es reichte doch wohl kaum, denn was die studierten Fachleute darüber niedergeschrieben, davon hatte er wenig gelesen; sein Wissen hatte er sich, wenn auch von Kindesbeinen an, nur selber ausgesonnen. Ihr hörtet wohl schon, Herr, die Friesen rechnen gut, und habet auch wohl schon über unsern Hans Mommsen von Fahretoft reden hören, der ein Bauer war und doch Bussolen und Seeuhren, Teleskopen und Orgeln machen konnte. Nun, ein Stück von solch einem Manne war auch der Vater des nachherigen Deichgrafen gewesen; freilich wohl nur ein kleines. Er hatte ein paar Fennen, wo er Raps und Bohnen baute, auch eine Kuh graste, ging unterweilen im Herbst und Frühjahr auch aufs Landmessen und saß im Winter, wenn der Nordwest von draußen kam und an seinen Läden rüttelte, zu ritzen und zu prickeln, in seiner Stube. Der Junge saß meist dabei und sah über seine Fibel oder Bibel weg dem Vater zu, wie er maß und berechnete, und grub sich mit der Hand in seinen blonden Haaren. Und eines Abends frug er den Alten, warum denn das, was er eben hingeschrieben hatte, gerade so sein müsse und nicht anders sein könne, und stellte dann eine eigene Meinung darüber auf. Aber der Vater, der darauf nicht zu antworten wußte, schüttelte den Kopf und sprach: »Das kann ich dir nicht sagen; genug, es ist so, und du selber irrst dich. Willst du mehr wissen, so suche morgen aus der Kiste, die auf unserm Boden steht, ein Buch, einer, der Euklid hieß, hat's geschrieben; das wird's dir sagen!«

– – Der Junge war tags darauf zum Boden gelaufen und hatte auch bald das Buch gefunden; denn viele Bücher gab es überhaupt nicht in dem Hause; aber der Vater lachte, als er es vor ihm auf den Tisch legte. Es war ein holländischer Euklid, und Holländisch, wenngleich es doch halb Deutsch war, verstanden alle beide nicht. »Ja, ja«, sagte er, »das Buch ist noch von meinem Vater, der verstand es; ist denn kein deutscher da?«

Der Junge, der von wenig Worten war, sah den Vater ruhig an und sagte nur: »Darf ich's behalten? Ein deutscher ist nicht da.«

Und als der Alte nickte, wies er noch ein zweites, halb zerrissenes Büchlein vor. »Auch das?« frug er wieder.

»Nimm sie alle beide!« sagte Tede Haien; »sie werden dir nicht viel nützen.«

Aber das zweite Buch war eine kleine holländische Grammatik, und da der Winter noch lange nicht vorüber war, so hatte es, als endlich die Stachelbeeren in ihrem Garten wieder blühten, dem Jungen schon so weit geholfen, daß er den Euklid, welcher damals stark im Schwange war, fast überall verstand.

»Es ist mir nicht unbekannt, Herr«, unterbrach sich der Erzähler, »daß dieser Umstand auch von Hans Mommsen erzählt wird; aber vor dessen Geburt ist hier bei uns schon die Sache von Hauke Haien – so hieß der Knabe – berichtet worden. Ihr wisset auch wohl, es braucht nur einmal ein Größerer zu kommen, so wird ihm alles aufgeladen, was in Ernst oder Schimpf seine Vorgänger einst mögen verübt haben.

Als der Alte sah, daß der Junge weder für Kühe noch Schafe Sinn hatte und kaum gewahrte, wenn die Bohnen blühten, was doch die Freude von jedem Marschmann ist, und weiterhin bedachte, daß die kleine Stelle wohl mit einem Bauer und einem Jungen, aber nicht mit einem Halbgelehrten und einem Knecht bestehen könne, ingleichen, daß er auch selber nicht auf einen grünen Zweig gekommen sei, so schickte er seinen großen Jungen an den Deich, wo er mit andern Arbeitern von Ostern bis Mar-

tini Erde karren mußte. ›Das wird ihn vom Euklid kurieren‹, sprach er bei sich selber.
Und der Junge karrte; aber den Euklid hatte er allzeit in der Tasche, und wenn die Arbeiter ihr Frühstück oder Vesper aßen, saß er auf seinem umgestülpten Schubkarren mit dem Buche in der Hand. Und wenn im Herbst die Fluten höher stiegen und manch ein Mal die Arbeit eingestellt werden mußte, dann ging er nicht mit den andern nach Haus, sondern blieb, die Hände über die Knie gefaltet, an der abfallenden Seeseite des Deiches sitzen und sah stundenlang zu, wie die trüben Nordseewellen immer höher an die Grasnarbe des Deiches hinaufschlugen; erst wenn ihm die Füße überspült waren und der Schaum ihm ins Gesicht spritzte, rückte er ein paar Fuß höher und blieb dann wieder sitzen. Er hörte weder das Klatschen des Wassers noch das Geschrei der Möwen und Strandvögel, die um oder über ihm flogen und ihn fast mit ihren Flügeln streiften, mit den schwarzen Augen in die seinen blitzend; er sah auch nicht, wie vor ihm über die weite, wilde Wasserwüste sich die Nacht ausbreitete; was er allein hier sah, war der brandende Saum des Wassers, der, als die Flut stand, mit hartem Schlage immer wieder dieselbe Stelle traf und vor seinen Augen die Grasnarbe des steilen Deiches auswusch.
Nach langem Hinstarren nickte er wohl langsam mit dem Kopfe oder zeichnete, ohne aufzusehen, mit der Hand eine weiche Linie in die Luft, als ob er dem Deiche damit einen sanfteren Abfall geben wollte. Wurde es so dunkel, daß alle Erdendinge vor seinen Augen verschwanden und nur die Flut ihm in die Ohren donnerte, dann stand er auf und trabte halb durchnäßt nach Hause.
Als er so eines Abends zu seinem Vater in die Stube trat, der an seinen Meßgeräten putzte, fuhr dieser auf: »Was treibst du draußen? Du hättest ja versaufen können; die Wasser beißen heute in den Deich.«
Hauke sah ihn trotzig an.
– »Hörst du mich nicht? Ich sag, du hättst versaufen können.«
»Ja«, sagte Hauke, »ich bin doch nicht versoffen!«
»Nein«, erwiderte nach einer Weile der Alte und sah ihm wie abwesend ins Gesicht – »diesmal noch nicht.«
»Aber«, sagte Hauke wieder, »unsere Deiche sind nichts wert!«
– »Was für was, Junge?«

»Die Deiche, sag ich!«
– »Was sind die Deiche?«
»Sie taugen nichts, Vater!« erwiderte Hauke.
Der Alte lachte ihm ins Gesicht. »Was denn, Junge? Du bist wohl das Wunderkind aus Lübeck!«
Aber der Junge ließ sich nicht irren. »Die Wasserseite ist zu steil«, sagte er; »wenn es einmal kommt, wie es mehr als einmal schon gekommen ist, so können wir hier auch hinterm Deich ersaufen!«
Der Alte holte seinen Kautabak aus der Tasche, drehte einen Schrot ab und schob ihn hinter die Zähne. »Und wieviel Karren hast du heut geschoben?« frug er ärgerlich; denn er sah wohl, daß auch die Deicharbeit bei dem Jungen die Denkarbeit nicht hatte vertreiben können.
»Weiß nicht, Vater«, sagte dieser, »so, was die andern machten; vielleicht ein halbes Dutzend mehr; aber – die Deiche müssen anders werden!«
»Nun«, meinte der Alte und stieß ein Lachen aus; »du kannst es ja vielleicht zum Deichgraf bringen; dann mach sie anders!«
»Ja, Vater!« erwiderte der Junge.
Der Alte sah ihn an und schluckte ein paarmal; dann ging er aus der Tür; er wußte nicht, was er dem Jungen antworten sollte.

Auch als zu Ende Oktobers die Deicharbeit vorbei war, blieb der Gang nordwärts nach dem Haff hinaus für Hauke Haien die beste Unterhaltung; den Allerheiligentag, um den herum die Äquinoktialstürme zu tosen pflegen, von dem wir sagen, daß Friesland ihn wohl beklagen mag, erwartete er, wie heut die Kinder, das Christfest. Stand eine Springflut bevor, so konnte man sicher sein, er lag trotz Sturm und Wetter weit draußen am Deiche mutterseelenallein; und wenn die Möwen gackerten, wenn die Wasser gegen den Deich tobten und beim Zurückrollen ganze Fetzen von der Grasdecke mit ins Meer hinabrissen, dann hätte man Haukes zorniges Lachen hören können. »Ihr könnt nichts Rechtes«, schrie er in den Lärm hinaus, »so wie die Menschen auch nichts können!« Und endlich, oft im Finstern, trabte er aus der weiten Öde den Deich entlang nach Hause, bis seine aufgeschossene Gestalt die niedrige Tür unter seines Vaters Rohrdach erreicht hatte und darunter durch in das kleine Zimmer schlüpfte.

Manchmal hatte er eine Faust voll Kleierde mitgebracht; dann setzte er sich neben den Alten, der ihn jetzt gewähren ließ, und knetete bei dem Schein der dünnen Unschlittkerze allerlei Deichmodelle, legte sie in ein flaches Gefäß mit Wasser und suchte darin die Ausspülung der Wellen nachzumachen, oder er nahm seine Schiefertafel und zeichnete darauf das Profil der Deiche nach der Seeseite, wie es nach seiner Meinung sein mußte.

Mit denen zu verkehren, die mit ihm auf der Schulbank gesessen hatten, fiel ihm nicht ein; auch schien es, als ob ihnen an dem Träumer nichts gelegen sei. Als es wieder Winter geworden und der Frost hereingebrochen war, wanderte er noch weiter, wohin er früher nie gekommen, auf den Deich hinaus, bis die unabsehbare eisbedeckte Fläche der Watten vor ihm lag.

Im Februar bei dauerndem Frostwetter wurden angetriebene Leichen aufgefunden; draußen am offenen Haff auf den gefrorenen Watten hatten sie gelegen. Ein junges Weib, die dabeigewesen war, als man sie in das Dorf geholt hatte, stand redselig vor dem alten Haien. »Glaubt nicht, daß sie wie Menschen aussahen«, rief sie; »nein, wie die Seeteufel! So große Köpfe«, und sie hielt die ausgespreizten Hände von weitem gegeneinander, »gnidderschwarz und blank, wie frischgebacken Brot! Und die Krabben hatten sie angeknabbert; und die Kinder schrien laut, als sie sie sahen!«

Dem alten Haien war so was just nichts Neues. »Sie haben wohl seit November schon in See getrieben!« sagte er gleichmütig.

Hauke stand schweigend daneben; aber sobald er konnte, schlich er sich auf den Deich hinaus; es war nicht zu sagen, wollte er noch nach weiteren Toten suchen, oder zog ihn nur das Grauen, das noch auf den jetzt verlassenen Stellen brüten mußte. Er lief weiter und weiter, bis er einsam in der Öde stand, wo nur die Winde über den Deich wehten, wo nichts war als die klagenden Stimmen der großen Vögel, die rasch vorüberschossen; zu seiner Linken die leere weite Marsch, zur andern Seite der unabsehbare Strand mit seiner jetzt vom Eise schimmernden Fläche der Watten; es war, als liege die ganze Welt in weißem Tod.

Hauke blieb oben auf dem Deiche stehen, und seine scharfen Augen schweiften weit umher; aber von Toten war nichts mehr zu sehen; nur wo die unsichtbaren Wattströme sich darunter drängten, hob und senkte die Eisfläche sich in stromartigen Linien.

Er lief nach Hause; aber an einem der nächsten Abende war er wiederum da draußen. Auf jenen Stellen war jetzt das Eis gespalten; wie Rauchwolken stieg es aus den Rissen, und über das ganze Watt spann sich ein Netz von Dampf und Nebel, das sich seltsam mit der Dämmerung des Abends mischte. Hauke sah mit starren Augen darauf hin; denn in dem Nebel schritten dunkle Gestalten auf und ab, sie schienen ihm so groß wie Menschen. Würdevoll, aber mit seltsamen, erschreckenden Gebärden; mit langen Nasen und Hälsen sah er sie fern an den rauchenden Spalten auf und ab spazieren; plötzlich begannen sie wie Narren unheimlich auf und ab zu springen, die großen über die kleinen und die kleinen gegen die großen; dann breiteten sie sich aus und verloren alle Form.

›Was wollen die? Sind es die Geister der Ertrunkenen?‹ dachte Hauke. »Hoiho!« schrie er laut in die Nacht hinaus; aber die draußen kehrten sich nicht an seinen Schrei, sondern trieben ihr wunderliches Wesen fort.

Da kamen ihm die furchtbaren norwegischen Seegespenster in den Sinn, von denen ein alter Kapitän ihm einst erzählt hatte, die statt des Angesichts einen stumpfen Pull von Seegras auf dem Nacken tragen; aber er lief nicht fort, sondern bohrte die Hacken seiner Stiefel fest in den Klei des Deiches und sah starr dem possenhaften Unwesen zu, das in der einfallenden Dämmerung vor seinen Augen fortspielte. »Seid ihr auch hier bei uns?« sprach er mit harter Stimme; »ihr sollt mich nicht vertreiben!«

Erst als die Finsternis alles bedeckte, schritt er steifen, langsamen Schrittes heimwärts. Aber hinter ihm drein kam es wie Flügelrauschen und hallendes Geschrei. Er sah nicht um; aber er ging auch nicht schneller und kam erst spät nach Hause; doch niemals soll er seinem Vater oder einem andern davon erzählt haben. Erst viele Jahre später hat er sein blödes Mädchen, womit später der Herrgott ihn belastete, um dieselbe Tages- und Jahreszeit mit sich auf den Deich hinausgenommen, und dasselbe Wesen soll sich derzeit draußen auf den Watten gezeigt haben; aber er hat ihr gesagt, sie solle sich nicht fürchten, das seien nur die Fischreiher und die Krähen, die im Nebel so groß und fürchterlich erschienen; die holten sich die Fische aus den offenen Spalten.

Weiß Gott, Herr!« unterbrach sich der Schulmeister, »es gibt auf Erden allerlei Dinge; die ein ehrlich Christenherz verwirren können; aber der Hauke war weder ein Narr noch ein Dummkopf.«

Da ich nichts erwiderte, wollte er fortfahren; aber unter den übrigen Gästen, die bisher lautlos zugehört hatten, nur mit dichterem Tabaksqualm das niedrige Zimmer füllend, entstand eine plötzliche Bewegung; erst einzelne, dann fast alle wandten sich dem Fenster zu. Draußen – man sah es durch die unverhangenen Fenster – trieb der Sturm die Wolken, und Licht und Dunkel jagten durcheinander; aber auch mir war es, als hätte ich den hageren Reiter auf seinem Schimmel vorbeisausen gesehen.

»Wart Er ein wenig, Schulmeister!« sagte der Deichgraf leise.

»Ihr braucht Euch nicht zu fürchten, Deichgraf!« erwiderte der kleine Erzähler, »ich habe ihn nicht geschmäht und hab auch dessen keine Ursach«; und er sah mit seinen kleinen, klugen Augen zu ihm auf.

»Ja, ja«, meinte der andere, »laß Er Sein Glas nur wieder füllen.« Und nachdem das geschehen war und die Zuhörer, meist mit etwas verdutzten Gesichtern, sich wieder zu ihm gewandt hatten, fuhr er in seiner Geschichte fort:

»So für sich, und am liebsten nur mit Wind und Wasser und mit den Bildern der Einsamkeit verkehrend, wuchs Hauke zu einem langen, hageren Burschen auf. Er war schon über ein Jahr lang eingesegnet, da wurde es auf einmal anders mit ihm, und das kam von dem alten weißen Angorakater, welchen der alten Trin' Jans einst ihr später verunglückter Sohn von seiner spanischen Seereise mitgebracht hatte. Trin' wohnte ein gut Stück hinaus auf dem Deiche in einer kleinen Kate, und wenn die Alte in ihrem Hause herumarbeitete, so pflegte diese Unform von einem Kater vor der Haustür zu sitzen und in den Sommertag und nach den vorüberfliegenden Kiebitzen hinauszublinzeln. Ging Hauke vorbei, so maunzte der Kater ihn an, und Hauke nickte ihm zu; die beiden wußten, was sie miteinander hatten.

Nun aber war's einmal im Frühjahr, und Hauke lag nach seiner Gewohnheit oft draußen am Deich, schon weiter unten dem Wasser zu, zwischen Strandnelken und dem duftenden Seewermut, und ließ sich von der schon kräftigen Sonne bescheinen. Er hatte sich tags zuvor droben auf der Geest die Taschen voll von Kieseln gesammelt, und als in der Ebbezeit die Watten bloßgelegt waren und die kleinen grauen Strandläufer schreiend darüber hinhuschten, holte er jählings einen Stein hervor und warf ihn nach den Vögeln. Er hatte das von Kindesbeinen an geübt, und meistens blieb einer auf dem Schlicke liegen; aber ebensooft war er dort auch nicht zu holen; Hauke hatte schon daran gedacht, den Kater mitzunehmen und als apportierenden Jagdhund zu dressieren. Aber es gab auch hier und dort feste Stellen oder Sandlager; solchenfalls lief er hinaus und holte sich seine Beute selbst. Saß der Kater bei seiner Rückkehr noch vor der Haustür, dann schrie das Tier vor nicht zu bergender Raubgier so lange, bis Hauke ihm einen der erbeuteten Vögel zuwarf.

Als er heute, seine Jacke auf der Schulter, heimging, trug er nur einen ihm noch unbekannten, aber wie mit bunter Seide und Metall gefiederten Vogel mit nach Hause, und der Kater mauzte wie gewöhnlich, als er ihn kommen sah. Aber Hauke wollte seine Beute – es mag ein Eisvogel gewesen sein – diesmal nicht hergeben und kehrte sich nicht an die Gier des Tieres. »Umschicht!« rief er ihm zu, »heute mir, morgen dir; das hier ist kein Katerfressen!« Aber der Kater kam vorsichtigen Schrittes herangeschlichen; Hauke stand und sah ihn an, der Vogel hing an seiner Hand, und der Kater blieb mit erhobener Tatze stehen. Doch der Bursche schien seinen Katzenfreund noch nicht so ganz zu kennen; denn während er ihm seinen Rücken zugewandt hatte und eben fürbaß wollte, fühlte er mit einem Ruck die Jagdbeute sich entrissen, und zugleich schlug eine scharfe Kralle ihm ins Fleisch. Ein Grimm, wie gleichfalls eines Raubtiers, flog dem jungen Menschen ins Blut; er griff wie rasend um sich und hatte den Räuber schon am Genicke gepackt. Mit der Faust hielt er das mächtige Tier empor und würgte es, daß die Augen ihm aus den rauhen Haaren vorquollen, nicht achtend, daß die starken Hintertatzen ihm den Arm zerfleischten. »Hoiho!« schrie er und packte ihn noch fester; »wollen sehen, wer's von uns beiden am längsten aushält!«

Plötzlich fielen die Hinterbeine der großen Katze schlaff herunter, und Hauke ging ein paar Schritte zurück und warf sie gegen die Kate der Alten. Da sie sich nicht rührte, wandte er sich und setzte seinen Weg nach Hause fort.

Aber der Angorakater war das Kleinod seiner Herrin; er war ihr Geselle und das einzige, was ihr Sohn, der Matrose, ihr nachgelassen hatte, nachdem er hier an der Küste seinen jähen Tod gefunden hatte, da er im Sturm seiner Mutter beim Porrenfangen hatte helfen wollen. Hauke mochte kaum hundert Schritte weiter getan haben, während er mit einem Tuch das Blut aus seinen Wunden auffing, als schon von der Kate her ihm ein Geheul und Zetern in die Ohren gellte. Da wandte er sich und sah davor das alte Weib am Boden liegen; das greise Haar flog ihr im Winde um das rote Kopftuch. »Tot!« rief sie, »tot!« und erhob dräuend ihren mageren Arm gegen ihn: »Du sollst verflucht sein! Du hast ihn totgeschlagen, du nichtsnutziger Strandläufer; du warst nicht wert, ihm seinen Schwanz zu bürsten!« Sie warf sich über das Tier und wischte zärtlich mit ihrer Schürze ihm das Blut fort, das noch aus Nas' und Schnauze rann; dann hob sie aufs neue an zu zetern.

»Bist du bald fertig?« rief Hauke ihr zu, »dann laß dir sagen: ich will dir einen Kater schaffen, der mit Maus- und Rattenblut zufrieden ist!«

Darauf ging er, scheinbar auf nichts mehr achtend, fürbaß. Aber die tote Katze mußte ihm doch im Kopfe Wirrsal machen, denn er ging, als er zu den Häusern gekommen war, dem seines Vaters und auch den übrigen vorbei und eine weite Strecke noch nach Süden auf dem Deich der Stadt zu.

Inmittelst wanderte auch Trin' Jans auf demselben in der gleichen Richtung; sie trug in einem alten blaukarierten Kissenüberzug eine Last in ihren Armen, die sie sorgsam, als wär's ein Kind, umklammerte; ihr greises Haar flatterte in dem leichten Frühlingswind. »Was schleppt Sie da, Trina?« frug ein Bauer, der ihr entgegenkam. »Mehr als dein Haus und Hof«, erwiderte die Alte; dann ging sie eifrig weiter. Als sie dem unten liegenden Hause des alten Haien nahe kam, ging sie den Akt, wie man bei uns die Trift- und Fußwege nennt, die schräg an der Seite des Deiches hinab- oder hinaufführen, zu den Häusern hinunter.

Der alte Tede Haien stand eben vor der Tür und sah ins Wetter. »Na, Trin'!« sagte er, als sie pustend vor ihm stand und ihren Krückstock in die Erde bohrte, »was bringt Sie Neues in Ihrem Sack?«

»Erst laß mich in die Stube, Tede Haien! dann soll Er's sehen!« Und ihre Augen sahen ihn mit seltsamem Funkeln an.

»So komm Sie!« sagte der Alte. Was gingen ihn die Augen des dummen Weibes an.

Und als beide eingetreten waren, fuhr sie fort: »Bring Er den alten Tabakskasten und das Schreibzeug von dem Tisch – was hat Er denn immer zu schreiben? – – So; und nun wisch Er ihn sauber ab!«

Und der Alte, der fast neugierig wurde, tat alles, was sie sagte;

dann nahm sie den blauen Überzug bei beiden Zipfeln und schüttete daraus den großen Katerleichnam auf den Tisch. »Da hat Er ihn!« rief sie; »Sein Hauke hat ihn totgeschlagen.« Hierauf aber begann sie ein bitterliches Weinen; sie streichelte das dicke Fell des toten Tieres, legte ihm die Tatzen zusammen, neigte ihre lange Nase über dessen Kopf und raunte ihm unverständliche Zärtlichkeiten in die Ohren.
Tede Haien sah dem zu. »So«, sagte er; »Hauke hat ihn totgeschlagen?« Er wußte nicht, was er mit dem heulenden Weibe machen sollte.
Die Alte nickte ihn grimmig an: »Ja, ja; so Gott, das hat er getan!« Und sie wischte sich mit ihrer von Gicht verkrümmten Hand das Wasser aus den Augen. »Kein Kind, kein Lebigs mehr!« klagte sie. »Und Er weiß es ja wohl auch, uns Alten, wenn's nach Allerheiligen kommt, frieren abends im Bett die Beine, und statt zu schlafen, hören wir den Nordwest an unseren Fensterläden rappeln. Ich hör's nicht gern, Tede Haien, er kommt daher, wo mein Junge mir im Schlick versank.«
Tede Haien nickte, und die Alte streichelte das Fell ihres toten Katers. »Der aber«, begann sie wieder, »wenn ich winters am Spinnrad saß, dann saß er bei mir und spann auch und sah mich an mit seinen grünen Augen! Und kroch ich, wenn's mir kalt wurde, in mein Bett – es dauerte nicht lang, so sprang er zu mir und legte sich auf meine frierenden Beine, und wir schliefen so warm mitsammen, als hätte ich noch meinen jungen Schatz im Bett!« Die Alte, als suche sie bei dieser Erinnerung nach Zustimmung, sah den neben ihr am Tische stehenden Alten mit ihren funkelnden Augen an.
Tede Haien aber sagte bedächtig: »Ich weiß Ihr einen Rat, Trin' Jans«, und er ging nach seiner Schatulle und nahm eine Silbermünze aus der Schublade – »Sie sagt, daß Hauke Ihr das Tier vom Leben gebracht hat, und ich weiß, Sie lügt nicht; aber hier ist ein Krontaler von Christian dem Vierten; damit kauf Sie sich ein gegerbtes Lammfell für Ihre kalten Beine! Und wenn unsere Katze nächstens Junge wirft, so mag Sie sich das größte davon aussuchen, das zusammen tut wohl einen altersschwachen Angorakater! Und nun nehm Sie das Vieh und bring Sie es meinethalb an den Racker in der Stadt, und halt Sie das Maul, daß es hier auf meinem ehrlichen Tisch gelegen hat!«
Während dieser Rede hatte das Weib schon nach dem Taler ge-

griffen und ihn in einer kleinen Tasche geborgen, die sie unter ihren Röcken trug; dann stopfte sie den Kater wieder in das Bettbühr, wischte mit ihrer Schürze die Blutflecken von dem Tisch und stakte zur Tür hinaus. »Vergiß Er mir nur den jungen Kater nicht!« rief sie noch zurück.

– – Eine Weile später, als der alten Haien in dem engen Stüblein auf und ab schritt, trat Hauke herein und warf seinen bunten Vogel auf den Tisch; als er aber auf der weißgescheuerten Platte den noch kennbaren Blutfleck sah, frug er, wie beiläufig: »Was ist denn das?«

Der Vater blieb stehen: »Das ist Blut, was du hast fließen machen!«

Dem Jungen schoß es doch heiß ins Gesicht: »Ist denn Trin' Jans mit ihrem Kater hier gewesen?«

Der Alte nickte: »Weshalb hast du ihr den todgeschlagen?«

Hauke entblößte seinen blutigen Arm. »Deshalb«, sagte er; »er hat mir den Vogel fortgerissen!«

Der Alte sagte nichts hierauf; er begann eine Zeitlang wieder auf und ab zu gehen; dann blieb er vor dem Jungen stehn und sah eine Weile wie abwesend auf ihn hin. »Das mit dem Kater hab ich rein gemacht«, sagte er dann; »aber, siehst du, Hauke, die Kate ist hier zu klein; zwei Herren können darauf nicht sitzen – es ist nun Zeit, du mußt dir einen Dienst besorgen!«

»Ja, Vater«, entgegnete Hauke, »hab dergleichen auch gedacht.«

»Warum?« frug der Alte.

– »Ja, man wird grimmig in sich, wenn man's nicht an einem ordentlichen Stück Arbeit auslassen kann.«

»So?« sagte der Alte, »und darum hast du den Angorer totgeschlagen? Das könnte leicht noch schlimmer werden!«

– »Er mag wohl recht haben, Vater; aber der Deichgraf hat seinen Kleinknecht fortgejagt; das könnt ich schon verrichten!«

Der Alte begann wieder auf und ab zu gehen und spritzte dabei die schwarze Tabaksjauche von sich. »Der Deichgraf ist ein Dummkopf, dumm wie 'ne Saatgans! Er ist nur Deichgraf, weil sein Vater und Großvater es gewesen sind, und wegen seiner neunundzwanzig Fennen. Wenn Martini herankommt und hernach die Deich- und Sielrechnungen abgetan werden müssen, dann füttert er den Schulmeister mit Gansbraten und Met und Weizenkringeln und sitzt dabei und nickt, wenn der mit seiner Feder die Zahlenreihen hinunterläuft, und sagt: Ja, ja, Schulmeister, Gott vergönns Ihm! Was kann Er rechnen? Wenn aber einmal der Schulmeister nicht kann oder auch nicht will, dann muß er selber dran und sitzt und schreibt und streicht wieder aus, und der große dumme Kopf wird ihm rot und heiß, und die Augen quellen wie Glaskugeln, als wollte das bißchen Verstand da hinaus.«

Der Junge stand gerade auf vor dem Vater und wunderte sich, was der reden könne; so hatte er's noch nicht von ihm gehört. »Ja, Gott tröst!« sagte er, »dumm ist er wohl; aber seine Tochter Elke, die kann rechnen!«

Der Alte sah ihn scharf an. »Ahoi, Hauke«, rief er, »was weißt du von Elke Volkerts?«

– »Nichts, Vater; der Schulmeister hat's mir nur erzählt.«

Der Alte antwortete nicht darauf; er schob nur bedächtig seinen Tabaksknoten aus einer Backe hinter die andere.

»Und du denkst«, sagte er dann, »du wirst dort auch mitrechnen können.«

»O ja, Vater, das möcht schon gehen«, erwiderte der Sohn, und ein ernstes Zucken lief um seinen Mund.

Der Alte schüttelte den Kopf: »Nun, aber meinethalb; versuch einmal dein Glück!«

»Dank auch, Vater!« sagte Hauke und stieg zu seiner Schlafstatt auf dem Boden; hier setzte er sich auf die Bettkante und sann, weshalb ihn denn sein Vater um Elke Volkerts angerufen habe. Er kannte sie freilich, das ranke achtzehnjährige Mädchen mit dem bräunlichen schmalen Antlitz und den dunklen Brauen, die über den trotzigen Augen und der schmalen Nase ineinanderliefen; doch hatte er noch kaum ein Wort mit ihr gesprochen; nun, wenn er zu dem alten Tede Volkerts ging, wollte er sie doch besser darauf ansehen, was es mit dem Mädchen auf sich habe. Und gleich jetzt wollte er gehen, damit kein anderer ihm die Stelle abjage; es war ja kaum noch Abend. Und so zog er seine Sonntagsjacke und seine besten Stiefel an und machte sich guten Mutes auf den Weg.

– Das langgestreckte Haus des Deichgrafen war durch seine hohe Werfte, besonders durch den höchsten Baum des Dorfes, eine gewaltige Esche, schon von weitem sichtbar; der Großvater des jetzigen, der erste Deichgraf des Geschlechtes, hatte in seiner Jugend eine solche osten der Haustür hier gesetzt; aber die beiden ersten Anpflanzungen waren vergangen, und so hatte er an sei-

nem Hochzeitsmorgen diesen dritten Baum gepflanzt, der noch jetzt mit seiner immer mächtiger werdenden Blätterkrone in dem hier unablässigen Winde wie von alten Zeiten rauschte.
Als nach einer Weile der lang aufgeschossene Hauke die hohe Werfte hinaufstieg, welche an den Seiten mit Rüben und Kohl bepflanzt war, sah er droben die Tochter des Hauswirts neben der niedrigen Haustür stehen. Ihr einer etwas hagerer Arm hing schlaff herab, die andere Hand schien im Rücken nach dem Eisenring zu greifen, von denen je einer zu beiden Seiten der Tür in der Mauer war, damit, wer vor das Haus ritt, sein Pferd daran befestigen könne. Die Dirne schien von dort ihre Augen über den Deich hinaus nach dem Meer zu haben, wo an dem stillen Abend die Sonne eben in das Wasser hinabsank und zugleich das bräunliche Mädchen mit ihrem letzten Schein vergoldete.
Hauke stieg etwas langsamer an der Werfte hinan und dachte bei sich: ›So ist sie nicht so dösig!‹ Dann war er oben. »Guten Abend auch!« sagte er, zu ihr tretend; »wonach guckst du denn mit deinen großen Augen, Jungfer Elke?«
»Nach dem«, erwiderte sie, »was hier alle Abend vor sich geht, aber hier nicht alle Abend just zu sehen ist.« Sie ließ den Ring aus der Hand fallen, daß er klingend gegen die Mauer schlug. »Was willst du, Hauke Haien?« frug sie.
»Was dir hoffentlich nicht zuwider ist«, sagte er. »Dein Vater hat seinen Kleinknecht fortgejagt, da dachte ich bei euch in Dienst.«
Sie ließ ihre Blicke an ihm herunterlaufen. »Du bist noch so was schlanterig, Hauke!« sagte sie; »aber uns dienen zwei feste Augen besser als zwei feste Arme!« Sie sah ihn dabei fast düster an, aber Hauke hielt ihr tapfer stand. »So komm«, fuhr sie fort; »der Wirt ist in der Stube, laß uns hineingehen!«

Am andern Tage trat Tede Haien mit seinem Sohne in das geräumige Zimmer des Deichgrafen; die Wände waren mit glasurten Kacheln bekleidet, auf denen hier ein Schiff mit vollen Segeln oder ein Angler an einem Uferplatz, dort ein Rind, das kauend vor einem Bauernhause lag, den Beschauer vergnügen konnte; unterbrochen war diese dauerhafte Tapete durch ein mächtiges Wandbett mit jetzt zugeschobenen Türen und einen Wandschrank, der durch seine beiden Glastüren allerlei Porzellan- und Silbergeschirr erblicken ließ; neben der Tür zum anstos-

senden Pesel war hinter einer Glasscheibe eine holländische Schlaguhr in die Wand gelassen.
Der starke, etwas schlagflüssige Hauswirt saß am Ende des blankgescheuerten Tisches im Lehnstuhl auf seinem bunten Wollenpolster. Er hatte seine Hände über dem Bauch gefaltet und starrte aus seinen runden Augen befriedigt auf das Gerippe einer fetten Ente; Gabel und Messer ruhten vor ihm auf dem Teller.
»Guten Tag, Deichgraf!« sagte Haien, und der Angeredete drehte langsam Kopf und Augen zu ihm hin.
»Ihr seid es, Tede?« entgegnete er, und der Stimme war die verzehrte fette Ente anzuhören, »setzt Euch; es ist ein gut Stück von Euch zu mir herüber!«
»Ich komme, Deichgraf«, sagte Tede Haien, indem er sich auf die an der Wand entlanglaufende Bank dem andern im Winkel gegenübersetzte. »Ihr habt Verdruß mit Euerem Kleinknecht gehabt und seid mit meinem Jungen einig geworden, ihn an dessen Stelle zu setzen!«
Der Deichgraf nickte: »Ja, ja, Tede; aber – was meint Ihr mit Verdruß? Wir Marschleute haben, Gott tröst uns, was dagegen einzunehmen!« Und er nahm das vor ihm liegende Messer und klopfte wie liebkosend auf das Gerippe der armen Ente. »Das war mein Leibvogel«, setzte er, behaglich lachend hinzu; »sie fraß mir aus der Hand!«
»Ich dachte«, sagte der alte Haien, das letzte überhörend, »der Bengel hätte Euch Unheil im Stall gemacht.«
»Unheil? Ja, Tede; freilich Unheil genug! Der dicke Mopsbraten hatte die Kälber nicht gebörmt; aber er lag vollgetrunken auf dem Heuboden, und das Viehzeug schrie die ganze Nacht vor Durst, daß ich bis Mittag nachschlafen mußte; dabei kann die Wirtschaft nicht bestehen!«
»Nein, Deichgraf; aber dafür ist keine Gefahr bei meinem Jungen.«
Hauke stand, die Hände in den Seitentaschen, am Türpfosten, hatte den Kopf im Nacken und studierte an den Fensterrähmen ihm gegenüber.
Der Deichgraf hatte die Augen zu ihm gehoben und nickte hinüber: »Nein, nein, Tede«; und er nickte nun auch dem Alten zu; »Euer Hauke wird mir die Nachtruh nicht verstören; der Schulmeister hat's mir schon vordem gesagt, der sitzt lieber vor der Rechentafel als vor einem Glas mit Branntwein.«

Hauke hörte nicht auf diesen Zuspruch, denn Elke war in die Stube getreten und nahm mit ihrer leichten Hand die Reste der Speisen von dem Tisch, ihn mit ihren dunkeln Augen flüchtig streifend. Da fielen seine Blicke auch auf sie. ›Bei Gott und Jesus‹, sprach er bei sich selber, ›sie sieht auch so nicht dösig aus!‹
Das Mädchen war hinausgegangen. »Ihr wisset, Tede«, begann der Deichgraf wieder, »unser Herrgott hat mir einen Sohn versagt!«
»Ja, Deichgraf; aber laßt Euch das nicht kränken«, entgegnete der andere, »denn im dritten Gliede soll der Familienverstand ja verschleißen; Euer Großvater, das wissen wir noch alle, war einer, der das Land geschützt hat!«
Der Deichgraf, nach einigem Besinnen, sah schier verdutzt aus. »Wie meint Ihr das, Tede Haien?« sagte er und setzte sich in seinem Lehnstuhl auf, »ich bin ja doch im dritten Gliede!«
»Ja, so! Nicht für ungut, Deichgraf; es geht nur so die Rede!« Und der hagere Tede Haien sah den alten Würdenträger mit etwas boshaften Augen an.
Der aber sprach unbekümmert: »Ihr müßt Euch von alten Weibern dergleichen Torheit nicht aufschwatzen lassen, Tede Haien; Ihr kennt nur meine Tochter nicht, die rechnet mich selber dreimal um und um! Ich wollt nur sagen, Euer Hauke wird außer im Felde auch hier in meiner Stube mit Feder oder Rechenstift so manches profitieren können, was ihm nicht schaden wird!«
»Ja, ja, Deichgraf, das wird er; da habt Ihr völlig recht!« sagte der alte Haien und begann dann noch einige Vergünstigungen bei dem Mietkontrakt sich auszubedingen, die abends vorher von seinem Sohne nicht bedacht waren. So sollte dieser außer seinen leinenen Hemden im Herbst auch noch acht Paar wollene Strümpfe als Zugabe seines Lohnes genießen; so wollte er selbst ihn im Frühling acht Tage bei der eigenen Arbeit haben, und was dergleichen mehr war. Aber der Deichgraf war zu allem willig; Hauke Haien schien ihm eben der rechte Kleinknecht.
– – »Nun, Gott tröst dich, Junge«, sagte der Alte, da sie eben das Haus verlassen hatten, »wenn der dir die Welt klarmachen soll!«.
Aber Hauke erwiderte ruhig: »Laß Er nur, Vater; es wird schon alles werden.«

Und Hauke hatte so unrecht nicht gehabt; die Welt, oder was

ihm die Welt bedeutete, wurde ihm klarer, je länger sein Aufenthalt in diesem Hause dauerte; vielleicht um so mehr, je weniger ihm eine überlegene Einsicht zu Hülfe kam und je mehr er auf seine eigene Kraft angewiesen war, mit der er sich von jeher beholfen hatte. Einer freilich war im Hause, für den er nicht der Rechte zu sein schien; das war der Großknecht Ole Peters, ein tüchtiger Arbeiter und ein maulfertiger Geselle. Ihm war der träge, aber dumme und stämmige Kleinknecht von vorhin besser nach seinem Sinn gewesen, dem er ruhig die Tonne Hafer auf den Rücken hatte laden und den er nach Herzenslust hatte herumstoßen können. Dem noch stilleren, aber ihn geistig überragenden Hauke vermochte er in solcher Weise nicht beizukommen; er hatte eine gar zu eigene Art, ihn anzublicken. Trotzdem verstand er es, Arbeiten für ihn auszusuchen, die seinem noch nicht gefesteten Körper hätten gefährlich werden können, und Hauke, wenn der Großknecht sagte: »Da hättest du den dicken Niß nur sehen sollen, dem ging es von der Hand!«, faßte nach Kräften an und brachte es, wenn auch mit Mühsal, doch zu Ende. Ein Glück war es für ihn, daß Elke selbst oder durch ihren Vater das meistens abzustellen wußte. Man mag wohl fragen, was mitunter ganz fremde Menschen aneinander bindet; vielleicht – sie waren beide geborene Rechner, und das Mädchen konnte ihren Kameraden in der groben Arbeit nicht verderben sehen.

Der Zwiespalt zwischen Groß- und Kleinknecht wurde auch im Winter nicht besser, als nach Martini die verschiedenen Deichrechnungen zur Revision eingelaufen waren.

Es war an einem Maiabend, aber es war Novemberwetter; von drinnen im Hause hörte man draußen hinterm Deich die Brandung donnern. »He, Hauke«, sagte der Hausherr, »komm herein; nun magst du weisen, ob du rechnen kannst!«

»Uns' Weert«, entgegnete dieser – denn so nennen hier die Leute ihre Herrschaft –, »ich soll aber erst das Jungvieh füttern!«

»Elke!« rief der Deichgraf, »wo bist du, Elke! – Geh zu Ole und sag ihm, er sollte das Jungvieh füttern; Hauke soll rechnen!«

Und Elke eilte in den Stall und machte dem Großknecht die Bestellung, der eben damit beschäftigt war, das über Tag gebrauchte Pferdegeschirr wieder an seinen Platz zu hängen.

Ole Peters schlug mit einer Trense gegen den Ständer, neben dem er sich beschäftigte, als wolle er sie kurz und klein haben: »Hol der Teufel den verfluchten Schreiberknecht!«

Sie hörte die Worte noch, bevor sie die Stalltür wieder geschlossen hatte.
»Nun?« frug der Alte, als sie in die Stube trat.
»Ole wollte es schon besorgen«, sagte die Tochter, ein wenig sich die Lippen beißend, und setzte sich Hauke gegenüber auf einen grobgeschnitzten Holzstuhl, wie sie noch derzeit hier an Winterabenden im Hause selbst gemacht wurden. Sie hatte aus einem Schubkasten einen weißen Strumpf mit rotem Vogelmuster genommen, an dem sie nun weiterstrickte; die langbeinigen Kreaturen darauf mochten Reiher oder Störche bedeuten sollen. Hauke saß ihr gegenüber, in seine Rechnerei vertieft, der Deichgraf selbst ruhte in seinem Lehnstuhl und blinzelte schläfrig nach Haukes Feder; auf dem Tisch brannten, wie immer im Deichgrafenhause, zwei Unschlittkerzen, und vor den beiden in Blei gefaßten Fenstern waren von außen die Läden vorgeschlagen und von innen zugeschroben; mochte der Wind nun poltern, wie er wollte. Mitunter hob Hauke seinen Kopf von der Arbeit und blickte einen Augenblick nach den Vogelstrümpfen oder nach dem schmalen ruhigen Gesicht des Mädchens.
Da tat es aus dem Lehnstuhl plötzlich einen lauten Schnarcher, und ein Blick und ein Lächeln flog zwischen den beiden jungen Menschen hin und wider; dann folgte allmählich ein ruhigeres Atmen; man konnte wohl ein wenig plaudern; Hauke wußte nur nicht, was.
Als sie aber das Strickzeug in die Höhe zog und die Vögel sich nun in ihrer ganzen Länge zeigten, flüsterte er über den Tisch herüber: »Wo hast du das gelernt, Elke?«
»Was gelernt?« frug das Mädchen zurück.
– »Das Vogelstricken«, sagte Hauke.
»Das? Von Trin' Jans draußen am Deich; sie kann allerlei; sie war vorzeiten einmal bei meinem Großvater hier im Dienst.«
»Da warst du aber wohl noch nicht geboren?« fragte Hauke.
»Ich denk wohl nicht; aber sie ist noch oft ins Haus gekommen.«
»Hat denn die die Vögel gern?« frug Hauke; »ich meint, sie hielt es nur mit Katzen!«
Elke schüttelte den Kopf: »Sie zieht ja Enten und verkauft sie; aber im vorigen Frühjahr, als du den Angorer totgeschlagen hattest, sind ihr hinten im Stall die Ratten dazwischengekommen; nun will sie sich vorn am Hause einen andern bauen.«

»So«, sagte Hauke und zog einen leisen Pfiff durch die Zähne, »dazu hat sie von der Geest sich Lehm und Steine hergeschleppt! Aber dann kommt sie in den Binnenweg! – Hat sie denn Konzession?«

»Weiß ich nicht«, meinte Elke. Aber er hatte das letzte Wort so laut gesprochen, daß der Deichgraf aus seinem Schlummer auffuhr. »Was Konzession?« frug er und sah fast wild von einem zu der andern. »Was soll die Konzession?«

Als aber Hauke ihm dann die Sache vorgetragen hatte, klopfte er ihm lachend auf die Schulter: »Ei was, der Binnenweg ist breit genug; Gott tröst den Deichgrafen, sollt er sich auch noch um die Entenställe kümmern!«

Hauke fiel es aufs Herz, daß er die Alte mit ihren jungen Enten den Ratten sollte preisgegeben haben, und er ließ sich mit dem Einwand abfinden. »Aber, uns' Weert«, begann er wieder, »es tät wohl dem und jenem ein kleiner Zwicker gut, und wollet Ihr ihn nicht selber greifen, so zwicket den Gevollmächtigten, der auf die Deichordnung passen soll!«

»Wie, was sagt der Junge?« Und der Deichgraf setzte sich vollends auf, und Elke ließ ihren künstlichen Strumpf sinken und wandte das Ohr hinüber.

»Ja, uns' Weert«, fuhr Hauke fort, »Ihr habt doch schon die Frühlingsschau gehalten; aber trotzdem hat Peter Jansen auf seinem Stück das Unkraut auch noch heute nicht gebuscht; im Sommer werden die Stieglitzer da wieder lustig um die roten Distelblumen spielen! Und dicht daneben, ich weiß nicht, wem's gehört, ist an der Außenseite eine ganze Wiege in dem Deich; bei schön Wetter liegt es immer voll von kleinen Kindern, die sich darin wälzen; aber – Gott bewahr uns vor Hochwasser!«

Die Augen des alten Deichgrafen waren immer größer geworden.

»Und dann –«, sagte Hauke wieder.

»Was dann noch, Junge?« frug der Deichgraf; »bist du noch nicht fertig?« Und es klang, als sei der Rede seines Kleinknechts ihm schon zuviel geworden.

»Ja, dann, uns' Weert«, sprach Hauke weiter; »Ihr kennt die dicke Vollina, die Tochter vom Gevollmächtigten Harders, die immer ihres Vaters Pferde aus der Fenne holt – wenn sie nur eben mit ihren runden Waden auf der alten gelben Stute sitzt, hü hopp! So geht's allemal schräg an der Dossierung den Deich hinan!«

Hauke bemerkte erst jetzt, daß Elke ihre klugen Augen auf ihn gerichtet hatte und leise ihren Kopf schüttelte.
Er schwieg, aber ein Faustschlag, den der Alte auf den Tisch tat, dröhnte ihm in die Ohren; »da soll das Wetter dreinschlagen!« rief er, und Hauke erschrak beinahe über die Bärenstimme, die plötzlich hier hervorbrach. »Zur Brüche! Notier mir das dicke Mensch zur Brüche, Hauke! Die Dirne hat mir im letzten Sommer drei junge Enten weggefangen! Ja, ja, notier nur«, wiederholte er, als Hauke zögerte; »ich glaub sogar, es waren vier!«
»Ei, Vater«, sagte Elke, »war's nicht die Otter, die die Enten nahm?«
»Eine große Otter«, rief der Alte schnaufend; »werd doch die dicke Vollina und eine Otter auseinanderkennen! Nein, nein, vier Enten, Hauke – aber was du im übrigen schwatzest, der Herr Oberdeichgraf und ich, nachdem wir zusammen in meinem Hause hier gefrühstückt hatten, sind im Frühjahr an deinem Unkraut und an deiner Wiege vorbeigefahren und haben's doch nicht sehen können. Ihr beide aber«, und er nickte ein paarmal bedeutsam gegen Hauke und seine Tochter, »danket Gott, daß ihr nicht Deichgraf seid! Zwei Augen hat man nur, und mit hundert soll man sehen. – – Nimm nur die Rechnungen über die Bestickungsarbeiten, Hauke, und sieh sie nach; die Kerls rechnen oft zu liederlich!«
Dann lehnte er sich wieder in seinen Stuhl zurück, ruckte den schweren Körper ein paarmal und überließ sich bald dem sorglosen Schlummer.
Dergleichen wiederholte sich an manchem Abend. Hauke hatte scharfe Augen und unterließ es nicht, wenn sie beisammensaßen, das eine oder andre von schädlichem Tun oder Unterlassen in Deichsachen dem Alten vor die Augen zu rücken; und da dieser sie nicht immer schließen konnte, so kam unversehens ein lebhafterer Geschäftsgang in die Verwaltung, und die, welche früher im alten Schlendrian fortgesündigt hatten und jetzt unerwartet ihre frevlen oder faulen Finger geklopft fühlten, sahen sich unwillig und verwundert um, woher die Schläge denn gekommen seien. Und Ole, der Großknecht, säumte nicht, möglichst weit die Offenbarung zu verbreiten und dadurch gegen Hauke und seinen Vater, der doch die Mitschuld tragen mußte, in diesen Kreisen einen Widerwillen zu erregen; die andern aber,

welche nicht getroffen waren oder denen es um die Sache selbst zu tun war, lachten und hatten ihre Freude, daß der Junge den Alten doch einmal etwas in Trab gebracht habe. »Schad nur«, sagten sie, »daß der Bengel nicht den gehörigen Klei unter den Füßen hat; das gäbe später sonst einmal wieder einen Deichgrafen, wie vordem sie dagewesen sind; aber die paar Demat seines Alten, die täten's denn doch nicht!«

Als im nächsten Herbst der Herr Amtmann und Oberdeichgraf zur Schauung kam, sah er sich den alten Tede Volkerts von oben bis unten an, während dieser ihn zum Frühstück nötigte. »Wahrhaftig, Deichgraf«, sagte er, »ich dacht's mir schon, Ihr seid in der Tat um ein Halbstieg Jahre jünger geworden; Ihr habt mir diesmal mit all Euern Vorschlägen warm gemacht; wenn wir mit alledem nur heute fertig werden!«

»Wird schon, wird schon, gestrenger Herr Oberdeichgraf«, erwiderte der Alte schmunzelnd; »der Gansbraten da wird schon die Kräfte stärken! Ja, Gott sei Dank, ich bin noch allezeit frisch und munter!« Er sah sich in der Stube um, ob auch nicht etwa Hauke um die Wege sei; dann setzte er in würdevoller Ruhe noch hinzu: »So hoffe ich zu Gott, noch meines Amtes ein paar Jahre in Segen warten zu können.«

»Und darauf, lieber Deichgraf«, erwiderte sein Vorgesetzter, sich erhebend, »wollen wir dieses Glas zusammen trinken!«

Elke, die das Frühstück bestellt hatte, ging eben, während die Gläser aneinanderklangen, mit leisem Lachen aus der Stubentür. Dann holte sie eine Schüssel Abfall aus der Küche und ging durch den Stall, um es vor der Außentür dem Federvieh vorzuwerfen. Im Stall stand Hauke Haien und steckte den Kühen, die man der argen Witterung wegen schon jetzt hatte heraufnehmen müssen, mit der Furke Heu in ihre Raufen. Als er aber das Mädchen kommen sah, stieß er die Furke auf den Grund. »Nu, Elke!« sagte er.

Sie blieb stehen und nickte ihm zu: »Ja, Hauke; aber eben hättest du drinnen sein müssen!«

»Meinst du? Warum denn, Elke?«

»Der Herr Oberdeichgraf hat den Wirt gelobt!«

»Den Wirt? Was tut das mir?«

»Nein, ich mein, den Deichgrafen hat er gelobt!«

Ein dunkles Rot flog über das Gesicht des jungen Menschen. »Ich weiß wohl«, sagte er, »wohin du damit segeln willst!«

»Werd nur nicht rot, Hauke, du warst es ja doch eigentlich, den der Oberdeichgraf lobte!«

Hauke sah sie mit halbem Lächeln an. »Auch du doch, Elke!« sagte er.

Aber sie schüttelte den Kopf: »Nein, Hauke; als ich allein der Helfer war, da wurden wir nicht gelobt. Ich kann ja auch nur rechnen; du aber siehst draußen alles, was der Deichgraf doch wohl selber sehen sollte; du hast mich ausgestochen!«

»Ich hab das nicht gewollt, dich am mindsten«, sagte Hauke zaghaft, und er stieß den Kopf einer Kuh zur Seite. »Komm, Rotbunt, friß mir nicht die Furke auf, du sollst ja alles haben!«

»Denk nur nicht, daß mir's leid tut, Hauke«, sagte nach kurzem Sinnen das Mädchen, »das ist ja Mannessache!«

Da streckte Hauke ihr den Arm entgegen: »Elke, gib mir die Hand darauf!«

Ein tiefes Rot schoß unter die dunkeln Brauen des Mädchens. »Warum? Ich lüg ja nicht!« rief sie.

Hauke wollte antworten; aber sie war schon zum Stall hinaus, und er stand mit seiner Furke in der Hand und hörte nur, wie draußen die Enten und Hühner um sie schnatterten und krähten.

Es war im Januar von Haukes drittem Dienstjahr, als ein Winterfest gehalten werden sollte; »Eisboseln« nennen sie es hier. Ein ständiger Frost hatte beim Ruhen der Küstenwinde alle Gräben zwischen den Fennen mit einer festen ebenen Kristallfläche belegt, so daß die zerschnittenen Landstücke nun eine weite Bahn für das Werfen der kleinen, mit Blei ausgegossenen Holzkugeln bildeten, womit das Ziel erreicht werden sollte. Tagaus, tagein wehte ein leichter Nordost: alles war schon in Ordnung; die Geestleute in dem zu Osten über der Marsch belegenen Kirchdorf, die im vorigen Jahre gesiegt hatten, waren zum Wettkampf gefordert und hatten angenommen; von jeder Seite waren neun Werfer aufgestellt; auch der Obmann und die Kretler waren gewählt. Zu letzteren, die bei Streitfällen über einen zweifelhaften Wurf miteinander zu verhandeln hatten, wurden allezeit Leute genommen, die ihre Sache ins beste Licht zu rücken verstanden, am liebsten Burschen, die außer gesundem Menschenverstand auch noch ein lustig Mundwerk hatten. Dazu gehörte vor allem Ole Peters, der Großknecht des Deichgrafen. »Werft nur wie die Teufel«, sagte er, »das Schwatzen tu ich schon umsonst!«

Es war gegen Abend vor dem Festtag; in der Nebenstube des Kirchspielskruges droben auf der Geest war eine Anzahl von den Werfern erschienen, um über die Aufnahme einiger zuletzt noch Angemeldeten zu beschließen. Hauke Haien war auch unter diesen; er hatte erst nicht wollen, obschon er seiner wurfgeübten Arme sich wohl bewußt war, aber er fürchtete, durch Ole Peters, der einen Ehrenposten in dem Spiel bekleidete, zurückgewiesen zu werden; die Niederlage wollte er sich sparen. Aber Elke hatte ihm noch in der elften Stunde den Sinn gewandt. »Er wird's nicht wagen, Hauke«, hatte sie gesagt, »er ist ein Tagelöhnersohn; dein Vater hat Kuh und Pferd und ist dazu der klügste Mann im Dorf!«

»Aber, wenn er's dennoch fertigbringt?«

Sie sah ihn halb lächelnd aus ihren dunkeln Augen an. »Dann«, sagte sie, »soll er sich den Mund wischen, wenn er abends mit seines Wirts Tochter zu tanzen denkt!« – Da hatte Hauke ihr mutig zugenickt.

Nun standen die jungen Leute, die noch in das Spiel hineinwollten, frierend und fußtrampelnd vor dem Kirchspielskrug und sahen nach der Spitze des aus Felsblöcken gebauten Kirchturms hinauf, neben dem das Krughaus lag. Des Pastors Tauben, die sich im Sommer auf den Feldern des Dorfes nährten, kamen eben von den Höfen und Scheuern der Bauern zurück, wo sie sich jetzt ihre Körner gesucht hatten, und verschwanden unter den Schindeln des Turmes, hinter welchen sie ihre Nester hatten; im Westen über dem Haff stand ein glühendes Abendrot.

»Wird gut Wetter morgen!« sagte der eine der jungen Burschen und begann heftig auf und ab zu wandern, »aber kalt! kalt!« Ein zweiter, als er keine Taube mehr fliegen sah, ging in das Haus und stellte sich horchend neben die Tür der Stube, aus der jetzt ein lebhaftes Durcheinanderreden herausscholl; auch des Deichgrafen Kleinknecht war neben ihn getreten. »Hör, Hauke«, sagte er zu diesem, »nun schreien sie um dich!« Und deutlich hörte man von drinnen Ole Peters' knarrende Stimme: »Kleinknechte und Jungens gehören nicht dazu!«

»Komm«, flüsterte der andre und suchte Hauke am Rockärmel in die Stubentür zu ziehen, »hier kannst du lernen, wie hoch sie dich taxieren!«

Aber Hauke riß sich los und ging wieder vor das Haus. »Sie haben uns nicht ausgesperrt, damit wir's hören sollen!« rief er zurück.

Vor dem Hause stand der dritte der Angemeldeten. »Ich fürcht, mit mir hat's einen Haken«, rief er ihm entgegen; »ich hab kaum achtzehn Jahre; wenn sie nur den Taufschein nicht verlangen! Dich, Hauke, wird dein Großknecht schon herauskreteln!«
›Ja, heraus!‹ brummte Hauke und schleuderte mit dem Fuße einen Stein über den Weg, »nur nicht hinein!«
Der Lärm in der Stube wurde stärker; dann allmählich trat eine Stille ein; die draußen hörten wieder den leisen Nordost, der sich oben an der Kirchturmspitze brach. Der Horcher trat wieder zu ihnen. »Wen hatten sie da drinnen?« frug der Achtzehnjährige.
»Den da!« sagte jener und wies auf Hauke, »Ole Peters wollte ihn zum Jungen machen; aber alle schrien dagegen. ›Und sein Vater hat Vieh und Land‹, sagte Jeß Hansen. ›Ja, Land‹, rief Ole Peters, ›das man auf dreizehn Karren wegfahren kann!‹ – Zuletzt kam Ole Hensen. ›Still da!‹ schrie er; ›ich will's euch lehren: sagt nur, wer ist der erste Mann im Dorf?‹ Da schwiegen sie erst und schienen sich zu besinnen; dann sagte eine Stimme: ›Das ist doch wohl der Deichgraf!‹ Und alle anderen riefen: ›Nun ja, unserthalb der Deichgraf!‹ – ›Und wer ist denn der Deichgraf?‹ rief Ole Hensen wieder; aber nun bedenkt euch recht!‹ – – Da begann einer leis zu lachen, und dann wieder einer, bis zuletzt nichts in der Stube war als lauter Lachen. ›Nun, so ruft ihn‹, sagte Ole Hensen; ›ihr wollt doch nicht den Deichgrafen von der Tür stoßen!‹ Ich glaub, sie lachen noch; aber Ole Peters' Stimme war nicht mehr zu hören!« schloß der Bursche seinen Bericht.
Fast in demselben Augenblicke wurde drinnen im Hause die Stubentür aufgerissen, und: »Hauke! Hauke Haien!« rief es laut und fröhlich in die Nacht hinaus.
Da trabte Hauke in das Haus und hörte nicht mehr, wer denn der Deichgraf sei; was in seinem Kopfe brütete, hat indessen niemand wohl erfahren.
– – Als er nach einer Weile sich dem Hause seiner Herrschaft nahte, sah er Elke drunten am Heck der Auffahrt stehen, das Mondlicht schimmerte über die unermeßliche weißbereifte Weidefläche. »Stehst du hier, Elke?« frug er.
Sie nickte nur. »Was ist geworden?« sagte sie, »hat er's gewagt?« – »Was sollt er nicht!«
»Nun, und?«

– »Ja, Elke; ich darf es morgen doch versuchen!«
»Gute Nacht, Hauke!« Und sie lief flüchtig die Werfte hinan und verschwand im Hause.
Langsam folgte er ihr.

Auf der weiten Weidefläche, die sich zu Osten an der Landseite des Deiches entlangzog, sah man am Nachmittag darauf eine dunkle Menschenmasse bald unbeweglich stillestehen, bald, nachdem zweimal eine hölzerne Kugel aus derselben über den durch die Tagessonne jetzt von Reif befreiten Boden hingeflogen war, abwärts von den hinter ihr liegenden langen und niedrigen Häusern allmählich weiterrücken; die Parteien der Eisbosler in der Mitte, umgeben von alt und jung, was mit ihnen, sei es in jenen Häusern oder in denen droben auf der Geest, Wohnung oder Verbleib hatte; die älteren Männer in langen Röcken, bedächtig aus kurzen Pfeifen rauchend, die Weiber in Tüchern und Jakken, auch wohl Kinder an den Händen ziehend oder auf den Armen tragend. Aus den gefrorenen Gräben, welche allmählich überschritten wurden, funkelte durch die scharfen Schilfspitzen der bleiche Schein der Nachmittagssonne; es fror mächtig, aber das Spiel ging unablässig vorwärts, und aller Augen verfolgten immer wieder die fliegende Kugel, denn an ihr hing heute für das ganze Dorf die Ehre des Tages. Der Kretler der Parteien trug hier einen weißen, bei den Geestleuten einen schwarzen Stab mit eiserner Spitze; wo die Kugel ihren Lauf geendet hatte, wurde dieser, je nachdem, unter schweigender Anerkennung oder dem Hohngelächter der Gegenpartei in den gefrorenen Boden eingeschlagen, und wessen Kugel zuerst das Ziel erreichte, der hatte für seine Partei das Spiel gewonnen.
Gesprochen wurde von all den Menschen wenig; nur wenn ein Kapitalwurf geschah, hörte man wohl einen Ruf der jungen Männer oder Weiber; oder von den Alten einer nahm seine Pfeife aus dem Mund und klopfte damit unter ein paar guten Worten den Werfer auf die Schulter: »Das war ein Wurf, sagte Zacharies und warf sein Weib aus der Luke!« oder: »So warf dein Vater auch; Gott tröst ihn in der Ewigkeit!« oder was sie sonst für Gutes sagten.
Bei seinem ersten Wurfe war das Glück nicht mit Hauke gewesen; als er eben den Arm hinten ausschwang um die Kugel fortzuschleudern, war eine Wolke von der Sonne fortgezogen, die sie

vorhin bedeckt hatte, und diese traf mit ihrem vollen Strahl in seine Augen; der Wurf wurde zu kurz, die Kugel fiel auf einen Graben und blieb im Bummeis stecken.

»Gilt nicht! Gilt nicht! Hauke, noch einmal«, riefen seine Partner.

Aber der Kretler der Geestleute sprang dagegen auf: »Muß wohl gelten; geworfen ist geworfen!«

»Ole! Ole Peters!« schrie die Marschjugend. »Wo ist Ole? Wo, zum Teufel, steckt er?«

Aber er war schon da. »Schreit nur nicht so! Soll Hauke wo geflickt werden! Ich dacht's mir schon.«

– »Ei was! Hauke muß noch einmal werfen; nun zeig, daß du das Maul am rechten Fleck hast!«

»Das hab ich schon!« rief Ole und trat dem Geestkretler gegenüber und redete einen Haufen Galimathias aufeinander. Aber die Spitzen und Schärfen, die sonst aus seinen Worten blitzten, waren diesmal nicht dabei. Ihm Zur Seite stand das Mädchen mit den Rätselbrauen und sah scharf aus zornigen Augen auf ihn hin; aber reden durfte sie nicht, denn die Frauen hatten keine Stimme in dem Spiel.

»Du leierst Unsinn«, rief der andere Kretler, »weil dir der Sinn nicht dienen kann! Sonne, Mond und Sterne sind für uns alle gleich und allezeit am Himmel; der Wurf war ungeschickt, und alle ungeschickten Würfe gelten!«

So redeten sie noch eine Weile gegeneinander; aber das Ende war, daß nach Bescheid des Obmanns Hauke seinen Wurf nicht wiederholen durfte.

»Vorwärts!« riefen die Geestleute, und ihr Kretler zog den schwarzen Stab aus dem Boden, und der Werfer trat auf seinen Nummerruf dort an und schleuderte die Kugel vorwärts. Als Der Großknecht des Deichgrafen dem Wurfe zusehen wollte, hatte er an Elke Volkerts vorbeimüssen. »Wem zuliebe ließest du heut deinen Verstand zu Hause?« raunte sie ihm zu.

Da sah er sie fast grimmig an, und aller Spaß war aus seinem breiten Gesichte verschwunden. »Dir zulieb!« sagte er, »denn du hast deinen auch vergessen!«

»Geh nur; ich kenne dich, Ole Peters!« erwiderte das Mädchen, sich hoch aufrichtend; er aber kehrte den Kopf ab und tat, als habe er das nicht gehört.

Und das Spiel und der schwarze und weiße Stab gingen weiter.

Als Hauke wieder am Wurf war, flog seine Kugel schon so weit, daß das Ziel, die große weißgekalkte Tonne, klar in Sicht kam. Er war jetzt ein fester junger Kerl, und Mathematik und Wurfkunst hatte er täglich während seiner Knabenzeit getrieben. »Oho, Hauke!« rief es aus dem Haufen. »Das war ja, als habe der Erzengel Michael selbst geworfen!« Eine alte Frau mit Kuchen und Branntwein drängte sich durch den Haufen zu ihm; sie schenkte ein Glas voll und bot es ihm. »Komm«, sagte sie, »wir wollen uns vertragen: das heut ist besser, als da du mir die Katze totschlugst!« Als er sie ansah, erkannte er, daß es Trin' Jans war. »Ich dank dir, Alte«, sagte er, »aber ich trink das nicht.« Er griff in seine Tasche und drückte ihr ein frischgeprägtes Markstück in die Hand. »Nimm das und trink selber das Glas aus, Trin'; so haben wir uns vertragen!«

»Hast recht, Hauke!« erwiderte die Alte, indem sie seiner Anweisung folgte; »hast recht; das ist auch besser für ein altes Weib wie ich!«

»Wie geht's mit deinen Enten?« rief er ihr noch nach, als sie sich schon mit ihrem Korbe fortmachte; aber sie schüttelte nur den Kopf, ohne sich umzuwenden, und patschte mit ihren alten Händen in die Luft. »Nichts, nichts, Hauke; da sind zu viele Ratten in euren Gräben; Gott tröst mich; man muß sich anders nähren!« Und somit drängte sie sich in den Menschenhaufen und bot wieder ihren Schnaps und ihre Honigkuchen an.

Die Sonne war endlich schon hinter den Deich hinabgesunken; statt ihrer glimmte ein rotvioletter Schimmer empor; mitunter flogen schwarze Krähen vorüber und waren auf Augenblicke wie vergoldet, es wurde Abend. Auf den Fennen aber rückte der dunkle Menschentrupp noch immer weiter von den schwarzen, schon fern liegenden Häusern nach der Tonne zu; ein besonders tüchtiger Wurf mußte sie jetzt erreichen können. Die Marschleute waren an der Reihe; Hauke sollte werfen.

Die kreidige Tonne zeichnete sich weiß in dem breiten Abendschatten, der jetzt von dem Deiche über die Fläche fiel. »Die werdet ihr uns diesmal wohl noch lassen!« rief einer von den Geestleuten, denn es ging scharf her; sie waren um mindestens ein Halbstieg Fuß im Vorteil.

Die hagere Gestalt des Genannten trat eben aus der Menge; die grauen Augen sahen aus dem langen Friesengesicht vorwärts nach der Tonne; in der herabhängenden Hand lag die Kugel.

»Der Vogel ist dir wohl zu groß«, hörte er in diesem Augenblick Ole Peters' Knarrstimme dicht vor seinen Ohren; »sollen wir ihn um einen grauen Topf vertauschen?«

Hauke wandte sich und blickte ihn mit festen Augen an. »Ich werfe für die Marsch!« sagte er. »Wohin gehörst denn du?«

»Ich denke, auch dahin, du wirfst doch wohl für Elke Volkerts!«

»Beiseit!« schrie Hauke und stellte sich wieder in Positur. Aber Ole drängte mit dem Kopf noch näher auf ihn zu. Da plötzlich, bevor noch Hauke selber etwas dagegen unternehmen konnte, packte den Zudringlichen eine Hand und riß ihn rückwärts, daß der Bursche gegen seine lachenden Kameraden taumelte. Es war keine große Hand gewesen, die das getan hatte; denn als Hauke flüchtig den Kopf wandte, sah er neben sich Elke Volkerts ihren Ärmel zurechtzupfen, und die dunkeln Brauen standen ihr wie zornig in dem heißen Antlitz.

Da flog es wie eine Stahlkraft in Haukes Arm; er neigte sich ein wenig, er wiegte die Kugel ein paarmal in der Hand; dann holte er aus, und eine Todesstille war auf beiden Seiten; alle Augen folgten der fliegenden Kugel, man hörte ihr Sausen, wie sie die Luft durchschnitt; plötzlich, schon weit vom Wurfplatz, verdeckten sie die Flügel einer Silbermöwe, die, ihren Schrei ausstoßend, vom Deich herüberkam; zugleich aber hörte man es in der Ferne an die Tonne klatschen. »Hurra für Hauke!« riefen die Marschleute, und lärmend ging es durch die Menge: »Hauke! Hauke Haien hat das Spiel gewonnen!«

Der aber, da ihn alle dicht umdrängten, hatte seitwärts nur nach einer Hand gegriffen; auch da sie wieder riefen: »Was stehst du, Hauke? Die Kugel liegt ja in der Tonne!«, nickte er nur und ging nicht von der Stelle; erst als er fühlte, daß sich die kleine Hand fest an die seine schloß, sagte er: »Ihr mögt schon recht haben; ich glaube auch, ich hab gewonnen!«

Dann strömte der ganze Trupp zurück, und Elke und Hauke wurden getrennt und von der Menge auf den Weg zum Kruge fortgerissen, der an des Deichgrafen Werfte nach der Geest hinaufbog. Hier aber entschlüpften beide dem Gedränge, und während Elke auf ihre Kammer ging, stand Hauke hinten vor der Stalltür auf der Werfte und sah, wie der dunkle Menschentrupp allmählich nach dort hinaufwanderte, wo im Kirchspielskrug ein Raum für die Tanzenden bereitstand. Das Dunkel breitete sich allmählich über die weite Gegend; es wurde immer stiller um ihn her, nur hinter ihm im Stalle regte sich das Vieh; oben von der Geest her glaubte er schon das Pfeifen der Klarinetten aus dem Kruge zu vernehmen. Da hörte er um die Ecke des Hauses das Rauschen eines Kleides, und kleine feste Schritte gingen den Fußsteig hinab, der durch die Fennen nach der Geest hinaufführte. Nun sah er auch im Dämmer die Gestalt dahinschreiten und sah, daß es Elke war; sie ging auch zum Tanze nach dem Krug. Das Blut schoß ihm in den Hals hinauf; sollte er ihr nicht nachlaufen und mit ihr gehen? Aber Hauke war kein Held den Frauen gegenüber; mit dieser Frage sich beschäftigend, blieb er stehen, bis sie im Dunkel seinem Blick entschwunden war.

Dann, als die Gefahr, sie einzuholen, vorüber war, ging auch er denselben Weg, bis er droben den Krug bei der Kirche erreicht hatte und das Schwatzen und Schreien der vor dem Hause und auf dem Flur sich Drängenden und das Schrillen der Geigen und Klarinetten betäubend ihn umrauschte. Unbeachtet drückte er sich in den »Gildesaal«; er war nicht groß und so voll, daß man kaum einen Schritt weit vor sich hin sehen konnte. Schweigend stellte er sich an den Türpfosten und blickte in das unruhige Gewimmel; die Menschen kamen ihm wie Narren vor; er hatte auch nicht zu sorgen, daß jemand noch an den Kampf des Nachmittags dachte und wer vor einer Stunde erst das Spiel gewonnen hatte; jeder sah nur auf seine Dirne und drehte sich mit ihr im Kreis herum. Seine Augen suchten nur die eine, und endlich – dort! Sie tanzte mit ihrem Vetter, dem jungen Deichgevollmächtigten; aber schon sah er sie nicht mehr, nur andere Dirnen aus Marsch und Geest, die ihn nicht kümmerten. Dann schnappten Violinen und Klarinetten plötzlich ab, und der Tanz war zu Ende; aber gleich begann auch schon ein anderer. Hauke flog es durch den Kopf, ob denn Elke ihm auch Wort halten, ob sie nicht mit Ole Peters ihm vorbeitanzen werde. Fast hätte er einen Schrei bei dem Gedanken ausgestoßen; dann – – ja, was wollte er dann? Aber sie schien bei diesem Tanze gar nicht mitzuhalten, und endlich ging auch der zu Ende, und ein anderer, ein Zweitritt, der eben erst hier in die Mode gekommen war, folgte. Wie rasend setzte die Musik ein, die jungen Kerle stürzten zu den Dirnen, die Lichter an den Wänden flirrten. Hauke reckte sich fast den Hals aus, um die Tanzenden zu erkennen; und dort, im dritten Paare, das war Ole Peters; aber wer war die Tänzerin? Ein breiter Marschbursche stand vor ihr und deckte ihr Gesicht!

Doch der Tanz raste weiter, und Ole mit seiner Partnerin drehte sich heraus. »Vollina! Vollina Harders!« rief Hauke fast laut und seufzte dann gleich wieder erleichtert auf. Aber wo blieb Elke? Hatte sie keinen Tänzer, oder hatte sie alle ausgeschlagen, weil sie nicht mit Ole hatte tanzen wollen? – Und die Musik setzte wieder ab, und ein neuer Tanz begann; aber wieder sah er Elke nicht! Doch dort kam Ole, noch immer die dicke Vollina in den Armen! »Nun, nun«, sagte Hauke, »da wird Jeß Harders mit seinen fünfundzwanzig Demat auch wohl bald aufs Altenteil müssen! – Aber wo ist Elke?«
Er verließ seinen Türpfosten und drängte sich weiter in den Saal hinein; da stand er plötzlich vor ihr, die mit einer älteren Freundin in einer Ecke saß. »Hauke!« rief sie, mit ihrem schmalen Antlitz zu ihm aufblickend; »bist du hier? Ich sah dich doch nicht tanzen!«
»Ich tanzte auch nicht«, erwiderte er.
– »Weshalb nicht, Hauke?« Und sich halb erhebend, setzte sie hinzu: »Willst du mit mir tanzen? Ich hab es Ole Peters nicht gegönnt; der kommt nicht wieder!«
Aber Hauke machte keine Anstalt. »Ich danke, Elke«, sagte er; »ich verstehe das nicht gut genug; sie könnten über dich lachen; und dann . . .« Er stockte plötzlich und sah sie nur aus seinen grauen Augen herzlich an, als ob er's ihnen überlassen müsse, das übrige zu sagen.
»Was meinst du, Hauke?« frug sie leise.
– »Ich mein, Elke, es kann ja doch der Tag nicht schöner für mich ausgehn, als er's schon getan hat.«
»Ja«, sagte sie, »du hast das Spiel gewonnen.«
»Elke!« mahnte er kaum hörbar.
Da schlug ihr eine heiße Lohe in das Angesicht. »Geh!« sagte sie, »was willst du?« und schlug die Augen nieder.
Als aber die Freundin jetzt von einem Burschen zum Tanze fortgezogen wurde, sagte Hauke lauter: »Ich dachte, Elke, ich hätt was Besseres gewonnen!«
Noch ein paar Augenblicke suchten ihre Augen auf dem Boden; dann hob sie sie langsam, und ein Blick, mit der stillen Kraft ihres Wesens, traf in die seinen, der ihn wie Sommerluft durchströmte. »Tu, wie dir ums Herz ist, Hauke!« sprach sie, »wir sollten uns wohl kennen!«
Elke tanzte an diesem Abend nicht mehr, und als beide dann

nach Hause gingen, hatten sie sich Hand in Hand gefaßt; aus der Himmelshöhe funkelten die Sterne über der schweigenden Marsch; ein leichter Ostwind wehte und brachte strenge Kälte; die beiden aber gingen, ohne viel Tücher und Umhang, dahin, als sei es plötzlich Frühling worden.

Hauke hatte sich auf ein Ding besonnen, dessen passende Verwendung zwar in ungewisser Zukunft lag, mit dem er sich aber eine stille Feier zu bereiten gedachte. Deshalb ging er am nächsten Sonntag in die Stadt zum alten Goldschmied Andersen und bestellte einen starken Goldring. »Streckt den Finger her, damit wir messen!« sagte der Alte und faßte ihm nach dem Goldfinger. »Nun«, meinte er, »der ist nicht gar so dick, wie sie bei euch Leuten sonst zu sein pflegen!« Aber Hauke sagte: »Messet lieber am kleinen Finger!« und hielt ihm den entgegen.
Der Goldschmied sah ihn etwas verdutzt an; aber was kümmerten ihn die Einfälle der jungen Bauernburschen. »Da werden wir schon so einen unter den Mädchenringen haben!« sagte er, und Hauke schoß das Blut durch beide Wangen. Aber der kleine Goldring paßte auf seinen kleinen Finger, und er nahm ihn hastig und bezahlte ihn mit blankem Silber; dann steckte er ihn unter lautem Herzklopfen, und als ob er einen feierlichen Akt begehe, in die Westentasche. Dort trug er ihn seitdem an jedem Tage mit Unruhe und doch mit Stolz, als sei die Westentasche nur dazu da, um einen Ring darin zu tragen.
Er trug ihn so über Jahr und Tag, ja der Ring mußte sogar aus dieser noch in eine neue Westentasche wandern; die Gelegenheit zu seiner Befreiung hatte sich noch immer nicht ergeben wollen. Wohl war's ihm durch den Kopf geflogen, nur gradenwegs vor seinen Wirt hinzutreten; sein Vater war ja doch auch ein Eingesessener! Aber wenn er ruhiger wurde, dann wußte er wohl, der alte Deichgraf würde seinen Kleinknecht ausgelacht haben. Und so lebten er und des Deichgrafen Tochter nebeneinander hin; auch sie in mädchenhaftem Schweigen, und beide doch, als ob sie allzeit Hand in Hand gingen.
Ein Jahr nach jenem Winterfesttag hatte Ole Peters seinen Dienst gekündigt und mit Vollina Harders Hochzeit gemacht; Hauke hatte recht gehabt: der Alte war auf Altenteil gegangen, und statt der dicken Tochter ritt nun der muntere Schwiegersohn die gelbe Stute in die Fenne und, wie es hieß, rückwärts allzeit gegen

den Deich hinan. Hauke war Großknecht geworden und ein Jüngerer an seine Stelle getreten; wohl hatte der Deichgraf ihn erst nicht wollen aufrücken lassen. »Kleinknecht ist besser!« hatte er gebrummt, »ich brauch ihn hier bei meinen Büchern!« Aber Elke hatte ihm vorgehalten: »Dann geht auch Hauke, Vater!« Da war dem Alten bange geworden, und Hauke war zum Großknecht aufgerückt, hatte aber trotz dessen nach wie vor auch an der Deichgrafschaft mitgeholfen.

Nach einem andern Jahr aber begann er gegen Elke davon zu reden, sein Vater werde kümmerlich, und die paar Tage, die der Wirt ihn im Sommer in dessen Wirtschaft lasse, täten's nun nicht mehr; der Alte quäle sich, er dürfe das nicht länger ansehn. – Es war ein Sommerabend; die beiden standen im Dämmerschein unter der großen Esche vor der Haustür. Das Mädchen sah eine Weile stumm in die Zweige des Baumes hinauf; dann entgegnete sie: »Ich hab's nicht sagen wollen, Hauke; ich dachte, du würdest selber wohl das Rechte treffen.«

»Ich muß dann fort aus eurem Hause«, sagte er, »und kann nicht wiederkommen.«

Sie schwiegen eine Weile und sahen in das Abendrot, das drüben hinterm Deiche in das Meer versank. »Du mußt es wissen«, sagte sie, »ich war heut morgen noch bei deinem Vater und fand ihn in seinem Lehnstuhl eingeschlafen; die Reißfeder in der Hand, das Reißbrett mit einer halben Zeichnung lag vor ihm auf dem Tisch; – und da er erwacht war und mühsam ein Viertelstündchen mit mir geplaudert hatte und ich nun gehen wollte, da hielt er mich so angstvoll an der Hand zurück, als fürchte er, es sei zum letzten Mal; aber ...«

»Was aber, Elke?« frug Hauke, da sie fortzufahren zögerte.

Ein paar Tränen rannen über die Wangen des Mädchens. »Ich dachte nur an meinen Vater«, sagte sie, »glaub mir, es wird ihm schwer ankommen, dich zu missen.« Und als ob sie zu dem Worte sich ermannen müsse, fügte sie hinzu: »Mir ist es oft, als ob er auf seine Totenkammer rüste.«

Hauke antwortete nicht; ihm war es plötzlich, als rühre sich der Ring in seiner Tasche; aber noch bevor er seinen Unmut über diese unwillkürliche Lebensregung unterdrückt hatte, fuhr Elke fort: »Nein, zürn nicht, Hauke! Ich trau, du wirst auch so uns nicht verlassen!«

Da ergriff er eifrig ihre Hand, und sie entzog sie ihm nicht. Noch eine Weile standen die jungen Menschen in dem sinkenden Dunkel beieinander, bis ihre Hände auseinanderglitten und jedes seine Wege ging. – Ein Windstoß fuhr empor und rauschte durch die Eschenblätter und machte die Läden klappern, die an der Vorderseite des Hauses waren; allmählich aber kam die Nacht, und Stille lag über der ungeheueren Ebene.

Durch Elkes Zutun war Hauke von dem alten Deichgrafen seines Dienstes entlassen worden, obgleich er ihm rechtzeitig nicht gekündigt hatte, und zwei neue Knechte waren jetzt im Hause. – Noch ein paar Monate weiter, dann starb Tede Haien; aber bevor er starb, rief er den Sohn an seine Lagerstatt. »Setz dich zu mir, mein Kind«, sagte der Alte mit matter Stimme, »dicht zu mir! Du brauchst dich nicht zu fürchten; wer bei mir ist, das ist nur der dunkle Engel des Herrn, der mich zu rufen kommt.« Und der erschütterte Sohn setzte sich dicht an das dunkle Wandbett. »Sprecht, Vater, was Ihr noch zu sagen habt!«
»Ja, mein Sohn, noch etwas«, sagte der Alte und streckte seine Hände über das Deckbett. »Als du, noch ein halber Junge, zu dem Deichgrafen in Dienst gingst, da lag's in deinem Kopf, das selbst einmal zu werden. Das hatte mich angesteckt, und ich dachte auch allmählich, du seiest der rechte Mann dazu. Aber dein Erbe war für solch ein Amt zu klein – ich habe während deiner Dienstzeit knapp gelebt – ich dacht es zu vermehren.«
Hauke faßte heftig seines Vaters Hände, und der Alte suchte sich aufzurichten, daß er ihn sehen könne. »Ja, ja, mein Sohn«, sagte er, »dort in der obersten Schublade der Schatulle liegt das Dokument. Du weißt, die alte Antje Wohlers hat eine Fenne von fünf und einem halben Demat; aber sie konnte mit dem Mietgelde allein in ihrem krüppelhaften Alter nicht mehr durchfinden; da habe ich allzeit um Martini eine bestimmte Summe, und auch mehr, wenn ich es hatte, dem armen Mensch gegeben; und dafür hat sie die Fenne mir übertragen; es ist alles gerichtlich fertig. – – Nun liegt auch sie am Tode: die Krankheit unserer Marschen, der Krebs hat sie befallen; du wirst nicht mehr zu zahlen brauchen!«
Eine Weile schloß er die Augen; dann sagte er noch: »Es ist nicht viel; doch hast du mehr dann, als du bei mir gewohnt warst. Mög es dir zu deinem Erdenleben dienen!«
Unter den Dankesworten des Sohnes schlief der Alte ein. Er

hatte nichts mehr zu besorgen; und schon nach einigen Tagen hatte der dunkle Engel des Herrn ihm seine Augen für immer zugedrückt, und Hauke trat sein väterliches Erbe an.

– – Am Tage nach dem Begräbnis kam Elke in dessen Haus. »Dank, daß du einguckst, Elke!« rief Hauke ihr als Gruß entgegen.

Aber sie erwiderte: »Ich guck nicht ein; ich will bei dir ein wenig Ordnung schaffen, damit du ordentlich in deinem Hause wohnen kannst! Dein Vater hat vor seinen Zahlen und Rissen nicht viel um sich gesehen, und auch der Tod schafft Wirrsal; ich will's dir wieder ein wenig lebig machen!«

Er sah aus seinen grauen Augen voll Vertrauen auf sie hin. »So schaff nur Ordnung!« sagte er, »ich hab's auch lieber.«

Und dann begann sie aufzuräumen: das Reißbrett, das noch dalag, wurde abgestäubt und auf den Boden getragen, Reißfedern und Bleistift und Kreide sorgfältig in einer Schatullenschublade weggeschlossen; dann wurde die junge Dienstmagd zur Hülfe hereingerufen und mit ihr das Gerät der ganzen Stube in eine andere und bessere Stellung gebracht, so daß es anschien, als sei dieselbe nun heller und größer geworden. Lächelnd sagte Elke: »Das können nur wir Frauen!« Und Hauke, trotz seiner Trauer um den Vater, hatte mit glücklichen Augen zugesehen, auch wohl selber, wo es nötig war, geholfen.

Und als gegen die Dämmerung – es war zu Anfang des Septembers – alles war, wie sie es für ihn wollte, faßte sie seine Hand und nickte ihm mit ihren dunkeln Augen zu: »Nun komm und iß bei uns zu Abend; denn meinem Vater hab ich's versprechen müssen, dich mitzubringen; wenn du dann heimgehst, kannst du ruhig in dein Haus treten!«

Als sie dann in die geräumige Wohnstube des Deichgrafen traten, wo bei verschlossenen Läden schon die beiden Lichter auf dem Tische brannten, wollte dieser aus seinem Lehnstuhl in die Höhe, aber mit seinem schweren Körper zurücksinkend, rief er nur seinem früheren Knecht entgegen: »Recht, recht, Hauke, daß du deine alten Freunde aufsuchst! Komm nur näher, immer näher!« Und als Hauke an seinen Stuhl getreten war, faßte er dessen Hand mit seinen beiden runden Händen. »Nun, nun, mein Junge«, sagte er, »sei nur ruhig jetzt, denn sterben müssen wir alle, und dein Vater war keiner von den Schlechtesten! – Aber, Elke, nun sorg, daß du den Braten auf den Tisch kriegst;

wir müssen uns stärken! Es gibt viel Arbeit für uns, Hauke! Die Herbstschau ist in Anmarsch; Deich- und Sielrechnungen haushoch; der neuliche Deichschaden am Westerkoog – ich weiß nicht, wo mir der Kopf steht, aber deiner, gottlob, ist um ein gut Stück jünger; du bist ein braver Junge, Hauke!«

Und nach dieser langen Rede, womit der Alte sein ganzes Herz dargelegt hatte, ließ er sich in seinen Stuhl zurückfallen und blinzelte sehnsüchtig nach der Tür, durch welche Elke eben mit der Bratenschüssel hereintrat. Hauke stand lächelnd neben ihm.

»Nun setz dich«, sagte der Deichgraf, »damit wir nicht unnötig Zeit verspillen; kalt schmeckt das nicht!«

Und Hauke setzte sich; es schien ihm Selbstverstand, die Arbeit von Elkes Vater mitzutun. Und als die Herbstschau dann gekommen war und ein paar Monde mehr ins Jahr gingen, da hatte er freilich auch den besten Teil daran getan.«

Der Erzähler hielt inne und blickte um sich. Ein Möwenschrei war gegen das Fenster geschlagen, und draußen vom Hausflur aus wurde ein Trampeln hörbar, als ob einer den Klei von seinen schweren Stiefeln abtrete.

Deichgraf und Gevollmächtigte wandten die Köpfe gegen die Stubentür. »Was ist?« rief der erstere.

Ein starker Mann, den Südwester auf dem Kopf, war eingetreten. »Herr«, sagte er, »wir beide haben es gesehen, Hans Nikkels und ich: der Schimmelreiter hat sich in den Bruch gestürzt!«

»Wo saht Ihr das?« frug der Deichgraf.

– »Es ist ja nur die eine Wehle; in Jansens Fenne, wo der Hauke-Haien-Koog beginnt.«

»Saht Ihr's nur einmal?«

– »Nur einmal; es war auch nur wie Schatten, aber es braucht drum nicht das erste Mal gewesen zu sein.«

Der Deichgraf war aufgestanden. »Sie wollen entschuldigen«, sagte er, sich zu mir wendend, »wir müssen draußen nachsehn, wo das Unheil hin will!« Dann ging er mit dem Boten zur Tür hinaus; aber die übrige Gesellschaft brach auf und folgte ihm.

Ich blieb mit dem Schullehrer allein in dem großen öden Zimmer; durch die unverhangenen Fenster, welche nun nicht mehr durch die Rücken der davorsitzenden Gäste verdeckt wurden, sah man frei hinaus und wie der Sturm die dunklen Wolken über den Himmel jagte.

Der Alte saß noch auf seinem Platze, ein überlegenes, fast mitleidiges Lächeln auf seinen Lippen. »Es ist hier zu leer geworden«, sagte er, »darf ich Sie zu mir auf mein Zimmer laden? Ich wohne hier im Hause; und glauben Sie mir, ich kenne die Wetter hier am Deich; für uns ist nichts zu fürchten.«
Ich nahm das dankend an, denn auch mich wollte hier zu frösteln anfangen, und wir stiegen unter Mitnahme eines Lichtes die Stiegen zu einer Giebelstube hinauf, die zwar gleichfalls gegen Westen hinauslag, deren Fenster aber jetzt mit dunklen Wollteppichen verhangen waren. In einem Bücherregal sah ich eine kleine Bibliothek, daneben die Porträte zweier alter Professoren; vor einem Tische stand ein großer Ohrenlehnstuhl. »Machen Sie sich's bequem!« sagte mein freundlicher Wirt und warf einige Torf in den noch glimmenden kleinen Ofen, der oben von einem Blechkessel gekrönt war. »Nur noch ein Weilchen! Er wird bald sausen; dann brau ich uns ein Gläschen Grog, das hält Sie munter!«
»Dessen bedarf es nicht«, sagte ich; »ich werd nicht schläfrig, wenn ich Ihren Hauke auf seinem Lebensweg begleite!«
– »Meinen Sie?« Und er nickte mit seinen klugen Augen zu mir herüber, nachdem ich behaglich in seinem Lehnstuhl untergebracht war. »Nun, wo blieben wir denn? – – Ja, ja; ich weiß schon! Also:
Hauke hatte sein väterliches Erbe angetreten, und da die alte Antje Wohlers auch ihrem Leiden erlegen war, so hatte deren Fenne es vermehrt. Aber seit dem Tode oder, richtiger, seit den letzten Worten seines Vaters war in ihm etwas aufgewachsen, dessen Keim er schon seit seiner Knabenzeit in sich getragen hatte; er wiederholte es sich mehr als zu oft, er sei der rechte Mann, wenn's einen neuen Deichgrafen geben müsse. Das war es; sein Vater, der es verstehen mußte, der ja der klügste Mann im Dorf gewesen war, hatte ihm dieses Wort wie eine letzte Gabe seinem Erbe beigelegt; die Wohlerssche Fenne, die er ihm auch verdankte, sollte den ersten Trittstein zu dieser Höhe bilden! Denn, freilich, auch mit dieser – ein Deichgraf mußte noch einen andern Grundbesitz aufweisen können! – – Aber sein Vater hatte sich einsame Jahre knapp beholfen, und mit dem, was er sich entzogen hatte, war er des neuen Besitzes Herr geworden; das konnte er auch, er konnte noch mehr; denn seines Vaters Kraft war schon verbraucht gewesen, er aber konnte noch jahrelang die schwerste Arbeit tun! – – Freilich wenn er es dadurch

nach dieser Seite hin erzwang, durch die Schärfen und Spitzen, die er der Verwaltung seines alten Dienstherrn zugesetzt hatte, war ihm eben keine Freundschaft im Dorf zuwege gebracht worden, und Ole Peters, sein alter Widersacher, hatte jüngsthin eine Erbschaft getan und begann ein wohlhabender Mann zu werden! Eine Reihe von Gesichtern ging vor seinem innern Blick vorüber, und sie sahen ihn alle mit bösen Augen an; da faßte ihn ein Groll gegen diese Menschen: er streckte die Arme aus, als griffe er nach ihnen, denn sie wollten ihn vom Amte drängen, zu dem von allen nur er berufen war. – Und die Gedanken ließen ihn nicht; sie waren immer wieder da, und so wuchsen in seinem jungen Herzen neben der Ehrenhaftigkeit und Liebe auch die Ehrsucht und der Haß. Aber diese beiden verschloß er tief in seinem Innern; selbst Elke ahnte nichts davon.
– Als das neue Jahr gekommen war, gab es eine Hochzeit; die Braut war eine Verwandte von Haiens, und Hauke und Elke waren beide dort geladene Gäste; ja, bei dem Hochzeitessen traf es sich durch das Ausbleiben eines näheren Verwandten, daß sie ihre Plätze nebeneinander fanden. Nur ein Lächeln, das über beider Antlitz glitt, verriet ihre Freude darüber. Aber Elke saß heute teilnahmslos in dem Geräusche des Plauderns und Gläserklirrens.
»Fehlt dir etwas?« frug Hauke.
– »Oh, eigentlich nichts; es sind mir nur zu viele Menschen hier.«
»Aber du siehst so traurig aus!«
Sie schüttelte den Kopf; dann sprachen sie wieder nicht.
Da stieg es über ihr Schweigen wie Eifersucht in ihm auf, und heimlich unter dem überhängenden Tischtuch ergriff er ihre Hand; aber sie zuckte nicht, sie schloß sich wie vertrauensvoll um seine. Hatte ein Gefühl der Verlassenheit sie befallen, da ihre Augen täglich auf der hinfälligen Gestalt des Vaters haften mußten? – Hauke dachte nicht daran, sich so zu fragen; aber ihm stand der Atem still, als er jetzt seinen Goldring aus der Tasche zog. »Läßt du ihn sitzen?« frug er zitternd, während er den Ring auf den Goldfinger der schmalen Hand schob.
Gegenüber am Tische saß die Frau Pastorin; sie legte plötzlich ihre Gabel hin und wandte sich zu ihrem Nachbar. »Mein Gott, das Mädchen!« rief sie, »sie wird ja totenblaß!«
Aber das Blut kehrte schon zurück in Elkes Antlitz. »Kannst du warten, Hauke?« frug sie leise.

Der kluge Friese besann sich doch noch ein paar Augenblicke. »Auf was?« sagte er dann.

– »Du weißt das wohl; ich brauch dir's nicht zu sagen.«

»Du hast recht«, sagte er; »ja, Elke, ich kann warten – wenn's nur ein menschlich Absehen hat!«

»O Gott, ich fürcht, ein nahes! Sprich nicht so, Hauke; du sprichst von meines Vaters Tod!« Sie legte die andere Hand auf ihre Brust. »Bis dahin«, sagte sie, »trag ich den Goldring hier; du sollst nicht fürchten, daß du bei meiner Lebzeit ihn zurückbekommst!«

Da lächelten sie beide, und ihre Hände preßten sich ineinander, daß bei anderer Gelegenheit das Mädchen wohl laut aufgeschrien hätte.

Die Frau Pastorin hatte indessen unablässig nach Elkes Augen hingesehen, die jetzt unter dem Spitzenstrich des goldbrokatenen Käppchens wie in dunklem Feuer brannten. Bei dem zunehmenden Getöse am Tische aber hatte sie nichts verstanden; auch an ihren Nachbar wandte sie sich nicht wieder, denn keimende Ehen – und um eine solche schien es ihr sich denn doch hier zu handeln –, schon um des daneben keimenden Traupfennigs für ihren Mann, den Pastor, pflegte sie nicht zu stören.

Elkes Vorahnung war in Erfüllung gegangen; eines Morgens nach Ostern hatte man den Deichgrafen Tede Volkerts tot in seinem Bett gefunden; man sah's an seinem Antlitz, ein ruhiges Ende war darauf geschrieben. Er hatte auch mehrfach in den letzten Monden Lebensüberdruß geäußert; sein Leibgericht, der Ofenbraten, selbst seine Enten hatten ihm nicht mehr schmecken wollen.

Und nun gab es eine große Leiche im Dorf. Droben auf der Geest auf dem Begräbnisplatz um die Kirche war zu Westen eine mit Schmiedegitter umhegte Grabstätte; ein breiter blauer Grabstein stand jetzt aufgehoben gegen eine Traueresche, auf welchem das Bild des Todes mit stark gezahnten Kiefern ausgehauen war; darunter in großen Buchstaben:

Dat is de Dod, de allens fritt,
Nimmt Kunst un Wetenschop di mit;
De kloke Mann is nu vergahn –
Gott gäw' em selig Uperstahn!

Es war die Begräbnisstätte des früheren Deichgrafen Volkert Tedsen; nun war eine frische Grube gegraben, wohinein dessen Sohn, der jetzt verstorbene Deichgraf Tede Volkerts, begraben werden sollte. Und schon kam unten aus der Marsch der Leichenzug heran, eine Menge Wagen aus allen Kirchspielsdörfern; auf dem vordersten stand der schwere Sarg, die beiden blanken Rappen des deichgräflichen Stalles zogen ihn schon den sandigen Anberg zur Geest hinauf; Schweife und Mähnen der Pferde wehten in dem scharfen Frühjahrswind. Der Gottesacker um die Kirche war bis an die Wälle mit Menschen angefüllt, selbst auf dem gemauerten Tore huckten Buben mit kleinen Kindern in den Armen; sie wollten alle das Begraben ansehn.

Im Hause drunten in der Marsch hatte Elke in Pesel und Wohngelaß das Leichenmahl gerüstet; alter Wein wurde bei den Gedecken hingestellt; an den Platz des Oberdeichgrafen – denn auch er war heut nicht ausgeblieben – und an den des Pastors je eine Flasche Langkork. Als alles besorgt war, ging sie durch den Stall vor die Hoftür; sie traf niemanden auf ihrem Wege; die Knechte waren mit zwei Gespannen in der Leichenfuhr. Hier blieb sie stehen und sah, während ihre Trauerkleider im Frühlingswinde flatterten, wie drüben an dem Dorfe jetzt die letzten Wagen zur Kirche hinauffuhren. Nach einer Weile entstand dort ein Gewühl, dem eine Totenstille zu folgen schien. Elke faltete die Hände; sie senkten wohl den Sarg jetzt in die Grube. »Und zur Erde wieder sollst du werden!« Unwillkürlich, leise, als hätte sie von dort es hören können, sprach sie die Worte nach; dann füllten ihre Augen sich mit Tränen, ihre über der Brust gefalteten Hände sanken in den Schoß. »Vater unser, der du bist im Himmel!« betete sie voll Inbrust. Und als das Gebet des Herrn zu Ende war, stand sie noch lange unbeweglich, sie, die jetzige Herrin dieses großen Marschhofes; und Gedanken des Todes und des Lebens begannen sich in ihr zu streiten.

Ein fernes Rollen weckte sie. Als sie die Augen öffnete, sah sie schon wieder einen Wagen um den anderen in rascher Fahrt von der Marsch herab und gegen ihren Hof herankommen. Sie richtete sich auf, blickte noch einmal scharf hinaus und ging dann, wie sie gekommen war, durch den Stall in die feierlich hergestellten Wohnräume zurück. Auch hier war niemand; nur durch die Mauer hörte sie das Rumoren der Mägde in der Küche. Die Festtafel stand so still und einsam; der Spiegel zwischen den Fenstern war mit weißen Tüchern zugesteckt und ebenso die Messingknöpfe an dem Beilegerofen; es blinkte nichts mehr in der Stube. Elke sah die Türen vor dem Wandbett, in dem ihr Vater seinen letzten Schlaf getan hatte, offenstehen und ging hinzu und schob sie fest zusammen; wie gedankenlos las sie den Sinnspruch, der zwischen Rosen und Nelken mit goldenen Buchstaben darauf geschrieben stand:

Hest du din Dagwark richtig dan,
Da kummt de Slap von sülvst heran.

Das war noch von dem Großvater! – Einen Blick warf sie auf den Wandschrank; er war fast leer, aber durch die Glastüren sah sie noch den geschliffenen Pokal darin, der ihrem Vater, wie er gern erzählt hatte, einst bei einem Ringreiten in seiner Jugend als Preis zuteil geworden war. Sie nahm ihn heraus und setzte ihn bei dem Gedeck des Oberdeichgrafen. Dann ging sie ans Fenster, denn schon hörte sie die Wagen an der Werfte heraufrollen; einer um den andern hielt vor dem Hause, und munterer, als sie gekommen waren, sprangen jetzt die Gäste von ihren Sitzen auf den Boden. Händereibend und plaudernd drängte sich alles in die Stube; nicht lange, so setzte man sich an die festliche Tafel, auf der die wohlbereiteten Speisen dampften, im Pesel der Oberdeichgraf mit dem Pastor; und Lärm und lautes Schwatzen lief den Tisch entlang, als ob hier nimmer der Tod seine furchtbare Stille ausgebreitet hätte. Stumm, das Auge auf ihre Gäste, ging Elke mit den Mägden an den Tischen herum, daß an dem Leichenmahle nichts versehen werde. Auch Hauke Haien saß im Wohnzimmer neben Ole Peters und anderen kleineren Besitzern.

Nachdem das Mahl beendet war, wurden die weißen Tonpfeifen aus der Ecke geholt und angebrannt, und Elke war wiederum geschäftig, die gefüllten Kaffeetassen den Gästen anzubieten; denn auch der wurde heute nicht gespart. Im Wohnzimmer an dem Pulte des eben Begrabenen stand der Oberdeichgraf im Gespräche mit dem Pastor und dem weißhaarigen Deichgevollmächtigten Jewe Manners. »Alles gut, ihr Herren«, sagte der erste, »den alten Deichgrafen haben wir mit Ehren beigesetzt; aber woher nehmen wir den neuen? Ich denke, Manners, Ihr werdet Euch dieser Würde unterziehen müssen!«

Der alte Manners hob lächelnd das schwarze Sammetkäppchen von seinen weißen Haaren. »Herr Oberdeichgraf«, sagte er, »das Spiel würde zu kurz werden; als der verstorbene Tede Volkerts Deichgraf, da wurde ich Gevollmächtigter und bin es nun schon vierzig Jahre!«

»Das ist kein Mangel, Manners; so kennt Ihr die Geschäfte um so besser und werdet nicht Not mit ihnen haben!«

Aber der Alte schüttelte den Kopf: »Nein, nein, Euer Gnaden, lasset mich, wo ich bin, so laufe ich wohl noch ein paar Jahre mit!«

Der Pastor stand ihm bei. »Weshalb«, sagte er, »nicht den ins Amt nehmen, der es tatsächlich in den letzten Jahren doch geführt hat?«

Der Oberdeichgraf sah ihn an: »Ich verstehe nicht, Herr Pastor!«

Aber der Pastor wies mit dem Finger in den Pesel, wo Hauke in langsam ernster Weise zwei älteren Leuten etwas zu erklären schien. »Dort steht er«, sagte er, »die lange Friesengestalt mit den klugen grauen Augen neben der hageren Nase und den zwei Schädelwölbungen darüber! Er war des Alten Knecht und sitzt jetzt auf seiner eigenen kleinen Stelle; er ist zwar etwas jung!«

»Er scheint ein Dreißiger«, sagte der Oberdeichgraf, den ihm so Vorgestellten musternd.

»Er ist kaum vierundzwanzig«, bemerkte der Gevollmächtigte Manners, »aber der Pastor hat recht: was in den letzten Jahren Gutes für Deiche und Siele und dergleichen vom Deichgrafenamt in Vorschlag kam, das war von ihm; mit dem Alten war's doch zuletzt nichts mehr.«

»So, so?« machte der Oberdeichgraf, »und Ihr meinet, er wäre nun auch der Mann, um in das Amt seines alten Herrn einzurücken?«

»Der Mann wäre er schon«, entgegnete Jewe Manners, »aber ihm fehlt das, was man hier ›Klei unter den Füßen‹ nennt; sein Vater hatte so um fünfzehn, er mag gut zwanzig Demat haben; aber damit ist bis jetzt hier niemand Deichgraf geworden.«

Der Pastor tat schon den Mund auf, als wolle er etwas einwenden, da trat Elke Volkerts, die eine Weile schon im Zimmer gewesen, plötzlich zu ihnen. »Wollen Euer Gnaden mir ein Wort erlauben?« sprach sie zu dem Oberbeamten; »es ist nur, damit aus einem Irrtum nicht ein Unrecht werde!«

»So sprecht, Jungfer Elke!« entgegnete dieser, »Weisheit von hübschen Mädchenlippen hört sich allzeit gut!«
– »Es ist nicht Weisheit, Euer Gnaden; ich will nur die Wahrheit sagen.«
»Auch die muß man ja hören können, Jungfer Elke!«
Das Mädchen ließ ihre dunklen Augen noch einmal zur Seite gehen, als ob sie wegen überflüssiger Ohren sich versichern wolle. »Euer Gnaden«, begann sie dann, und ihre Brust hob sich in stärkerer Bewegung, »mein Pate, Jewe Manners, sagte Ihnen, daß Hauke Haien nur etwa zwanzig Demat im Besitz habe; das ist im Augenblick auch richtig, aber sobald es sein muß, wird Hauke noch um soviel mehr sein eigen nennen, als dieser, meines Vaters, jetzt mein Hof an Dematzahl beträgt; für einen Deichgrafen wird das zusammen denn wohl reichen.«
Der alte Manners reckte den weißen Kopf gegen sie, als müsse er erst sehen, wer denn eigentlich da rede. »Was ist das?« sagte er, »Kind, was sprichst du da?«
Aber Elke zog an einem schwarzen Bändchen einen blinkenden Goldring aus ihrem Mieder. »Ich bin verlobt, Pate Manners«, sagte sie; »hier ist der Ring, und Hauke Haien ist mein Bräutigam.«
– »Und wann – ich darf's wohl fragen, da ich dich aus der Taufe hob, Elke Volkerts –, wann ist denn das passiert?«
– »Das war schon vor geraumer Zeit; doch war ich mündig, Pate Manners«, sagte sie, »mein Vater war schon hinfällig worden, und da ich ihn kannte, so wollt ich ihn nicht mehr damit beunruhigen; itzt, da er bei Gott ist, wird er einsehen, daß sein Kind bei diesem Manne wohl geborgen ist. Ich hätte es auch das Trauerjahr hindurch schon ausgeschwiegen; jetzt aber, um Haukes und um des Kooges willen, hab ich reden müssen.« Und zum Oberdeichgrafen gewandt, setzte sie hinzu: »Euer Gnaden wollen mir das verzeihen!«
Die drei Männer sahen sich an; der Pastor lachte, der alte Gevollmächtigte ließ es bei einem »Hm, hm!« bewenden, während der Oberdeichgraf wie vor einer wichtigen Entscheidung sich die Stirn rieb. »Ja, liebe Jungfer«, sagte er endlich, »aber wie steht es denn hier im Kooge mit den ehelichen Güterrechten? Ich muß gestehen, ich bin augenblicklich nicht recht kapitelfest in diesem Wirrsal!«
»Das brauchen Euer Gnaden auch nicht«, entgegnete des Deichgrafen Tochter, »ich werde vor der Hochzeit meinem Bräutigam

die Güter übertragen. Ich habe auch meinen kleinen Stolz«, setzte sie lächelnd hinzu, »ich will den reichsten Mann im Dorfe heiraten!«

»Nun, Manners«, meinte der Pastor, »ich denke, Sie werden auch als Pate nichts dagegen haben, wenn ich den jungen Deichgrafen mit des alten Tochter zusammengebe!«

Der Alte schüttelte leis den Kopf. »Unser Herrgott gebe seinen Segen!« sagte er andächtig.

Der Oberdeichgraf aber reichte dem Mädchen seine Hand: »Wahr und weise habt Ihr gesprochen, Elke Volkerts; ich danke Euch für so kräftige Erläuterungen und hoffe auch in Zukunft, und bei freundlicheren Gelegenheiten als heute, der Gast Eueres Hauses zu sein; aber – daß ein Deichgraf von solch junger Jungfer gemacht wurde, das ist das Wunderbare an der Sache!«

»Euer Gnaden«, erwiderte Elke und sah den gütigen Oberbeamten noch einmal mit ihren ernsten Augen an, »einem rechten Manne wird auch die Frau wohl helfen dürfen!« Dann ging sie in den anstoßenden Pesel und legte schweigend ihre Hand in Hauke Haiens.

Es war um mehrere Jahre später: In dem kleinen Hause Tede Haiens wohnte jetzt ein rüstiger Arbeiter mit Frau und Kind; der junge Deichgraf Hauke Haien saß mit seinem Weibe Elke Volkerts auf deren väterlicher Hofstelle. Im Sommer rauschte die gewaltige Esche nach wie vor am Hause; aber auf der Bank, die jetzt darunterstand, sah man abends meist nur die junge Frau, einsam mit einer häuslichen Arbeit in den Händen; noch immer fehlte ein Kind in dieser Ehe; der Mann aber hatte anderes zu tun, als Feierabend vor der Tür zu halten, denn trotz seiner früheren Mithülfe lagen aus des Alten Amtsführung eine Menge unerledigter Dinge, an die auch er derzeit zu rühren nicht für gut gefunden hatte; jetzt aber mußte allmählich alles aus dem Wege; er fegte mit einem scharfen Besen. Dazu kam die Bewirtschaftung der durch seinen eigenen Landbesitz vergrößerten Stelle, bei der er gleichwohl den Kleinknecht noch zu sparen suchte; so sahen sich die beiden Eheleute, außer am Sonntag, wo Kirchgang gehalten wurde, meist nur bei dem von Hauke eilig besorgten Mittagessen und beim Auf- und Niedergang des Tages; es war ein Leben fortgesetzter Arbeit, doch gleichwohl ein zufriedenes.

Dann kam ein störendes Wort in Umlauf. – Als von den jüngeren Besitzern der Marsch- und Geestgemeinde eines Sonntags nach der Kirche ein etwas unruhiger Trupp im Kruge droben am Trunke festgeblieben war, redeten sie beim vierten oder fünften Glase zwar nicht über König und Regierung – so hoch wurde damals noch nicht gegriffen –, wohl aber über Kommunal- und Oberbeamte, vor allem über Gemeindeabgaben und -lasten, und je länger sie redeten, desto weniger fand davon Gnade vor ihren Augen, insonders nicht die neuen Deichlasten; alle Siele und Schleusen, die sonst immer gehalten hätten; seien jetzt reparaturbedürftig; am Deiche fänden sich immer neue Stellen, die Hunderte von Karren Erde nötig hätten; der Teufel möchte die Geschichte holen!

»Das kommt von eurem klugen Deichgrafen«, rief einer von den Geestleuten, »der immer grübeln geht und seine Finger dann in alles steckt!«

»Ja, Marten«, sagte Ole Peters, der dem Sprecher gegenübersaß, »recht hast du, er ist hinterspinnig und sucht beim Oberdeichgraf sich 'nen weißen Fuß zu machen; aber wir haben ihn nun einmal!«

»Warum habt ihr ihn euch aufhucken lassen?« sagte der andre, »nun müßt ihr's bar bezahlen.«

Ole Peters lachte. »Ja, Marten Fedders, das ist nun so bei uns, und davon ist nichts abzukratzen; der alte wurde Deichgraf von seines Vaters, der neue von seines Weibes wegen.« Das Gelächter, das jetzt um den Tisch lief, zeigte, welchen Beifall das geprägte Wort gefunden hatte.

Aber es war an öffentlicher Wirtstafel gesprochen worden, es blieb nicht da, es lief bald um im Geest- und unten in dem Marschdorf; so kam es auch an Hauke. Und wieder ging vor seinem inneren Auge die Reihe übelwollender Gesichter vorüber, und noch höhnischer, als es gewesen war, hörte er das Gelächter an dem Wirtshaustische. »Hunde!« schrie er, und seine Augen sahen grimmig zur Seite, als wolle er sie peitschen lassen.

Da legte Elke ihre Hand auf seinen Arm: »Laß sie; die wären alle gern, was du bist!«

– »Das ist es eben!« entgegnete er grollend.

»Und«, fuhr sie fort, »hat denn Ole Peters sich nicht selber eingefreit?«

»Das hat er, Elke; aber was er mit Vollina freite, das reichte nicht zum Deichgrafen!«

– »Sag lieber: *er* reichte nicht dazu!« Und Elke drehte ihren Mann, so daß er sich im Spiegel sehen mußte, denn sie standen zwischen den Fenstern in ihrem Zimmer. »Da steht der Deichgraf!« sagte sie, »nun sieh ihn an; nur wer ein Amt regieren kann, der hat es!«

»Du hast nicht unrecht«, entgegnete er sinnend, »und doch ... Nun, Elke; ich muß zur Osterschleuse, die Türen schließen wieder nicht!«

Sie drückte ihm die Hand: »Komm, sieh mich erst einmal an! Was hast du, deine Augen sehen so ins Weite?«

»Nichts, Elke, du hast ja recht.«

Er ging; aber nicht lange war er gegangen, so war die Schleusenreparatur vergessen. Ein anderer Gedanke, den er halb nur ausgedacht und seit Jahren mit sich umhergetragen hatte, der aber vor den drängenden Amtsgeschäften ganz zurückgetreten war, bemächtigte sich seiner jetzt aufs neue und mächtiger als je zuvor, als seien plötzlich die Flügel ihm gewachsen.

Kaum daß er es selber wußte, befand er sich oben auf dem Haffdeich, schon eine weite Strecke südwärts nach der Stadt zu; das Dorf, das nach dieser Seite hinauslag, war ihm zur Linken längst verschwunden; noch immer schritt er weiter, seine Augen unablässig nach der Seeseite auf das breite Vorland gerichtet; wäre jemand neben ihm gegangen, er hätte es sehen müssen, welche eindringliche Geistesarbeit hinter diesen Augen vorging. Endlich blieb er stehen: das Vorland schwand hier zu einem schmalen Streifen an dem Deich zusammen. ›Es muß gehen!‹ sprach er bei sich selbst. ›Sieben Jahr im Amt; sie sollen nicht mehr sagen, daß ich nur Deichgraf bin von meines Weibes wegen!‹

Noch immer stand er, und seine Blicke schweiften scharf und bedächtig nach allen Seiten über das grüne Vorland; dann ging er zurück, bis wo auch hier ein schmaler Streifen grünen Weidelandes die vor ihm liegende breite Landfläche ablöste. Hart an dem Deiche aber schoß ein starker Meeresstrom durch diese, der fast das ganze Vorland von dem Festlande trennte und zu einer Hallig machte; eine rohe Holzbrücke führte nach dort hinüber, damit man mit Vieh und Heu- und Getreidewagen hinüber und wieder zurück gelangen könne. Jetzt war es Ebbzeit, und die goldene Septembersonne glitzerte auf dem etwa hundert Schritte breiten Schlickstreifen und auf dem tiefen Priel in seiner Mitte, durch den auch jetzt das Meer noch seine Wasser trieb. ›Das läßt sich dämmen!‹ sprach Hauke bei sich selber, nachdem er diesem Spiele eine Zeitlang zugesehen; dann blickte er auf, und von dem Deiche, auf dem er stand, über den Priel hinweg, zog er in Gedanken eine Linie längs dem Rande des abgetrennten Landes, nach Süden herum und ostwärts wiederum zurück über die dortige Fortsetzung des Prieles und an den Deich heran. Die Linie aber, welche er unsichtbar gezogen hatte, war ein neuer Deich, neu auch in der Konstruktion seines Profiles, welches bis jetzt nur noch in seinem Kopf vorhanden war.

›Das gäbe einen Koog von zirka tausend Demat‹, sprach er lächelnd zu sich selber; ›nicht groß just; aber ...‹

Eine andere Kalkulation überkam ihn: das Vorland gehörte hier der Gemeinde, ihren einzelnen Mitgliedern eine Zahl von Anteilen, je nach der Größe ihres Besitzes im Gemeindebezirk oder nach sonst zu Recht bestehender Erwerbung; er begann zusammenzuzählen, wieviel Anteile er von seinem, wie viele er von Elkes Vater übernommen und was an solchen er während seiner Ehe schon selbst gekauft hatte, teils in dem dunklen Gefühle eines künftigen Vorteils, teils bei Vermehrung seiner Schafzucht. Es war schon eine ansehnliche Menge; denn auch von Ole Peters hatte er dessen sämtliche Teile angekauft, da es diesem zum Verdruß geschlagen war, als bei einer teilweisen Überströmung ihm sein bester Schafbock ertrunken war. Aber das war ein seltsamer Unfall gewesen, denn so weit Haukes Gedächtnis reichte, waren selbst bei hohen Fluten dort nur die Ränder überströmt worden. Welch treffliches Weide- und Kornland mußte es geben und von welchem Werte, wenn das alles von seinem neuen Deich umgeben war! Wie ein Rausch stieg es ihm ins Gehirn; aber er preßte die Nägel in seine Handflächen und zwang seine Augen, klar und nüchtern zu sehen, was dort vor ihm lag: eine große deichlose Fläche, wer wußt es, welchen Stürmen und Fluten schon in den nächsten Jahren preisgegeben, an deren äußerstem Rande jetzt ein Trupp von schmutzigen Schafen langsam grasend entlangwanderte; dazu für ihn ein Haufen Arbeit, Kampf und Ärger! Trotz alledem, als er vom Deich hinab- und den Fußsteig über die Fennen auf seine Werfte zuging, ihm war's, als brächte er einen großen Schatz mit sich nach Hause.

Auf dem Flur trat Elke ihm entgegen. »Wie war es mit der Schleuse?« frug sie.

Er sah mit geheimnisvollem Lächeln auf sie nieder. »Wir wer-

den bald eine andere Schleuse brauchen«, sagte er, »und Sielen und einen neuen Deich!«
»Ich versteh dich nicht«, entgegnete Elke, während sie in das Zimmer gingen, »was willst du, Hauke?«
»Ich will«, sagte er langsam und hielt dann einen Augenblick inne, »ich will, daß das große Vorland, das unserer Hofstatt gegenüber beginnt und dann nach Westen ausgeht, zu einem festen Kooge eingedeicht werde: die hohen Fluten haben fast ein Menschenalter uns in Ruh gelassen; wenn aber eine von den schlimmen wiederkommt und den Anwachs stört, so kann mit einem Mal die ganze Herrlichkeit zu Ende sein; nur der alte Schlendrian hat das bis heut so lassen können!«
Sie sah ihn voll Erstaunen an. »So schiltst du dich ja selber!« sagte sie.
– »Das tu ich, Elke; aber es war bisher auch soviel anderes zu beschaffen!«
»Ja, Hauke; gewiß, du hast genug getan!«
Er hatte sich in den Lehnstuhl des alten Deichgrafen gesetzt, und seine Hände griffen fest um beide Lehnen.
»Hast du denn guten Mut dazu?« frug ihn sein Weib.
– »Das hab ich, Elke!« sprach er hastig.
»Sei nicht zu rasch, Hauke; das ist ein Werk auf Tod und Leben; und fast alle werden dir entgegen sein, man wird dir deine Müh und Sorg nicht danken!«
Er nickte. »Ich weiß!« sagte er.
»Und wenn es nun nicht gelänge!« rief sie wieder, »von Kindesbeinen an hab ich gehört, der Priel sei nicht zu stopfen, und darum dürfe nicht daran gerührt werden.«
»Das war ein Vorwand für die Faulen!« sagte Hauke, »weshalb denn sollte man den Priel nicht stopfen können?«
– »Das hört ich nicht; vielleicht, weil er gerade durchgeht; die Spülung ist zu stark.« – Eine Erinnerung überkam sie, und ein fast schelmisches Lächeln brach aus ihren ernsten Augen. »Als ich Kind war«, sprach sie, »hörte ich einmal die Knechte darüber reden; sie meinten, wenn ein Damm dort halten solle, müsse was Lebigs da hineingeworfen und mit verdämmt werden; bei einem Deichbau auf der andern Seite, vor wohl hundert Jahren, sei ein Zigeunerkind verdämmet worden, das sie um schweres Geld der Mutter abgehandelt hätten; jetzt aber würde wohl keine ihr Kind verkaufen!«

Hauke schüttelte den Kopf: »Da ist es gut, daß wir keins haben, sie würden es sonst noch schier von uns verlangen!«

»Sie sollten's nicht bekommen!« sagte Elke und schlug wie in Angst die Arme über ihren Leib.

Und Hauke lächelte; doch sie frug noch einmal: »Und die ungeheuren Kosten? Hast du das bedacht?«

– »Das hab ich, Elke; was wir dort herausbringen, wird sie bei weitem überholen, auch die Erhaltungskosten des alten Deiches gehen für ein gut Stück in dem neuen unter; wir arbeiten ja selbst und haben über achtzig Gespanne in der Gemeinde, und an jungen Fäusten ist hier auch kein Mangel. Du sollst mich wenigstens nicht umsonst zum Deichgrafen gemacht haben, Elke; ich will ihnen zeigen, daß ich einer bin!«

Sie hatte sich vor ihm niedergehuckt und ihn sorgvoll angeblickt; nun erhob sie sich mit einem Seufzer. »Ich muß weiter zu meinem Tagewerk«, sagte sie, und ihre Hand strich langsam über seine Wange, »tu du das Deine, Hauke!«

»Amen, Elke!« sprach er mit ernstem Lächeln, »Arbeit ist für uns beide da!«

– – Und es war Arbeit genug für beide, die schwerste Last aber fiel jetzt auf des Mannes Schulter. An Sonntagnachmittagen, oft auch nach Feierabend, saß Hauke mit einem tüchtigen Feldmesser zusammen, vertieft in Rechenaufgaben, Zeichnungen und Risse; war er allein, dann ging es ebenso und endete oft weit nach Mitternacht. Dann schlich er in die gemeinsame Schlafkammer – denn die dumpfen Wandbetten im Wohngemach wurden in Haukes Wirtschaft nicht mehr gebraucht –, und sein Weib, damit er endlich nur zur Ruhe komme, lag wie schlafend mit geschlossenen Augen, obgleich sie mit klopfendem Herzen nur auf ihn gewartet hatte; dann küßte er mitunter ihre Stirn und sprach ein leises Liebeswort dabei, und legte sich selbst zum Schlafe, der ihm oft nur beim ersten Hahnenkraht zu Willen war. Im Wintersturm lief er auf den Deich hinaus, mit Bleistift und Papier in der Hand, und stand und zeichnete und notierte, während ein Windstoß ihm die Mütze vom Kopf riß und das lange, fahle Haar ihm um sein heißes Antlitz flog; bald fuhr er, solange nur das Eis ihm nicht den Weg versperrte, mit einem Knecht zu Boot ins Wattenmeer hinaus und maß dort mit Lot und Stange die Tiefen der Ströme, über die er noch nicht sicher war. Elke zitterte oft genug für ihn; aber war er wieder da, so hätte er das nur aus ihrem festen Händedruck oder dem leuchtenden Blitz aus ihren sonst so stillen Augen merken können. »Geduld, Elke«, sagte er, da ihm einmal war, als ob sein Weib ihn nicht lassen könne. »Ich muß erst selbst im reinen sein, bevor ich meinen Antrag stelle!« Da nickte sie und ließ ihn gehen. Der Ritte in die Stadt zum Oberdeichgrafen wurden auch nicht wenige, und allem diesen und den Mühen in Haus- und Landwirtschaft folgten immer wieder die Arbeiten in die Nacht hinein. Sein Verkehr mit anderen Menschen außer in Arbeit und Geschäft verschwand fast ganz; selbst der mit seinem Weibe wurde immer weniger. ›Es sind schlimme Zeiten, und sie werden noch lange dauern‹, sprach Elke bei sich selber und ging an ihre Arbeit.

Endlich, Sonne und Frühlingswinde hatten schon überall das Eis gebrochen, war auch die letzte Vorarbeit getan; die Eingabe an den Oberdeichgrafen zu Befürwortung an höherem Orte, enthaltend den Vorschlag einer Bedeichung des erwähnten Vorlandes, zur Förderung des öffentlichen Besten, insonders des Kooges wie nicht weniger der Herrschaftlichen Kasse, da höchstderselben in kurzen Jahren die Abgabe von zirka tausend Demat daraus erwachsen würde – war sauber abgeschrieben und nebst anliegenden Rissen und Zeichnungen aller Lokalitäten, jetzt und künftig, der Schleusen und Siele und was noch sonst dazugehörte, in ein festes Konvolut gepackt und mit dem deichgräflichen Amtssiegel versehen worden.

»Da ist es, Elke«, sagte der junge Deichgraf, »nun gib ihm deinen Segen!«

Elke legte ihre Hand in seine. »Wir wollen fest zusammenhalten«, sagte sie.

– »Das wollen wir.«

Dann wurde die Eingabe durch einen reitenden Boten in die Stadt gesandt.

Sie wollen bemerken, lieber Herr«, unterbrach der Schulmeister seine Erzählung, mich freundlich mit seinen feinen Augen fixierend, »daß ich das bisher Berichtete während meiner fast vierzigjährigen Wirksamkeit in diesem Kooge aus den Überlieferungen verständiger Leute oder aus Erzählungen der Enkel und Urenkel solcher zusammengefunden habe; was ich, damit Sie dieses mit dem endlichen Verlauf in Einklang zu bringen vermögen, Ihnen jetzt vorzutragen habe, das war derzeit und ist auch jetzt

noch das Geschwätz des ganzen Marschdorfes, sobald nur um Allerheiligen die Spinnräder an zu schnurren fangen.
Von der Hofstelle des Deichgrafen, etwa fünf- bis sechshundert Schritte weiter nordwärts, sah man derzeit, wenn man auf dem Deiche stand, ein paar tausend Schritt ins Wattenmeer hinaus und etwas weiter von dem gegenüberliegenden Marschufer entfernt eine kleine Hallig, die sie ›Jeverssand‹, auch ›Jevershallig‹ nannten. Von den derzeitigen Großvätern war sie noch zur Schafweide benutzt worden, denn Gras war damals noch darauf gewachsen; aber auch das hatte aufgehört, weil die niedrige Hallig ein paarmal, und just im Hochsommer, unter Seewasser gekommen und der Graswuchs dadurch verkümmert und auch zur Schafweide unnutzbar geworden war. So kam es denn, daß außer von Möwen und den andern Vögeln, die am Strande fliegen, und etwa einmal von einem Fischadler, dort kein Besuch mehr stattfand; und an mondhellen Abenden sah man vom Deiche aus nur die Nebeldünste leichter oder schwerer darüber hinziehen. Ein paar weißgebleichte Knochengerüste ertrunkener Schafe und das Gerippe eines Pferdes, von dem freilich niemand begriff, wie es dort hingekommen sei, wollte man, wenn der Mond von Osten auf die Hallig schien, dort auch erkennen können.
Es war zu Ende März, als an dieser Stelle nach Feierabend der Tagelöhner aus dem Tede Haienschen Hause und Iven Johns, der Knecht des jungen Deichgrafen, nebeneinanderstanden und unbeweglich nach der im trüben Mondduft kaum erkennbaren Hallig hinüberstarrten, etwas Auffälliges schien sie dort so festzuhalten. Der Tagelöhner steckte die Hände in die Tasche und schüttelte sich. »Komm, Iven«, sagte er, »das ist nichts Gutes; laß uns nach Haus gehen!«
Der andere lachte, wenn auch ein Grauen bei ihm hindurchklang: »Ei was, es ist eine lebige Kreatur, eine große! Wer, zum Teufel, hat sie nach dem Schlickstück hinaufgejagt! Sieh nur, nun reckt's den Hals zu uns hinüber! Nein, es senkt den Kopf; es frißt! Ich dächte, es wär dort nichts zu fressen! Was es nur sein mag?«
»Was geht das uns an!« entgegnete der andere. »Gute Nacht, Iven, wenn du nicht mitwillst, ich gehe nach Haus!«
– »Ja, ja; du hast ein Weib, du kommst ins warme Bett! Bei mir ist auch in meiner Kammer lauter Märzenluft!«
»Gut Nacht denn!« rief der Tagelöhner zurück, während er auf dem Deich nach Hause trabte. Der Knecht sah sich ein paarmal

nach dem Fortlaufenden um; aber die Begier, Unheimliches zu schauen, hielt ihn noch fest. Da kam eine untersetzte, dunkle Gestalt auf dem Deich vom Dorf her gegen ihn heran; es war der Dienstjunge des Deichgrafen. »Was willst du, Carsten?« rief ihm der Knecht entgegen.

»Ich? – nichts«, sagte der Junge, »aber unser Wirt will dich sprechen, Iven Johns!«

Der Knecht hatte die Augen schon wieder nach der Hallig. »Gleich; ich komme gleich!« sagte er.

»Wonach guckst du denn so?« frug der Junge.

Der Knecht hob den Arm und wies stumm nach der Hallig.

»Oha!« flüsterte der Junge; »da geht ein Pferd – ein Schimmel – das muß der Teufel reiten – wie kommt ein Pferd nach Jevershallig?«

– »Weiß nicht, Carsten, wenn's nur ein richtiges Pferd ist!«

»Ja, ja, Iven; sieh nur, es frißt ganz wie ein Pferd! Aber wer hat's dahin gebracht; wir haben im Dorf so große Böte gar nicht! Vielleicht auch ist es nur ein Schaf; Peter Ohm sagt, im Mondschein wird aus zehn Torfriegeln ein ganzes Dorf. Nein, sieh! Nun springt es – es muß doch ein Pferd sein!«

Beide standen eine Weile schweigend, die Augen nur nach dem gerichtet, was sie drüben undeutlich vor sich gehen sahen. Der Mond stand hoch am Himmel und beschien das weite Wattenmeer, das eben in der steigenden Flut seine Wasser über die glitzernden Schlickflächen zu spülen begann. Nur das leise Geräusch des Wassers, keine Tierstimme war in der ungeheueren Weite hier zu hören; auch in der Marsch, hinter dem Deiche, war es leer; Kühe und Rinder waren alle noch in den Ställen. Nichts regte sich; nur was sie für ein Pferd, einen Schimmel, hielten, schien dort auf Jevershallig noch beweglich. »Es wird heller«, unterbrach der Knecht die Stille, »ich sehe deutlich die weißen Schafgerippe schimmern!«

»Ich auch«, sagte der Junge und reckte den Hals; dann aber, als komme es ihm plötzlich, zupfte er den Knecht am Ärmel. »Iven«, raunte er, »das Pferdegerippe, das sonst dabeilag, wo ist es? Ich kann's nicht sehen!«

»Ich seh es auch nicht! Seltsam!« sagte der Knecht.

– »Nicht so seltsam, Iven! Mitunter, ich weiß nicht, in welchen Nächten sollen die Knochen sich erheben und tun, als ob sie lebig wären!«

»So?« machte der Knecht, »das ist ja Altweiberglaube!«
»Kann sein, Iven«, meinte der Junge.
»Aber, ich mein, du sollst mich holen; komm, wir müssen nach Haus! Es bleibt hier immer doch dasselbe.«
Der Junge war nicht fortzubringen, bis der Knecht ihn mit Gewalt herumgedreht und auf den Weg gebracht hatte. »Hör, Carsten«, sagte dieser, als die gespensterhafte Hallig ihnen schon ein gut Stück im Rücken lag, »du giltst ja für einen Allerweltsbengel; ich glaub, du möchtest das am liebsten selber untersuchen!«
»Ja«, entgegnete Carsten, nachträglich noch ein wenig schaudernd, »ja, das möcht ich, Iven!«
»Ist das dein Ernst? – dann«, sagte der Knecht, nachdem der Junge ihm nachdrücklich darauf die Hand geboten hatte, »lösen wir morgen abend unser Boot; du fährst nach Jeverssand; ich bleib so lange auf dem Deiche stehen.«
»Ja«, erwiderte der Junge, »das geht! Ich nehme meine Peitsche mit!«
»Tu das!«
Schweigend kamen sie an das Haus ihrer Herrschaft, zu dem sie langsam die hohe Werft hinanstiegen.

Um dieselbe Zeit des folgenden Abends saß der Knecht auf dem großen Steine vor der Stalltür, als der Junge, mit seiner Peitsche knallend, zu ihm kam. »Das pfeift ja wunderlich!« sagte jener.
»Freilich, nimm dich in acht«, entgegnete der Junge, »ich hab auch Nägel in die Schnur geflochten.«
»So komm!« sagte der andere.
Der Mond stand, wie gestern, am Osthimmel und schien klar aus seiner Höhe. Bald waren beide wieder draußen auf dem Deich und sahen hinüber nach Jevershallig, die wie ein Nebelfleck im Wasser stand. »Da geht es wieder«, sagte der Knecht, »nach Mittag war ich hier, da war's nicht da; aber ich sah deutlich das weiße Pferdsgerippe liegen!«
Der Junge reckte den Hals. »Das ist jetzt nicht da, Iven«, flüsterte er.
»Nun, Casten, wie ist's?« sagte der Knecht. »Juckt's dich noch, hinüberzufahren?«
Carsten besann sich einen Augenblick; dann klatschte er mit seiner Peitsche in die Luft. »Mach nur das Boot los, Iven!«
Drüben aber war es, als hebe, was dorten ging, den Hals und

recke gegen das Festland hin den Kopf. Sie sahen es nicht mehr; sie gingen schon den Deich hinab und bis zur Stelle, wo das Boot gelegen war. »Nun, steig nur ein!« sagte der Knecht, nachdem er es losgebunden hatte. »Ich bleib, bis du zurück bist! Zu Osten mußt du anlegen; da hat man immer landen können!« Und der Junge nickte schweigend und fuhr mit seiner Peitsche in die Mondnacht hinaus; der Knecht wanderte unterm Deich zurück und bestieg ihn wieder an der Stelle, wo sie vorhin gestanden hatten. Bald sah er, wie drüben bei einer schroffen, dunkeln Stelle, an die ein breiter Priel hinanführte, das Boot sich beilegte und eine untersetzte Gestalt daraus ans Land sprang. – War's nicht, als klatschte der Junge mit seiner Peitsche? Aber es konnte auch das Geräusch der steigenden Flut sein. Mehrere hundert Schritte nordwärts sah er, was sie für einen Schimmel angesehen hatten; und jetzt! – ja, die Gestalt des Jungen kam gerade darauf zugegangen. Nun hob es den Kopf, als ob es stutze; und der Junge – es war deutlich jetzt zu hören – klatschte mit der Peitsche. Aber – was fiel ihm ein? Er kehrte um, er ging den Weg zurück, den er gekommen war. Das drüben schien unablässig fortzuweiden, kein Wiehern war von dort zu hören gewesen; wie weiße Wasserstreifen schien es mitunter über die Erscheinung hinzuziehen. Der Knecht sah wie gebannt hinüber.

Da hörte er das Anlegen des Bootes am diesseitigen Ufer, und bald sah er aus der Dämmerung den Jungen gegen sich am Deich heraufsteigen. »Nun, Carsten«, frug er, »was war es?«

Der Junge schüttelte den Kopf. »Nichts war es!« sagte er. »Noch kurz vom Boot aus hatt ich es gesehen; dann aber, als ich auf der Hallig war – weiß der Henker, wo sich das Tier verkrochen hatte, der Mond schien doch hell genug; aber als ich an die Stelle kam, war nichts da als die bleichen Knochen von einem halben Dutzend Schafen, und etwas weiter lag auch das Pferdsgerippe mit seinem weißen, langen Schädel und ließ den Mond in seine leeren Augenhöhlen scheinen!«

»Hm!« meinte der Knecht, »hast auch recht zugesehen?«

»Ja, Iven, ich stand dabei; ein gottvergessener Kiewiet, der hinter dem Gerippe sich zur Nachtruh hingeduckt hatte, flog schreiend auf, daß ich erschrak und ein paarmal mit der Peitsche hintennach klatschte.«

»Und das war alles?«

»Ja, Iven; ich weiß nicht mehr.«

»Es ist auch genug«, sagte der Knecht, zog den Jungen am Arm zu sich heran und wies hinüber nach der Hallig. »Dort, siehst du etwas, Carsten?«

– »Wahrhaftig, da geht's ja wieder!«

»Wieder?« sagte der Knecht, »ich hab die ganze Zeit hinübergeschaut, aber es ist gar nicht fortgewesen; du gingst ja gerade auf das Unwesen los!«

Der Junge starrte ihn an; ein Entsetzen lag plötzlich auf seinem sonst so kecken Angesicht, das auch dem Knechte nicht entging. »Komm!« sagte dieser, »wir wollen nach Haus: von hier aus geht's wie lebig, und drüben liegen nur die Knochen – das ist mehr, als du und ich begreifen können. Schweig aber still davon, man darf dergleichen nicht verreden!«

So wandten sie sich, und der Junge trabte neben ihm; sie sprachen nicht, und die Marsch lag in lautlosem Schweigen an ihrer Seite.

– – Nachdem aber der Mond zurückgegangen und die Nächte dunkel geworden waren, geschah ein anderes.

Hauke Haien war zur Zeit des Pferdemarktes in die Stadt geritten, ohne jedoch mit diesem dort zu tun zu haben. Gleichwohl, da er gegen Abend heimkam, brachte er ein zweites Pferd mit sich nach Hause; aber es war rauhhaarig und mager, daß man jede Rippe zählen konnte, und die Augen lagen ihm matt und eingefallen in den Schädelhöhlen. Elke war vor die Haustür getreten, um ihren Eheliebsten zu empfangen. »Hilf Himmel!« rief sie, »was soll uns der alte Schimmel?« Denn da Hauke mit ihm vor das Haus geritten kam und unter der Esche hielt, hatte sie gesehen, daß die arme Kreatur auch lahme.

Der junge Deichgraf aber sprang lachend von seinem braunen Wallach: »Laß nur, Elke; es kostet auch nicht viel!«

Die kluge Frau erwiderte: »Du weißt doch, das Wohlfeilste ist auch meist das Teuerste.«

– »Aber nicht immer, Elke; das Tier ist höchstens vier Jahr alt; sieh es dir nur genauer an! Es ist verhungert und mißhandelt; da soll ihm unser Hafer guttun; ich werd es selbst versorgen, damit sie mir's nicht überfüttern.«

Das Tier stand indessen mit gesenktem Kopf; die Mähnen hingen lang am Hals herunter. Frau Elke, während ihr Mann nach den Knechten rief, ging betrachtend um dasselbe herum; aber sie schüttelte den Kopf: »So eins ist noch nie in unserm Stall gewesen!«

Als jetzt der Dienstjunge um die Hausecke kam, blieb er plötzlich mit erschrockenen Augen stehen. »Nun, Carsten«, rief der Deichgraf, »was fährt dir in die Knochen? Gefällt dir mein Schimmel nicht?«

»Ja – o ja, uns' Weert, warum denn nicht!«

– »So bring die Tiere in den Stall; gib ihnen kein Futter; ich komme gleich selber hin!«

Der Junge faßte mit Vorsicht den Halfter des Schimmels und griff dann hastig, wie zum Schutze, nach dem Zügel des ihm ebenfalls vertrauten Wallachs. Hauke aber ging mit seinem Weibe in das Zimmer; ein Warmbier hatte sie für ihn bereit, und Brot und Butter waren auch zur Stelle.

Er war bald gesättigt; dann stand er auf und ging mit seiner Frau im Zimmer auf und ab. »Laß dir erzählen, Elke«, sagte er, während der Abendschein auf den Kacheln an den Wänden spielte, »wie ich zu dem Tier gekommen bin: Ich war wohl eine Stunde beim Oberdeichgrafen gewesen; er hatte gute Kunde für mich – es wird wohl dies und jenes anders werden als in meinen Rissen; aber die Hauptsache, mein Profil, ist akzeptiert, und schon in den nächsten Tagen kann der Befehl zum neuen Deichbau dasein!«

Elke seufzte unwillkürlich. »Also doch?« sagte sie sorgenvoll.

»Ja, Frau«, entgegnete Hauke, »hart wird's hergehen; aber dazu denk ich, hat der Herrgott uns zusammengebracht! Unsere Wirtschaft ist jetzt so gut in Ordnung; ein groß Teil kannst du schon auf deine Schultern nehmen; denk nur um zehn Jahr weiter – dann stehen wir vor einem andern Besitz.«

Sie hatte bei seinen ersten Worten die Hand ihres Mannes versichernd in die ihrigen gepreßt; seine letzten Worte konnten sie nicht erfreuen. »Für wen soll der Besitz?« sagte sie. »Du müßtest denn ein ander Weib nehmen; ich bring dir keine Kinder.«

Tränen schossen ihr in die Augen; aber er zog sie fest in seine Arme. »Das überlassen wir dem Herrgott«, sagte er, »jetzt aber und auch dann noch sind wir jung genug, um uns der Früchte unserer Arbeit selbst zu freuen.«

Sie sah ihn lange, während er sie hielt, aus ihren dunkeln Augen an. »Verzeih, Hauke«, sprach sie, »ich bin mitunter ein verzagt Weib!«

Er neigte sich zu ihrem Antlitz und küßte sie: »Du bist mein Weib und ich dein Mann, Elke! Und anders wird es nun nicht mehr.«

Da legte sie die Arme fest um seinen Nacken: »Du hast recht,

Hauke, und was kommt, kommt für uns beide.« Dann löste sie sich errötend von ihm. »Du wolltest von dem Schimmel mir erzählen«, sagte sie leise.
»Das wollt ich, Elke. Ich sagte dir schon, mir war Kopf und Herz voll Freude über die gute Nachricht, die der Oberdeichgraf mir gegeben hatte; so ritt ich eben wieder aus der Stadt hinaus, da, auf dem Damm, hinter dem Hafen, begegnet' mir ein ruppiger Kerl; ich wußt nicht, war's ein Vagebund, ein Kesselflikker oder was denn sonst. Der Kerl zog den Schimmel am Halfter hinter sich; das Tier aber hob den Kopf und sah mich aus blöden Augen an; mir war's, als ob es mich um etwas bitten wolle; ich war ja auch in diesem Augenblicke reich genug. ›He, Landsmann!‹ rief ich, ›wo wollt Ihr mit der Kracke hin?‹
Der Kerl blieb stehen und der Schimmel auch. ›Verkaufen!‹ sagte jener und nickte mir listig zu.
›Nur nicht an mich!‹ rief ich lustig.
›Ich denke doch!‹ sagte er; ›das ist ein wacker Pferd und unter hundert Talern nicht bezahlt.‹
Ich lachte ihm ins Gesicht.
›Nun‹, sagte er, lacht nicht so hart; Ihr sollt's mir ja nicht zahlen! Aber ich kann's nicht brauchen, bei mir verkommt's; es würd bei Euch bald ander Ansehen haben!‹
Da sprang ich von meinem Wallach und sah dem Schimmel ins Maul und sah wohl, es war noch ein junges Tier. ›Was soll's denn kosten?‹ rief ich, da auch das Pferd mich wiederum wie bittend ansah.
›Herr, nehmt's für dreißig Taler!‹ sagte der Kerl, ›und den Halfter geb ich Euch darein!‹
Und da, Frau, hab ich dem Burschen in die dargebotne braune Hand, die fast wie eine Klaue aussah, eingeschlagen. So haben wir den Schimmel, und ich denk auch, wohlfeil genug! Wunderlich nur war es, als ich mit den Pferden wegritt, hört ich bald hinter mir ein Lachen, und als ich den Kopf wandte, sah ich den Slowaken; der stand noch sperrbeinig, die Arme auf dem Rükken, und lachte wie ein Teufel hinter mir drein.«
»Pfui«, sagte Elke, »wenn der Schimmel nur nichts von seinem alten Herrn dir zubringt! Mög er dir gedeihen, Hauke!«
»Er selber soll es wenigstens, soweit ich's leisten kann!« Und der Deichgraf ging in den Stall, wie er vorhin dem Jungen es gesagt hatte.

– – Aber nicht allein an jenem Abend fütterte er den Schimmel, er tat es fortan immer selbst und ließ kein Auge von dem Tiere; er wollte zeigen, daß er einen Priesterhandel gemacht habe; jedenfalls sollte nichts versehen werden. – Und schon nach wenig Wochen hob sich die Haltung des Tieres; allmählich verschwanden die rauhen Haare; ein blankes, blaugeapfeltes Fell kam zum Vorschein, und da er es eines Tages auf der Hofstatt umherführte, schritt es schlank auf seinen festen Beinen. Hauke dachte des abenteuerlichen Verkäufers. ›Der Kerl war ein Narr oder ein Schuft, der es gestohlen hatte!‹ murmelte er bei sich selber. – Bald auch, wenn das Pferd im Stall nur seine Schritte hörte, warf es den Kopf herum und wieherte ihm entgegen; nun sah er auch, es hatte, was die Araber verlangen, ein fleischlos Angesicht; draus blitzten ein Paar feurige braune Augen. Dann führte er es aus dem Stall und legte ihm einen leichten Sattel auf; aber kaum saß er droben, so fuhr dem Tier ein Wiehern wie ein Lustschrei aus der Kehle; es flog mit ihm davon, die Werfte hinab auf den Weg und dann dem Deiche zu; doch der Reiter saß fest, und als sie oben waren, ging es ruhiger, leicht, wie tanzend, und warf den Kopf dem Meere zu. Er klopfte und streichelte ihm den blanken Hals, aber es bedurfte dieser Liebkosung schon nicht mehr; das Pferd schien völlig eins mit seinem Reiter, und nachdem er eine Strecke nordwärts den Deich hinausgeritten war, wandte er es leicht und gelangte wieder an die Hofstatt.

Die Knechte standen unten an der Auffahrt und warteten der Rückkunft ihres Wirtes. »So, John«, rief dieser, indem er von seinem Pferde sprang, »nun reite du es in die Fenne zu den andern; es trägt dich wie in einer Wiege!«

Der Schimmel schüttelte den Kopf und wieherte laut in die sonnige Marschlandschaft hinaus, während ihm der Knecht den Sattel abschnallte und der Junge damit zur Geschirrkammer lief; dann legte er den Kopf auf seines Herrn Schulter und duldete behaglich dessen Liebkosung. Als aber der Knecht sich jetzt auf seinen Rücken schwingen wollte, sprang er mit einem jähen Satz zur Seite und stand dann wieder unbeweglich, die schönen Augen auf seinen Herrn gerichtet. »Hoho, Iven«, rief dieser, »hat er dir Leids getan?« und suchte seinem Knecht vom Boden aufzuhelfen.

Der rieb sich eifrig an der Hüfte. »Nein, Herr, es geht noch; aber den Schimmel reit der Teufel!«

Und ich!« setzte Hauke lachend hinzu. »So bring ihn am Zügel in die Fenne!«
Und als der Knecht etwas beschämt gehorchte, ließ sich der Schimmel ruhig von ihm führen.
– – Einige Abende später standen Knecht und Junge miteinander vor der Stalltür; hinterm Deiche war das Abendrot erloschen, innerhalb desselben war schon der Koog von tiefer Dämmerung überwallt; nur selten kam aus der Ferne das Gebrüll eines aufgestörten Rindes oder der Schrei einer Lerche, deren Leben unter dem Überfall eines Wiesels oder einer Wasserratte endete. Der Knecht lehnte gegen den Türpfosten und rauchte aus einer kurzen Pfeife, deren Rauch er schon nicht mehr sehen konnte; gesprochen hatten er und der Junge noch nicht zusammen. Dem letzteren aber drückte etwas auf die Seele, er wußte nur nicht, wie er dem schweigsamen Knechte ankommen sollte.
»Du, Iven!« sagte er endlich, »weißt du, das Pferdsgeripp auf Jeverssand!«
»Was ist damit?« frug der Knecht.
»Ja, Iven, was ist damit? Es ist gar nicht mehr da; weder Tages noch bei Mondschein; wohl zwanzigmal bin ich auf den Deich hinausgelaufen!«
»Die alten Knochen sind wohl zusammengepoltert?« sagte Iven und rauchte ruhig weiter.
»Aber ich war auch bei Mondschein draußen; es geht auch drüben nichts auf Jeverssand!«
»Ja«, sagte der Knecht, »sind die Knochen auseinandergefallen, so wird's wohl nicht mehr aufstehen können!«
»Mach keinen Spaß, Iven! Ich weiß jetzt; ich kann dir sagen, wo es ist!«
Der Knecht drehte sich jäh zu ihm. »Nun, wo ist es denn?«
»Wo?« wiederholte der Junge nachdrücklich. »Es steht in unserem Stall; da steht's, seit es nicht mehr auf der Hallig ist. Es ist auch nicht umsonst, daß der Wirt es allzeit selber füttert; ich weiß Bescheid, Iven!«
Der Knecht paffte eine Weile heftig in die Nacht hinaus. »Du bist nicht klug, Carsten«, sagte er dann, »unser Schimmel? Wenn je ein Pferd ein lebigs war, so ist es der! Wie kann so ein Allerweltsjunge wie du in solch Altem-Weiber-Glauben sitzen!«
– – Aber der Junge war nicht zu bekehren: wenn der Teufel in dem Schimmel steckte, warum sollte er dann nicht lebendig sein?

Im Gegenteil, um desto schlimmer! – Er fuhr jedesmal erschreckt zusammen, wenn er gegen Abend den Stall betrat, in dem auch sommers das Tier mitunter eingestellt wurde, und es dann den feurigen Kopf so jäh nach ihm herumwarf. »Hol's der Teufel!« brummte er dann, »wir bleiben auch nicht lange mehr zusammen!«

So tat er sich denn heimlich nach einem neuen Dienste um, kündigte und trat um Allerheiligen als Knecht bei Ole Peters ein. Hier fand er andächtige Zuhörer für seine Geschichte von dem Teufelspferd des Deichgrafen; die dicke Frau Vollina und deren geistesstumpfer Vater, der frühere Deichgevollmächtigte Jeß Harders, hörten in behaglichem Gruseln zu und erzählten sie später allen, die gegen den Deichgrafen einen Groll im Herzen oder die an derart Dingen ihr Gefallen hatten.

Inzwischen war schon Ende März durch die Oberdeichgrafschaft der Befehl zur neuen Eindeichung eingetroffen. Hauke berief zunächst die Deichgevollmächtigten zusammen, und im Kruge oben bei der Kirche waren eines Tages alle erschienen und hörten zu, wie er ihnen die Hauptpunkte aus den bisher erwachsenen Schriftstücken vorlas: aus seinem Antrage, aus dem Bericht des Oberdeichgrafen, zuletzt den schließlichen Bescheid, worin vor allem auch die Annahme des von ihm vorgeschlagenen Profiles enthalten war und der neue Deich nicht steil wie früher, sondern allmählich verlaufend nach der Seeseite abfallen sollte; aber mit heiteren oder auch nur zufriedenen Gesichtern hörten sie nicht.

»Ja, ja«, sagte ein alter Gevollmächtigter, »da haben wir nun die Bescherung, und Proteste werden nicht helfen, da der Oberdeichgraf unserm Deichgrafen den Daumen hält!«

»Hast wohl recht, Detlev Wiens«, setzte ein zweiter hinzu, »die Frühlingsarbeit steht vor der Tür, und nun soll auch ein millionenlanger Deich gemacht werden – da muß ja alles liegenbleiben.«

»Das könnt ihr dies Jahr noch zu Ende bringen«, sagte Hauke, »so rasch wird der Stecken nicht vom Zaun gebrochen!«

Das wollten wenige zugeben. »Aber dein Profil!« sprach ein dritter, was Neues auf die Bahn bringend, »der Deich wird ja auch an der Außenseite nach dem Wasser so breit, wie Lawrenz sein Kind nicht lang war! Wo soll das Material herkommen? Wann soll die Arbeit fertig werden?«

»Wenn nicht in diesem, so im nächsten Jahre; das wird am meisten von uns selber abhängen!« sagte Hauke.

Ein ärgerliches Lachen ging durch die Gesellschaft. »Aber wozu die unnütze Arbeit; der Deich soll ja nicht höher werden als der alte«, rief eine neue Stimme, »und ich mein, der steht schon über dreißig Jahre!«

»Da sagt Ihr recht«, sprach Hauke, »vor dreißig Jahren ist der alte Deich gebrochen; dann rückwärts vor fünfunddreißig, und wiederum vor fünfundvierzig Jahren; seitdem aber, obgleich er noch immer steil und unvernünftig dasteht, haben die höchsten Fluten uns verschont. Der neue Deich aber soll trotz solcher hundert und aber hundert Jahre stehen; denn er wird nicht durchbrochen werden, weil der milde Abfall nach der Seeseite den Wellen keinen Angriffspunkt entgegenstellt, und so werdet ihr für euch und euere Kinder ein sicheres Land gewinnen, und das ist es, weshalb die Herrschaft und der Oberdeichgraf mir den Daumen halten; das ist es auch, was ihr zu eurem eigenen Vorteil einsehen solltet!«

Als die Versammelten hierauf nicht sogleich zu antworten bereit waren, erhob sich ein alter weißhaariger Mann mühsam von seinem Stuhle; es war Frau Elkes Pate, Jewe Manners, der auf Haukes Bitten noch immer in seinem Gevollmächtigtenamt verblieben war. »Deichgraf Hauke Haien«, sprach er, »du machst uns viel Unruhe und Kosten, und ich wollte, du hättest damit gewartet, bis mich der Herrgott hätt zur Ruhe gehen lassen; aber – recht hast du, das kann nur die Unvernunft bestreiten. Wir haben Gott mit jedem Tag zu danken, daß er uns trotz unserer Trägheit das kostbare Stück Vorland gegen Sturm und Wasserdrang erhalten hat; jetzt aber ist es wohl die elfte Stunde, in der wir selbst die Hand anlegen müssen, es auch nach all unserm Wissen und Können selber uns zu wahren und auf Gottes Langmut weiter nicht zu trotzen. Ich, meine Freunde, bin ein Greis; ich habe Deiche bauen und brechen sehen; aber den Deich, den Hauke Haien nach ihm von Gott verliehener Einsicht projektiert und bei der Herrschaft für euch durchgesetzt hat, den wird niemand von euch Lebenden brechen sehen, und wolltet ihr ihm selbst nicht danken, euere Enkel werden ihm den Ehrenkranz doch einstens nicht versagen können!«

Jewe Manners setzte sich wieder, er nahm sein blaues Schnupftuch aus der Tasche und wischte sich ein paar Tropfen von der

Stirn. Der Greis war noch immer als ein Mann von Tüchtigkeit und unantastbarer Rechtschaffenheit bekannt, und da die Versammlung eben nicht geneigt war, ihm zuzustimmen, so schwieg sie weiter. Aber Hauke Haien nahm das Wort; doch sahen alle, daß er bleich geworden. »Ich danke Euch, Jewe Manners«, sprach er, »daß Ihr noch hier seid und daß Ihr das Wort gesprochen habt; ihr andern Herren Gevollmächtigten wollet den neuen Deichbau, der freilich mir zur Last fällt, zum mindesten ansehen als ein Ding, das nun nicht mehr zu ändern steht, und lasset uns demgemäß beschließen, was nun not ist!«

»Sprechet!« sagte einer der Gevollmächtigten. Und Hauke breitete die Karte des neuen Deiches auf dem Tische aus. »Es hat vorhin einer gefragt«, begann er, »woher die viele Erde nehmen? – Ihr seht, soweit das Vorland in die Watten hinausgeht, ist außerhalb der Deichlinie ein Streifen Landes frei gelassen; daher und von dem Vorlande, das nach Nord und Süd von dem neuen Kooge an dem Deiche hinläuft, können wir die Erde nehmen; haben wir an den Wasserseiten nur eine tüchtige Lage Klei, nach innen oder in der Mitte kann auch Sand genommen werden! – Nun aber ist zunächst ein Feldmesser zu berufen, der die Linie des neuen Deiches auf dem Vorland absteckt! Der mir bei Ausarbeitung des Planes behülflich gewesen, wird wohl am besten dazu passen. Ferner werden wir zur Heranholung des Kleis oder sonstigen Materiales die Anfertigung einspänniger Sturzkarren mit Gabeldeichsel bei einigen Stellmachern verdingen müssen; wir werden für die Durchdämmung des Prieles und nach den Binnenseiten, wo wir etwa mit Sand fürliebnehmen müssen, ich kann jetzt nicht sagen, wieviel hundert Fuder Stroh zur Bestikkung des Deiches gebrauchen, vielleicht mehr, als in der Marsch hier wird entbehrlich sein! – Lasset uns denn beraten, wie zunächst dies alles zu beschaffen und einzurichten ist; auch die neue Schleuse hier an der Westseite gegen das Wasser zu ist später einem tüchtigen Zimmermann zur Herstellung zu übergeben.«

Die Versammelten hatten sich um den Tisch gestellt, betrachteten mit halbem Aug die Karte und begannen allgemach zu sprechen; doch war's, als geschähe es, damit nur überhaupt etwas gesprochen werde. Als es sich um Zuziehung des Feldmessers handelte, meinte einer der Jüngeren: »Ihr habt es ausgesonnen, Deichgraf; Ihr müsset selbst am besten wissen, wer dazu taugen mag.«

Aber Hauke entgegnete: »Da ihr Geschworene seid, so müsset ihr aus eigener, nicht aus meiner Meinung sprechen, Jakob Meyen; und wenn ihr's dann besser sagt, so werd ich meinen Vorschlag fallenlassen!«

»Nun ja, es wird schon recht sein«, sagte Jakob Meyen.

Aber einem der Älteren war es doch nicht völlig recht; er hatte einen Bruderssohn: so einer im Feldmessen sollte hier in der Marsch noch nicht gewesen sein, der sollte noch über des Deichgrafen Vater, den seligen Tede Haien, gehen!

So wurde denn über die beiden Feldmesser verhandelt und endlich beschlossen, ihnen gemeinschaftlich das Werk zu übertragen. Ähnlich ging es bei den Sturzkarren, bei der Strohlieferung und allem andern, und Hauke kam spät und fast erschöpft auf seinem Wallach, den er noch derzeit ritt, zu Hause an. Aber als er in dem alten Lehnstuhl saß, der noch von seinem gewichtigen, aber leichter lebenden Vorgänger stammte, war auch sein Weib ihm schon zur Seite. »Du siehst so müd aus, Hauke«, sprach sie und strich mit ihrer schmalen Hand das Haar ihm von der Stirn.

»Ein wenig wohl!« erwiderte er. –

»Und geht es denn?«

»Es geht schon«, sagte er mit bitterem Lächeln, »aber ich selber muß die Räder schieben und froh sein, wenn sie nicht zurückgehalten werden!«

– »Aber doch nicht von allen?«

»Nein, Elke; dein Pate, Jewe Manners, ist ein guter Mann; ich wollt, er wär um dreißig Jahre jünger.«

Als nach einigen Wochen die Deichlinie abgesteckt und der größte Teil der Sturzkarren geliefert war, waren sämtliche Anteilbesitzer des einzudeichenden Kooges, ingleichen die Besitzer der hinter dem alten Deich belegenen Ländereien, durch den Deichgrafen im Kirchspielskrug versammelt worden; es galt, ihnen einen Plan über die Verteilung der Arbeit und Kosten vorzulegen und ihre etwaigen Einwendungen zu vernehmen; denn auch die letzteren hatten, sofern der neue Deich und die neuen Siele die Unterhaltungskosten der älteren Werke verminderten, ihren Teil zu schaffen und zu tragen. Dieser Plan war für Hauke ein schwer Stück Arbeit gewesen, und wenn ihm durch Vermittelung des Oberdeichgrafen neben einem Deichboten nicht auch noch ein Deichschreiber wäre zugeordnet worden, er würde es so bald

nicht fertiggebracht haben, obwohl auch jetzt wieder an jedem neuen Tage in die Nacht hinein gearbeitet war. Wenn er dann todmüde sein Lager suchte, so hatte nicht wie vordem sein Weib in nur verstelltem Schlafe seiner gewartet; auch sie hatte so vollgemessen ihre tägliche Arbeit, daß sie nachts wie am Grunde eines tiefen Brunnens in unstörbarem Schlafe lag.
Als Hauke jetzt seinen Plan verlesen und die Papiere, die freilich schon drei Tage hier im Kruge zur Einsicht ausgelegen hatten, wieder auf den Tisch breitete, waren zwar ernste Männer zugegen, die mit Ehrerbietung diesen gewissenhaften Fleiß betrachteten und sich nach ruhiger Überlegung den billigen Ansätzen ihres Deichgrafen unterwarfen; andere aber, deren Anteile an dem neuen Lande von ihnen selbst oder ihren Vätern oder sonstigen Vorbesitzern waren veräußert worden, beschwerten sich, daß sie zu den Kosten des neuen Kooges hinzugezogen seien, dessen Land sie nichts mehr angehe, uneingedenk, daß durch die neuen Arbeiten auch ihre alten Ländereien nach und nach entbürdet würden; und wieder andere, die mit Anteilen in dem neuen Koog gesegnet waren, schrien, man möge ihnen doch dieselben abnehmen, sie sollten um ein geringes feil sein; denn wegen der unbilligen Leistungen, die ihnen dafür aufgebürdet würden, könnten sie nicht damit bestehen. Ole Peters aber, der mit grimmigem Gesicht am Türpfosten lehnte, rief dazwischen: »Besinnt euch erst und dann vertrauet unserm Deichgrafen! Der versteht zu rechnen; er hatte schon die meisten Anteile, da wußte er auch mir die meinen abzuhandeln, und als er sie hatte, beschloß er, diesen neuen Koog zu deichen!«
Es war nach diesen Worten einen Augenblick totenstill in der Versammlung. Der Deichgraf stand an dem Tisch, auf dem er zuvor seine Papiere gebreitet hatte; er hob seinen Kopf und sah nach Ole Peters hinüber. »Du weißt wohl, Ole Peters«, sprach er, »daß du mich verleumdest; du tust es dennoch, weil du überdies auch weißt, daß doch ein gut Teil des Schmutzes, womit du mich bewirfst, an mir wird hängenbleiben! Die Wahrheit ist, daß du deine Anteile los sein wolltest und daß ich ihrer derzeit für meine Schafzucht bedurfte; und willst du Weiteres wissen, das ungewaschene Wort, das dir im Krug vom Mund gefahren, ich sei nur Deichgraf meines Weibes wegen, das hat mich aufgerüttelt, und ich hab euch zeigen wollen, daß ich wohl um meiner selbst willen Deichgraf sein könne; und somit, Ole Peters, hab

ich getan, was schon der Deichgraf vor mir hätte tun sollen. Trägst du mir aber Groll, daß derzeit deine Anteile die meinen geworden sind – du hörst es ja, es sind genug, die jetzt die ihrigen um ein billiges feilbieten, nur weil die Arbeit ihnen jetzt zuviel ist!«

Von einem kleinen Teil der versammelten Männer ging ein Beifallsmurmeln aus, und der alte Jewe Manners, der dazwischenstand, rief laut: »Bravo, Hauke Haien! Unser Hergott wird dir dein Werk gelingen lassen!«

Aber man kam doch nicht zu Ende, obgleich Ole Peters schwieg und die Leute erst zum Abendbrote auseinandergingen; erst in einer zweiten Versammlung wurde alles geordnet; aber auch nur, nachdem Hauke statt der ihm zukommenden drei Gespanne für den nächsten Monat deren vier auf sich genommen hatte.

Endlich, als schon die Pfingstglocken durch das Land läuteten, hatte die Arbeit begonnen. Unablässig fuhren die Sturzkarren von dem Vorlande an die Deichlinie, um den geholten Klei dort abzustürzen, und gleicherweise war dieselbe Anzahl schon wieder auf der Rückfahrt, um auf dem Vorland neuen aufzuladen; an der Deichlinie selber standen Männer mit Schaufeln und Spaten, um das Abgeworfene an seinen Platz zu bringen und zu ebnen; ungeheuere Fuder Stroh wurden angefahren und abgeladen; nicht nur zur Bedeckung des leichteren Materials, wie Sand und lose Erde, dessen man an den Binnenseiten sich bediente, wurde das Stroh benutzt; allmählich wurden einzelne Strecken des Deiches fertig, und die Grassoden, womit man sie belegt hatte, wurden stellenweis zum Schutz gegen die nagenden Wellen mit fester Strohbestickung überzogen. Bestellte Aufseher gingen hin und her, und wenn es stürmte, standen sie mit aufgerissenen Mäulern und schrien ihre Befehle durch Wind und Wetter; dazwischen ritt der Deichgraf auf seinem Schimmel, den er jetzt ausschließlich in Gebrauch hatte, und das Tier flog mit dem Reiter hin und wider, wenn er rasch und trocken seine Anordnungen machte, wenn er die Arbeiter lobte oder, wie es wohl geschah, einen Faulen oder Ungeschickten ohn Erbarmen aus der Arbeit wies. »Das hilft nicht!« rief er dann, »um deine Faulheit darf uns nicht der Deich verderben!« Schon von weitem, wenn er unten aus dem Koog heraufkam, hörten sie das Schnauben seines Rosses, und alle Hände faßten fester in die Arbeit: »Frisch zu! Der Schimmelreiter kommt!«

War es um die Frühstückszeit, wo die Arbeiter mit ihrem Morgenbrot haufenweis beisammen auf der Erde lagen, dann ritt Hauke an den verlassenen Werken entlang, und seine Augen waren scharf, wo liederliche Hände den Spaten geführt hatten. Wenn er aber zu den Leuten ritt und ihnen auseinandersetzte, wie die Arbeit müsse beschafft werden, sahen sie wohl zu ihm auf und kauten geduldig an ihrem Brote weiter; aber eine Zustimmung oder auch nur eine Äußerung hörte er nicht von ihnen. Einmal zu solcher Tageszeit, es war schon spät, da er an einer Deichstelle die Arbeit in besonderer Ordnung gefunden hatte, ritt er zu dem nächsten Haufen der Frühstückenden, sprang von seinem Schimmel und frug heiter, wer dort so sauberes Tagewerk verrichtet hätte; aber sie sahen ihn nur scheu und düster an, und nur langsam und wie widerwillig wurden ein paar Namen genannt. Der Mensch, dem er sein Pferd gegeben hatte, das ruhig wie ein Lamm stand, hielt es mit beiden Händen und blickte wie angstvoll nach den schönen Augen des Tieres, die es, wie gewöhnlich, auf seinen Herrn gerichtet hielt.

»Nun, Marten!« rief Hauke, »was stehst du, als ob dir der Donner in die Beine gefahren sei?«

– »Herr, Euer Pferd, es ist so ruhig, als ob es Böses vorhabe!«

Hauke lachte und nahm das Pferd selbst am Zügel, das sogleich liebkosend den Kopf an seiner Schulter rieb. Von den Arbeitern sahen einige scheu zu Roß und Reiter hinüber, andere, als ob das alles sie nicht kümmere, aßen schweigend ihre Frühkost, dann und wann den Möwen einen Brocken hinaufwerfend, die sich den Futterplatz gemerkt hatten und mit ihren schlanken Flügeln sich fast auf ihre Köpfe senkten. Der Deichgraf blickte eine Weile wie gedankenlos auf die bettelnden Vögel und wie sie die zugeworfenen Bissen mit ihren Schnäbeln haschten; dann sprang er in den Sattel und ritt, ohne sich nach den Leuten umzusehen, davon; einige Worte, die jetzt unter ihnen laut wurden, klangen ihm fast wie Hohn. ›Was ist das?‹ sprach er bei sich selber. ›Hatte denn Elke recht, daß sie alle gegen mich sind? Auch diese Knechte und kleinen Leute, von denen vielen durch meinen neuen Deich doch eine Wohlhabenheit ins Haus wächst?‹

Er gab seinem Pferde die Sporen, daß es wie toll in den Koog hinabflog. Von dem unheimlichen Glanze freilich, mit dem sein früherer Dienstjunge den Schimmelreiter bekleidet hatte, wußte er selber nichts; aber die Leute hätten ihn jetzt nur sehen sollen, wie aus seinem hageren Gesicht die Augen starrten, wie sein Mantel flog und wie der Schimmel sprühte!

– – So war der Sommer und der Herbst vergangen; noch bis gegen Ende November war gearbeitet worden, dann geboten Frost und Schnee dem Werke Halt; man war nicht fertig geworden und beschloß, den Koog offen liegenzulassen. Acht Fuß ragte der Deich aus der Fläche hervor; nur wo westwärts gegen das Wasser hin die Schleuse gelegt werden sollte, hatte man eine Lücke gelassen; auch oben vor dem alten Deiche war der Priel noch unberührt. So konnte die Flut, wie in den letzten dreißig Jahren, in den Koog hineindringen, ohne dort oder an dem neuen Deiche großen Schaden anzurichten. Und so überließ man dem großten Gott das Werk der Menschenhände und stellte es in seinen Schutz, bis die Frühlingssonne die Vollendung würde möglich machen.

– – Inzwischen hatte im Hause des Deichgrafen sich ein frohes Ereignis vorbereitet: im neunten Ehejahre war noch ein Kind geboren worden. Es war rot und hutzelig und wog seine sieben Pfund, wie es für neugeborene Kinder sich gebührt, wenn sie, wie dies, dem weiblichen Geschlechte angehören; nur sein Geschrei war wunderlich verhohlen und hatte der Wehmutter nicht gefallen wollen. Das Schlimmste war: am dritten Tage lag Elke im hellen Kindbettfieber, redete Irrsal und kannte weder ihren Mann noch ihre alte Helferin. Die unbändige Freude, die Hauke beim Anblick seines Kindes ergriffen hatte, war zu Trübsal geworden; der Arzt aus der Stadt war geholt, er saß am Bett und fühlte den Puls und verschrieb und sah ratlos um sich her. Hauke schüttelte den Kopf: »Der hilft nicht; nur Gott kann helfen!« Er hatte sich sein eigen Christentum zurechtgerechnet, aber es war etwas, das sein Gebet zurückhielt. Als der alte Doktor davongefahren war, stand er am Fenster, in den winterlichen Tag hinausstarrend, und während die Kranke aus ihren Phantasien aufschrie, schränkte er die Hände zusammen; er wußte selber nicht, war es aus Andacht oder war es nur, um in der ungeheuren Angst sich selbst nicht zu verlieren.

»Wasser! Das Wasser!« wimmerte die Kranke. »Halt mich!« schrie sie, »halt mich, Hauke!« Dann sank die Stimme; es klang als ob sie weine: »In See, ins Haff hinaus? O lieber Gott, ich seh ihn nimmer wieder!«

Da wandte er sich und schob die Wärterin von ihrem Bette; er

fiel auf seine Knie, umfaßte sein Weib und riß sie an sich. »Elke! Elke, so kenn mich doch, ich bin ja bei dir!«
Aber sie öffnete nur die fieberglühenden Augen weit und sah wie rettungslos verloren um sich.
Er legte sie zurück auf ihre Kissen; dann krampfte er die Hände ineinander. »Herr, mein Gott«, schrie er, »nimm sie mir nicht! Du weißt, ich kann sie nicht entbehren!« Dann war's, als ob er sich besinne, und leiser setzte er hinzu: »Ich weiß ja wohl, du kannst nicht allezeit, wie du willst, auch du nicht; du bist allweise; du mußt nach deiner Weisheit tun – o Herr, sprich nur durch einen Hauch zu mir!«
Es war, als ob plötzlich eine Stille eingetreten sei; er hörte nur ein leises Atmen; als er sich zum Bette kehrte, lag sein Weib in ruhigem Schlaf, nur die Wärterin sah mit entsetzten Augen auf ihn. Er hörte die Tür gehen. »Wer war das?« frug er.
»Herr, die Magd Ann Grete ging hinaus; sie hatte den Warmkorb hereingebracht.«
– »Was sieht Sie mich denn so verfahren an, Frau Levke?«
»Ich? Ich hab mich ob Eurem Gebet erschrocken; damit betet Ihr keinen vom Tode los!«
Hauke sah sie mit seinen durchdringenden Augen an: »Besucht Sie denn auch, wie unsere Ann Grete, die Konventikel bei dem holländischen Flickschneider Jantje?«
»Ja, Herr; wir haben beide den lebendigen Glauben!«
Hauke antwortete ihr nicht. Das damals stark im Schwange gehende separatistische Konventikelwesen hatte auch unter den Friesen seine Blüten getrieben; heruntergekommene Handwerker oder wegen Trunkes abgesetzte Schulmeister spielten darin die Hauptrolle, und Dirnen, junge und alte Weiber, Faulenzer und einsame Menschen liefen eifrig in die heimlichen Versammlungen, in denen jeder den Priester spielen konnte. Aus des Deichgrafen Hause brachten Ann Grete und der in sie verliebte Dienstjunge ihre freien Abende dort zu. Freilich hatte Elke ihre Bedenken darüber gegen Hauke nicht zurückgehalten; aber er hatte gemeint, in Glaubenssachen solle man keinem dreinreden: das schade niemandem, und besser dort doch als im Schnapskrug!
So war es dabei geblieben, und so hatte er auch jetzt geschwiegen. Aber freilich über ihn schwieg man nicht; seine Gebetsworte liefen um von Haus zu Haus: er hatte Gottes Allmacht bestritten; was war ein Gott denn ohne Allmacht? Er war ein Gottes-

leugner; die Sache mit dem Teufelspferde mochte auch am Ende richtig sein!
Hauke erfuhr nichts davon; er hatte in diesen Tagen nur Ohren und Augen für sein Weib, selbst das Kind war für ihn nicht mehr auf der Welt.
Der alte Arzt kam wieder, kam jeden Tag, mitunter zweimal, blieb dann eine ganze Nacht, schrieb wieder ein Rezept, und der Knecht Iven Johns ritt damit im Flug zur Apotheke. Dann aber wurde sein Gesicht freundlicher, er nickte dem Deichgrafen vertraulich zu: »Es geht! Es geht! Mit Gottes Hülfe!« Und eines Tags – hatte nun seine Kunst die Krankheit besiegt, oder hatte auf Haukes Gebet der liebe Gott doch noch einen Ausweg finden können –, als der Doktor mit der Kranken allein war, sprach er zu ihr, und seine alten Augen lachten: »Frau, jetzt kann ich's getrost Euch sagen: heut hat der Doktor seinen Festtag; es stand schlimm um Euch, aber nun gehöret Ihr wieder zu uns, zu den Lebendigen!«
Da brach es wie ein Strahlenmeer aus ihren dunklen Augen. »Hauke! Hauke, wo bist du?« rief sie, und als er auf den hellen Ruf ins Zimmer und an ihr Bett stürzte, schlug sie die Arme um seinen Nacken. »Hauke, mein Mann, gerettet! Ich bleibe bei dir!«
Da zog der alte Doktor sein seiden Schnupftuch aus der Tasche, fuhr sich damit über Stirn und Wangen und ging kopfnickend aus dem Zimmer.
– – Am dritten Abend nach diesem Tage sprach ein frommer Redner – es war ein vom Deichgrafen aus der Arbeit gejagter Pantoffelmacher – im Konventikel bei dem holländischen Schneider, da er seinen Zuhörern die Eigenschaften Gottes auseinandersetzte: »Wer aber Gottes Allmacht widerstreitet, wer da sagt: ich weiß, du kannst nicht, was du willst – wir kennen den Unglückseligen ja alle; er lastet gleich einem Stein auf der Gemeinde –, der ist von Gott gefallen und suchet den Feind Gottes, den Freund der Sünde, zu seinem Tröster; denn nach irgendeinem Stabe muß die Hand des Menschen greifen. Ihr aber, hütet euch vor dem, der also betet; sein Gebet ist Fluch!«
– – Auch das lief um von Haus zu Haus. Was läuft nicht um in einer kleinen Gemeinde? Und auch zu Haukes Ohren kam es. Er sprach kein Wort darüber, nicht einmal zu seinem Weibe; nur mitunter konnte er sie heftig umfassen und an sich ziehen: »Bleib

mir treu, Elke! Bleib mir treu!« – Dann sahen ihre Augen voll Staunen zu ihm auf: »Dir treu? Wem sollte ich denn anders treu sein?« – Nach einer kurzen Weile aber hatte sie sein Wort verstanden. »Ja, Hauke, wir sind uns treu; nicht nur, weil wir uns brauchen.« Und dann ging jedes seinen Arbeitsweg.

Das wäre soweit gut gewesen; aber es war doch trotz aller lebendigen Arbeit eine Einsamkeit um ihn, und in seinem Herzen nistete sich ein Trotz und abgeschlossenes Wesen gegen andere Menschen ein; nur gegen sein Weib blieb er allezeit der gleiche, und an der Wiege seines Kindes lag er abends und morgens auf den Knien, als sei dort die Stätte seines ewigen Heils. Gegen Gesinde und Arbeiter aber wurde er strenger; die Ungeschickten und Fahrlässigen, die er früher durch ruhigen Tadel zurechtgewiesen hatte, wurden jetzt durch hartes Anfahren aufgeschreckt, und Elke ging mitunter leise bessern.

Als der Frühling nahte, begannen wieder die Deicharbeiten; mit einem Kajedeich wurde zum Schutz der jetzt aufzubauenden neuen Schleuse die Lücke in der westlichen Deichlinie geschlossen, halbmondförmig nach innen und ebenso nach außen; und gleich der Schleuse wuchs allmählich auch der Hauptdeich zu seiner immer rascher herzustellenden Höhe empor. Leichter wurde dem leitenden Deichgrafen seine Arbeit nicht, denn an Stelle des im Winter verstorbenen Jewe Manners war Ole Peters als Deichgevollmächtigter eingetreten. Hauke hatte nicht versuchen wollen, es zu hindern; aber anstatt der ermutigenden Worte und der dazugehörigen zutunlichen Schläge auf seine linke Schulter, die er so oft von dem alten Paten seines Weibes einkassiert hatte, kamen ihm jetzt von dem Nachfolger ein heimliches Widerhalten und unnötige Einwände und waren mit unnötigen Gründen zu bekämpfen; denn Ole gehörte zwar zu den Wichtigen, aber in Deichsachen nicht zu den Klugen; auch war von früher her der »Schreiberknecht« ihm immer noch im Wege.

Der glänzendste Himmel breitete sich wieder über Meer und Marsch, und der Koog wurde wieder bunt von starken Rindern, deren Gebrüll von Zeit zu Zeit die weite Stille unterbrach; unablässig sangen in hoher Himmelsluft die Lerchen, aber man hörte es erst, wenn einmal auf eines Atemzuges Länge der Gesang verstummt war. Kein Unwetter störte die Arbeit, und die Schleuse stand schon mit ihrem ungestrichenen Balkengefüge, ohne daß auch nur in einer Nacht sie eines Schutzes von dem Interimsdeich bedurft hätte; der Herrgott schien seine Gunst dem neuen Werke zuzuwenden. Auch Frau Elkes Augen lachten ihrem Manne zu, wenn er auf seinem Schimmel draußen von dem Deich nach Hause kam. »Bist doch ein braves Tier geworden!« sagte sie dann und klopfte den blanken Hals des Pferdes. Hauke aber, wenn sie das Kind am Halse hatte, sprang herab und ließ das winzige Dinglein auf seinen Armen tanzen; wenn dann der Schimmel seine braunen Augen auf das Kind gerichtet hielt, dann sprach er wohl: »Komm her; sollst auch die Ehre haben!« Und er setzte die kleine Wienke – denn so war sie getauft worden – auf seinen Sattel und führte den Schimmel auf der Werft im Kreise herum. Auch der alte Eschenbaum hatte mitunter die Ehre; er setzte das Kind auf einen schwankenden Ast und ließ es schaukeln. Die Mutter stand mit lachenden Augen in der Haustür; das Kind aber lachte nicht, seine Augen, zwischen denen ein feines Näschen stand, schauten ein wenig stumpf ins Weite, und die kleinen Hände griffen nicht nach dem Stöckchen, das der Vater ihr hinhielt. Hauke achtete nicht darauf, er wußte auch nichts von so kleinen Kindern; nur Elke, wenn sie das helläugige Mädchen auf dem Arm ihrer Arbeitsfrau erblickte, die mit ihr zugleich das Wochenbett bestanden hatte, sagte mitunter schmerzlich: »Das Meine ist noch nicht so weit wie deines, Stina!« Und die Frau, ihren dicken Jungen, den sie an der Hand hatte, mit derber Liebe schüttelnd, rief dann wohl: »Ja, Frau, die Kinder sind verschieden; der da, der stahl mir schon die Äpfel aus der Kammer, bevor er übers zweite Jahr hinaus war!« Und Elke strich dem dicken Buben sein Kraushaar aus den Augen und drückte dann heimlich ihr stilles Kind ans Herz.

– – Als es in den Oktober hineinging, stand an der Westseite die neue Schleuse schon fest in dem von beiden Seiten schließenden Hauptdeich, der bis auf die Lücken bei dem Priele nun mit seinem sanften Profile ringsum nach den Wasserseiten abfiel und um fünfzehn Fuß die ordinäre Flut überragte. Von seiner Nordwestecke sah man an Jevershallig vorbei ungehindert in das Wattenmeer hinaus; aber freilich auch die Winde faßten hier schärfer; die Haare flogen, und wer hier ausschauen wollte, der mußte die Mütze fest auf dem Kopf haben.

Zu Ende November, wo Sturm und Regen eingefallen waren, blieb nur noch hart am alten Deich die Schlucht zu schließen, auf deren Grunde an der Nordseite das Meerwasser durch den Priel in den neuen Koog hineinschoß. Zu beiden Seiten standen die Wände des Deiches; der Abgrund zwischen ihnen mußte jetzt verschwinden. Ein trocken Sommerwetter hätte die Arbeit wohl erleichtert; aber auch so mußte sie getan werden, denn ein aufbrechender Sturm konnte das ganze Werk gefährden. Und Hauke setzte alles daran, um jetzt den Schluß herbeizuführen. Der Regen strömte, der Wind pfiff; aber seine hagere Gestalt auf dem feurigen Schimmel tauchte bald hier, bald dort aus den schwarzen Menschenmassen empor, die oben wie unten an der Nordseite des Deiches neben der Schlucht beschäftigt waren. Jetzt sah man ihn unten bei den Sturzkarren, die schon weither die Kleierde aus dem Vorlande holen mußten und von denen eben ein gedrängter Haufen bei dem Priele anlangte und seine Last dort abzuwerfen suchte. Durch das Geklatsch des Regens und das Brausen des Windes klangen von Zeit zu Zeit die scharfen Befehlsworte des Deichgrafen, der heute hier allein gebieten wollte; er rief die Karren nach den Nummern vor und wies die Drängenden zurück; ein »Halt!« scholl von seinem Munde, dann ruhte unten die Arbeit; »Stroh! ein Fuder Stroh hinab!« rief er denen droben zu, und von einem der oben haltenden Fuder stürzte es auf den nassen Klei hinunter. Unten sprangen Männer dazwischen und zerrten es auseinander und schrien nach oben, sie nur nicht zu begraben. Und wieder kamen neue Karren, und Hauke war schon wieder oben und sah von seinem Schimmel in die Schlucht hinab und wie sie dort schaufelten und stürzten; dann warf er seine Augen nach dem Haff hinaus. Es wehte scharf, und er sah, wie mehr und mehr der Wassersaum am Deich hinaufklimmte und wie die Wellen sich noch höher hoben; er sah auch, wie die Leute trieften und kaum atmen konnten in der schweren Arbeit vor dem Winde, der ihnen die Luft am Munde abschnitt, und vor dem kalten Regen, der sie überströmte. »Ausgehalten, Leute! Ausgehalten!« schrie er zu ihnen hinab. »Nur einen Fuß noch höher; dann ist's genug für diese Flut!« Und durch alles Getöse des Wetters hörte man das Geräusch der Arbeiter: das Klatschen der hineingestürzten Kleimassen, das Rasseln der Karren und das Rauschen des von oben hinabgelassenen Strohes ging unaufhaltsam vorwärts; dazwischen war mitunter das Winseln eines gelben Hundes laut geworden, der frierend und wie verloren zwischen Menschen und Fuhrwerken herumgestoßen wurde; plötzlich aber scholl ein jammervoller Schrei des kleinen Tieres von unten aus der Schlucht herauf. Hauke blickte hinab; er hatte es von oben hinunterschleudern sehen; eine jähe Zornröte stieg ihm ins Gesicht. »Halt! Haltet ein!« schrie er zu den Karren hinunter; denn der nasse Klei wurde unaufhaltsam aufgeschüttet.

»Warum?« schrie eine rauhe Stimme von unten herauf, »doch um die elende Hundekreatur nicht?«

»Halt! sag ich«, schrie Hauke wieder, »bringt mir den Hund! Bei unserm Werke soll kein Frevel sein!«

Aber es rührte sich keine Hand; nur ein paar Spaten zähen Kleis flogen noch neben das schreiende Tier. Da gab er seinem Schimmel die Sporen, daß das Tier einen Schrei ausstieß, und stürmte den Deich hinab, und alles wich vor ihm zurück. »Den Hund!« schrie er, »ich will den Hund!«

Eine Hand schlug sanft auf seine Schulter, als wäre es die Hand des alten Jewe Manners; doch als er umsah, war es nur ein Freund des Alten. »Nehmt Euch in acht, Deichgraf!« raunte der ihm zu, »Ihr habt nicht Freunde unter diesen Leuten; laßt es mit dem Hunde gehen!«

Der Wind pfiff, der Regen klatschte; die Leute hatten die Spaten in den Grund gesteckt, einige sie fortgeworfen. Hauke neigte sich zu dem Alten. »Wollt Ihr meinen Schimmel halten, Harke Jens?« frug er; und als jener noch kaum den Zügel in der Hand hatte, war Hauke schon in die Kluft gesprungen und hielt das kleine winselnde Tier in seinem Arm; und fast im selben Augenblicke saß er auch wieder hoch im Sattel und sprengte auf den Deich zurück. Seine Augen flogen über die Männer, die bei den Wagen standen. »Wer war es?« rief er. »Wer hat die Kreatur hinabgeworfen?«

Einen Augenblick schwieg alles, denn aus dem hageren Gesicht des Deichgrafen sprühte der Zorn, und sie hatten abergläubische Furcht vor ihm. Da trat von einem Fuhrwerk ein stiernackiger Kerl vor ihn hin. »Ich tat es nicht, Deichgraf«, sagte er und biß von einer Rolle Kautabak ein Endchen ab, das er sich erst ruhig in den Mund schob, »aber der es tat, hat recht getan; soll Euer Deich sich halten, so muß was Lebiges hinein!«

– »Was Lebiges? Aus welchem Katechismus hast du das gelernt?«

»Aus keinem, Herr!« entgegnete der Kerl, und aus seiner Kehle stieß ein freches Lachen, »das haben unsere Großväter schon gewußt, die sich mit Euch im Christentum wohl messen durften! Ein Kind ist besser noch; wenn das nicht da ist, tut's auch wohl ein Hund!«

»Schweig du mit deinen Heidenlehren«, schrie ihn Hauke an, »es stopfte besser, wenn man dich hineinwürfe.«

»Oho!« erscholl es; aus einem Dutzend Kehlen war der Laut gekommen, und der Deichgraf gewahrte ringsum grimmige Gesichter und geballte Fäuste; er sah wohl, daß das keine Freunde waren; der Gedanke an seinen Deich überfiel ihn wie ein Schrekken: was sollte werden, wenn jetzt alle ihre Spaten hinwürfen? – Und als er nun den Blick nach unten richtete, sah er wieder den Freund des alten Jewe Manners; der ging dort zwischen den Arbeitern, sprach zu dem und jenem, lachte hier einem zu, klopfte dort mit freundlichem Gesicht einem auf die Schulter, und einer nach dem andern faßte wieder seinen Spaten; noch einige Augenblicke, und die Arbeit war wieder in vollem Gange. – Was wollte er denn noch? Der Priel mußte geschlossen werden, und den Hund barg er sicher genug in den Falten seines Mantels. Mit plötzlichem Entschluß wandte er seinen Schimmel gegen den nächsten Wagen. »Stroh an die Kante!« rief er herrisch, und wie mechanisch gehorchte ihm der Fuhrknecht; bald rauschte es hinab in die Tiefe, und von allen Seiten regte es sich aufs neue und mit allen Armen.

Eine Stunde war noch so gearbeitet; es war nach sechs Uhr, und schon brach tiefe Dämmerung herein; der Regen hatte aufgehört, da rief Hauke die Aufseher an sein Pferd. »Morgen früh vier Uhr«, sagte er, »ist alles wieder auf dem Platz; der Mond wird noch am Himmel sein; da machen wir mit Gott den Schluß! Und dann noch eines!« rief er, als sie gehen wollten; »kennt ihr den Hund?« und er nahm das zitternde Tier aus seinem Mantel.

Sie verneinten das; nur einer sagte: »Der hat sich taglang schon im Dorf herumgebettelt; der gehört gar keinem!«

»Dann ist er mein!« entgegnete der Deichgraf. »Vergesset nicht: morgen früh vier Uhr!« und ritt davon.

Als er heimkam, trat Ann Grete aus der Tür: sie hatte saubere Kleidung an, und es fuhr ihm durch den Kopf, sie gehe jetzt zum Konventikelschneider. »Halt die Schürze auf!« rief er ihr zu, und da sie es unwillkürlich tat, warf er das kleibeschmutzte Hündlein ihr hinein. »Bring ihn der kleinen Wienke; er soll ihr

Spielkamerad werden! Aber wasch und wärm ihn zuvor; so tust du auch ein gottgefällig Werk, denn die Kreatur ist schier verklommen.«

Und Ann Grete konnte nicht lassen, ihrem Wirt Gehorsam zu leisten, und kam deshalb heute nicht in den Konventikel.

Und am andern Tage wurde der letzte Spatenstich am neuen Deich getan; der Wind hatte sich gelegt; in anmutigem Fluge schwebten Möwen und Avosetten über Land und Wasser hin und wider; von Jevershallig tönte das tausendstimmige Geknorr der Rottgänse, die sich's noch heute an der Küste der Nordsee wohl sein ließen, und aus den weißen Morgennebeln, welche die weite Marsch bedeckten, stieg allmählich ein goldner Herbsttag und beleuchtete das neue Werk der Menschenhände.

Nach einigen Wochen kamen mit dem Oberdeichgrafen die herrschaftlichen Kommissäre zur Besichtigung desselben; ein großes Festmahl, das erste nach dem Leichenmahl des alten Tede Volkerts, wurde im deichgräflichen Hause gehalten; alle Deichgevollmächtigten und die größten Interessenten waren dazu geladen. Nach Tische wurden sämtliche Wagen der Gäste und des Deichgrafen angespannt; Frau Elke wurde von dem Oberdeichgrafen in die Karriole gehoben, vor der der braune Wallach mit seinen Hufen stampfte; dann sprang er selber hintennach und nahm die Zügel in die Hand; er wollte die gescheite Frau seines Deichgrafen selber fahren. So ging es munter von der Werfte und in den Weg hinaus, den Akt zum neuen Deich hinan und auf demselben um den jungen Koog herum. Es war inmittelst ein leichter Nordwestwind aufgekommen, und an der Nord- und Westseite des neuen Deiches wurde die Flut hinaufgetrieben; aber es war unverkennbar, der sanfte Abfall bedingte einen sanfteren Anschlag; aus dem Munde der herrschaftlichen Kommissäre strömte das Lob des Deichgrafen, daß die Bedenken, welche hie und da von den Gevollmächtigten dagegen langsam vorgebracht wurden, gar bald darin erstickten.

– Auch das ging vorüber; aber noch eine Genugtuung empfing der Deichgraf eines Tages, da er in stillem, selbstbewußtem Sinnen auf dem neuen Deich entlangritt. Es mochte ihm wohl die Frage kommen, weshalb der Koog, der ohne ihn nicht da wäre, in dem sein Schweiß und seine Nachtwachen steckten, nun schließlich nach einer der herrschaftlichen Prinzessinnen »der neue Karolinenkoog« getauft sei; aber es war doch so: auf allen dahin gehörigen Schriftstücken stand der Name, auf einigen sogar in roter Frakturschrift. Da, als er aufblickte, sah er zwei Arbeiter mit ihren Feldgerätschaften, der eine etwa zwanzig Schritte hinter dem andern, sich entgegenkommen. »So wart doch!« hörte er den Nachfolgenden rufen; der andere aber – er stand eben an einem Akt, der in den Koog hinunterführte – rief ihm entgegen: »Ein andermal, Jens! Es ist schon spät; ich soll hier Klei schlagen!«

– »Wo denn?«

»Nun hier, im Hauke-Haien-Koog!«

Er rief es laut, indem er den Akt hinabtrabte, als solle die ganze Marsch es hören, die darunterlag. Hauke aber war es, als höre er seinen Ruhm verkünden; er hob sich im Sattel, gab seinem Schimmel die Sporen und sah mit festen Augen über die weite Landschaft hin, die zu seiner Linken lag. »Hauke-Haien-Koog!« wiederholte er leis; das klang, als könnt es alle Zeit nicht anders heißen! Mochten sie trotzen, wie sie wollten, um seinen Namen war doch nicht herumzukommen; der Prinzessinnen-Name – würde er nicht bald nur noch in alten Schriften modern? – Der Schimmel ging in stolzem Galopp; vor seinen Ohren aber summte es: »Hauke-Haien-Koog! Hauke-Haien-Koog!« In seinem Gedanken wuchs fast der neue Deich zu einem achten Weltwunder; in ganz Friesland war nicht seinesgleichen! Und er ließ den Schimmel tanzen; ihm war, er stünde inmitten aller Friesen; er überragte sie um Kopfeshöhe, und seine Blicke flogen scharf und mitleidig über sie hin.

– – Allmählich waren drei Jahre seit der Eindeichung hingegangen; das neue Werk hatte sich bewährt, die Reparaturkosten waren nur gering gewesen; im Kooge aber blühte jetzt fast überall der weiße Klee, und ging man über die geschützten Weiden, so trug der Sommerwind einem ganze Wolken süßen Dufts entgegen. Da war die Zeit gekommen, die bisher nur idealen Anteile in wirkliche zu verwandeln und allen Teilnehmern ihre bestimmten Stücke für immer eigentümlich zuzusetzen. Hauke war nicht müßig gewesen, vorher noch einige neue zu erwerben; Ole Peters hatte sich verbissen zurückgehalten, ihm gehörte nichts im neuen Kooge. Ohne Verdruß und Streit hatte auch so die Teilung nicht abgehen können, aber fertig war er gleichwohl geworden; auch dieser Tag lag hinter dem Deichgrafen.

Fortan lebte er einsam seinen Pflichten als Hofwirt wie als Deichgraf und denen, die ihm am nächsten angehörten; die alten Freunde waren nicht mehr in der Zeitlichkeit, neue zu erwerben, war er nicht geeignet. Aber unter seinem Dach war Frieden, den auch das stille Kind nicht störte; es sprach wenig, das stete Fragen, was den aufgeweckten Kindern eigen ist, kam selten und meist so, daß dem Gefragten die Antwort darauf schwer wurde; aber ihr liebes, einfältiges Gesichtlein trug fast immer den Ausdruck der Zufriedenheit. Zwei Spielkameraden hatte sie, die waren ihr genug: wenn sie über die Werfte wanderte, sprang das gerettete gelbe Hündlein stets um sie herum, und wenn der Hund sich zeigte, war auch klein Wienke nicht mehr fern. Der zweite Kamerad war eine Lachmöwe, und wie der Hund »Perle«, so hieß die Möwe »Klaus«.
Klaus war durch ein greises Menschenkind auf dem Hofe installiert worden: die achtzigjährige Trin' Jans hatte in ihrer Kate auf dem Außendeich sich nicht mehr durchbringen können; da hatte Frau Elke gemeint, die verlebte Dienstmagd ihres Großvaters könnte bei ihnen noch ein paar stille Abendstunden und eine gute Sterbekammer finden, und so, halb mit Gewalt, war sie von ihr und Hauke nach dem Hofe geholt und in dem Nordweststübchen der neuen Scheuer untergebracht worden, die der Deichgraf vor einigen Jahren neben dem Haupthause bei der Vergrößerung seiner Wirtschaft hatte bauen müssen. Ein paar der Mägde hatten daneben ihre Kammer erhalten und konnten der Greisin nachts zur Hand gehen. Rings an den Wänden hatte sie ihr altes Hausgerät: eine Schatulle von Zuckerkistenholz, darüber zwei bunte Bilder vom verlorenen Sohn, ein längst zur Ruhe gestelltes Spinnrad und ein sehr sauberes Gardinenbett, vor dem ein ungefüger, mit dem weißen Fell des weiland Angorakaters überzogener Schemel stand. Aber auch was Lebiges hatte sie noch um sich gehabt und mit hieher gebracht: das war die Möwe Klaus, die sich schon jahrelang zu ihr gehalten hatte und von ihr gefüttert worden war; freilich, wenn es Winter wurde, flog sie mit den andern Möwen südwärts und kam erst wieder, wenn am Strand der Wermut duftete.
Die Scheuer lag etwas tiefer an der Werfte; die Alte konnte von ihrem Fenster aus nicht über den Deich auf die See hinausblikken. »Du hast mich hier als wie gefangen, Deichgraf!« murrte sie eines Tages, als Hauke zu ihr eintrat, und wies mit ihrem

verkrümmten Finger nach den Fennen hinaus, die sich dort unten breiteten. »Wo ist denn Jeverssand? Da über den roten oder über den schwarzen Ochsen hinaus?«

»Was will Sie denn mit Jeverssand?« frug Hauke.

– »Ach was, Jeverssand!« brummte die Alte. »Aber ich will doch sehen, wo mein Jung mir derzeit ist zu Gott gegangen!«

– »Wenn Sie das sehen will«, entgegnete Hauke, »so muß Sie sich oben unter den Eschenbaum setzen, da sieht Sie das ganze Haff!«

»Ja«, sagte die Alte; »ja, wenn ich deine jungen Beine hätte, Deichgraf!«

Dergleichen blieb lange der Dank für die Hülfe, die ihr die Deichgrafsleute angedeihen ließen; dann aber wurde es auf einmal anders. Der kleine Kindskopf Wienkes guckte eines Morgens durch die halbgeöffnete Tür zu ihr herein. »Na«, rief die Alte, welche mit den Händen ineinander auf ihrem Holzstuhl saß, »was hast du denn zu bestellen?«

Aber das Kind kam schweigend näher und sah sie mit ihren gleichgültigen Augen unablässig an.

»Bist du das Deichgrafskind?« frug sie Trin' Jans, und da das Kind wie nickend das Köpfchen senkte, fuhr sie fort: »So setz dich hier auf meinen Schemel! Ein Angorakater ist's gewesen – so groß! Aber dein Vater hat ihn totgeschlagen. Wenn er noch lebig wäre, so könntest du auf ihm reiten.«

Wienke richtete stumm ihre Augen auf das weiße Fell; dann kniete sie nieder und begann es mit ihren kleinen Händen zu streicheln, wie Kinder es bei einer lebenden Katze oder einem Hunde zu machen pflegen. »Armer Kater!« sagte sie dann und fuhr wieder in ihren Liebkosungen fort.

»So!« rief nach einer Weile die Alte, »jetzt ist es genug; und sitzen kannst du auch noch heut auf ihm; vielleicht hat dein Vater ihn auch nur um deshalb totgeschlagen!« Dann hob sie das Kind an beiden Armen in die Höhe und setzte es derb auf den Schemel nieder. Da es aber stumm und unbeweglich sitzen blieb und sie nur immer ansah, begann sie mit dem Kopfe zu schütteln. »Du strafst ihn, Gott der Herr! Ja, ja, du strafst ihn!« murmelte sie; aber ein Erbarmen mit dem Kinde schien sie doch zu überkommen; ihre knöcherne Hand strich über das dürftige Haar desselben, und aus den Augen der Kleinen kam es, als ob ihr damit wohl geschehe.

Von nun an kam Wienke täglich zu der Alten in die Kammer;

sie setzte sich bald von selbst auf den Angoraschemel, und Trin' Jans gab ihr kleine Fleisch- und Brotstückchen in ihre Händchen, welche sie allezeit in Vorrat hatte, und ließ sie diese auf den Fußboden werfen; dann kam mit Gekreisch und ausgespreizten Flügeln die Möwe aus irgendeinem Winkel hervorgeschossen und machte sich darüber her. Erst erschrak das Kind und schrie auf vor dem großen stürmenden Vogel; bald aber war es wie ein eingelerntes Spiel; und wenn sie nur ihr Köpfchen durch den Türspalt steckte, schoß schon der Vogel auf sie zu und setzte sich ihr auf Kopf oder Schulter, bis die Alte ihr zu Hülfe kam und die Fütterung beginnen konnte. Trin' Jans, die es sonst nicht hatte leiden können, daß einer auch nur die Hand nach ihrem »Klaus« ausstreckte, sah jetzt geduldig zu, wie das Kind allmählich ihr den Vogel völlig abgewann. Er ließ sich willig von ihr haschen; sie trug ihn umher und wickelte ihn in ihre Schürze, und wenn dann auf der Werfte etwa das gelbe Hündlein um sie herum und eifersüchtig gegen den Vogel aufsprang, dann rief sie wohl: »Nicht du, nicht du, Perle!« und hob mit ihren Ärmchen die Möwe so hoch, daß diese, sich selbst befreiend, schreiend über die Werfte hinflog und statt ihrer nun der Hund durch Schmeicheln und Springen den Platz auf ihren Armen zu erobern suchte.

Fielen zufällig Haukes und Elkes Augen auf dies wunderliche Vierblatt, das nur durch einen gleichen Mangel am selben Stengel festgehalten wurde, dann flog wohl ein zärtlicher Blick auf ihr Kind; hatten sie sich gewandt, so blieb nur noch ein Schmerz auf ihrem Antlitz, den jedes einsam mit sich von dannen trug, denn das erlösende Wort war zwischen ihnen noch nicht gesprochen worden. Da eines Sommervormittags, als Wienke mit der Alten und den beiden Tieren auf den großen Steinen vor der Scheuntür saß, gingen ihre beiden Eltern, der Deichgraf seinen Schimmel hinter sich, die Zügel über dem Arme, hier vorüber; er wollte auf den Deich hinaus und hatte das Pferd sich selber von der Fenne heraufgeholt; sein Weib hatte auf der Werfte sich an seinen Arm gehängt. Die Sonne schien warm hernieder; es war fast schwül, und mitunter kam ein Windstoß aus Südsüdost. Dem Kinde mochte es auf dem Platze unbehaglich werden. »Wienke will mit!« rief sie, schüttelte die Möwe von ihrem Schoß und griff nach der Hand ihres Vaters.

»So komm!« sagte dieser.

– Frau Elke aber rief: »In dem Wind? Sie fliegt dir weg!«
»Ich halt sie schon; und heut haben wir warme Luft und lustig Wasser, da kann sie's tanzen sehen.«
Und Elke lief ins Haus und holte noch ein Tüchlein und ein Käppchen für ihr Kind. »Aber es gibt ein Wetter«, sagte sie; »macht, daß ihr fortkommt, und seid bald wieder hier!«
Hauke lachte: »Das soll uns nicht zu fassen kriegen!« und hob das Kind zu sich auf den Sattel. Frau Elke blieb noch eine Weile auf der Werfte und sah, mit der Hand ihre Augen beschattend, die beiden auf den Weg und nach dem Deich hinübertraben; Trin' Jans saß auf dem Stein und murmelte Unverständliches mit ihren welken Lippen.
Das Kind lag regungslos im Arm des Vaters; es war, als atme es beklommen unter dem Druck der Gewitterluft; er neigte den Kopf zu ihr. »Nun, Wienke?« frug er.
Das Kind sah ihn eine Weile an. »Vater«, sagte es, »du kannst das doch! Kannst du nicht alles?«
»Was soll ich können, Wienke?«
Aber sie schwieg; sie schien die eigene Frage nicht verstanden zu haben.
Es war Hochflut; als sie auf den Deich hinaufkamen, schlug der Widerschein der Sonne von dem weiten Wasser ihr in die Augen, ein Wirbelwind trieb die Wellen strudelnd in die Höhe, und neue kamen heran und schlugen klatschend gegen den Strand; da klammerte sie ihre Händchen angstvoll um die Faust ihres Vaters, die den Zügel führte, daß der Schimmel mit einem Satz zur Seite fuhr. Die blaßblauen Augen sahen in wirrem Schreck zu Hauke auf. »Das Wasser, Vater! das Wasser!« rief sie.
Aber er löste sich sanft und sagte: »Still, Kind, du bist bei deinem Vater; das Wasser tut dir nichts!«
Sie strich sich das fahlblonde Haar aus der Stirn und wagte es wieder, auf die See hinauszusehen. »Es tut mir nichts«, sagte sie zitternd, »nein, sag, daß es uns nichts tun soll; du kannst das, und dann tut es uns auch nichts!«
»Nicht ich kann das, Kind«, entgegnete Hauke ernst, »aber der Deich, auf dem wir reiten, der schützt uns, und den hat dein Vater ausgedacht und bauen lassen.«
Ihre Augen gingen wider ihn, als ob sie das nicht ganz verstünde; dann barg sie ihr auffallend kleines Köpfchen in dem weiten Rocke ihres Vaters.

»Warum versteckst du dich, Wienke?« raunte der ihr zu, »ist dir noch immer bange?« Und ein zitterndes Stimmchen kam aus den Falten des Rockes: »Wienke will lieber nicht sehen; aber du kannst doch alles, Vater?«

Ein ferner Donner rollte gegen den Wind herauf. »Hoho?« rief Hauke, »da kommt es!« und wandte sein Pferd zur Rückkehr. »Nun wollen wir heim zur Mutter!«

Das Kind tat einen tiefen Atemzug; aber erst als sie die Werfte und das Haus erreicht hatten, hob es das Köpfchen von seines Vaters Brust. Als dann Frau Elke ihr im Zimmer das Tüchelchen und die Kapuze abgenommen hatte, blieb sie wie ein kleiner stummer Kegel vor der Mutter stehen. »Nun, Wienke«, sagte diese und schüttelte sie leise, »magst du das große Wasser leiden?«

Aber das Kind riß die Augen auf. »Es spricht«, sagte sie, »Wienke ist bange!«

– »Es spricht nicht; es rauscht und toset nur!«

Das Kind sah ins Weite. »Hat es Beine?« frug es wieder, »kann es über den Deich kommen?«

– »Nein, Wienke; dafür paßt dein Vater auf, er ist der Deichgraf.«

»Ja«, sagte das Kind und klatschte mit blödem Lächeln in seine Händchen, »Vater kann alles – alles!« Dann plötzlich, sich von der Mutter abwendend, rief sie: »Laß Wienke zu Trin' Jans, die hat rote Äpfel!«

Und Elke öffnete die Tür und ließ das Kind hinaus. Als sie dieselbe wieder geschlossen hatte, schlug sie mit einem Ausdruck des tiefsten Grams die Augen zu ihrem Manne auf, aus denen ihm sonst nur Trost und Mut zu Hülfe gekommen war.

Er reichte ihr die Hand und drückte sie, als ob es zwischen ihnen keines weiteren Wortes bedürfe; sie aber sagte leis: »Nein, Hauke, laß mich sprechen; das Kind, das ich nach Jahren dir geboren habe, es wird für immer ein Kind bleiben. O lieber Gott! es ist schwachsinnig; ich muß es einmal vor dir sagen.«

»Ich wußte es längst«, sagte Hauke und hielt die Hand seines Weibes fest, die sie ihm entziehen wollte.

»So sind wir denn doch allein geblieben«, sprach sie wieder.

Aber Hauke schüttelte den Kopf: »Ich hab sie lieb, und sie schlägt ihre Ärmchen um mich und drückt sich fest an meine Brust; um alle Schätze wollt ich das nicht missen!«

Die Frau sah finster vor sich hin. »Aber warum?« sprach sie, »was hab ich arme Mutter denn verschuldet?«

– »Ja, Elke, das hab ich freilich auch gefragt, den, der allein es wissen kann; aber du weißt ja auch, der Allmächtige gibt den Menschen keine Antwort – vielleicht, weil wir sie nicht begreifen würden.«

Er hatte auch die andere Hand seines Weibes gefaßt und zog sie sanft zu sich heran. »Laß dich nicht irren, dein Kind, wie du es tust, zu lieben; sei sicher, das versteht es!«

Da warf sich Elke an ihres Mannes Brust und weinte sich satt und war mit ihrem Leid nicht mehr allein. Dann plötzlich lächelte sie ihn an; nach einem heftigen Händedruck lief sie hinaus und holte sich ihr Kind aus der Kammer der alten Trin' Jans und nahm es auf ihren Schoß und hätschelte und küßte es, bis es stammelnd sagte: »Mutter, mein liebe Mutter!«

So lebten die Menschen auf dem Deichgrafshofe still beisammen; wäre das Kind nicht dagewesen, es hätte viel gefehlt.

Allmählich verfloß der Sommer; die Zugvögel waren durchgezogen, die Luft wurde leer vom Gesang der Lerchen; nur vor den Scheunen, wo sie beim Dreschen Körner pickten, hörte man hie und da einige kreischend davonfliegen; schon war alles hart gefroren. In der Küche des Haupthauses saß eines Nachmittags die alte Trin' Jans auf der Holzstufe einer Treppe, die neben dem Feuerherd nach dem Boden lief. Es war in den letzten Wochen, als sei sie aufgelebt; sie kam jetzt gern einmal in die Küche und sah Frau Elke hier hantieren; es war keine Rede mehr davon, daß ihre Beine sie nicht hätten dahin tragen können, seit eines Tages klein Wienke sie an der Schürze hier heraufgezogen hatte. Jetzt kniete das Kind an ihrer Seite und sah mit seinen stillen Augen in die Flammen, die aus dem Herdloch aufflackerten; ihr eines Händchen klammerte sich an den Ärmel der Alten, das andere lag in ihrem eigenen fahlblonden Haar. Trin' Jans erzählte. »Du weißt«, sagte sie, »ich stand in Dienst bei deinem Urgroßvater, als Hausmagd, und dann mußt ich die Schweine füttern; der war klüger als sie alle – da war es, es ist grausam lange her, aber eines Abends, der Mond schien, da ließen sie die Haffschleuse schließen, und sie konnte nicht wieder zurück in See. Oh, wie sie schrie und mit ihren Fischhänden sich ihre harten struppigen Haare griff! Ja, Kind, ich sah es und hörte sie selber schreien! Die Gräben zwischen den Fennen waren alle voll Wasser, und der Mond schien darauf, daß sie wie Silber glänzten, und sie schwamm aus einem Graben in den andren und hob die Arme und schlug, was ihre Hände waren, aneinander, daß man es weither klatschen hörte, als wenn sie beten wollte; aber, Kind, beten können diese Kreaturen nicht. Ich saß vor der Haustür auf ein paar Balken, die zum Bauen angefahren waren, und sah weithin über die Fennen; und das Wasserweib schwamm noch immer in den Gräben, und wenn sie die Arme aufhob, so glitzerten auch die wie Silber und Demanten. Zuletzt sah ich sie nicht mehr, und die Wildgäns' und Möwen, die ich all die Zeit nicht gehört hatte, zogen wieder mit Pfeifen und Schnattern durch die Luft.«

Die Alte schwieg; das Kind hatte ein Wort sich aufgefangen. »Konnte sie beten?« frug sie. »Was sagst du? Wer war es?«

»Kind«, sagte die Alte, »die Wasserfrau war es; das sind Undinger, die nicht selig werden können.«

»Nicht selig!« wiederholte das Kind, und ein tiefer Seufzer, als habe sie das verstanden, hob die kleine Brust.

– »Trin' Jans!« kam eine tiefe Stimme von der Küchentür, und die Alte zuckte leicht zusammen. Es war der Deichgraf Hauke Haien, der dort am Ständer lehnte. »Was redet Sie dem Kinde vor? Hab ich Ihr nicht geboten, Ihre Mären für sich zu behalten oder sie den Gäns' und Hühnern zu erzählen?«

Die Alte sah ihn mit einem bösen Blick an und schob die Kleine von sich fort. »Das sind keine Mären«, murmelte sie in sich hinein, »das hat mein Großohm mir erzählt.«

– »Ihr Großohm, Trin'? Sie wollte es ja eben selbst erlebt haben.«

»Das ist egal«, sagte die Alte, »aber Ihr glaubt nicht, Hauke Haien; Ihr wollt wohl meinen Großohm noch zum Lügner machen!« Dann rückte sie näher an den Herd und streckte die Hände über die Flammen des Feuerlochs.

Der Deichgraf warf einen Blick gegen das Fenster; draußen dämmerte es noch kaum. »Komm, Wienke!« sagte er und zog sein schwachsinniges Kind zu sich heran; »komm mit mir, ich will dir draußen vom Deich aus etwas zeigen! Nur müssen wir zu Fuß gehen; der Schimmel ist beim Schmied.« Dann ging er mit ihr in die Stube, und Elke band dem Kinde dicke wollene Tücher um Hals und Schultern; und bald danach ging der Vater mit ihr auf

dem alten Deiche nach Nordwest hinauf, Jeverssand vorbei, bis wo die Watten breit, fast unübersehbar wurden.
Bald hatte er sie getragen, bald ging sie an seiner Hand; die Dämmerung wuchs allmählich; in der Ferne verschwand alles in Dunst und Duft. Aber dort, wohin noch das Auge reichte, hatten die unsichtbar schwellenden Wattströme das Eis zerrissen, und, wie Hauke Haien es in seiner Jugend einst gesehen hatte, aus den Spalten stiegen wie damals die rauchenden Nebel, und daran entlang waren wiederum die unheimlichen närrischen Gestalten und hüpften gegeneinander und dienerten und dehnten sich plötzlich schreckhaft in die Breite.
Das Kind klammerte sich angstvoll an seinen Vater und deckte dessen Hand über sein Gesichtlein. »Die Seeteufel!« raunte es zitternd zwischen seine Finger, »die Seeteufel!«
Er schüttelte den Kopf: »Nein, Wienke, weder Wasserweiber noch Seeteufel; so etwas gibt es nicht; wer hat dir davon gesagt?«
Sie sah mit stumpfem Blick zu ihm herauf; aber sie antwortete nicht. Er strich ihr zärtlich über die Wangen. »Sieh nur wieder hin!« sagte er, »das sind nur arme hungrige Vögel! Sieh nur, wie jetzt der große seine Flügel breitet; die holen sich die Fische, die in die rauchenden Spalten kommen.«
»Fische«, wiederholte Wienke.
»Ja, Kind, das alles ist lebig, so wie wir; es gibt nichts anderes; aber der liebe Gott ist überall!«
Klein Wienke hatte ihre Augen fest auf den Boden gerichtet und hielt den Atem an; es war, als sähe sie erschrocken in einen Abgrund. Es war vielleicht nur so; der Vater blickte lange auf sie hin, er bückte sich und sah in ihr Gesichtlein; aber keine Regung der verschlossenen Seele wurde darin kund. Er hob sie auf den Arm und steckte ihre verklommenen Händchen in einen seiner dicken Wollhandschuhe. »So, mein Wienke« – und das Kind vernahm wohl nicht den Ton von heftiger Innigkeit in seinen Worten –, »so, wärm dich bei mir! Du bist doch unser Kind, unser einziges. Du hast uns lieb . . .!« Die Stimme brach dem Manne; aber die Kleine drückte zärtlich ihr Köpfchen in seinen rauhen Bart.
So gingen sie friedlich heimwärts.

Nach Neujahr war wieder einmal die Sorge in das Haus getreten; ein Marschfieber hatte den Deichgrafen ergriffen; auch mit ihm ging es nah am Rand der Grube her, und als er unter Frau Elkes Pfleg und Sorge wieder erstanden war, schien er kaum derselbe Mann. Die Mattigkeit des Körpers lag auch auf seinem Geiste, und Elke sah mit Besorgnis, wie er allzeit leicht zufrieden war. Dennoch, gegen Ende des März, drängte es ihn, seinen Schimmel zu besteigen und zum ersten Male wieder auf seinem Deich entlangzureiten; es war an einem Nachmittage, und die Sonne, die zuvor geschienen hatte, lag längst schon wieder hinter trübem Duft.

Im Winter hatte es ein paarmal Hochwasser gegeben; aber es war nicht von Belang gewesen; nur drüben am andern Ufer war auf einer Hallig eine Herde Schafe ertrunken und ein Stück vom Vorland abgerissen worden; hier an dieser Seite und am neuen Kooge war ein nennenswerter Schaden nicht geschehen. Aber in der letzten Nacht hatte ein stärkerer Sturm getobt; jetzt mußte der Deichgraf selbst hinaus und alles mit eigenem Aug besichtigen. Schon war er unten von der Südostecke aus auf dem neuen Deich herumgeritten, und es war alles wohl erhalten; als er aber an die Nordostecke gekommen war, dort, wo der neue Deich auf den alten stößt, war zwar der erstere unversehrt, aber wo früher der Priel den alten erreicht hatte und an ihm entlanggeflossen war, sah er in großer Breite die Grasnarbe zerstört und fortgerissen und in dem Körper des Deiches eine von der Flut gewühlte Höhlung, durch welche überdies ein Gewirr von Mäusegängen bloßgelegt war. Hauke stieg vom Pferde und besichtigte den Schaden in der Nähe: das Mäuseunheil schien unverkennbar noch unsichtbar weiter fortzulaufen.

Er erschrak heftig; gegen alles dieses hätte schon beim Bau des neuen Deiches Obacht genommen werden müssen; da es damals übersehen worden, so mußte es jetzt geschehen! – Das Vieh war noch nicht auf den Fennen, das Gras war ungewohnt zurückgeblieben; wohin er blickte, es sah ihn leer und öde an. Er bestieg wieder sein Pferd und ritt am Ufer hin und her: es war Ebbe, und er gewahrte wohl, wie der Strom von außen her sich wieder ein neues Bett im Schlick gewühlt hatte und jetzt von Nordwesten auf den alten Deich gestoßen war; der neue aber, soweit es ihn traf, hatte mit seinem sanfteren Profile dem Anprall widerstehen können.

Ein Haufen neuer Plag und Arbeit erhob sich vor der Seele des

Deichgrafen; nicht nur der alte Deich mußte hier verstärkt, auch dessen Profil dem des neuen angenähert werden; vor allem aber mußte der als gefährlich wieder aufgetretene Priel durch neuzulegende Dämme oder Lahnungen abgeleitet werden. Noch einmal ritt er auf dem neuen Deich bis an die äußerste Nordwestecke, dann wieder rückwärts, die Augen unablässig auf das neugewühlte Bett des Prieles heftend, der ihm zur Seite sich deutlich genug in dem bloßgelegten Schlickgrund abzeichnete. Der Schimmel drängte vorwärts und schnob und schlug mit den Vorderhufen; aber der Reiter drückte ihn zurück, er wollte langsam reiten, er wollte auch die innere Unruhe bändigen, die immer wilder in ihm aufgor.

Wenn eine Sturmflut wiederkäme – eine, wie 1655 dagewesen, wo Gut und Menschen ungezählt verschlungen wurden –, wenn sie wiederkäme, wie sie schon mehrmals einst gekommen war! – Ein heißer Schauer überrieselte den Reiter – der alte Deich, er würde den Stoß nicht aushalten, der gegen ihn heraufschösse! Was dann, was sollte dann geschehen? – Nur eines, ein einzig Mittel würde es geben, um vielleicht den alten Koog und Gut und Leben darin zu retten. Hauke fühlte sein Herz stillstehen, sein sonst so fester Kopf schwindelte; er sprach es nicht aus, aber in ihm sprach es stark genug: Dein Koog, der Hauke-Haien-Koog müßte preisgegeben und der neue Deich durchstochen werden!

Schon sah er im Geist die stürzende Hochflut hereinbrechen und Gras und Klee mit ihrem salzen schäumenden Gischt bedecken. Ein Sporenstich fuhr in die Weichen des Schimmels, und einen Schrei ausstoßend, flog er auf dem Deich entlang und dann den Akt hinab, der deichgräflichen Werfte zu.

Den Kopf voll von innerem Schrecknis und ungeordneten Plänen, kam er nach Hause. Er warf sich in seinen Lehnstuhl, und als Elke mit der Tochter in das Zimmer trat, stand er wieder auf und hob das Kind zu sich empor und küßte es; dann jagte er das gelbe Hündlein mit ein paar leichten Schlägen von sich. »Ich muß noch einmal droben nach dem Krug!« sagte er und nahm seine Mütze vom Türhaken, wohin er sie eben erst gehängt hatte.

Seine Frau sah ihn sorgenvoll an: »Was willst du dort? Es wird schon Abend, Hauke!«

»Deichgeschichten!« murmelte er vor sich hin, »ich treffe von den Gevollmächtigten dort.«

Sie ging ihm nach und drückte ihm die Hand, denn er war mit diesen Worten schon zur Tür hinaus. Hauke Haien, der sonst alles bei sich selber abgeschlossen hatte, drängte es jetzt, ein Wort von jenen zu erhalten, die er sonst kaum eines Anteils wertgehalten hatte. Im Gastzimmer traf er Ole Peters mit zweien der Gevollmächtigten und einem Koogseinwohner am Kartentisch.

»Du kommst wohl von draußen, Deichgraf?« sagte der erstere, nahm die halb ausgeteilten Karten auf und warf sie wieder hin.

»Ja, Ole«, erwiderte Hauke; »ich war dort, es sieht übel aus.«

»Übel? – Nun, ein paar hundert Soden und eine Bestickung wird's wohl kosten; ich war dort auch am Nachmittag.«

»So wohlfeil wird's nicht abgehen, Ole«, erwiderte der Deichgraf, »der Priel ist wieder da, und wenn er jetzt auch nicht von Norden auf den alten Deich stößt, so tut er's doch von Nordwesten!«

»Du hättest ihn lassen sollen, wo du ihn fandest!« sagte Ole trocken.

»Das heißt«, entgegnete Hauke, »der neue Koog geht dich nichts an; und darum sollte er nicht existieren. Das ist deine eigne Schuld! Aber wenn wir Lahnungen legen müssen, um den alten Deich zu schützen, der grüne Klee hinter dem neuen bringt das übermäßig ein!«

»Was sagt Ihr, Deichgraf?« riefen die Gevollmächtigten, »Lahnungen? Wie viele denn? Ihr liebt es, alles beim teuersten Ende anzufassen!«

Die Karten lagen unberührt auf dem Tisch. »Ich will's dir sagen, Deichgraf«, sagte Ole Peters und stemmte beide Arme auf, »dein neuer Koog ist ein fressend Werk, was du uns gestiftet hast! Noch laboriert alles an den schweren Kosten deiner breiten Deiche; nun frißt er uns auch den alten Deich, und wir sollen ihn verneuen! – Zum Glück ist's nicht so schlimm; er hat diesmal gehalten und wird es auch noch ferner tun! Steig nur morgen wieder auf deinen Schimmel, und sieh es dir noch einmal an!«

Hauke war aus dem Frieden seines Hauses hierhergekommen; hinter den immerhin noch gemäßigten Worten, die er eben hörte, lag – er konnte es nicht verkennen – ein zäher Widerstand; ihm war, als fehle ihm dagegen noch die alte Kraft. »Ich will tun, wie du es rätst, Ole«, sprach er, »nur fürcht ich, ich werd es finden, wie ich es heut gesehen habe.«

Eine unruhige Nacht folgte diesem Tage; Hauke wälzte sich schlaflos in seinen Kissen. »Was ist dir?« frug ihn Elke, welche die Sorge um ihren Mann wach hielt; »drückt dich etwas, so sprich es von dir; wir haben's ja immer so gehalten!«

»Es hat nichts auf sich, Elke!« erwiderte er, »am Deiche, an den Schleusen ist was zu reparieren; du weißt, daß ich das allzeit nachts in mir zu verarbeiten habe.« Weiter sagte er nichts; er wollte sich die Freiheit seines Handelns vorbehalten; ihm unbewußt, war die klare Einsicht und der kräftige Geist seines Weibes ihm in seiner augenblicklichen Schwäche ein Hindernis, dem er unwillkürlich auswich.

– – Am folgenden Vormittag, als er wieder auf den Deich hinauskam, war die Welt eine andere, als wie er sie tags zuvor gefunden hatte; zwar war wieder hohl Ebbe, aber der Tag war noch im Steigen, und eine lichte Frühlingssonne ließ ihre Strahlen fast senkrecht auf die unabsehbaren Watten fallen; die weißen Möwen schwebten ruhig hin und wider, und unsichtbar über ihnen, hoch unter dem azurblauen Himmel, sangen die Lerchen ihre ewige Melodie. Hauke, der nicht wußte, wie uns die Natur mit ihrem Reiz betrügen kann, stand auf der Nordwestecke des Deiches und suchte nach dem neuen Bett des Prieles, das ihn gestern so erschreckt hatte; aber bei dem vom Zenit herabschießenden Sonnenlichte fand er es anfänglich nicht einmal. Erst da er gegen die blendenden Strahlen seine Augen mit der Hand beschattete, konnte er es nicht verkennen; aber dennoch, die Schatten in der gestrigen Dämmerung mußten ihn getäuscht haben; es kennzeichnete sich jetzt nur schwach; die bloßgelegte Mäusewirtschaft mußte mehr als die Flut den Schaden in dem Deich veranlaßt haben. Freilich, Wandel mußte hier geschafft werden, aber durch sorgfältiges Aufgraben und, wie Ole Peters gesagt hatte, durch frische Soden und einigen Ruten Strohbestickung war der Schaden auszuheilen.

›Es war so schlimm nicht‹, sprach er erleichtert zu sich selber, ›du bist gestern doch dein eigner Narr gewesen!‹ – Er berief die Gevollmächtigten, und die Arbeiten wurden ohne Widerspruch beschlossen, was bisher noch nie geschehen war. Der Deichgraf meinte eine stärkende Ruhe in seinem noch geschwächten Körper sich verbreiten zu fühlen, und nach einigen Wochen war alles sauber ausgeführt.

Das Jahr ging weiter, aber je weiter es ging und je ungestörter die neugelegten Rasen durch die Strohdecke grünten, um so unruhiger ging oder ritt Hauke an dieser Stelle vorüber, er wandte die Augen ab, er ritt hart an der Binnenseite des Deiches, ein paarmal, wo er dort hätte vorübermüssen, ließ er sein schon gesatteltes Pferd wieder in den Stall zurückführen; dann wieder, wo er nichts dort zu tun hatte, wanderte er, um nur rasch und ungesehen von seiner Werfte fortzukommen, plötzlich und zu Fuß dahin; manchmal auch war er umgekehrt, er hatte es sich nicht zumuten können, die unheimliche Stelle aufs neue zu betrachten; und endlich, mit den Händen hätte er alles wieder aufreißen mögen, denn wie ein Gewissensbiß, der außer ihm Gestalt gewonnen hatte, lag dies Stück des Deiches ihm vor Augen. Und doch, seine Hand konnte nicht mehr daran rühren; und niemandem, selbst nicht seinem Weibe, durfte er davon reden. So war der September gekommen; nachts hatte ein mäßiger Sturm getobt und war zuletzt nach Nordwest umgesprungen. An trübem Vormittag danach, zur Ebbezeit, ritt Hauke auf den Deich hinaus, und es durchfuhr ihn, als er seine Augen über die Watten schweifen ließ; dort, von Nordwest herauf, sah er plötzlich wieder, und schärfer und tiefer ausgewühlt, das gespenstische neue Bett des Prieles; so sehr er seine Augen anstrengte, es wollte nicht mehr weichen.

Als er nach Haus kam, ergriff Elke seine Hand. »Was hast du, Hauke?« sprach sie, als sie in sein düstres Antlitz sah, »es ist doch kein neues Unheil? Wir sind jetzt so glücklich; mir ist, du hast nun Frieden mit ihnen allen!«

Diesen Worten gegenüber vermochte er seine verworrene Furcht nicht in Worten kundzugeben.

»Nein, Elke«, sagte er, »mich feindet niemand an; es ist nur ein verantwortlich Amt, die Gemeinde vor unseres Herrgotts Meer zu schützen.«

Er machte sich los, um weiteren Fragen des geliebten Weibes auszuweichen. Er ging in Stall und Scheuer, als ob er alles revidieren müsse; aber er sah nichts um sich her; er war nur beflissen, seinen Gewissensbiß zur Ruhe, ihn sich selber als eine krankhaft übertriebene Angst zur Überzeugung zu bringen.

– – Das Jahr, von dem ich Ihnen erzähle«, sagte nach einer Weile mein Gastfreund, der Schulmeister, »war das Jahr 1756, das in dieser Gegend nie vergessen wird; im Hause Hauke Haiens brachte es eine Tote. Zu Ende des Septembers war in der Kammer, welche ihr in der Scheune eingeräumt war, die fast neunzigjährige Trin' Jans am Sterben. Man hatte sie nach ihrem Wunsche in den Kissen aufgerichtet, und ihre Augen gingen durch die kleinen bleigefaßten Scheiben in die Ferne; es mußte dort am Himmel eine dünnere Luftschicht über einer dichteren liegen, denn es war hohe Kimmung, und die Spiegelung hob in diesem Augenblick das Meer wie einen flimmernden Silberstreifen über den Rand des Deiches, so daß es blendend in die Kammer schimmerte; auch die Südspitze von Jeverssand war sichtbar.

Am Fußende des Bettes kauerte die kleine Wienke und hielt mit der einen Hand sich fest an der ihres Vaters, der danebenstand. In das Antlitz der Sterbenden grub eben der Tod das hippokratische Gesicht, und das Kind starrte atemlos auf die unheimliche, ihr unverständliche Verwandlung des unschönen, aber ihr vertrauten Angesichts.

»Was macht sie? Was ist das, Vater?« flüsterte sie angstvoll und grub die Fingernägel in ihres Vaters Hand.

»Sie stirbt!« sagte der Deichgraf.

»Stirbt!« wiederholte das Kind und schien in verworrenes Sinnen zu verfallen.

Aber die Alte rührte noch einmal ihre Lippen: »Jins! Jins!« Und kreischend, wie ein Notschrei, brach es hervor, und ihre knöchernen Arme streckten sich gegen die draußen flimmernde Meeresspiegelung. »Hölp mi! Hölp mi! Du bist ja bawen Water ... Gott gnad de annern!«

Ihre Arme sanken, ein leises Krachen der Bettstatt wurde hörbar; sie hatte aufgehört zu leben.

Das Kind tat einen tiefen Seufzer und warf die blassen Augen zu ihrem Vater auf. »Stirbt sie noch immer?« frug es.

»Sie hat es vollbracht!« sagte der Deichgraf und nahm das Kind auf seinen Arm. »Sie ist nun weit von uns, beim lieben Gott.«

»Beim lieben Gott!« wiederholte das Kind und schwieg eine Weile, als müsse es den Worten nachsinnen. »Ist das gut, beim lieben Gott?«

»Ja, das ist das Beste.« – In Haukes Innerm aber klang schwer die letzte Rede der Sterbenden. ›Gott gnad de annern!‹ sprach es leise in ihm. ›Was wollte die alte Hexe? Sind denn die Sterbenden Propheten – –?‹

– – Bald nachdem Trin' Jans oben bei der Kirche eingegraben

war, begann man immer lauter von allerlei Unheil und seltsamem Geschmeiß zu reden, das die Menschen in Nordfriesland erschreckt haben sollte; und sicher war es: am Sonntage Lätare war droben von der Turmspitze der goldene Hahn durch einen Wirbelwind herabgeworfen worden; auch das war richtig: im Hochsommer fiel, wie ein Schnee, ein groß Geschmeiß vom Himmel, daß man die Augen davor nicht auftun konnte und es hernach fast handhoch auf den Fennen lag, und hatte niemand je so was gesehen. Als aber nach Ende September der Großknecht mit Korn und die Magd Ann Grete mit Butter in die Stadt zu Markt gefahren waren, kletterten sie bei ihrer Rückkunft mit schrekkensbleichen Gesichtern von ihrem Wagen. »Was ist? Was habt ihr?« riefen die andern Dirnen, die hinausgelaufen waren, da sie den Wagen rollen hörten.

Ann Grete in ihrem Reiseanzug trat atemlos in die geräumige Küche. »Nun, so erzähl doch!« riefen die Dirnen wieder, »wo ist das Unglück los?«

»Ach, unser lieber Jesus wolle uns behüten!« rief Ann Grete. »Ihr wißt, von drüben, überm Wasser, das alt Mariken vom Ziegelhof, wir stehen mit unserer Butter ja allzeit zusammen an der Apothekerecke, die hat es mir erzählt, und Iven Johns sagte auch, das gibt ein Unglück! sagte er, ein Unglück über ganz Nordfriesland; glaub mir's, Ann Gret! Und« – sie dämpfte ihre Stimme – »mit des Deichgrafs Schimmel ist's am Ende auch nicht richtig!«

»Scht! scht!« machten die andern Dirnen.

– »Ja, ja; was kümmert's mich! Aber drüben, an der andern Seite, geht's noch schlimmer als bei uns! Nicht bloß Fliegen und Geschmeiß, auch Blut ist wie Regen vom Himmel gefallen; und da am Sonntagmorgen danach der Pastor sein Waschbecken vorgenommen hat, sind fünf Totenköpfe, wie Erbsen groß, darin gewesen, und alle sind gekommen, um das zu sehen; im Monat Augusti sind grausige rotköpfige Raupenwürmer über das Land gezogen und haben Korn und Mehl und Brot, und was sie fanden, weggefressen, und hat kein Feuer sie vertilgen können!«

Die Erzählerin verstummte plötzlich; keine der Mägde hatte bemerkt, daß die Hausfrau in die Küche getreten war. »Was redet ihr da?« sprach diese. »Laßt das den Wirt nicht hören!« Und da sie alle jetzt erzählen wollten: »Es tut nicht not; ich habe genug davon vernommen; geht an euere Arbeit, das bringt euch

besseren Segen!« Dann nahm sie Ann Gret mit sich in die Stube und hielt mit dieser Abrechnung über ihre Marktgeschäfte.
So fand im Hause des Deichgrafen das abergläubische Geschwätz bei der Herrschaft keinen Anhalt; aber in die übrigen Häuser, und je länger die Abende wurden, um desto leichter, drang es mehr und mehr hinein. Wie schwere Luft lag es auf allen, und heimlich sagte man es sich, ein Unheil, ein schweres, würde über Nordfriesland kommen.

Es war vor Allerheiligen, im Oktober. Tagüber hatte es stark aus Südwest gestürmt; abends stand ein halber Mond am Himmel, dunkelbraune Wolken jagten überhin, und Schatten und trübes Licht flogen auf der Erde durcheinander; der Sturm war im Wachsen. Im Zimmer des Deichgrafen stand noch der geleerte Abendtisch; die Knechte waren in den Stall gewiesen, um dort des Viehes zu achten; die Mägde mußten im Hause und auf den Böden nachsehen, ob Türen und Luken wohlverschlossen seien, daß nicht der Sturm hineinfasse und Unheil anrichte. Drinnen stand Hauke neben seiner Frau am Fenster; er hatte eben sein Abendbrot hinabgeschlungen; er war draußen auf dem Deich gewesen. Zu Fuße war er hinausgetrabt, schon früh am Nachmittag; spitze Pfähle und Säcke voll Klei oder Erde hatte er hie und dort, wo der Deich eine Schwäche zu verraten schien, zusammentragen lassen; überall hatte er Leute angestellt, um die Pfähle einzurammen und mit den Säcken vorzudämmen, sobald die Flut den Deich zu schädigen beginne; an dem Winkel zu Nordwesten, wo der alte und der neue Deich zusammenstießen, hatte er die meisten Menschen hingestellt, nur im Notfall durften sie von den angewiesenen Plätzen weichen. Das hatte er zurückgelassen; dann, vor kaum einer Viertelstunde, naß, zerzaust, war er in seinem Hause angekommen, und jetzt, das Ohr nach den Windböen, welche die in Blei gefaßten Scheiben rasseln machten, blickte er wie gedankenlos in die wüste Nacht hinaus; die Wanduhr hinter ihrer Glasscheibe schlug eben acht. Das Kind, das neben der Mutter stand, fuhr zusammen und barg den Kopf in deren Kleider. »Klaus!« rief sie weinend, »wo ist mein Klaus?«
Sie konnte wohl so fragen, denn die Möwe hatte, wie schon im vorigen Jahre, so auch jetzt ihre Winterreise nicht mehr angetreten. Der Vater überhörte die Frage; die Mutter aber nahm das

Kind auf ihren Arm. »Dein Klaus ist in der Scheune«, sagte sie, »da sitzt er warm.«

»Warum?« sagte Wienke, »ist das gut?«

– »Ja, das ist gut.«

Der Hausherr stand noch am Fenster. »Es geht nicht länger, Elke!« sagte er, »ruf eine von den Dirnen; der Sturm drückt uns die Scheiben ein, die Luken müssen angeschroben werden!«

Auf das Wort der Hausfrau war die Magd hinausgelaufen; man sah vom Zimmer aus, wie ihr die Röcke flogen; aber als sie die Klammern gelöst hatte, riß ihr der Sturm den Laden aus der Hand und warf ihn gegen die Fenster, daß ein paar Scheiben zersplittert in die Stube flogen und eins der Lichter qualmend auslosch. Hauke mußte selbst hinaus, zu helfen, und nur mit Not kamen allmählich die Luken vor die Fenster. Als sie beim Wiedereintritt in das Haus die Tür aufrissen, fuhr eine Böe hinterdrein, daß Glas und Silber im Wandschrank durcheinanderklirrten; oben im Hause über ihren Köpfen zitterten und krachten die Balken, als wolle der Sturm das Dach von den Mauern reißen. Aber Hauke kam nicht wieder in das Zimmer; Elke hörte, wie er durch die Tenne nach dem Stalle schritt. »Den Schimmel! Den Schimmel, John! Rasch!« So hörte sie ihn rufen; dann kam er wieder in die Stube, das Haar zerzaust, aber die grauen Augen leuchtend. »Der Wind ist umgesprungen!« rief er – »nach Nordwest, auf halber Springflut! Kein Wind; – wir haben solchen Sturm noch nicht erlebt!«

Elke war totenblaß geworden. »Und du mußt noch einmal hinaus?«

Er ergriff ihre beiden Hände und drückte sie wie im Krampfe in die seinen. »Das muß ich, Elke.«

Sie erhob langsam ihre dunkeln Augen zu ihm, und ein paar Sekunden lang sahen sie sich an; doch war's wie eine Ewigkeit. »Ja, Hauke«, sagte das Weib, »ich weiß es wohl, du mußt!«

Da trabte es draußen vor der Haustür. Sie fiel ihm um den Hals, und einen Augenblick war's, als könne sie ihn nicht lassen; aber auch das war nur ein Augenblick. »Das ist *unser* Kampf!« sprach Hauke, »ihr seid hier sicher; an dies Haus ist noch keine Flut gestiegen. Und bete zu Gott, daß er auch mit mir sei!«

Hauke hüllte sich in seinen Mantel, und Elke nahm ein Tuch und wickelte es ihm sorgsam um den Hals; sie wollte ein Wort sprechen, aber die zitternden Lippen versagten es ihr.

Draußen wieherte der Schimmel, daß es wie Trompetenschall in das Heulen des Sturmes hineinklang. Elke war mit ihrem Mann hinausgegangen; die alte Esche knarrte, als ob sie auseinanderstürzen solle. »Steigt auf, Herr!« rief der Knecht, »der Schimmel ist wie toll; die Zügel könnten reißen.« Hauke schlug die Arme um sein Weib. »Bei Sonnenaufgang bin ich wieder da!«
Schon war er auf sein Pferd gesprungen; das Tier stieg mit den Vorderhufen in die Höhe, dann, gleich einem Sreithengst, der sich in die Schlacht stürzt, jagte es mit seinem Reiter die Werfte hinunter, in Nacht und Sturmgeheul hinaus. »Vater, mein Vater!« schrie eine klägliche Kinderstimme hinter ihm darein, »mein lieber Vater!«
Wienke war im Dunkeln hinter dem Fortjagenden hergelaufen; aber schon nach hundert Schritten strauchelte sie über einen Erdhaufen und fiel zu Boden.
Der Knecht Iven Johns brachte das weinende Kind der Mutter zurück; die lehnte am Stamme der Esche, deren Zweige über ihr die Luft peitschten, und starrte wie abwesend in die Nacht hinaus, in der ihr Mann verschwunden war; wenn das Brüllen des Sturmes und das ferne Klatschen des Meeres einen Augenblick aussetzten, fuhr sie wie in Schreck zusammen; ihr war jetzt, als suche alles nur ihn zu verderben und werde jäh verstummen, wenn es ihn gefaßt habe. Ihre Knie zitterten, ihre Haare hatte der Sturm gelöst und trieb damit sein Spiel. »Hier ist das Kind, Frau!« schrie John ihr zu, »haltet es fest!« und drückte die Kleine der Mutter in den Arm.
»Das Kind? – Ich hatte dich vergessen, Wienke!« rief sie, »Gott verzeih mir's.« Dann hob sie es an ihre Brust, so fest nur Liebe fassen kann, und stürzte mit ihr in die Knie. »Herr Gott und du mein Jesus, laß uns nicht Witwe und Waise werden! Schütz ihn, o lieber Gott; nur du und ich, wir kennen ihn allein!« Und der Sturm setzte nicht mehr aus; es tönte und donnerte, als solle die ganze Welt in ungeheuerem Hall und Schall zugrunde gehen.
»Geht in das Haus, Frau!« sagte John, »kommt!« Und er half ihnen auf und leitete die beiden in das Haus und in die Stube.
– – Der Deichgraf Hauke Haien jagte auf seinem Schimmel dem Deiche zu. Der schmale Weg war grundlos, denn die Tage vorher war unermeßlicher Regen gefallen; aber der nasse saugende

Klei schien gleichwohl die Hufen des Tieres nicht zu halten, es war, als hätte es festen Sommerboden unter sich. Wie eine Wilde Jagd trieben die Wolken am Himmel; unten lag die weite Marsch wie eine unerkennbare, von unruhigen Schatten erfüllte Wüste; von dem Wasser hinter dem Deiche, immer ungeheuer, kam ein dumpfes Tosen, als müsse es alles andere verschlingen. »Vorwärts, Schimmel!« rief Hauke; »wir reiten unseren schlimmsten Ritt!«

Da klang es wie ein Todesschrei unter den Hufen seines Rosses. Er riß den Zügel zurück; er sah sich um: ihm zur Seite dicht über dem Boden, halb fliegend, halb vom Sturme geschleudert, zog eine Schar von weißen Möwen, ein höhnisches Gegacker ausstoßend; sie suchten Schutz im Lande. Eine von ihnen – der Mond schien flüchtig durch die Wolken – lag am Weg zertreten: dem Reiter war's, als flattere ein rotes Band an ihrem Halse. »Klaus!« rief er. »Armer Klaus!«

War es der Vogel seines Kindes? Hatte er Roß und Reiter erkannt und sich bei ihnen bergen wollen? – Der Reiter wußte es nicht. »Vorwärts!« rief er wieder, und schon hob der Schimmel zu neuem Rennen seine Hufen; da setzte der Sturm plötzlich aus, eine Totenstille trat an seine Stelle; nur eine Sekunde lang, dann kam er mit erneuter Wut zurück; aber Menschenstimmen und verlorenes Hundegebell waren inzwischen an des Reiters Ohr geschlagen, und als er rückwärts nach seinem Dorf den Kopf wandte, erkannte er in dem Mondlicht, das hervorbrach, auf den Werften und vor den Häusern Menschen an hochbeladenen Wagen umherhantierend; er sah, wie im Fluge, noch andere Wagen eilend nach der Geest hinauffahren; Gebrüll von Rindern traf sein Ohr, die aus den warmen Ställen nach dort hinaufgetrieben wurden. ›Gott Dank! sie sind dabei, sich und ihr Vieh zu retten!‹ rief es in ihm; und dann mit einem Angstschrei: »Mein Weib! Mein Kind! – Nein, nein; auf unsere Werfte steigt das Wasser nicht!«

Aber nur ein Augenblick war es; nur wie eine Vision flog alles an ihm vorbei.

Eine furchtbare Böe kam brüllend vom Meer herüber, und ihr entgegen stürmten Roß und Reiter den schmalen Akt zum Deich hinan. Als sie oben waren, stoppte Hauke mit Gewalt sein Pferd. Aber wo war das Meer? Wo Jeverssand? Wo blieb das Ufer drüben? – – Nur Berge von Wasser sah er vor sich, die dräuend gegen den nächtlichen Himmel stiegen, die in der furchtbaren Dämmerung sich übereinanderzutürmen suchten und übereinander gegen das feste Land schlugen. Mit weißen Kronen kamen sie daher, heulend, als sei in ihnen der Schrei alles furchtbaren Raubgetiers der Wildnis. Der Schimmel schlug mit den Vorderhufen und schnob mit seinen Nüstern in den Lärm hinaus; den Reiter aber wollte es überfallen, als sei hier alle Menschenmacht zu Ende; als müsse jetzt die Nacht, der Tod, das Nichts hereinbrechen.

Doch er besann sich: es war ja Sturmflut; nur hatte er sie selbst noch nimmer so gesehen; sein Weib, sein Kind, sie saßen sicher auf der hohen Werfte, in dem festen Hause; sein Deich aber – und wie ein Stolz flog es ihm durch die Brust –, der Hauke-Haien-Deich, wie ihn die Leute nannten, der mochte jetzt beweisen, wie man Deiche bauen müsse!

Aber – was war das? – Er hielt an dem Winkel zwischen beiden Deichen; wo waren die Leute, die er hiehergestellt, die hier die Wacht zu halten hatten? – Er blickte nach Norden den alten Deich hinauf, denn auch dorthin hatte er einzelne beordert. Weder hier noch dort vermochte er einen Menschen zu erblicken; er ritt ein Stück hinaus, aber er blieb allein; nur das Wehen des Sturmes und das Brausen des Meeres bis aus unermessener Ferne schlug betäubend an sein Ohr. Er wandte das Pferd zurück: er kam wieder zu der verlassenen Ecke und ließ seine Augen längs der Linie des neuen Deiches gleiten; er erkannte deutlich: langsamer, weniger gewaltig rollten hier die Wellen heran; fast schien's, als wäre dort ein ander Wasser. »Der soll schon stehen!« murmelte er, und wie ein Lachen stieg es in ihm herauf.

Aber das Lachen verging ihm, als seine Blicke weiter an der Linie seines Deiches entlangglitten: an der Nordwestecke – was war das dort? Ein dunkler Haufen wimmelte durcheinander; er sah, wie es sich emsig rührte und drängte – kein Zweifel, es waren Menschen! Was wollten, was arbeiteten die jetzt an seinem Deich? – Und schon saßen seine Sporen dem Schimmel in den Weichen, und das Tier flog mit ihm dahin; der Sturm kam von der Breitseite; mitunter drängten die Böen so gewaltig, daß sie fast vom Deiche in den neuen Koog hinabgeschleudert wären; aber Roß und Reiter wußten, wo sie ritten. Schon gewahrte Hauke, daß wohl ein paar Dutzend Menschen in eifriger Arbeit dort beisammen seien, und schon sah er deutlich, daß eine Rinne

quer durch den neuen Deich gegraben war. Gewaltsam stoppte er sein Pferd. »Halt!« schrie er, »halt! Was treibt ihr hier für Teufelsunfug?«
Sie hatten in Schreck die Spaten ruhen lassen, als sie auf einmal den Deichgraf unter sich gewahrten; seine Worte hatte der Sturm ihnen zugetragen, und er sah wohl, daß mehrere ihm zu antworten strebten; aber er gewahrte nur ihre heftigen Gebärden, denn sie standen alle ihm zur Linken, und was sie sprachen, nahm der Sturm hinweg, der hier draußen jetzt die Menschen mitunter wie im Taumel gegeneinanderwarf, so daß sie sich dicht zusammenscharten. Hauke maß mit seinen raschen Augen die gegrabene Rinne und den Stand des Wassers, das, trotz des neuen Profiles, fast an die Höhe des Deichs hinaufklatschte und Roß und Reiter überspritzte. Nur noch zehn Minuten Arbeit – er sah es wohl –, dann brach die Hochflut durch die Rinne, und der Hauke-Haien-Koog wurde vom Meer begraben!
Der Deichgraf winkte einem der Arbeiter an die andere Seite seines Pferdes. »Nun, so sprich!« schrie er, »was treibt ihr hier, was soll das heißen?«
Und der Mensch schrie dagegen: »Wir sollen den neuen Deich durchstechen, Herr, damit der alte Deich nicht bricht!«
»Was sollt ihr?«
– »Den neuen Deich durchstechen!«
»Und den Koog verschütten? – Welcher Teufel hat euch das befohlen?«
»Nein, Herr, kein Teufel; der Gevollmächtigte Ole Peters ist hier gewesen, der hat's befohlen!«
Der Zorn stieg dem Reiter in die Augan. »Kennt ihr mich?« schrie er. »Wo ich bin, hat Ole Peters nichts zu ordinieren! Fort mit euch! An euere Plätze, wo ich euch hingestellt!«
Und da sie zögerten, sprengte er mit seinem Schimmel zwischen sie: »Fort, zu euerer oder des Teufels Großmutter!«
»Herr, hütet Euch!« rief einer aus dem Haufen und stieß mit seinem Spaten gegen das wie rasend sich gebärdende Tier; aber ein Hufschlag schleuderte ihm den Spaten aus der Hand, ein anderer stürzte zu Boden. Da plötzlich erhob sich ein Schrei aus dem übrigen Haufen, ein Schrei, wie ihn nur die Todesangst einer Menschenkehle zu entreißen pflegt; einen Augenblick war alles, auch der Deichgraf und der Schimmel, wie gelähmt; nur

ein Arbeiter hatte gleich einem Wegweiser seinen Arm gestreckt; der wies nach der Nordwestecke der beiden Deiche, dort wo der neue auf den alten stieß. Nur das Tosen des Sturmes und das Rauschen des Wassers war zu hören. Hauke drehte sich im Sattel: was gab das dort? Seine Augen wurden groß. »Herr Gott! Ein Bruch! Ein Bruch im alten Deich!«

»Euere Schuld, Deichgraf!« schrie eine Stimme aus dem Haufen. »Euere Schuld! Nehmt's mit vor Gottes Thron!«

Haukes zornrotes Antlitz war totenbleich geworden; der Mond, der es beschien, konnte es nicht bleicher machen; seine Arme hingen schlaff, er wußte kaum, daß er den Zügel hielt. Aber auch das war nur ein Augenblick; schon richtete er sich auf, ein hartes Stöhnen brach aus seinem Munde; dann wandte er stumm sein Pferd, und der Schimmel schnob und raste ostwärts auf dem Deich mit ihm dahin. Des Reiters Augen flogen scharf nach allen Seiten; in seinem Kopfe wühlten die Gedanken: Was hatte er für Schuld vor Gottes Thron zu tragen? – Der Durchstich des neuen Deiches – vielleicht, sie hätten's fertiggebracht, wenn er sein Halt nicht gerufen hätte: aber – es war noch eins, und es schoß ihm heiß zu Herzen, er wußte es nur zu gut – im vorigen Sommer, hätte damals Ole Peters' böses Maul ihn nicht zurückgehalten – da lag's! Er allein hatte die Schwäche des alten Deichs erkannt; er hätte trotz alledem das neue Werk betreiben müssen. »Herr Gott, ja, ich bekenn es«, rief er plötzlich laut in den Sturm hinaus, »ich habe meines Amtes schlecht gewartet!«

Zu seiner Linken, dicht an des Pferdes Hufen, tobte das Meer; vor ihm, und jetzt in voller Finsternis, lag der alte Koog mit seinen Werften und heimatlichen Häusern; das bleiche Himmelslicht war völlig ausgetan; nur von einer Stelle brach ein Lichtschein durch das Dunkel. Und wie ein Trost kam es an des Mannes Herz; es mußte von seinem Haus herüberscheinen, es war ihm wie ein Gruß von Weib und Kind. Gottlob, sie saßen sicher auf der hohen Werfte! Die andern, gewiß, sie waren schon im Geestdorf droben; von dorther schimmerte soviel Lichtschein, wie er niemals noch gesehen hatte; ja selbst hoch oben aus der Luft, es mochte wohl vom Kirchturm sein, brach solcher in die Nacht hinaus. ›Sie werden alle fort sein, alle!‹ sprach Hauke bei sich selber; ›freilich auf mancher Werfte wird ein Haus in Trümmern liegen, schlechte Jahre werden für die überschwemmten Fennen kommen, Siele und Schleusen zu reparieren sein! Wir müssen's

tragen, und ich will helfen, auch denen, die mir Leids getan; nur, Herr, mein Gott, sei gnädig mit uns Menschen!‹
Da warf er seine Augen seitwärts nach dem neuen Koog; um ihn schäumte das Meer; aber in ihm lag es wie nächtlicher Friede. Ein unwillkürliches Jauchzen brach aus des Reiters Brust: »Der Hauke-Haien-Deich, er soll schon halten; er wird es noch nach hundert Jahren tun!«
Ein donnerartiges Rauschen zu seinen Füßen weckte ihn aus diesen Träumen; der Schimmel wollte nicht mehr vorwärts. Was war das? – Das Pferd sprang zurück, und er fühlte es, ein Deichstück stürzte vor ihm in die Tiefe. Er riß die Augen auf und schüttelte alles Sinnen von sich: er hielt am alten Deich, der Schimmel hatte mit den Vorderhufen schon daraufgestanden. Unwillkürlich riß er das Pferd zurück; da flog der letzte Wolkenmantel von dem Mond, und das milde Gestirn beleuchtete den Graus, der schäumend, zischend vor ihm in die Tiefe stürzte, in den alten Koog hinab.
Wie sinnlos starrte Hauke darauf hin; eine Sündflut war's, um Tier und Menschen zu verschlingen. Da blinkte wieder ihm der Lichtschein in die Augen; es war derselbe, den er vorhin gewahrt hatte; noch immer brannte der auf seiner Werfte; und als er jetzt ermutigt in den Koog hinabsah, gewahrte er wohl, daß hinter dem sinnverwirrenden Strudel, der tosend vor ihm hinabstürzte, nur noch eine Breite von etwa hundert Schritten überflutet war; dahinter konnte er deutlich den Weg erkennen, der vom Koog heranführte. Er sah noch mehr: ein Wagen, nein, eine zweirädederige Karriole kam wie toll gegen den Deich herangefahren; ein Weib, ja auch ein Kind saßen darin. Und jetzt – war das nicht das kreischende Gebell eines kleinen Hundes, das im Sturm vorüberflog? Allmächtiger Gott! Sein Weib, sein Kind waren es; schon kamen sie dicht heran, und die schäumende Wassermasse drängte auf sie zu. Ein Schrei, ein Verzweiflungsschrei brach aus der Brust des Reiters. »Elke! schrie er; »Elke! Zurück! Zurück!«
Aber Sturm und Meer waren nicht barmherzig, ihr Toben zerwehte seine Worte; nur seinen Mantel hatte der Sturm erfaßt, er hätte ihn bald vom Pferd herabgerissen; und das Fuhrwerk flog ohne Aufenthalt der stürzenden Flut entgegen. Da sah er, daß das Weib wie gegen ihn hinauf die Arme streckte: Hatte sie ihn erkannt? Hatte die Sehnsucht, die Todesangst um ihn sie aus

dem sicheren Haus getrieben? Und jetzt – rief sie ein letztes Wort ihm zu? – Die Fragen fuhren durch sein Hirn; sie blieben ohne Antwort: von ihr zu ihm, von ihm zu ihr waren die Worte all verloren: nur ein Brausen wie vom Weltenuntergang füllte ihre Ohren und ließ keinen andern Laut hinein.

»Mein Kind! O Elke, o getreue Elke!« schrie Hauke in den Sturm hinaus. Da sank aufs neu ein großes Stück des Deiches vor ihm in die Tiefe, und donnernd stürzte das Meer sich hinterdrein; noch einmal sah er drunten den Kopf des Pferdes, die Räder des Gefährtes aus dem wüsten Greuel emportauchen und dann quirlend darin untergehen. Die starren Augen des Reiters, der so einsam auf dem Deiche hielt, sahen weiter nichts. »Das Ende!« sprach er leise vor sich hin; dann ritt er an den Abgrund, wo unter ihm die Wasser, unheimlich rauschend, sein Heimatdorf zu überfluten begannen; noch immer sah er das Licht von seinem Hause schimmern; es war ihm wie entseelt. Er richtete sich hoch auf und stieß dem Schimmel die Sporen in die Weichen; das Tier bäumte sich, es hätte sich fast überschlagen; aber die Kraft des Mannes drückte es herunter. »Vorwärts!« rief er noch einmal, wie er es so oft zum festen Ritt gerufen hatte. »Herr Gott, nimm mich; verschon die andern!«

Noch ein Sporenstich; ein Schrei des Schimmels, der Sturm und Wellenbrausen überschrie; dann unten aus dem hinabstürzenden Strom ein dumpfer Schall, ein kurzer Kampf.

Der Mond sah leuchtend aus der Höhe; aber unten auf dem Deiche war kein Leben mehr als nur die wilden Wasser, die bald den alten Koog fast völlig überflutet hatten. Noch immer aber ragte die Werfte von Hauke Haiens Hofstatt aus dem Schwall hervor, noch schimmerte von dort der Lichtschein, und von der Geest her, wo die Häuser allmählich dunkel wurden, warf noch die einsame Leuchte aus dem Kirchturm ihre zitternden Lichtfunken über die schäumenden Wellen.«

Der Erzähler schwieg; ich griff nach dem gefüllten Glase, das seit lange vor mir stand; aber ich führte es nicht zum Munde; meine Hand blieb auf dem Tische ruhen.

»Das ist die Geschichte von Hauke Haien«, begann mein Wirt noch einmal, »wie ich sie nach bestem Wissen nur berichten konnte. Freilich, die Wirtschafterin unseres Deichgrafen würde sie Ihnen anders erzählt haben; denn auch das weiß man zu berichten: jenes weiße Pferdsgerippe ist nach der Flut wiederum, wie vormals, im Mondschein auf Jevershallig zu sehen gewesen; das ganze Dorf will es gesehen haben. – Soviel ist sicher: Hauke Haien mit Weib und Kind ging unter in dieser Flut; nicht einmal ihre Grabstätte hab ich droben auf dem Kirchhof finden können; die toten Körper werden von dem abströmenden Wasser durch den Bruch ins Meer hinausgetrieben und auf dessen Grunde allmählich in ihre Urbestandteile aufgelöst sein – so haben sie Ruhe vor den Menschen gehabt. Aber der Hauke-Haien-Deich steht noch jetzt nach hundert Jahren, und wenn Sie morgen nach der Stadt reiten und die halbe Stunde Umweg nicht scheuen wollen, so werden Sie ihn unter den Hufen Ihres Pferdes haben.

Der Dank, den einstmals Jewe Manners bei den Enkeln seinem Erbauer versprochen hatte, ist, wie Sie gesehen haben, ausgeblieben; denn so ist es, Herr: dem Sokrates gaben sie ein Gift zu trinken, und unsern Herrn Christus schlugen sie an das Kreuz! Das geht in den letzten Zeiten nicht mehr so leicht; aber – einen Gewaltsmenschen oder einen bösen stiernackigen Pfaffen zum Heiligen oder einen tüchtigen Kerl, nur weil er uns um Kopfeslänge überwachsen war, zum Spuk und Nachtgespenst zu machen – das geht noch alle Tage.«

Als das ernsthaft Männlein das gesagt hatte, stand es auf und horchte nach draußen. »Es ist dort etwas anders worden«, sagte er und zog die Wolldecke vom Fenster; es war heller Mondschein. »Seht nur«, fuhr er fort, »dort kommen die Gevollmächtigten zurück; aber sie zerstreuen sich, sie gehen nach Hause; – drüben am andern Ufer muß ein Bruch geschehen sein; das Wasser ist gefallen.«

Ich blickte neben ihm hinaus; die Fenster hier oben lagen über dem Rand des Deiches; es war, wie er gesagt hatte. Ich nahm mein Glas und trank den Rest. »Haben Sie Dank für diesen Abend!« sagte ich, »ich denk, wir können ruhig schlafen!«

»Das können wir«, entgegnete der kleine Herr, »ich wünsche von Herzen eine wohlschlafende Nacht!«

– – Beim Hinabgehen traf ich unten auf dem Flur den Deichgrafen; er wollte noch eine Karte, die er in der Schenkstube gelassen hatte, mit nach Hause nehmen. »Alles vorüber!« sagte er. »Aber unser Schulmeister hat Ihnen wohl schön was weisgemacht; er gehört zu den Aufklärern!«

– »Er scheint ein verständiger Mann!«
»Ja, ja, gewiß; aber Sie können Ihren eigenen Augen doch nicht mißtrauen; und drüben an der andern Seite, ich sagte es ja voraus, ist der Deich gebrochen!«
Ich zuckte die Achseln: »Das muß beschlafen werden! Gute Nacht, Herr Deichgraf!«
Er lachte: »Gute Nacht!«
– – Am andern Morgen, beim goldensten Sonnenlichte, das über einer weiten Verwüstung aufgegangen war, ritt ich über den Hauke-Haien-Deich zur Stadt hinunter.

Sylter Novelle
(Ein Fragment)

Einem Cylter (in Wenningstedt) wird seine einzige Tochter von einem dän(ischen) See-Offizier (Schiff ist hier stationirt) verführt. S[ein] Haß gegen Militär u[nd] alles Gesetzliche. Er strandraubt etc., der König setzt einen energischen Landvogt, mit einer halbgewachsenen dito Tochter. Die Verführte war im Wochenbett gestorben; der hinterlassene Sohn (schön, stark, gleich des Landvogts Tochter), ist vom Gr[oß] Vater im Haß gegen Militär u[nd] Gesetz erzogen u[nd] verrufen auf der Insel. Da – etwa Jahrmarkt – tritt er ihr, die von andern Knaben u[nd] Mädchen umringt ist, entgegen. Jene warnen sie vor dem gefürchteten Jungen, u[nd] sie sagt ihnen, sie sollten ihn wegjagen. Sie versuchen es, er wirft sie. Da werden ihre Augen zornig. ›Zurück, laßt mich – nein allein!‹ und das schöne kräftige Mädchen stürmt gegen ihn; er starrt sie an, und wie sie mit ihren kleinen festen Händen ihn packt, kommt es wie Lähmung über ihn, sie wirft ihn und setzt ihren Fuß auf seinen Nacken.
Er geht schweigend fort.
Sie geht gern in die Dünen, es spukt dort, Geheul u[nd] Geschrei (aber auf Anrichten des alten Sylters von s[einem] Enkel um die Menschen fortzuscheuchen). Da tritt der Alte ihr entgegen; sie erschrickt u[nd] entflieht; da k[ommt] d[er] Alte lachend hinterher; sie stürzt, verrenkt den Fuß u[nd] kann nicht wieder aufkommen. Da ist der Junge zur Stelle; er hebt sie sanft vom Boden. ›Trage mich nach Haus!‹ befiehlt sie ihm. – ›Ja‹, u[nd] er thut es. Sorgfältig wie eine Mutter trägt er sie. (Du bist doch der Stärkste!‹, sagt sie sanft u[nd] schließt dabei die Augen. ›Nur jetzt‹, sagt er; ›aber mach doch die Augen auf.‹
›Willst Du es?‹ ›Ich will nicht, ich bitt Dich nur darum; denn Du bist doch die Stärkste!‹)
Da thut sie es; so gehen sie Aug' in Auge; er strauchelt einmal; fast wären sie gefallen. Er trägt sie nach Westerland ans Haus u[nd] pocht das Gesinde heraus. Dann wendet er sich u[nd] schweigend entflieht er, als hätte er ein Verbrechen begangen.
(Zwiespalt bei ihr, wer der Mächtigste. Er sagt ihr jetzt oder später, daß er dem Alten fort will u[nd] zur See).
Er hat sie vor dem Alten beschützt, der Alte deshalb gegen ihn. Er verschwindet.

Sie verlobt sie [sic!] sich nach c[irca] 2 Jahren, sie denkt seiner nicht mehr sehr, wesentlich Werk des Vaters. Die V[er] lobten sitzen zusammen in der Laube, sie duldet unangenehm seine Zärtlichkeiten. Als er sie umfassen will, springt der Schiffer herein u[nd] wirft ihn über den Zaun. Ihre Empörung gegen ihn, erbittert weist sie ihn zurück. Der Bräutigam geschunden u[nd] gestoßen klagt; ihr erscheint innerlich der Contrast zwischen den Beiden; sie lächelt oft innerlich.
Hochzeitsnacht. Sie etwas erschüttert; am Tage vorher geht sie in die Dünen, um von der Größe u[nd] Stille Abschied zu nehmen. Der Schiffer will auch folgen, ist auch da, sein Schatten wird ihr sichtbar, das Brausen des Meeres; es fällt ihr auf die Seele: morgen sollst Du den Jämmerlichen heirathen. Mondlicht in den Dünen. Wuth, Groll, Leidenschaft, Erbitterung gegen die Menschen kämpfen in ihr mit d[er] keuschen Scheu, die ihr die Herrschaft über ihn giebt. Sie begegnen sich: Weshalb bist Du hier? Wohl deshalb, wie Du. Ich will nicht, was ich soll.
Ich weiß, Du verachtest mich, tritt mich mit Füßen, nur einen Blick in Deine Augen (oder so etwas) er umfaßt sie; sie steht reglos; da schlägt sie die Arme um ihn. Rasende Leidenschaft von beiden Seiten.
Brautnacht in den Dünen. Das Meer.
Er wirft sich vor ihr nieder. Sie verlangt, daß er ihr verspricht, nie wiederzukommen, sie nie wiederzusehen. Er verspricht es (Gespräch vorher, daß er morgen fort muß.)
Am Morgen Trauung. Zwiespalt in ihr, daß sie schon mit einem Ehebruch in die Ehe tritt. Der Priester hält die Wahrheit als Grund der Ehe ihr vor. Sie sagt: »Nein.« Aufruhr, Zorn des Vaters; aber sie will nicht. Bräutigam fort.
Sie lebt im väterl[ichen Hause] bis ihre Schwangerschaft deutlich wird.
Verstoßung.
Hülfesuchend beim alten Sylter, dem sie Alles erzählt. Höhnische Freude an seinem Enkel, daß er seine Mutter gerächt hat. Aber er verlangt strengen Gehorsam, sie bleibt als Aschenbrödel, muß bei Strandraubfällen Dienste thun.
Sie gebiert ein Kind.
Sehnen nach ihm, jedes Segel läßt sie hoffen; aber sie weiß, er wird sein Wort nicht brechen.
Ein alter Schiffer erzählt, er sei bei einem gewalt[i]gen Kapitäin

gewesen, der in die Nordsee eingelaufen, habe zwischen Sylt u[nd] Helgoland nach Hamb[ur]g wollen, wenn der Sturm ihn jetzt nur nicht zu fassen kriegt.
Nachts Strandfall; der Sylter sammelt seine Kameraden. Der Alte läuft um sein Gewerbe zu betreiben an den Strand. Sie von der Angst gefaßt es könne Lars sein, folgt dem Alten.
Kampf in d[er] Dunkelheit zwischen Vater u[nd] Sohn; sie kommt dazu u[nd] findet den Sohn sterbend oder Todt.
– – Eine irrsinnige Frau geht in den Dünen um. –

Sie geräth in ein Dünenthal, läuft im Dämmern gegen einen Pfahl, der im Sande eingerammt ist; sie sieht auf, da stehen wohl über 20 Pfähle. Sie weiß es, man hat es gesagt, da liegen die Heimathlosen, die Gestrandeten, die Erschlagenen. Ihr grauht; sie läuft zwischen die Pfähle durch; da Geheul von einer Seite, es antwortet von der andern. Sie entflieht und fällt
[Man darf dem Meer nicht ganz rauben, was es sich erobert; darum in den Dünen begraben]

Prosa

Meine Erinnerungen an Eduard Mörike

Auf der alten Gelehrtenschule meiner Vaterstadt wußten wir wenig von deutscher Poesie, außer etwa den Brocken, welche uns durch die Hildburghausensche »Miniaturbibliothek der deutschen Klassiker« zugeführt wurden, deren Dichter aber fast sämtlich der Zopf- und Puderzeit angehörten. Zwar lasen wir auch unseren Schiller, dessen Dramen in der Stille eines Heubodens oder Dachwinkels von mir verschlungen wurden, und selbst ein altes Exemplar von Goethes Gedichten kursierte einmal unter uns; daß es aber lebende deutsche Dichter gebe, und gar solche, welche noch ganz anders auf mich wirken würden als selbst Bürger und Hölty, davon hatte mein siebzehnjähriges Primanerherz keine Ahnung.

Erst auf dem Lübecker Gymnasium, das ich vor dem Abgang zur Universität noch eine Zeitlang besuchte, las ich Goethes »Faust« und Heines »Buch der Lieder«, und mir war dabei, als seien durch diese beiden Zauberbücher doch erst die Pforten der deutschen Dichtung vor mir aufgesprungen. Von den neueren schwäbischen Dichtern kam nur Uhland in meine Hände; aber trotz der schönen frühlingsklaren Lyrik blieb dessen dichterische Persönlichkeit mir ferner, vielleicht weil in der Sammlung der Gedichte die Balladenpoesie einen so breiten Raum einnimmt, die man damals ganz in den Vordergrund geschoben hatte, zu der, mit wenigen Ausnahmen, ich aber niemals ein Verhältnis finden konnte.

Die Gedichte Eduard Mörikes, des letzten Lyrikers von zugleich ursprünglicher und durchstehender Bedeutung, der während meines Lebens in die deutsche Literatur eingetreten ist, lernte ich erst mehrere Jahre nach ihrem ersten Erscheinen (1838) während meiner letzten Studentenzeit in Kiel kennen. Wir waren dort derzeit eine kleine übermütige und zersetzungslustige Schar beisammen, die geneigt war, möglichst wenig gelten zu lassen; aber vor diesem Buche machten wir unwillkürlich halt. Da war Tiefe und Grazie, deutsche Innigkeit verschmolzen oft mit antiker Plastik, der rhythmisch bewegte Zug des Liedes und doch ein klar umrissenes Bild darin; die idyllischen, vom anmutigsten Humor getragenen Stücke der Sammlung von farbigster Gegenständlichkeit, und doch vom Erdboden losgelöst und in die reine

Luft der Poesie hinaufgehoben. »Mich kann nichts so gefangennehmen als solche Ergüsse, die uns jählings umwogen und aus jedem Fleck der Erde eine Insel machen, von der man ungern wieder scheidet«, schreibt, kurz vor dem Erscheinen der Gedichte, Mörikes vertrautester Jugendfreund Ludwig Bauer in seinen unten zu erwähnenden Briefen; und wir waren in ähnlicher Weise von diesen Dichtungen getroffen. In dem später (Kiel 1843) von uns herausgegebenen jugendlichen »Liederbuche dreier Freunde« findet sich aus jener Zeit unter der Überschrift »Eduard Mörike« ein Sonett von Th. Mommsen:

Vorüber fluten stolz des Elbstroms Wellen,
Die Schiffe tragend mit dem goldnen Horte –
Der Reichtum wohnt hier wohl am weiten Porte.
Allein der Friede weilet bei den Quellen.

So will der Strom der Dichtung auch sich schwellen,
Und weiter strebt er von der stillen Pforte,
Wo Blumen wuchsen am verborgnen Orte
Und wo am Waldsaum gaukelten Libellen.

Ach! Wir sind oft anmutig, oft erhaben,
Allein Gervinus stellt uns zu der Prose,
Und recht behält er, sind wir erst begraben.

Da fand ich in dem eignen Bett von Moose,
Erblühend im geheimsten Tal von Schwaben,
Des reichen Liedersommers letzte Rose.

Man sah durch diese Gedichte wie durch Zaubergläser in das Leben des Dichters selbst hinein, das zwar auf einen kleinen Erdenfleck beschränkt, aber dafür mit diesem auch desto inniger vertraut und überdies mit einem phantastischen Märchenduft umgeben war, der bei aller anmutigen Fremdheit dennoch dem Boden der Heimat zu entsteigen schien und aus dem die bald zarten, bald grotesken Gestalten,

Die sel'gen Feen, die im Sternensaal
Beim Sphärenklang
Und fleißig mit Gesang
Die goldnen Spindeln hin und wider drehen,

wie der gespenstische Feuerreiter mit seiner roten Mütze bis zur sinnlichen Deutlichkeit hervortreten. Diese Poesie erregte, wie von E. Kuh in seinem schönen »Gedenkblatt« treffend bemerkt ist, ganz von selber den Wunsch, die besonnten Rebhügel, die heimlichen Waldplätze oder stillen Dorfseiten aufzusuchen, denen sie entstammt ist; noch lieber, in des Dichters Pfarrgarten einzutreten und bei ihm selber anzusprechen. Aber freilich dazu fehlte mir derzeit auch das bescheidenste Legitimationspapier. Nach den Gedichten lasen wir auch die Novelle »Maler Nolten«, und trotz der mystischen Zwiespältigkeit der Dichtung und des Mangels befriedigender Lösung der darin angeregten Konflikte, welches beides auch einem jugendlichen Leser nicht leicht entgehen kann, waren wir doch darüber einig, daß der Dichter, wie sein Freund Bauer gleich nach dem Erscheinen des Buches schreibt, »seinen Nolten aus dem dämmernden Brunnenstübchen hervorgeholt habe, wo Kunst und Natur als nachbarliche Quellen rauschen«; ja, daß in einzelnen Partien vielleicht das Höchste geleistet sei, was überall der Kunst erreichbar ist. Noch entsinne ich mich, wie ich eines Tages beim Eintritt in mein Zimmer einen unserer Genossen, einen eifrigen Juristen, mit feuchten Augen vor meinem Klavier auf einem Stuhle hängend fand; in der einen Hand hatte er das Heft der von Mörike selbst geschätzten Kompositionen von Hetsch, welche damals dem Buche beigegeben waren, mit der anderen suchte er unter Heraufbeschwörung seiner vergessenen Notenkenntnis auf den Tasten sich Agnesens Lied zusammen:

Rosenzeit, wie schnell vorbei
Bist du doch gegangen!

Leider verfiel ich, da ich nach abgelegtem Staatsexamen in meiner Vaterstadt seßhaft geworden war, in den seltsamen Irrtum, meine Begeisterung auch bei allen anderen Menschen vorauszusetzen, derart, daß ich den »Nolten« der Lesegesellschaft unserer »Harmonie« höchst dringend anempfahl. Das Buch wurde auch angeschafft; aber – ich konnte mich bald kaum noch irgendwo sehen lassen, ohne ein mitleidiges Kopfschütteln der rüstigen Geschäftsleute dafür einzukassieren. Ich hatte mich von vornherein um allen Kredit gebracht. – Setzte es doch sogar einen Schriftsteller wie A. v. Sternberg, mit dem ich in den fünfziger Jahren zusammentraf, in Erstaunen, daß ich Mörike überhaupt eine Bedeutung einräumen wollte. Er hatte zur Zeit, da dieser an seinem »Nolten« arbeitete, ihn persönlich kennengelernt, wußte von ihm aber nur mit herablassendem Lächeln zu erzählen, wie Mörike ihn eines Tages gefragt habe, ob er wohl auch eine Gräfin könne Staub wischen lassen, worauf er ihn dann beschieden, ja wenn es grad nicht nötig sei, da könne auch wohl einmal eine Gräfin zum Staubtuch greifen. – Die Stelle findet sich übrigens Bd. I, S. 225 im »Nolten« und wird von Vischer in seinen »Kritischen Gängen« gegen einen Rezensenten verteidigt, da der Vorgang als ein ungewöhnlicher psychologisch motiviert sei.

Und hier stehen wir vor der Frage: Woher kommt es, daß Mörike selbst in betreff der Gedichte noch heute ein so kleines Publikum hat? – Der gänzliche Mangel der flüssigen Phrase und jener aus der Alltäglichkeit der Anschauungen hervorgehenden bequemen Verständlichkeit schließt allerdings bei unserem Dichter den größten Teil der Jugend, insbesondere der jugendlichen Frauenwelt, von vornherein aus, abgesehen davon, daß die Stoffe vielfach jenseits des gewöhnlichen Gesichtskreises dieses Alters und Geschlechtes liegen. Aber auch reifere Frauen oder Männer, denen man sonst wohl etwas zumuten kann, wissen oft sich nicht hineinzufinden.

Ich möchte nachstehendes hervorheben. Einmal hat das Phantastische, das bei Mörike überall hindurchspielt, gegenwärtig überhaupt wenige Liebhaber; hier aber hat es noch dazu in mehreren Gedichten – so in der, allerdings köstlichen, 16 Seiten einnehmenden Erzählung vom »sicheren Mann« – eine mythische Welt zur Voraussetzung, die nur dem Dichter selbst und seinem engeren Kreise bekannt war. Als Tübinger Studenten auf einsamen Spaziergängen oder in einem fremden Gartenhause auf dem Österberge, wo sie sich heimlicher- und nächtlicherweise einnisteten, erschufen Mörike und Bauer diese Welt, die irgendwo im Stillen Ozean liegende Insel Orplid mit der Hauptstadt gleichen Namens und ihrer Schutzgöttin Weyla, deren auf und über der Erde spielende Geschichte bis in einzelne von ihnen ausgebaut wurde. Bauer schrieb später auf Grund dieser Erfindungen seine Dramen »Der heimliche Maluff« und »Orplids letzte Tage«, Mörike die in den »Nolten« aufgenommene Szene »Der letzte König von Orplid«. Die in letzterer enthaltenen und dieser Mythenwelt entsprungenen kleineren Gedichte: »Gesang Weylas«, »Gesang zu zweien in der Nacht«, »Elfenlied«, »Die Geister am Mummelsee«, sind dann auch, und freilich mit vollem Rechte, in die Sammlung der Gedichte übergegangen, aber sie beruhen sämtlich auf unbekannten oder ungewohnten Voraussetzungen. Weniger noch als mit diesen und dem »sicheren Mann« werden manche Leser mit dem gleichfalls dem »Nolten« entnommenen Zyklus »Peregrina« anzustellen wissen; die reizende Gestalt des Wundermädchens ist wie ein Irrlicht, von dem wir nicht wissen, ob wir es wirklich sehen oder ob es nur ein Bild der eigenen Phantasie vor unseren Augen spielt.

Es kommt noch ein anderes hinzu. Insbesondere die Idyllen, die einen großen und köstlichen Teil der Sammlung ausmachen, haben in ihrer Vortragsweise, in Ausdruck und Redewendung etwas, das der antiken Dichtung abgelauscht und das, so fein und anmutig es sich der heimischen Weise einfügt, denen, die keine klassische Schulbildung hinter sich haben, nicht sofort geläufig sein mag. Wie es bei der Persönlichkeit dieses Dichters nicht anders sein konnte, die Welt seiner Studien verschmilzt sich mit seiner eigenen; der Verfasser schnupft zwar nicht, aber unleugbar ist es, daß er Lateinisch und vortrefflich Griechisch kann; und das von ihm verspottete »Schulschmäcklein« kommt hie und da, wenn auch in stets graziöser oder bewußt humoristischer Weise, in seinen eigenen Gedichten zur Erscheinung.

Das alles sollte freilich die ernsteren Leser nicht veranlassen, das unvergleichliche Buch nach dem ersten Einblick ungelesen zur Seite zu legen; gleichwohl vermag ich nach eigener Erfahrung, trotz meiner vielfachen Bemühungen dafür, eine Vergrößerung der Mörike-Gemeinde nicht zu verzeichnen. Scheint doch auch, nach dem eingeklebten Titelblatt, die letzte, sechste Auflage der Gedichte nur eine maskierte fünfte zu sein.

Nachdem von Mörike bereits 1846 die »Idylle vom Bodensee« und 1848 die zweite Auflage der »Gedichte« erschienen war, ließ auch ich ein wenig bemerktes Buch »Sommergeschichten und Lieder« in die Welt gehen, worin eine Auswahl meiner Gedichte und meine ersten Prosadichtungen zusammengestellt waren. Mit diesem in der Hand wagte ich es, bei Mörike, wenigstens aus der Ferne, anzuklopfen; im November 1850 schickte ich es ihm und schrieb ihm dabei von seinen norddeutschen Freunden und meiner dauernden Liebe zu seiner Dichtung, den Ausspruch eines heiteren Genossen nicht verschweigend:

Die echten Lieder halten aus in Sommern und in Wintern;
Sie haben aber Kopf und Fuß, dazu auch einen H –.

Es vergingen ein paar Jahre, ohne daß ich über die Aufnahme meiner Sendung etwas erfahren hätte. – Dann im Mai 1853 erhielt ich aus Stuttgart das eben erschienene »Hutzelmännlein«, das die Perle der von dem Dichter erfundenen Sage von der schönen Lau enthält, zugleich mit dem herzlichsten Schreiben, das mir diesen Frühlingstag zu einem der schönsten meines Lebens machte. Was mir später von Österreich aus entgegengekommen ist, schrieb mir schon derzeit Mörike: »Höchst angenehm frappiert hat mich die Ähnlichkeit Ihres Nordens mit unserer süddeutschen Gefühls- und Anschauungsweise«; und näher dann auf den Inhalt meines Büchleins eingehend: »Ihre Neigung zum Stillleben tut gegenüber dem verwürzten Wesen der Modeliteratur außerordentlich wohl. Der alte Gartensaal, der Marthe Stube und so fort sind mir wie altvertraute Orte, nach denen man sich manche Stunde sehnen kann.« – – – »Das (Gedicht) von den Katzen wußte ich bald auswendig und habe manchen schon damit ergötzt. Von wem ist das? frug ich unlängst einen Freund. Nu, sagte er lächelnd, als wenn es sich von selbst verstünde – von dir! Die Zuversichtlichkeit des schmeichelhaften Urteils hat mich natürlich nicht wenig gaudiert.« – Mörike wird sich bei dieser freundlichen Äußerung freilich wohl bewußt gewesen sein, daß dies Gedicht, wenn es auch nicht von ihm herrührt, schwerlich so entstanden sein würde, wenn der Verfasser nicht fleißig bei ihm in die Schule gegangen wäre. Schließlich wünschte er eine Andeutung meiner äußerlichen Existenz; das eine wolle mich zum Arzt, das andere zum Prediger machen.

Ich ließ mich selbstverständlich nicht vergebens bitten.

Später, in den Jahren, die ich während der Dänenherrschaft in dem großen Militärkasino Potsdam verlebte, sandte ich ihm das aus unserem Berliner Kreise hervorgegangene belletristische Jahrbuch »Argo«. Ich sammelte damals für ein Album zum Geburtstage meiner Frau Erinnerungsblätter aus der Heimat und handschriftliche Gedichte von mir bekannten Verfassern. Kugler hatte mir sein »An der Saale hellem Strande« schreiben müssen; von Eichendorff, mit dem ich in des letzteren gastfreiem Hause – »am ewigen Herd« – im Freundes- und Frauenkranze einen heiteren Tag verlebt hatte, erhielt ich das: »Möcht wissen, was sie schlagen, so tief in der Nacht«; nun bat ich auch Mörike um sein »Früh, wann die Hähne krähn«.

Und rechtzeitig im April 1854 langte zur Antwort eine reiche Sendung bei mir an; dem ausführlichen Briefe war außer dem gewünschten Autograph und einem desgleichen von Kerner mit dem charakteristischen Datum »Weinsberg im unglücklichen April 1854« – er hatte damals eben sein »Rickele« verloren – eine wertvolle Gabe beigeschlossen: »Ludwig Bauers Schriften, nach seinem Tode in einer Auswahl herausgegeben von seinen Freunden«. Das Buch ist ohne Angabe des Verlegers 1847 zu Stuttgart erschienen. Mörikes Frau, Gretchen, geb. v. Speeth, auf welche, wie der Dichter mir verraten und ich wohl weiter ausplaudern darf, sich die in seiner Sammlung befindlichen Gedichte »Ach, muß der Gram«, »O Vogel, ist es aus mit dir?«, »An Elise«, »Weht, o wehet, liebe Morgenwinde« beziehen, hatte es mit einer Widmung an die »Freunde in Schleswig« begleitet. Er selbst schrieb dazu: »Sie werden den herrlichen Menschen bald darin erkennen. Was die vorangedruckten Briefe betrifft (an deren Auswahl ich natürlich einen Anteil habe) – wenn Sie imstande wären, alles gehörig abzurechnen, was jugendliche Freundschaft nach der ihr eigenen Übertreibung Gutes an ihrem Gegenstande findet, so könnte es mir schon lieb sein, daß Ihnen ein Stück Leben von mir und meinem Kreis damit vorgelegt wird.«

Und in der Tat sind diese Briefe allen zu empfehlen, denen daran liegt, den Jugendspuren unseres Dichters nachzugehen. Man sieht die beiden Freunde in die Sommernacht hinausschwärmen und sich auf einsamen Berghöhen und Waldplätzen zu künftigen Werken begeistern; von Mörike erfahren wir, daß er (1824) ein Trauerspiel vollendet, aber dann verbrannt habe, weil es nicht die ganze Höhe seiner Idee erreichte. Überall aber zeigt sich die beiden Freunden gemeinsame Neigung zum Phantastischen und Geheimnisvollen; noch als Pfarrer zu Ernsbach macht Bauer den Vorschlag, sich für Tag' und Nächte in dem verödeten Schloß zu Ingelfingen einzuquartieren, »in einem Zimmer, wo, wenn man allein ist, man sich zu Tode bängeln kann«. Es ist, als ob die jungen Dichter aus der Einsamkeit in der Natur, aus der Stille der Nacht die Offenbarung der Poesie erwarteten; und die »Felsenglocke Orplids, von welcher nur die Gazellen geweckt werden, seitdem die Gassen der heiligen Stadt verödet sind«, klingt überall hindurch. Hie und da in diesen Briefen wird uns, als läsen wir ein Gedicht von Mörike selbst.

Zwischen den Blättern dieses so willkommenen Buches fand sich überdies die Nummer einer württembergischen Kirchenzeitung mit dem ersten Abdruck des trefflichen »Turmhahns«, worüber Mörike mitteilte, daß er als Pfarrer zu Cleversulzbach aus Anlaß einer Kirchenreparatur solch ein altes Inventarienstück zu sich genommen habe, während das Ganze unter Sehnsucht nach dem ländlich pfarrlichen Leben entstanden sei.

Auch die Silhouetten des Dichters, seiner Frau und seiner Schwester Clara, der beständigen Genossin seines Lebens, waren beigefügt.

In seiner liebenswürdigen und bescheidenen Weise gab Mörike dem jüngeren Freunde über die Entstehung einzelner seiner größeren Dichtungen Auskunft: in betreff seines »Nolten« schrieb er: »Verschiedene Partien im ersten Teil desselben sind mir selbst widerwärtig und fordern eine Umarbeitung. Was denken Sie deshalb für den Fall einer zweiten Auflage? Ich möchte Sie nicht gern zum zweitenmal als Korrektor unzufrieden machen.«

Im August 1855 wurde mir die Freude, mit meinen Eltern eine Reise in den deutschen Süden zu machen. Das Endziel war Heidelberg, wo mein Vater einst als Student der Rechte zu des alten Thibaut Füßen gesessen hatte, auch mit ihm befreundeten Söhnen eines Hainbundgenossen mitunter von dem alten Johann Heinrich Voß in dem Rebgange seines Gartens war empfangen worden. Ich aber dachte noch ein paar Meilen weiter zu einem lebenden Dichter, nach Stuttgart, wo Mörike derzeit mit seiner jungen Frau und seiner Schwester sein bewegliches Wanderzelt aufgeschlagen hatte. Während nun mein Vater, nur von seinem spanischen Rohre begleitet, in Heidelberg die Stätten seiner Jugend aufsuchte, setzte ich mich auf die Eisenbahn und fuhr nach Stuttgart.

Mörike war nicht im Wartesaal, wie er mir geschrieben hatte. Meine Ankunft war mit einer Literaturstunde zusammengefallen, die er derzeit als Professor am Katharineum zu geben hatte. Als die Menge sich verlaufen hatte, blieb ich mit einem schwarzen Herrn auf dem Perron zurück, der nach dem mir bekannten lithographierten Bilde von Weiß jedenfalls nicht Mörike sein konnte, der aber bald auf mich suchend Umherblickenden zutrat und mir ein mit Bleistift geschriebenes Billett überreichte. »Salve Theodore!« schrieb Mörike, »Negotio publico distentus amicum, ut meo loco te excipiat, mitto carissimum.«

Dieser Freund war Wilhelm Hartlaub, dem die erste Auflage der Gedichte gewidmet ist und der jetzt von seiner Dorfpfarre bei dem Dichter auf Besuch war. »Sie kommen zur glücklichen Stunde«, sagte dieser, als wir durch die Straßen schritten; »der Eduard hat grade etwas fertig, was von überwältigender Schönheit ist.« – Die Dichtung, welche er meinte, war die Novelle »Mozart auf der Reise nach Prag.«

In der einfach, aber nett eingerichteten Wohnung, freilich mehrere Treppen hoch, wurde ich von Frau und Schwester empfangen. Mörike selbst war noch nicht da; aber während ich mich an einem Glase jungen Weins, noch aus dem Garten zu Mergentheim, nach der heißen Fahrt erquickte, trat auch er herein. Er war damals erst einundfünfzig Jahre alt; in seinen Zügen aber war etwas Erschlafftes, um nicht zu sagen Verfallenes, das bei seinem lichtblonden Haar nur um so mehr hervortrat; zugleich ein fast kindlich zarter Ausdruck, als sei das Innerste dieses Mannes von dem Treiben der Welt noch unberührt geblieben.

Er faßte mich an beiden Händen und betrachtete mich mit großer Herzlichkeit. »Gelt, Alte!« sagte er dann zu seiner Frau, »so habe wir ihn uns ungefähr vorgestellt. Als ich eben da heraufgegangen bin, da hab ich mir die Stufe angesehen und gedacht, ob wohl der Storm da herübergestiegen ist.«

Bei den Gesprächen, in die wir bald vertieft waren, offenbarte sich überall der ihm inwohnende Drang, sich alles, auch das Abstrakteste, gegenständlich auszuprägen; die Monaden des Leibniz erschienen ihm wie Froschlaich; von den kleinen Naturbildern des ihm befreundeten Dichters Karl Mayer sagte er: »Er kann nichts passieren lassen, ohne es auf diese Art gespießt zu haben.« – Über dem Sofa zwischen den Lichtbildern von mir und meiner Frau, die wir als Erwiderung der Silhouetten gesandt hatten, hing eine in Öl gemalte Mondscheinlandschaft; Mörike meinte, es stecke ein Gedicht darin. »Eine Nachtuhr!« sagte er und zeigte auf einen Felsblock im Vordergrunde des Bildes, über den, vom Mond beleuchtet, ein rieselndes Wasser tropfenweise herabfiel. Aber soviel ich weiß, ist dies schon keimende Gedicht nicht zur Entfaltung gediehen. Wir kamen auf Heine zu sprechen. »Er ist ein Dichter ganz und gar«, sagte Mörike, »aber nit eine Viertelstund könnt ich mit ihm leben wegen der Lüge seines ganzen Wesens.« Dagegen fühlte er sich zu Geibel und Heyse, dessen eben erschienene »L'Arrabiata« er »eine ganz einzige Perle« nannte, hingezogen und wünschte sich nur Jugend und Gesundheit, um ihnen recht feurig entgegenkommen zu können; auch von unserer persönlichen Begegnung wünschte er, daß sie in eine frühere Zeit seines Lebens gefallen sei.

Von mir, der ich damals erst im Beginn meiner Prosadichtung stand, hatte Mörike kurz zuvor die kleine Idylle »Im Sonnenschein« zugesandt erhalten. »Als ich das gelesen«, sagte er, »da hab ich gleich gesehen, das ist so mit einem feinen Pinsel ausgeführt; das mußt du Satz für Satz lesen. – Wisse Sie was?« fuhr er dann fort; »drei Stellen daraus möchte ich auf Porzellan gemalt haben.« – Er hatte eben nicht unrecht mit dieser freundlichen Kritik. Dann aber meinte er wieder: »Sie habe das an sich, so leise zu überraschen: Es war eine andere Zeit!«

Ich hatte ihm erzählt, daß mein Vater, ein Müllersohn vom Dorfe, von seiner Jugend her eine Liebhaberei für Vögel habe und noch jetzt mit Behagen dem Treiben der Stare um die ausgehängten Brutkästen zuschaue. Als wir später bei der Besichtigung der Wohnräume in das Zimmer kamen, wo sein erst einige Monate altes Töchterlein in einer Wiege schlief, sagte er mir, daß er diese Liebhaberei meines Vaters teile, und zeigte auf zwei Rotkehlchen, die im Bauer vor dem Fenster standen. »Richtige Gold- und Silberfäde ziehe sie heraus; sie singe so leise, sie wollen das Kind nit wecke.«

In meiner Heimat, wo das Plattdeutsche der Volkssprache sich schärfer von der Schriftsprache scheidet, ist man nicht gewöhnt, einen derartigen Anflug von Dialekt in der Unterhaltung zu hören; auch Mörikes Gedichte, hatte ich sie nun laut oder leise gelesen, waren mir stets nur in meiner eigenen Sprache dagewesen. Nun hörte ich den Dichter selber in behaglichster Weise sich in der Sprache seiner schwäbischen Heimat ergehen, insbesondere beim Mittagstische im Gespräch mit seinem Jugendfreunde Hartlaub. Als ich ihm meine Gedanken darüber kundtat, legte er zutraulich die Hand auf meinen Arm und sagte lächelnd: »Wisse Sie was? Ich möcht's doch nit misse.« – Noch ein anderes hatte mich stutzen gemacht, ohne daß ich gleicherweise einen traulichen Bescheid darauf bekommen hätte. Es war dies das Tischgebet, das Mörike kurz vor Beginn der Mahlzeit sprach. Ich mußte schweigend darüber nachsinnen, ob das ein Rest des früheren Pfarrlebens sei oder vielleicht nur einer allgemein schwäbischen Haussitte angehöre; eine solche formulierte Kundgebung wollte mir zu dem Dichter Mörike nicht passen, wenngleich in seinen Gedichten sich nichts findet, das dem Glauben an eine persönliche, dem Herzensdrange des Menschen erreichbare Gottheit widerspräche. Die Verse aber:

– Aus Finsternissen hell in mir aufzückt ein Freudenschein:

Sollt ich mit Gott nicht können sein,
So wie ich möchte, mein und dein?
Was hielte mich, daß ich's nicht heute werde?

Ein süßes Schrecken geht durch mein Gebein!
Mich wundert, daß es mir ein Wunder wollte sein,
Gott selbst zu eigen haben auf der Erde!

sind erst in der Ausgabe von 1867 veröffentlicht.

Als das Gespräch sich auf das poetische Schaffen überhaupt wandte, meinte Mörike, es müsse nur so viel sein, daß man eine Spur von sich zurücklasse; die Hauptsache aber sei das Leben selbst, das man darüber nicht vergessen dürfe. Er sagte dies fast so, als wolle er damit den jüngeren Genossen warnen. Und daß es nicht ein bloß hingeworfenes Wort gewesen, beurkunden seine Gedichte, in denen der Inhalt eines reichen, wenn auch noch so stillen Lebens wie von selber ausgeprägt ist.

Am Nachmittag wurde mir zu Ehren auf nordische Weise der Teetisch hergerichtet; Mörike meinte, oh, sie kennten das hier auch. Dann schleppte er mir selbst aus seinem Studierstübchen seinen großen Lehnstuhl herbei, und als ich mich hineingesetzt hatte, begann er seinen »Mozart« vorzulesen. Die noch jugendliche Frau des Dichters ging indessen, wie ein freundlicher Hausgeist, ab und zu; die wirtschaftliche Sorge für die Gäste hatte sie genötigt, sich dem pantomimisch kundgegebenen Wunsche ihres Mannes, sich mit in unseren Kreis zu setzen, mit dem liebenswürdigsten Ausdruck des Bedauerns zu entziehen. – Mörike las, wie mir damals schien, vortrefflich; jeder Anflug von Dialekt war dabei verschwunden. Auch hier aber hatte ich Gelegenheit zu bemerken, welch hohe Stellung der Dichter bei seinen Jugendgenossen einnahm und wie sie überall nur das Schönste und

Beste von ihm erwarteten. Schon 1823 schreibt Bauer in den erwähnten Briefen an ihn: »Aber dies ist mir lieb, daß nur dann Dein ganzes wunderbares Selbst vor mir steht, wenn sich die gemeinen Gedanken wie müde Arbeiter schlafen legen und die Wünschelrute meines Herzens sich zitternd nach den verborgenen Urmetallen hinabsenkt. Die Poesie des Lebens hat sich mir in Dir verkörpert, und alles, was noch gut an mir ist, sehe ich als ein Geschenk von Dir an«; und an einer anderen Stelle: »Du bist mir schon so heilig wie ein Verstorbener.« – Der jetzt gegenwärtige Hartlaub folgte der Vorlesung mit einer verehrenden Begeisterung, die er augenscheinlich kaum zurückzuhalten vermochte. Als eine Pause eintrat, rief er mir zu: »Aber, i bitt Sie, ist das nun zum Aushalte!« – Ich selbst freilich war von dieser Meisterdichtung, in der mir nur eine Partie, die mit den Wasserspielen, weder damals noch später hat lebendig werden wollen, nicht weniger freudig ergriffen. Daß außer einzelnen Gedichten, wie »Erinna an Sappho« oder »Besuch in der Kartause«, diesem Werke kein weiteres mehr von ähnlicher Bedeutung folgen sollte, ahnten wir damals nicht.

Nach beendeter Vorlesung wandte das Gespräch sich auf den »Maler Nolten«, dessen erste Auflage vergriffen war. Der Verleger beabsichtigte eine neue, aber Mörike wollte den unveränderten Abdruck nicht gestatten; er hatte schon damals eine Umarbeitung desselben begonnen, welche er trotz der ihm noch vergönnten zwei Dezennien nicht vollenden sollte. Es wollte ihm nicht gelingen, bekannte er; er habe sogar das Buch schon einmal vor Ungeduld an die Wand geworfen. – Als wir anderen ihm dann zuredeten, er möge sich doch lieber neuen Schöpfungen zuwenden, meinte er, es werde doch kein Maler, dem Gelegenheit gegeben sei, ein Bild zu wiederholen, mit Bewußtsein dieselben Verzeichnungen wieder hineinmalen. – Und so ist er denn fortgefahren, Zeit und Kräfte an dem ihm fremd gewordenen Werke zu erschöpfen.

Durch die Erwähnung Kerners, den aufzusuchen mir leider, trotz Mörikes dringender Empfehlung, der einmal festgestellte Reiseplan verwehrte, gerieten wir in das nicht nur in Schwaben leicht aufzuritzende Reich der Geister. Mörike, der die Sache ernst nahm, behielt sich vor, mir bei besserer Gelegenheit brieflich desfallsige Mitteilungen aus seinem eigenen Leben zu machen. Aber bekanntlich war er kein zu starker Briefschreiber; erst viele Jah-

re nachher durch einen meiner Söhne, der ihn als Tübinger Student mehrfach in seinem derzeitigen Wohnorte Nürtingen besuchte, habe ich etwas von diesen Vorgängen erfahren, welche nach dessen Aussage Mörike ihm mit einer die Nachtruhe gefährdenden Meisterschaft erzählt hatte.
Eine Reihe derselben steht in unmittelbarer Beziehung zu Kerners seltsamem Buche »Die Seherin von Prevorst«. Nachdem nämlich der Dichter nicht lange zuvor mit Mutter und Schwester von seinem Pfarrhause zu Cleversulzbach Besitz genommen, geht er eines Sommernachmittags in sein Weinbergshäuschen hinauf, um dort, wie es komme, ein bißchen zu lesen oder zu schlafen. Zufällig hat er unter seinen Büchern die erwähnte »Seherin« gegriffen und liest darin – die Geschichte steht S. 274 –, was einem Pfarrer H. zu C. und dessen Nachfolger S. im Pfarrhause mit einem spukenden Amtsvorgänger namens R–sch begegnet ist. Eben am Eindämmern, fährt es ihm durch den Kopf: ›Ganz dieselben Wahrnehmungen hast du ja auch gemacht!‹ Die Anfangsbuchstaben des Pfarrers und seines nächsten Nachfolgers passen ebenfalls; nur der Name des Spukenden ist ihm nicht bekannt. Eiligst begibt er sich auf sein Studierzimmer und schlägt im Kirchenregister nach; und da steht es! »Rabausch« hatte der Pfarrer geheißen, der hier vor längerer Zeit gelebt und über den noch allerlei finstere Erzählungen im Schwange gingen. – Von der Zeit an hätten er und seine Hausgenossen die Äußerungen des Geistes mit Aufmerksamkeit beobachtet.
Diese Hinneigung des Dichters zu einer von der Wirklichkeit getrennten, geheimnisvoll in sich abgeschlossenen Welt ist ein bezeichnender Zug seines Wesens, das überall dahin drängt, sich von der in flutender Bewegung tosenden Welt des Tages zurückzuziehen.

Bei einem Abendspaziergange durch die Stadt wurde mir die Steinfigur des Hutzelmännleins gezeigt, welche oben an der Ecke eines Hauses huckte; weiterhin trat Mörike in einen Laden und kaufte mir ein paar weiße Kreidestifte, deren ich mich, wie er zu tun pflegte, zum bequemen Niederschreiben poetischer Produktionen auf eine Schiefertafel bedienen möchte.

Am anderen Vormittage kramte unser Gastfreund allerlei, besonders handschriftliche Raritäten aus: so, trotz seiner Abneigung gegen dessen Persönlichkeit, ein sehr durchkorrigiertes Gedicht von Heine; mehrere von Hölderlin, darunter eines aus der

Zeit seines Irrsinns, aber auch ein Konzept des schönen Gedichtes »An Heidelberg«; endlich kam ein Blatt mit allerhand kolorierten Zeichnungen. Soviel ich mich entsinne, sollte es von einem alten Zeichenlehrer aus dem vorigen Jahrhundert stammen; Mörike, der eine mir entfallene Klassenbenennung für diese Art von Künstlern gebrauchte, hatte selbstverständlich den Mann nicht gekannt; aber während er auf die verschiedenen altfränkischen Dinge aufmerksam machte, mit denen der Bogen bedeckt war, begann er, leise und behaglich redend, mit dramatischer Lebendigkeit die Figur des alten Herrn in immer deutlicheren Zügen vor uns hinzustellen, so daß ich es zuletzt mit Augen vor mir sah, wie das fettige Zöpflein sich auf dem blanken Rockaufschlage hin- und widerrieb. – Nach einem Gemälde von Orplid, das nach Bauers Angabe in Mörikes Besitz sein sollte, erkundigte ich mich vergebens; es schien nicht mehr vorhanden. Dagegen sah ich eine Zeichnung, welche den Dichter in seiner früheren Jugend als einen besonders schönen Knaben zeigte. Das lithographierte Bild von Weiß, soviel mir bekannt, das einzige aus den kräftigeren Mannesjahren des Dichters, schien mir nicht ganz ähnlich; auch Mörike selbst meinte das.

Gegen Mittag kamen meine Eltern, mit denen ich am Nachmittag nach Heilbronn und dann anderen Tags den Neckar hinab nach Heidelberg zurückfahren sollte. – Die nordischen Leute schienen Mörike zu gefallen; als wir mit ihm und seiner Schwester einen Spaziergang durch die Stadt und die umliegenden Anlagen machten, faßte Mörike mitten aus der Unterhaltung heraus mich unter den Arm und raunte mir zu: »Aber, en passant, Sie habe recht liebe, liebe Eltern!« Und noch mehrmals kam er darauf zurück: »Ich komme noch nit aus mei Staunen und mei Freud; Sie habe wirklich prächtige Eltern!«

Noch sehe ich ihn mit meinem Vater, den alten Poeten und den alten Advokaten, in aufmerksamer Betrachtung vor der Schillerstatue stehen; beide die Hüte in den Nacken gerückt, der eine mit seinem Regenschirm, der andere mit seinem spanischen Rohr unter dem Arm. Plötzlich wendet Mörike sich zu mir und sagt mit großer Herzlichkeit: »Wisse Sie was? Ihr Herr Vater hat so was von einem alte Schweizer!« Dies Kompliment, wofür er es ansehen mußte, da ihm die Schweizer nur als ideale Gestalten aus Schillers »Tell« bekannt waren, konnte mein Vater unmöglich annehmen. »Ach wat«, rief er lachend in unserem Plattdeutsch, »ick bün man en Westermöhlner Burjung!« Möglich, daß das nun wieder Mörike nicht verstanden hat. – Auch meine Mutter zu charakterisieren schien dieser ein freundliches Bedürfnis zu empfinden; sie habe »so etwas Klares, Leuchtendes, Liebe Erweckendes«, meinte er.

Aber der Tag verging. Beim Abschiede empfing ich als Gastgeschenk von Frau Gretchen aus der Garderobe des Haustöchterchens ein Paar gestrickte Schühchen für meine gleichaltrige kleine Tochter, von Mörike für meine Frau eine Art schelmischen Schönheitsdiploms, ein zierlich, jedoch verkehrt auf Glanzkarton gedrucktes Gedicht, wodurch die Adressatin genötigt wird, damit vor den Spiegel hinzutreten:

Und was kein Schmeichler ungestraft gewagt,
Ihr eigen Bild hat es ihr nun gesagt.

Er habe, bemerkte Mörike, das Blatt für Agnes Schebest machen lassen, pflege es aber auch wohl an andere würdige Personen zu verabreichen. – In seine Sammlung ist übrigens dies Gedicht nicht aufgenommen.

Dann verließen wir Stuttgart, und ich habe Mörike nicht wiedergesehen; auch geschrieben hat er mir, außer einem Gruß auf seinem »Mozart«, nur noch einmal, da mich ein großes Leid betroffen hatte. Grüße und kleine Sendungen sind noch einzeln hin und wider gegangen, bis dann der Tod auch dem ein Ende machte.

Aus nachgelassenen Blättern

Zu meinem siebenzigsten Geburtstage wurde mir von meinem Verleger, Herrn Elwin Paetel, auf kunstreichem Blumenkissen ein Gedenkbuch überreicht, das als Titel meinen Namen trug; darunter »Sein Leben und seine Dichtung von Dr. Paul Schütze«. Der Verfasser, mein junger Freund, konnte nicht dabeisein; ein Blutsturz hatte ihn wenige Tage vorher aufs Krankenbett geworfen, und zwei Tage nach meinem Feste starb er an einer Wiederholung dieses Übels. Ein tiefer Schatten ist über den frohen Tag gefallen, und die Hoffnungen, die wir an dies zu früh geschlossene Leben knüpften, sind erloschen; sein liebenswürdiges Buch aber, das er uns gelassen, hat – wenigstens unter den Meinigen – schon jetzt seine Freunde gefunden; nur gegen den Titel erhob mein, den Jahren nach, ältester Freund einen bescheidenen Protest: »Th. St. in seiner Dichtung«, schrieb er mir, »hätte es heißen müssen; denn von Deinem Leben hätte ich daraus doch gern mehr erfahren.«
Dies Wort ist für mich Veranlassung geworden, die bereits seit einigen Jahren von mir begonnenen Aufzeichnungen über meine Jugendzeit wiederaufzunehmen von denen ich den ersten Teil hier folgen lasse; denn meinem Freunde wie mir dürfte das Ziel nicht mehr zu ferne stehn.

I
Von Mutters Seite

Im siebzehnten Jahrhundert kam auf einem Halligenschiff einer ans Festland nach der Stadt Husum an der Westküste Schleswigs geschwommen; der hieß *Wold*. Er wurde später herzoglicher Verwalter auf dem 1 1/4 Meile von der Stadt im gleichnamigen Amte belegenen, im Jahre 1772 jedoch parzellierten adeligen Gute Arlewatt und der Stammvater der Familie *Woldsen*, welche noch bis über die Hälfte unseres Jahrhunderts hinaus in Hamburg, Amsterdam sowie in Husum selbst geblüht hat.
Der Bedeutendste dieses Geschlechtes war mein Urgroßvater mütterlicherseits, Senator Friedrich Woldsen in Husum, der vor mei-

ner Geburt verstorben ist; der letzte große Kaufherr, den die Stadt gehabt hat, der seine Schiffe in See hatte und zu Weihnachten einen Marschochsen für die Armen schlachten ließ. Unter den Miniatur-Familienbildern, die in silbervergoldeten Medaillons jetzt an meiner Wand hängen, sieht auch sein Antlitz unter gepudertem Haar, mit dem strengen Zug um den Mund, noch heute auf den Urenkel; aber auch die freundlichen blauen Augen, die ihm von Großmutter und Mutter zugeschrieben wurden, glaubt dieser in dem Bildchen zu erkennen.

Aus dem danebenhängenden Medaillon schaut das Antlitz der Urgroßmutter unter dem halbmondförmigen hohen Spitzengewebe ruhig und ernst in die Welt hinaus; das kluge, jugendliche Köpfchen aber in dem amarantfarbenen Mieder, mit dem roten Röschen auf der mäßig hohen Puderfrisur, das seinen Platz über dem Medaillon des Urgroßvaters hat, ist dessen und der Urgroßmutter Tochter, Mamsell Fritzchen, die gern dem Vater in seinen kaufmännischen Rechnungen half, deren Liebe zu dem braven Major aber an dessen hartem Willen sich verbluten mußte. Zwei Liebeslocken, weiß gepudert wie das Haupthaar, hängen ihr vom Nacken aus je zu einer Seite um den Hals; an einer einfachen dunklen Litze liegt ein schwarzes Medaillon auf ihrer Brust. Ich hatte, schon als Knabe, es oft auf ihrem Bilde angeschaut: was mochte wohl darin enthalten sein? – Mir ahnte damals nicht, daß ich als Mann vielleicht der einzige sein würde, der außer ihr selbst es jemals würde geöffnet haben. Und doch – es mag gegen das Jahr 1848 gewesen sein, als unsere von dem genannten Urgroßvater einst auf dem Klosterhof für sich und seine, Friedrich Woldsens, Erben erbaute Gruft einer Reparatur bedurfte und die Maurer mit diesem Werk unter den Särgen, welche auf eisernen Stangen in der Tiefe standen, beschäftigt waren. Da, eines sonnigen Nachmittags, während ich mit meiner Mutter in dem Wohnzimmer des elterlichen Hauses am behaglichen Teetisch saß, wurde an die Tür gepocht, und auf unser »Herein!« trat ein Maurergesell ins Zimmer und überreichte uns ein kleines Medaillon, das, wie er berichtete, bei der Arbeit in der Gruft in einem eingestürzten Sarge gefunden war. Durch näheres Befragen wußte meine Mutter, daß der eingestürzte Sarg der Tante Fritzchens sei; ich sah nach ihrem Bilde hinüber, das damals mit den anderen dort über dem Sofa hing und auf dem das dunkle Medaillon sich deutlich abzeichnete. »Hier ist es«, sagte ich zu meiner Mutter; »sie hat es mit ins Grab genommen.« Als ich es dann öffnete, lag eine dunkle Haarlocke darin; von wem, darüber waren wir nicht zweifelhaft. »Laß es in die Gruft zurückbringen«, sagte meine Mutter; und so geschah es, nachdem ich die Kapsel wiederum geschlossen hatte.

Nach dieser posthumen und doch fast persönlichen Berührung mit meiner jungen, längst vor meiner Geburt gestorbenen Großtante schrieb ich bald nachher, während meines unfreiwilligen Exils in Potsdam, ihr mein Erinnerungsblatt »Im Sonnenschein.«

Noch ein Medaillon ist zurück: der stattliche Mann mit dem liebenswürdigen jungen Antlitz im braunen aufschlaglosen Rock, mit weißem Halstuch und weißgepudertem Haar, eine Lockenrolle an jeder Schläfenseite – es ist ein Sohn meines Urgroßvaters, mein Großvater mütterlicherseits, der nachherige Senator *Simon Woldsen* in Husum, von dem – wie ich schon irgendwo erzählt habe –, als er gestorben war, einer seiner Schwiegersöhne, sein weinendes Kind zum Sarge emporhebend, sagte: »Heule nicht, Junge! So sieht ein braver Mann aus, wenn er gestorben ist!« –, über dessen mit schwarzem Tuch bezogenen Sarg, da wir uns einst bei einem Familienbegräbnisse unten in der Gruft befanden, der alte Totengräber, welcher in der Jugend sein Kutscher gewesen war, liebkosend mit der rauhen Hand hinstrich und dabei sagte: »Dat ist min ol' Herr; dat weer een guden Mann!« – von dem einst seine jüngste Tochter, meine Mutter, inmitten ihrer Familie, von heftiger Erinnerung ergriffen, ausrief: »So wie du hat keiner mich doch geliebt!«

Ich weiß nur diese Nachreden auf ihn; ein eigenes lebendiges Wort von ihm selbst ist nicht auf mich gekommen. Wenn ich das liebe Antlitz auf dem schon verblaßten Bilde ansehe, so ist mir, als würde er auch wohl mich gleich meiner Mutter geliebt haben; aber schon in meinem vierten Jahre starb er.

Er hatte mit seiner Frau, Magdalena, Tochter des Senators Feddersen in Husum, vier Söhne, die sämtlich in früher Jugend hingerafft wurden; ich entsinne mich nur noch aus meiner Knabenzeit, wie von alten Dienstboten, vielleicht von der Großmutter selbst, mir von ihrem herrlichen Fuhrwerk mit zwei schneeweißen Ziegenböcken erzählt wurde, mit denen sie lustig durch die Straßen kutschiert wären; aber auch, wie diese unregiersamen Haustiere mitunter in die an der Schiffbrücke vor den Wohnkellern zum Verkauf ausgestellte Töpferware geraten seien und dem nachsichtigen Vater wiederholte Entschädigungspflichten auferlegt hätten. – Ich selber hatte die kleinen frohen Herrn nicht mehr sehen können; nur einer Szene noch – wiederum unten in unserer Gruft – entsinne ich mich: Nach einem Begräbnisse in der Familie war ich allein mit meiner fast achtzigjährigen Großmutter hier hinabgestiegen; ich suchte zwischen all den großen Särgen den kleinen einer früh verstorbenen geliebten Schwester, da hörte ich hinter mir ein auffallendes Geräusch, und als ich mich wandte, sah ich, wie die Großmutter einen kleinen Schädel aus einem zertrümmerten Sarge hob und ihn weinend an ihre Lippen drückte. »Das war mein kleiner Simon!« sagte sie zitternd, während sie sacht den Schädel wieder in die halbvergangene Kiste legte.

Glücklicher gestaltete sich das Leben der Töchter in diesem großväterlichen Hause: Drei Mädchen, Magdalena, Elsabe und Lucie, blühten in besondrer Anmut darin auf, so daß ich noch mitunter als Mann von alten Leuten ihre einstige Schönheit preisen hörte; und der Großvater, trotz seines zu frühen Todes, hat sie alle noch als Bräute, die älteste und die jüngste auch noch als Frauen in ihrer eignen Wirtschaft sehen dürfen. – Die jüngste, Lucie, die anmutigste von ihnen, mit ihrem braunen Haar und dunkelgrauen Augen, wurde meine junge Mutter. Eine Zeitlang vor ihrer Konfirmation war sie in Altona in Erziehung und liebevoller Pflege ihrer Patin und Vaterschwester, welche früher an den dortigen Kaufmann Matthiessen, derzeit an einen Kanzleirat Alsen, verheiratet war. Aus dieser Zeit besitze ich ein französisches Themenbuch von ihr, auf dessen Einbanddeckel, jedenfalls von Schulkameradinnen, in zwei verschiedenen Handschriften, teils mit Bleistift, teils mit Dinte, die Worte geschrieben sind: »Zartgefühl, Sanftmut, Liebreiz sind die Tugenden Luciens.« Erst nach ihrem Tode ist das Buch in meine Hand gekommen. Aber auch Eduard Mörike, da ich mit ihm und meinen Eltern im Sommer 1855 in den Stuttgarter Umgebungen spazierenging, riß mich gelegentlich beiseite und flüsterte mir zu: »Sie habe prächtige, prächtige Eltern; Ihre Frau Mutter hat so etwas Klares, Leuchtendes, Liebe Erweckendes!« Und, um noch eins zu sagen, was mich derzeit besonders stolz machte, ein Jugendbekannter, der einst aus der Fremde heimkehrte, erzählte mir von schönen Frauen, die er draußen in der Welt gesehen hatte, und

schloß damit: »Aber die schönsten Augen, die ich je in meinem Leben sah, die hat doch deine Mutter!«
Seit acht Jahren sind auch sie geschlossen und zerfallen.

2
Westermühlen

Bei diesem Worte steigt ein ganzes Wald- und Mühlenidyll in mir auf; das kleine in Busch und Baum begrabene Dorf war die Geburts- und Heimstätte meines Vaters; hier lebten und wirtschafteten in meinen ersten Lebensjahren noch die beiden Eltern meines Vaters.
Fünf Meilen etwa durch meist kahle Gegend führte aus meiner Vaterstadt der Weg dahin; dann aber ist mir, als habe plötzlich warmer Baumschatten mich umfangen, ein paar niedrige Strohdächer sahen seitwärts aus dem Laub heraus, zur Linken hörte ich das Rauschen und Klappern einer Wassermühle, und der Wagen, auf dem ich saß, fuhr über knirschenden Kies in eine dämmerige Tiefe. Wasser spritzte an den Rädern: wir fuhren durch ein kleines Gewässer, in dessen dunkle Flut Erlen und größere Waldbäume ihre Zweige von beiden höheren Ufern herabsenkten. Aber schon nach kaum hundert Schritten ging es wieder aufwärts, dann links herum, und auf einem freien Platze und auf festem Boden rasselte der Wagen vor das zur Rechten liegende Müllerhaus, und mir ist noch, als sähe ich als etwa zweijähriges Bürschlein wie Schattengestalten meine Großeltern, den klugen strengen Großvater und die kleine runde Großmutter, aus der etwas höher belegenen und von zwei Seitenbänken flankierten Haustür uns entgegentreten, die wie die zu beiden Seiten gelegenen hohen Fenster des langgestreckten schwarzen Hauses von den Kronen der davorstehenden Linden umdunkelt [waren]. Es ist das einzige Mal, daß ich die Eltern meines Vaters mit kaum bewußten Augen sah; es ist lange her, fast siebzig Jahre.
Von dem durch Lindengrün umdüsterten Hause sah man über den davorliegenden freien Platz, von der linken Seite beginnend, zunächst auf einen Baum- und Obstgarten, welcher sich nach dem soeben von uns durchfahrenen schwarzen Wasser hinabsenkte; daran schlossen sich in gleicher Linie Ställe und Wirtschaftsgebäude; dann das alte schütternde Fachwerkgebäu der

Wassermühle, und hinter dieser eine Holzbrücke, unter welcher der Mühlstrom sich hindurch und rauschend in die Speichen des großen Rades stürzte; aber Obstgarten, Stallungen, Mühle und Brücke, alles – wenn meine Erinnerung mich nicht trügt – lag unter den Wipfeln ungeheurer Eichbäume, wie ich sie nie zuvor zu Haus gesehen hatte.

Hinter dem Wohnhause war ein großer Garten, voll von Obstbäumen, Zentifolien und Lavendel; er hatte seine größte Breite nach rechts vom Hause aus; der von dorther durch Wiesen kommende Mühlstrom bildete in breiterer Ausdehnung hier seine Grenze; in der äußersten Ecke des Gartens, der auch dort noch einige Schritte über die Linie des Hauses hinausragte, stand ich eines Tages verwundert vor einem mit hohem Buchenzaune abgegrenzten viereckigen Raume; hinübergucken konnte ich nicht; aber während ich stand, kam stets melodisches Summen aus dem Innern. Ich hatte dergleichen nie gesehen und schlich neugierig an den Seiten herum, bis ich eine im Zaun halbversteckte schmale Brettertür fand, über welcher ich mit meinem Kopfe mir bald freie Einschau in den inneren Raum verschaffte; denn hereindringen konnte ich nicht; sie war verschlossen. Eine Reihe von Bienenkörben stand auf zwei Seiten neben- und übereinander auf hölzernen Gestellen; eine Drahtmaske, ein Sack lagen daneben im Grase; das tönende Geziefer summte von allen Körben. Das war ein »Immenhof«, wie ich später erfuhr, wie man sie dort zum Schutz der Bienen anpflanzte. Ich habe während meiner Knabenzeit diese Plätze, auch später an der Hand meines Onkels oder eines älteren Vetters, stets mit einem Gefühl von Andacht betreten, als näherte ich mich einem lieblichen Naturgeheimnis.

Treten wir über die paar steinernen Treppenstufen an der Frontseite in das Wohnhaus! Auf dem geräumigen Flur, an den Seiten unter zweien Fenstern befinden sich große Kisten mit abgeschrägtem Klappdeckel; sie bergen das dem Müller von dem vermahlenden Korne zukommende Mehl, von dem im Hause verkauft wird; eine große Treppe führt nach dem Boden hinauf; links und rechts nach vorn hinaus zwei geräumige Zimmer; das zur Linken das Wohnzimmer, in einer Ecke zwei Flügeltüren mit Glasscheiben, die zu einem Alkoven führten, dem Schlafraume des alten Ehepaares. Eine Tür in derselben Wand ging in die gleichfalls große, nach dem Garten hinaus sehende Küche, wo ich später oftmals staunend neben dem alten Herde stand und staunend zusah, wie Möddersch Marieken den in der Pfanne prasselnden Pfannkuchen plötzlich in die Höhe schleuderte, wie er in der Luft sich wendete und dann jedesmal genau mit der noch ungebackenen Seite wieder in die Pfanne klatschte. Ich höre noch das Lachen der Genugtuung, wenn ich der Alten meine Bewunderung über dies Kunststück aussprach; und der nächste Pfannkuchen pflegte dann meist noch um einen Fuß höher zu fliegen.

Während es in der Wohnstube an den Wänden und wohin man blickte, düster und verbraucht aussah, trat man links vom Flur aus in ein großes, helles Gemach mit untadelhaft geweißten Wänden; ein großes Fenster nach einem freien Seitenraum des Gartens gab das Licht, was die Linden den Fenstern an der Frontseite verwehrten. Unzweifelhaft wurden meine Eltern bei ihrem ersten Besuche als junge Leute hier mit mir hineingeführt; ein altmodisches Kanapee, das aus drei zusammengewachsenen Stühlen zu bestehen schien, und ein weißes Teegeschirr, mit roten Blumen bemalt, das auf einem Tischchen an der Wand stand, wurden schon damals oder später genau von mir in acht genommen.

Von vorstehenden Beobachtungen habe ich gewiß nur wenige in meinem damaligen zweiten Jahre gemacht; aber ich bin später, in den Michaelisferien, oft dahin auf Einladung meines Onkels Hans, der dann als ältester Sohn der Müller war, zurückgekehrt.

Bei jenem ersten Besuche waren um die Großeltern außer jenem ältesten, gescheuten und liebenswürdigen Bruder meines Vaters, der mit ihm ein durchgeistetes Antlitz gemein hatte, noch die jüngste, derzeit recht junge Schwester, meine geliebte Tante Lene mit ihrem stillen Madonnengesichte, und die nicht hübsche, aber kluge und energische Tante Gretchen, die später den Bauervogt Hans Carstens in dem damals gleichfalls zu Hohn eingepfarrten Dorfe Hamdorf heiratete. Mein Vater, der Jurist, hielt diese Schwester zeitlebens in besonderer Achtung; ihr ganzes Wesen war von beruhigender Sicherheit. Sie hatte aber auch schon in ihrer Jugend über ihn gewacht; wie oft hat mein Vater, wenn er, wie so oft, auf seine Jugend kam, es uns erzählt! In Westermühlen war keine Schule; die Kinder mußten etwa eine halbe Meile weit nach dem benachbarten Elsdorf gehen. Besonders im Win-

ter scharten sie sich dann an einem bestimmten Platze ihres Heimatdorfes und traten gemeinsam ihren Schulweg an.
Zu Mittag blieben die Westermühlener in Elsdorf; ein Stück Butterbrot wurde aus der Tasche gezogen und in Gesundheit verzehrt. »Was bekamt ihr dann zu trinken? Milch oder Bier?« frug ich meinen Vater. Er lachte: »Ein großer kupferner Kessel mit frischem Brunnenwasser wurde zwischen uns auf den Tisch gestellt, da konnte jeder soviel trinken, als er Lust hatte.«
Der Lehrer war ein alter Soldat gewesen; trotzdem meinte mein Vater noch in seinem hohen Alter, er habe seine Sache wohl verstanden, und erzählte gern, wie er am Weihnachtsabend herkömmlicher Gast in seinem elterlichen Hause gewesen und wie gern er dann den Gesprächen zwischen ihm und seinem Vater gelauscht habe.

Lübecker Gymnasiastenzeit und Ferdinand Röse

Etwa 18 Jahre alt, trat ich nach dem Willen meines Vaters aus der Gelehrtenschule meiner Vaterstadt Husum in die Prima des Lübecker Gymnasiums, wo damals Friedrich Jacob Direktor und Prof. Classen erster Lehrer war. Geibel war eben zur Universität gegangen, hinterließ mir aber seinen nächsten Freund unter den Zurückgebliebenen, Ferdinand Röse, von uns »Wanst«, auch wohl »Magister Wanst« genannt, Sohn eines Lübecker Maklers; er war vom Gymnasium als Lehrling in eine, ich meine die Rohdesche, Buchhandlung getreten, aus dieser aber wieder ins Gymnasium und zu seinen Studien zurückgekehrt und daher uns übrigen im Alter etwas voraus.

Seine äußere Erscheinung war nicht eben einnehmend, wenn man nicht die kleinen freundlichen und wie mitredenden Augen dafür nehmen wollte; er machte den Eindruck eines Mannes, der in kränkelnder Kindheit aufgewachsen ist, und hatte nichts Jugendliches. Sein Antlitz war gelblich fahl, sein dürftiges Haar von mattem Dunkelblond, auch seine Sprache war ältlich; denn statt der Zähne hatte er nur zwei Reihen schwärzlicher Zahnbrocken aufzuweisen. Dazu paßte der lange, etwas abgetragene schwarze Rock mit zwei Reihen Knöpfen, der um die mittelgroße Gestalt schlotterte.

In seinem Wesen, besonders auf seinem Zimmer, wo die Werke alter und neuer Philosophen ihn umgaben, hatte er etwas Feierliches, wie der Meister eines Geheimbundes; er hörte gern, wenn ein andrer zu ihm sprach, aber meist mit einem freundlichen, etwas überlegenen Lächeln auf den Lippen; doch konnte dies Wesen auch mitunter von einer etwas forcierten Karnevalslustigkeit abgelöst werden; mir klingt noch das »Hei! Hei!« in den Ohren, das er dann wohl ausstieß.

Die Husumer Schule wußte so wenig von neuerer deutscher Literatur, daß mir Uhland, dessen Namen ich gehört hatte, derzeit als ein alter Minnesänger vorschwebte; hier aber hatten Röse und Geibel (letzterer als L. Horst) sogar zum Chamissoschen Musenalmanach von 1834 ihren Beitrag geliefert. An den alten Fouqué hatten sie Huldigungsgedichte geschickt und eine Antwort erhalten; Röses Gedicht, das mir von ihm vorgelesen wurde, hieß »Die Bleichen« (die Toten auf dem Schlachtfelde) und machte mir großen Eindruck. Sie wollten auch später den derzeit von Fouqué selbst zerstörten Ruhm desselben wiederaufrichten. Der Zurückgebliebene erschien mir wie von einem Dunst geheimnisvollen Wissens und Könnens umgeben, aus dem ihm nur mitunter in geweihter Stunde beliebte, einen Brocken an Auserwählte mitzuteilen. So munkelte es, daß er ein großes Drama »Ahasver« begonnen habe; aber es verging eine lange Zeit, bis er es endlich aus dem Schrank, worin das Manuskript verschlossen war, hervorholte und mir eine oder einige Szenen daraus vorlas. Ich hatte dabei die Empfindung, als wenn ich einer ganz ausnahmsweisen Gunst gewürdigt würde. Es gefiel mir sehr und schien mir unter dem Einflusse von Goethes »Faust« abgefaßt, den ich damals zuerst kennengelernt hatte. In »Gedichte v. Ferd. Röse«, Hamburg, E. A. Meißner, 1839 (nur 32 Seiten), fand ich ein Gedicht »Ahasver«; von dem Drama habe ich nichts wieder gesehen noch gehört.

Zu Röses inneren Schätzen schien mir auch ein vertrautes Verhältnis zu seiner Vaterstadt, dem alten heiligen Lübeck, zu gehören, wie er denn auch später, 1842, ohne seinen Namen eine jedenfalls lesbare »Lübecksche Chronik« bei Aschenfeld in Lübeck hat erscheinen lassen. Wenn er aus der Vergangenheit der alten Hanse-Hauptstadt berichtete, nahm seine Stimme eine Würde an, als ob er Heiliges zu verkünden habe, und der Ausdruck des Gesichtes entsprach dem.

Zu dem alten Lübeck gehörte auch sein Vaterhaus an der Trave, das mir unvergeßlich geblieben ist. Die Haustür führte zu einem sehr engen Flur; vor dem Eintretenden verschloß rechts ein breites gelbes Doppeltor den weiteren Raum, an der linken Wand führte eine ohne Biegung aufsteigende Treppe in einen großen fließenbelegten, zwei Stockwerke hohen dämmerigen Flur; überall führten Türen zu den Wohnräumen, zur Küche und zu einem kleinen offenen Hof; zu den im höheren Stockwerk belegenen Stuben, nach der Straße und nach der Hinterseite gingen zwei Einzeltreppen mit Geländer; die nach der Straße belegene führte zu einem Zimmer, wo ein alter Großohm seinen Lebensrest verbrachte; die oberen Zimmer nach hinten habe ich später als Student bei einem Besuche innegehabt. Während der Schulzeit lebte Röses Mutter noch, eine stets kränkelnde, stubenhütende katholische Frau; nur einmal sah ich sie, als sie sich bei seiner Abfahrt zur Universität vor die Haustür hatte bringen lassen. Der Vater ist mir damals nur schweigend vorbeigegangen, ein, nach meiner Erinnerung, ziemlich stattlicher Mann mit gerötetem Antlitz; auch aus meiner späteren Besuchszeit habe ich keine wesentliche Erinnerung von ihm.

Das kleine Zimmer, das ich damals allein besuchte, lag nach der Trave hinaus hinter der Haupttreppe; ein Tages- oder Kerzenschimmer, der durch das grüne Vorhängsel des Türfensters schimmerte, zeigte dem Besuchenden den Weg. Ich habe es auf das oft mit einer Art Mutwillen oder mit ermunterndem Klang gerufene »Herein!« stets mit dem Gefühl betreten, ich komme als ein Jüngerer und Werdender zu einem wesentlich schon Gewordenen, wenn auch zu einem freundlich mir Geneigten. Soviel ich mich entsinne, war kein Sofa in dem Stübchen; und doch war es mit seinen breiten Fensterbänken der behaglichste Raum.

Nie werde ich den Spätherbstabend vergessen, an dem er mich dort in Heines mir noch unbekanntes »Buch der Lieder« einweihte. Aus dem verschlossenen Glasschrank, der den Oberteil einer Schatulle bildete, nahm er das Exemplar auf schlechtem Druckpapier, und während wir am warmen Ofen saßen und draußen der Wind durch die Schiffstaue sauste, begann er mit gedämpfter Stimme zu lesen: »Am fernen Horizonte«, »Nach Frankreich zogen zwei Grenadier'«, »Über die Berge steigt schon die Sonne« und so eines nach dem andern; zuletzt »Wir saßen am Fischerhause und schauten nach der See«; ich war wie verzaubert von diesen stimmungsvollen Liedern, es ward Morgen und es nachtete um mich, und als er endlich, fast heimlich das Buch fortlegend, schloß: »Das Schiff war nicht mehr sichtbar, es dunkelte gar zu sehr«, da war mir, als seien die Tore einer neuen Welt vor mir aufgerissen worden. Gleich am andern Morgen kaufte ich mir das »Buch der Lieder«, und zwar auf Velin-Papier.

Röse gehörte zu denen, welchen ich es verdanke, Kritik ertragen zu können und sie an mir selbst zu üben; er schrieb quer über meine Gedichte sein »Denique sit, quid sit, simplex dumtaxat et unum« und sagte mir mehr als einmal: »Du bist geistig tot«; ob letzteres mit Recht, ist mir später zweifelhaft geworden. In der Poesie freilich war es bei mir nur noch ein Flügelprüfen; über meine zuerst 1852 erschienenen Gedichte hat er mir später mit Begeisterung geschrieben, daß er sie morgens und abends lese.

In den Ferien kam Geibel, und wir gingen dann zusammen ins

Theater, in den Weinkeller oder machten Ausflüchte auf die Dörfer. Röse klagte, daß ihm das Talent der schönen Formgebung fehle, das, nach seiner Ansicht, Geibel in vollem Maße besaß; daher er denn auch, wo er in seiner Prosa Lieder bedurfte, seinen Mangel gern aus dessen Reichtum deckte; so in seinem Märchen »Das Sonnenkind«, das im »Pilger durch die Welt« 1845 erschien. Einmal trafen wir diesen in seinem Zimmer ein Gedicht niederschreibend; »scht!« sagte Röse und hielt mich an der Tür zurück, und wir warteten ruhig, bis die heilige Handlung vollendet war.
Vor seinem Abgang zur Universität schenkte Röse mir ein Exemplar der Uhlandschen Gedichte, in das er hineinschrieb: »Meinem Confident, obgleich's ein — ist, zur freundlichen Erinnerung«. Der Gedankenstrich sollte »Schuckelmeyer« bedeuten, ein politischer Schimpfname für die Dänen, von denen wir Schleswiger derzeit nicht unterschieden wurden. Die vergriffenen Exemplare des »Liederbuchs« und des »Uhland« stehen noch in meinem Bücherschrank.
Ein halb Jahr später ging ich nach Kiel und ein Jahr danach mit Röse und Mantels, von Hamburg aus, nach Berlin. Ich entsinne mich aus diesem Zusammenleben nur einer Tour nach dem Grunewald, die auch der nachherige Shakespeare-Gelehrte Delius mitmachte, und einiger Theaterabende, die uns durch Seydelmann bedeutsam wurden; nach einer »Faust«-Aufführung kauften wir uns ein Fläschchen herben Ungar und plauderten dabei noch ein paar Stunden auf meiner Stube. Nach einem halben Jahr verließ Röse Berlin. Als ich später wieder in Kiel studierte, befand er sich in Lübeck im Vaterhause, wo die Mutter inzwischen gestorben war; damals habe ich ihn besucht; von einem älteren Herrn, den er derzeit in seinem Zimmer empfing, sagte er mir, es sei ein Professor, der ihm wegen einer von ihm edierten philosophischen Schrift seinen Besuch abgestattet habe. – Noch im selben Sommer kam er zu mir nach Kiel und las mir und den Brüdern Theodor und Tycho Mommsen in dem jetzt verschwundenen Säulenhäuschen im Walde, hinter der Badeanstalt, sein Märchen »Das Sonnenkind« vor, das er damals zwischen ernsteren Studien vollendet hatte. Ich höre es noch, wie er, beim sanften Rauschen der Waldwipfel draußen, in seiner feierlichen Weise anhub: »Hans Fideldum, der lustige Musikant, ging durch ein Seitental des Böhmerwaldes rüstig vorwärts.«

Später habe ich Röse, unseren Magister Wanst, nicht wiedergesehn; nur Briefe von ihm kamen seit etwa 1846. Er war inzwischen Dozent in Tübingen gewesen, dann dieser Stellung, wie er schrieb, wegen seiner schwarzrotgoldenen Gesinnung verlustig gegangen, er hatte den Volkskalender »Der deutsche Pilger durch die Welt« durch mehrere Jahrgänge redigiert, er hatte sich in Koblenz mit einem Photographen assoziiert und an Kellner und derlei Leute in den ersten Morgenfrühstunden Unterricht in neueren Sprachen erteilt; er war darauf nach dem unweit belegenen Ochtendungen gezogen und hatte dort winters, aus Geldmangel im ungeheizten Zimmer, die ersten Bände seiner Individualitäts-Philosophie ausgearbeitet; einen die Einleitung enthaltenden gedruckten Band sandte er mir; durch eine ihm dann einmal gebotene Hülfe wurde noch ein Teil gedruckt; in welchem Krämerladen das übrige verdorben ist, mag der Himmel wissen. Auch ein Selbstmordversuch war in diesen Notständen vorgekommen, obgleich Geibel ihn dauernd nach Kräften unterstützte und er in seiner Not auch andere in Anspruch nahm; sogar eine Nachricht, daß ein Dr. F. Röse ein, ich weiß nicht, welches, Verbrechen begangen, lief durch die Zeitungen, bis es sich aufklärte, daß der Verbrecher Röses Paß gestohlen hatte. Ihm eine Hauslehrerstelle zu verschaffen, war Geibel, wie er mir sagte, da ich ihn 1848 in Lübeck aufsuchte, durch Röses Selbstgefühl, auch durch sein allmählich äußerlich vernachlässigtes Wesen unmöglich geworden. »Und doch«, setzte er warmherzig hinzu; »es ist doch immer noch der alte Wanst.«

Und damit war auch meine ganze Meinung ausgesprochen.

Röse ist gestorben, seit lange; ich weiß es, ohne zu wissen, woher; eine Anzeige von einem ihm irgend Nahestehenden habe ich nicht erhalten; einsam und verlassen wird ihn der Tod gefunden haben. In einer gelehrten Zeitschrift ist vor einigen Jahren ein Artikel über ihn gewesen, vielleicht neben diesen wenigen Worten die letzte Spur von ihm.

Über Röses philosophische Schriften habe ich kein Urteil und zu ihnen kein Verhältnis; in seiner Poesie ist er mir später mehr als ein Anempfinder erschienen, seine Sachen mehr aus Freude an seinen anregenden Vorbildern als aus eignem Drang hervorgegangen, obwohl sie dennoch nicht ganz ohne Eigentümliches, ich möchte sogleich sagen Vaterstädtisches, waren. Goethes »Faust« und der Phantasiestücken-Hoffmann mochten am meisten auf ihn einwirken; man konnte letzteres schon in der Namenfindung erkennen, wenn er z. B. einen alten Musikanten »Quanzmann« taufte; auch die Bewegung seiner Figuren ist hoffmannisch, er selbst war eigentlich, als hätte der alte Kammergerichtsrat ihn erfunden. In einem lübeckischen kulturgeschichtlichen Roman, den er mir handschriftlich um 1846 zusandte, und in seinen Sachen im »Deutschen Pilger durch die Welt«, wie »Hans Fallinbrei«, »Vetter Michels Eisenbahn« u. a., sind mir Inhalt und Stil durchgehends künstlerisch vielfach roh und gewaltsam erschienen – ich meine, wenn ich es lese, mitunter sein Karnevals-Hei-Hei! zu hören –, was meine erwähnte Ansicht nur bestätigte. Als Menschen habe ich ihn gegen mich stets treu und liebevoll gefunden; daß er ein zu hohes Selbstgefühl hatte, vermöge dessen er auch seine Philosophie ihrem Jahrhundert vorausgeeilt glaubte, ist vielleicht wahr, obwohl die Art, wie er Geibel den Vorrang ließ, während er mir stets als der Tiefere erschien, dagegenspricht. Selbstsüchtiges habe ich nie an ihm wahrgenommen; im Genießen war er freilich nicht bedenklicher als wir andern; aber es mochte seinem ältlich und kränklich erscheinenden Körper vielleicht weniger ziemen.

Von den Vorausgeschiedenen ist Röse, der einen wichtigen Zeitabschnitt meiner Jugend begleitete, mir einer von den wenigen Unvergeßlichen.

Aufzeichnungen aus der Studentenzeit

Aus dem Tagebuch des Studenten

Da bin ich nun seit einem Vierteljahr unter deutschen Studenten, selbst ein deutscher Student. Ich hatte mir den Studenten anders gedacht: ein Gemisch aus ritterlicher Galanterie, traulicher Heiterkeit, Begeisterung für seinen freien Stand, Geist, Herz und Gefühl für alles Schöne. Aber, was fand ich von alledem?
Mut, Mut allerdings fehlt dem deutschen Studenten nicht. Aber wo trifft man die schöne, jugendliche Poesie des Lebens, die noch unverkümmert ist von den beengenden Verhältnissen der späteren Jahre? Wo die bescheidene Heiterkeit, die ihn charakterisieren sollte und den deutschen Studenten bei allen guten Menschen beliebt machen?
Ich möchte sagen, der Kieler, und ich glaube sagen zu können, der deutsche Student ist entweder ein Mensch, der viel kneipt und trinkt, alle naselang auf der Mensur liegt, sich in Gemeinheiten gefällt, eben von nichts anderem redet als von Kneipereien und Paukereien, sich irgendein schmuckes Dienstmädchen an der Hand hält, die Farben einer Verbindung und, wenn er ihn hat, einen Schnauzbart trägt und nebenbei etwas ins Kolleg geht. Oder er ist arbeitsam, eingezogen, einseitig oder einfältig. Ich mag die rechten vielleicht noch nicht finden können.
Wie schmerzlich entbehre ich einen Gleichgesinnten, der den Klang und die Seele meiner Dichtung verstehen und erwidern mag. Kiel ist schön, sehr schön, die schönste Stadt im schönen Holstein. Aber allerorten auf den belebtesten, volkreichsten Spaziergängen wandle ich allein unter den schönen Holsteinerinnen.

Auf dem Wege nach Düsternbrook an der hohen Allee liegen viele hübsche Gartenhäuser, ich möchte sagen, mit Gemüt und Phantasie gebaut und dekoriert, deren Besitz ich mir oft kindisch gewünscht habe. Unter diesen liegt eins verborgen unter Jasmin und den blühenden Gesträuchen der Heckenrose. Auf das Dach rankt sich Geißblatt und bekränzt auch unten das Fenster des lieblichen Häuschens. Die Hälfte des lauschigen Fensters verhängt eine dunkelrote Gardine, die in das Innere des Stübchens einen gar lieblichen Dämmerschein zurückwirken muß, in welchen durch das offene Fenster Blütenduft und Nachtigallenschlag hineinströmen mit dem Hauch der lauen Sommernacht. In dieses Häuschen bin ich verliebt, oder eigentlich nicht in das Häuschen, sondern in das, was drinnen sein könnte, in die braunen Locken, in die süßen Lippen, in das Herz, in die Brust, die nur für mich pocht, mit einem Worte, in die schöne, schlanke Jungfrau, die mich aus dem wunderbaren, umlaubten Fenster anschauen könnte. O nur ein Kuß in heimlich duftender Sommernacht durch dieses Fenster, und mein stilles Sehnen –

Eine Episode aus dem Berliner Studienjahr 1839

Es ist Sonntag nachmittag vier Uhr; der Direktor in Hemdsärmeln und furchtbarem Amtseifer hammert, klebt, kommandiert, schilt und flucht. Der Komiker Dircks steigt schwärmend zwischen Stühlen und Latten herum, memoriert seine Rolle, zitiert Stellen aus dem »Don Carlos« und beglückt dabei bald diese, bald jene Schauspielerin mit einer halben Umarmung. Der Maler klebt eifrig mit, damit seine Dekorationen ins gehörige Licht gesetzt werden, streitet sich mit dem Direktor über das Decken der Setzstücke und streicht sich behäglich den angeklebten Knebelbart. Die Damen gehen ab und zu, lachen noch mitunter über die Witze des Komikers, fassen sich an ihr kleines Herz, memorieren ihre Rollen und sagen: »O Gott, o Gott!« – Der Tenorist übt mit dem Musikdirektor noch seine Lieder; beide können sich in dem Spektakel oft gegenseitig nicht verstehen. Rosenberg ist als Theatermeister sehr emsig; aber da er gar nicht durchfinden kann und allenthalben Widerspruch findet, so wird ihm die Sache am Ende verdrießlich. Die andern sind vom Direktor kommandiert und stehen sich mit dem größten Amtseifer gegenseitig im Wege. Niebuhr hat bereits sein Müllerkostüm angezogen, besieht die blanken Stahlknöpfe in seinem weißen Kamisol und freut sich über die allgemeine Verwirrung. Zu allem diesem spielt Scheby brillante Variationen, nach dem der Tenorist sich heiser gesungen.

Direktor: Huhn, wo sind Sie?
Kuhn: Herr Rehse!
Direktor: Ach, möchten Sie nicht so freundlich sein, den Komö-

dienzettel abzuschreiben.
Kuhn: Na – woso denn – –?
Direktor: Ich hab ihn in Eiseners Stube hingelegt.
Alle: Aber unterstehn Sie sich nicht, die Namen dabeizuschreiben!
Kuhn: Na, aber hären Se mal – na, ich will's schon recht machen. (Ab.)
Maler (für sich): Schaafskopp!
Direktor (Kuhn nachrufend): Wollen Sie denn wohl so freundlich sein! – (indem er den Hammer gegen die Wand wirft) Verfluchte, verdammte Lumpenflickwerk! Nun will der knotige Schund nicht festhalten! – Wo stecken Sie denn alle, Eisener! – – Ach!
Schlichtmann tritt herein und wird sogleich als Lampenmeister angestellt. Die andern beschäftigen sich auf die obenerwähnte Weise. Darauf tritt Kuhn herein und bringt den Zettel:

Heute Sonntag, den 23. Februar:

Theatr. alla scala

Der Stellvertreter, Lustspiel in einem Akt

Uhrmacher Hippel	Herr Schlichtmann, mit dem Beinamen Gillis.
Luise, seine Tochter . . .	Dem. Kuhn, ein Backfisch. – Weiter nichts? – Weiter nichts!
Amanda, seine Nichte . .	Dem. Völkner, ein Mädchen ohne Furcht und Tadel.
Wolfgang Trollberg . . .	Herr Storm, ein unverbesserlicher Liebhaber.
Alexander Trollberg . . .	Herr Dircks, Theaterarzt und Besitzer mehrerer Edelhöfe im Monde.
Ein Bedienter	Herr Kuhn, verfehlter Tenorist, derzeit für das Bedientenfach engagiert.

Hierauf:

Der reisende Student, Vaudeville in zwei Akten

Jakob, ein Müller	Herr Niebuhr, der Müller vom vergangenen Jahr.
Tollberg, gräflicher Verwalter .	Herr Dircks, verbrauchter Liebhaber, jetzt groß als komischer Mime.
Brandheim, Ingenieurlieutenant	Herr Storm, erster Tenorist.
Hannchen, Jakobs Tochter . . .	Mad. Röse, Frau Direktorin.
Margarethe, Wirtschafterin . . .	Dem. Völkner, ein handfestes Mädchen.
Mauser, ein Student	Herr Wagner, Tenor-Buffo und Theatermaler, ein junger Mann, über den sich manches sagen ließe.

Das Gewitter hinter den Kulissen wird ausgeführt von Herrn Direktor Röse, der Feuerlärm von mehreren Mitgliedern des Theaters alla scala.
Die Dekorationen im ersten Akt und die Setzstücke im zweiten sind vom Herrn Dekorationsmaler Wagner.
Das Lied »Der Vater sagt usw.« im ersten Akt ist vom Opernregisseur Herrn Storm.
Wegen Mangel an Platz ist der Zutritt auf der Bühne ernstlich untersagt.
Musik dazu macht der Kapellmeister Herr Scheby.

Aus dem Literaturblatt des Deutschen Kunstblattes

Lieder der Liebe von M. Ant. Niendorf

In den neueren und neuesten Werken deutscher Poesie, denen wir, nicht eben im Einverständnis mit der hergebrachten Kritik, sowohl an sich als für die Entwicklung unsrer Literatur eine Bedeutung zugestehen, meinen wir als einen besonderen Fortschritt ein Streben nach Emanzipation von der Phrase und dem konventionellen poetischen Apparat und somit eine zunehmende Erkenntnis des organischen Zusammenhangs zwischen Form und Inhalt zu erkennen. Namentlich von diesem Gesichtspunkte aus mußte man den Verfasser der »Hegler Mühle« als ein beachtungswertes Talent bezeichnen. Freilich ist die Konzeption des Ganzen und die Durchführung im einzelnen so mangelhaft, der Dichter fällt so oft in das Platte, absolut Unpoetische, daß er es zu einem reinen und vollen Eindruck auf den Leser nicht zu bringen vermag. Allein gleichwohl ist die »Hegler Mühle« so reich an tiefen, echt poetischen Motiven, der Dichter geht so frisch und ohne Phrase an seinen Stoff heran, und es ist ihm im einzelnen doch so vieles gelungen, daß man sich der Hoffnung nicht erwehren konnte, die Mängel dieses Erstlingswerkes in einem späteren durch Ernst und Fortbildung ausgeglichen zu sehen.

Der Dichter scheint indessen diese Hoffnung nicht erfüllen zu wollen; seine späteren Werke sind die schwächeren. Die *Liebeslieder* enthalten eigentlich kein einziges Gedicht, welches diesen Namen in der Tat verdiente, sondern nur einen neuen Beweis, daß in der deutschen Poesie nichts spärlicher vertreten ist als eben das Liebeslied, so viele und weite Rubriken demselben auch in allen Arten von Gedichtsammlungen eingeräumt sein mögen. Wie hätten auch sonst die guten Definitionen und schlechten Verse des Grafen von Münch-Bellinghausen »Mein Herz, ich will dich fragen, was ist denn Liebe, sag!« vor noch nicht langer Zeit zu einer solchen Tagesberühmtheit gelangen können! Wie wäre es anders erklärlich, daß ein Kritiker wie Karl Goedeke uns in seinen »Edelsteinen« unter der Rubrik des Liebesliedes eine Anzahl von Gedichten bringt, die augenscheinlich weder unter der Gewalt dieser schönen Leidenschaft entsprungen noch auch imstande sind, den Leser nur die leiseste Regung derselben wiederempfinden zu lassen?

Die eigentliche Aufgabe des lyrischen Dichters besteht aber unsrer Ansicht nach darin, eine Seelenstimmung derart im Gedichte festzuhalten, daß sie durch dasselbe bei dem empfänglichen Leser reproduziert wird, wobei freilich der Wert und die Wirkung des Gedichtes davon abhängen wird, daß sich die individuellste Darstellung mit dem allgemeingültigsten Inhalt zusammenfinde. Die besten lyrischen Gedichte sind daher auch immer unmittelbar aus der vom Leben gegebenen Situation heraus geschrieben worden; die höchste Gefühlserregung wird, wie das jeder schon im täglichen Leben an sich erfahren mag, auch immer den schlagendsten Ausdruck finden; und wenn Goethe einmal den Ausspruch getan, es müsse der Dichter sich den Stoff durch die Zeit erst in eine gewisse Ferne rücken lassen, ehe er an die Behandlung desselben gehe, so sind doch gerade seine Lieder von unsterblichster Wirkung nachweislich unter der Herrschaft des Momentes entstanden, worüber der vor einigen Jahren herausgegebene Briefwechsel mit der Frau von Stein die mannigfachsten und interessantesten Aufklärungen enthält. Daß übrigens dem Dichter, namentlich dem Novellisten, auch eine selbsterfundene Situation mit solcher Lebendigkeit aufgehen könne, daß er dadurch zu einer vollkommen lyrischen Produktion im Charakter und der Stimmung seiner eignen Gestalten veranlaßt wird, ist durch das hier Gesagte selbstverständlich nicht ausgeschlossen und von Mörike in seinem »Maler Nolten« durch das unergründlich schöne »Früh, wenn die Hähne krähn« aufs vollkommenste dargetan, während die Eichendorffschen Lieder, so tief sie immer sein mögen, doch nur aus einer und derselben Grundstimmung mit den Novellen, in denen sie vorkommen, nicht aber aus diesen selbst entsprungen sind.

Es beruht daher auch das willkürliche und massenhafte Produzieren lyrischer Gedichte, das eigentliche Machen und Ausgehen auf derartige Produktionen auf einem gänzlichen Verkennen des Wesens der lyrischen Dichtkunst; denn bei einem lyrischen Gedichte muß nicht allein, wie im übrigen in der Poesie, das *Leben*, nein, es muß geradezu das *Erlebnis* das Fundament desselben bilden. Den echten Lyriker wird sein Gefühl, wenn es das höchste Maß von Fülle und Tiefe erreicht hat, von selbst zur Produktion nötigen, dann aber auch wie mit Herzblut alle einzelnen

Teile des Gedichtes durchströmen. Eine Folge hiervon und zugleich ein Beweis für unsre Ansicht ist es, daß selbst unsre besten Lyriker, wie Günther, Hölty, Goethe, Claudius, Uhland, nur wenige Lieder geschaffen haben, welche die seit ihrem Erscheinen verflossene Zeit überdauerten.

So wie mit den lyrischen Gedichten im allgemeinen, so ist es im besonderen mit den Liebesliedern. Es kommt nicht darauf an, geistreiche Gedanken über die Liebe in Versen vorzutragen, wie dies z. B. in Geibels »Minnelied«, freilich in schönster Weise, geschieht; denn hier entsteht schon ein Mittelding zwischen lyrischer und didaktischer Poesie; das echte Liebeslied soll vielmehr in seinen Versen die Atmosphäre der Liebe einfangen, daß es uns beim Lesen mit unwiderstehlicher Gewalt der Ahnung oder Erinnerung überkommt.

Die Niendorfsche Sammlung, an die wir die vorstehenden Bemerkungen anknüpfen, bringt uns kein einziges Gedicht, in dem und in dessen einzelnen Teilen ein volles energisches Gefühl pulsierte. Man fühlt, daß es dem Verfasser mehr um das Versemachen als um die Liebe zu tun gewesen ist; die unbedeutendste Gefühlswandlung, über die es fast nirgends hinauskommt, die oberflächlichste Reflexion müssen ihm den Stoff zu einem Gedichte hergeben. Kleine anmutige Motive, an denen es allerdings nicht fehlt, z. B.

S. 42 Ich hang an dir!
In hang an dir wie ein Tröpflein Tau
An der roten Rose der Werderau.

S. 207 Sie lächelten, doch nicht wie du.

wiewohl auch diese nicht selten in phantastische Spielerei ausarten, z. B. S. 15, wo »Schön Ännchen« zu Ende jeder Strophe wünscht:

O Mondenschein,
Möchtest du mein Liebster sein!

werden ihm Veranlassung, ein längeres Gedicht daranzuhängen, das nur zu deutlich zeigt, es sei nur um des hübschen Refrains willen gemacht worden. – Wie geringen Teil überhaupt die Empfindung an diesen Liedern hat, beweist schon das gemachte, jetzt hoffentlich für immer in der Poesie, wenigstens in der Lyrik, beseitigte Hereinziehen ausführlicher Bilder und Gleichnisse sowie das verbrauchte Personifizieren von Himmel, Wind, Wolke, Muschel, Rose und hundert andern leblosen Gegenständen, dem man hier überall begegnet. In den allermeisten Fällen wird ein solches Verfahren, das, wie unmerklich auch immer, dennoch auf einer Verstandesoperation beruht und daher zum Verständnis der Rückoperation verlangt, nicht allein dem Leser den unmittelbaren Eindruck des Gefühls verkümmern, welches der Dichter ausdrücken wollte, sondern es wird auch fast immer ein Beweis sein, daß dasselbe nicht in rechter Fülle und Tiefe bei dem Dichter vorhanden gewesen ist. Die vorliegende Sammlung liefert hiefür den schlagendsten Beleg.

Daß bei alledem der Verfasser seiner ursprünglichen Naturanlage nach eines tiefern Tones fähig ist, das ergibt sich auch hier wiederum aus einzelnen Strophen und Liedern, denen es freilich, wie in der »Hegler Mühle«, überall an einer gründlichen Durchführung im einzelnen fehlt, z. B.:

Wider der Welt Rede

Wo dir ein heimlich heilig Blatt
Aus deinem Herzen ward gerissen
Und durch der Neugier Augen hat
Den Rutenlauf hinwandeln müssen:
Verzage nicht, und glaub es mir,
Es ging schon manchem so wie dir!

Hör alles an und fasse dich,
Ob sie dir trauern oder scherzen;
Hat alles seinen bösen Stich
Und treibt den Stachel dir zu Herzen,
Verzage nicht! Ertrag es still!
Gebeut dem Zorn, der widerwill.

Denn bist du still: es spricht sich tot,
Die Welt sucht morgen schon das Neue,
Und hieltest du's in Schmerz und Not:
Dein ist es erst mit rechter Treue.
Verzage nicht! Du kommst zur Ruh!
Du hast's allein, dein Gott und du.

wo den Hauptanforderungen der Kritik schon durch Hinweglassung der mittleren Strophe Genüge geschehen wäre.
Nach dem hier Gesagten können wir mit der von dem Dichter in seinem Einleitungsgedicht »Das Lied der Liebe« ausgesprochenen Ansicht keineswegs übereinstimmen:

Und dieses Lied – ob es tausendmal
Und abermal tausend erklungen,
Die Liebe, die Liebe voll Lust und Qual,
Wird nimmer zu Grabe gesungen.
Wollt's Gott, ich hätte durch hundert Jahr'
Gesungen ihr tausend Lieder:
Mit zitternden Händen und greisem Haar,
Ich würde der Liebe nicht müder.
O Liebe, du Liebe, du Harfenpreis,
Du Segensfrucht an dem Lorbeerreis,
Ich sänge dir wieder und wieder.

Denn wenn auch die Liebe an sich in der Weltordnung, so auch in der Poesie ihre ewige Berechtigung hat: so wird sie dem einzelnen Dichter doch niemals ein stets handgerechter Stoff sein, aus dem er beliebig seine Lieder zu fabrizieren vermöchte; er wird vielmehr die Offenbarung abwarten müssen, wie bei allem, was heilig ist. Am allerwenigsten aber haben die Lieder der vorliegenden Sammlung es vermocht, uns zur Übereinstimmung mit der Ansicht ihres Verfassers zu bewegen.
Man könnte uns, und scheinbar mit Recht, den Einwurf machen, wir hätten für die Besprechung eines Buches, an dem wir so weniges gelten lassen, keinen Raum in diesen Blättern verlangen dürfen; allein das nicht alltägliche Talent, welches wir in der »Hegler Mühle« zu erkennen meinen, konnte doch immerhin den Anspruch machen, daß bei Gelegenheit eines von demselben Verfasser herrührenden Werkes das gesagt würde, was wir seit lange gegen eine ganze Klasse von Poeten auf dem Herzen hatten.

Lieder von Julius von Rodenberg

Erst in neuerer Zeit hat die Kritik mit einer tieferen Auffassung der *Form in der Poesie* begonnen. Die sogenannte »schöne Form«, deren Wesen man in den rhythmischen und musikalischen Wohllaut des Verses setzte, ohne dabei ein notwendiges Verhältnis derselben zum Inhalt zu verlangen, fängt allmählich an, im Preise zu sinken; und man will jetzt unter Form vielmehr nur die Art und Weise verstanden wissen, in welcher der eigentümliche Gehalt eines Stoffes zum poetischen Ausdruck gebracht wird. Formvollendung in diesem Sinne, welche ihrer Natur nach schon einen künstlerischen Stoff und ein intimes Verhältnis des Dichters zu demselben voraussetzt, ist daher recht eigentlich Sache des Talentes; während jede Handhabung der Form welche zu dem Stoffe selber in kein Verhältnis tritt und ihm daher auch nicht zum Ausdruck verhelfen kann, wenn auch nicht von vornherein und durchweg der Routine angehört, so doch wenigstens geradewegs dahin führt. *Geibels* poetische Entwicklung, der in der deutschen Literatur recht eigentlich der Dichter der schönen Form ist und in dieser Richtung das Mögliche und ohne Zweifel höchst Anerkennungswertes geleistet hat, bietet hierfür die reichlichsten Belege. Wir erinnern beispielsweise nur an die Troubadour-Lieder, die Schleswig-Holstein-Sonette und die kürzlich in Goedekes Wochenschrift teilweise publizierte Oper »Lorelei«, Dichtungen, die augenscheinlich weder aus einem Drange der Phantasie oder des Gedankens noch der Empfindung, sondern vielmehr aus der anmutigen Gewohnheit musikalischer Rhythmenbildung entstanden sind. Wie schon oft gesagt, die »schöne Form« ist ein Gefäß, womöglich ein goldenes, bereit, den mannigfachsten beliebigen Inhalt zu empfangen; die poetische Form in unserm Sinne sind nur die Konturen, welche den Körper vom leeren Raume scheiden.

Zu den Dichtern der schönen Form gehört auch *Julius von Rodenberg*. Er ist, wie kein andrer der jungen Poeten, wenn man so sagen darf, aus Geibels Schule hervorgegangen; im übrigen freilich, was den Wert seiner Produktionen anbelangt, in keiner Weise mit ihm zu vergleichen, abgesehen davon, daß der beiden gemeinschaftliche Ton, sowenig er eine durchschlagende Originalität zuläßt dem älteren Dichter immerhin insofern eigentümlich ist, als er von diesem zuerst in die deutsche Lyrik eingeführt wurde. Julius von Rodenberg besitzt weder die Phantasie und den Gedankenreichtum noch auch die Geistes- und die Gemütsbildung, welche der Muse Geibels überall zugute kommt, und verhält sich zu diesem durchweg wie ein Schüler zum Meister, den zu erreichen ihm durch den geringeren Gehalt seiner Persönlichkeit auch für die Zukunft versagt ist. Der rasche Erfolg der Sammlung, durch den allein wir zu dieser Besprechung veranlaßt werden konnten, erklärt sich wohl nur dadurch, daß der Verfasser es verstanden hat, die allgemeingültigsten Gedanken und Empfindungen in einer freilich weder tiefen noch eigentümlichen, aber darum desto verständlicheren Weise auszusprechen. Wie hiervon bis zum Trivialen kaum ein Schritt ist, braucht nicht hervorgehoben zu werden. Jugend, Frühling und Liebe sind das Thema dieser Lieder; der Dichter ist jung und will jung sein. Freilich nur insofern die Jugend den Keim zur männlichen Tat und zur unvergänglichen Geistesjugend in sich trägt (S. XII und 68). Doch trotz dieses ernsteren, wir möchten sagen praktischen Anspruches oder vielleicht auch wegen desselben finden wir überall nur eine leichte Gefühlserregung, welche mehr aus der Einbildungskraft als aus dem Leben entsprungen scheint, und obgleich der Verfasser selber sagt:

S. 232 Ich hab getrunken aus der Leiden Borne,
Von Schmerzen gehen mir die Augen über,

so zeigen doch seine Lieder keineswegs, daß er sich seinen Stoff durch Kampf und Schmerz zum inneren Eigentum erworben habe. In den Liebesliedern begegnen wir nur der Liebe in abstracto, und es fehlt überall – nur auf S. 58 findet sich eine eben nicht glückliche Ausnahme – der Hintergrund des inneren Erlebnisses. In gleicher Allgemeinheit sind die übrigen Stoffe behandelt; fast nirgend befinden wir uns auf dem Boden bestimmter oder gar wirklicher Verhältnisse; selbst beim »Studentenabschiede« (S. 105) fehlt jede konkrete Unterlage. Die Abteilungen »Liebeslieder« und »Wanderlieder«, worin der größere Teil der Sammlung zerfällt, haben für den Inhalt nicht eben viel zu bedeuten, nur daß bei den letzteren mitunter an bestimmte Örtlichkeiten angeknüpft ist; das Thema bleibt im ganzen dasselbe.
Wir teilen beispielsweise mit:

S. 16 Die reinen Frauen

Die reinen Frauen stehn im Leben
Wie Rosen in dem dunklen Laub;

Auf ihren Wünschen, ihrem Streben
Liegt noch der feinste Blütenstaub.

In ihrer Welt ist keine Fehle,
Ist alles ruhig, voll und weich;
Der Blick in eine Frauenseele
Ist wie ein Blick ins Himmelreich.

Wohl sollst du hören hohe Geister,
Verehren sollst du Manneskraft;
Doch sollen lehren deine Meister,
Was Kunst vermag und Wissenschaft.

Doch was das Höchste bleibt hienieden,
Des Ew'gen nur geahnte Spur,
Was Schönheit, Poesie und Frieden,
Das lehren dich die Frauen nur.

Ein für diese Richtung der Poesie in Konzeption und Ausführung besonders bezeichnendes Gedicht ist S. 125 »Notturno«, dessen Mitteilung uns jedoch der Raum hier nicht gestattet. In der Abteilung »Helgoland« gehört das bekannte »Marie vom Oberlande« zu den Liedern, die sich bei übrigens poetischer Dürftigkeit durch ihre rhythmische »Weise« und durch eine gewisse Façon unsern Musikern zur Komposition zu empfehlen pflegen und denen wir auch in dieser Beziehung einen verhältnismäßigen Wert nicht bestreiten wollen. Inniger und, wie wenige Stükke der Sammlung, von einer bestimmten Stimmung getragen ist dagegen das Gedicht S. 169:

Dämmerung

Horch, nach des Tages glühender Hitze,
Wie atmet das Meer so kühl und leicht!
Ich liege allein auf der Felsenspitze,
Die Sonne ist unter, der Himmel bleicht.

In wallende Nebel hüllt sich die Ferne,
Dort an der Düne irrt noch ein Kahn;
In die Dämmerung treten die ersten Sterne
Und sehn mit den goldenen Augen mich an.

Bewegten Herzens muß ich lauschen,
Wie sich die Brandung am Felsen bricht;
Der Winde Gesang und der Wellen Rauschen
Erklingt mir wie ein unsterblich Gedicht.

Voll stürmischer Lust, voll brausender Klage,
So wonnetrunken, so gramverwirrt;
Ein Lied, wie es von Anfang der Tage
Bis an den letzten erschallen wird.

Ich hörte die Glocken des Meeres läuten,
Vernahm der Seejungfraun Gesang;
Ich aber konnte den Sinn nicht deuten,
Mein Herz war bezaubert vom wilden Klang.

obgleich es doch auch wiederum am Ende in den hergebrachten Phrasen und den alten poetischen Theatereffekten verpufft. Von den geharnischten Sonetten (S. 211-249), namentlich denen für Schleswig-Holstein, das der Dichter übrigens nicht bloß mit der Feder vertreten zu haben scheint, kommen die ersteren über ein kaltes Pathos nicht hinaus, während in den späteren mitunter eine Wärme des Gefühls hervorbricht, die im allgemeinen außer dem Bereiche dieser dichterischen Persönlichkeit zu liegen scheint.

S. 220 Am Kyffhäuser

Und wieder einmal fuhr er aus dem Schlafe . . .
»Wer hat mir das getan, wer weckt mich wieder?
Wer singt mir stürmisch jene alten Lieder?
Wer geht so hart auf meinem Epitaphe?

Bist du es, deutsches Volk? du, deutscher Sklave?
Was regst du wieder deine trägen Glieder?
Wozu der Lärm? O leg dich, leg dich nieder!
Am wohlsten ist ja mir und dir im Schlafe!« –

Da rief ich: Nein, o nein, mein deutscher Kaiser!
Das Heil ist nah, nun darfst du nicht mehr zagen;
Der Morgenwind fährt schon durch Busch und Reiser.

O Luft von Morgen! sieh, schon will es tagen,
Das Frühlicht blitzt schon durch die Goldne Aue –
Und du, mein Fürst, nur einmal noch vertraue!

Es hängt mit der vorhin besprochenen Natur dieses Talentes zusammen, daß sich überall in den Gedichten die bestimmtesten Anklänge an andre Dichter finden, im einzelnen wie in der Konzeption; und zwar kommen diese Anregungen unverkennbar nicht etwa durch den Stoff oder durch die lyrische Stimmung fremder Gedichte als vielmehr fast immer nur durch den rhythmischen Tonfall derselben.
Übrigens kann niemand die Grenzen seines Talentes richtiger charakterisieren, als dieses vom Dichter in nachstehender Insolvenzerklärung selbst geschehen ist:

S. 45 Das ist das köstlichste Empfinden,
– Ich fühl es meinem eignen an! –
Auf das man keine Reime finden
Und keine Verse machen kann!

Es sei uns vergönnt, an Vorstehendes die kurze Erwähnung eines neuen Poeten anzuknüpfen, der als leibhafter Antipode der Rodenbergschen Richtung auftritt. Das soeben erschienen Büchlein heißt:

Neunzig Lieder und neun polemische Episteln
von Karl Heinrich Preller

Nach einem frischen, jugendlich übermütigen Einleitungsgedicht:

– – – – – – – – – – – – – – – – – – –
Groß ist unsre Zeit. Die Lichter
Junger hoffnungsvoller Dichter,
Wie pompös gestirnt sie stehn!
Schwer hält's, etwas zu bedeuten,
Denn vor lauter großen Leuten,
Fürcht ich, wird man übersehn!

tritt der Verfasser in einzelnen Gedichten (S. 17, 56, 90, 100) und am Schlusse seiner Sammlung in den neun polemischen Episteln gegen die Phrase und die falschen Poeten in den Kampf. Den größten Teil des Buches bilden indessen lyrische Gedichte, die unter diesen Umständen offenbar mit Anspruch, als Musterstücke zu gelten, von dem Dichter eingeführt sind. Das erste, was uns beim Aufschlagen des Buches in die Augen fiel, war:

S. 17 Mädchenlied

Die Sonne will erblassen,
Der Tag entwich.
Du hast mich ahnen lassen,
Du liebtest mich.

Und nun liegen die Wogen
Im Sternenlicht.
Du bist fortgezogen;
Ich begreife dich nicht.

Wir müssen gestehen, daß wir eine so echte Simplizität, einen so tiefen Naturlaut in dem Wuste der neueren Lyrik lange nicht gehört hatten und danach das Selbstbewußtsein des Verfassers für hinlänglich gerechtfertigt hielten; allein wir hatten eben die Perle der Sammlung getroffen. Der Gegenstand wie der poetische Gehalt der übrigen Gedichte ist meist ein sehr unbedeutender; und unerachtet des nicht zu verkennenden Strebens nach einem realen Hintergrund:

S. 5 Genrebild

Auf dem Landweg zwischen zwei Gebüschen
Geht ein Mann in einem grünen Tuchrock.
Langsam geht er, und die Sonne brennt ihm
Auf den Rücken, und der Staub beschwert ihn.
Fünfzig Jahre mag er etwa zählen,
Seine Kindheit hat er längst durchmessen,
Seine mühevolle Jugend auch längst.
Werktags hat er stets viel Schweiß vergossen,
Sonntags ist er manchmal – froh gewesen.
Wie er langsam geht und so bedächtig
Seine Pfeife raucht im heißen Wetter!

Denken mag er wohl an Korn und Rindvieh,
Die sind immer sein Erwerb gewesen,
Aufs Erwerben war er angewiesen.
Noch ist er zu sehn! Wie geht er langsam! –
Hinter ihm liegt Arbeit, vor ihm Arbeit,
Hinter ihm liegt Sorge, vor ihm Sorge,
Hinter ihm Gespielen, vor ihm Erben –
Warum soll er große Schritte machen?

wird der Dichter dennoch sehr oft von der Phrase, seinem beschrienen Erbfeinde, mehr oder minder überwältigt, z. B.:

S. 36 Unter dunkelgrünen Bäumen
Möcht ich ruhn am Waldessaum,
Möchte singen, möchte träumen
Ewig sel'gen Liebestraum usw.

S. 37 Nach dieser Tagesschwüle
Segne die Abendkühle,
Segne die milde Nacht!
Mit leisem Engelsflügel
Schwebt über Tal und Hügel
Des Friedens stille Wundernacht usw.

Möge der Verfasser des schönen »Mädchenliedes« und des »Genrebildes« noch jung und unbefangen genug sein, um seinen gerechten Grimm gegen alles Unwahre und Konventionelle auch seinem eignen Talente zugute kommen zu lassen.

Des Knaben Wunderhorn
Vierter Band

Die ursprünglichen Herausgeber des »Wunderhorns«, das bald nach seinem Erscheinen auf Ton und Stimmung der deutschen Lyrik von so bedeutendem Einfluß wurde, ließen sich bei ihrer Arbeit bekanntlich und ausgesprochenermaßen nicht sowohl von einem literarischen oder kulturhistorischen als vielmehr lediglich vom poetischen Interesse leiten; nicht darauf kam es ihnen an, ob ein Gedicht in der Tat zum poetischen Eigentum des Volkes gehörte, sondern nur, ob es nach ihrer Ansicht die Berechtigung hatte dazuzugehören. Hieraus entstand ein Zwiefaches. Einmal, daß man keinen Anstand nahm, an den überkommenen Texten zu ändern, andernteils, daß auch von bekannten und lebenden Dichtern Stücke aufgenommen wurden, denen man, wie z. B. der Pfeffelschen »Tabakspfeife«, den Charakter des Volksliedes zuerkannte. In dieser letzteren Beziehung ist auch der gegenwärtige vierte Band dem alten Plane treu geblieben, und es sind nicht allein in übrigens geschickter Auswahl Lieder von Johann Rist (S. 168, 170), Martin Opitz (S. 172, 208) und anderen alten Dichtern aufgenommen, sondern wir finden auch, und gewiß im Sinne der ursprünglichen Herausgeber, S. 332 das unvergleichliche »Friedericus Rex, unser König und Herr« von Willibald Alexis aus dessen Roman »Cabanis«.

Im übrigen hat der Herausgeber des vorliegenden Bandes es sehr wohl erkannt, daß die ohnedies von jeher angezweifelte Berechtigung zur poetischen Redaktion der alten Texte jedenfalls an die Persönlichkeit der alten Herausgeber geknüpft gewesen sei, und sich in dieser Beziehung darauf beschränkt, die vorgefundenen Lieder, außer wo sich aus neueren Quellen bessere Lesarten darboten, in unveränderter Gestalt zu geben. Andererseits hat indessen Herr L. Erk sich veranlaßt gefunden, sowohl über den handschriftlichen als auch über den Arnimschen Nachlaß überhaupt hinauszugehen; denn nicht allein, daß aus neueren, erst nach Arnims Tode erschienenen Sammlungen, unter Hinweisung auf die früheren Bände, einzelne Stücke abgedruckt sind, welche ihrem Inhalte nach zur Vergleichung mit den dort mitgeteilten Texten auffordern z. B. S. 133 »Maria« aus Simrocks »Volksliedern«; die überwiegende Mehrzahl der Stücke aus den späteren Sammlungen ist ohne Hinweisung auf Früheres aufgenommen und scheint zu dem Inhalt der Bände in keinem weiteren Verhältnis zu stehen, als daß vielleicht Arnim und Brentano, falls sie denselben gekannt, sie ihrer Sammlung würden einverleibt haben. So z. B. S. 71 das von Heine im »Salon« mitgeteilte »Es fiel ein Reif in der Frühlingsnacht«, S. 127 »Die Verlassene« aus Walters »Sammlung deutscher Volkslieder. 1841«, S. 173 »Wo wird mein Schatzeln sein« aus Silchers »Volksliedern« usw.

Ist nun durch ein solches Verfahren die Einheit des vorliegenden Bandes allerdings beeinträchtigt worden, so hat er dafür durch dasselbe an Reichtum und Mannigfaltigkeit ohne Zweifel gewonnen, und die Leser werden kaum Ursache haben, sich darüber zu beklagen. Wer das Buch nach Goethes, bei Gelegenheit des ersten Bandes erteiltem Rate liest, d. h. nicht zuviel auf einmal, der wird sicher seine Rechnung dabei finden. Es ist wie ein Gang auf freier Heide; nur einzeln blüht zwar die wilde Rose, aber es grünt und duftet doch überall, und überall ist man in der Natur und überall auf deutscher Erde.

Eines dieser Lieder, in welchem sich ein Stück Volksleben zu einer besonders lebendigen Szene entwickelt, können wir uns nicht enthalten hier, wenigstens dem größten Teile nach, wiederzugeben:

S. 27 Die junge Schnur und die alte Schwieger

Heinz, willtu Christein haben?
Sprach die alte Schwieger.
  Will sie's sein,
  So ist sie mein,
Sprach der Sohn hinwieder.

Wann wollt ihr dann Hochzeit haben?
Sprach die alte Schwieger.
  Gilt uns gleich,
  Wann es sei,
Sprach die Schnur hinwieder.

Was soll ich euch ins Haus schenken?
Sprach die alte Schwieger.
  Dein neuen Pelz,
  Mir gefällt's,
Sprach die Schnur hinwieder.

Was wollt ihr für ein Handwerk treiben?
Sprach die alte Schwieger.
  Gelt, mein Heinz,
  Wir treiben keins!
Sprach die Schnur hinwieder.

Womit wollt ihr euch dann nähren?
Sprach die alte Schwieger.

Mit Käs und Brot
Und was man hat,
Sprach die Schnur hinwieder.

Wo wollt ihr heint dann liegen?
Sprach die alte Schwieger.
Bei dem Herd,
Auf der Erd,
Sprach die Schnur hinwieder.

Wo wöllt ihr dann Hausrat nehmen?
Sprach die alte Schwieger.
Fragt nit drum,
Wo wir's bekumm,
Sprach die Schnur hinwieder.

In welches Haus wollt ihr dann ziehen?
Sprach die alte Schwieger.
In dein Haus,
Du mußt draus!
Sprach die Schnur hinwieder.

Das Haus, das ist mein eigen!
Sprach die alte Schwieger.
Ist es dein,
Es wird noch mein,
Sprach die Schnur hinwieder.

Wollst du auf mein Tod hoffen?
Sprach die alte Schwieger.
Lebst du lang,
So ist mir bang,
Sprach die Schnur hinwieder.

Gib mir meinen Pelz wieder,
Sprach die alte Schwieger, usw.

Daß die junge Schnur und die alte Schwieger sich demnächst in die Haare geraten, versteht sich bei einem so dramatischen Realismus ganz von selbst.

Wir können diesen Aufsatz nicht schließen, ohne den lebhaftesten Wunsch auszusprechen, der Herausgeber der ersten Bände der Arnimschen Werke, Herr Wilhelm Grimm, möge sich jetzt seines bei Gelegenheit des ersten Bandes gegebenen Versprechens erinnern, am Schlusse der Sammlung von Arnims Leben und Wirken eine eingehende Darstellung zu liefern. Arnim hat seinen Einfluß, wie bedeutend auch immer, doch mehr mittelbar durch andere Dichter als unmittelbar auf die Nation geübt; keinem unsrer Dichter wäre daher eine Würdigung von solcher Hand mehr zu wünschen, und keiner hat sie gleichwohl weniger erfahren als eben Arnim.

Hundert Blätter

Anmerkungen zum »Quickborn« von Klaus Groth

Das vorliegende Bändchen zeigt uns den als plattdeutscher Dichter mit vollstem Rechte zu so rascher Zelebrität gelangten Verfasser des »Quickborn« als hochdeutschen Dichter. Zur Erklärung des etwas auffallenden Titels sagt derselbe in einer Vorrede, mit welcher er das Buch seinem Freunde, dem Professor Müllenhoff, widmet, es seien diese Gedichte fast ohne Ausnahme gleichzeitig mit dem »Quickborn« entstanden, teils aus den allgemeinen Formstudien, die das Werk erheischt habe, teils indem Stimmungen, Gedanken und Betrachtungen einen Ausdruck gesucht, die im Plattdeutschen nicht zu ihrem Recht hätten kommen können.

Hieraus erklärt sich denn auch die große Verschiedenheit, welche zwischen den plattdeutschen und hochdeutschen Gedichten desselben Verfassers obwaltet; denn während die ersteren fast überall auf dem Boden des Erlebnisses und der leibhaftigen Wirklichkeit stehen, zu deren Ausführung die plattdeutsche Sprache nach ihrem eigenen Wesen und ihrem besonderen Verhältnisse zum Dichter den vollsten Ausdruck leihen konnte, beruhen diese hochdeutschen Gedichte mehr auf der Reflexion und auf einer Empfindung, die fast ohne Ausnahme nicht sowohl aus dem unmittelbaren Leben als aus poetischen Reminiszenzen entsprungen ist. Es läßt sich das Seite für Seite nachweisen; z. B.:

S. 14 Es glänzt in der Muschel die Perle,
Es blitzt von der Lilie der Tau,
Doch heller leuchtet die Träne
In deinem Auge blau.

S. 15 Wie Melodien zieht es
Mir leise durch den Sinn,
Wie Frühlingsblumen blüht es
und schwebt wie Duft dahin.

S. 16 Es steht vor ihrem Hause
Ein großer Lindenbaum;
Den seh ich alle Tage
Und jede Nacht im Traum.

Fast überall ist es nur eine mäßige und oberflächliche Gefühlserregung, welcher diese Gedichte ihr Leben verdanken. S. 20 sinkt der Dichter zum trivialsten Ton der Tagesliteratur herab; und wir können uns nicht enthalten, das betreffende Gedicht in seiner ganzen Ausdehnung mitzuteilen, da es ebenso interessant als belehrend ist, zu zeigen, wohin selbst eine so tiefe und bedeutende dichterische Persönlichkeit wie Klaus Groth gelangen kann, wenn sie über ihren Kreis hinaustritt:

Nicht das kleinste Angedenken
Wurde mir von deiner Hand;
Willst du mir ein liebes schenken,
Gib aus deinem Haar das Band.

Was von allem deinem Glanze
Meinem Aug' das Liebste war:
Unter einem Rosenkranze
Dieses reiche dunkle Haar.

Deine Wangenröte lachte
Heller an der schwarzen Pracht,
Und der dunkle Stern entfachte
Doppelt bei der tiefsten Nacht.

Wenn die reichen Flechten fielen
Auf die Schultern, marmorweiß,
Schienen Nacht und Licht zu spielen
Um der Schönheit höchsten Preis.

O entflechte deine Haare!
Gib mir dann das Seidenband,
Daß es mir ein Bild bewahre
Von dem Schönsten, was ich fand.

Immer soll sie mich umschweben,
Der entbundnen Locken Pracht,
Und das Band sich still verweben
Meines Kummers tiefer Nacht.

Wen möchte man, wenn es nicht unter seinem Namen erschienen wäre, wohl weniger für den Dichter dieser Reime halten als den Verfasser des »Quickborn«! Sogar »die tiefe Nacht des Kummers«, dieser alte deus ex machina, muß am Ende auftreten, den von den hochdeutschen Poeten selbst schülerhafte kaum noch zu zitieren wagen.

»Den reicheren Teil meines Stoffes«, sagt der Verfasser in der erwähnten Vorrede, »zog natürlich der ›Quickborn‹ an sich.« Das ist allerdings richtig; Klaus Groth ist ein realistischer Poet, es geht ihm wie dem Antäus, wenn er die Mutter Erde verläßt, und seine eigensten Stoffe gingen daher in den »Quickborn«; für die hochdeutsche Fassung blieb meistenteils nur das an sich Schwächere oder das seiner Natur nach dem Dichter weniger Entsprechende. Aber das ist es nicht allein; es liegt auch vielleicht zum allergrößten Teil in der Form, und zwar in der Form, wie deren Wesen im »Literaturblatte« mehrfache Erörterung gefunden hat. Klaus Groth hat irgendwo bei Besprechung seines »Quickborn« einen besondern Nachdruck auf die Überwindung der formellen Schwierigkeit gelegt, mit welcher der plattdeutsche Dichter zu kämpfen habe. Allein er hat in seinen »Paralipomena« tatsächlich dargetan, daß in einer und der hauptsächlichsten Beziehung wenigstens die größere Schwierigkeit auf seiten des hochdeutschen Dichters ist. Allerdings reicht die plattdeutsche Sprache nicht so weit wie die hochdeutsche, eine Menge von Stoffen sind sogar von vorneherein gänzlich ausgeschlossen; allein dagegen bietet sie auch dem Dichter, soweit ihr Gebiet geht, die allergrößten Vorteile. Sie wird von einem Teile des Volkes gesprochen, der seinen Ausdruck noch mehr aus der unmittelbaren Anschauung als aus der Reflexion schöpft, und besitzt daher eine Fülle anschaulicher lebendiger Worte und ganzer fertiger Wendungen; in diesen seit Jahrhunderten aufgehäuften und – was die Hauptsache ist – durchaus unabgenutzten Reichtum hat der Dichter nur hineinzugreifen, und es wird sich die im Sprachschatze fertig vorgefundene Phrase an der richtigen Stelle ausnehmen, als sei sie speziell aus der jedesmaligen Situation erwachsen und gehöre dem Dichter eigentümlich. Daß eine solche richtige Verwendung des im Sprachschatze Vorhandenen eben auch einen Poeten erfordert, versteht sich freilich von selbst. In der hochdeutschen Sprache dagegen ist alles Fertige bereits so abgegriffen und verbraucht, daß es nur in den seltensten Fällen und durch die größte Kunst des Dichters einen frischen Eindruck hervorzubringen vermag, in der Regel aber sogar mit Sorgfalt vermieden werden muß und von dem mit eigentümlicher, energischer Anschauung begabten Dichter, wie z. B. Eduard Mörike einer ist, auch ganz von selbst vermieden und aus dem persönlichen Reichtume des Dichters ersetzt wird. Daß nur sehr einzelne diesen Reichtum besitzen, ist ebenso gewiß, als daß der Verfasser des »Quickborn« sich dieser in den Sprachverhältnissen liegenden schweren Forderung an den hochdeutschen Dichter bei Abfassung seiner »Hundert Blätter« in keiner Weise bewußt gewesen ist. Denn überall begnügt er sich mit dem überkommenen konventionellen Apparat und kommt sehr oft über die Phrase im allerschlimmsten Sinne nicht hinaus.

Überdies aber, was freilich mit dem vorhin Erörterten aufs genaueste zusammenhängt, ist dem Verfasser, der ein so feines Ohr für die plattdeutsche Sprache besitzt, das Geheimnis des hochdeutschen Sprachklanges verschlossen geblieben.

Während das erste Fünfzig von den »Hundert Blättern« aus vermischten Gedichten, besteht das zweite Fünfzig lediglich aus Sonetten. In einen großen Teil derselben hat der Verfasser Gedanken und Betrachtungen über Gelesenes niedergelegt, und wir gewinnen dadurch einen Einblick in seinen Bildungsgang und seine Studien, worunter, nach den Sonetten zu urteilen, die Naturwissenschaften einen bedeutenden Teil einzunehmen scheinen. In bezug auf Platen, für den, und zwar gegen Heine, dessen unsterblich Teil er noch nicht entdeckt zu haben scheint, der Verfasser sich in vier Sonetten erklärt, heißt es S. 91:

3

Das Wort zu prüfen nach dem feinsten Klange,
Den Duft zu kosten und den Sinn zu schmecken,
Den reinsten Ton im Rhythmus zu entdecken,
Das konntest du und übtest du im Sange.

Allein den Weg dir haun im wilden Drange,
Die Sprache schmieden und die Verse strecken,
Den Widerhall in trunknen Seelen wecken:
Dazu war dir das Herz zu adlig bange.

So stehst du da in deiner Marmorglätte,
Im Ebenmaß von abpolierter Reinheit,
Mit steinern-todeskalten schönen Formen.

Und nur der Dichter naht sich deiner Stätte
Und lernt an deiner durchgeprüften Feinheit
Die strenge Kunst in ihren starren Normen.

4
(H. Heines »Fresko-Sonett VIII«)

Wer ganz, wie du, sich hingibt an das Schöne,
Den kann der Schmutz des Niedern nicht besudeln,
Ob er verkannt wird von bebrillten Pudeln,
Ob ihn ein frecher Satyr neck und höhne.

Und wenn dein Volk nicht lauscht auf deine Töne,
Der nie sich beugte, flachen Sinn zu hudeln,
Der nie herabstieg, schalen Witz zu sprudeln –
Du stehst zu hoch, daß dich der Pöbel kröne.

Wir aber, welche deinen Wert ermessen,
Wir wollen dich als strengen Meister ehren
Und zu dir wallen wie zum Richterthrone.

Was du der Schwachheit zolltest, sei vergessen,
Und sollte Deutschland uns den Kranz gewähren:
Wir flechten dir daraus die Lorbeerkrone.

Da die Sonette nur in das Gedankenleben des Dichters einführen, so sind sie für alle, welche durch den »Quickborn« ein näheres Interesse an seiner Persönlichkeit gewonnen haben, jedenfalls der lesenswerteste Teil des Büchleins, wenn auch in ihnen der zu entwickelnde Gedanke oft nicht mit völliger Klarheit und Präzision heraustritt.
Im übrigen – ist es eben schwierig, in zweien Sprachen ein Dichter zu sein; obgleich wir nach dem anmutigen, im »Quickborn« mitgeteilten Gedichte »Das Laub beginnet fallen« schon fast geneigt waren, es bei Klaus Groth als möglich anzunehmen.

Gedichte von Hermann Kette

Wir haben hier die ersten Arbeiten eines jungen Poeten, von denen wir zuviel sagten, wenn wir behaupteten: sie seien pures Gold. Wir brechen auch nicht in die Worte Turandots aus: »Seht her und bleibet eurer Sinne Meister«; wir versichern dem Gedichte lesenden Publikum sogar, es werde nicht nur Anklänge an diesen und jenen Meister finden, sondern gelegentlich auch der begründeten Ansicht sein, dies und das schon besser gelesen zu haben. Nichtsdestoweniger nehmen wir nicht Anstand, die vorliegende kleine Sammlung mit Wärme zu empfehlen, die teilweis in dem wirklichen Wert der Dichtungen, überwiegend aber darin ihren Grund hat, daß wir hier wieder ein junges Talent auf dem Wege erblicken, der uns immer mehr und mehr als der einzig richtige erscheinen will. Nicht die Größe der Aufgabe macht's, sondern das richtige Verhältnis zwischen Kraft und Ziel. Wir haben nicht nur immer noch Talente, die das furchtlose Mühen der Titanen fortsetzen und, in Gottes Himmel hineinbauend, den alten Lenker aller Dinge stürzen und sich an seine Stelle setzen möchten, sondern nur allzuoft auch steht die pygmäenhafte Kraft zur titanischen Aufgabe in solchem Mißverhältnis, daß man nicht weiß, ob man die Kühnheit des Unternehmens mehr verurteilen oder belachen soll. Von solcher Großmannssucht haben wir bei unsrem Dichter nichts, er kennt die Grenzen seiner Bega-

bung und hält sie inne. Er wirtschaftet mit dem ihm gewordenen Pfunde wie ein ehrlicher Mann, aber nicht wie ein Schwindler, der, weil er hundert von hundert verdienen will, zuletzt selbst der Betrogene wird und seinen Einsatz unter den Händen verschwinden sieht. Ob solch gerader Weg bloß um seiner Gradheit willen immer zum höchsten Ziele führt, mag billig bezweifelt werden, aber wer ihn betritt (versteht sich mit Beruf), wird immer zu den liebenswürdigen Erscheinungen zählen, und Handwerksbursche auf den Wegen und Mägde in ihren Spinnstuben werden von ihm sprechen und singen, wenn auch niemals ein pomphaftes Monument über ihn zur Nachwelt spricht.
Als einen Belag für die heitre Frische und Munterkeit der vorliegenden Dichtungen geben wir das Folgende:

Amor als Auktions-Kommissar

Ein ledig Herz macht nur Verdruß
Und kann zu gar nichts frommen,
So sprach ich einst, kam zum Entschluß
Und ließ mir Amorn kommen.

Bei Laune eben war der Gott,
Versprach mir ohne Weigern,
Mein Herz, wie ich es ihm gebot,
Meistbietend zu versteigern.

Er lief die Gassen ab und auf
Und rief mit ernster Miene:
Wer Lust verspürt zum Herzenskauf,
Erscheine zum Termine!

Und im Termin, der öffentlich
Im Rathaus ward gehalten,
Viel Käuferinnen fanden sich,
Absonderlich die Alten.

Und er, der Schalk, als Kommissar,
Mit einer großen Brille
Und einer Atzel überm Haar,
Bot mit der Glocke Stille:

Ein Männerherz steht zum Verkauf,
Ein junges, warmes, rotes;
Wer, meine Damen, bietet drauf?
Ich harre des Gebotes.

Und sieh, in Samt und Seide stolz
Vom Fuße bis zur Scheitel,
Hob eine einen Beutel Golds:
Ich biete diesen Beutel!

Der Beutel schaute stattlich aus,
Ich winke und ich nicke,
Doch Amor zieht die Stirne kraus
Bis unter die Perücke:

Wer, meine Damen, bietet mehr?
Ein Beutel Golds zum ersten!
Wer bietet, meine Damen, wer?
Ein Beutel Golds zum ersten!

Und eine zweite, bodenwärts
Den sanften Blick geschlagen,
Sprach leis: Ich biete Herz für Herz.
Das, dacht ich, ist zu wagen.

Die Maid schien ohne Lug und Trug,
Mit leidlichen Manieren,
Und bei Geschäften Zug um Zug
Ist nicht viel zu riskieren.

Die Maid sah gut und ehrlich aus,
Ich winke und ich nicke,
Doch Amor zieht die Stirne kraus
Bis unter die Perücke:

Ein Beutel Golds, wer bietet mehr?
Ein andres Herz, zum ersten!
Wer bietet, meine Damen wer?
Sie Schelmchen da, wie wär's denn?

Und sieh, das muntre Schelmenkind
Rief laut zum Kommissare:
Herr Kommissar, man kauft nicht blind,
Zeigt doch einmal die Ware!

Das Herz ist nicht mehr ungebraucht
Und hat schon wunde Stellen,
Die erste Hitze ist verraucht,
Herr Kommissar, nicht prellen!

Auch ist es leicht nur von Gewicht,
Ihr solltet, Herr, Euch schämen,
Ich kauf es nicht und tausch es nicht,
Geschenkt, da will ich's nehmen.

Ich ward vor Ärger weiß wie Kalk
Und wollt es mir verbitten.
Doch Amor lief, der lose Schalk:
Zum ersten, zweiten, dritten!

Weg war mein Herz. Zu mir gewandt,
Hört ich ihn spöttisch sagen:
's war ein Verkauf aus freier Hand,
Und ich hab zugeschlagen.

Und siehe da, der Götterknab
Nimmt vom Gesicht die Brille,
Und von der Stirne frei herab
Fließt seiner Locken Fülle.

Sie aber schauet lächelnd drein.
O Schelm, o Schelm, bedenke:
Wer was geschenkt nimmt, sorge fein,
Daß er was wieder schenke!

Theodor Fontane

Es mag allerdings, um das Höchste in der Poesie zu erreichen, dem Dichter die Fähigkeit, den Stoff lediglich aus sich selber zu entwickeln, die Gestalten seiner Phantasie, nachdem sie einmal geschaffen, völlig abgetrennt und selbständig von sich handeln und leben zu sehen, erforderlich sein; gleichwohl ist diese Kunst eine so freie, daß wir im Mittelpunkte unsrer Literatur und im Herzen unsers Volkes einen Dichter sehen, welcher jene Fähigkeit nicht besaß und in dessen Werken wir, in dramatischen wie in epischen Stücken, stets und unabsweisbar die Persönlichkeit des Autors, die eigentümliche Art seines Geistes und Gemütes so empfinden, daß wir darüber zu einem ungemischten Interesse an dem behandelten Stoffe nicht gelangen können. Zu diesen letzteren Dichternaturen, die wir wie Schiller, sowenig ihm das eigentliche Lied geglückt ist, die wesentlich lyrischen nennen möchten, wenn nicht fast überall die Reflexion dem unmittelbaren Ausdruck der Empfindung in den Weg träte, gehört auch *Theodor Fontane,* der mit einer Sammlung von Gedichten (Berlin, Karl Reimarus) zuerst im Jahre 1851 in die neueste Literatur eintrat. Der lyrische Teil dieser Sammlung ist vorzugsweise eine Gedankenpoesie, wie ihn denn auch der Verfasser selber unter die Rubrik »Lieder und *Sprüche«* gestellt hat; doch steht dieser Gedankengehalt, wenn wir im ganzen auch mehr Enthusiasmus als Innigkeit in der Natur des Dichters finden, stets unter dem Einfluß der Empfindung oder ist vielmehr geradezu aus ihr hervorgegangen. Die meisten dieser Gedichte sind das, wofür man vor einigen Jahren in der Poesie den Namen »Vigilien« erfand; der Dichter hat in ihnen niedergelegt, was er in seinem Verhältnis zu Gott, zu den Menschen und an sich selber an Kampf und Zweifel durchmachte. Sie sind daher, wir möchten mit einem juristischen Ausdruck sagen, »höchst persönlich« und von einem fast biographischen Interesse. Wir sehen in ihnen eine jugendlich ringende Persönlichkeit im Kampfe mit unzusagenden Lebensverhältnissen, von denen der Dichter bald um jeden Preis sich losreißen will, an die er sich dann aber wieder im Gefühl menschlicher Unzulänglichkeit gefessel fühlt, bis er endlich das »still getragne Joch« abschüttelt, sich der Poesie als seinem Lebensberufe zuwendet und als »neugeborener Sänger« im Vollgefühle der errungenen Freiheit ausruft:

Nun kann ich wieder wie die Lüfte schweifen,
Am Strom, im Wald aufs neue bei den alten
Geliebten Plätzen Rast und Andacht halten
Und lächelnd nach der Abendröte greifen.

Dem Markte fern, dem Feilschen und dem Keifen,
Fühl ich der Seele Schwingen sich entfalten,
Mir kehrt die Kraft, mein Denken zu gestalten,
Der Keim wird stark, zur Frucht heranzureifen.

Bald werd ich neu zu Freud' und Frohsinn taugen;
Schon lern ich aus des Frühlings heitren Klängen,
Wie süßen Nektar, Lust am Leben saugen;

Schon lächl' ich wieder, statt den Kopf zu hängen,
Und zwischen mich und deine lieben Augen
Seh ich sich fürder keine Wolke drängen.

Bald aber, wie es bei einer Persönlichkeit natürlich, deren wesentliches Element die Begeisterung ist, sehen wir ihn, durch das Geschwätz der Gevatterschaft gequält und gedrungen, sich durch eigenen Zuruf darüber zu erheben; an einer andern Stelle wieder sucht er sich über »die irdischsten der Erdensorgen« zu trösten und sagt in den letzten Versen, in denen sich die Poesie mit der Geliebten und der Besitz derselben mit seiner neuen Berufswahl zu identifizieren scheint:

Doch ob das Glück mir auch ein dürrer Bronnen
Und ob ich auch entbehren mag und leiden,
Ich habe doch das beste Teil gewonnen.

Und sollt ich diese Stunde noch entscheiden
Mich zwischen dir und einer Welt von Wonnen,
Es bliebe doch beim alten mit uns beiden.

Und das ist das Schöne an diesen Gedichten: die Gemütserhebung und der Glaube behalten schließlich überall die Meisterhand. Daß sie außerdem auch ihrer Form nach, des so sehr individuellen Inhalts unerachtet, eines allgemeinsten Interesses wert sind, dafür möge noch ein Gedicht hier Zeugnis geben, in welchem der Dichter die sittlichen Lebensformen mit den Bedürfnissen seines innern Lebens in Einklang zu bringen sucht:

Zur Verlobung

Es paßt uns nicht die alte Leier
In unsern jungen Liebesrausch,
Wir denken und wir fühlen freier
Und wollens auch beim Ringetausch';
Der Treue Pfand, zu dieser Stunde
Empfang es in Champagner-Wein:
Der güldne Ring auf Bechers Grunde
Soll Sinnbild meines Lebens sein.

Laß übersprudeln mich, und freue
Der Kraft dich, die da schäumt und gärt;
Tief innen, wie *dies* Bild der Treue,
Lebt meine Liebe unversehrt.
Trink aus! Begeistern und erheben
Laß dich zu heil'ger Leidenschaft,
Und trinke dann aus meinem Leben
Dir gleiche Lust und gleiche Kraft.

Wie uns übrigens der Dichter seine Empfindungen meistens durch Vermittlung der Reflexion gibt, so führt ihn die Eigentümlichkeit seiner Natur im weitern Verfolge auch zum Allegorischen und Lehrhaften; und die Dinge um ihn her, der Schnee, die Wolken, ein gelähmter Zugvogel, veranlassen ihn zu beschaulichen, zum Teil sehr reizenden und tiefsinnigen Gedichten, deren besonderer Vorzug überall darin besteht, daß sie von einer lebhaften und eigentümlichen Gefühlserregung getragen sind.
Besondere Vorliebe und Beruf scheint Fontane für die Ballade zu haben, durch welche er auch bisher dem Publikum am bekanntesten geworden sein mag. Zugleich ist dies aber die Dichtungsart, worin die angedeutete Natur des Verfassers am meisten zutage tritt; denn sowenig er es unterläßt, seine Helden sowie die Szenerie, in der sie auftreten, zu charakterisieren, so entläßt er sie doch niemals aus dem Banne und der Atmosphäre seiner empfindungsvollen Begeisterung; er begleitet sie unablässig mit seiner Liebe, seinem Zorn und seinem Mitleid, und überall und zunächst sehen wir die Gestalt des Rhapsoden selbst, der mit beredtem Munde uns diese Vorgänge schildert, auch wohl, von der eignen Darstellung fortgerissen, selber in die Szene tritt, wie dies

in »Schloß Eger« der Fall ist, wo der Dichter, nachdem er uns den Tod der böhmischen Grafen geschildert, am Schlusse, die objektive Vortragsweise aufgebend, in die Handlung hineinruft: »Schau nicht in die Sterne! Rette dich, Wallenstein!« In dem schwunghaften Vortrage und dem feinen Pathos, in einer gewissen Feierlichkeit und Pracht der Sprache, wie wir solches seit Schillers Dichtungen dieser Art nur noch in dem »Herz von Douglas« von Strachwitz gefunden haben, liegt daher ein Hauptreiz der Fontaneschen Balladen. Trotz der geistigen Verwandtschaft ist es aber nicht sowohl Schiller, der in der Periode des Werdens als Vorbild auf den Dichter eingewirkt hat, als vielmehr der seiner Natur viel ferner stehende Bürger, unter dessen Einfluß und in dessen Weise er die stillen Trauerspiele am Hof und Herd und aus dem täglichen Leben darzustellen gesucht hat. Hier, wo es ihm mitunter nur darum zu tun ist, ein Gefühl oder einen Gedanken in Szene zu setzen, wie z. B. in »Schön Anne« und »Graf Hohenstein«, erfindet er seine Stoffe selbst. Doch scheint er, wenn wir aus dem später im »Deutschen Museum« abgedruckten »Tag von Hemmingstedt« und den Balladen in der »Argo« (Belletristisches Jahrbuch für 1854, herausgegeben von Th. Fontane und Fr. Kugler) schließen dürfen, diese Art der Konzeption gänzlich verlassen und die Vorliebe für das Historische, worin auch ein großer Teil der gesamten Gedichte wurzelt, ein für allemal nach dieser Richtung hin die Auswahl seiner Stoffe bestimmt zu haben, welche er nun, statt sie aus sich selbst zu schöpfen, zwischen den Zeilen der Geschichte findet. Überhaupt liegt Fontanes poetische Begabung mehr in der Darstellung als in der Erfindung; die Schilderung, der Vortrag ist seine eigentliche Force, und von dieser Seite ist es begreiflich, daß, wie vorhin erwähnt, Bürger und späterhin Freiligrath sowie in der unten zu erwähnenden »Schönen Rosamunde« und in den »Männern und Helden« auch Uhland auf ihn eingewirkt haben, bis er endlich in den altenglischen Balladen, von denen uns seine Übersetzungen vorliegen, ein bleibendes Vorbild und zugleich, da überall in der Behandlung die starke und eigentümliche Subjektivität des Dichters hinzutritt, seinen eigenen selbständigen Ton gewonnen zu haben scheint. Hierher gehören aus der Sammlung schon »Schloß Eger« und »Marie und Bothwell«, obgleich diese wiederum in Stil und Behandlung gegen die später in der »Argo« abgedruckte »Johanna Gray«

und »Die Hamiltons« zurückstehen. Leider gestattet uns der Raum nicht, eine dieser Balladen hierherzusetzen. Wir bemerken nur noch, daß sie fast alle, sei es infolge des erwähnten Bildungsganges oder einer besonderen Vorliebe für die englische Geschichte, fast sämtlich aus dieser ihre Stoffe entlehnen, wozu übrigens auch ein zweimaliger längerer Aufenthalt ihres Verfassers in London das seinige beigetragen haben mag. Wir finden an sich hiergegen nichts zu erinnern und wollen nur als Wunsch aussprechen, daß der Dichter nicht unterlassen möge, mitunter, wie in dem »Tag von Hemmingstedt«, auch seine Augen auf der Heimat ruhen zu lassen.

In den obenerwähnten *Übersetzungen altenglischer Balladen* scheint der Dichter, wie er dies auch selbst bei den in der »Argo« mitgeteilten Stücken ausspricht, nicht sowohl einen literarhistorischen als vielmehr lediglich einen poetischen Zweck verfolgt zu haben; es sind daher auch je nach der Beschaffenheit der einzelnen mehr Bearbeitungen als Übersetzungen; denn der Übersetzer ändert oder verwirft stellenweise oder tritt auch wohl selber dichtend hinzu, ganz wie es ihm erforderlich scheint, um aus den alten Dichtungen ein künstlerisches Ganze herzustellen. Überall aber ist die Natur unseres Dichters so wirksam, daß sie sämtlich, wie sie nun vorliegen, in seinem Ton und wie aus einem Gusse geschrieben sind. Ob dies Verfahren an sich berechtigt sei, scheint uns eine müßige Frage und die Entscheidung derselben lediglich vorkommendenfalls von dem Talente dessen abzuhängen, der es einschlägt. Wer aber den wunderschönen »Aufstand in Northumberland« in der »Argo« gelesen hat, wird unserem Dichter diese Berechtigung nicht abzusprechen wagen.

Ein eigentümliches und, obgleich es dem Verfasser irgendwo die Xenie

Der bei Hemmingstedt des Siegs Standarte getragen,
Flicht nun als Perüquier preußischen Helden den Zopf,

eingetragen, teilweise vortreffliches Werk sind die »Männer und Helden« (Berlin 1850), worin in acht Liedern preußische Kriegshelden gefeiert und charakterisiert werden. Wie wir schon erwähnten, steht der Dichter hier noch unter Uhlands Einfluß. Daß die Sachen zum Teil den Eindruck größerer Selbständigkeit machen, als worauf sie in der Tat Anspruch haben, beruht auf der glücklichen Wahl des Stoffes, die immerhin ein Verdienst des Verfassers bleibt. Die Gedichte haben, woraus sich auch die starken Sympathien und Antipathien, welche sie gefunden haben, erklären lassen, etwas spezifisch Preußisch-Militärisches. Im »alten Derffling«

Sonst focht er still und friedlich
Nach Handwerksburschen-Recht,
Jetzt war er unermüdlich
Beim Fechten im Gefecht;

Er war der flinke Schneider,
Zum Stechen wohl geschickt,
Oft hat er an die Kleider
Dem Feinde was geflickt.

tritt dies am wenigsten und daher die Verwandtschaft mit Uhland am meisten hervor. Der »alte Dessauer«,

Wir haben viel vonnöten,
Trotz allem guten Rat,
Und sollten schier erröten
Vor solchem Mann der Tat.

Verschnittnes Haar im Schopfe
Macht nicht allein den Mann;
Ich halt es mit dem Zopfe,
Wenn solche Männer dran.

»Zieten« und namentlich »Seidlitz« konnten in dieser Weise vielleicht nur von einem Preußen geschrieben werden. »Schwerin« und »Keith« dagegen, zum Teil auch »Schill«, sind mehr äußerlich gehalten und stehen weit unter den Erstgenannten. – Aus dem begleitenden Widmungsgedicht »An den Grafen Schwerin, zur Zeit Präsident der zweiten Kammer« erfahren wir die politische Gesinnung des Verfassers, die auch auf seine übrigen, namentlich historischen Dichtungen nicht ohne Einfluß ist:

Du stehst in Lieb und Treue
Zu Thron und Herrscherhaus

Und baust doch für das Neue
Die alten Pfeiler aus.

Und zum Schlusse:

Treulos sind alle Knechte,
Der Freie nur ist treu.

Das Gedicht »Von der schönen Rosamunde« (2. Auflage; Dessau, bei Moritz Katz, 1853), welches in neun Kapiteln die bekannte Liebesgeschichte König Heinrichs mit Cliffords schöner Tochter mehr erzählend als darstellend behandelt, möchten wir der sauber gearbeiteten Verse unerachtet unter die Jugendarbeiten unseres Dichters zählen. Es entbehrt nämlich, wie das in den späteren Fontaneschen Balladen nirgends in dieser Weise vorkommt, die Charakteristik der auftretenden Personen so sehr jedes tieferen und individuellen Zuges, daß namentlich die Königin Leonore in ihrer einseitigen Böswilligkeit ganz wie die Figur eines Kindermärchens wirkt. Im übrigen ist, was damit zusammenhängen mag, daß es dem Dichter hier nicht sowohl auf bedeutende Handlung als der Natur des Stoffes nach auf Situationen ankam, der Beschreibung der Szenerie und insbesondere der Naturschilderung ein großer Teil des Gedichtes eingeräumt, und es sind unserer Ansicht nach eben diese Partien, welche demselben einen verhältnismäßigen Wert verleihen. Ganz vortrefflich in dieser Beziehung ist das achte Kapitel, worin der Sturm, bei Schloß Woodstock vorüberjagend, Rosamundens Hülfeschrei auffängt und ihn übers Meer nach Frankreich bis in des Königs Zelt hinüberträgt, und nicht weniger das zweite Kapitel, worin Heinrich Rosamunden in nächtlichem Ritte nach Schloß Woodstock führt:

Es regt sich nichts, nicht Blatt, nicht Ast,
Kein Ton von Nachtigallen:
Es glaubt das Ohr, es höre fast
Die Mondesstrahlen fallen.
So klar-durchsichtig ist die Luft:
Man sieht der Nachtviole Duft
Wie Wölkchen aufwärts steigen.

In dem vorerwähnten Jahrbuche »Argo« ist der Dichter zuerst auch als *Novellist* aufgetreten. Die erste dieser Novellen, »Tuch und Locke«, scheint uns in Ton und Kolorit so sehr gelungen, daß wir durch die Frische und Lebendigkeit der vor uns entfalteten Situationen fast für die hier noch obwaltende Schwäche der Komposition und ein paar kleine Ungeschicklichkeiten der Ausführung entschädigt werden; die zweite, »James Monmouth«, welche wiederum aus der englischen Historie entnommen ist und in kühnen, aber skizzierten Zügen das Schicksal der unglücklichen Stuarts erzählt, wüßten wir nicht besser zu charakterisieren, als wenn wir sie eine Fontanesche Ballade in Prosa nennen. Denn in der Tat besitzt sie alle Eigentümlichkeiten und, so weit dieselben reichen, auch alle Vorzüge einer solchen und überdies vielleicht das beste lyrische Gedicht des Verfassers:

Es zieht eine blutige Spur
Durch unser Haus von alters,
Meine Mutter war seine Buhle nur,
Die schöne Lucy Walters.

Am Abend war's, leis wogte das Korn,
Sie küßten sich unter der Linde,
Eine Lerche klang und ein Jägerhorn –
Ich bin ein Kind der Sünde.

Meine Mutter hat mir oft erzählt
Von jenes Abends Sonne,
Ihre Lippen sprachen: Ich habe gefehlt!
Ihre Augen lachten vor Wonne.

Ein Kind der Sünde, ein Stuartkind,
Es blitzt das Beil von weiten,
Den Weg, den alle geschritten sind,
Ich werd ihn auch beschreiten.

Das Leben geliebt und die Krone geküßt
Und den Frauen das Herz gegeben,
Und den letzten Kuß auf das schwarze Gerüst –
Das ist ein Stuart-Leben.

Das dem Erscheinen nach neueste Werk Fontanes, »Ein Sommer in London«, eine Frucht seines zweimaligen Aufenthalts daselbst, bestätigt uns, was wir vorhin über die dichterische Persönlichkeit des Verfassers gesagt haben. Bei aller Kenntnis des Landes sowie seiner Geschichte und Literatur, womit ohne Zweifel ausgerüstet, er dort die Dinge und Verhältnisse angeschaut, erhalten wir nicht sowohl eine Darstellung dieser Dinge selbst als vielmehr des Eindrucks, den sie ihm zurückgelassen, und dadurch freilich ein ebenso interessantes als geistvolles Buch, worin fast jedes Kapitel sich zu einem kleinen abgeschlossenen Ganzen abrundet.

Indem wir hiermit von dem Dichter Abschied nehmen, können wir nicht umhin auszusprechen, daß, so Schönes er auch geleistet haben mag, doch seine besten Leistungen unserer Ansicht nach noch in der Zukunft liegen, vorbehaltlich dessen, was sein Pult uns vielleicht noch verschließt.

Wie wir hören, befindet er sich jetzt wieder in England, um ein Buch über die altenglische und schottische Balladenpoesie zum Abschluß zu bringen.

Vorrede zu den deutschen Liebesliedern seit J. Chr. Günther

Die massenhafte Veröffentlichung von »Gedichten« mag es verschuldet haben, daß gegenwärtig im Publikum wie in der Kritik eine seltsame Mißkennung der *Lyrik* herrscht, ihres Wesens und ihres Verhältnisses zum Leben der Nation. Dies äußert sich ebensosehr in dem Geltenlassen des Unbedeutenden, des »Mittelguts«, als in der Nichtbeachtung oder geringen Beachtung des Bedeutenden.

Die vorliegende Sammlung soll einen Beitrag zum Verständnis der lyrischen Dichtkunst liefern, indem sie in einer bestimmten Gattung derselben und aus einem bestimmten Zeitraume das nach der Ansicht des Herausgebers wirklich Lebensfähige zusammenstellt. Das *Liebeslied* mit seinem der sich bewußt werdenden Empfindung zunächstliegenden Stoffe schien in dieser Beziehung das geeignetste. Unter Liebesliedern sollen zunächst nicht Lieder *ohne* Liebe, dann aber auch nicht Lieder *über* die Liebe verstanden werden, sondern solche, in denen es gelungen ist, die Atmosphäre dieses Gefühls in künstlerischer Form festzuhalten und auf den Hörer zu übertragen. Die zierlich geschnittenen Tändeleien der Zopfpoeten und die Traumbilder des Hainbundes gehören daher ebensowenig hierher als die Leistungen namhafter lebender Poeten, in denen – mehr oder minder geistreich – eine bequeme Gefühlsanwandlung zu einem Lieder-Dutzend ausgemünzt ist, oder als alle die Wässerlein, die so glatt und zierlich über das Herz der Poeten hinrieseln, deren Quellen aber ganz anderswo zu suchen sind. Auf der andern Seite mußten ebensosehr die nackten Leidenschaftlichkeiten alter und neuer Dichter und Dichterinnen ausgeschlossen bleiben.

Die Ausbeute, obgleich nicht viel des Wesentlichen übergangen sein dürfte*, ist keine große. Wir haben manche Lieder, in denen einzelnes gelungen ist; aber wir haben wenige, die von schülerhaftem Pathos und Bilderkram frei sind; wenige, in denen man nirgend auf taube Worte oder auf schlaffe, puls- und blutlose Verse trifft. Die Kunst, »zu sagen, was ich leide«, ist nur wenigen gegeben, und selbst den Meistern nur in seltenen Augenblikken. Ganz fleckenloser und vollendeter Gedichte, wie Goethes

* Dies gilt nicht von den Volksliedern.

»Freudvoll und leidvoll« oder Mörikes »Früh, wenn die Hähne krähn«, vermag auch diese Sammlung nur eine sehr geringe Anzahl zu bringen.

Sie beginnt mit einem Liede Günthers; aus einer Zeit, wo sonst den deutschen Poeten nichts ferner lag als der Gedanke oder gar der Drang, ihre eigenste Persönlichkeit der Dichtung anzuvertrauen, und wo vielleicht eine so zügellose Natur wie Günthers dazu gehörte, um eine einzelne Ausnahme hervorzubringen. Er war der Vorläufer der neuen Lyrik; aber sein Beispiel blieb scheinbar ohne Wirkung. Erst viel später wurde durch Klopstock dieser Kunst das ihr zukommende Gebiet dauernd wiedergewonnen; er selbst jedoch fand noch keine »Weisen«, welche das Ohr der Nation zu behalten vermocht hätte. Claudius, Bürger und Goethe waren es insbesondere, welche zuerst für den Ausdruck des Naturlautes auch die nationale Kunstform fanden. Von ihren Liedern aus datiert sich die neue deutsche Lyrik, welche bis auf die Gegenwart in steter Fortentwicklung geblieben ist.

Für unsere Sammlung haben wir es nur mit den beiden letzteren zu tun. Bürgers unkritische und ungezügelte Natur läßt – ähnlich wie bei Günther – nur selten eine reine Produktion aufkommen. Welch ein Sonnenglanz des vollsten Liebeslebens liegt nicht auf den Strophen:

Mädel, schau mir ins Gesicht!
Schelmenauge, blinzle nicht!
Mädel, merke, was ich sage!
Gib Bescheid auf meine Frage!
Holla, hoch mir ins Gesicht!
Schelmenauge, blinzle nicht!

Bist nicht häßlich, das ist wahr!
Äuglein hast du, blau und klar;
Stirn und Näschen, Mund und Wangen
Dürfen wohl ihr Lob verlangen.
Reizend, Liebchen, das ist wahr,
Reizend bist du offenbar!

Aber im weiteren Verlauf verläßt den Dichter jede konkrete Anschauung, und er fällt aus einer Redensart und aus einem Gemeinplatz in den andern. Und ähnlich geht es ihm in den meisten seiner Lieder. Freilich, wo es ihm einmal gelingt, wie in der »Abendphantasie eines Liebenden«, erhebt er sich dafür auch zu einem Hymnus, der noch späte Geschlechter die berauschende Kraft jener unseligen Leidenschaft mitempfinden lassen wird.

Zur selben Zeit dichtete Goethe in seinem unbeirrten Naturgefühl jene allbekannten Lieder, die uns durch ihre Anmut und durch ihren frischen und gesunden Lebensgehalt für die zu Anfang noch unsichere und von dem alten konventionellen Bann noch keineswegs befreite Kunst entschädigen. – Neben ihnen standen nur wenige, die mit einigem Erfolg – nach Claudius' Ausdruck – »auf Mutter Natur trotzten«. Goeckingks ihrerzeit vielgelesene »Lieder zweier Liebenden« haben zwar den Vorzug des Natürlichen; allein sie kommen auch nur in sehr einzelnen Stellen darüber hinaus. J. G. Jacobis spätere Liebeslieder, wenn in ihnen auch bis zu einem gewissen Grade die Spielerei des Gleimschen Kreises überwunden ist, scheinen doch mehr aus der süßen Gewohnheit des Versemachens hervorgegangen zu sein als aus dem Drang, ein inneres Erlebnis poetisch zu fixieren. Hölty, der Lyriker des Hainbundes, mußte sterben, ehe er vom Traum zum Leben erwacht war.

Die Romantiker suchten besonders das, was wir »Stimmung« zu nennen pflegen, in ihren Gedichten auszubilden, indem sie neben der Empfindung die äußere Umgebung, welche sie hervorgerufen oder auf sie eingewirkt hatte, in die Darstellung hineingezogen. Allein fast in keinem ihrer Lieder ist der Strom der Empfindung stark genug, daß er die Phantasie des Dichters sich hätte dienstbar machen können. So geschah es denn, daß sie fast überall in den Detailanschauungen hängenblieben. Die Volkslieder des »Wunderhorns«, wenn sie auch einerseits vom Pathos zur Simplizität hinleiteten, brachten andererseits doch auch allerlei konventionellen Aufputz, den man nicht verschmähte in die neuen Dichtungen aufzunehmen, statt sich jenes reine Element allein zur Erinnerung dienen zu lassen; man hielt sich vielmehr, wie man es im Volksliede gesehen, von der folgerichtigen Durchführung des Gedankens entbunden und warf dafür eine Menge von Anschauungen bunt und willkürlich durcheinander. – Bei Tieck, wenn auch ein einzelnes Mal, wie in dem hier mitgeteilten »Herbstliede«, ein hinreißend süßer Ton hervorbricht, kommt das Naturgefühl doch selten über ein zusammenhangloses Stammeln hinaus. Eine ähnliche Unfähigkeit zur Hervorbringung geschlossener Kunstwerke, namentlich in der Lyrik, findet sich auch bei den Spätern. Arnim, sosehr es ihn überall in seinen Dramen und Erzählungen drängt, sich lyrisch auszusprechen, so tief und warm und lieblich es uns aus einzelnen Stellen seiner Lieder anmutet, vermag doch fast nirgends seinen Stoff zu einer klaren Gestaltung herauszubilden; und seine schon an sich dunkeln und gedankenschweren Lieder werden, aus dem Zusammenhange gerissen, noch um vieles unverständlicher. Brentanos Lyrik dagegen scheint, gerade wo sie in der Form am vollendetsten ist, wesentlich von der Melodie gemacht zu sein; oder es stehen dabei, wie in dem mitgeteilten »O lieb Mädel, wie schlecht bist du«, Lebenserfahrungen im Hintergrunde, welche mit den im ersten Teile der gesammelten Schriften enthaltenen Liedern in ebenso unerfreulichem als sprichwörtlichem Zusammenhange stehen. Die Lieder im »Florentin« von Dorothea Veit sind ganz in der zerfahrenen Weise der Romantiker gedichtet und stehen zu dem übrigen Werte des Buches in keinem Verhältnis. In Eichendorffs improvisierten Liedern ist überdies die in dieser ganzen lieblichen Poesie der Verschollenheit herrschende Grundstimmung zu mächtig, um ein bestimmtes einzelnes Gefühl zur Geltung kommen zu lassen. Chamissos »Frauen-Liebe und -Leben« beruht auf den willkürlichen Voraussetzungen einer eingebildeten Welt und trägt, einzelnes ausgenommen, in dem gezierten rhetorischen Vortrage die deutliche Spur davon.

Eine reine Wirkung erlangt das Beispiel des Volksliedes und der Goetheschen Liederdichtung erst in der Lyrik seit Uhland; und wenn diese Kunst wesentlich darin besteht, den Naturlaut in künstlerischer Form zum Ausdruck zu bringen, so dürfen wir glauben, hier wenigstens keinen Rückschritt getan zu haben. Die letzten Seiten dieses Buches mögen dafür Zeugnis geben.

Neben Goethe ist, wie billig, Heinrich Heine am reichlichsten vertreten. Er, wie wenig andere, hat gezeigt, was die einfachsten Worte vermögen, sobald nur die rhythmische Weise dazu gefunden ist; er erhob – man gestatte den Ausdruck – das »Stimmungsgedicht« zu einer eigenen Gattung, indem er mit einem seltenen Sinn für das Wesentliche den Hörer in eine das Gemüt ergreifende Situation versetzt und ihn dann schweigend diesem Eindruck überläßt; er macht es um uns tagen und Abend werden und erfüllt unser Herz mit dem ganzen Eindruck, den wir in der günstigsten Stunde von der Natur selber hätten empfangen können. Was Heine durch eigene und durch die Schwäche seiner Zeit gesündigt und verfehlt, darf nicht verkannt werden; aber ebensowenig, daß er der deutschen Poesie eine große Anzahl durchaus erfreulicher Produktionen hinterlassen hat. Wem, der mit seinem »Liederbuche« jung gewesen, wäre nicht die Welt in einem Zauberlicht erschienen, als sei ihm eine zweite wunderbare Existenz geschenkt! – Seinen bewegten Melodien hätte ein noch größerer Raum verstattet werden müssen, wenn nicht in den meisten derselben, z. B. in dem hier mitgeteilten »Mein Liebchen, wir saßen beisammen«, die Liebe mehr nur Vorwand und Staffage für eine weit allgemeinere und weniger reale Stimmung wäre. Dagegen sind aus dem »Romanzero« jene wenigen Stücke aufgenommen, in denen die noch immer farbenreiche Welt der Liebe schon in der grellen Beleuchtung der Begräbniskerzen steht, so daß Alfred Meißner in seinem Liebesgedächtnis mit Recht sagen konnte, solche Töne habe die deutsche Lyrik noch nie vernommen.

Dingelstedts »Roman« ist lediglich aus äußeren Gründen zurückgelegt. Der Verfasser zeigt freilich hier wie auch in anderen Dichtungen, daß es ihm mehr nur um eine Selbstbefreiung als darum zu tun ist, seinen Stoff zum endgültigen künstlerischen Ausdruck zu bringen; allein andererseits sind diese Verse ebensosehr durch den frischen, unmittelbaren Hintergrund des Erlebnisses und den darin abgespiegelten inneren Kampf einer bedeutenden Persönlichkeit ausgezeichnet als im übrigen charakteristisch für eine unlängst vergangene Zeit, in welcher unsere Poesie einen Ton sinnlicher Gereiztheit und rücksichtsloser Leidenschaft anzustimmen begann, wovon ihr glücklicherweise gegenwärtig nur noch das Bewußtsein eines erweiterten Gebietes und einer größeren Bewegungsfreiheit zurückgeblieben scheint.

Bei Rückert, der jeder kleinen Gefühlsregung zu ihrem Rechte zu verhelfen weiß, ohne aber, selbst wo es sich um Trennung und Zerwürfnis handelt, über eine anmutige und beschauliche Reflexion hinauszukommen, haben wir uns darauf beschränken müssen, dem Leser die schönsten Stellen seines Frühlingsgartens vor Augen zu führen; wer an diesem behaglichen Liebesleben in seiner ganzen Breite teilnehmen will, wird ohnehin die Sammlung des Dichters selbst zur Hand nehmen müssen.

Von Immermann, dem mächtigen Wiederdichter »Tristan und

Isoldens«, war für unsern Zweck nur weniges mitzuteilen; allein diese knappen Verse haben die Innerlichkeit von Naturlauten und lassen uns die Bedeutung jenes erst kurz vor des Dichters Tode gelösten Verhältnisses ahnen, worüber wir in der jüngst erschienenen Biographie der Gräfin Elisa von Ahlefeldt vielleicht nicht ganz unparteiische Aufschlüsse erhalten.
Auch an den wohl schon fast vergessenen Ferrand möchte dies Buch noch einmal erinnern, in dessen Liedern, wie bei dem ihm verwandten Hölty, das Vorgefühl eines frühzeitigen Todes eine Friedhofsstille verbreitet, in der wir uns die sanften, schwermütigen Stoffe des Dichters gern gefallen lassen.
Wenn der Herausgeber seine Absicht erreicht hat, so wird man aus dieser Rekapitulation erkennen, daß der Schatz echter Lyrik nicht zu groß ist und daß wir alle Ursache haben, ihn nicht zu unterschätzen. Den meisten derjenigen, welche sich gegenwärtig als Dichter geben und auch von dem größten Teil des Publikums wie der Kritik dafür genommen werden, fehlt das, was wesentlich den *Dichter* von dem *Denker* unterscheidet: die Fähigkeit der *Formgebung*.

Vorwort zu den gesammelten Schriften

An einem Lebensabschnitt angelangt, der mich sowohl nach dem natürlichen Lauf der Dinge als infolge besonderer Erlebnisse zu einem Rückblick auf Leben und Arbeit hindrängt, habe ich meine bisher zerstreut erschienenen Dichtungen zum erstenmal in dieser Gesamtausgabe zusammengestellt. Von dem einmal Veröffentlichten sind dabei nur einige ältere Gedichte ausgeschieden, welche mir auch durch die Pietät gegen die eigene Vergangenheit nicht mehr gerechtfertigt schienen. Da die bei den Novellen und Märchen von mir gewünschte chronologische Reihenfolge aus Rücksicht auf die Verleger der Separatausgaben nicht gestattet war, so ist für Leser, denen daran gelegen, in den Registern dem jedesmaligen Titel das Entstehungsjahr der betreffenden Arbeit beigefügt.

Indem ich somit diese Zeugnisse meines Lebens – denn als solche darf ich den Inhalt der vorliegenden Bände wohl betrachten – noch einmal und insgesamt meiner Hand entlasse, hege ich den Wunsch und die Hoffnung, daß sie den Platz, welchen sie für sich in Anspruch nehmen, so lange behaupten mögen, bis das, was sie etwa Eigentümliches von Bedeutung enthalten, von Nachkommenden übertroffen oder in das Allgemeinleben der Nation aufgegangen sein wird.

Husum, im Oktober 1868 Theodor Storm

Vorrede zum Hausbuch aus deutschen Dichtern

Das vorliegende Buch ist eine Rekapitulation aus einer mehr als dreißigjährigen Lebenserfahrung; zunächst dem Wunsche entsprungen, für mich und die Meinigen aus den neueren deutschen Dichtungen geringeren Umfangs das zusammenzustellen, was daraus während jenes langen Zeitraumes meine besondere Teilnahme erregt hat und derart in mir haftengeblieben ist, daß ich je zuweilen dahin zurückgekehrt bin.
Es ist dies nicht immer das Schöne, sondern ebensosehr das Charakteristische, das Häßliche nicht ausgeschlossen, wo es sich, wie z. B. in Hebbels übrigens auch durch eine mächtige Naturstimmung getragenem »Heideknaben«, durch lebendige Gestaltung, ein Recht zur Existenz erworben hat; es ist zwischenein auch wohl das Hausbackene, sofern darin ein warmes Stück Menschenleben und dann gelegentlich und wie von selbst auch ein Stück Poesie zum Vorschein kommt, wie das in einzelnen Idyllen von Voß und in den Gedichten des alten Pastors von Werneuchen der Fall ist, für welchen letzteren ich eine gewisse heimliche Liebe nicht sowohl trotz, sondern vielmehr urkundlich jener anmutigen Parodie* mit unserm Altmeister Goethe zu teilen glaube; – es ist ferner, wenn auch vorzugsweise, so doch nicht allein das in der Ausführung Makellose, sondern auch das, wo die zwingende Gewalt des Ganzen die einzelnen Mängel derselben vergessen läßt; endlich sind es nicht gerade die Behandlungen großer Stoffe, zumal nicht jene aus mythologischen, historischen oder ethnographischen Studien zusammengearbeiteten Dichtungen, in denen wir zwar die Größe des Wollens – auch wohl des Anspruchs – nicht verkennen können, die aber wegen der unzulänglichen Zeugungskraft ihrer Verfasser dennoch totgeborene Dinge bleiben, sondern es sind lieber solche, in denen der wenn auch weniger große Stoff »mit urkräftigem Behagen« zur Erscheinung kommt. – Da das Buch einen rein kritischen Standpunkt einnimmt, so waren von vornherein alle Gedichte ausgeschlossen, welche die Bedeutung, die ihnen etwa zuzugestehen ist, nicht in, sondern neben sich haben; somit alle, welche nur in bezug auf die Entwicklung unsrer Literatur oder als Illustrationen, sei es zur

* Das Gedicht »Musen und Grazien in der Mark«.

allgemeinen Geschichte oder zu der Biographie ihrer Verfasser, eine solche in Anspruch nehmen können.

Die *Phrase* wird hoffentlich in diesem Buche keine Stätte gefunden haben; mindestens im wesentlichen nicht, wie ich vorsichtshalber hinzusetzen möchte; denn was wäre durchweg frei von dieser weltbeherrschenden Krankheit!

Fragt man nun aber, woher bei der Flut von Anthologien auch noch diese sich das Recht nimmt, in die Welt zu treten, so erwidere ich folgendes:

Obgleich sich niemand davon freisprechen dürfte, daß er nicht einmal vorübergehend oder im einzelnen auch dem Unberechtigten einen Platz eingeräumt hätte, so scheint mir doch in fast allen Anthologien, soweit sie mir vor Augen gekommen sind, die Mittelmäßigkeit einen unverhältnismäßigen Raum einzunehmen. Zwar ist in der Poesie – vielleicht in jeder Kunst – die Fähigkeit des Urteilens kaum weniger selten als die des Schaffens; allein auch wo die Auswahl voraussetzlich von nicht unbefugter Hand herrührt, pflegt es damit nicht besser zu stehen. – Die Ursache hiervon dürfte, abgesehen von einem Streben nach äußerer Vollständigkeit, zum Teil in der Macht des Erfolges zu suchen sein.

Jede Literaturepoche wird bekanntlich von einer Schar von Anempfindern und Nachahmern begleitet, welche, solange dieselbe dauert, gleich den Grillen im Sommer nach Kräften in dem großen Konzerte mitsingen, um dann mit ihrem Ende spurlos zu verschwinden. Ebenso ist es aber eine gleicherweise alte und neue Erfahrung, daß manche dieser Mitsänger, während ihr Sommer dauert, ein Publikum, ja oft ein größeres als die echten Sangesmeister, finden und so ihre vorübergehende Existenz durch eine Reihe von Auflagen zu dokumentieren vermögen. – Von diesem Punkte scheint mir der mechanische Druck auszugehen, durch welchen, zum nicht geringen Verderb, grade die am meisten in den Familien eingebürgerten Sammlungen* mit jenen farblosen Versifikationen angefüllt sind, von denen aus jedem mäßigen Gefühl ein Dutzend gemünzt werden könnte, gegen die sich aber freilich nichts einwenden läßt, als daß sie eben nichts bedeuten! – Dem entgegenzutreten, soll dieses Buch einen Versuch machen.

Die Sammlung beginnt mit Claudius, der in einer Zeit, wo sowohl die poetische als die musikalische Lyrik in Deutschland sich

* Ich spreche nicht von denen, die literarhistorische Zwecke verfolgen, oder von den zum Schulgebrauch bestimmten Sammlungen.

in konventionelle Tee- und Kaffeeliedchen verloren hatte, zuerst den unmittelbaren Ausdruck der Empfindung, namentlich, und bis jetzt kaum übertroffen, der Naturempfindung wiederfand; der, bevor ein solcher Ton von Goethe laut geworden, sein Neujahrslied anhub:

Es war noch frühe Dämmerung
Mit leisem Tagverkünden,
Und nur noch eben hell genung,
Sich durch den Wald zu finden;

Der Morgenstern stand linker Hand,
Ich aber ging und dachte
Im Eichtal an mein Vaterland,
Dem er ein Neujahr brachte.

und sein von Naturgefühl getränktes keusches »Wiegenlied beim Mondschein« gedichtet hatte, das dieses Buch der Vergessenheit zu entreißen sucht.*

Zur näheren Verdeutlichung des Gesichtspunktes, von welchem aus die vorliegende Sammlung entstanden ist, sei es mir verstattet, noch einige Bemerkungen vorauszuschicken.

Wie ich in der Musik hören und empfinden, in den bildenden Künsten schauen und empfinden will, so will ich in der Poesie wo möglich alles drei zugleich.

Von einem Kunstwerk will ich, wie vom Leben, unmittelbar und nicht erst durch die Vermittlung des Denkens berührt werden; am vollendetsten erscheint mir daher das Gedicht, dessen Wirkung zunächst eine sinnliche ist, aus der sich dann die geistige von selbst ergibt, wie aus der Blüte die Frucht. – Der bedeutendste Gedankengehalt aber, und sei er in den wohlgebautesten Versen eingeschlossen, hat in der Poesie keine Berechtigung und wird als toter Schatz am Wege liegenbleiben, wenn er nicht zuvor durch das Gemüt und die Phantasie des Dichters seinen Weg genommen und dort Wärme und Farbe und wo möglich körperliche Gestalt gewonnen hat. – An solchen toten Schätzen sind wir überreich.

Die Lyrik insbesondere anlangend, so ist nach meiner Kenntnis

* Die Skala reicht freilich noch tiefer: »Füllest wieder Busch und Tal« (Goethe), »Der Mond ist aufgegangen« (Claudius), »Nun ruhen alle Wälder« (Paul Gerhardt).

unserer Literatur die Kunst, »zu sagen, was ich leide«, nur wenigen, und selbst den Meistern nur in seltenen Augenblicken, gegeben. Der Grund ist leicht erkennbar.
Nicht allein, daß die Forderung, den Gehalt in knappe und zutreffende Worte auszuprägen, hier besonders scharf hervortritt, da bei dem geringen Umfange schon *ein* falscher oder pulsloser Ausdruck die Wirkung des Ganzen zerstören kann; diese Worte müssen auch durch die rhythmische Bewegung und die Klangfarbe des Verses gleichsam in Musik gesetzt und solcherweise wieder in die Empfindung aufgelöst sein, aus der sie entsprungen sind; in seiner Wirkung soll das lyrische Gedicht dem Leser – man gestatte den Ausdruck – zugleich eine Offenbarung und Erlösung oder mindestens eine Genugtuung gewähren, die er sich selbst nicht hätte geben können, sei es nun, daß es unsre Anschauung und Empfindung in ungeahnter Weise erweitert und in die Tiefe führt oder, was halb bewußt in Duft und Dämmer in uns lag, in überraschender Klarheit erscheinen läßt.
Am ärmsten scheint mir unsre patriotische und sogenannte politische Lyrik. So unzweifelhaft es ist, daß das Leben in Staat und Gemeinde ein ebenso berechtigter Gegenstand für die menschliche Empfindung und daher für die Lyrik ist als das Einzel- und Familienleben, so ist es hier, wie in der Natur dieser poesies militans liegt, doch weit seltener gelungen, den Stoff von dem Boden der bloßen Wirklichkeit abzulösen und andrerseits sich nicht an rhetorischer Phrase und Bildermacherei genügen zu lassen. So kommt, um Beispiele anzuführen, Uhlands »Wenn heut ein Geist herniederstiege« – abgesehen von dem selten schönen Anfang und Ende – kaum über eine poetisch gefärbte Kammerrede hinaus; so ist neuerdings von den vielen Gedichten für meine Heimat Schleswig-Holstein auch nicht eins zu einer irgend in Betracht kommenden Innerlichkeit gelangt.
Wenn wir auch, was Dingelstedt in bezug auf die Zeit nach Uhland, Rückert und Heine in seiner Gedichtsammlung von 1858 ausgesprochen:

Die Lyrik, unser alter Stolz und Halt,
Wird nicht mehr jung, die jüngste niemals alt,

nicht mögen gelten lassen, sondern sogar durch diese Sammlung zu widerlegen hoffen, so ist doch nichts unrichtiger als die von A. Meißner aufgestellte Parallele:

Im Gartenteich wird nie ein Schiffer scheitern,
Im kleinen Liede kein Poet erliegen.

Denn gilt es dabei auch nicht einen Berg zu versetzen, so gilt es doch eine Perle zu finden, und nur wenige Muscheln haben Perlen. Heine sagt sehr richtig: »Ein Lied ist das Kriterium der Ursprünglichkeit.« Die meisten unserer sogenannten Dichter aber sind ihrem eigentlichen Wesen nach Rhetoriker mit mehr oder minder poetischem Anstrich und der lyrischen Kunst so gut wie ganz unmächtig. –
Die Auswahl selbst anlangend, so ist sie bei den älteren Dichtern deren Werke jetzt in aller Händen sind, eine verhältnismäßig beschränktere; bei einigen wenig bekannten dagegen, auf welche dieses Buch aufmerksam zu machen wünscht, eine verhältnismäßig weitere. Wo die Fassung von den bisherigen Drucken abweicht, beruht dies auf handschriftlicher Änderung der Verfasser. Was ich von Eigenem beifügen zu müssen gemeint habe, möge seinen Platz zwischen dem übrigen selbst zu behaupten suchen.
Bei der Revision der Sammlung sind an literarhistorischen Werken von mir benutzt: Deutsches Lesebuch von W. Wackernagel, Tl. 2; Eilf Bücher deutscher Dichtung von Karl Goedeke; Deutschlands Dichter von 1813 bis 1843 von demselben; Poetischer Hausschatz des deutschen Volkes von O. L. B. Wolff; Die deutschen Dichter der Neuzeit von Ignaz Hub; Deutsche Lyriker seit 1850 von E. Kneschke; Geschichte der deutschen Literatur von Heinrich Kurz; von den vorhandenen Anthologien insbesondere: Deutscher Dichterwald von Georg Scherer, welche in betreff der lebenden Dichter auch als Selbstanthologie der Verfasser ein besonderes Interesse beanspruchen kann.

Möge nun dieses Buch dazu helfen, einesteils auch dem größeren Publikum einen Maßstab für poetische Leistungen in die Hand zu geben; andernteils diejenigen mit unserer Lyrik wieder zu befreunden, welche der ungeheuere Wust des Nichtigen von dieser Dichtungsart zurückgeschreckt hat; und möge endlich nicht verkannt werden, daß, wie die Arbeit, so auch das Verdienst dieses Buches, insoweit es ein solches beanspruchen kann, zum großen Teil in dem zu suchen ist, was dasselbe *nicht* enthält.

Husum, 7. Juni 1870 Th. St.

Eine zurückgezogene Vorrede aus dem Jahre 1881

Nach einer Zeitungsnotiz hat neuerdings einer unserer gelesensten Romanschriftsteller bei Gelegenheit einer kürzeren, von ihm als »Novelle« bezeichneten Prosadichtung *die Novelle* als ein Ding bezeichnet, welches ein Verfasser dreibändiger Romane sich wohl einmal am Feierabend und gleichsam zur Erholung erlauben könne, an das man aber ernstere Ansprüche eigentlich nicht stellen dürfe.
Ob die so eingeleitete Arbeit einer solchen Herabsetzung ihrer Gattung bedurfte, vermag ich nicht zu sagen. Indessen sei es mir gestattet, wie vordem bei Gelegenheit meines »Hausbuches aus deutschen Dichtern« zur *Lyrik*, so hier zur *Novellistik*, als der Dichtungsart, welche die spätere Hälfte meines Lebens begleitet hat, auch meinerseits ein Wort zu sagen.
Die *Novelle*, wie sie sich in neuerer Zeit, besonders in den letzten Jahrzehnten, ausgebildet hat und jetzt in einzelnen Dichtungen in mehr oder minder vollendeter Durchführung vorliegt, eignet sich zur Aufnahme auch des bedeutendsten Inhalts, und es wird nur auf den Dichter ankommen, auch in dieser Form das Höchste der Poesie zu leisten. Sie ist nicht mehr, wie einst, »die kurzgehaltene Darstellung einer durch ihre Ungewöhnlichkeit fesselnden und einen überraschenden Wendepunkt darbietenden Begebenheit«; die heutige Novelle ist die Schwester des Dramas und die strengste Form der Prosadichtung. Gleich dem Drama behandelt sie die tiefsten Probleme des Menschenlebens; gleich diesem verlangt sie zu ihrer Vollendung einen im Mittelpunkte stehenden Konflikt, von welchem aus das Ganze sich organisiert, und demzufolge die geschlossenste Form und die Ausscheidung alles Unwesentlichen; sie duldet nicht nur, sie stellt auch die höchsten Forderungen der Kunst.
Daß die epische Prosadichtung sich in dieser Weise gegipfelt und gleichsam die Aufgabe des Dramas übernommen hat, ist nicht eben schwer erklärlich. Der Bruchteil der Nation, welchem die Darstellung der Bühne zugute kommt, wird mit jedem Tage kleiner, hinter dem wachsenden Bedürfnis bleibt die Befriedigung immer mehr zurück; dazu kommt, daß gerade die poetisch wertvollen neueren Dramen nur selten die Bühne erreichen oder nach dem ersten Versuche wieder davon verschwinden, sei es

wegen der Unzulänglichkeit unserer deutschen Schauspieler oder weil, vielleicht im Zusammenhange mit dem ersterwähnten Umstande, den Dichtern ein gewisses praktisches Verständnis für die Darstellbarkeit abging. So haben sich denn andere Leute der Bühne bemächtigt, und man begnügt sich dort lieber mit Sachen, welche den besten der Iffland-Kotzebue-Periode nicht einmal das Wasser reichen; aber was solcherweise der dramatischen Schwester entzogen wurde, ist der epischen zugute gekommen.

Im übrigen geht es mit der Novellistik wie mit der Lyrik; alle meinen es zu können, und nur bei wenigen ist das Gelingen, und auch dort nur in glücklicher Stunde.

– – Wenn ich mit Vorstehendem diese neuen Bände der Gesamtausgabe meiner Schriften einleite, so habe ich damit nur die Ziele bezeichnen wollen, welche in der Novellistik zu erreichen sind; inwiefern von mir selber in dieser Richtung hie und da etwas erreicht worden, will ich denen, die nach uns kommen, zur Entscheidung überlassen; denn soviel ist gewiß, der einzige Probierstein des poetischen Werkes ist *die Dauer*.

Hademarschen, im Juni 1881 Th. Storm

Thomas Mann

Theodor Storm
Ein Essay

Thomas Mann

Theodor Storm
*[Ein Essay]**

Es war September 1865, vier Monate nach dem Tode Constanzes, seiner Frau, nach dieser Erschütterung, der wir die durchdringendsten Trauer- und Abschiedsgedichte zu danken haben, welche wohl überhaupt die deutsche Lyrik aufzuweisen hat, daß Theodor Storm in Baden-Baden Iwan Turgenjew besuchte, der dort bei seiner Freundin, der Frau Viardot-Garcia wohnte und an den deutschen Kollegen eine respektvoll-herzliche Einladung hatte ergehen lassen. Zwei Wochen blieb der Dichter von ›Immensee‹ in der Nähe des Autors von ›Erste Liebe‹ und ›Frühlingsfluten‹ und zeigte, trotz der fast entnervenden Traurigkeit jener Gedichte, eine bemerkenswerte Empfänglichkeit für die natürlichen und gesellschaftlichen Reize des Kurortes. Auch blieb er in Fühlung mit dem Russen, sandte ihm später seine Erzählungen auf das Gut bei Moskau, empfing von dort die französische Übersetzung von ›Dunst‹; und wenn es auch kein Austausch war wie der Briefwechsel Storm-Keller, den dieser der Unterhaltung eines Klosterpaters mit seinem benachbarten Konfrater über einen gesprenkelten Nelkenflor ähnlich fand, so hat es mich doch immer gefreut, daß sie einmal beisammen waren, daß sie einander gekannt und einander Freundschaft erwiesen haben, die beiden Meister, zwischen denen der dankbare Aufblick des Jünglings nie wählen mochte, weil sie, verwandt nicht nur durch ihr Jahrhundert, in charakteristisch verschiedenen Sphären etwas Gleichartiges an Gefühl und Form, an Stimmungskunst und Erinnerungsweh repräsentieren. Sie sind, kraft des Nationalen, viel verschiedener als Storm und Keller, dessen goldige Schnurrigkeit doch nur eine andere, volkstümlich-südlichere Abwandlung jenes deutschen Meistertums ist, das auch Storm verkörpert. Aber erweitert man den Vergleichsraum ins Menschlich-Typische, so gewinnen Storm und Turgenjew eine geradezu brüderliche Ähnlichkeit; sie sind ein und dieselbe Figur in zwei Abwandlungen,

* Diesen Essay schrieb Thomas Mann als Einleitung zu den Sämtlichen Werken Theodor Storms in zwei Bänden, die 1930 im Th. Knaur Verlag in Berlin erschienen.

eines Vaters Kinder gleichsam, geboren von zwei Mutter-Erden.
Zu Anfang unseres Jahrhunderts schrieb ein junger Dichter eine lyrische Novelle, deren Gegenstand der in einer Brust lebendige Widerstreit zwischen bürgerlich-nordischer Gefühlsheimat und der strengen, abenteuerlichen und kalt-ekstatischen Welt der Kunst und des Geistes war. Den Vater seines Helden beschrieb der junge Verfasser als einen »langen«, zur Wehmut geneigten Herrn »mit sinnenden blauen Augen, der immer eine Feldblume im Knopfloch trug«. Er wich mit dieser Beschreibung vom autobiographisch Wirklichen entschieden ab, und dennoch war sie nicht Willkür und bloße Phantasie. Die Figur, die ihm vorschwebte, erstand aus dem Gefühl und Bewußtsein der doppelten kulturellen Herkunft des Werkchens, in das er sie hineinstellte, einer deutsch-heimatlichen und einer mondänen: Die Figuren der geistigen Väter seiner Geschichte, Storms und Turgenjews, des »doux géant«, wie die Pariser Freunde den Skythen nannten, verschmolzen ihm zur Vatergestalt des langen, wehmütig sinnenden Weißbartes mit der Feldblume im Knopfloch . . .
Ich habe sie wieder angesehen, die beiden geist- und kunstbeschwerten Häupter, in denen die Novelle des neunzehnten Jahrhunderts auf einen höchsten Stand ihres Anspruchs und ihrer Vollendung kam. Wirklich, es sind Bruderhäupter, differenziert durch das Klima ihrer Geburt und ihres Talentes. Storm: ein vergeistigter Schifferkopf, etwas schräg gehalten, Wetterfältchen in den Winkeln, der zugleich träumerischen und spähenden blauen Augen, die Bitternis hochbedürftiger und skrupulöser Anstrengung um den Mund, typisches Platt-Deutschland, und man hört die etwas dünne, gemütvoll-schwerfällige Sprechweise der ›Heimat‹, diesen Timbre und Tonfall, in dem ein nervöser und klagender Widerstand gegen alles nicht Heimatliche, auch das gleich hinter Husum und Hademarschen beginnende, sich auszudrücken scheint. Turgenjew: slawische Künstlermelancholie, nicht ganz ohne Posiertheit, es fehlt nicht die Stirnlocke, das Auge grau, weich und tief verschwimmend – aber eine Chopinsche Mondänität des Schmerzes bildet das Fluidum, man spürt Paris, Baden-Baden, Bougival, die Welt, die Gesellschaftsliteratur, europäisches Prosaistentum. Theodor Storm hätte die Verführung des reinen Gefühls durch das abgefeimt Gesellschaftliche, die Bestrickung Ssanins durch Maria Nikolajewna in ›Frühlingsfluten‹

nicht zu schildern gewußt, und auch die elende Komik des Gatten Polosow wäre ihm kaum gelungen. Von seiner Hand konnte kein europäisches Meisterwerk von der Art des Gesellschaftsromans ›Väter und Söhne‹ kommen, worin der geistig-politische Typus des Nihilisten geprägt wurde und das, präzis, virtuos und durchsichtig, von Vollendung umflossen, in einem weiteren und helleren Raume steht als des Holsteiners ernste und spröde, in Nebelfeuchte gehüllte und gegen das Abergläubisch-Mystische nachgiebige Dichtung, der nordheidnische Spuk des ›Schimmelreiters‹. Aber wiederum: es ist hier, eben im ›Schimmelreiter‹, den Storm als Siebzigjähriger, als ein von der Todeskrankheit schon Überschatteter schrieb, zum Schlusse etwas erreicht an Urgewalt der Verbindung von Menschentragik und wildem Naturgeheimnis, etwas Dunkles und Schweres an Meeresgröße und -mystik, das Turgenjew bei aller feinsten Naturempfindlichkeit auch nur anzustreben sich nicht hätte getrauen dürfen. Wer möchte leugnen, daß er als Erzähler und Psycholog die schärferen, leichteren, von Kritik und Satire gelockerten Kunstreize besitzt. Aber die ›Gedichte in Prosa‹ wiegen bei aller Stimmungskraft Storms lyrisches Werk nicht auf, diese Liebes-, Erinnerungs- und Abschiedsgedichte, die auf durchaus zauberhafte Weise bis in jeden Silbenfall durchtränkt sind mit Innigkeit und deren Gefühlsweichheit gebändigt wird von einem Wahrheitssinn, der sich gegen das Sentimentale sichert und das männliche Wesen der Kunst überhaupt beweist.

Ich muß von den Gedichten noch sprechen dürfen. Sie bestimmten zusammen mit ›Immensee‹ das Bild des Dichters, das ich in mir trug, als ich jung war und sein unnachlässig-strenges Wachstum bis ins Alter, diese Überwindung des jugendlich Weichen der Stimmung, und die Entwicklung zum tragischen Charakternovellisten großen Stils, noch nicht in mein Gesichtsfeld fiel. In dieser zehnmal gesichteten und geseihten Lyrik steht Perle fast neben Perle, und es ist darin, auf Schritt und Tritt, eine bebende Konzentrationskraft der Lebens- und Empfindungsaussage, eine Kunst der Formung zum Einfachen, die in bestimmten Fällen unfehlbar immer wieder, so alt man wird und sooft man etwas davon wieder liest oder sich vorspricht, dies Sichzusammenziehen der Kehle, dies Angepacktwerden von unerbittlich süß und wehem Lebensgefühl bewirkt, um dessentwillen man mit sechzehn, siebzehn diesem Tonfall so anhing. Ein französischer Dichter bemerkt einmal, schon das Wort Kunst(art) sei seinem Klange nach fern von Gutmütigkeit und Sanftmut; es sei der Schrei eines niederstoßenden Raubvogels. Es ist wohl wahr, die Lyrik Storms lehrt es, daß Kunst noch in ihrer mildesten, gemüthaft-innigsten Form ein Griff an die Kehle ist ...

Ich will nicht, sosehr es mich versucht, Beispiele, Anführungen geben, denn ich muß meinen Raum schonen und spreche zu Lesern, die im Begriffe sind, sich unmittelbar mit Storms Lebenswerk zu beschäftigen. Es genügt, daß ich ihnen vorher sage, was sie nachher sagen werden: daß nie und nirgends das Menschliche mit durchdringenderer Einfalt und Reinheit ausgesprochen worden ist als in Gedichten wie dem ›Einer Toten‹ oder in ›Spruch des Alters‹ (»Dein jung Genoß in Pflichten –«), in ›Mein jüngstes Kind‹ oder jenem ›Lose‹ überschriebenen, das ein frommeres und unwitzigeres Gegenstück zu dem Heinischen ›Es ist eine alte Geschichte‹ bildet. So mag man in der bewunderungswürdigen zwölfzeiligen Bild-Erzählung ›Eine Fremde‹ die Vorform erkennen zu Georges ähnlich, wenn auch härter geformten und dämonischer erfülltem Sechzehnzeiler ›Die Fremde‹. Herrn Walthers Weise klingt an in ›Verirrt‹ (»Ein Vöglein singt so süße«); aber das artifiziell Altertümliche und Volksliedhafte, ein paarmal in der Überschrift angekündigt, tritt weit zurück hinter eine durchaus vorherrschende Modernität und sprachliche Zeitbewußtheit, eine Kulturlyrik persönlichen und unvergeßlichen Klanges, von der wenigstens ein halbes Dutzend Stücke würdig ist, neben dem Höchsten und Reinsten seinen Platz zu nehmen, was Gefühl und Sprache hervorgebracht haben, und vollkommenen Unsterblichkeitscharakter besitzt.

Wo ist der Laut noch einmal und wie könnte er je vergehen, der mit Zauberdichtigkeit durchgeführt ist durch die vier Strophen von ›Abseits‹ mit ihrer weltvergessenen Sommermittagsstimmung, ihrem Duft von erhitzten Kräutern? ›Meeresstrand‹, die Haff- und Wattenstimmung im Abendlicht mit den wie Träume im Nebel liegenden Inseln, dem Laut des gärenden Schlammes und einsamem Vogelruf, diesem eintönig-zeitlosen »So war es immer schon« und der geheimnisvoll romantisch getönten Schlußkadenz: die Geschlossenheit, Einfachheit, Getroffenheit des Bildes ist über jedes Lob erhaben – und gleich daneben steht ein anderes kleines Wunder dieser Art: ›Im Walde‹, die sommerzauberversponnene Vision der kleinen Waldfee unter den niederhängenden Zweigen . . .

Sie sitzt im Thymiane,
Sie sitzt in lauter Duft;
Die blauen Fliegen summen
Und blitzen durch die Luft.

– – – – – – – – – – – – – – – – – –

Der Kuckuck lacht von ferne,
Es geht mir durch den Sinn:
Sie hat die goldnen Augen
Der Waldeskönigin.

Das ist nicht erzen, es ist aus zartestem Stoff; und doch steht es da für immer.
Zu dieser Rangordnung gehört ›Hyazinthen‹ mit seiner vornehmen Zärtlichkeit, seiner cellomäßig gezogenen Fülle von Empfindung, Schwermut, Liebesmüdigkeit, dem unendlich gefühlssymbolischen Refrain: »Ich möchte schlafen, aber du mußt tanzen«; gehört ›Über die Heide‹ mit dem Rhythmus seines dumpf aus der Erde widerhallenden Wanderschrittes, dem realistischen Akzent seines Schauders und Seufzers der Unwiederbringlichkeit:

Wär' ich hier nur nicht gegangen im Mai!
Leben und Liebe, – wie flog es vorbei!

Und dann ist da ein Zweistropher, den ich immer besonders bewundert habe, weil er mir für das Raffinement der Stormschen Empfindsamkeit unvergleichlich kennzeichnend schien: das Gedicht von der bleichen Frauenhand, die gestehen muß, was der Mund verschweigt.

Die Hand, an der mein Auge hängt,
Zeigt jenen feinen Zug der Schmerzen,
Und daß in schlummerloser Nacht
Sie lag auf einem kranken Herzen.

Welche Distinktion der Beobachtung und Empfindung! Diese »Und daß«-Konstruktion, die zusammen mit dem vorangegangenen Akkusativ von »zeigt« abhängt, hat etwas beinahe Französisches, das mit dem Verfeinerungs-, ja Überfeinerungscharakter des Ganzen aufs eigentümlichste übereinstimmt.

... Wir wollen der Wahrheit die Ehre geben und nichts beschönigen. Der Stormsche Laut hat recht kümmerlich fortgeklungen in deutscher Dichtung oder dem, was dafür gelten wollte, er hat, man muß das eingestehen, auf eine teilweise erbarmungswürdige Weise Schule gemacht. Von ihm, von seinem »Nun sei mir heimlich zart und lieb« und so weiter, ist viel Läppisches und Nichtiges hergekommen, viel Bürgerwonne und Goldschnittgemüt, das doch bei ihm, an seiner hochgelegenen Quelle, etwas ganz, ganz anderes war. Könnte man ähnlich trübseliger Folgen nicht aber auch das ›Buch der Lieder‹ anklagen? Das Wort »An ihren Früchten sollt ihr sie erkennen« ist ein grausames Wort und ein nichts weniger als unanfechtbares. Man mache, wenn man unerbittlich ist, das Verführerische verantwortlich für nachtreterisches Unheil, zu dem es gegen sein innerstes Wesen Anlaß gab – nur gerade erkennen kann man es nicht daran, und zwar desto weniger, je mehr man es fehlerhafterweise damit zusammensieht. Was von Storm kam, ist nicht Storm; er setzt sich durch Anspruch, Kraft, Feinheit, Präzision, Persönlichkeit, Kunstgetragenheit gegen alles schlaff Bürgerliche ab, das an ihn ›anzuknüpfen‹ meinte, wie er sich eben dadurch, durch sein Künstlertum einfach, schon gegen den spätromantischen Dilettantismus absetzte, von dem seine eigene Zeit wimmelte – und nicht nur gegen diesen, auch gegen das hochbegabte Epigonentum dieser Zeit, auch gegen Geibel, sogar gegen Heyse. Es hat stürmische Lufterneuerungen, Revolutionen gegeben in unserer Literatur, die seine »Früchte« in die Vergessenheit gefegt haben. Er ist ein Meister, er bleibt.

Ich sprach von seiner Heimatliebe, Heimatbefangenheit, Heimatsmanie – dem, was der vergleichsweise weltmännische und großstädtisch-aufgeweecktere Fontane seine »Husumerei« nannte. Es liegt, um lieblos zu charakterisieren, etwas larmoyant Eigensinniges darin, jene zarte Duckmäuserei, gegen die Goethes Spruch sich richtet:

In die Welt hinaus!
Außer dem Haus

Ist immer das beste Leben;
Wem's zu Hause gefällt,
Ist nicht für die Welt –
Mag er leben!

Aber der gaskognische Märker, dessen Werk wenigstens mit ›Effi Briest‹ in die Weltliteratur reicht, hat sich trotz eines gelegentlichen Mundverziehens wohl gehütet, über den schwerfälligeren Freund im Sinne dieses »Mag er leben!« zu denken und zu urteilen, und wohl gewußt, was die Dichtung an ihm besaß: Mehr, Höheres, Gültigeres, seiner kritischen Einsicht nach, als an dem eleganteren Heyse, der es übrigens für seine Person an Bewunderung für den Mann von Hademarschen nicht fehlen ließ. Das hohe und innerlich vielerfahrene Künstlertum Storms hat nichts zu schaffen mit Simpelei und Winkeldumpfigkeit, nichts mit dem, was man wohl eine Zeitlang ›Heimatkunst‹ nannte. Die Sprache, zu der das dünne Platt seiner Mundart sich im Werke erhebt und reinigt, scheidet ihn streng von der behaglichen Mesquinität jener Sphäre, sie besitzt die absolute Weltwürde der Dichtung, und das ›Gemüt‹ hat bei ihm noch volle romantische Geistigkeit und Intensität – es ist fern von aller Entartung und Erniedrigung zum Gemütlichen. Um seine Heimatlichkeit ist es etwas dichterisch Sonderbares, der Philister könnte sie hysterisch finden, sie ist wesentlich Sehnsucht, Nostalgie, ein Heim*weh*, das durch keine Realität zu stillen ist, denn sie richtet sich durchaus aufs Vergangene, Versunkene, Verlorene. Er selbst beobachtet:

Liegt eine Zeit zurück in meinem Leben,
Wie die verlorene Heimat schaut sie aus,
Nach der im Heimweh die Gedanken streben.

Das ist es. Es ist gemüthaft oder, wenn man will, sentimental in einem etwas krankhaften Sinn, wenn man die Gleichsetzung von Vergangenheit und Heimat ein wenig krankhaft nennen darf – eine Erscheinung, die übrigens in aller Dichtung sehr häufig ist. Es ist selten, daß Gegenwart und Jugendglück das Gedicht zeitigen. Die Erinnerung daran, das Heimweh danach zeitigen es, und vergebens sieht man sich in Storms Lyrik nach der unmittelbaren Verherrlichung des jugendlichen Maitages um, dem das novemberliche ›Vorbei‹ verherrlichend nachtrauert.

Heitere Jahre,
Glückliche Tage –
Wie Frühlingsfluten
Seid ihr verrauscht!

Das ist der alte Romanzenklang, von dem auch Turgenjews Dichtung lebt. Aber bei Storm gewinnt er zuweilen eine Konzentration entnervenden Charakters und scheint zum Ausdruck eines klagenden Seeleneigensinns zu werden, dem das Gegenwärtige kalte Fremde bedeutet.
Er sagt von ›Immensee‹:

Aus diesen Blättern steigt der Duft des Veilchens,
Das dort zu Haus auf unsern Heiden stand,
Jahraus und -ein, von welchem keiner wußte,
Und das ich später nirgends wieder fand.

Der Tonfall hat in seiner noblen Einfachheit etwas wahrhaft Sinnbenehmendes, Berauschendes, Entkräftigendes, und zwar vermöge eben jenes Ineinanderrinnens der beiden Gefühlsideen ›Zu Haus‹ und ›Vergangenheit‹ zum Heidenveilchen-Duft unendlicher Heimweh-Sensitivität. Es ist nichts weiter als schlichtmenschlich, wenn er seine Herzensanhänglichkeit an die »graue Stadt am Meer«, dies armselige Husum in seiner hart eintönigen und melancholischen Nebellandschaft, damit begründet, daß eben doch »der Jugend Zauber für und für« lächelnd auf ihr ruhe. Aber das schlicht Menschliche hört auf und das Geheimnis beginnt in einem Gedicht wie ›Verloren‹, einem Meisterstück übrigens auch technisch, in einem Atem wunderbar zu Ende gesprochen, das anhebt:

Was Holdes liegt mir in dem Sinn,
Das ich vor Zeit einmal besessen;
Ich weiß nicht, wo es kommen hin,
Auch, was es war, ist mir vergessen ...

und endet:

In grünem Schatten lag der Ort –
Wenn nur der weite Raum nicht trennte,

Wenn ich nur dort hinüberkönnte,
Wer weiß! – vielleicht noch fänd' ich's dort.

»Wenn ich nur dort hinüberkönnte!« Das ist der Gipfel der ›Husumerei‹, es hat mit der Scholle kaum noch etwas zu tun, es ist Gemüt in Reinkultur und im Zustande äußerster Sublimierung, Heimweh als Transzendenz, das Heimatmysterium. Ich betone die sensitive Vergeistigung, den Extremismus seiner Gemüthaftigkeit, so sehr und spreche sogar von leichter Krankhaftigkeit, um nichts auf ihn kommen zu lassen, was auf Bürgernormalität oder -sentimentalität, auf seelisches Philistertum hinausliefe, weil nämlich Fontane von »Provinzialsimpelei« gesprochen hat. Es ist nichts Rechtes damit, es stimmt nicht. Das Element des Abenteuerlichen, Exzentrischen, Unregelmäßigen, Norm- und Glückswidrigen, das zur künstlerischen Konstitution gehört, ist bei ihm vielleicht fühlbarer als bei dem liebenswürdig korrekten Fontane. Korrekt gerade ist eigentlich nichts bei Storm – als so begehrenswert ihm selbst das Bild des gemütvoll Korrekten möge vorgeschwebt haben und so versucht und bemüht er gewesen sein mag, sein Leben und Wesen nach diesem Wunschbilde zu stilisieren.
Da ist zum Beispiel die Familie, das Heim – Kern und Herz der Heimat. Storm liebte es, er hielt die größten Stücke darauf, das Familienleben, das sind nach seinem Ausdruck »die heiligsten Tiefen seiner Seele«, und im Briefwechsel mit literarischen Freunden, zum Beispiel mit Gottfried Keller, wird er nicht müde, den Partner mit Lobpreisungen seiner Häuslichkeit, mit frommen Schilderungen von Teestunden, Geburtstagen, Weihnachts- und Silvesterfeiern zu regalieren – auf die Gefahr hin, die er nicht sieht, daß den weinseligen alten Hagestolzen in Zürich das alles fürchterlich langweilt. Und wie steht es im Grunde um das Idyll? Sehr gut zweifellos. Seine Cousine Constanze Esmarch, die er mit neunundzwanzig Jahren als junger Rechtsanwalt geehelicht hatte, war ihm eine vorzügliche Frau, eine geduldige vor allen Dingen – denn er war als Gatte, wie schon als Bräutigam, ein großer Erzieher und Schulmeister, der durchaus ihrer Segeberger Mädchenschulbildung aufhelfen wollte, um wahre Geistesgemeinschaft zu erzielen – und eine nachsichtige und verstehende, denn es gab allerlei nachzusehen und zu verstehen, und gewiß war es undankbar und ungerecht, wenn er ihr eines Tages

schrieb: »Du lehrst es mich langsam, aber gründlich, daß man sein Herz an keinen Menschen hängen soll.« Dabei war es eingestandenermaßen nie leidenschaftliche Liebe gewesen, was ihn mit ihr verbunden hatte. »Meine und Constanzes Hände«, schreibt er nach ihrem Tode, der ihm einige seiner ergreifendsten Gedichte eingegeben, »waren mehr im stillen Gefühl der Sympathie ineinander liegengeblieben ... Das wäre alles noch schön und gut, aber die Leidenschaft für die Lebende brach über mich herein, als die Verstorbene noch mein Weib war.« Wer ist diese Lebende, die ein einziges Jahr nach Constanzes Hingang seine zweite Frau wird? Sie heißt Dorothea Jensen und kommt eines Tages während seiner Brautzeit, als dreizehnjähriges Mädchen, eine feine zarte Blondine, zusammen mit seiner Schwester Cäcilie auf sein Zimmer, wobei er mit Betroffenheit gewahr wird, daß dies Kind ihn liebt und daß sie auch ihrerseits »einen eigentümlichen Reiz« auf ihn ausübt.
Dieser eigentümliche Reiz, einem Bräutigam als Sensation nicht ganz zukömmlich, erinnert an eine erotische Episode seiner Studentenzeit, da er sich in einem Hamburger Hause auch schon in ein Kind, ein noch jüngeres, in die zehnjährige Berta von Buchau, verliebt und der Kleinen, die übrigens nicht viel von ihm wissen will und als Fünfzehnjährige seine »todesbange« Werbung abweist, einen jahrelangen poetischen Kultus widmet. Diese Kinderliebe erscheint jedenfalls nicht ganz korrekt. Junge Leute pflegen sich eher in reife Frauen als in Zehnjährige zu verlieben. Aber wir haben es mit einem Dichter zu tun, und – »bei jenem Kinde«, bei der allmählich erblühenden Do also, die nach seiner Heirat oft ins Haus kommt, »da war jene berauschende Atmosphäre, der ich nicht wiederstehen konnte«. Constanze weiß es. Sie weiß auch von der Liebe der kleinen Jensen zu ihrem Mann und benimmt sich bewunderungswürdig – viel besser eigentlich als er, der nicht einmal in der Treulosigkeit treu ist und aus Egoismus, gemütvoll eingewöhnt in sein leidenschaftsloses Ehe-Idyll, die eigentlich Geliebte, die fern von ihm, entsagend, allein »und oft in drückender Abhängigkeit« verblüht und verblutet, völlig vergißt und keinen Gedanken, auch keinen gewöhnlicher menschlicher Teilnahme, mehr für sie hat. Constanze hat solche Gedanken statt seiner. Sie ist es, die sich um die arme Do kümmert; sie macht Versuche, sie in ihr Haus zu ziehen, sie läßt sie sich bei ihr ausweinen, und sie selbst bestimmt noch in gesunden Tagen Do-

rothea zur zweiten Frau ihres rauschempfänglichen, aber vergeßlichen Mannes.

Er hat unendlich an Constanze gehangen und Dorothea unendlich an ihm; sie hat wirklich »von allen Menschen nur einzig ihn gewollt«, dessen Gefühl für sie eingeschlafen ist, aber wieder erwacht, oder zu erwachen glaubt, als er frei ist. Ist nicht auch Dorothea gewissermaßen das Vermächtnis der Seligen an ihn? Er »kann es nicht ertragen«, daß das Leben weitergeht, unachtsam, vergeßlich, während die Mondesstreifen in ihre Gruft, zu ihrem Sarge hinunterweben; aber sehr lange Witwer zu sein, das kann er auch nicht ertragen; es ist nur die knappe Anstandsfrist, nach deren Ablauf er sich mit Dorothea Jensen vermählt und sich von ihr zu den sieben Kindern, die er von der Segebergerin hat, mit einem achten beschenken läßt.

Ist diese Ehe ebenso sonnig-heimwohlig wie die erste? Sie weist die Unvollkommenheiten des Irdischen auf. Norddeutschsinnige Teestunden, Geburtstagsfeiern und Weihnachtsabende bringt auch sie wieder mit sich; aber wenn über jener die Schatten eingeschlafener Leidenschaften lagen, so war diese von schlechtem Gewissen beschattet, es gab »quälende Dissonanzen« darin, wie die Biographie sich ausdrückt, als Folge des Vorangegangenen, und Dorothea wäre fast trübsinnig geworden, weil Theodor nicht erlauben will, daß die Kinder sie »Mutter« nennen: sie heißt »Tante Do«. Dann ist da der älteste Sohn ...

Storm liebte diesen seinen Hans von ganzer Seele. »Fein und brunnentief« nennt er den Kleinen, »ein echtes Poetenkind«. Dann aber treten »Sonderbarkeiten« hervor, zuweilen »recht schroff«, und es kommt der Abend, wo der Vater seinen hübschen schlafenden Knaben betrachtet, die unheimliche Frage im Herzen, ob nicht ein keimender Wahnsinn in ihm sei. Das Poetenkind wird ein Säufer. Der Fall ist hoffnungslos, lebensunmöglich; »blutvergiftendes Entsetzen« erfaßt den Vater, der bald begreift, daß »nur der Tod hier das Ende sein kann«. Es ist die Tragik, über die er oft nachgedacht und über die er oft gesprochen hat. Sein Begriff des Tragischen war modern, nicht philologisch-antikisch. Er wollte von Schuld und Buße, besonders von eigener Schuld des ›Helden‹, nichts wissen. »Wir büßen«, sagte er, »im Leben viel öfter für die Schuld der Allgemeinheit, wovon wir ein Teil sind, für die der Menschheit, des Zeitalters, des Standes ... für die Schuld der Vererbung, des Angeborenen und für die entsetzlichen Dinge, die daraus hervorgehen, gegen die wir nichts vermögen, für die unüberwindlichen Schranken usw. Wer im Kampfe dagegen unterliegt, das ist der echte tragische Held.« – Nun, von Vererbung kann bei dem armen Hans nicht wohl die Rede sein. Sein Vater war kein Trinker, sondern ein Poet mit unwiderstehlicher Neigung zu gewissen berauschenden Reizen, ein Dichter, der in einer Erzählung von wunderbar ernster und unerbittlicher Schönheit, ›Carsten Curator‹, dem Elend des Sohnes und dem beklommenen Vatergewissen ein ergreifendes Denkmal gesetzt hat. Dichtertum ist die *lebensmögliche* Form der Inkorrektheit.

Die Einzelheiten von Storms Biographie sind in jedem Konversationslexikon zu finden. Ich begnüge mich damit, das Bild seines Wesens, das ich hier angelegt, durch einige weitere Züge zu vervollständigen.

Von seinem Gemüt sprach ich schon viel. Revers und Zubehör dieser Gemüthaftigkeit ist seine Sinnlichkeit. Gemüt und Sinnlichkeit gehören zusammen, sie sind im Wesen dasselbe: Gemüt, das ist sozusagen Sinnlichkeit mit blauen Augen, die zum Feuchtwerden neigen. »Ich bin eine stark sinnliche, leidenschaftliche Natur«, erklärt er mit einem gewissen Stolz, wobei die beiden Umstände ins Gewicht fallen, daß er den Brief, worin es steht, seiner Nichte, einem Fräulein Helene, in die Feder diktiert und daß er obendrein schon sechsundfünfzig Jahre alt dabei ist. Seine Sinnlichkeit äußert sich nicht nur als innige Naturverbundenheit, vegetative Sympathie, sie tritt auch in seinen Liebesgedichten, teils hell und freudig, teils als beklommene Süße und Schwüle, das Sündige poetisierend, auf recht bürgerliche Weise hervor.

Sie war doch sonst ein wildes Blut;
Nun geht sie tief in Sinnen,
Trägt in der Hand den Sommerhut
Und duldet still der Sonne Glut
Und weiß nicht, was beginnen.

Das ist eine Probe seiner besonderen Kunst, sinnliches Erblühen zu malen, ein Bild, hervorgegangen aus tieferer Erregung, als seine volkstümliche Schlichtheit verraten möchte. Es ist die Erregung, die ihn für die Holdheit erliegender Scham so vibrierend dringliche Worte finden läßt:

Du fühlst, wir können nicht verzichten;
Warum zu geben, scheust du noch?
Du mußt die ganze Schuld entrichten,
Du mußt, gewiß, du mußt es doch.

Die Dankbarkeit des Alternden für eine letzte späte Heimsuchung durch Glück und Rausch ist niemals mit einfacherer Kraft verkündigt worden als in jenem ›Noch einmal‹, worin das verherrlichende Symbol der »roten Rose Leidenschaft« erscheint. Das tödlich Ausweglose und Verhängnishafte, das ratlos Bedrängende der Liebe –

Warum duften die Levkoien so viel schöner bei der Nacht?
Warum brennen deine Lippen so viel röter bei der Nacht?

– das hoffnungslos Bußfertige des verwehrten Gefühls:

Du stehst am Herd in Flammen und Rauch,
Daß die feinen Hände dir sprangen;
Du hast es gewollt, ich weiß es wohl,
Weil mein Auge daran gehangen ...

– dies alles ist in reinen und unvergeßlichen Prägungen ausgedrückt in Storms Lyrik; und wenn die Empfindung das Gepräge des Sündhaften, Verfemten trägt, wie in ›Geschwisterblut‹ mit seinem

... daß wir beisammen sind,
Mein Bruder, will nicht taugen ...

so dient auch das im Grunde einer romantisch tieferen Verherrlichung der Leidenschaft, derselben Bejahung eigentlich, die mit keineswegs noch romantischem, vollendet unchristlichem Jubel aus den Zeilen bricht:

Wer je gelebt in Liebesarmen,
Der kann im Leben nie verarmen;

Und müßt' er sterben fern, allein,
Er fühlte noch die sel'ge Stunde,
Wo er gelebt an ihrem Munde,
Und noch im Tode ist sie sein.

Wirklich ist in Storm ein Zug – und ein sehr starker – nordgermanischen Heidentums, der sein unbürgerlich freies und positives Verhältnis zum Sinnlichen über das künstlerisch Konstitutionelle hinaus erklärt und ebenso stark mit jenem Verhältnis zusammenhängt wie mit einer Stammesheimatliebe. Man muß bedenken, daß er einer spät und oberflächlich christianisierten Sphäre entstammt, die das Religiöse eigentlich nur als Sippenpietät und Totenkult (»Denn die Toten gehörten mit dazu«) kennt, diesem friesischen Thule, das der mittelmeerischen Heimat des Jesus-Glaubens am nebelhaft-fernsten liegt und, möge es sich auch mit dem Munde und selbst seinem Bewußtsein nach zu ihm bekennen, seine Wurzeln zäh und brauchtreu im Ur-Heidnischen hat. Das Kind bekam, so sonderbar es klingt, zu Hause vom Christenglauben kaum etwas zu hören. Der Mann hat nie christlich geglaubt; in dem Gedicht ›Cruzifixus‹ hat er dem Kreuzeszeichen eine Antipathie bewiesen, die an Mephistos Worte erinnert:

Ich weiß es wohl, es ist ein Vorurteil,
Allein genug, mir ist's einmal zuwider . . .

und schon als Sechsundvierzigjähriger trug er, in Versen von sehr entschiedenem Ausdruck, Sorge dafür, daß der Priester seinem Sarge fernbleibe, denn es schicke sich nicht, daß dem, was er gewesen, Protest gepredigt werde, während er im Bann des Schweigens ruhe. Den Auferstehungsglauben, so vertraut er durch seine vegetationsmythische Herkunft dem Naturliebenden hätte sein dürfen, hat er beharrlich abgelehnt, auch in Stunden, wo die Versuchung, sich ihm hinzugeben, am größten sein mußte, wie nach dem Tode seiner Frau:

Da diese Augen nun in Staub vergehen,
So weiß ich nicht, wo wir uns wiedersehen.

Aus dieser Verschmähung eines unglaubwürdigen Trostes spricht gewiß auch Zeitliches, die pessimistische Tapferkeit seiner Epoche, der naturwissenschaftliche Materialismus des neunzehnten Jahrhunderts. Doch liegt das mehr an der Oberfläche. Tiefer darin steckt das nordstämmige Heidentum, das ihn natürlich auch ein bißchen zum Antisemiten macht – nicht bewußt und grundsätzlich; dem standen seine Bildung und Menschlichkeit, die Liberalität seines Jahrhunderts und persönliche Erfahrungen entgegen –, aber regungsweise und instinktiv. Es ist bezeichnend, daß der Holsteiner damit bei dem Alemannen Gottfried Keller nicht das geringste Verständnis findet. Storm hat sich über eine respektlose Äußerung des hervorragenden Ägyptologen und schlechten Poeten Georg Ebers über die Kunstform der Novelle geärgert und schilt in seinem Brief an Keller über den »von der Menge und seinen Stammgenossen, den Juden, auf den Thron Gehobenen«, worauf Keller kühl erwidert, von Ebers' Judentum wisse er nichts, im übrigen aber brauche es keine Juden, daß Dummheiten gesagt würden, auf jeden vorlauten und schreienden Juden kämen zwei dergleichen Christen. Ich erzähle das, um den Unterschied in der natürlichen Psychologie zweier Sphären zu kennzeichnen. Es ist gut, sich die seelischen Zusammenhänge sachlich klarzumachen: derjenige von nordblonder Heimatlichkeit und Antisemitismus ist unverbrüchlich, ganz zuletzt versagt er selbst nicht in einem persönlichen Falle höchster musischer Verfeinerung – wie sehr auch der Züricher sich darüber gewundert haben mag.

Er fand noch mehr Verwunderliches in der Natur seines nördlichen Freundes, zum Beispiel eine Neigung zum Aberglauben und Gespensterwesen, die auch ein Zubehör seiner Vorchristlichkeit war und dem helleren, härteren südlicheren Sinn Meister Gottfrieds unbegreiflich schien, ihm Anlaß zu künstlerischem Tadel gab. Eine Novelle wie ›Renate‹ gefiel ihm im Grunde nicht; man lese sie, um das zu verstehen, – weder die Hexengeschichte noch der Auszug der Ratten war nach seinem Geschmack, und noch weniger war es, im bewunderungswürdigen Fall des ›Schimmelreiters‹, die zweideutige und unter dem Gesichtspunkt vernünftiger Selbstbeherrschung unzuverlässige Stellung des Dichters zu den spukhaften Elementen der Geschichte, – dies stimmungsvolle Versteckspiel im Nebel, das Keller als geistig und künstlerisch unerlaubt empfand. Was wollte er? Das ist der Norden, ist gemüthafte Nachgiebigkeit gegen heidnischen Volksglauben, die dem aufgeklärt-ungläubigen Sohn des neunzehnten Jahrhunderts freilich widerspruchsvoll genug zu Gesicht steht. Aber die nachchristliche Aufklärung schützt wenig vor Aberglauben, wenn man die christliche übersprungen hat.

Die volksheidnische Dichtersympathie Storms mit dem Spukhaften und Gespenstischen, dem er immer eine gewisse Realität zugesteht, äußert sich sehr stark und bestimmend in seiner Novellistik: ›Renate‹ nannten wir schon, aber auch ›Im Nachbarhause links‹ mit dem eigentümlich lichtlosen und grausigen Charakter der alten Jansen gehört dahin, und oft waren es sonderbare ›alte Tröster‹ von Chroniken und unchristlichen Schmökern, aus denen er Stoff und Stimmung zu seinen Geschichten zog. In seiner Jugend ließ er eine Sammlung Spuk-Anekdoten drucken, die er dann freilich von den Gesammelten Werken ausschloß. Aber das Vergnügen daran, zur sinnigen Teestunde dergleichen zu erzählen, blieb ihm bis ins Alter. In seinen Gedichten ist ein Zug des Geisterhaften, das eine Verfeinerungsform des Abergläubischen darstellt und sich dem Spiritistischen nähert. ›O bleibe treu den Toten‹ ist solch ein Gedicht, bewundernswert durch die suggestive Zartheit, mit der es das tonlose Lallen der Abgeschiedenen erhorcht und für ihr banges Mühen, über die »zerfallene Brücke« ein Liebeswort herüberdringen zu lassen, ein zärtlich-schauriges Mitleid weckt. ›Es ist ein Flüstern in der Nacht‹ gehört ebenfalls dieser sensitiven Sphäre an.

Ich fühl's, es will sich was verkünden
Und kann den Weg nicht zu mir finden.

Dies rührend-unheimlich simplifizierende »Was« ist sehr echt.

Sind's Liebesworte, vertrauet dem Wind,
Die unterwegs verwehet sind?
Oder ist's Unheil aus künftigen Tagen,
Das emsig drängt sich anzusagen?

Wie gut und getroffen ist dieses »emsig!« Nicht weniger als die Mischung aus religiösem und organischem Geheimnis in den Schlußzeilen des Gedichtes, das die Sterbestunde seiner Frau schildert:

Der Atem Gottes wehte durchs Gemach,
Dein Kind schrie auf, und dann warst du hinüber.

Keller schrieb ihm, die Zugeständnisse ans Mystische im ›Schimmelreiter‹ drohten das klare Bild der bewußt und verantwortlich handelnden Personen zu trüben. Das ist Humanismus; und Keller konnte sicher sein, daß ein Appell dieses Sinnes den Freund nicht unzugänglich finden werde. Das Abergläubische ist nur eine Erscheinungsform des Unglaubens, und nicht die ernsteste. Im Grunde ist Storms Unchristlichkeit humanistischen Charakters, man findet in seinem Werk und Leben alle Ingredienzien humanistischer Überzeugung und Haltung: den ästhetischen Stolz, der das Gute nicht um jenseitiger Hoffnungen, um des Lohnes und der Vergeltung willen, sondern aus Menschenanstand ehrt und liebt; die vertrauende Sinnlichkeit, von der ein so reizendes, freies und heitres kleines Werk wie ›Psyche‹ antikisch beseelt ist; und endlich jene Skepsis, die Bildung und Männlichkeit auf eine nur dem Humanismus eigene Weise vereinigt. »Der Zweifel in ehrlicher Männerfaust«, hat er gesagt, »der sprengt die Pforten der Hölle.« Nichts kann humanistischer sein. Und die Männlichkeit des entschiedenen Unglaubens, der aus den Zeilen spricht:

Schlug erst die Stunde, wo auf Erden
Dein holdes Bildnis sich verlor,
Dann wirst du niemals wieder werden,
So wie du niemals warst zuvor...

sie finden sich wieder in seinem ganzen Wandel als ein Zug von aufrechter Wackerkeit, der vielleicht der schönste, erziehlichste seines Wesens ist.

Der Eine fragt: Was kommt danach?
Der Andre: Ist es recht?
Und also unterscheidet sich
Der Freie von dem Knecht.

Diese sublimierende Übertragung eines altgermanisch sozialen Verhältnisses ins Moralische ist echter Storm. Er war ein Freier – trotz aller Weichheit und Sensibilität seiner Natur ein Mann der trotzigen Stirn, wie sich zu Anfang der fünfziger Jahre erwies, als Husum dänisch geworden war und rings um ihn her alles den Fremden diente, er aber, unfähig, sich anzupassen, den Staub der Heimat von den Füßen schüttelte und nach Preußen ging. Wir verdanken dieser Selbstexilierung aus Heimatliebe jenes bewunderungswürdige Abschiedsgedicht, dessen Schlußstrophen, bebend von Herzensüberzeugung, der reinste und bezwingendste Ausdruck sind, den deutsches Vaterlandsgefühl je gefunden hat. Seinen Söhnen schrieb er, aus ebendieser Gesinnung freier und aufrechter Menschlichkeit, Merkreime, deren pädagogische Schlagkraft außerordentlich ist. Ich will bezeugen, wie mir, als ich ein Knabe war, der Spruch ins Blut gegangen ist:

Was du immer kannst, zu werden,
Arbeit scheue nicht und Wachen;
Aber hüte deine Seele
Vor dem Karriere-Machen.

Es wird immer Jugend geben, die diese Lehre als erlösendes Wort empfinden und als das ihr Gemäße mit Sohnesdankbarkeit ans Herz nehmen wird.

Daß seine Männlichkeit nicht stumpfer Art war, braucht nicht gesagt zu werden. Der Tod, dessen glaubenströstliche Beschönigung er ablehnte und der ihm das Ende sans phrase bedeutete, dies Unentrinnbare, das schwebende Schwert, der Zoll, den wir für das nicht Gewollte, unsere Geburt, unweigerlich zu entrichten haben, beschäftigte und verdüsterte seine Gedanken von früh an und alle Zeit – man kann von Hypochondrie, von Gemütskrankheit reden. Er sagte wohl im Vers, daß er ruhig erwarte, was jene dunkelste Stunde bescheren werde, denn die Vernichtung sei »auch was wert«. Aber mit dieser Ruhe war es nicht viel, und von dem Abgrund des Nichts wehte ein Schauder zu ihm hin, für den er wahrscheinlich nicht eine Stunde seines Lebens unempfindlich gewesen ist. Wenige Dichter haben dem frühesten Todesgefühl, der ersten Einsicht ins Sterbenmüssen, diesem leisen und doch nicht mehr zu verleugnenden Angerührt- und Getroffensein, einen so unheimlich zarten und genauen Ausdruck gegeben wie dieser in den drei Strophen vom ›Beginn des Endes‹. Ein anderes Gedicht, reimlos, gelöst, erschütterungsvoll, geschrieben offenbar in einem wahren Anfall von Vernichtungsgrauen, beschreibt den Tod als die Erschöpfung an Leben und Hoffnung, als ein Hinstürzen am Wege – und die alte ewige Nacht begräbt uns nach allem Ringen, Kämpfen, Fürchten, Hoffen, »samt allen Träumen der Sehnsucht«, mit jener stummen Barmherzigkeit, die das Allerschauerlichste, dabei aber die Wahrheit ist, denn alles andre sind Träume des Lebens. »Daß man am Ende einsam verweht und verlorengeht«; »Die Angst vor der Nacht des Vergessenwerdens, dem nicht zu entrinnen ist«, er durchfühlt, durchkostet, durchdringt das immer wieder, kleidet es in Hausvaterworte, wenn er, wie oft, mit den Seinen darüber spricht und sagt: »Daß ich nichts mehr werde von euch wissen, nicht mehr für euch sorgen dürfen, das ist schrecklich!«

Es sind Dichterängste. Wenn der Tod immer dasselbe ist, so bedeutet er doch nicht immer dasselbe, er hat ungleiches metaphysisches Gewicht. Schon die Frau stirbt ideell leichter als der Mann, denn sie ist mehr Natur als er und weniger Individuum. Die Kunst nun gar ist das stärkste Mittel zur Bewußtmachung und Verwirklichung des Ich; geht sie mit pessimistischen Überzeugungen, mit humanistisch-naturwissenschaftlichem Heidentum Hand in Hand und ist das Ich nicht hochgemut genug, wenigstens eine Unsterblichkeit mit aristokratischer Auswahl zu statuieren, wie Goethe, so steht es schlimm um die Erträglichkeit des Todesgedankens. Aber es handelt sich eben wohl nur um den Gedanken; die Wirklichkeit des Todes tritt am Ende wohl einen wie den andern an, das dumpfe wie das zeitweise hochverwirklichte Ich; Grauen und Ängste gehen vorüber, und schließlich heißt es meistens in friedlicher Zweideutigkeit und Halbverblendung: »Nun will ich schlafen.«

Storm wurde fast einundsiebzig. Seine Todeskrankheit war das Marschenübel, das in eine seiner stärksten Erzählungen, ›Ein Bekenntnis‹, verhängnisvoll hineinspielt, der Krebs, und zwar der Magenkrebs. Er gab den Großartigen und verlangte »Klarheit« von seinem Arzt, unter Männern. Als aber der ihm reinen Wein eingeschenkt hatte, fiel er zusammen und überließ sich tiefster Schwermut, so daß alle sahen, er würde den ›Schimmelreiter‹, das Höchste und Kühnste, woran er sich je gewagt, nicht vollenden. Sie sagten: »Kinder, das geht nicht«, und beschlossen, den alten Dichter, der künstlerisch in einer taciteisch-germanischen sera juventus stand, aber seine Männlichkeit überschätzt hatte, wohltätig zu belügen. Sein Bruder Emil, der Arzt war, tat sich mit zwei Kollegen zusammen, und es gab ein Humbug-Konsilium, worauf die Wissenschaft erklärte, das sei alles Unsinn und keine Rede von Krebs, die Magenbeschwerden seien ganz harmloser Art. Storm glaubte es sofort, schnellte empor und hatte einen vorzüglichen Sommer, in dessen Verlauf er mit den guten Husumern seinen siebzigsten Geburtstag sinnig-fröhlich beging und außerdem den ›Schimmelreiter‹ fortführte und siegreich beendete, diese mächtige Erzählung, mit der er die Novelle, wie er sie verstand, als epische Schwester des Dramas, auf einen seither nicht wieder erreichten Gipfel führte.

Ich wollte das zum Schlusse erzählen. Das Meisterwerk, mit dem er sein Künsterleben krönte, ist ein Produkt barmherziger Illusionierung. Die Fähigkeit, sich illusionieren zu lassen, kam ihm aus dem Vollendungs- und Lebenswillen des außerordentlichen Kunstwerks.

Inhalt des Ersten Bandes

Inhalt des Zweiten Bandes